Oferenda à tempestade Dolores Redondo

Trilogia Baztán – Livro 3

Tradução
Ana Maria Pinto da Silva

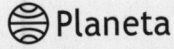

Copyright © Dolores Redondo Meira, 2014
Copyright © Editora Planeta do Brasil, 2024
Copyright da tradução © Ana Maria Pinto da Silva, 2015
Todos os direitos reservados.
Título original: *Ofrenda a la tormenta*
Publicado em acordo com Pontas Literary & Film Agency

Coordenação editorial: Algo Novo Editorial
Preparação e adaptação de texto: Ligia Alves
Revisão: Bárbara Parente e Wélida Muniz
Diagramação: Vanessa Lima
Adaptação de capa: Renata Spolidoro
Fotografia de capa: Mohamad Itani / Arcangel Images

Dados Internacionais de Catalogação na Publicação (CIP)
Angélica Ilacqua CRB-8/7057

Redondo, Dolores
    Oferenda à tempestade : livro 3 / Dolores Redondo ; tradução de Ana Maria Pinto da Silva. — 1. ed. – São Paulo : Planeta do Brasil, 2024.
    480 p.

ISBN 978-85-422-2884-7
Título original: Ofrenda a la tormenta

1. Ficção espanhola I. Título II. Silva, Ana Maria Pinto da

24-4251   CDD 863

Índice para catálogo sistemático:
1. Ficção espanhola

Ao escolher este livro, você está apoiando o manejo responsável das florestas do mundo

2024
Todos os direitos desta edição reservados à
EDITORA PLANETA DO BRASIL LTDA.
Rua Bela Cintra, 986 – 4º andar
01415-002 – Consolação – São Paulo-SP
www.planetadelivros.com.br
faleconosco@editoraplaneta.com.br

Para Eduardo, como tudo o que faço.

Para minha tia Ângela e todas as orgulhosas mulheres da minha família, que sempre souberam fazer o que tinha de ser feito.

E sobretudo para Ainara.
Não posso lhe fazer justiça, mas pelo menos recordarei o seu nome.

Pelo amor de Deus, Dorian, vamos nos ajoelhar
e tentar recordar juntos uma oração.
Nada disso continua a ter significado para mim.

O retrato de Dorian Gray, Oscar Wilde

Tudo o que tem nome existe.

Crença popular de Baztán recolhida em *Brujería y Brujas*,
José Miguel de Barandiarán

Trust I seek and I find in you
Every day for us something new
Open mind for a different view
And nothing else matters.

"Nothing Else Matters", Metallica

Capítulo 1

Sobre o aparador, um abajur iluminava o aposento com uma luz rosada quente que adquiria outros matizes ao se infiltrar através dos delicados desenhos de fadas que decoravam a cúpula. Das prateleiras, uma coleção de bichinhos de pelúcia observava com olhos brilhantes o intruso, que, em silêncio, estudava o ar calmo da bebê adormecida. Ele escutou, atento, o rumor da televisão ligada no quarto contíguo e a respiração forte da mulher que dormia no sofá, iluminada pela luz fria proveniente da tela. Passeou o olhar pelo quarto, examinando cada pormenor, enlevado pelo momento, como se assim pudesse se apropriar e guardar para sempre aquele instante, transformando-o num tesouro com o qual se deleitar eternamente. Com um misto de avidez e de serenidade, gravou na memória o suave desenho do papel de parede, as fotografias emolduradas e a bolsa que continha as fraldas e as roupinhas da menina, e deteve os olhos no berço. Uma sensação próxima à embriaguez invadiu seu corpo, e a náusea ameaçou se manifestar na boca do estômago. A menina dormia de costas, enfiada num pijama aveludado e coberta até a cintura por um edredom de florzinhas que o intruso retirou para poder vê-la. A bebê suspirou em sonhos, entre seus lábios rosados escorreu um fiozinho de baba que desenhou um rastro úmido em sua face. As mãozinhas gorduchas, abertas de cada lado da cabeça, tremeram de leve antes de ficarem de novo imóveis. O intruso suspirou, contagiado pela menina, e uma onda de ternura inundou-o um instante, apenas um segundo, o suficiente para fazê-lo se sentir bem. Pegou o bichinho de pelúcia que ficara sentado aos pés do berço como um guardião silencioso e quase se deu conta do cuidado com que alguém o havia colocado ali. Era um urso-polar de pelo branco, olhinhos pretos e barriga proeminente. Um laço vermelho, incongruente, envolvia seu pescoço e pendia até as patas traseiras. Com doçura, ele passou a mão pela cabeça do ursinho, apreciando sua suavidade, levou-o até o rosto e enterrou o nariz no pelo de sua barriga para aspirar o doce aroma de um brinquedo novo e caro.

Sentiu o coração acelerar enquanto a pele se cobria de gotas de suor, começando a transpirar muito. Aborrecido de repente, afastou o ursinho do rosto furiosamente e, com ar determinado, colocou-o sobre o nariz e a boca da bebê. Em seguida, limitou-se a pressionar.

As mãozinhas se agitaram, elevando-se para o céu, um dos dedinhos da menina chegou a roçar o pulso do intruso, e um instante depois pareceu que mergulhava num sono profundo e reparador enquanto todos os seus músculos relaxavam e as estrelas-do-mar de suas mãos voltavam a repousar sobre os lençóis.

O intruso retirou o bichinho de pelúcia e observou o rostinho da menina. Não evidenciava sofrimento algum, exceto uma leve vermelhidão que havia aparecido na testa entre os olhos, provavelmente causada pelo narizinho do urso. Já não havia luz em seu rosto, e a sensação de estar diante de um receptáculo vazio aumentou ao levar de novo o boneco a seu próprio rosto para aspirar o aroma infantil, agora enriquecido pelo hálito de uma alma. O perfume era tão delicioso e doce que seus olhos se encheram de lágrimas. Suspirou agradecido, ajeitou o laço do ursinho e voltou a depositá-lo em seu lugar, aos pés do berço.

A urgência atormentou-o de repente, como se tivesse tomado consciência do quanto se demorara. Só se virou uma vez. A luz do pequeno abajur arrancou, piedosa, o brilho dos onze pares de olhos de outros bichinhos de pelúcia que, nas prateleiras, o fitavam horrorizados.

Capítulo 2

FAZIA VINTE MINUTOS QUE AMAIA observava a casa de dentro do carro. Com o motor desligado, o vapor que se formava nos vidros, aliado à chuva que caía lá fora, contribuía para borrar os perfis da fachada de venezianas escuras.

Um carro pequeno parou na frente da porta e dele saiu um rapaz que abriu o guarda-chuva ao mesmo tempo que se debruçava sobre o painel do carro a fim de tirar um caderno, que consultou por breves momentos antes de o atirar de novo lá dentro. Encaminhou-se até a parte traseira do carro, abriu o porta-malas, tirou um pacote e seguiu para a entrada da casa.

Amaia alcançou-o no exato momento em que tocava a campainha.

— Desculpe, quem é o senhor?

— Serviço social. Nós trazemos todos os dias o almoço e o jantar para ele — respondeu, apontando para a bandeja plastificada que levava na mão. — Não pode sair e não tem ninguém que tome conta dele — explicou. — A senhora é da família? — perguntou, esperançoso.

— Não — respondeu Amaia. — Polícia Foral.

— Ah! — exclamou o rapaz, perdendo o interesse.

O jovem voltou a tocar a campainha e, aproximando-se da soleira da porta, gritou:

— Senhor Yáñez, sou eu, Mikel, do serviço social. Está lembrado? Vim trazer o almoço.

A porta se abriu antes de o rapaz acabar de falar. O rosto seco e macilento de Yáñez surgiu diante deles.

— Claro que me lembro, não estou senil... E por que diabos você grita tanto? Também não sou surdo — respondeu o homem, mal-humorado.

— Claro que não, senhor Yáñez — respondeu o rapaz, sorrindo, enquanto empurrava a porta e passava pelo homem.

Amaia procurou o distintivo para mostrar a ele.

— Não é necessário — disse o homem, depois de reconhecê-la e desviando um pouco para lhe dar passagem.

Yáñez usava uma calça de malha canelada e uma blusa grossa sobre a qual vestira um roupão felpudo de uma cor que Amaia não soube identificar com a escassa luz que se infiltrava através das venezianas entreabertas, e que era o único foco de iluminação da casa. Seguiu-o pelo corredor até a cozinha, onde uma lâmpada fluorescente piscou várias vezes antes de acender.

— Então, senhor Yáñez! — exclamou o rapaz, demasiado alto. — Ontem não comeu o jantar! — Parado diante da geladeira aberta, tirava e colocava embalagens de comida embrulhadas em plástico transparente. — Já sabe que vou ter que anotar isso no meu relatório. Se depois o médico brigar com o senhor, não reclame. — O tom de voz do rapaz era o que ele usaria para falar com uma criança pequena.

— Pode escrever onde você quiser — balbuciou Yáñez.

— Não gostou da pescada com molho? — Sem esperar que lhe respondesse, continuou: — Hoje vou deixar carne com grão-de-bico, iogurte e, para o jantar, tortilha e sopa; de sobremesa, pão de ló. — Virou de costas e colocou na mesma bandeja os embrulhos de comida intactos, agachou-se debaixo da lava-louças, deu um nó no pequeno saco de lixo que só parecia conter um par de embalagens e encaminhou-se para a saída, para se deter à entrada, perto do homem, a quem se dirigiu de novo em voz alta demais: — Muito bem, senhor Yáñez, está entregue. Bom apetite e até amanhã.

Fez um gesto com a cabeça para Amaia e saiu. Yáñez esperou até ouvir a porta bater antes de falar.

— Que tal? E hoje até que ele demorou, geralmente não fica nem vinte segundos aqui; mal entra, já está louco para ir embora — disse, apagando a luz e deixando Amaia quase às escuras enquanto se encaminhava para a saleta. — Esta casa dá medo nele, e não o culpo: é como entrar num cemitério.

O sofá forrado de veludo castanho estava parcialmente coberto por um lençol, duas mantas grossas e uma almofada. Amaia deduziu que o homem dormia ali, que grande parte da vida dele transcorria naquele sofá. Viam-se migalhas em cima das mantas e uma mancha ressequida e alaranjada semelhante a ovo. O homem se sentou, recostando-se na almofada, e Amaia o observou com atenção. Havia decorrido um mês desde que o vira na delegacia, pois devido à idade permanecia em prisão domiciliar, aguardando julgamento. Estava mais magro, e a expressão dura e desconfiada do rosto do homem o tinha afilado até deixá-lo com um aspecto de ermitão louco. O cabelo continuava curto e ele havia se barbeado, no entanto por debaixo do roupão e da blusa aparecia a parte de cima do pijama; Amaia se perguntou há quanto tempo vestia essa peça. Fazia muito frio na casa; ela reconheceu a sensação do lugar que não era aquecido havia vários dias. Diante do sofá, uma lareira apagada e uma televisão bastante nova e sem som que competia e ganhava em tamanho em comparação com a lareira, e derramava sobre o aposento sua gélida luz azul.

— Posso abrir os postigos? — perguntou Amaia, indo para a janela.

— Faça o que quiser, mas antes de ir embora deixe-os como estavam.

Amaia assentiu, abriu as portadas de madeira e empurrou as venezianas de modo a deixar entrar a escassa luz de Baztán. Virou-se para o homem e viu que concentrava sua atenção na televisão.

— Senhor Yáñez.

O homem estava concentrado na tela como se ela não estivesse ali.

— Senhor Yáñez...

Ele a encarou com ar distraído e um pouco aborrecido.

— Eu gostaria... — ela disse, fazendo um gesto para o corredor — ... eu gostaria de dar uma olhada.

— Vá, vá — respondeu o homem, fazendo um gesto com a mão. — Veja o que quiser, só peço que não faça bagunça. Quando os policiais vieram, deixaram tudo de pernas para o ar e eu tive muito trabalho para arrumar as coisas.

— Claro...

— Espero que tenha a mesma consideração que o policial que veio ontem.

— Um policial esteve aqui ontem? — surpreendeu-se Amaia.

— Sim, um policial muito amável, até me fez um café com leite antes de ir embora.

☙

A casa era térrea, e, além da cozinha e da saleta, havia três quartos e um banheiro grande. Amaia abriu os armários e inspecionou as prateleiras, onde se viam produtos de barbear, rolos de papel higiênico e alguns medicamentos. No primeiro quarto dominava uma cama de casal onde ninguém parecia dormir havia muito tempo, coberta por uma colcha florida combinando com as cortinas, que estavam desbotadas no lugar onde o sol incidira durante anos. Sobre a penteadeira e as mesas de cabeceira, toalhinhas de crochê contribuíam para aumentar o efeito de uma viagem no tempo. Um quarto decorado com primor nos anos 1970, sem dúvida pela esposa de Yáñez, que o homem mantivera intacto. Os vasos com flores de plástico e cores impossíveis deram a Amaia a sensação de irrealidade das reproduções das salas que podiam ser vistas nos museus etnográficos, tão frias e inóspitas como túmulos.

O segundo quarto estava vazio, com exceção de uma velha máquina de costura colocada debaixo da janela e de um cesto de vime a seu lado. Ela se lembrava muito bem dele no relatório da busca. Ainda assim, tirou sua tampa para poder ver os retalhos de tecido, entre os quais reconheceu uma versão mais colorida e brilhante das cortinas do primeiro quarto. O terceiro quarto era de criança, assim o haviam denominado na busca, porque era isso mesmo que era: o quarto de um garoto de dez ou doze anos. A cama de solteiro, coberta por uma colcha branca imaculada. Nas prateleiras, alguns livros de uma coleção infantil, que ela se lembrava de ter lido, além de brinquedos, quase todos de montar, barcos, aviões e uma coleção de carrinhos de metal dispostos em paralelo e sem um grão de poeira. Atrás da porta, um pôster de um modelo clássico de Ferrari e, na escrivaninha, livros escolares antigos e um maço de figurinhas de futebol preso com elástico. Ela o pegou e reparou que a borracha do elástico estava seca e rachada e havia se soldado para sempre às figurinhas descoloridas. Recolocou-o no lugar enquanto comparava mentalmente a recordação do apartamento de Berasategui, em Pamplona, com aquele quarto gelado. Havia na casa mais dois cômodos: uma pequena lavanderia e um depósito de lenha bem abastecido, onde Yáñez havia reservado uma área para guardar as ferramentas e os utensílios de jardinagem, além de um par de caixotes de madeira abertos onde se viam batatas e cebolas. Num canto, junto à porta que dava para o exterior, havia um aquecedor a gás desligado.

Ela tirou uma cadeira da mesa da sala de jantar e a colocou entre o homem e a televisão.

— Quero lhe fazer umas perguntas.

O homem pegou o controle remoto que repousava a seu lado e desligou a televisão. Fitou-a em silêncio, aguardando com aquela sua expressão entre a fúria e a amargura que fez Amaia o catalogar como imprevisível desde a primeira vez que o viu.

— Me fale do seu filho.

O homem encolheu os ombros.

— Como era a sua relação com ele?

— É um bom filho — respondeu, com demasiada rapidez —, e fazia tudo o que se podia esperar de um bom filho.

— Como o quê, por exemplo?

Dessa vez, ele precisou pensar um pouco.

— Bem, ele me dava dinheiro, às vezes fazia compras, trazia comida, essas coisas...

— Não é essa a informação que eu tenho. Na aldeia dizem que depois da morte da sua esposa o senhor mandou o rapaz estudar no exterior, e que durante anos ninguém mais o viu por estas bandas.

— Estava estudando, estudava muito. Fez duas faculdades e uma pós-graduação. Ele é um dos psiquiatras mais importantes da sua clínica...

— Quando foi que ele começou a vir aqui com mais frequência?

— Não sei, talvez há um ano.

— Ele chegou a trazer alguma outra coisa além de comida, algo que ele guardasse aqui ou que talvez tenha pedido para o senhor guardar em outro lugar?

— Não.

— Tem certeza?

— Tenho.

— Dei uma olhada na casa — disse Amaia, olhando em redor. — Está muito limpa.

— Preciso mantê-la assim.

— Compreendo. O senhor a mantém assim para o seu filho.

— Não, eu a mantenho assim para a minha mulher. Está tudo do jeito que estava quando ela se foi... — Contraiu o rosto num esgar entre a dor e o nojo, e ficou assim alguns segundos, sem emitir som algum. Amaia percebeu que ele chorava quando viu as lágrimas escorrerem pelo seu rosto.

— Foi a única coisa que eu pude fazer; me saí muito mal em todo o resto.

O olhar do homem saltitava errático de um objeto para outro, como se procurasse uma resposta escondida entre os adornos descoloridos que repousavam sobre as prateleiras e as mesinhas, até que se deteve nos olhos de Amaia. Pegou a ponta da manta e a puxou até cobrir o rosto; manteve-a assim por uns dois segundos e depois a afastou com fúria, como se com esse gesto se penalizasse por ter se dado ao luxo da fraqueza de chorar na frente dela. Amaia teve quase certeza de que aquela conversa terminava por ali, mas o homem levantou a almofada onde se apoiava e retirou lá de baixo uma fotografia emoldurada que fitou, enlevado, antes de estender a ela. O gesto do homem a transportou para um ano antes, para outra sala onde um pai desolado havia lhe estendido o retrato da filha assassinada, que havia mantido preservado debaixo de uma almofada semelhante. Não voltara a ver o pai de Anne Arbizu, mas a lembrança de sua dor revivida naquele outro homem a atingiu com força enquanto pensava em como a dor era capaz de irmanar nos gestos dois homens tão diferentes.

Uma jovem de não mais de vinte e cinco anos sorriu para ela do porta-retratos. Contemplou-a alguns segundos antes de o devolver ao homem.

— Eu pensava que nós tivéssemos a felicidade assegurada, sabe? Uma mulher nova, bonita, boa... Mas quando o menino nasceu, ela começou a ficar estranha, entristeceu, não sorria mais, não queria pegar a criança no colo, dizia que não estava preparada para amá-lo, que notava que ele a repudiava, e eu não soube como ajudá-la. Eu dizia a ela: que bobagem, como ele pode não gostar de você, e ela ficava ainda mais triste. Sempre triste. Mesmo assim mantinha a casa um brinco, cozinhava todos os dias. No entanto, não sorria, não costurava, no tempo que tinha livre, só dormia, fechava as janelas tal como eu faço agora e dormia... Lembro como nos sentimos orgulhosos quando compramos esta casa. Ela a deixou tão bonita: nós a pintamos, colocamos vasos com flores... As coisas estavam indo bem conosco, pensei que nada mudaria.

Só que uma casa não é um lar, e esta se transformou no túmulo dela... e agora é a minha vez, prisão domiciliar, segundo as pessoas dizem. O advogado falou que, quando chegar o julgamento, vão me deixar cumprir a pena aqui, então esta casa será também o meu túmulo. Todas as noites eu fico neste lugar sem conseguir dormir e sentindo o sangue da minha esposa debaixo da minha cabeça.

Amaia olhou para o sofá com atenção. Seu aspecto não combinava com o resto da decoração.

— É o mesmo. Mandei reformar porque estava coberto do sangue dela, e o homem o forrou com este tecido, porque não fabricavam mais igual ao de antes; é a única coisa que está diferente. Mas quando me deito aqui consigo sentir o cheiro do sangue que está embaixo da espuma.

— Está frio — disse Amaia, disfarçando o estremecimento que percorreu suas costas.

O homem encolheu os ombros.

— Por que não liga o aquecedor?

— Não funciona desde a noite em que acabou a luz.

— Já faz mais de um mês. Está sem aquecimento esse tempo todo?

Yáñez não respondeu.

— E quanto ao rapaz do serviço social?

— Só deixo entrar o rapaz da bandeja, e já falei para eles no primeiro dia que, se inventarem de vir aqui, vão ser recebidos a machadadas.

— O senhor tem a lareira também. Por que não a acende? Por que precisa passar frio?

— Não mereço mais.

Amaia se levantou, foi até o depósito e voltou trazendo um cesto cheio de lenha e de jornais velhos; agachou-se em frente à lareira e removeu a cinza antiga para acomodar os troncos. Pegou a caixa de fósforos que havia em cima do console e acendeu o fogo. Voltou para seu lugar. O olhar do homem estava fixo nas chamas.

— O quarto do seu filho também está muito bem conservado. Difícil acreditar que um homem como ele dormia ali.

— Não dormia. Às vezes ele vinha almoçar, às vezes ficava para o jantar, mas nunca dormia aqui. Ia embora e voltava de manhã bem cedo, me dizia que preferia ficar num hotel.

Amaia não acreditou. Já haviam checado e não constava que tivesse se hospedado em nenhum hotel, pousada ou casa rural do vale.

— Tem certeza?

— Acho que sim, já falei para os policiais. Não posso afirmar cem por cento, não tenho uma memória tão boa como digo que tenho para o pessoal dos serviços sociais. Às vezes me esqueço das coisas.

Amaia pegou o celular, que havia sentido vibrar pouco antes no bolso, e ao fazê-lo reparou que havia várias chamadas perdidas. Procurou uma foto, tocou na tela para aumentá-la e, evitando olhar para ela, mostrou-a ao homem.

— O seu filho veio com esta mulher?

— A sua mãe.

— Conhece? O senhor a viu nessa noite?

— Não a vi nessa noite, mas conheço a mãe dele a vida toda; está um pouquinho mais velha, mas não mudou tanto assim.

— Pense bem, acabou de me dizer que não tem uma memória muito boa.

— Às vezes esqueço de jantar, outras vezes janto duas vezes porque não lembro se já comi, mas não me esqueço de quem vem a minha casa. E a mãe dele nunca pôs os pés aqui.

Amaia apagou a imagem da tela e fez deslizar o celular para dentro do bolso do casaco. Colocou a cadeira no lugar e encostou as venezianas de novo antes de sair. Assim que se sentou no carro, digitou um número no celular, que continuava vibrando com insistência. Um homem atendeu do outro lado, recitando o nome da empresa.

— Sim, mandem alguém para consertar um aquecimento que está parado desde o último grande temporal. — Depois deu o endereço de Yáñez.

Capítulo 3

Amaia estacionou perto da fonte das lâmias e, cobrindo a cabeça com o capuz do casaco, transpôs o pequeno arco que separava a praça da rua Pedro Axular. Era possível ouvir os gritos claramente apesar do ruído da chuva. O rosto do inspetor Iriarte refletia toda a angústia e urgência que denunciavam suas insistentes ligações. Ele a cumprimentou com um gesto a distância, sem deixar de prestar atenção ao grupo que tentava refrear a fim de evitar que se aproximasse do carro-patrulha, em cujo interior um homem de aspecto cansado repousava a cabeça de encontro ao vidro da janela coberto de gotículas de chuva. Dois agentes tentavam, sem muito sucesso, formar um cordão de isolamento ao redor de uma mochila que se encontrava no chão no meio de uma poça d'água. Amaia apertou o passo para ajudá-los enquanto pegava o celular e pedia reforços. No mesmo instante, mais dois carros com as sirenes ligadas atravessaram a ponte de Giltxaurdi, conseguindo por um momento chamar para si a atenção da excitada multidão, que emudeceu, superada pelos uivos das sirenes.

Iriarte estava ensopado até os ossos; a água escorria pelo seu rosto, e, enquanto falava com Amaia, passou repetidas vezes as mãos pela face, tentando desviar rios de chuva que lhe alagavam os olhos. O subinspetor Etxaide surgiu como que por milagre de algum lugar com um enorme guarda-chuva que estendeu para eles antes de se reunir aos policiais que tentavam conter o grupo.

— Inspetor?

— O suspeito que está dentro do carro se chama Valentín Esparza. A filha de quatro meses faleceu ontem à noite enquanto dormia na casa da avó, a mãe da mãe. O médico atestou síndrome da morte súbita do lactente, o que por si só já é uma fatalidade. A questão é que a avó, Inés Ballarena, se apresentou ontem na delegacia. Era a primeira vez que a menina ficava na casa dela porque era o aniversário de casamento do casal e os dois haviam saído para jantar. A mulher estava muito entusiasmada, até havia preparado um quarto para a neta. Deu a mamadeira para a menina, deitou-a e pegou no sono no sofá do quarto contíguo enquanto via televisão, embora jure de pés juntos que a babá eletrônica estava ligada. Um ruído a acordou, ela deu uma olhada no quarto da bebê e da porta viu que estava dormindo; então, ouviu um rangido do lado de fora da casa, no calçamento, como aquele barulho que os pneus fazem quando rodam em cima de pedrinhas, e, quando ela olhou pela janela, viu um carro se afastando; não reparou na placa, mas na hora pensou que era o carro do genro, que é grande e cinza — disse Iriarte, fazendo um gesto vago. — Então ela viu as horas. Afirma que eram quatro horas e pensou que talvez os pais da bebê tivessem se aproximado da casa depois da comemoração para ver se havia luzes acesas. A residência do casal fica ali perto, e não seria estranho. Não deu importância ao assunto. Voltou para o sofá e passou ali o resto da noite. Quando acordou, estranhou que a menina não tivesse chorado pedindo a mamadeira, e quando foi vê-la a encontrou morta. A mulher está bastante abalada, não suporta a culpa, mas, quando o médico determinou a hora da morte entre as quatro e as cinco da manhã, lembrou-se de que a essa hora alguma coisa a havia acordado, quando ouviu o carro na porta de casa, e antes disso garante que houve um barulho dentro da casa, provavelmente o que a fez acordar. Perguntou à filha, mas esta lhe disse que haviam chegado em casa por volta da uma e meia e, como havia muito tempo que não bebia, o vinho e uma taça de champanhe tinham sido suficientes para deixá-la tonta. Porém, quando perguntou ao genro, ele reagiu mal, ficou nervoso e não quis responder, chegou a se irritar e disse que devia ter sido algum casalzinho procurando um lugar tranquilo. Mas a mulher se lembrou de outra coisa: os cachorros não tinham latido. São dois no quintal, e ela garante que quando algum estranho chega perto, eles latem muito.

— O que você fez? — perguntou Amaia, passando o olhar pelo grupo, que, acovardado pela presença da polícia e pela chuva que nesse momento caía com mais intensidade, havia se deslocado até a porta da capela mortuária e rodeado uma mulher que, por sua vez, abraçava outra, que gritava, histérica, palavras incompreensíveis sufocadas pelo pranto.

— Aquela que está gritando é a mãe; a que está abraçada com ela é a avó — explicou o inspetor, seguindo o olhar de Amaia. — Bem, a mulher estava bastante alterada e abalada, não parou de chorar nem por um momento enquanto me contava o que aconteceu. Pensei que o mais provável fosse que procurasse uma explicação para uma coisa que é muito difícil de assumir. Era a primeira vez que deixavam a bebê para ela cuidar, a primeira neta na família. Estava arrasada...

— Mas?

— Ainda assim, liguei para o pediatra. Síndrome da morte súbita do lactente, sem sombra de dúvida. A menina nasceu prematura, tinha os pulmões pouco desenvolvidos e passou dois dos quatro meses de vida no hospital. Embora já tivesse recebido alta, esta semana o pediatra a examinou numa consulta porque estava resfriada, nada de importante, secreções, mas num bebê tão pequeno, abaixo do peso normal quando nasceu, o médico não teve dúvidas quanto à causa da morte. Há uma hora a avó compareceu de novo à delegacia, e eu decidi acompanhá-la porque ela insistia em afirmar que a menina tinha uma marca na testa, um pequeno círculo do tamanho de um botão, e que, quando comentou esse fato com o genro, ele havia mudado de assunto, ordenando que o caixão fosse fechado. Quando estávamos chegando à capela mortuária cruzamos com ele, que estava de saída. Estava carregando essa mochila, e quando o vi achei esquisito o jeito como a segurava. — Iriarte encolheu os braços sobre o peito, imitando o gesto e se aproximando do vulto molhado que a mochila formava no chão. — Caramba, aquilo não era jeito de segurar uma mochila. Assim que me viu ele ficou pálido e saiu correndo. Eu o alcancei perto do carro dele, e então o cara começou a gritar que o deixássemos em paz, que ele precisava acabar com aquilo.

— Acabar... com a vida?

— Achei que ele estivesse se referindo a isso. Pensei que ele poderia estar com uma arma na mochila...

O inspetor se abaixou junto à mochila e, renunciando ao abrigo que lhe haviam fornecido, colocou o guarda-chuva no chão como se fosse um abajur. Abriu o zíper da mochila e afrouxou a presilha de plástico que prendia o cordão. A penugem suave, escura e escassa, deixava visíveis as fontanelas ainda abertas na cabecinha da menina; a pele pálida do rosto não deixava lugar para dúvidas, mas os lábios meio entreabertos ainda conservavam a cor, criando uma falsa aparência de vida que prendeu os olhares de ambos por alguns segundos eternos, até que o doutor San Martín, debruçando-se ao lado deles, quebrou o feitiço. Iriarte resumiu para o médico o que havia acabado de contar a Amaia, enquanto San Martín tirava da embalagem um cotonete de algodão e procedia à retirada da maquiagem oleosa que alguém havia aplicado com muito pouca habilidade acima do nariz da bebê.

— É tão pequena — comentou o doutor, com tristeza. Iriarte e Amaia o encararam, surpresos. O médico percebeu isso e disfarçou o desânimo se concentrando no trabalho. — Uma tentativa bastante amadora de esconder uma marca de pressão, com toda a probabilidade exercida sobre a pele no momento em que a bebê parou de respirar e que agora que a lividez se estabeleceu é visível a olho nu. Me ajudem aqui — pediu San Martín.

— O que você vai fazer?

— Preciso vê-la de corpo inteiro — respondeu, com ar decidido.

— Eu imploro que não faça isso. Aquele grupo ali é a família — disse Iriarte, fazendo um gesto para a capela mortuária —, a mãe e a avó da menina, e tivemos muita dificuldade para contê-las. Se virem o cadáver da bebê estendido no chão, podem enlouquecer.

Amaia olhou para San Martín e este assentiu.

— O inspetor tem razão.

— Nesse caso, sem tê-la na minha mesa não vou poder dizer a vocês se existem outros vestígios que indiquem maus-tratos. Sejam minuciosos quando processarem o local; uma vez tive um caso semelhante e acabaram encontrando a marca que o botão da capa do travesseiro havia deixado no rosto do bebê; mas posso dar a vocês uma informação que será muito útil nas buscas. — O médico remexeu no fundo de sua maleta Gladstone e retirou um pequeno aparelho digital, que mostrou com orgulho. — É um paquímetro digital — explicou enquanto afastava as hastes metálicas, ajustando-as ao diâmetro da marca circular na testa da menina. — Aqui vocês têm — disse, apontando para o mostrador — 13,85 milímetros. É esse o diâmetro que vocês têm que procurar.

Eles se endireitaram para permitir que os técnicos colocassem a mochila num saco de transporte de cadáveres. Quando Amaia se virou, reparou que alguns passos atrás o juiz Markina, que devia ter sido informado por San Martín, estivera a observá-los em silêncio. Debaixo do guarda-chuva preto e com a escassa luz que as nuvens densas deixavam passar, o rosto do juiz era sombrio, mesmo assim ela conseguiu vislumbrar o brilho dos olhos dele e a intensidade de seu olhar quando a cumprimentou, uma expressão que durou apenas um instante, mas que foi suficiente para obrigá-la a se sentir nervosa, procurando nos olhos de Iriarte e de San Martín o sinal inequívoco de que também haviam notado. San Martín dava ordens a seus técnicos enquanto resumia os fatos para o oficial de justiça plantado ao seu lado, e Iriarte observava com atenção o rumor crescente que pareceu percorrer o grupo de familiares, transformando-se um segundo depois em gritos irados que clamavam por respostas, misturados com redobrados uivos de dor da mãe.

— Temos que tirar este sujeito daqui — disse Iriarte, fazendo um gesto para um dos policiais.

— Levem ele para Pamplona — ordenou Markina.

— Assim que possível, meritíssimo, vou pedir um furgão a Pamplona e esta tarde o senhor o terá por lá, mas por enquanto vamos levá-lo para a delegacia. Nos vemos lá. — Iriarte se despediu de Amaia.

Esta assentiu, cumprimentou Markina com um breve gesto ao passar por ele e se encaminhou para o carro.

— Inspetora... Pode esperar um minuto?

Amaia parou e se virou para ele, mas foi o juiz quem avançou a fim de cobri-la com seu guarda-chuva.

— Por que não me telefonou? — Não era uma censura nem uma pergunta. O tom de voz do juiz tinha a sedução de um convite e o frescor do jogo.

O sobretudo cinza-escuro por cima de um terno do mesmo tom, a camisa branca impecável e uma gravata escura, pouco habitual nele, conferiam-lhe um aspecto sério e elegante que se encarregava de atenuar a mecha que lhe caía de lado sobre a testa e a barba de dois dias que trazia com estudado descuido. Sob o diâmetro do guarda-chuva, sua órbita de influência parecia se multiplicar, e o perfume caro que emanava da calidez de sua pele, além do brilho quase febril dos olhos dele, a encurralaram num daqueles seus sorrisos.

Jonan Etxaide veio colocar-se ao lado dela.

— Chefe, os carros estão cheios. Me dá uma carona até a delegacia?

— Claro, Jonan — respondeu Amaia, sobressaltada. — Meritíssimo, se nos der licença. — Ela se despediu e começou a andar na direção do carro ao lado do subinspetor Etxaide. Amaia não o fez, mas Etxaide se voltou para trás uma vez para olhar, e Markina, que continuava parado no mesmo lugar, respondeu-lhe com uma saudação.

Capítulo 4

O CALOR DA DELEGACIA AINDA não havia conseguido devolver a cor ao rosto do inspetor Iriarte, que tivera apenas o tempo exato para trocar de roupa.

— O que ele falou? Por que estava levando a mochila?

— Não disse nada. Sentou no chão, no fundo da cela, e lá ficou, todo encolhido e em silêncio.

Amaia se pôs de pé e se dirigiu à porta, mas antes de sair se virou para trás.

— E você, o que acha? Para você é um comportamento impelido pela dor, ou acredita que o homem teve alguma coisa a ver com a morte da menina?

O inspetor refletiu sobre isso com o ar muito sério.

— Para ser franco, não sei; pode ser, como você diz, uma reação à dor, ou pode ser que desse modo ele quisesse evitar uma nova autópsia, pois já havia se dado conta da desconfiança da sogra. — Ficou uns segundos em silêncio, encarando-a com gravidade. — Não consigo imaginar nada mais monstruoso do que fazer mal ao próprio filho.

A imagem nítida do rosto da mãe veio à mente de Amaia, como que invocada por uma reza. Descartou-a de imediato enquanto era substituída por outra imagem, a da velha enfermeira Fina Hidalgo guilhotinando os novos rebentos com sua unha suja e tingida de verde: "Faz ideia do que significa para uma família com três ou quatro filhos ter mais um para cuidar, e pior ainda se este sofresse de algum tipo de deficiência?".

— Inspetor, a menina era normal? Estou perguntando se não sofria de lesões cerebrais nem atrasos de algum tipo.

— Tirando o fato de ter nascido com pouco peso por ser prematura, não havia mais nada. O pediatra me disse que era uma menina saudável.

As celas na nova delegacia de Elizondo não tinham grades. Em substituição, uma grossa parede de vidro blindado separava a área de identificação dos detidos, permitindo que um holofote iluminasse os cubículos e que eles fossem continuamente monitorados por câmera. Amaia percorreu o corredor em frente às celas. Estavam abertas, com exceção de uma; aproximou-se do vidro e viu lá no fundo um homem sentado no chão, entre o lavatório e o vaso. Os joelhos dobrados e os braços cruzados sobre estes impediam que se visse seu rosto. Iriarte acionou o intercomunicador.

— Valentín Esparza — chamou. O homem levantou a cabeça. — A inspetora Salazar quer lhe fazer algumas perguntas.

O homem escondeu o rosto de novo.

— Valentín — chamou Iriarte outra vez, com um tom de voz mais firme. — Vamos entrar e você vai ficar calmo. Estamos de acordo?

Amaia inclinou-se para Iriarte.

— Vou entrar sozinha. É menos hostil, não uso farda, sou mulher...

O policial aquiesceu e se retirou para uma sala próxima, de onde podia ver e ouvir o que acontecia nas celas. Amaia entrou no cubículo e ficou de pé em silêncio na frente do homem; só passados alguns segundos perguntou:

— Posso sentar?

O homem levantou o rosto, desconcertado com a pergunta.

— O quê?

— Espero que não se importe que eu me sente — respondeu Amaia, apontando para o banco corrido que ocupava quase toda a parede e que fazia as vezes de cama. Pedir autorização denotava seu respeito por ele; não o estava tratando como um preso nem como um suspeito.

O homem assentiu.

— Obrigada — disse Amaia, sentando-se. — A esta hora já estou esgotada. Também tenho um bebê, um menino de cinco meses. Sei que perdeu a sua filha ontem. — O homem levantou o rosto para olhar para ela. — Que idade ela tinha?

— Quatro meses — sussurrou, com a voz rouca.

— Lamento.

O homem fez um gesto com a cabeça e engoliu em seco.

— Hoje era o meu dia de folga, sabe? E quando eu cheguei, dei de cara com toda essa confusão. Por que não me conta o que aconteceu?

O homem ergueu um pouco mais o rosto, apontando com o queixo para a câmera por trás do vidro e para o holofote que iluminava a cela. O rosto dele parecia sério e consternado, mas não desconfiado.

— Os seus amigos não contaram?

— Prefiro que você me conte, essa é a versão que me interessa.

O homem fez uma pausa. Um interrogador menos experiente poderia pensar que ele não ia falar, mas Amaia se limitou a esperar.

— Eu estava levando comigo o corpo da minha filha.

Ele havia dito "corpo"; admitia que levava consigo um cadáver, não uma menina.

— Para onde?

— Para onde? — respondeu, desconcertado. — Para lugar nenhum, só... Só queria ficar com ela mais um pouco.

— Você falou que a estava levando, que estava levando o corpo e que prenderam você perto do seu carro. Para onde você ia?

O homem permaneceu em silêncio.

Amaia experimentou seguir outro caminho.

— É incrível como a vida muda com um bebê em casa. São tantas coisas, tantas exigências. O meu tem cólica todas as noites; chora depois da última mamada por umas duas ou três horas e eu não posso fazer mais nada a não ser pegá-lo no colo e ficar passeando pela casa com ele para tentar acalmá-lo. Às vezes penso que não é de estranhar que algumas pessoas percam a cabeça com eles.

O homem assentiu.

— Foi isso que aconteceu?

— O quê?

— A sua sogra disse que você foi à casa dela durante a noite.

O homem começou a balançar a cabeça.

— Que ela conseguiu ver o seu carro indo embora...

— A minha sogra está enganada. — A hostilidade era evidente ao mencionar a mãe da mulher. — Ela não sabe distinguir um modelo de carro do outro. Com certeza foi algum casal de jovens que entrou no acesso à entrada procurando um lugar mais calmo para... Sabe como é.

— Sim, sim, mas os cachorros não latiram, por isso só podia ser alguém conhecido. Além disso, a sua sogra — disse, sarcástica — contou para o meu colega que a menina tinha uma marca na testa, uma marca que não estava ali quando a deitou, que tinha certeza de ter ouvido um barulho e que quando olhou pela janela viu o seu carro saindo.

— Aquela desgraçada seria capaz de fazer qualquer coisa para me prejudicar, nunca me suportou. Pergunte à minha mulher, nós fomos jantar fora e depois voltamos para casa.

— Sim, os meus colegas falaram com ela e não ajudou muito; não desmentiu você, mas ela não lembra.

— É verdade, ela bebeu um pouco além da conta e perdeu o costume, com a gravidez...

— Deve ter sido muito duro. — O homem a encarou, sem compreender. — Estou falando do último ano, uma gravidez de risco, repouso, nada de sexo, depois a menina nasceu prematura, dois meses no hospital, nada de sexo, por fim veio para casa e tudo são cuidados e preocupações, nada de sexo...

O homem esboçou um esgar próximo de um sorriso.

— Sei disso por experiência própria... — continuou Amaia: — E, no seu aniversário de casamento, deixam a menina com a sua sogra, vão jantar em um restaurante caro e, na terceira taça, a sua mulher já está mais pra lá do que pra cá, levá-la para casa, ajudá-la a se deitar e... Nada de sexo. Ainda é cedo. Então, você pega o carro, vai até a casa da sua sogra para ver se está tudo em ordem. Chega lá; a sua sogra pegou no sono no sofá, e isso te deixa irritado. Você entra no quarto da menina e se dá conta de que ela não passa de um fardo, de que está acabando com a sua vida, de que tudo era muito melhor quando vocês não a tinham... E você toma uma decisão.

O homem escutava imóvel, sem perder uma palavra.

— Então você faz o que tem que fazer e volta para casa, mas a sua sogra acorda e vê o carro indo embora.

— Já te disse que a minha sogra é uma desgraçada.

— Sim, eu entendi, a minha também é, mas a sua é uma desgraçada muito esperta e reparou na marquinha que a menina tinha na testa; ontem quase não dava para ver, mas hoje o patologista não tem dúvidas: é a marca que fica quando um objeto é pressionado na pele com força.

O homem exalou um suspiro profundo.

— Você também reparou, e por isso passou maquiagem por cima da marca e, para garantir que ninguém veria, mandou fechar o caixão, mas a desgraçada da sua sogra não ia desistir; então você decidiu levar o corpo embora para evitar que mais alguém fizesse perguntas... Talvez a sua mulher? Viram vocês discutindo na capela mortuária.

— A senhora não entendeu nada. Foi porque ela queria cremar o corpo.

— E você não? Preferia o enterro? Era por isso que estava levando a menina embora?

Então o homem pareceu se dar conta de algo.

— O que vai acontecer agora com o cadáver?

Chamou a atenção de Amaia o modo como ele disse isso; era correto, mas os familiares não costumam se referir a um ente querido como "corpo" ou como "cadáver". O normal teria sido "a menina", "a bebê", ou... reparou então que não sabia o nome da criança.

— O patologista vai fazer a autópsia, depois vai devolver à família.

— Não devem cremá-la.

— Bom, isso é uma coisa que deverá ser decidida entre vocês.

— Não devem cremá-la, tenho que terminar.

Amaia se lembrou do que Iriarte havia lhe contado.

— Terminar o quê?

— Terminar, senão tudo isso não vai ter servido para nada.

O interesse de Amaia aumentou de imediato.

— E para que você supõe que devia servir?

O homem parou de repente, tomando consciência de onde se encontrava e do quanto havia falado, encerrando-se em si mesmo.

— Você matou sua filha?

— Não — respondeu.

— Sabe quem a matou?

Silêncio.

— Pode ser que tenha sido a sua mulher...

O homem sorriu enquanto negava, como se a mera ideia fosse ridícula.

— Não.

— Então, quem? Quem você levou até a casa da sua sogra?

— Não levei ninguém.

— Não, eu também não acredito nisso, porque foi você. Você matou sua filha.

— Não — gritou de súbito — ... eu a entreguei.

— Entregou? Para quem? Para quê?

O homem esboçou um ar de presunção e sorriu de leve.

— Eu a entreguei para... — Baixou a voz até a transformar num sussurro incompreensível: — Como tantos outros... — murmurou mais qualquer coisa e voltou a cobrir o rosto com os braços.

Embora Amaia tivesse ficado mais um pouco na cela, já sabia que o interrogatório havia terminado; ele não iria dizer mais nada. Apertou o botão do intercomunicador para que abrissem a porta do lado de fora. Quando se preparava para sair, o homem se dirigiu mais uma vez a ela.

— Pode fazer uma coisa por mim?

— Depende.

— Diga a eles para não a cremar.

꿈

Os subinspetores Etxaide e Zabalza esperavam perto de Iriarte na sala contígua.

— Conseguiram entender o que ele disse?

— Só que ele a entregou. Não deu para entender o nome; está gravado, mas também não é audível, só se percebe que ele mexe os lábios, mas acho que na verdade ele não falou nada.

— Zabalza, veja o que pode fazer com as imagens e o som, talvez seja possível aumentar no máximo. O mais provável é que o inspetor tenha razão e ele esteja gozando da nossa cara, mas por via das dúvidas... Jonan, Montes e você, venham comigo. A propósito, onde está o Fermín?

— Acabou de tomar o depoimento dos familiares.

Amaia abriu sobre a mesa a maleta de investigação de campo para verificar se tinha tudo de que precisava.

— Vamos ter que parar para comprar um paquímetro digital. — Sorriu ao mesmo tempo que reparava na expressão preocupada que Iriarte começava a esboçar. — Aconteceu alguma coisa?

— Hoje era o seu dia de folga...

— Ah, mas já resolvemos isso, não é? — Sorriu, pegou a maleta e acompanhou Jonan e Montes, que esperavam com o motor do carro ligado.

Capítulo 5

ELA QUASE SENTIU PIEDADE E algo próximo de companheirismo por Valentín Esparza quando entrou no quarto que a avó havia preparado para a menina. A sensação de *déjà-vu* aumentou, incentivada pela profusão de laços, rendas e bugigangas cor-de-rosa que abarrotavam o aposento. A *amatxi* inclinara-se aqui por uma coleção de ninfas e fadas em vez dos impossíveis cordeirinhos cor-de-rosa que sua sogra havia escolhido para Ibai, mas, de resto, o quarto poderia ter sido decorado pela mesma mulher. Havia pelo menos meia dúzia de fotografias emolduradas; em todas se via a bebê no colo da mãe, da avó e de outra mulher muito mais velha, provavelmente uma tia anciã, mas não havia rastro de Valentín Esparza em nenhuma delas.

O piso superior estava muito bem aquecido; deviam ter aumentado a temperatura do aquecedor para manter a menina quente. Do andar de baixo, onde ficava situada a cozinha e de onde chegavam amortecidas as vozes de amigas e vizinhas que haviam se deslocado até a casa a fim de fazer companhia às mulheres, fazia algum tempo que já não se ouviam os choros. Ainda assim, ela fechou a porta que dava para a escada. Observou por alguns minutos Montes e Etxaide processando o quarto enquanto amaldiçoava o celular, que não tinha parado de vibrar dentro do bolso desde que saíra da delegacia. Nos últimos minutos, a entrada de notificações que indicavam chamadas perdidas havia se multiplicado. Ela verificou a cobertura de rede; dentro do casarão, como já esperava, esta havia diminuído de maneira considerável devido à espessura das paredes. Desceu a escada, passou silenciosa pela cozinha, reconhecendo aquele burburinho funesto e execrável que caracterizava as conversas de velório, e, aliviada, saiu para a rua. A chuva cessara por um momento, arrastada pelo vento que varria o céu e deslocava em grande velocidade a compacta massa nebulosa, mas sem conseguir abrir clareiras, o que reforçava a certeza de que voltaria a chover assim que a ventania diminuísse. Ela se afastou alguns metros da casa e examinou o registro de chamadas no celular. Uma ligação do doutor San Martín, uma do tenente Padua da Guarda Civil, uma de James e seis de Ros. Ligou primeiro para James, que recebeu contrariado a notícia de que ela não iria almoçar em casa.

— Mas, Amaia, hoje é o seu dia de folga...

— Prometo que vou para casa assim que puder, e vou te recompensar.

James não pareceu muito convencido.

— ... Temos uma reserva para jantar esta noite...

— Vou chegar bem a tempo; no máximo mais uma hora.

Padua atendeu de imediato.

— Inspetora, como está?

— Boa tarde. Bem, obrigada. Vi as suas ligações e... — Sua voz mal podia conter a ansiedade.

— Não há novidades, inspetora. Liguei porque hoje de manhã falei com o comando da Marinha de San Sebastián e com o de La Rochelle, na França. Todas as patrulhas do Cantábrico receberam o aviso e estão cientes do alerta.

Amaia suspirou, e Padua deve ter ouvido do outro lado da linha.

— Inspetora, a guarda costeira é de opinião, e eu também, de que um mês é tempo suficiente para que o corpo tivesse aparecido em algum ponto da costa. As correntes podem tê-lo levado por toda a Cornija Cantábrica, se bem que é mais provável que as correntes ascendentes o empurrassem para a França. No caso do rio, há outras opções: se tiver enroscado em algum objeto vai permanecer ancorado no fundo; ou, com o impulso das chuvas torrenciais, a corrente pode tê-lo arrastado várias milhas mar adentro e o depositado numa das grutas profundas tão comuns no golfo da Biscaia. Em muitos casos, os corpos nunca são encontrados e, dado o tempo decorrido desde o desaparecimento da sua mãe, devemos começar a descartar essa possibilidade. Um mês é muito tempo.

— Obrigada, tenente — respondeu Amaia, tentando disfarçar a decepção. — Se surgir alguma novidade...

— Eu aviso, pode ficar descansada.

Desligou e sepultou o celular no fundo do bolso enquanto assimilava o que Padua lhe dissera. Um mês é muito tempo no mar, um mês é muito tempo para um corpo. Ela achava que o mar sempre devolvia os seus mortos, ou não?

Enquanto ouvia o que Padua lhe dizia, seus passos erráticos a haviam levado a contornar a casa para fugir do incômodo ranger dos pedregulhos da entrada debaixo dos pés. Havia seguido o sulco que a água marcara no solo ao cair do telhado, e quando chegou à esquina traseira deteve-se no lugar em que se encontrava com a junção dos dois beirais. Percebeu um movimento atrás de si e reconheceu de imediato a velha senhora que se via nas fotografias do quarto com a menina no colo. Parada junto a uma árvore no campo nos fundos da casa, parecia falar com alguém; à medida que batia com suavidade no tronco da árvore, repetia uma e outra vez palavras que chegaram confusas até Amaia, e que parecia dirigir a um ouvinte que a inspetora não conseguia ver. Observou-a por alguns segundos até que a mulher se deu conta de sua presença e se encaminhou até ela.

— Em outros tempos, nós teríamos enterrado ela aí — declarou.

Amaia assentiu, baixando os olhos até a terra compacta onde era evidente o desenho que a água havia traçado ao cair do beiral. Não foi capaz de dizer nada enquanto lhe vinham à mente as imagens de seu cemitério familiar, os restos de uma mantinha de berço assomando por entre a terra escura.

— Acho isso mais piedoso do que deixá-la sozinha num cemitério ou cremá-la, como quer a minha neta… Nem tudo o que é moderno é melhor. Antigamente ninguém dizia às mulheres como elas deviam fazer as coisas; algumas de nós fazíamos mal, mas outras eu creio que fazíamos melhor. — A mulher falava em castelhano, mas, pela maneira como acentuava os erres, Amaia supôs que seria habitual fazê-lo em basco. Uma anciã *etxeko andrea* de Baztán, uma dessas mulheres calejadas que haviam presenciado um século e ainda tinham forças todas as manhãs para prender o cabelo em um coque, fazer a comida e dar de comer aos animais. Ainda eram visíveis os restos empoeirados do painço que havia carregado, à moda antiga, em seu avental preto. — É preciso fazer o que é preciso.

A mulher se aproximou de Amaia caminhando com dificuldade em suas botas de borracha verdes, mas Amaia reprimiu o impulso de a ajudar, sabendo que isso a aborreceria. Esperou imóvel e, quando a mulher a alcançou, estendeu-lhe a mão.

— Com quem estava falando? — perguntou, fazendo um gesto na direção do campo aberto.

— Com as abelhas.

Amaia reprimiu o ar de espanto.

Erliak, erliak
Gaur il da etxeko nausiya Erliak, erliak,
Eta bear da elizan argía.[1]

Ela se lembrava de ter ouvido a tia mencionar algo a esse respeito.

Em Baztán, quando alguém morria, a dona da casa ia ao campo, até o lugar onde se encontravam as colmeias, e por meio dessa fórmula mágica comunicava às abelhas a perda e a necessidade de que produzissem mais cera para as velas que deviam iluminar o defunto durante o velório e o funeral. Dizia-se que a produção de cera chegava a triplicar.

Ficou comovida com o gesto da mulher, quase lhe pareceu ouvir as palavras de Engrasi: "Voltamos às velhas técnicas quando todas as outras falham".

— Lamento a sua perda — disse.

A mulher ignorou a mão e a abraçou com uma força surpreendente. Quando a soltou, desviou os olhos para o chão de modo a evitar que Amaia pudesse ver suas lágrimas, que enxugou na barra do avental onde havia levado a ração para as galinhas. O ar de coragem, de valentia, aliado ao abraço, comoveu Amaia, despertando nela uma vez mais o orgulho antigo que sentia por aquelas mulheres.

— Não foi ele — declarou, de súbito.

Amaia ficou em silêncio. Sabia reconhecer perfeitamente o momento em que alguém ia fazer uma confidência.

— Ninguém me escuta porque não passo de uma velha, mas eu sei quem matou a nossa menina, e não foi aquele imprestável do pai dela. Aquele lá só se interessa por carros, motos e aparência; gosta mais de dinheiro do que os porcos de maçã. Conheci muitos como ele, alguns

---

[1] Abelhas, abelhas./ Hoje morreu o amo da casa./ Abelhas, abelhas./ E precisa de luz na igreja. (N.A.)

até me fizeram a corte quando eu era nova, vinham me buscar de moto e de carro, mas a mim essas coisas não importavam. Procurei um homem de verdade...

A anciã começava a divagar. Amaia trouxe-a de volta à realidade.

— A senhora sabe quem fez aquilo?

— Sei, já falei para aquelas lá — respondeu, fazendo um gesto vago para a casa —, mas como sou uma velha, ninguém me dá bola.

— Eu dou. Me diga quem matou a bebê.

— Foi *Inguma*, foi *Inguma* quem fez aquilo — afirmou, e, para confirmar, acentuou, com um movimento de cabeça.

— Quem é *Inguma*?

A anciã a encarou, e em seu rosto Amaia pôde ver a pena que lhe causava.

— Pobre criança! *Inguma* é o demônio que bebe a respiração das crianças enquanto elas dormem. *Inguma* entrou pelas frestas, sentou em cima do peito da menina e bebeu a alma dela.

Amaia abriu a boca, desconcertada, e voltou a fechá-la, sem saber o que dizer.

— Você também acredita que não passam de lendas de velha — acusou-a a anciã.

— Não...

— Na história de Baztán está escrito que uma vez *Inguma* acordou e levou com ele centenas de crianças. Os médicos disseram que foi a coqueluche, mas foi *Inguma*, que veio roubar a respiração delas enquanto dormiam.

Inés Ballarena surgiu pela parte lateral da casa.

— *Ama*, mas o que está fazendo aqui? Eu falei que já tinha dado de comer para eles hoje de manhã. — Ela segurou a anciã pelo braço e se dirigiu a Amaia: — Desculpe a minha mãe, já tem muita idade e também ficou bastante afetada com tudo o que aconteceu.

— Claro... — sussurrou Amaia enquanto, aliviada, atendia o celular que tocava, afastando-se alguns passos para poder falar. — Doutor San Martín, já terminaram? — perguntou, consultando as horas no relógio.

— Não, aliás acabamos de começar — respondeu o médico, pigarreando. — Um colega veio me ajudar neste caso — disse, tentando disfarçar sua sensibilidade em relação àquele assunto —, mas achei pertinente ligar para você, tendo em vista o que descobrimos. Tudo indica que a menina foi sufocada enquanto dormia. Foi colocado sobre o seu rosto um objeto mole como uma almofada ou um travesseiro; você teve oportunidade de ver a marca que aparece acima da ponte do nariz. Tenha em conta as medidas para procurar o objeto que foi usado, mas adianto que nas pregas dos lábios nós encontramos umas fibras brancas suaves que ainda estamos analisando, mas que vão lhe dar uma pista da cor. Além disso nós temos vários rastros de saliva por todo o rosto, a maioria da menina, mas já adianto que há pelo menos uma amostra diferente, pode ser que não seja nada, talvez um dos familiares tenha beijado a menina e deixou o rastro...

— Quando você vai poder me dizer mais alguma coisa?

— Dentro de algumas horas.

༄

Amaia correu atrás das mulheres, que já alcançavam a porta principal.

— Inés, você deu banho na menina naquela noite, antes de colocá-la no berço?

— Sim, um banho à noite a deixava muito relaxada — respondeu, entristecida.

— Obrigada — respondeu, correndo escada acima. — Procurem alguma coisa macia e branca — disse enquanto irrompia pelo quarto, ao mesmo tempo que Montes levantava o braço para lhe mostrar o conteúdo de um dos sacos de provas.

— Urso-polar branco — retorquiu o inspetor, sorrindo e apontando para o ursinho aprisionado dentro do saco.

— Como o...?

— Chamou nossa atenção por estar com um cheiro muito ruim — explicou Jonan. — Depois reparamos no pelo amarfanhado...

— Cheiro ruim? — replicou Amaia, intrigada. Um bichinho de pelúcia sujo não se encaixava naquele quarto onde tudo havia sido cuidado com esmero e carinho até o mais ínfimo detalhe.

— Cheiro ruim é pouco; está fedendo — corroborou Montes.

Capítulo 6

No caminho para a delegacia, três novas ligações de Ros juntaram-se às anteriores. Ela mal conseguiu conter a impaciência para ligar de volta, mas não o fez, pois pressentia que aquela urgência incomum na irmã era o prelúdio de uma conversa aos gritos que não estava com vontade de ter na frente dos colegas. Assim que se sentou no carro, telefonou para ela. Ros atendeu num sussurro, como se tivesse estado à espera daquela chamada, com o telefone na mão.

— Ah, Amaia, você pode vir até aqui?
— Sim, posso. O que aconteceu, Ros?
— É melhor você vir e descobrir por conta própria.

❧

Ela cumprimentou os operários que trabalhavam na parte da frente da fábrica e foi para o escritório. Ros estava de pé diante da porta, impossibilitando-a de ver lá dentro.

— Ros, quer me contar o que está acontecendo?

Quando a irmã se virou, tinha o rosto cinza, e em seguida Amaia percebeu por quê.

— Caramba, chegou a cavalaria! — foi o cumprimento de Flora ao vê-la. Amaia disfarçou a surpresa e, depois de dar um breve beijo em Ros, aproximou-se da outra irmã.

— Não sabíamos que você viria, Flora. Como está?
— Bem, tão bem quanto é possível estar, dadas as circunstâncias... — Amaia olhou para ela sem entender. — A nossa mãe morreu há um mês e de maneira horrível. Só eu me dei conta disso? — retorquiu, com sarcasmo.

Amaia virou-se para Ros e sorriu antes de responder.

— Claro, Flora, o mundo inteiro sabe que você tem um índice de sensibilidade acima da média.

Flora recebeu o golpe com um sorriso irônico e se deslocou até se colocar atrás da mesa. Ros permaneceu imóvel no mesmo lugar. Com as mãos soltas ao lado do corpo, era a imagem do desamparo; mas em seus olhos brilhava uma espécie de fúria reprimida que começava também a retesar sua boca.

— Vai ficar muito tempo, Flora? — perguntou Amaia. — Imagino que com as filmagens do seu programa não deve ter muito tempo livre.

Flora se sentou à mesa e ajustou a cadeira à sua altura antes de responder.

— É verdade, tenho muito trabalho, mas diante das circunstâncias... Eu tinha a intenção de tirar uns dias — disse enquanto arrumava de novo a mesa. Ros cerrou ainda mais a boca e Flora reparou nesse gesto.

— ... se bem que talvez decida prolongar a minha estada mais um pouco — comentou, com ar distraído, enquanto com o pé empurrava o cesto de lixo, colocando-o debaixo da mesa e jogando lá dentro post-its coloridos, um copo de papel com desenhos de florzinhas e duas ou três canetas com pompons que pertenciam, sem dúvida, a Ros.

— Ah, isso seria perfeito. A tia vai ficar contente em te ver quando você passar lá em casa mais tarde. Mas, Flora, quando pensar em vir à fábrica, avise com antecedência. A Ros tem muito trabalho, finalmente conseguiu assinar aquele contrato com os supermercados franceses com os quais você tanto relutou, e não tem tempo a perder arrumando a bagunça que você deixa por onde passa — disse Amaia, inclinando-se sobre o cesto de lixo e depositando de novo os objetos em cima da mesa.

— Os Martinié — sussurrou Flora, com amargura.

— *Oui* — respondeu Amaia, sorrindo como se aquilo fosse muito divertido.

O rosto de Flora refletia a humilhação que o assunto pressupunha para ela, mesmo assim ela não se rendeu.

— Fui eu que fiz todo o trabalho de aproximação e os contatos, passei mais de um ano atrás deles...

— Pois na primeira reunião com Ros eles fecharam o acordo — respondeu Amaia, em tom jovial.

Flora contemplava Ros com ar fixo, e esta, como que para se afastar da influência do olhar da irmã, aproximou-se da cafeteira e começou a ajeitar as xícaras.

— Querem tomar um café? — perguntou, quase num sussurro.

— Eu quero — respondeu Amaia, sem parar de olhar para Flora.

— Eu não — retorquiu esta. — Não quero tirar mais tempo da Ros agora que as coisas estão indo tão bem para ela — declarou, pondo-se de pé. — Só queria contar a vocês que vim assumir os preparativos do funeral da *ama*.

A notícia desconcertou Amaia. A possibilidade de um funeral nem havia passado pela sua cabeça.

— Mas... — começou a dizer.

— Sim, já sei que não é oficial e que todas gostaríamos de pensar que de alguma maneira ela conseguiu sair do rio e se salvar, mas a verdade é que isso é muito pouco provável — comentou, olhando Amaia nos olhos. — Falei com o juiz de Pamplona que está encarregado do caso e ele concorda que fazer o funeral é pertinente.

— Você ligou para o juiz?

— Ele me ligou. Um homem encantador, a propósito.

— Sim, mas...

— Mas o quê? — pressionou-a Flora.

— É que... — Engoliu em seco antes de falar, e sua voz saiu esquisita. — Não podemos ter certeza de que ela morreu sem que o corpo apareça.

— Pelo amor de Deus, Amaia! Uma mulher idosa que passou tanto tempo imobilizada não tinha nenhuma chance no rio; você viu a roupa que encontraram na água.

— Não sei... Em todo caso ela não seria considerada oficialmente morta.

— Eu acho que é uma boa ideia — interrompeu Ros. Amaia fitou-a, surpresa com a atitude da irmã.

— Sim, Amaia, acho que o melhor é virar essa página, fazer um funeral pela alma da *ama* e encerrar este capítulo de uma vez por todas.

— O fato é que eu não posso, não acredito que ela esteja morta.

— Pelo amor de Deus, Amaia! — guinchou Flora. — E onde está, então? Onde se supõe que possa estar? Para onde ela poderia ir no meio do bosque e durante a noite? — Baixou o tom de voz antes de acrescentar: — O rio a levou, Amaia. A nossa mãe morreu no rio, está morta.

Amaia cerrou os lábios e fechou os olhos.

— Flora, se precisar de ajuda com os preparativos, me avise — ofereceu Ros.

Flora não respondeu, pegou a bolsa e se encaminhou para a saída.

— Depois eu informo o dia e a hora, quando tiver certeza.

As duas irmãs ficaram em silêncio depois da saída de Flora, sorvendo os respectivos cafés numa atitude íntima e pacificadora, suficiente para neutralizar a energia que como uma tempestade elétrica ficara pairando no ar. Por fim, foi Ros quem falou:

— Ela está morta, Amaia.

Amaia soltou um suspiro profundo.

— Não sei...

— Não sabe ou ainda não admitiu? — Amaia a encarou. — Você passou a vida toda fugindo dela e se acostumou com isso, a viver com a ameaça e a certeza de que ela estava em algum lugar e que não tinha esquecido de você. Eu sei o quanto você sofreu, mas agora isso faz parte do passado, Amaia, finalmente faz parte do passado. A *ama* está morta, e, que Deus me perdoe, não lamento. Eu sei quanta dor ela te causou e o que ela esteve prestes a fazer com o Ibai, mas acabou. Eu também vi o casaco, ensopado como estava. Pesava como chumbo. Ninguém poderia ter sobrevivido no rio em plena noite. Pense bem e aceite, a mãe está morta.

☙

Ela estacionou em frente à casa de Engrasi e, sentada no carro, deleitou-se com a luz dourada que iluminava as janelas do lado de dentro como se um sol pequeno ou uma lareira perpétua ardessem no coração daquele lugar. Olhou para o céu por entre as nuvens; começava a anoitecer. Durante todo o dia fora necessário manter as luzes acesas dentro de casa, mas era agora, quando a escuridão lá fora se tornava evidente, que surgia em todo o seu esplendor. Lembrava-se de que, às vezes, quando era pequena e a tia a mandava pôr o lixo na rua, se entretinha se sentando na mureta do rio para observar a fachada da casa iluminada, e, quando a tia a chamava e por fim entrava com as mãos e o rosto frios, a sensação de voltar ao lar era tão grata que ela transformou aquela brincadeira num hábito, numa espécie de ritual taoista para prolongar o prazer de regressar. Nos últimos tempos, havia deixado de fazer isso; a urgência a arrebatava assim que chegava à porta, e o desejo de voltar a ver Ibai a fazia se precipitar para dentro de casa com a alegria de vê-lo, de tocar nele, de beijá-lo, e se lembrar daquela brincadeira linda e íntima a fez pensar na maneira quase doentia com que continuava a se apegar àquelas coisas, às coisas que haviam salvado sua vida, às coisas que haviam preservado sua sanidade mental, mas que talvez agora precisava deixar no passado. Saiu do carro e entrou em casa.

Sem tirar o casaco, entrou na sala, onde a tia guardava o baralho e os tentos de sua habitual partida de cartas com o alegre grupo. James segurava com ar distraído um livro, que não lia, enquanto vigiava Ibai, que repousava num moisés colocado em cima do sofá. Amaia se sentou ao lado de James e, pegando sua mão, disse:

— Lamento, de verdade. As coisas se complicaram e eu não consegui chegar mais cedo.

— Não faz mal — ele respondeu, sem grande convicção, ao mesmo tempo que se debruçava a fim de beijá-la.

Só então ela tirou o casaco, que jogou nas costas do sofá, e pegou Ibai no colo.

— A *ama* andou o dia todo por aí e estava com muita saudade. E você, estava com saudade de mim? — sussurrou, abraçando o bebê, que respondeu se agarrando com força a seus cabelos e puxando-os de forma dolorosa. — Suponho que vocês devem ter sabido do que aconteceu na capela mortuária esta manhã...

— Sim, as meninas nos contaram. É uma desgraça terrível o que aconteceu com essa família. Eu os conheço a vida toda e são boas pessoas, e perder um bebê dessa maneira... — disse a tia, aproximando-se de modo a pôr a mão sobre a cabecinha de Ibai —, nem quero pensar numa coisa dessas.

— É normal que o pai tenha enlouquecido de dor. Não sei como eu reagiria — declarou James.

— Bom, por enquanto se trata de uma investigação em aberto, e não posso falar sobre ela, mas em todo caso essa não foi a única coisa que me manteve ocupada esta tarde. Estou vendo que ela não passou por aqui, senão vocês teriam me contado assim que cheguei.

Ambos olharam para ela em expectativa.

— A Flora está em Elizondo. A Ros me ligou muito nervosa, porque a primeira coisa que ela fez foi passar pela fábrica para meter o nariz em tudo e soltar aquela conversa de sempre, já sabem, bem ao estilo dela, e depois anunciou que vai ficar uns dias aqui para organizar um funeral para a Rosario.

Engrasi parou suas idas e vindas trazendo copos para encarar Amaia, com ar preocupado.

— Bom, você sabe que não tenho grande simpatia pela sua irmã Flora, mas acho que é uma boa ideia — comentou James.

— James! Como pode dizer uma coisa dessas? Nem sabemos se ela está morta! Organizar um funeral é muito fora de propósito.

— Não, não é. Faz mais de um mês que o rio arrastou a Rosario...

— Não sabemos — interrompeu Amaia. — O fato de o casaco ter aparecido no rio não significa nada. Ela também pode ter jogado ele lá para despistar.

— Para despistar? Escute bem o que está dizendo, Amaia. Você está falando de uma mulher idosa em plena noite, no meio de uma tempestade, sendo obrigada a enfrentar um rio que transbordou; acho que você está atribuindo a ela habilidades que são muito pouco prováveis que tivesse.

Engrasi parara a meio caminho entre a mesa de pôquer e a cozinha e escutava, cerrando os lábios.

— Pouco provável? Você não a viu, James. Saiu daquele hospital andando, veio até esta casa, esteve no mesmo lugar onde estou agora e levou o nosso menino; caminhou centenas de metros pelo monte, do local onde deixaram o carro até a gruta, e quando saiu de lá não era uma anciã cambaleante; era uma mulher determinada e segura. Eu estava lá.

— Tem razão, eu não estava lá — respondeu James, com dureza. — Mas diga uma coisa: para onde ela foi, onde está, por que motivo ainda não apareceu? Mais de duzentas pessoas procuraram por ela durante horas, o casaco apareceu no rio, e a conclusão é que foi arrastada pelas águas; a Guarda Civil concordou, a Proteção Civil concordou, eu falei com Iriarte e ele concordou, até o seu amigo juiz concordou — disse James, de maneira intencional. — A sua mãe foi levada pelo rio.

Ignorando as insinuações do marido, Amaia começou a negar com um movimento de cabeça enquanto embalava de forma ritmada Ibai, que, contagiado pela tensão, havia começado a choramingar.

— Pois a mim não importa. Eu não acredito nisso — respondeu, em tom depreciativo.

— É aí que está o problema, Amaia — sentenciou James, levantando o tom de voz. — Eu acho, eu não acredito, eu e eu. Já parou para pensar no que os outros sentem? Você concebe por um momento a possibilidade de que as outras pessoas também sofram? De que as suas irmãs precisam dar esta porra de episódio por encerrado de uma vez por todas, que você e aquilo que você acha não sejam o centro do universo?

Ros, que entrava nesse momento, parou à porta, alarmada pela tensão que se respirava entre os dois.

— Não tenho dúvida nenhuma de que você sofreu muito, Amaia — continuou James, mas não foi a única a sofrer. Pare por um momento para pensar nas necessidades dos outros. Acho que não há nada de ruim no que a sua irmã está tentando fazer; e mais: creio que pode ser um exercício bastante benéfico para a saúde mental de todos, incluindo a minha. Se vierem a realizar esse funeral, eu vou comparecer, e espero que você me acompanhe... Desta vez.

Havia uma censura velada nas palavras dele. Tinham conversado sobre o assunto, ela julgava que estava tudo resolvido, e o fato de o ter posto em evidência no meio dessa conversa que nada tinha a ver com o caso a magoou um pouco, contudo a surpreendeu ainda mais, porque James não era assim. Ibai chorava a plenos pulmões; a tensão de sua voz, de seus músculos, e a respiração acelerada haviam contagiado o menino, que se debatia nervoso em seus braços. Ela o abraçou, esforçando-se para acalmá-lo, e, sem dizer nada, dirigiu-se ao andar de cima depois de cruzar com Ros, que continuava parada e em silêncio na entrada da sala.

— Amaia... — sussurrou quando a irmã passou por ela.

James a viu sair da sala e olhou desconcertado para Ros e para a tia.

— James... — começou Engrasi a dizer.

— Não, tia, não. Eu te peço, por favor, te imploro, e peço isso porque sei que à senhora a Amaia dará ouvidos. Não a incentive, não acalente mais o medo dela, não alimente as dúvidas que ela tem, pois, se existe alguém que pode ajudá-la a virar essa página, esse alguém é a senhora. Nunca te pedi nada, mas faço isso agora, porque sinto que estou perdendo Amaia, tia, estou perdendo a minha mulher — declarou James, com ar abatido, ao mesmo tempo que se sentava de novo na poltrona.

❧

Amaia embalou Ibai até que ele parou de chorar, depois se deitou na cama, colocando-o a seu lado para desfrutar do olhar límpido do filho, que com suas mãozinhas desajeitadas percorreu seu rosto, tocando seus olhos, o nariz, a boca, até que pouco a pouco foi adormecendo. Do mesmo modo que antes a tensão passara para o bebê, agora a placidez e a calma da criança contagiaram a mãe.

Ela sabia como fora importante para James expor no Guggenheim naquela época, e compreendia que ele ficara decepcionado porque ela não estivera a seu lado, mas haviam conversado sobre o assunto; se ela tivesse ido, talvez agora Ibai estivesse morto. Ela sabia que James compreendia isso, mas às vezes entender as coisas não era suficiente para aceitá-las. Soltou um suspiro profundo e, como num eco, Ibai suspirou também. Enternecida, ela se debruçou sobre o filho para beijá-lo.

— Meu amor — sussurrou enquanto contemplava, enlevada, as feições pequenas e perfeitas do filho, e uma placidez quase mística, que só alcançava ao lado dele, começou a envolvê-la, e a enfeitiçá-la com seu perfume de bolachas e manteiga, relaxando seus músculos e mergulhando-a com toda a suavidade num sono profundo.

❧

Ela sabia que era um sonho, sabia que estava dormindo e que era o perfume de Ibai que inspirava suas fantasias. Estava na fábrica, muito antes de esta ter se transformado num lugar digno de pesadelos; seu pai, vestido com uma jaqueta branca, estendia a massa folhada com um rolo de aço, antes de o rolo passar a ser uma arma. Das placas brancas de massa desprendia o odor engordurado da manteiga. As notas de música provenientes de um pequeno rádio propagavam-se por toda a fábrica do alto da prateleira onde o pai o havia colocado. Não reconheceu a canção; no entanto, no sonho, a menina que era então cantarolava palavras soltas da letra. Gostava de estar sozinha com ele, gostava de vê-lo trabalhar e de ficar dando voltas ao redor da mesa de mármore aspirando o aroma que, sabia agora, era de Ibai, e naquela altura era o das bolachas de massa folhada. Era feliz. Daquela maneira que só podem ser as meninas muito amadas pelos pais. Quase tinha esquecido, quase tinha esquecido de que ele a amara tanto, e recordá-lo, ainda que em sonhos, a fez feliz de novo. Deu mais uma volta, um novo passo de dança em que não tocava no chão. Esboçou uma elegante pirueta e se virou para o pai, sorrindo, mas ele já não estava mais ali. A mesa de amassar estava limpa, não entrava luz pelas janelinhas junto ao teto. Precisava se apressar; tinha de voltar de imediato, antes que ela desconfiasse de alguma coisa. "O que está fazendo aqui?" O mundo ficou muito pequeno e escuro, curvando-se nos extremos e transformando o cenário de seu sonho num túnel por onde devia caminhar; os poucos passos que a separavam da porta da fábrica transformaram-se em centenas de metros de galeria curvada que a distanciavam de um destino onde podia ver uma pequena luz que continuava a brilhar lá no fundo. Depois, nada, a piedosa escuridão que cegou seus olhos com o sangue que lhe escorria da cabeça. "Sangrar não dói, sangrar é uma coisa plácida e doce, como se transformar em óleo e se derramar", dissera Dupree. "E, quanto mais uma pessoa sangra, menos se importa." É verdade, não me importa, pensou a menina. Amaia sentiu pena, porque as meninas não devem se resignar a morrer, mas também a entendeu, e, embora lhe despedaçasse o coração, deixou-a em paz. Primeiro ouviu seus arquejos, a respiração acelerada, excitada pelo prazer. E depois, ainda sem abrir os olhos, sentiu que se aproximava, lenta, inexorável, ávida de seu sangue e de sua respiração. Seu peito pequeno de menina mal continha o oxigênio necessário para conservar o fio de consciência que a unia à vida. A presença como um peso se apoiou sobre seu abdome, esmagando seus pulmões, que esvaziaram como um lento fole, deixando que o ar fluísse por entre seus lábios, ao mesmo tempo que outros, sedentos e cruéis, pousavam sobre a boca da menina para roubar seu último fôlego.

☙

James entrou no quarto e fechou a porta atrás de si. Sentou-se na cama perto dela e durante um minuto a observou dormindo com o deleite que provoca contemplar o descanso dos verdadeiramente esgotados. Puxou uma manta colocada aos pés da cama, cobriu-a até a cintura e se debruçou sobre Amaia para beijá-la no momento exato em que ela abriu os olhos, louca de medo e sem o ver; sobressaltada e aliviada nesse instante, voltou a se recostar no travesseiro.

— Não é nada, estava sonhando — sussurrou, repetindo a frase que como um esconjuro recitara desde a infância quase todas as noites. James tornou a se sentar na cama olhando para ela, sem dizer uma palavra, até que Amaia sorriu de leve e ele se debruçou para abraçá-la.

— Você acha que ainda vão servir comida para nós naquele restaurante?

— Já cancelei a reserva; hoje você está muito cansada. Vamos deixar para outro dia...

— Que tal amanhã? Tenho que ir a Pamplona, mas prometo que vou tirar a tarde de folga. Vou passá-la com você e Ibai e à noite você vai ter que me pagar esse jantar — acrescentou, brincando.

— Desça para comer alguma coisa — pediu James.

— Não estou com fome.

Mesmo assim, o marido ficou de pé, estendeu a mão para ela, sorrindo, e Amaia o seguiu.

Capítulo 7

O DOUTOR BERASATEGUI CONTINUAVA A manter a rigidez e a firmeza na expressão, próprios de um psiquiatra de renome, e seu aspecto continuava cuidado e impecável; quando o homem entrelaçou as mãos em cima da mesa, Amaia observou que chamava a atenção inclusive um esmerado trabalho de manicure. Não sorriu, cumprimentou-a com um educado bom-dia e ficou em silêncio à espera de que ela falasse.

— Doutor Berasategui, devo admitir que foi uma enorme surpresa ter aceitado me receber. Suponho que a rotina carcerária deve ser difícil para um homem como o senhor.

— Não sei a que se refere. — A resposta do homem pareceu-lhe sincera.

— Doutor, não precisa disfarçar na minha presença. Durante o último mês li a sua correspondência, visitei a sua casa em diversas ocasiões e, como já sabe, tive oportunidade de conhecer as suas preferências culinárias... — O homem sorriu brevemente ante a última menção. — Só por causa disso, a sua vida aqui já deve ser insuportável, vulgar e tediosa, e não é nada comparado com o que deve pressupor para o senhor não poder exercer o seu passatempo preferido.

— Não me subestime, inspetora. Entre as minhas muitas habilidades também se encontra a da adaptação. Acredite em mim, este estabelecimento prisional não difere muito de um internato na Suíça para rapazes problemáticos. Quando se viveu isso, a pessoa está preparada para tudo.

Amaia fitou-o em silêncio alguns segundos antes de voltar a falar.

— Que o senhor é um homem hábil eu já sabia; hábil, seguro e capaz. Necessariamente precisa ser tudo isso para ter conseguido subjugar todos aqueles desgraçados que assumiram os seus crimes no seu lugar.

O homem exibiu um sorriso aberto pela primeira vez.

— Está enganada, inspetora. Nunca foi minha intenção que assinassem a minha obra no meu lugar, só que a encenassem. Sou uma espécie de diretor de palco — esclareceu.

— Sim, e com um ego do tamanho de Pamplona... É por isso que para mim há algo que não se encaixa, algo que quero que me explique: por que razão uma mente brilhante e poderosa como a sua acabou obedecendo a ordens de uma velha senil?

— Não foi assim.

— Ah, não? Pois olhe que eu assisti às imagens das câmeras da clínica onde se via o senhor bastante submisso.

Utilizou a palavra "submisso" de caso pensado, sabendo que o ofenderia com o pior dos insultos. Berasategui passou com suavidade os dedos pelos lábios cerrados, num gesto inconfundível de contenção verbal.

— Quer dizer então que uma pobre mulher doente planejou a fuga de uma prestigiada clínica e convenceu um eminente psiquiatra e um brilhante, como disse?, ah, sim, diretor de palco a ser seu cúmplice num atabalhoado plano de fuga que acabou com uma sendo arrastada pelo rio e o outro preso. Permita-me dizer que desta vez o trabalho não foi bem-feito.

— Está redondamente enganada — ele se gabou, presunçoso. — Tudo saiu conforme o esperado.

— Tudo?

— Exceto a surpresa em relação ao garoto, mas isso não era da minha conta; se tivesse sido eu a controlar toda a operação, teria sabido.

Berasategui parecia ter restaurado de novo sua habitual segurança.

Amaia sorriu.

— Ontem fui visitar o seu pai.

Berasategui respirou fundo, enchendo os pulmões, e depois deixou escapar o ar devagar. Aquilo o aborrecia.

— Não vai me perguntar por ele? Não lhe interessa saber como está? Não, claro que não. É apenas um velho de quem você se serviu para localizar os túmulos dos *mairus* da minha família.

O homem ficou impassível.

— Entre os ossos que abandonaram na igreja havia uns diferentes, e aquele tapado do Garrido não poderia saber de maneira nenhuma onde os encontrar; ninguém teria sabido, exceto alguém que tivesse falado com Rosario, porque só ela poderia dispor dessa informação. Onde está esse corpo, doutor Berasategui? Onde está esse túmulo?

O homem inclinou a cabeça para o lado e esboçou o vislumbre de um sorriso autossuficiente que denotava o quanto tudo aquilo o divertia.

Amaia apagou o sorriso do rosto dele com a frase seguinte:

— O seu pai se mostrou bem mais falante do que o senhor. Ele me contou que o senhor jamais ficava ali para passar a noite, que pernoitava num hotel, mas já verificamos e sabemos que isso não é verdade. Vou lhe dizer o que eu penso. Acho que o senhor tem outra casa em Baztán, um esconderijo, um lugar seguro onde guarda aquelas coisas que ninguém pode ver, aquelas coisas de que o senhor não consegue se desligar, o lugar para onde levou a minha mãe naquela noite, o lugar onde trocou de roupa e o lugar para onde regressou quando saiu da gruta, abandonando-o.

— Não sei do que você está falando.

— Estou falando que Rosario não trocou de roupa na casa do seu pai, e também não o fez no seu carro, e de que existe um espaço em branco entre a saída do hospital e a sua visita à casa da minha tia, um tempo em que o senhor nos manteve bastante entretidos com os souvenires deixados no seu apartamento, um tempo em que vocês tiveram de ir a algum lugar. E não foi a casa do seu pai. Doutor, quer me fazer acreditar que um homem como o senhor não tinha previsto essa eventualidade? Não insulte a minha inteligência tentando me fazer acreditar que agiu como um idiota sem um plano...

Desta vez o homem precisou tapar a boca com as duas mãos para refrear o impulso de falar.

— Onde fica a casa? Onde fica o lugar para onde a levou? Ela está viva, não é?

— E a senhora, o que acha? — ele respondeu, de maneira inesperada.

— Acho que o senhor preparou um plano de fuga, e acho que ela o seguiu.

— Gosto da senhora, inspetora. É uma mulher inteligente, é preciso ser para dar valor à inteligência. Tem razão, há coisas de que sinto falta aqui, sobretudo de ter uma conversa interessante com alguém que tenha um coeficiente de inteligência superior a oitenta e cinco — retorquiu, fazendo um gesto displicente para os funcionários que guardavam a porta. — E só por isso que vou lhe oferecer um presente. — Inclinou-se para falar no seu ouvido. Amaia não se alarmou, ainda que lhe tenha parecido curioso que os guardas não o repreendessem. — Escute bem, inspetora, porque é uma mensagem da sua mãe.

Amaia reagiu com um sobressalto, mas já era tarde. O homem estava muito próximo; ela conseguia sentir o perfume de sua loção de barbear. Segurou-a com força pela nuca, e ela chegou a sentir os lábios dele roçarem sua orelha: "Durma com um olho aberto, cadelinha, porque mais cedo ou mais tarde a *ama* vai acabar te comendo". Amaia segurou seu pulso com força para o obrigar a soltá-la e recuou aos tropeções, derrubando a cadeira onde estava sentada. Berasategui voltou a ocupar seu lugar enquanto massageava o pulso.

— Não mate o mensageiro, inspetora — disse, sorrindo.

Ela continuou a recuar até a porta e olhou alarmada para os guardas, que permaneciam impassíveis.

— Abram a porta!

Os homens continuaram no respectivo lugar, observando-a em silêncio.

— Não me ouviram? Abram a porta, o preso me atacou!

Louca de medo, encaminhou-se para o homem que se encontrava mais próximo e ficou perto dele; falou tão perto do rosto dele que gotículas de saliva salpicaram seu rosto.

— Abra a porta, desgraçado, abra a porta ou eu juro por Deus que...! — O guarda a ignorou e dirigiu o olhar para Berasategui que, com um displicente gesto de cabeça, autorizou. Os guardas abriram a porta e sorriram para Amaia enquanto liberavam sua passagem.

complicassem... Não posso acreditar que um homem tão organizado como Berasategui não tivesse previsto alguma coisa desse tipo.

Markina ficou silencioso do outro lado da linha.

— Mas não é isso que eu quero lhe contar. A entrevista correu bem até que perguntei a ele se Rosario continuava viva... Então ele me transmitiu uma mensagem dela.

— Amaia, o homem é um manipulador, jogou com você — ele retrucou, abandonando todos os formalismos. — Ele não tem mensagem nenhuma da sua mãe. Você se ofereceu de bandeja, ele viu a sua fraqueza e atacou por aí.

Amaia soltou um suspiro profundo, começando a se arrepender de ter lhe contado aquilo.

— O que ele te falou exatamente?

— Isso é o de menos. O que importa é o que aconteceu depois. Enquanto falava comigo, ele se aproximou muito de mim e chegou a me tocar.

— Ele fez alguma coisa com você? — interrompeu Markina, alarmado.

— Havia dois guardas conosco dentro da sala, e eles nem se mexeram — continuou Amaia. — Ele não fez nada comigo. Eu me soltei da mão dele e recuei até a porta, mas os guardas permaneceram impassíveis enquanto eu gritava para eles abrirem a porta, e chegaram a esperar que Berasategui os autorizasse a fazer isso com um gesto.

— Você está bem? Tem certeza de que está bem? Se ele te fez algum mal...

— Estou bem — interrompeu Amaia. — Parecem cães dele. Até se deu ao luxo de brincar na frente deles sobre a sua pouca inteligência, e os homens lhe obedeceram com total submissão.

— Onde você está? Quero vê-la. Me diga onde e eu vou te encontrar agora mesmo.

Amaia olhou ao redor, desorientada.

— O diretor está viajando, e eu não conheço o adjunto dele, mas é primordial fazer alguma coisa rápido. Não sabemos quantos funcionários já estão subjugados.

— Eu cuido disso. Tenho aqui o telefone pessoal do diretor. Vou ligar para recomendar que o transfiram para uma ala de segurança máxima e que o isolem; dentro de dez minutos vai estar tudo resolvido. Mas agora eu preciso te ver. Preciso ver que você está bem.

Amaia se inclinou para a frente, encostando a testa no volante e tentando ordenar os pensamentos: a urgência desesperada na voz de Markina lhe causava uma inquietação incontrolável; a preocupação dele parecia sincera, e a maneira impulsiva como havia reagido ante a possibilidade de que ela sofresse algum mal lhe pareceu feroz e lisonjeira.

— Já chegou às suas mãos o relatório do patologista sobre o caso Esparza?

— Não. Quero te ver agora.

— A minha irmã me contou que o senhor ligou para ela.

— É verdade. Ela ligou para o meu gabinete; a minha secretária me passou o recado e quando reparei no sobrenome retornei a ligação por consideração à sua família. Um assunto pessoal; ela queria saber se seria apropriado fazer um funeral para a sua mãe. Respondi que não tinha nenhuma objeção. E agora eu quero te ver.

Amaia sorriu diante da insistência do juiz. Devia ter imaginado que a versão de Flora seria um tanto quanto adulterada.

— Estou bem, de verdade. Agora não posso, preciso voltar para a delegacia. O relatório do patologista deve estar para chegar.

— Quando, então?

— Quando o quê?

— Quando vou te ver? Você disse "agora não posso". Quando?

— Estou recebendo outra ligação — mentiu —, preciso desligar.

— Está bem, mas me prometa que não vai voltar a ver o Berasategui sozinha. Se alguma coisa tivesse acontecido com você...

Amaia desligou e ficou imóvel por alguns minutos, contemplando a tela vazia.

Capítulo 9

A LUZ ESCASSA E O CÉU COBERTO de nuvens escuras que se estendia sobre Pamplona, conseguindo vir a ser rebatizada por seus habitantes como Mordor,[2] foram substituídos em Baztán por outro céu mais claro e degradê, por uma espécie de neblina brilhante que feria os olhos quando se olhava para o céu e embelezava a paisagem com uma estranha luz que, no entanto, não permitia vislumbrar nada a distância. A delegacia de Elizondo estava inusitadamente tranquila em comparação com o dia anterior, e quando saiu do carro, ela verificou que o silêncio se estendera como um cobertor sobre o vale, permitindo, daquele ponto, escutar o barulho do rio Txokoto, que mal se conseguia ver dali, escondido atrás das pedras centenárias das casas de Elizondo. Olhou para dentro do escritório: meia dúzia de fotografias do berço, do urso, do cadáver assomando dentro da mochila onde Valentín Esparza o levava e do caixão vazio de onde havia roubado o corpo da filha, e o relatório do patologista aberto em cima de sua mesa. San Martín confirmava a asfixia como causa da morte da menina. O formato e as medidas do nariz do urso se encaixavam perfeitamente na marca de pressão que a menina tinha na testa, e as fibras macias encontradas na comissura dos lábios dela pertenciam ao ursinho. Os rastros de saliva que havia no rosto da bebê e no pelo do urso correspondiam à menina e a Valentín Esparza, e o penetrante e nauseabundo odor que o bichinho exalava tinham origem no terceiro rastro, cuja origem ainda não se havia determinado.

— Não é concludente — explicou Montes. — O pai pode afirmar que beijou a bebê quando se despediu dela ao deixá-la na casa da sogra.

— Quando San Martín me confirmou que havia saliva, perguntei à avó se tinha dado banho na menina, e ela me respondeu que sim; deu

---

[2] Mordor é uma região montanhosa situada na Terra Média, cenário das histórias criadas por J. R. R. Tolkien. (N.E.)

banho antes de a colocar no berço. Se houvesse algum vestígio de saliva dos pais, o banho teria eliminado — explicou Amaia.

— Um advogado diria que em algum momento ele beijou o ursinho com que a bebê foi asfixiada e que a saliva chegou à pele da menina por transferência — disse Iriarte.

Zabalza ergueu uma sobrancelha, intrigado.

— O quê? Não é tão estranho assim — justificou-se Iriarte, procurando apoio em Amaia. — Quando eram menores, os meus filhos me obrigavam a beijar todos os bichinhos deles.

— Essa menina tinha quatro meses, não creio que pedisse ao pai para beijar o ursinho, e Esparza não se enquadra no tipo de sujeito que faz essas coisas. A avó declarou que era raro subir ao andar de cima da casa, que naquele dia ficou na cozinha bebendo uma cerveja e que foi a filha quem a acompanhou até lá em cima para acomodar a bebê — disse Amaia, pegando uma das fotografias para examiná-la com mais atenção.

— Tenho uma coisa aqui — disse Zabalza. — Trabalhei nas imagens gravadas nas celas; por mais que aumentasse o som, era inaudível, mas, como dava para ver bem, me ocorreu que talvez houvesse alguém que pudesse fazer leitura labial e as enviei para um amigo que trabalha na ONCE.[3] Não resta dúvida: o que Esparza disse foi: "Entreguei-a a *Inguma*, como tantos outros sacrifícios". Procurei *Inguma* no sistema, e não aparece ninguém com esse nome ou apelido.

— *Inguma*? Tem certeza? — perguntou Amaia, surpresa.

— Ele disse que sim, que não restam dúvidas. "*Inguma*."

— É curioso. A bisavó da menina me contou que *Inguma* é um demônio da noite, uma criatura que invade os quartos das pessoas quando elas dormem, que se senta sobre o peito delas e as asfixia, roubando sua respiração — Amaia disse, dirigindo-se sobretudo a Etxaide. — Ela garantiu também que foi ele quem matou a menina.

— Caramba, essa é uma das criaturas mais antigas e mais obscuras da mitologia tradicional, um gênio maléfico que aparece de noite nas casas

---

3 ONCE significa Organización Nacional de Ciegos de España. Essa organização não governamental oferece apoio, educação inclusiva e diversos outros serviços a pessoas cegas ou com outros tipos de deficiência. (N.E.)

quando os moradores estão dormindo, estrangula-os, aperta o pescoço deles, dificultando a respiração e causando nas pessoas uma angústia pavorosa, dizem que ele causa pesadelos horríveis, asfixia noturna e aquilo que agora se conhece como apneia do sono, um período em que a pessoa que dorme para de respirar sem nenhuma causa aparente e volta a fazê-lo em alguns casos poucos segundos depois, e em outros se prolonga até causar a morte delas. Costuma acontecer com fumantes e obesos. Uma curiosidade é que se costumava contar que era muito perigoso dormir com as janelas abertas porque *Inguma* podia entrar por elas com a maior facilidade; essas pessoas com problemas respiratórios fechavam as portas e as janelas para impedir a entrada dele, chegando a tapar as frestinhas, pois se dizia que ele poderia penetrar pela fresta mais minúscula. É óbvio que se considerava que era o causador da morte súbita dos lactentes enquanto estes dormiam. As pessoas recitavam uma fórmula mágica antes de dormir para invocar a proteção desse demônio, que dizia qualquer coisa como: "*Inguma*, não te temo"; começar desse jeito era muito importante, assim como com as bruxas, determinando de antemão que, mesmo que acreditassem nelas, não tinham medo. E continuava:

Inguma, *não te temo.*
A Deus, à Virgem Maria tomou por protetores.
No céu estrelas, na terra ervas,
na costa areias, até tê-las contado todas, não se apresente diante
de mim.

"É uma fórmula de submissão bonita, na qual se obriga o demônio a cumprir um ritual que ele vai levar uma eternidade para cumprir, muito semelhante ao da *eguzkilore* que se usa para as bruxas, que devem contar todos os seus alfinetes antes de poder entrar na casa, de modo que amanhece antes que elas possam cumprir a tarefa e são obrigadas a correr para se esconder. Me chamou a atenção porque esse demônio é um dos espíritos da noite menos estudados, e ele aparece com características exatas e específicas em outras culturas."

— Gostaria de ver como ele vai explicar ao juiz que um demônio matou sua filha — disse Montes.

Amaia encarou-o, tentando aparentar uma calma que não tinha. A quem queria enganar? Jonan a conhecia quase tão bem como ela mesma, mas também sabia que nem sempre se podia contar tudo. Lançou para ele uma evasiva carregada de sinceridade para evitar o assunto que não queria abordar.

— A minha irmã Flora está em Elizondo, empenhada em organizar um funeral para a nossa mãe; só de pensar nisso já fico fora de mim, e, para piorar, o resto da minha família parece estar de acordo, incluindo o James. Por mais que eu tenha tentado explicar para eles os motivos por que eu acredito que ela continua viva, não consegui convencê-los, e a única coisa que consegui foi que me censurassem por não os deixar encerrar este episódio.

— Se lhe servir de consolo, eu também não acredito que a sua mãe tenha caído no rio.

Amaia o encarou e suspirou.

— Claro que serve, Jonan. Me serve de grande consolo... Você é um bom policial, confio no seu instinto, e para mim é um apoio enorme saber que você concorda comigo, contrariando tantas outras opiniões.

Jonan assentiu devagar, ainda que sem grande convicção, enquanto contornava a mesa para reunir as fotos.

— Chefe, quer que eu te acompanhe?

— Vou para casa, Jonan — respondeu Amaia.

Ele sorriu antes de sair do escritório, deixando nela a sensação familiar de não ter conseguido enganar alguém que a conhecia bem demais.

☙

Ela desceu com o carro em direção ao Txokoto, passou junto à Juanitaenea e viu os caixotes de material de construção agrupados em frente à porta da casa, se bem que não se via o mínimo rastro de atividade. Ao passar pelo bairro, pensou na possibilidade de parar na fábrica, mas descartou a ideia; tinha coisas demais na cabeça e não queria ter uma conversa com Ros para voltar a abordar o assunto do funeral. Em vez disso, atravessou a ponte de Giltxaurdi e dirigiu até o antigo mercado, onde estacionou. Retrocedeu o caminho percorrido, parando indecisa diante das portas que davam para a fachada e que lhe pareceram todas iguais. Por fim se decidiu por uma e sorriu aliviada quando Elena Ochoa abriu a porta.

— Podemos conversar? — perguntou à mulher.

Como resposta, esta a agarrou pelo braço e a puxou com força para o interior da casa, depois espiou e olhou para ambos os lados da rua. Tal como na vez anterior, conduziu-a até a cozinha e, sem dizer uma palavra, começou a preparar duas xícaras de café, que dispôs numa bandeja de plástico coberta com papel-toalha como se fosse uma toalhinha. Amaia agradeceu em silêncio. Cada minuto investido no preparo do café com seu ritual repetitivo ela consagrou a ordenar os impulsos, pois mal podia chamá-los de pensamentos ou ideias, que a haviam levado até ali. Ressoavam em sua cabeça como o eco de uma pancada, e as imagens que se repetiam cadenciadas misturavam-se com outras que guardava na memória. Fora até ali à procura de respostas, mas não tinha certeza de ter as perguntas. "Você terá todas as respostas se souber formular as perguntas", conseguia ouvir a voz da tia Engrasi, mas ela só possuía um caixãozinho branco vazio em que alguém havia substituído um corpo por alguns pacotes de açúcar, e uma palavra, "sacrifício"; e as duas coisas misturadas constituíam uma combinação de muito mau agouro. Reparou que a mulher se esforçava para dominar o tremor das mãos enquanto colocava o açúcar na xícara. Começou a mexer a bebida, mas o tilintar da colher contra a porcelana pareceu irritá-la demais; parou de repente e atirou a colher em cima da bandeja.

— Desculpe, estou muito nervosa. Me diga o que quer e vamos acabar com isto de uma vez.

A cortesia de Baztán. Aquela mulher não queria falar com ela, não a queria em sua casa, respiraria aliviada quando a visse sair porta afora, mas era sagrado oferecer um café ou alguma coisa para comer, e ela faria isso. Era uma daquelas mulheres que faziam o que era preciso. Escudada por essa convicção, Amaia pegou a xícara de café que não chegaria a provar e falou:

— Na minha visita anterior, eu perguntei se você acreditava que o grupo tinha chegado a fazer um sacrifício humano...

A mulher começou a tremer de maneira visível.

Capítulo 8

Reprimindo o impulso de correr, ela caminhou apressada pelo corredor até o posto de controle seguinte e cumprimentou o guarda com um gesto, disfarçando a inquietação que sentia até chegar ao controle principal, onde havia visto quando entrara outro guarda que conhecia, e mesmo assim esperou para pegar de volta a bolsa e a pistola antes de perguntar a ele pelo diretor da prisão.

— O diretor não está. Foi a um congresso de segurança em Barcelona, mas se quiser pode falar com o adjunto. Quer que o avise? — perguntou, levantando um pesado telefone.

Amaia refletiu por um instante.

— Não, pode deixar. Não tem importância.

Ela entrou no carro e pegou o celular; reparou, paranoica, nas câmeras de vigilância que circundavam o presídio e decidiu então se afastar várias ruas antes de encostar o carro perto da calçada e digitar um número para o qual nunca havia telefonado.

A voz calma de Markina atendeu do outro lado.

— Inspetora, esta é a primeira vez que você liga para o meu número...

— Meritíssimo, é um assunto oficial. Acabo de sair da cadeia de Pamplona, onde conversei com Berasategui... — Percebeu que sua voz denunciava a tensão vivida. Respirou fundo, tentando se acalmar, antes de continuar.

— Berasategui? Por que não me avisou de que iria vê-lo?

— Lamento, meritíssimo, mas era uma visita de caráter pessoal. Eu queria perguntar a ele por... por Rosario.

Ouviu-o estalar a língua em sinal de reprovação.

— As informações de que disponho me levam a pensar que naquela noite eles tiveram que ir para algum lugar, um apartamento seguro onde ela pôde trocar de roupa, um lugar para se esconderem caso as coisas se

— Por favor... Você precisa ir embora, não posso dizer nada.

— Elena, você precisa me ajudar. A minha mãe está à solta por aí; preciso encontrar essa casa. Eu sei que lá vou obter respostas.

— Não posso te contar; eles me matariam.

— Quem?

A mulher balançou a cabeça, cerrando os lábios.

— Eu lhe forneço proteção — disse Amaia, lançando um olhar disfarçado para a imagem da Virgem diante da qual ardia uma velinha; a seu lado, um par de quadrinhos de Cristo e um rosário, gasto de tanto uso, envolvia com suas contas a base da vela.

— A senhora não pode me proteger daquilo.

— Você acha que houve um sacrifício?

Elena ficou de pé, despejou o café na pia e se dedicou a lavar a xícara, dando as costas a Amaia.

— Não, não acho. A prova é que você está aqui e naquela época a única mulher grávida do grupo era a Rosario. Agradeci milhares de vezes por não terem feito nada com ela, talvez fosse apenas palavreado para nos impressionar. Vai ver só queriam nos subjugar com o medo ou parecer mais perigosos ou poderosos...

Amaia olhou ao redor daquela casa repleta de objetos protetores; uma pobre mulher teorizava, com a esperança de que as coisas fossem como ela desejava, se bem que o desespero em seus gestos deixava transparecer que no fundo não acreditava naquilo que dizia.

— Elena, olhe para mim — ordenou.

A mulher fechou a torneira, pousou a esponja e se virou a fim de encará-la.

— Eu nasci com outra menina, uma irmã gêmea que morreu oficialmente de morte no berço.

A mulher levantou as mãos avermelhadas pelo frio da água e as levou ao rosto crispado, que ficou arrasado pelo choro e pelo medo enquanto perguntava:

— Onde ela está enterrada? Onde ela está enterrada?

Amaia balançou a cabeça ao ver como a mulher se crispava à medida que lhe respondia:

— Não sabemos. Localizei o túmulo, mas o caixão estava vazio.

Um gemido horrível surgiu das entranhas daquela pequena mulher, que se precipitou sobre Amaia; esta, surpresa, se levantou.

— Vá embora da minha casa! Vá embora da minha casa e nunca mais volte! — gritou, empurrando-a para o corredor. — Fora daqui! Vá embora!

— O que eles obtinham com o sacrifício? O que eles faziam com os corpos? — ela perguntou, enquanto a mulher lhe fechava a passagem a fim de obrigá-la a avançar.

Amaia abriu a porta e se virou para implorar.

— Me diga apenas onde fica a casa.

A porta se fechou na sua cara, mas de dentro da casa continuaram a chegar um pouco abafados os soluços da mulher.

Quase de forma instintiva, ela tirou o celular do bolso e digitou o número do agente Dupree. Encaminhou-se para o carro, segurando o aparelho colado à orelha com força, numa tentativa de captar o menor sinal de atividade do outro lado da linha. Estava prestes a desistir quando um estalido denunciou a presença de Dupree. Ela sabia que era ele, o velho e querido amigo que tão importante havia chegado a ser em sua vida, apesar da distância, mas o que ouviu através do telefone eriçou todos os pelos de sua nuca e a fez ofegar de puro medo. Um rumor de cânticos fúnebres e repetitivos era ouvido como pano de fundo; o eco que as vozes produziam indicava um lugar enorme onde alcançavam a sonoridade própria de uma catedral. Havia algo de obscuro e tétrico no modo como recitavam uma e outra vez três palavras desprovidas de inflexão e que falavam de ameaça e de morte. No entanto, foi o nítido e angustiante grito de uma criatura moribunda que lhe causou absoluto pavor. A agonia daquele ser se prolongou por vários segundos durante os quais sua voz lastimosa foi se perdendo. Ela calculou que teria sido porque Dupree se afastava dele.

Quando por fim falou, a voz do homem denunciava tanta angústia como a que ela sentia.

— Não me telefone mais, não volte a telefonar; eu ligo. — A ligação foi interrompida e Amaia se sentiu tão pequena e tão longe dele que teve vontade de gritar.

Ainda estava com o telefone na mão quando voltou a tocar. Consultou a tela com um misto de esperança e pânico. Distinguiu os números de identificação do escritório do FBI e a voz cálida do agente Johnson, que a cumprimentou da Virginia. As vagas para os cursos de intercâmbio em Quantico acabavam de ser publicadas, e no âmbito da área de estudos de comportamento criminal esperavam poder contar com ela. Naquele exato instante deviam estar enviando uma petição para seu departamento. Até então uma conversa formal como as que em ocasiões anteriores sempre havia mantido com funcionários administrativos; o fato de a ligação ter sido feita apenas dois minutos depois de falar com Dupree não lhe passou despercebido, mas foi o que o agente Johnson disse depois que lhe confirmou que suas chamadas estavam sob escuta.

— Inspetora, teve algum tipo de contato com o agente especial Dupree?

Amaia mordeu o lábio inferior, reprimindo a resposta ao mesmo tempo que repassava a conversa mantida apenas um mês antes com o agente Johnson e na qual ele a havia advertido de que para qualquer assunto relativo a Dupree devia evitar a linha oficial e telefonar antes para um número particular que ele lhe fornecera. Pensou no fato de que, quando conseguia falar com Dupree, a voz dele lhe chegava longínqua e cheia de ecos; as chamadas eram interrompidas e chegara a desaparecer da tela a informação de sua origem, como se nunca tivesse acontecido. E a isso era necessário acrescentar o aviso recebido do escritório central do FBI, quando Jonan as rastreou e localizou sua origem em Baton Rouge, na Luisiana. Além disso, Johnson fazia a pergunta como se não se recordasse de que nessa conversa Amaia havia dito que Dupree sempre atendia suas ligações. De qualquer modo, se haviam entrado em contato com ela nesse momento era porque sabiam que tinha acabado de falar com ele, e comunicar sua admissão nos cursos não era mais do que um mero pretexto.

— Não sempre, mas de vez em quando eu telefono para cumprimentá-lo, como faço com você — respondeu, sem dar grande importância ao assunto.

— O agente Dupree lhe contou alguma coisa a respeito do caso em que está trabalhando?

As perguntas pareciam retiradas de um interrogatório do setor de Assuntos Internos.

— Não. Eu nem sabia que ele estava envolvido num novo caso.

— Se o agente Dupree entrar de novo em contato com você, poderia fazer o favor de nos comunicar?

— Está me deixando preocupada, agente Johnson. Aconteceu alguma coisa?

— Nada de grave. Nos últimos dias, temos tido alguma dificuldade em localizar o paradeiro do agente Dupree. É uma questão rotineira, com certeza as coisas se complicaram um pouco e por motivo de segurança ele preferiu não entrar em contato. Mas não precisa se preocupar, inspetora. Agora, vamos agradecer se, quando Dupree lhe telefonar, nos comunicar imediatamente.

— Farei isso, agente Johnson.

— Muito obrigado, inspetora. Esperamos vê-la em breve por aqui.

Ela desligou e esperou mais dez minutos, imóvel dentro do carro, que o telefone voltasse a tocar. Quando isso aconteceu, viu na tela o número que estava identificado como sendo o particular de Johnson.

— Qual o propósito disso tudo?

— Eu já te disse que o Dupree tem um jeito muito próprio de fazer as coisas. Há bastante tempo que ele não nos informa nada, mas isso não é estranho, como a senhora sabe; quando se trabalha como infiltrado, encontrar o momento oportuno para entrar em contato pode ser complicado, mas o tempo decorrido aliado à atitude um tanto irreverente do agente Dupree nos faz suspeitar da segurança da sua identidade.

— Vocês acham que ele pode ter sido descoberto?

— Essa é a versão oficial, mas desconfiam de que ele tenha sido interceptado.

— E qual é a sua opinião? — perguntou Amaia, testando o terreno em que se moviam ao mesmo tempo que se perguntava até que ponto poderia confiar em Johnson, como podia ter certeza de que a segunda ligação não estava sendo gravada tal como a primeira.

— Acho que Dupree sabe o que faz.

— Eu também acho — afirmou Amaia, com toda a força e convicção de que foi capaz, embora em sua cabeça voltassem a ressoar os tremendos gritos que havia escutado quando Dupree desligou.

aquele horror se quebraram até a arrastar quase à loucura, a sinceridade com o marido constituíra a brecha no muro do medo que permitira que a luz entrasse em abundância, criando um ponto de encontro entre ambos. Um lugar que conseguiu trazê-la de volta a um mundo onde os velhos vampiros não podiam alcançá-la desde que não baixasse a guarda.

Contudo, sempre soube: o medo não vai embora, não desaparece, apenas recua alguns passos até um lugar úmido e escuro, e fica ali, à espera, reduzido a pouco mais do que um pequeno LED vermelho que podemos ver ainda que não o queiramos, ainda que o neguemos, porque de outra forma não se pode viver. E sabia também que o medo é propriedade privada, que a sinceridade que nos permite dar um nome a ele e desvendá-lo não é suficiente para nos desligar dele, nem para partilhá-lo. Sempre pensara que o amor podia tudo, que abrir a porta que lhe possibilitara mostrar-se diante dele com toda a carga de seu passado seria suficiente. Agora, sentada na frente de James, continuava a ver o rapaz bonito por quem se apaixonara, o artista confiante e otimista que nunca ninguém havia tentado matar, e sua maneira simples e algo infantil na forma de contemplar as coisas, que o levava a se manter numa linha segura, na qual a mesquinhez do mundo não podia alcançá-lo, e a acreditar que se virasse a página, se se enterrasse o passado ou se durante meses contasse a um psiquiatra que a nossa mãe queria nos comer, era possível ficar "curado" do medo, viver num mundo de gramas verdes e céus azuis sustentados pela simples vontade de que assim o fosse. A convicção de que a felicidade é uma decisão era para ela tão ilusória que quase não era capaz de imaginar como expor a ele sua opinião sem que isso lhe parecesse insultuoso. Sabia que James não queria saber, que, quando lhe perguntava como iam as coisas no trabalho, não queria ouvir uma explicação sobre a maneira como havia interrogado um psicopata a respeito do paradeiro de sua mãe, nem do cadáver de sua irmã desaparecida.

Ela sorriu antes de responder porque o amava, porque aquela maneira de ver o mundo continuava a fasciná-la e porque sabia que amar também é se esforçar para amar.

— Bastante avançada. Acho que dentro de uns dias vamos poder dar o caso por encerrado — respondeu.

— Hoje falei com o meu pai — contou James. — Nos últimos tempos ele não tem se sentido bem. A minha mãe insistiu que fizesse um check-up completo e descobriram uma lesão no coração.

— Ah, James! É grave?

— Não, a minha mãe está calma. Ela me explicou tudo: ele está em uma fase inicial de arteriosclerose que está provocando uma obstrução na coronária; para resolver o assunto vão precisar colocar um *bypass* nele, que é uma cirurgia programada e quase preventiva até para evitar que ele tenha um infarto no futuro. Agora, ele precisa parar de trabalhar imediatamente. Já faz um tempo que a minha mãe o pressionava para ceder de uma vez a direção ativa da empresa, mas ele adora se manter ocupado, e enquanto se sentiu bem foi adiando essa decisão, mas agora é definitivo. Eu quase posso dizer que a minha mãe ficou contente; já me falou de não sei quantas viagens que pretende fazer com o meu pai assim que ele se recuperar da cirurgia.

— Espero que corra tudo bem, James, e fico contente em ver que todos estão encarando a coisa dessa maneira. Quando acham que ele vai ser operado?

— Na próxima segunda-feira. Foi por isso que eu te perguntei como ia o seu trabalho. Os meus pais não veem o Ibai desde o batizado, e eu pensei que você e o menino poderiam vir comigo.

— Bem...

— Acho que poderíamos ir depois do funeral. A sua irmã passou lá em casa hoje de manhã e nos avisou de que com certeza vai acontecer na sexta-feira, e que amanhã ela confirma. Só ficaríamos quatro dias, e não creio que seja um problema você tirar uns dias de folga nesta época do ano. São coisas pendentes demais, coisas demais para organizar.

Era verdade que a investigação oficial seria encerrada dentro de alguns dias, mas subsistia o outro assunto; nem tinha certeza da conveniência de frequentar os cursos em Quantico; ainda não tinha recebido a confirmação do comissário e não quisera contar nada a James.

— Não sei, James... Eu teria que pensar no assunto.

O sorriso congelou no rosto de James.

— Amaia, isto é importante para mim — acrescentou, muito sério.

Amaia captou a mensagem de imediato. Já o deixara entrever no dia anterior. Tinha necessidades, tinha projetos, demandava um lugar na sua vida. Veio à sua mente a imagem dos montões de material de construção imobilizados em frente à Juanitaenea e a voz de Yáñez dizendo: "Uma casa não é um lar".

Ela estendeu a mão por cima da mesa até tocar a dele.

— Claro, para mim também — afirmou, esforçando-se para sorrir. — Amanhã dou entrada no pedido. Como você disse, não acho que vão se opor; ninguém pede folga no inverno.

— Ótimo — respondeu James, em tom alegre. — Já andei pesquisando as passagens. Assim que você tiver a confirmação, eu compro.

Ele passou o restante do jantar planejando a viagem, entusiasmado com a ideia de levar Ibai para os Estados Unidos pela primeira vez. Amaia o escutou.

Capítulo 11

A RESPIRAÇÃO DELE ARDIA SOBRE SUA PELE, e a evidência de sua proximidade acendeu o desejo no mais profundo do seu ser. Ele disse algo que ela não chegou a entender, se bem que isso era indiferente, havia qualquer coisa de enfeitiçante na virilidade da voz dele. Evocava o desenho acentuado de seus lábios, de sua boca úmida e carnuda e daquele seu sorriso que sempre conseguia desconcertá-la. Ela aspirou o calor de sua pele e o desejou; desejou-o como se deseja o impossível, com os olhos fechados, a respiração suspensa e os sentidos rendidos ao prazer. Sentiu os lábios dele lhe beijando o pescoço, ardendo numa progressão úmida e lenta, como lava jorrando da cratera de um vulcão. Cada nervo de seu corpo se debatia furioso entre o prazer e a dor, pedindo mais, desejando mais, eriçando os pelos de sua nuca, contraindo a pele de seus mamilos, ardendo entre suas pernas. Amaia abriu os olhos e olhou ao redor, desconcertada. A luz fraca que sempre deixava acesa enquanto dormia permitiu-lhe identificar o espaço familiar de seu quarto na casa da tia Engrasi. Seu corpo retesou-se, alarmado. James sussurrava em seu ouvido enquanto continuava a beijá-la.

ತಿ

Já era dia, e Ibai estava acordado. Ela o ouviu se mexer no berço, emitindo os sons baixinhos que acompanhavam o espernear com que costumava despertar e com que conseguia se descobrir, chutando o edredom para os pés do berço. Não abriu os olhos; tinha custado muito a voltar a adormecer depois de fazer amor e agora sentia as pálpebras coladas e a preguiçosa e plácida sensação que permitia prolongar o sono por mais cinco minutos. Ouviu James, que se levantava e pegava o menino no colo enquanto lhe sussurrava:

— Está com fome? Vamos deixar a *ama* dormir mais um pouquinho.

Ela os ouviu sair do quarto e se manteve na preguiça, tentando em vão regressar ao estado plácido e vazio onde não havia sonhos e ela conseguia descansar. De repente, recordou ter sonhado com Markina, e, embora soubesse melhor do que ninguém que uma pessoa não é dona de seus sonhos, que tanto os mais agradáveis como os tortuosos pesadelos brotam de um lugar misterioso que não se pode acessar nem controlar, se sentiu culpada, e, enquanto refletia sobre isso, já acordada e desgostosa por ter sido obrigada a renunciar à placidez desses cinco minutos a mais, percebeu que a culpa não provinha do fato de ter sonhado com Markina, mas sim de ter feito amor com o marido estimulada pelo desejo que o outro lhe provocava.

James entrou no quarto com um copo de café com leite, e quase ao mesmo tempo o telefone de Amaia vibrou em cima da mesa de cabeceira, emitindo um som desagradável.

— Bom dia, Iriarte.

— Bom dia, inspetora. Acabaram de ligar da cadeia de Pamplona. Berasategui apareceu morto na cela.

Amaia desligou, saiu da cama e tomou o café enquanto se arrumava. Não gostava de fazer isso dessa maneira; ainda era uma jovem estudante quando adotara o hábito de tomar o seu café na cama e com calma. Odiava correr de manhã; era sempre presságio de um péssimo dia.

&

O diretor da prisão esperava por ela na entrada. A maneira como passeava de um lado para o outro como uma fera enjaulada denotava a preocupação que sentia. Estendeu a mão para eles com ar profissional e os convidou a acompanhá-lo até seu escritório, o que Amaia declinou, solicitando ver o corpo o quanto antes.

Precedidos por um guarda prisional que lhes franqueou a passagem em cada posto de controle, chegaram à zona de isolamento. Um guarda plantado diante da porta maciça permitia vislumbrar a cela de Berasategui.

— O médico não encontrou nenhuma marca de violência no cadáver — explicou o diretor. — Ele estava no isolamento a pedido do juiz e desde ontem não falou com ninguém. — Fez um gesto para o guarda para que este abrisse a porta e os deixasse passar.

— Mas alguém deve ter entrado... — conjecturou o inspetor Montes. — Nem que fosse para verificar que estava morto.

— O guarda viu que o preso estava imóvel e deu o alerta. Aqui só entrou o médico da prisão, que atestou o óbito, e eu, e depois nós telefonamos para vocês imediatamente. Creio que tudo aponta para uma morte por causas naturais.

A cela, desprovida de qualquer objeto pessoal, estava limpa e arrumada. A roupa de cama, tão esticada como um beliche militar, e sobre ela, estendido de barriga para cima, o doutor Berasategui vestido, incluindo os sapatos calçados. O rosto relaxado e os olhos fechados. A cela cheirava ao perfume do médico, mas a roupa vestida à perfeição e o modo como havia cruzado as mãos sobre o peito sugeriam um cadáver embalsamado.

— Causas naturais, o senhor disse? — perguntou Amaia, intrigada.

— Este homem tinha trinta e seis anos e se mantinha em forma; ele tinha uma academia em casa. Além disso, era médico; se estivesse doente, ele seria o primeiro a saber, não acha?

— Tenho de admitir que esse é o cadáver com melhor aspecto que já vi na vida — comentou Montes, dirigindo-se a Zabalza, que, com o feixe de luz de uma lanterna, percorria o perímetro da cela. Amaia calçou as luvas que o subinspetor Etxaide lhe estendia, aproximou-se do leito e observou em silêncio o cadáver, até que alguns minutos depois sentiu a presença do doutor San Martín atrás de si.

— O que temos aqui, inspetora? O médico afirma que não apresenta indícios de violência; aponta para causas naturais.

— Não há objetos que ele possa ter usado para se ferir — referiu Montes —, e está com bom aspecto. Se não foi por causas naturais, com certeza ele não sofreu.

— Pois se não tiverem mais nada a acrescentar, vou levá-lo comigo. O médico já atestou a morte, por isso fornecerei mais detalhes depois da autópsia.

— A morte não aconteceu por causas naturais — interrompeu Amaia. Ela reparou que todos fizeram silêncio e até julgou ouvir Zabalza resfolegar.

Tanto a pergunta como a resposta apanharam os policiais de surpresa; Montes e Etxaide se viraram para trás a fim de olhar para Amaia, solicitando respostas, mas ela se aproximou de novo do leito e disse:

— O doutor Berasategui não queria morrer, mas, com uma personalidade como a dele, também não deixaria que ninguém se encarregasse disso.

— Ele se suicidou... mas não queria morrer...?

Amaia se debruçou sobre o cadáver, iluminando seu rosto com a lanterna. A pele bronzeada de Berasategui exibia sulcos esbranquiçados que haviam escorrido confinados pelas rugas incipientes que lhe circundavam os olhos.

— Lágrimas — sentenciou San Martín.

— Sim, senhor — confirmou Amaia. — Berasategui se deitou aqui e, num ataque de autocomiseração bastante característico da sua personalidade narcisista, chorou a morte, e não foi pouco — afirmou, apalpando a superfície do tecido, que à primeira vista se apresentava mais escura devido ao efeito da umidade. — Chorou tanto que ensopou o travesseiro com as lágrimas.

Capítulo 12

Montes estava contente. As imagens da câmera de segurança mostravam que um guarda havia se aproximado da cela e fizera deslizar através do postigo algo que era imperceptível na imagem, mas que poderia ser o que Berasategui havia utilizado para provocar sua morte. O guarda já terminara seu turno, e a patrulha que enviaram à casa dele não tinha conseguido encontrá-lo, com certeza já estava na França ou em Portugal, mas, ainda assim, a ideia de que aquele desgraçado do Berasategui se encontrava morto alegrava seu dia, e além disso não o fazia sentir-se mal.

Ele se inclinou para a frente a fim de ligar o rádio do carro, e, ao fazê-lo, o volante desviou-se um pouco, invadindo as bandas sonoras da pista.

— Cuidado! — avisou Zabalza, que ia a seu lado e havia se mostrado bastante silencioso durante toda a viagem. Irritado, supôs Montes, porque não o deixava dirigir. Não faltava mais nada! Nenhum moleque iria dirigir quando o inspetor Montes estivesse no carro. Olhou-o de lado e sorriu.

— Calma, você está mais tenso do que as bolas de um adolescente — zombou, e achou tanta graça na piada que ele mesmo riu, até reparar que Zabalza continuava irritado.

— Mas, afinal, pode-se saber o que você tem?
— Acontece que me deixa fora de mim...
— Quem?
— Quem havia de ser? A estrela da polícia de merda.
— Cuidado, garoto! — avisou Montes.
— Não a viu com aquele ar místico? O modo como fica parada na frente do cadáver, olhando para ele como se lhe causasse pena, e a maneira que ela tem de dizer as coisas, mandando todo mundo calar a boca e cagando regras. Viu como ela explicou que o morto tinha chorado? Porra, todo cadáver chora, mija... Os fluidos saem do corpo por todo lado, é normal.

— Este não tinha mijado... Imagino que ele tenha tido o cuidado de não beber nada para que não o encontrássemos de calça molhada, e a quantidade de lágrimas era enorme, dava para ver que o cara estava de fato transtornado com a própria morte.

— Besteira — respondeu Zabalza, com desprezo.

— Besteira coisa nenhuma. O que você tem que fazer é prestar atenção, pode ser até que aprenda alguma coisa.

— Com quem? Com aquela palhaça?

Fermín encostou o carro no meio-fio. O corpo de ambos se projetou um pouco para a frente devido à inércia da frenagem.

— O que aconteceu? — exclamou, então, o subinspetor, alarmado.

— O que aconteceu é que eu não quero mais ouvir você falar assim da inspetora: é a sua chefe e é uma policial excepcional, além de uma colega leal.

— Porra, Fermín! — ironizou Zabalza. — Não fique assim, que essa coisa da estrela da polícia foi da sua boca que eu ouvi pela primeira vez.

Fermín o encarou com o olhar fixo e voltou a arrancar com o carro.

— Tem razão, e eu estava enganado. Corrigir-se e mudar de opinião é coisa de sábios, ou não? Se bem que estou te avisando: se tiver problemas, me procure, mas não quero mais te ouvir falar assim — retorquiu, endireitando o carro de novo na direção da estrada.

— Eu não tenho problema nenhum — murmurou Zabalza.

❧

Quando Amaia saiu da cela, reparou que o diretor da prisão havia se afastado alguns metros ao longo do corredor para poder falar com o juiz Markina, cuja voz, que lhe chegava aos sussurros, lhe trouxe vívida a evocação do sonho da noite anterior. Fazendo um esforço, ela se impôs às suas sensações e tentou se concentrar nas explicações concisas que daria antes de sair fugida dali. Contudo, já era tarde; o murmúrio das palavras que não chegava a entender devido à distância a encurralou num caminho de ida e volta no qual se viu a observar a maneira como Markina mexia as mãos ou tocava no rosto enquanto falava, como o jeans abraçava sua cintura ou na infinita cor azul da camisa que vestia, que lhe conferiam o aspecto de ser muito jovem, e deu por si se perguntando quantos anos teria o juiz e pensando que, embora fosse curioso, não sabia. Esperou pelo doutor San Martín e se juntou a eles. Transmitiu uma breve informação, esforçando-se para não olhar para Markina e lutando para que ninguém reparasse que o estava evitando.

— Espero por vocês para a autópsia, inspetora? — perguntou San Martín, fazendo um gesto que englobava também o subinspetor Etxaide.

— Comece sem mim, doutor. Vou vê-lo mais tarde. Talvez você queira ir, Jonan. Eu preciso fazer uma coisa primeiro — comentou Amaia, de forma evasiva.

— Hoje também vai para casa, chefe? — perguntou ele. Amaia sorriu, admirada com a perspicácia do policial.

— Está bem, subinspetor Etxaide. Quer vir comigo?

Capítulo 13

A RECEPCIONISTA DA CLÍNICA UNIVERSITÁRIA lembrava-se dela perfeitamente, ou foi isso que deduziu quando o sorriso se congelou em seu rosto assim que a viu. Apesar disso, Amaia sacou o distintivo, deu uma cotovelada em Jonan para que este fizesse o mesmo e os colocou de forma bem visível em cima do balcão da recepção.

— O doutor Sarasola, por favor?

— Não sei se ele está — respondeu a mulher, ao pegar o receptor do telefone. Anunciou-os, escutou o que seu interlocutor dizia e, sem sorrir, indicou-lhes as portas dos elevadores. — Podem subir, quarto andar. Vocês receberão mais indicações no guichê. Estão à sua espera — proferiu as últimas palavras num tom de advertência.

Amaia sorriu e piscou para ela antes de se voltar para o elevador. Sarasola os recebeu em seu escritório, atrás de uma mesa abarrotada de documentos, que afastou; ficou de pé e acompanhou os dois até as poltronas que havia perto da janela.

— Imagino que tenham vindo por causa do falecimento do doutor Berasategui — disse enquanto lhes estendia a mão.

Nem Amaia nem o subinspetor Etxaide ficaram surpresos por ele já saber da notícia; poucas coisas ocorriam em Pamplona sem que Sarasola chegasse a ter conhecimento delas. Ao ver a expressão dos policiais, explicou:

— Espero que não fiquem aborrecidos. O diretor da prisão está vinculado à Obra pela sua família.

Amaia assentiu.

— Então em que posso ajudá-los?

— O senhor visitou o doutor Berasategui na cadeia?

Haviam sido informados de que Sarasola visitara o médico na prisão. A pergunta não tinha outro sentido que não fosse verificar se este o admitiria.

— Eu o visitei em três ocasiões, todas de uma perspectiva profissional. A descoberta das atividades do doutor surpreendeu a todos nós, devo admitir que a mim em primeiro lugar, e, como você já sabe, tenho um interesse especial pelo estudo de casos em que o comportamento aberrante se encontra adornado pelo matiz ou pela proximidade com o mal.

— O doutor Berasategui falou com o senhor sobre a fuga de Rosario e sobre o que aconteceu naquela noite? — perguntou o subinspetor Etxaide.

— Receio que as nossas conversas tenham sido bastante técnicas e abstratas... muito interessantes, preciso admitir. Não devemos esquecer que Berasategui era um excelente profissional, e conversar com ele sobre o seu comportamento e atitudes pressupunha um desafio extraordinário. Qualquer tentativa da minha parte de analisá-lo era contestada com uma brilhante réplica, por isso me dediquei a oferecer alívio para a sua alma, ainda que de qualquer modo nada do que tivesse podido dizer sobre Rosario ou sobre os fatos ocorridos naquela noite teria valor algum: se há uma coisa que eu sei é que nunca se deve dar ouvidos ao que dizem todos os que se aproximaram do mal, já que nada mais fazem a não ser mentir.

Amaia suspirou num gesto contido que, no entanto, Jonan soube que indicava que começava a perder a paciência.

— Mas o senhor perguntou a ele por Rosario ou esse assunto não lhe importava?

— Perguntei, e ele mudou de assunto imediatamente. Espero, inspetora, que com o que já sabe hoje não continue a me responsabilizar pela fuga de Rosario.

— Não, não faço isso. Acontece que tenho a estranha e inexplicável sensação de que tudo faz parte de um plano muitíssimo mais intrincado, que vai da maneira como Rosario saiu da Clínica de Santa María de las Nieves até os fatos ocorridos naquela noite, e de que, de alguma maneira, também não poderia tê-lo evitado.

Sarasola girou a cadeira, inclinando-se para a frente de modo a olhar para Amaia.

— Fico feliz que comece a compreender — disse.

— Ele não admite que a matou, mas também não nega. Mas ele frisa bem que a entregou — explicou Iriarte.

— "Como tantos outros sacrifícios" — acrescentou Zabalza. — O que ele está insinuando com isso? Que talvez já tivesse feito a mesma coisa antes?

— Bem, neste momento vai ser difícil para ele atribuir o seu crime a um demônio, esta manhã dei uma volta pela casa dele e tive a sorte de encontrar uma vizinha que ficou assistindo à televisão até tarde e que "por acaso" espiou na janela quando ouviu o carro do casal chegar do jantar naquela noite. E voltou a ouvi-lo vinte minutos depois, coisa que lhe chamou a atenção. Ela me contou que pensou que a menina podia estar doentinha, e ficou atenta até ouvir o carro de novo vinte e cinco minutos mais tarde. Olhou pelo vidro da porta, "não com a intenção de espiar", só para saber se a menina estava bem, e viu que o marido estava voltando sozinho.

Iriarte encolheu os ombros.

— Nesse caso, já o apanhamos.

Amaia estava de acordo.

— Tudo indica que ele agiu sozinho, mas três coisas não estão bem claras: o rastro olfativo malcheiroso do ursinho, a obsessão para que o corpo não seja cremado e essa coisa do "como tantos outros sacrifícios". A propósito — ela disse, mostrando a eles a foto que segurava —, há alguma coisa dentro do caixão ou isto não passa de um mero efeito da imagem?

— Sim — explicou Iriarte. — Com o alvoroço inicial não nos demos conta, mas o encarregado da agência funerária nos explicou. Parece que o Esparza colocou dentro do caixão três pacotes de açúcar, que cobriu com uma toalha branca. À primeira vista, parece o fundo acolchoado do caixão. Ele fez isso com a intenção de que ninguém notasse a diferença de peso ao levantar o caixão.

— Está bem — disse Amaia, pousando a fotografia ao lado das outras.

— Vamos continuar atentos caso a análise do terceiro vestígio abra uma nova linha de investigação; pode ser que ele tenha pegado alguém no caminho. Bom trabalho — acrescentou, dando por terminada a reunião.

Jonan se deixou ficar um pouco para trás.

— Está tudo bem, chefe?

Capítulo 10

Passaram a tarde num centro comercial na estrada a caminho da França com o pretexto de comprar roupas para Ibai e fugindo do frio que trouxera consigo o nevoeiro, que foi ficando cada vez mais denso com a chegada da noite e que mal permitia vislumbrar a outra margem do rio quando saíram de casa para jantar. O Santxotena estava bastante animado, da sala de refeições principal chegava o murmúrio de risos e de conversas que os envolveram assim que transpuseram as portas do local. Eles pediam sempre uma mesa perto da cozinha, que era aberta para a sala de jantar, sendo possível dessa maneira observar a agitação ordenada de três gerações de mulheres que se movimentavam pelo aposento sem importunar umas às outras, como se tivessem ensaiado milhares de vezes uma coreografia de recorte vitoriano ratificada pelos imaculados aventais brancos que usavam sobre o uniforme preto.

Escolheram o vinho e alguns minutos dedicaram apenas a desfrutar do ambiente. Não haviam voltado a falar sobre o assunto do funeral e durante a tarde evitaram enfrentar a tensão que se respirava entre ambos, pois sabiam que havia uma conversa pendente e que, devido a um acordo tácito, tinham adiado até ficarem a sós.

— Como vai a investigação? — perguntou James.

Amaia o encarou, indecisa, por alguns segundos. Desde que iniciara a carreira na polícia, havia aplicado a norma de não falar dos pormenores de seu trabalho em casa. Eles sabiam que não deviam fazer perguntas, e ela aplicava a regra sem exceção. De maneira nenhuma queria conversar com James sobre as partes obscuras do dia a dia, assim como também sentia que havia aspectos de seu passado que, embora James já conhecesse, era melhor não comentar. De alguma maneira, sempre soube que tudo o que tinha a ver com sua infância precisava ser silenciado, e de forma consciente mantivera tudo oculto sob uma falsa aparência de normalidade durante anos. Quando as comportas que haviam contido

— Observem bem a postura dele: está no centro da cama. A roupa esticada, os sapatos calçados e limpos. A posição das mãos é aquela que ele queria que víssemos assim que entrássemos na cela. Este homem não passava de um narcisista presunçoso e convencido que não permitiria que o encontrássemos de maneira pouco honrosa ou humilhante.

— O suicídio não se encaixa no comportamento narcisista — comentou Jonan, com timidez.

— Sim, eu sei, foi isso que me fez duvidar quando entramos. Encaixa e não encaixa. Por um lado, o suicídio não é próprio de uma personalidade vaidosa, e, por outro, é assim que acredito que faria um narcisista.

— E como ele fez? Não há nada que indique que tenha sido ele que causou a própria morte — disse Zabalza.

Compelido pela curiosidade, San Martín se aproximou do cadáver e apalpou seu pescoço, levantou suas pálpebras e observou sua boca.

— Tudo aponta para uma falência cardíaca; não obstante, é verdade que se trata de um homem bastante jovem e em boa forma física. O cadáver não apresenta petéquias, ferimentos defensivos nem sintomas de sofrimento. Dá a sensação — disse o médico, olhando para todos os presentes — de que se limitou a deitar-se aqui e morrer.

Amaia assentiu.

— Tem razão, doutor, foi isto que ele fez: se deitou aí e morreu, mas teve que receber ajuda. Desde que horas ficou isolado? — perguntou, dirigindo-se ao diretor.

— Desde as onze horas, a partir do momento em que recebi o telefonema do juiz. Eu estava viajando, mas o meu adjunto me confirmou quinze minutos mais tarde que ele havia sido transferido.

— Há câmeras nas celas? — perguntou Montes, apontando com a lanterna para os cantos do teto.

— Nas celas, não; não são necessárias. Os presos isolados são vigiados de forma constante por um guarda através do postigo. Há câmeras nos corredores. Já parti do princípio de que precisariam das imagens, por isso solicitei uma gravação.

— E os guardas que o acompanhavam ontem?

— Nós os dispensamos enquanto durar a investigação do incidente — respondeu o diretor, visivelmente incomodado com a questão.

Amaia assentiu.

— Isso não o exime de tudo. É difícil acreditar que a uma pessoa como o senhor escapasse alguma coisa do que acontece na sua clínica.

— Não é...

— Sim, é verdade, já sei, a clínica não é sua, mas o senhor compreendeu muito bem o que eu quis dizer — replicou Amaia, com dureza.

— Já me desculpei por isso — defendeu-se o médico. — É verdade que quando passei a fazer parte da sua investigação talvez devesse ter vigiado Berasategui mais de perto, mas neste caso eu também sou uma vítima.

O uso do título de vítima por alguém que não estava morto ou no hospital sempre causava repugnância em Amaia; ela sabia muito bem o que era uma vítima, e Sarasola não era.

— Está bem, o suicídio dele não me convence. Eu também o visitei, e o homem não era um suicida. Teria sido mais fácil de acreditar que ele fugisse a ter acabado com a própria vida.

— O suicídio não deixa de ser um modo de fuga — comentou Jonan —, embora não se enquadre muito no perfil dele.

— Estou de acordo com a inspetora — respondeu Sarasola —, e se me permite que lhe diga algo sobre os perfis de comportamento: eu sei que funcionam, funcionam até com as pessoas de mente doente, mas não são nem de perto nem de longe tão confiáveis quando falamos de homens que representam a encarnação do mal.

— Eu me refiro a isso quando falo de um plano traçado de antemão. Que razão levaria alguém como ele a acabar com a própria vida? — retorquiu Amaia.

— A mesma de todos os atos que o precederam: cumprir um propósito que eu desconheço.

— E, de acordo com essa linha de pensamento, o senhor acredita que Rosario está morta ou que conseguiu fugir de alguma maneira?

— Eu sei a mesma coisa que os senhores, tudo indica que o rio...

— Doutor Sarasola, pensei que já tivéssemos superado essa fase da nossa relação. Pare de dizer o que se espera que diga e me ajude — recriminou-o ela.

— Acho que Berasategui agiu durante anos induzindo aqueles homens a cometer os homicídios. Acho que ele criou uma trama de modo a relacioná-la com o caso, deixando na igreja os ossos dos seus antepassados, e que durante meses preparou a saída de Rosario de Santa María de las Nieves e a sua fuga desta clínica, e que os planos que tinha para aquela noite haviam sido preparados com toda a minúcia. Não posso acreditar que um plano tão elaborado não previsse a mínima contingência. É verdade que Rosario é uma mulher de idade, mas fui forçado a mudar de opinião quando vi as imagens que a mostravam abandonando a clínica na companhia de Berasategui.

— Então?
— Acho que ela está por aí, em algum lugar.
— Por que me envolver? Por que essa provocação?
— Só me ocorre que tem a ver com a sua mãe.

Amaia tirou uma fotografia da bolsa e a estendeu para ele.

— Este é o interior da gruta onde Berasategui e Rosario iam matar o meu filho — explicou.

Sarasola pegou a fotografia, examinou-a, olhou para Amaia por alguns segundos e de novo para a foto.

— Doutor, acho que os assassinatos do *Tarttalo* são apenas a ponta do iceberg, uma ponta bastante vistosa destinada a chamar a nossa atenção para um jogo em que nos são fornecidas informações enquanto somos distraídos de algo muito mais importante, algo que tem a ver com as profanações e com o sinal inequívoco que pressupõe utilizar os ossos das crianças da minha família. Tem a ver com a razão pela qual iam matar o meu filho, a razão pela qual não o fizeram, e estou convencida de que tem a ver com o pânico que gerou no seio da Igreja uma profanação que no início não era assim tão alarmante.

Sarasola fitou-os em silêncio e concentrou de novo a atenção na fotografia. Amaia se inclinou para a frente, chegando a tocar no antebraço de Sarasola.

— Preciso da sua ajuda. O que o senhor vê nessa fotografia?
— Inspetora Salazar, sabia que divide o seu sobrenome com um ilustre inquisidor? Quando os julgamentos das bruxas alcançaram o seu ponto culminante, Salazar y Frías abriu uma investigação sobre a presença do Maligno no seu vale até transpor a fronteira francesa. Durante mais de um ano, ele conviveu com os vizinhos e chegou à conclusão de

que as práticas mágicas que se verificavam no vale eram algo muitíssimo mais enraizado e cultural do que o cristianismo, que, embora bem enraizado entre aquela gente, havia se fundido de maneira espantosa com as antigas crenças que lá imperavam antes da fundação da Igreja Católica. Um homem de mente aberta, um cientista, um investigador que empregou técnicas tão atuais como as que você podia usar, indagando e verificando cada descoberta. É verdade que muitos daqueles vizinhos puderam se ver arrastados pelo pânico que causava a mera menção da Inquisição, é verdade que muitos se sentiam impelidos a confessar aquelas práticas para se verem livres das horríveis torturas a que os submetiam. Aplaudo a decisão de Salazar y Frías de pôr fim à loucura que havia se instaurado, mas entre os inúmeros casos que ele investigou ficaram sem solução muitos crimes cometidos, sobretudo contra menores, crianças com menos de dois anos e jovenzinhas adolescentes. As suas mortes e o desaparecimento posterior dos respectivos corpos estão recolhidos nas inúmeras declarações que, uma vez admitidas as aberrantes práticas da Inquisição, foram dadas como sendo falsas na sua totalidade.

"O que eu vejo nesta fotografia é o palco de um sacrifício, um sacrifício humano, um sacrifício que devia ter sido o seu filho. Trata-se de uma horrível prática de bruxaria e de uma oferenda ao Maligno. Foi isso que chamou a nossa atenção no caso das profanações de Arizkun, os restos mortais das criaturas; a utilização de restos humanos, sobretudo de crianças, é habitual nesse tipo de prática, mas assassiná-las como sacrifício é a maior oferenda ao mal."

— Eu já conhecia a história de Salazar y Frías. Entendo o que o senhor diz, mas está estabelecendo uma ligação entre as práticas de bruxaria no século XVII e o que aconteceu em Arizkun ou o que esteve prestes a ocorrer nessa gruta?

Sarasola assentiu com lentidão.

— O que sabe sobre as bruxas, inspetora? E não estou me referindo às parteiras nem às curandeiras, mas sim às bruxas mitológicas que os irmãos Grimm recolheram nos seus diversos relatos.

Jonan inclinou-se para a frente, interessado.

Amaia sorriu.

— Que são horríveis, que vivem no meio do bosque...

— Sabe o que elas comem?

— Comem crianças — respondeu Jonan.

O sacerdote ficou irritado ao ver o ar cético de Amaia.

— Inspetora — avisou Sarasola —, pare de jogar esse jogo duplo comigo. Desconfio, desde que entrou aqui, de que dispõe de mais informações do que as que mostra. E não estou brincando; as informações que transcenderam os séculos na sabedoria popular provêm da origem. As bruxas e os bruxos comem crianças, talvez não de forma literal, mas é disto que se alimentam: da vida de um inocente oferecido como sacrifício.

Sarasola era um homem inteligente e sagaz que havia entendido que as razões de uma inspetora de homicídios para lhe fazer perguntas sobre aquele assunto deviam ter mais base do que a que ela estava disposta a revelar.

— Está certo, e o que eles obtêm desse sacrifício?

— Saúde, vida, riquezas materiais.

— E há pessoas que acreditam nisso? Não me refiro ao século XVII, mas sim à atualidade; há pessoas que acreditam poder obter algum desses benefícios por intermédio de um sacrifício humano?

Sarasola suspirou, cansado.

— Inspetora, se quiser entender alguma coisa sobre a maneira como funciona toda essa engrenagem, pare de considerar se é lógico ou não, se encaixa ou não num mundo informatizado ou nos seus perfis de comportamento, pare de refletir em termos de como alguém é capaz de acreditar numa coisa dessas nos tempos de hoje.

— É impossível não ponderar tudo isso.

— E é esse o seu erro, e o de todos os imbecis que imaginam o seu conceito do mundo filtrado através do que para eles é lógico e comprovado pela ciência conhecida; e, vá por mim, esse erro não difere muito daquele dos que condenaram Galileu por defender a teoria heliocêntrica.

"'De acordo com o que conhecemos e a compreensão do cosmo sustentada durante séculos, sabemos que a Terra é o centro do universo', alegaram na época. Pense bem antes de responder: sabemos ou achamos que o sabemos porque foi isso que nos contaram? Por acaso submetemos a provas cada uma das leis absolutas que tão convencidos aceitamos porque há séculos elas são repetidas para nós?"

— Bem, o mesmo poderíamos aplicar à existência de Deus ou do demônio, que durante séculos a Igreja defendeu...

— Pois sim, e faz muito bem em submetê-lo a julgamento, ainda que não seja segundo o que você julga saber. Experimente, procure Deus e procure o Maligno, procure por eles e chegue às suas conclusões, mas pare de julgar aquilo em que os outros acreditam. Milhões de pessoas vivem a sua vida em torno da fé, a fé em qualquer coisa, seja em Deus ou numa nave espacial que virá para levá-las a Órion, a crença de que devem se imolar com uma bomba para ir para o paraíso, onde as fontes emanam mel e as virgens estarão ao seu serviço, afinal qual é a diferença? Se quiser entender alguma coisa, pare de se perguntar se é lógico e comece a admitir que é real, que tem circunstâncias reais e que há pessoas dispostas a morrer e a matar pelo que acreditam, e agora volte a formular a sua pergunta.

— De acordo. Por que crianças e como eles as usam?

— Eles precisam de um bebê com menos de dois anos que será morto num ritual. Sangrá-los é o mais comum, mas há casos em que eles foram desmembrados para serem usados por partes; os crânios são especialmente valorizados, mas também os ossos longos como os *mairu-beso*[4] que usaram na profanação de Arizkun. Em outras práticas, os dentes são utilizados, as unhas e os cabelos, além do pó resultante da moagem dos ossos pequenos. Entre todos os objetos litúrgicos empregados na bruxaria, os cadáveres de bebês são os mais valorizados.

— Por que com menos de dois anos?

— É o tempo de trânsito — interveio Jonan. — Em muitas culturas se considera que até essa idade as crianças transitam entre dois mundos e são capazes de ver e de escutar o que acontece em ambos, e isso as transforma no veículo adequado para estabelecer comunicações com mundos espirituais ou para obter uma resposta nos pedidos.

— Sim. Entre o nascimento e o segundo ano de vida, as crianças desenvolvem a aprendizagem instintiva, o que tem a ver com se manter de pé, caminhar, segurar objetos e outras práticas de imitação, mas é a partir dos dois anos que se desenvolve a linguagem, quando se transpõe

---

[4] Os *mairu-beso* são assunto do segundo livro da série *Legado nos ossos*. Ossos dos braços de criancinhas mortas antes de serem batizadas, usados como amuleto. (N.E.)

a fronteira e se assinala uma nova forma de relação entre a criança e o meio que a rodeia; e a partir desse momento, embora os menores continuem a ser bastante atraentes para as práticas de bruxaria, sobretudo quando são pré-púberes, deixam de ser um veículo tão eficaz.

— Se um cadáver fosse roubado com essa intenção, para que tipo de lugar o levariam?

— Bem, imagino que na qualidade de investigadora você já terá calculado que será para um lugar onde possam obter a proteção e a privacidade necessárias para executar suas práticas, se bem que imagino por onde vagueie a sua mente. Sei que está pensando em templos, igrejas ou lugares sagrados, e teria toda a razão se se tratasse de práticas satânicas em que o objetivo fosse não só venerar o demônio como também ofender a Deus. Contudo, a bruxaria é um ramo muitíssimo mais amplo do que o satanismo, e, embora possa parecer que os dois estão intimamente ligados, não há motivo para esse vínculo. Estou me lembrando do *vodu*, da *santería*, do *Palo* ou do candomblé, práticas em que se invocam não só divindades como também os espíritos dos mortos, e para isso o melhor é recorrer a restos mortais humanos. Nesse tipo de ritual é necessário recorrer a um lugar sagrado para profaná-lo. Claro que no caso de Arizkun falamos do vale do Baztán, com uma riquíssima tradição histórica em que se invocava Aker, o demônio.

Amaia ficou em silêncio alguns segundos, desviou o olhar dos inquisitivos olhos de Sarasola e olhou através da janela para o céu escuro de Pamplona. Os homens estavam em silêncio, conscientes de que, apesar da quietude aparente na mente da inspetora, as engrenagens giravam a toda velocidade. Quando Amaia voltou a olhar para dentro da sala e para Sarasola, as dúvidas em seu rosto haviam sido substituídas pela determinação.

— Doutor Sarasola, o senhor sabe o que é um *Inguma*?

— *Mau mau* ou *Inguma*. Não o que é, mas sim quem é. A demonologia suméria o chama de *Lamashtu*, um espírito maligno tão antigo como o mundo, um dos demônios mais horríveis e impiedosos que existem, suplantado apenas por *Pazuzu*, que é o nome que os sumérios dão a Lúcifer, o primeiro e mais importante demônio. *Lamashtu* arrancava dos braços das mães as crianças de peito para comer sua carne e beber seu sangue, e também causava a morte súbita dos bebês no berço. Essa morte súbita durante o sono provocada por algum ser maligno está presente nas culturas mais antigas. Na Turquia recebe o nome de "demônio esmagador"; na África, o nome é traduzido literalmente como "demônio que cavalga suas costas"; a etnia hmong o chama de "demônio torturador", e nas Filipinas é conhecido como *bangungut*, e o ser que o provoca é uma velha que recebe o nome de *Batibat*. No Japão, a síndrome da morte súbita durante o sono é conhecida como *pokkuri*. O pintor Henry Fuseli retratou-o no seu famoso quadro *O pesadelo*; nele se vê uma jovem adormecida num divã e um demônio que se senta em cima dela com uma expressão malévola enquanto, alheia à sua presença, a mulher parece sofrer encurralada dentro de um sonho ruim. Recebe diversos nomes, mas o modo de proceder é sempre o mesmo: ele entra durante a noite no quarto dos que dormem, senta sobre o peito das pessoas e às vezes aperta o pescoço delas causando uma terrível sensação de asfixia que pode ocorrer dentro do pesadelo, de que as pessoas têm consciência, mas não conseguem acordar nem se mexer. Outras vezes *Inguma* cola sua boca sobre a da pessoa que dorme, roubando sua respiração até ela morrer.

— O senhor acredita...?

— Sou um sacerdote, inspetora, está conjecturando errado de novo; é óbvio que sou crente, mas o que importa é o poder que isso tem. Todos os dias, ao amanhecer, celebra-se em Roma uma missa de exorcismo. Vários sacerdotes celebram essa cerimônia para pedir a libertação das almas possuídas, e em seguida recebem em consulta os casos de todos que ali se apresentam pedindo para serem atendidos. Posso lhe dizer que muitos são encaminhados para uma consulta psiquiátrica... mas nem todos.

— Bem, em todo caso, o exorcismo pode exercer um efeito de placebo, aliviando aqueles que acreditam estar possuídos.

— Inspetora, já ouviu falar da etnia hmong? É um povo asiático que provém das regiões montanhosas da China, do Vietnã, de Laos e da Tailândia. Eles ajudaram os norte-americanos durante a guerra do Vietnã e isso pressupôs a sua sentença de morte para aqueles povos quando a guerra terminou, o que levou muitos deles a fugir para os Estados Unidos. Pois bem, em 1980, o Centro de Controle de Doenças de Atlanta registrou um aumento extraordinário de mortes súbitas durante o sono:

duzentos e trinta meninos hmong morreram nos Estados Unidos asfixiados enquanto dormiam, embora muitos mais tenham sido afetados; os que conseguiram sobreviver declararam ter visto uma bruxa anciã que pairava sobre eles apertando seu pescoço com força. O mais aterrorizador desses episódios é que os familiares, assustados, começaram a dormir junto com os meninos da família para poder acordá-los desses pesadelos, e, no momento em que começavam a sofrer o ataque, os parentes os sacudiam, chegando a arrancá-los da cama; mas eles, encurralados no pesadelo, continuavam a ver a anciã sinistra e a sentir as suas garras no pescoço. Não estou me referindo a uma região recôndita da Tailândia; isso aconteceu em Nova York, Boston, Chicago, Los Angeles... por todo o país, os meninos da etnia hmong sofriam esses ataques todas as noites, e se sobrevivessem eram internados em hospitais onde se mantinham sob estreita vigilância e onde se pôde verificar e gravar os ataques invisíveis, em que a vítima parecia sofrer um estrangulamento feroz de um ser intangível diante do desconcerto dos médicos, que se viam incapazes de diagnosticar qualquer tipo de doença. Os xamãs da tribo chegaram à conclusão de que esse demônio os atacava especificamente porque essa geração de hmong estava se afastando das suas tradições e das proteções que durante séculos haviam funcionado. Pediram para fazer cerimônias de purificação dos afetados, e na maioria dos casos o pedido foi negado, porque para isso deviam fazer sacrifícios de animais, embora se tenha verificado que só nos casos em que estes haviam sido autorizados os ataques tinham cessado. No ano de 1917, setecentas e vinte e duas pessoas morreram enquanto dormiam nas Filipinas, atacadas por *Batibat*, literalmente "a velha gorda". E em 1959, no Japão, quinhentos jovens saudáveis faleceram, afetados pelo *pokkuri*. A crença afirma que, quando Inguma acorda, é cobrado um elevado número de vítimas, até que ele sacia a sua sede e volta a adormecer, ou até que possa ser detido de alguma forma. No caso dos hmong, o mistério médico que ceifou a vida de duzentos e trinta meninos saudáveis persiste até os dias de hoje, já que nem nas autópsias se conseguiu descobrir a causa da morte.

Capítulo 14

Cumprindo a sua palavra, o doutor San Martín dera início à autópsia. Etxaide e Amaia se aproximaram da mesa de aço, que nesse dia se encontrava numa sala abarrotada de estudantes de medicina que rodeavam o médico. No momento, San Martín trabalhava de costas, pesando na balança os órgãos internos. Virou-se e sorriu ao vê-los.

— Chegaram bem na hora, já estamos muito adiantados. A análise toxicológica apresentou uma taxa exagerada de um poderosíssimo calmante; temos o princípio ativo, se bem que ainda não me atrevo a afirmar do que se trata. Tendo em conta que ele era médico psiquiatra, devia saber com exatidão qual tranquilizante e que quantidade utilizar. Na maioria dos casos, eles costumam ser injetáveis, mas umas minúsculas abrasões nas partes laterais da língua indicam que ele o bebeu.

Amaia se debruçou para ver através da lupa as diminutas bolhas que haviam se formado em fila nos lados da língua, e que San Martín lhe mostrou puxando-a com uma pinça plana.

— Dá para sentir um odor enjoativo e ácido — observou Amaia.

— Sim, agora ficou mais evidente, a princípio pode ter sido mascarado pelo perfume com que o médico se banhou; era um sujeito bastante vaidoso.

Amaia contemplou o cadáver à medida que pensava nas palavras do doutor San Martín. O corte em Y que partia dos ombros e descia pelo peito até a bacia havia aberto o corpo, deixando à vista as cores brilhantes, que sempre a fascinavam pela intensidade; contudo, nessa ocasião, além disso, San Martín e sua equipe haviam afastado as costelas utilizando um fórceps a fim de remover e pesar cada órgão, instigados sem dúvida pela curiosidade de observar os efeitos de um potentíssimo sedativo num corpo novo e saudável. As costelas sobressaíam de um branco inusitado apontando para o teto, os ossos descarnados apresentavam um aspecto irreal, tal como as quilhas de um barco semiconstruído, como o esqueleto de uma velha baleia ou como longos dedos fantasmagóricos de um ser interior que tentasse sair daquele corpo. Não existe cirurgia comparável a uma autópsia; a palavra para defini-la é, sem dúvida, magnífica, e era possível entender o fascínio que havia exercido sobre alguns assassinos, quase todos os estripadores, pelo espetáculo que proporcionava e pela maestria que pressupunha extrair as vísceras sem danificá-las pela ordem precisa, assim como efetuar os cortes com a profundidade correta e se deter diante da profusão de formas, cores e odores. Observou os assistentes e os estudantes, que escutavam atentos as explicações de San Martín, que assinalava distintas zonas no fígado que denotavam o modo como havia parado, fazendo todo o organismo entrar em colapso quando sem dúvida o doutor Berasategui já se encontrava inconsciente. Ele havia procurado uma maneira digna e indolor de morrer, mas não fora capaz de evitar o que viria depois, um protocolo que ele, na qualidade de médico, conhecia perfeitamente. Não queria morrer, e com certeza jamais pensara em tirar a própria vida. Um narcisista como ele só teria renunciado a viver se antes também tivesse tido que renunciar ao domínio que exercia sobre os restantes, mas Amaia conseguira verificar que estar na prisão não constituía para aquele homem um obstáculo intransponível. Fizera o que tinha que fazer, ainda que não fosse o que desejava, e isso constituía um elemento tão discordante e impróprio que Amaia não poderia aceitar de forma nenhuma. Berasategui morrera chorando por sua morte, não como alguém que decide pôr fim à vida, mas sim como quem está sendo executado, conduzido através de um corredor da morte de onde não é possível voltar.

Ela se virou para Jonan para lhe contar o que estava pensando, e reparou que ele ficara alguns passos mais atrás, isolado do grupo que escutava o doutor San Martín, com os braços cruzados sobre o peito e fitando o cadáver, que, despido, molhado e aberto de alto a baixo em cima da mesa e com os ossos brancos apontando para o céu, apresentava um aspecto dantesco.

— Aproxime-se, subinspetor. Guardei o estômago até vocês chegarem... Imagino que vão querer ver o conteúdo, embora estejamos quase certos de que ele ingeriu a ampola.

Uma das assistentes colocou um coador sobre um recipiente de vidro e, pegando o estômago, que o médico havia segurado com uma pinça por uma das extremidades, derramou o conteúdo espesso e amarelado dentro dele. O cheiro de vômito intensificado pelos restos do tranquilizante era nauseante. Jonan retrocedeu um passo, enojado, e a Amaia não escapou o olhar rápido que os assistentes trocaram entre si diante do gesto do policial.

— Verifica-se — disse San Martín — a presença de restos do medicamento no estômago. Deduzo que ele tenha reduzido ao máximo a ingestão de alimentos e de água para acelerar a absorção, e o contato do medicamento com a mucosa estimulou a elevada produção de ácidos estomacais. Seria interessante abrir o estômago, a traqueia e o esôfago para ver as consequências que a passagem do líquido causou nesses órgãos.

A proposta foi recebida com entusiasmo por seus colaboradores, mas não por Amaia.

— Ficaríamos encantados, doutor, mas precisamos voltar a Elizondo. Se não se importar, assim que identificarem o nome do produto que ele utilizou, entre em contato; embora já saibamos que ele o recebeu de um funcionário do presídio, que depois deve ter retirado a ampola. A origem do medicamento vai nos dar uma ideia mais clara não só da maneira como o obteve como também de quem colaborou para que chegasse às suas mãos.

Jonan acolheu a notícia com visível alívio e, depois de se despedir do médico, encaminhou-se para a saída à frente de Amaia, procurando não tocar em nada. Amaia seguiu-o, sorrindo diante do comportamento do colega.

— Espere um momento. — O médico cedeu o posto à frente do grupo a seu assistente. Atirou as luvas dentro de uma lixeira e tirou um envelope de uma pasta. — Está aqui o resultado da análise efetuada pelo laboratório do vestígio malcheiroso que havia no ursinho.

Amaia se interessou de imediato.

— Pensei que fossem demorar mais...

— Sim, as coisas se complicaram para nós devido à sua peculiaridade... Acabaram de entregar. Com certeza assim que você chegar a Elizondo os resultados estarão lá, mas, já que está aqui...

— Que peculiaridade? É saliva ou não é?

— Bom, poderia ser; na verdade, tudo indica que é. A peculiaridade está na grande quantidade de bactérias no fluido e que provoca aquele cheiro pavoroso. E, a propósito, não é humana.

— É saliva, mas não é humana? Então é de quê, de um animal?

— O fluido se parece com saliva e poderia pertencer a um animal, se bem que com esse nível bacteriano o mais normal é que estivesse morto. Não sou um perito em zoologia, mas só me ocorre que seja o fluido salivar de um dragão-de-komodo.

Amaia arregalou os olhos, surpresa.

— Sim — admitiu o médico. — Já sei que é um absurdo total, e, como lhe digo, também não temos a saliva de um dragão-de-komodo para poder comparar, mas foi a primeira ideia que me ocorreu quando vi a proliferação de bactérias, suficientes para provocar septicemia em qualquer um que entrasse em contato com ela.

— Conheço um zoólogo que talvez possa nos ajudar. Guardou alguma amostra?

— Infelizmente não. Obtivemos a amostra quando estava fresca, mas depois ela se degradou com bastante rapidez.

ॐ

Ela sempre deixava Jonan dirigir quando precisava pensar. O suicídio de Berasategui havia sido uma completa surpresa, mas era a conversa com o padre Sarasola que girava em sua cabeça. O assassinato da filha de Valentín Esparza, seu empenho em levar consigo o cadáver, um cadáver que não devia ser cremado, mas sobretudo aquele caixão vazio onde alguns sacos com peso haviam sido dispostos no fundo com a finalidade de fazê-los passar pelo corpo, trouxeram a Amaia, intacta, a imagem de outro caixão branco que repousava no jazigo familiar de um cemitério de San Sebastián e que apenas um mês antes ela abrira para verificar que só continha alguns sacos com cascalho que alguém havia colocado ali com o mesmo objetivo.

Ela precisava voltar a interrogar Valentín Esparza. Lera o depoimento que ele prestara diante do juiz, no qual não acrescentava nada de diferente do que dissera a ela. Tinha se limitado a admitir que levava consigo o cadáver para ficar com ele um pouco mais, mas a afirmação do homem de que o havia entregado a *Inguma*, ao demônio que roubava a respiração das crianças, "como tantos outros sacrifícios", não parava de ressoar dentro de sua cabeça. Assassinara a filha asfixiando-a. Seus vestígios genéticos, salivares e epiteliais estavam no bicho de pelúcia que havia utilizado, mas, além do aparecimento do curioso resíduo bacteriano, havia em seu modo de proceder algo que para ela era dolorosamente familiar. Telefonou para Elizondo a fim de convocar uma reunião que ocorreria assim que chegasse e quase não falou durante a viagem. Não chovia naquela tarde, mas o frio era tão intenso e úmido que Jonan decidiu estacionar dentro da garagem. Antes de sair do veículo, Amaia se dirigiu ao colega:

— Jonan, você acha que conseguiria descobrir dados sobre a incidência da morte súbita do lactente no vale, digamos, nos últimos cinco anos?

— Claro. Vou já tratar disso — respondeu o policial, sorrindo.

— Apague esse sorrisinho do rosto, porque, só para constar, não acredito que nenhum demônio seja o responsável pela morte dessa menina. No entanto, falei com uma testemunha que me contou que nos anos setenta se instalou num casarão do vale uma espécie de seita, no estilo hippie ou coisa parecida, e que pouco tempo depois pendeu para as práticas ocultistas e, ao que parece, satânicas. A testemunha me contou também que eles praticavam sacrifícios com animais e que a certa altura se aventou a possibilidade de fazerem a mesma coisa com seres humanos, mais concretamente com crianças, com crianças recém-nascidas. A testemunha deixou de assistir às reuniões e foi perseguida por alguns de seus membros. Não tem certeza de quanto tempo mais continuaram os encontros, embora tudo indique que a seita tenha se dissolvido. Como te disse, eu não acredito que um demônio tenha assassinado aquela bebê, é evidente que foi o pai dela, mas o empenho em levar o cadáver com ele, aliado ao que nos contou Sarasola e às informações da polícia europeia, que apontam para a proliferação de seitas e de grupos desse tipo, me dizem que vale a pena verificar se os números de falecimentos estão dentro da normalidade. Eu gostaria que você me fornecesse todos os dados possíveis sobre essa síndrome e a mortalidade comparada com outras regiões e países.

— Você acha que pode ser isso que aconteceu com o corpo da sua irmã?

— Não sei, Jonan, mas quando vi a fotografia desse caixão vazio a sensação de *déjà-vu* me deu a certeza de me encontrar diante do mesmo *modus operandi*. Não digo que temos uma pista; por enquanto é só um palpite, um pressentimento que pode ser que não leve a nada. Vamos compartilhar os dados com os seus colegas e esperar para ver o que você encontra antes de pensarmos em expor as teorias.

ઢ

Ela se preparava para entrar em casa quando o celular tocou. Na tela, um número desconhecido.

— Inspetora Salazar — atendeu.

— Boa noite, inspetora. Já é de noite em Baztán?

Ela reconheceu a voz rouca do outro lado da linha apesar de parecer falar quase por sussurros.

— Aloisius! Mas esse número...?

— É um número seguro, mesmo assim você não deve me ligar; eu ligo quando você precisar de mim.

Ela não perguntou como ele iria saber quando precisaria dele. De alguma maneira, a relação entre ambos sempre havia funcionado dessa forma. Nos minutos que se seguiram, ela caminhou um pouco, afastando-se da casa, e expôs a Dupree tudo o que sabia sobre o caso, as suspeitas que tinha sobre o fato de a mãe continuar viva, a menina morta que devia ser entregue, a reação de Elena Ochoa, a mensagem de Berasategui e sua curiosa forma de suicídio... O estranho e malcheiroso vestígio de saliva semelhante à de um réptil milenar que habitava exclusivamente a longínqua ilha de Komodo...

O agente a escutou em silêncio e, quando Amaia terminou, perguntou:

— Você tem diante de si um quebra-cabeça complicado, mas não foi por causa disso que me ligou... O que quer me perguntar?

— A bisavó anciã da menina me contou que um demônio chamado *Inguma* havia entrado por uma fresta e, sentando-se sobre o peito da menina, tinha bebido o ar de seus pulmões; ela me disse que esse demônio já veio outras vezes e levou consigo muitas crianças de cada vez. O padre

Sarasola me explicou que se trata de um demônio comum em muitas culturas: na suméria, na africana, na hmong e na velha e obscura mitologia de Baztán, entre outras.

Ela ouviu o extenuado arquejo do agente Dupree do outro lado da linha. Depois mais nada, apenas silêncio.

— Aloisius, está aí?

— Não posso continuar falando agora. Ainda não sei como, mas nos próximos dias vou fazer chegar às suas mãos uma coisa... Tenho que desligar.

O sinal da linha cortada chegou a ela através do celular.

Capítulo 15

Ros Salazar não fumava mais, ainda que o fizesse desde os dezesseis anos e até o momento em que decidira que queria ser mãe. A maternidade pelo visto não era para ela, e desde que se separara de Freddy não tivera mais do que umas aventuras de ocasião que não mereciam ser mencionadas. As possibilidades de conhecer um homem novo em Elizondo não eram muito elevadas, e, embora continuasse a pensar, com frequência cada vez maior, na possibilidade de ser mãe, não parecia que no seu caso isso tivesse necessariamente que implicar ter um homem a seu lado. Ainda assim, não havia voltado a fumar, pelo menos tabaco. Às vezes, tarde da noite, quando a tia já estava na cama, enrolava um baseado e saía a pretexto de tomar ar, ia a pé até a fábrica, se sentava no gabinete e fumava-o com toda a tranquilidade enquanto desfrutava do prazer da proprietária que por fim ficava sozinha depois de um dia de trabalho em seu estabelecimento já fechado para o público.

Surpreendeu-a ver luzes acesas, e pensou de imediato que Ernesto, o encarregado, havia esquecido de apagá-las depois de fechar tudo. Quando abriu a porta do armazém, viu que as luzes do escritório também estavam acesas. Pegou o celular, digitou 112 sem fazer a ligação e gritou:

— Quem está aí? Já chamei a polícia.

Um rápido movimento de objetos, uma pancada, algo que roçava.

Ela pressionou a tecla de chamada quando a voz de Flora respondeu.

— Ros, sou eu...

— Flora? — disse, interrompendo a ligação e avançando para o escritório. — O que está fazendo aqui? Pensei que fossem ladrões.

— Eu... — gaguejou Flora. — Achei que... achei que tivesse esquecido uma coisa aqui e vim ver se encontrava.

— O quê? — perguntou Ros.

Flora olhou com nervosismo ao redor.

— A bolsa — mentiu.

— A bolsa? — repetiu Ros. — Pois aqui não está.

— Já vi que não, e já estava indo embora — retorquiu, passando pela irmã e se encaminhando para a porta.

Ela ouviu quando o portão do armazém se fechou atrás de si, enquanto toda a sua atenção se concentrava de novo no escritório. Observou com a máxima atenção os móveis. Havia surpreendido Flora fazendo alguma coisa que não devia, isso com certeza, algo que a levara a mentir inventando aquela idiotice da bolsa, algo que a havia levado até a fábrica em plena noite... Para fazer o quê?

Ros afastou a cadeira giratória de trás da mesa e a colocou no meio da sala. Sentou-se, procurou no bolso o baseado que a levara até ali, acendeu-o e deu uma boa tragada, que a enjoou um pouco. Aspirou profundamente e se recostou na cadeira, que foi girando pouco a pouco enquanto fumava; todos os objetos do escritório começaram a contar sua história. Foi quase uma hora e várias voltas depois que reparou no quadro que adornava a parede e que representava uma cena de mercado nas arcadas que adorava. Havia observado inúmeras vezes aquela cena por causa da serenidade que emanava. Contudo, não foi isso que lhe chamou a atenção. A imagem falara com ela. O objeto, que guardava uma ordem imóvel estabelecida por todas as leis do equilíbrio, contava sua história para ela. Ros precisou ficar de pé e se aproximar para verificá-lo. Sorriu quando viu a marca do salto que os sapatos de Flora haviam deixado sobre o sofá abaixo dele. Subiu no móvel, colocando-se no mesmo lugar, e levantou a moldura, que era mais pesada do que imaginava. Não ficou surpresa quando viu o cofre, sabia que estava ali. Flora a convencera a instalá-lo fazia alguns anos com o pretexto de ter dinheiro em espécie para os fornecedores. Hoje em dia, todos os pagamentos eram efetuados por meio de transferência bancária, e, até onde ela sabia, o cofre estava vazio ou deveria estar. Ela encostou o quadro no sofá, acariciou com um dedo o disco da combinação, embora não fizesse sentido tentar abri-lo, e voltou a seu lugar na cadeira giratória. Nas horas que se seguiram, e enquanto contemplava aquele cofre embutido na parede, fez a si mesma muitas perguntas, perguntas que lhe consumiram boa parte da noite.

ॐ

Começara a chover nas primeiras horas da madrugada. Amaia tinha consciência de ter escutado o baque ritmado da chuva de encontro às persianas do quarto durante a imensidão de microdespertares que povoaram seu sono e que eram para ela irritantes agora que Ibai, por fim, dormia a noite inteira. Muito embora a chuva tivesse parado, as ruas molhadas pareceram-lhe inóspitas, e ela agradeceu a sensação cálida de entrar na delegacia seca e aquecida.

Ao passar junto à máquina de café, cumprimentou Montes, Zabalza e Iriarte em sua habitual reunião da manhã.

— Quer um café, chefe? — perguntou Montes.

Amaia parou e, antes de responder, sorriu divertida ao ver a expressão contrariada no rosto de Zabalza.

— Obrigada, inspetor, mas sou incapaz de tomar café nesses copos de plástico. Daqui a pouco vou tomar um pouco na minha caneca.

O subinspetor Etxaide a aguardava em sua sala.

— Chefe, tenho aqui alguns dados interessantes sobre o assunto da morte súbita dos lactentes.

Amaia pendurou o casaco, ligou o computador e se sentou à mesa.

— Sou toda ouvidos.

— Síndrome da morte súbita do lactente é o nome que recebe a morte inesperada de uma criança, em geral com menos de um ano, embora haja casos que se estendam até os dois anos. Ela ocorre enquanto a criança dorme, e sem sintomas aparentes de sofrimento. Na Europa falecem duas vítimas dessa causa a cada mil crianças nascidas, a maioria delas, mais de noventa por cento, durante os primeiros seis meses de vida, e é a primeira causa de morte entre bebês saudáveis depois do primeiro mês. A catalogação desse tipo de morte é bastante misteriosa; considera-se morte súbita do lactente se depois de efetuada a autópsia não se encontrou nenhuma outra causa que a explique. No relatório, eu discrimino os fatores que são considerados de risco e os minimizadores do risco, se bem que já aviso que variam bastante e que vão dos cuidados pré-natais até a posição para dormir, ou a amamentação, passando pelo fato de os adultos da casa fumarem... Exceto, talvez, o fato de que a maioria acontece no inverno. A média em todo o país coincide com a europeia, e em Navarra faleceram dezessete crianças por essa causa nos últimos cinco anos, quatro delas em Baztán; os números estão dentro da média.

Amaia o encarou, analisando as informações prestadas.

— Em todos os casos foi feita uma autópsia e decretada morte súbita do lactente, mas há uma coisa que me chamou a atenção: em dois dos casos, abriu-se uma investigação posterior dos serviços sociais nas famílias — disse o policial, estendendo-lhe algumas folhas de papel grampeadas. — Não temos informações complementares, por isso não sabemos em que pé ficou tudo isso, apesar de que parece que os casos foram encerrados sem mais novidades depois de um tempo.

O inspetor Montes deu batidinhas na porta e sua cabeça apareceu.

— Etxaide, vamos tomar um café? Bem, isto é, se eu não estiver interrompendo nada.

Era evidente que o convite apanhara Etxaide de surpresa, pelo que olhou para Amaia erguendo as sobrancelhas, intrigado.

— Pode ir tranquilo, vou ficar lendo isto com calma — retorquiu Amaia, pegando as folhas do relatório.

Depois de Jonan sair, e antes de fechar a porta, Montes voltou a assomar a cabeça e piscou para ela.

— Fora daqui! — disse Amaia, sorrindo.

A porta não chegou a se fechar, e o inspetor Iriarte entrou no escritório.

— Uma mulher apareceu morta em casa. Foi encontrada pela filha, que veio de Pamplona porque a mãe não atendia o telefone. Pelo visto parece que vomitou uma grande quantidade de sangue. A filha chamou a ambulância, mas não puderam fazer nada por ela. O médico que a examinou afirma que há alguma coisa estranha.

༺

Enquanto atravessavam a ponte, Amaia viu logo os carros de bombeiros parados no fim da rua, pois em Baztán eram eles que se ocupavam das remoções de feridos e de doentes para os diversos centros hospitalares.

Foi quando se aproximou do lugar e viu a porta da casa aberta que sentiu que a cabine do carro ficava sem ar, obrigando-a a abrir a boca para respirar.

— Como se chama a mulher, ou, melhor dizendo, como se chamava?
— Creio que disseram Ochoa, não me recordo do primeiro nome.
— Elena Ochoa?

Não foi necessária a resposta de Iriarte. Pálida e transtornada, uma moça que era uma versão mais nova de Elena fumava um cigarro em frente à porta da casa, abraçada, quase amparada, por um homem jovem, provavelmente o marido ou o namorado.

Amaia passou por eles sem lhes dirigir a palavra e entrou no corredor estreito, avançando até a porta do quarto, conforme lhe indicou um paramédico. A elevada temperatura do quarto contribuía para disseminar pelo ar o aroma acre do sangue e da urina, que haviam formado poças ao redor do cadáver. Este ficara entalado entre a cama e uma cômoda. Estava de joelhos, as mãos com que se agarrava à barriga não eram visíveis porque o corpo caíra para a frente até assentar o rosto na espessa poça de vômito ensanguentado. Amaia agradeceu que a mulher tivesse os olhos fechados. Toda a sua postura denunciava o horrível sofrimento que havia suportado em seus últimos momentos; contudo, o rosto estava relaxado, como se o exato momento da morte lhe tivesse proporcionado uma enorme libertação.

Ela se virou para o médico da ambulância, que aguardava atrás dela.
— O inspetor Iriarte comentou comigo que você reparou em alguma coisa estranha...
— Sim, a princípio parece ser uma grande hemorragia que encheu o estômago dela, causou o colapso dos pulmões e provocou a morte. Só que, quando observei o vômito de perto, reparei que é composto pelo que me pareceram pequenas lascas de madeira.

Amaia se debruçou junto à poça de vômito e verificou que continha centenas de pedacinhos do que parecia ser madeira.

O médico se abaixou a seu lado e mostrou a ela um recipiente de plástico.
— Recolhi uma amostra, e, depois de tirar o sangue, é isto que se vê.
— São...?

— Sim, são cascas de nozes, partidas em lascas afiadas que cortam como lâminas de barbear... Não imagino como ela pode ter engolido, mas com certeza numa quantidade como essa as lascas perfuraram o estômago, o duodeno e a traqueia, e o pior foi quando ela as vomitou, porque, quando foram expelidas com a força que o vômito requer, saíram destruindo tudo no caminho. Ela estava em tratamento com antidepressivos, os comprimidos estão na cozinha, em cima do micro-ondas, mas não temos como saber se estaria seguindo o tratamento prescrito. É uma maneira horrível de cometer suicídio.

⁂

A filha de Elena Ochoa havia herdado da mãe a inegável semelhança física, o nome e a cortesia para com as visitas. Apesar de Amaia ter recusado com amabilidade dizendo que não era necessário, a jovem insistira em preparar café para todos que se encontravam na casa. O rapaz, que por fim era seu namorado, tranquilizou Amaia.

— Deixe-a preparar o café; ela vai se sentir melhor se estiver fazendo alguma coisa.

Amaia a observou andando de um lado para o outro na cozinha do mesmo lugar onde se sentara no último encontro que tivera com a mãe dela, e, à semelhança do que fez naquele dia, esperou que a jovem terminasse de dispor as xícaras antes de começar a falar.

— Eu conhecia a sua mãe. — Viu a cara de surpresa da jovem.

— Ela nunca me falou de você.

— Na realidade, não tínhamos muito contato. Eu a visitei algumas vezes para falar com ela sobre Rosario, a minha mãe; elas foram amigas quando jovens — explicou. — Na última visita que fiz, me pareceu que ela estava bastante nervosa. Reparou em alguma coisa estranha no comportamento da sua mãe nos últimos dias?

— Minha mãe sempre sofreu dos nervos. Ela teve uma terrível depressão quando o meu pai faleceu, eu tinha sete anos; desde então nunca mais se recuperou. Tinha períodos melhores, outros piores, mas sempre foi muito frágil, se bem que, para dizer a verdade, há um mês ela estava quase paranoica, morta de medo. Isso já havia acontecido outras vezes, e o médico sempre me aconselhava a me mostrar firme com ela e dizia que eu não deveria alimentar as preocupações que ela tinha. No entanto, desta vez ela estava bastante assustada.

— Você a conhece melhor do que ninguém. Acha que a sua mãe seria capaz de se suicidar?

— Se suicidar? Não, claro que não. Ela jamais faria isso, era católica. Vocês não estão pensando...? A minha mãe morreu de hemorragia. Ontem, quando falei com ela pelo telefone, ela me contou que estava com dor de estômago, que havia tomado vários antiácidos e calmantes, e que ia experimentar um chá de camomila. Eu estava trabalhando, mas me ofereci para vir vê-la depois do expediente. Faz um ano que moro em Pamplona com o Luis — disse, fazendo um gesto para o rapaz. — A gente vem para cá quase todos os fins de semana e passa a noite. Só que a minha mãe me tranquilizou e disse que era apenas um pouco de queimação no estômago, que não era necessário eu vir. Ontem à noite, antes de ir dormir, telefonei para ela de novo, e ela disse que estava tomando um chá de camomila e que se sentia muito melhor.

— Elena, o médico encontrou no meio do vômito uma quantidade enorme de lascas de casca de noz. Elas estão presentes numa quantidade tão grande que é impossível que ela tenha ingerido por acidente, e o médico acha que engoli-las e sobretudo vomitá-las foi o que causou a hemorragia.

— Isso é impossível — respondeu a jovem. — A minha mãe odiava nozes, só a mera presença delas a deixava louca de medo. Nunca entravam nozes nesta casa, eu garanto. Era eu quem fazia as compras. E ela ia preferir cair morta antes de tocar numa. — Amaia a fitou com desconfiança. — Uma vez, quando eu era pequena, uma mulher me ofereceu um punhado de nozes na rua; quando cheguei em casa, a minha mãe reagiu como se eu tivesse trazido veneno nas mãos e me obrigou a jogar tudo fora. Depois revistou as minhas coisas para ter certeza de que não havia guardado nenhuma, me deu um banho dos pés à cabeça e queimou as minhas roupas enquanto eu chorava sem entender nada do que estava acontecendo. Em seguida, ela me fez jurar que nunca, nunca aceitaria as nozes que alguém me desse. Acredite em mim, isso me tirou qualquer vontade de voltar a trazer nozes para esta casa, se bem que curiosamente aquela mulher voltou a me oferecer duas ou três vezes nos anos seguintes. Então, só pode ser um erro, ou um acidente, porque a minha mãe nunca comeria nozes, em circunstância alguma.

ঞ

O doutor San Martín balançou várias vezes a cabeça antes de se dirigir ao juiz Markina.

— Esse tipo de suicídio é sempre espantoso. Já vi isso em diversas ocasiões, mas sobretudo entre a população carcerária. Lembra-se de Quiralte, aquele que engoliu veneno de rato? Pois eu já vi com vidro moído, amoníaco, aparas de ferro... Chama a atenção em contraste com o doutor Berasategui e sua doce morte.

— Doutor, existe alguma possibilidade de ela ter engolido as cascas por acidente, talvez misturadas com outros alimentos? — perguntou Iriarte.

— É difícil, mas não é impossível... Até examinar o conteúdo do estômago não posso responder a essa pergunta, mas a quantidade que aparece no vômito torna isso altamente improvável. — Ele se despediu do juiz e se encaminhou para o carro. — Vejo você na autópsia, inspetora?

— Sou eu que vou — interveio Iriarte. — A vítima era amiga da família da inspetora.

O doutor San Martín murmurou umas palavras de condolências entredentes e entrou no carro. Amaia correu atrás dele, bateu com os nós dos dedos no vidro e se inclinou para dizer:

— Doutor, a propósito do caso da pequena Esparza, constatamos a incidência de morte no berço na região durante os últimos anos e nos chamou a atenção que pelo menos em duas ocasiões foi aconselhada pelo Instituto de Medicina Legal a realização de uma investigação dos serviços sociais.

— Isso faz quantos anos?

— Mais ou menos cinco.

— Na época, a titular do cargo no instituto era a doutora Maite Hernández; tenho certeza de que foi ela quem se encarregou disso; geralmente, e sempre que posso, evito fazer autópsias em crianças tão pequenas. — Amaia se recordou do abatimento do médico diante do cadáver da pequena Esparza e reparou que ele desviava o olhar enquanto lhe dizia isso, como se o fato de sentir aquela repugnância natural fosse algo vergonhoso, e no entanto isso o fez ganhar pontos de imediato aos olhos de Amaia. Era um profissional magnífico que conciliava seu trabalho com o ensino, pois sem dúvida a docência era sua grande fraqueza.

— A doutora Hernández conseguiu uma vaga de titular na universidade pública do País Basco; vou ligar para ela assim que chegar ao escritório. Não creio que ela veja algum inconveniente em conversar com você, sempre foi uma mulher encantadora.

Amaia agradeceu e ficou vendo o carro do médico se afastar. A rua estava agora quase desimpedida de carros e de vizinhos, que haviam voltado às respectivas casas na hora do almoço, impelidos pela chuva que começara a cair; sem abandonar a típica natureza de bairro residencial, Amaia detectou movimento por detrás das cortinas e havia uma janela ou outra entreaberta apesar da chuva que continuava a cair cada vez mais intensidade.

Markina abriu o guarda-chuva e a cobriu com ele.

— Nos últimos dias, visitei mais vezes a sua aldeia do que jamais o fiz em toda a minha vida. Não que me incomode — disse, sorrindo —, na verdade já tinha pensado em fazer isso, mas esperava que fosse por outros motivos.

Amaia não respondeu e começou a andar rua abaixo, tentando fugir das janelas indiscretas que davam para a rua Giltxaurdi.

— Você continua sem me telefonar, não sei nada de você, e sabe que estou preocupado. Por que não me conta como está? Nos últimos dias, aconteceram muitas coisas.

Ela guardou para si tudo o que estava relacionado com a visita a Sarasola, mas de resto expôs a ele suas conclusões sobre a morte de Berasategui e o modo como julgavam que ele havia conseguido obter a droga para se matar.

— Nós investigamos o guarda que fugiu. Não é nenhum dos que acompanhavam Berasategui quando me encontrei com ele, esses já haviam sido suspensos. Ele morava com os pais, que não tiveram problema nenhum em nos mostrar o quarto dele; não encontramos nada ali, exceto uma sacola de plástico proveniente de uma farmácia muito longe da casa dele, o que nos pareceu suspeito. Quando mostramos a fotografia do homem ao farmacêutico, ele se lembrou na mesma hora porque tinha chamado sua atenção um calmante com aquelas características em ampolas. Ele verificou a receita e o número da carteira profissional, na qual curiosamente ainda não fora dada baixa. E, ao ver que tudo estava correto, não teve opção a não ser vender o medicamento. No vídeo da câmera de segurança, é possível ver que o guarda fica um minuto na porta da cela; é provável que tenha esperado até Berasategui beber o conteúdo da ampola e depois a levou consigo para se desfazer dela. Iniciamos as buscas e verificamos que não está na casa de nenhum familiar. Por enquanto não dispomos de mais novidades.

Haviam chegado perto do antigo mercado. Markina parou de repente, obrigando-a a retroceder a fim de se abrigar de novo debaixo do guarda-chuva. Voltou a fazê-lo, sorrindo daquela maneira que não a deixava perceber se zombava dela ou se estava muitíssimo feliz em vê-la; contemplou-a em silêncio alguns segundos até que Amaia, por fim intimidada, baixou os olhos apenas por um segundo, o suficiente para recuperar a compostura e perguntar:

— Que foi?

— Quando me queixei de falta de notícias da sua parte, não estava me referindo aos progressos na investigação.

Amaia voltou a baixar os olhos, desta vez sorrindo enquanto assentia. Quando os ergueu, já tinha total domínio sobre si.

— Pois essas são as notícias que você terá de mim — respondeu Amaia.

A sombra da tristeza ensombrou o olhar do juiz, e qualquer vislumbre de sorriso desapareceu de seu rosto.

— Está lembrada do que eu te disse naquela noite na saída do apartamento de Berasategui, quando vínhamos para cá?

Amaia não respondeu.

— Os meus sentimentos não mudaram, e não vão mudar.

Eles estavam muito perto. A proximidade aumentou o desejo que ela sentia, e as notas graves da voz dele se fundiram com a recordação do sonho da noite anterior, que lhe surgiu vívido na mente, evocando em poucos segundos a calidez de seus lábios, de sua boca, de seus beijos.

Receber encomendas institucionais era um sinal inequívoco de êxito. Quando as mais importantes fundações culturais se inclinavam para a obra de um artista, o faziam sempre com base nas apostas de seus assessores em arte e em investimentos, que, além de ter em conta em sua avaliação o talento e a execução da obra do artista, consideravam sobretudo a previsão de futuro na trajetória e a rentabilidade do investimento feito a longo prazo. Os artigos que surgiram após sua exposição no Guggenheim em duas das publicações de arte de maior prestígio no mundo, *Art News* e *Art in America*, haviam disparado sua cotação no ranking internacional. A reunião em Pamplona com os representantes da fundação BNP[5] fazia prever uma importante encomenda. James ajustou o retrovisor e sorriu para sua imagem refletida no espelho. Atravessou Txokoto em direção à ponte de Giltxaurdi para pegar dali a saída para a estrada principal. Ao passar pela rua mais ou menos na altura do mercado, viu Amaia parada perto de um homem que segurava um guarda-chuva e a protegia debaixo dele. Reduziu a velocidade e baixou o vidro a fim de chamá-la. No entanto, seu gesto ficou suspenso; houve algo imperceptível, porém evidente, que congelou seu grito de chamada no ar. O homem falava com ela muito de perto, alheio a todo o resto, e Amaia escutava com os olhos baixos; chovia, os dois se abrigavam debaixo do guarda-chuva e estavam separados apenas uns poucos centímetros, mas não foi a escassa distância entre ambos que o perturbou, mas sim o que viu no olhar de Amaia quando esta ergueu de novo o rosto: brilhava-lhe nos olhos uma ousadia, o desafio de uma contenda, e James sabia que aquilo era a única coisa a que a mulher não era capaz de resistir, porque era um soldado, uma guerreira regida pela deusa Palas: Amaia Salazar nunca se rendia sem lutar. James subiu o vidro e seguiu viagem sem chegar a parar o carro. No rosto não lhe restava nem o rastro de um sorriso.

---

5 O BNP é um dos bancos privados mais importantes da Europa. (N.E.)

Capítulo 16

Ela engoliu com desagrado um gole do café que já havia esfriado fazia tempo e, enojada, empurrou a caneca para um canto da mesa. Não comia nada desde o café da manhã, sentia-se incapaz de engolir o que quer que fosse. Ver Elena Ochoa morta sobre o próprio sangue tirara seu apetite e algo mais... Algo que tinha a ver com um fio de esperança de que talvez, em algum momento, Elena fosse capaz de ultrapassar as barreiras do medo e falar. Se ao menos tivesse lhe contado onde ficava a tal casa... Ela pressentia que isso era muito importante. A morte de Elena se juntando à de Berasategui a deixava sem recursos e com a sensação de que os fatos lhe escapavam por entre os dedos, como se tentasse reter a água do rio Baztán. Em cima da mesa, o relatório do subinspetor Etxaide sobre as mortes no berço, a transcrição do depoimento de Valentín Esparza na prisão, o relatório da autópsia de Berasategui, um par de folhas de papel com as notas que fizera cheias de rabiscos e uma conclusão direta: a de que não podia avançar, não havia para onde ir. Frustrada, virou as folhas ao contrário.

Consultou as horas no relógio, eram quase quatro da tarde. Fazia uma hora que o doutor San Martín havia ligado para lhe dar o telefone da patologista que fizera as autópsias dos bebês que constavam do relatório de Jonan. Tinha explicado a ela o que Amaia queria e haviam combinado que esta telefonaria às quatro horas. Ela pegou o celular, esperou até o último minuto com o aparelho na mão e, assim que soaram as horas, digitou o número.

Se a médica ficou surpresa com sua pontualidade, não mencionou.

— O doutor San Martín me falou que você está interessada em dois casos concretos. Lembro muito bem deles, embora, por via das dúvidas, tenha consultado as anotações que fiz na época. Em ambos, as autópsias foram normais, de duas meninas aparentemente saudáveis; em nenhuma se encontrou nada que fizesse desconfiar de que as mortes não tivessem sido por causas naturais, entenda-se por natural tanto quanto possa sê-lo a síndrome da morte súbita do lactente, que era o que a princípio haviam sugerido os médicos que assinaram as certidões de óbito. Uma das bebês estava dormindo de bruços, mas a outra nem isso. O que me levantou suspeita foi a atitude dos pais.

— A atitude?

— Num dos casos, eu me encontrei com eles a pedido do pai, que quase chegou a me ameaçar me avisando que era melhor para mim que, depois da autópsia, a filha mantivesse dentro de si todas as vísceras, pois ele havia lido em algum lugar que às vezes os patologistas ficavam com elas. Tentei explicar a ele que a coisa não funcionava assim e que só acontecia nos casos em que se havia recebido autorização dos familiares ou quando se doava o corpo para ser estudado. Mas o que me chamou mais a atenção foi o fato de ele ter dito que sabia o preço a que podiam chegar os órgãos de uma criança morta no mercado ilegal. Respondi que se ele estava pensando em doação de órgãos, estava enganado, que para isso precisariam ter removido os órgãos depois do falecimento e em condições clínicas muito especiais, e o homem me respondeu que não estava falando do mercado ilegal de doações, mas sim do de cadáveres. A esposa tentou o tempo todo fazê-lo se calar e me pediu desculpas várias vezes, querendo justificar o marido com o terrível golpe que haviam sofrido, mas quando ele fez a afirmação, acreditei nele; parecia saber do que estava falando, muito embora fosse um brutamontes sem educação. Se eu liguei para os serviços sociais foi sobretudo pela pena que senti do filho mais velho, o outro que eles tinham. Sentado na sala de espera e ouvindo o pai falar daquela maneira, não me pareceu que fosse descabido darem uma olhada.

"Quanto ao segundo caso, a atitude dos pais também foi surpreendente, apesar de muito diferente. Eles aguardavam no Instituto de Medicina Legal; passei pela sala para avisar que em breve poderiam levar a filha e o que eu vi foi que, longe de estarem abatidos, estavam eufóricos. Embora possa ser desconcertante, assisti a todo tipo de reação dos familiares, da esperada dor até a mais absoluta frieza, mas quando saí da sala ouvi o homem sussurrar para a mulher que tudo correria bem a partir daquele momento. É chocante, poderia pressupor uma espécie de promessa, se bem que, quando me virei para olhar para eles, ambos estavam sorrindo, e não se tratava de uma expressão forçada com que tentavam infundir coragem um no outro, não, estavam felizes mesmo. — A médica fez uma pausa, recordando. — Já vi algumas reações parecidas diante da morte quando se trata de crentes convictos de que o seu ente querido vai direto para o céu; no entanto, nesses casos a emoção dominante é a resignação. Não vi resignação neles, vi alegria. Alertei o serviço social porque eles tinham mais dois filhos que ainda eram muito pequenos, dois e três anos, viviam num casebre sem aquecimento que um familiar havia emprestado, e o homem vivia desempregado. Além das dificuldades que podemos imaginar, eles cuidavam bem dos filhos, como o outro casal. Foi isso que a assistente social me disse. E o assunto acabou por aí. O telefonema de hoje de San Martín me fez lembrar de outro caso, em março de 1997. No fim da Semana Santa, houve um descarrilamento em Huarte Arakil. Faleceram dezoito pessoas. Estávamos cheios de trabalho e por acaso o acidente coincidiu com uma morte no berço. Dessa vez também foram os pais que pediram para falar comigo. Expliquei que estávamos sobrecarregados por causa da catástrofe, mas eles ficaram plantados ali e insistiram em dizer que não iriam embora sem falar comigo. Foi muito triste, a mulher tinha um câncer em estado muito avançado. Me pediram para acelerar os trâmites para que eles pudessem levar o corpo. Também nesse caso tinham pressa, e, apesar das circunstâncias, não aparentavam estar tão tristes como seria de esperar, muito pelo contrário. A atitude deles chamava a atenção naquela sala repleta de familiares arrasados; eles, no entanto, pareciam estar à espera de que lhes entregassem o carro que estava sendo consertado na oficina em vez de um cadáver. Não tinham mais filhos, fui verificar. Procurei a ficha com as anotações que fiz. Se me passar um endereço de e-mail, vou mandar para você com o telefone da assistente social, caso deseje falar com ela."

— Só mais uma coisa, doutora — disse Amaia antes de desligar.

— Diga.

— Em relação ao último caso que você me contou, o bebê também era uma menina?

— Sim, era uma menina.

༄

A assistente social demorou mais de uma hora para localizar os processos e retornar a ligação. Os casos tinham sido encerrados sem grande repercussão. Em um deles, a família recebeu ajuda durante um curto período de tempo até que renunciou a ela. Nada mais.

&

Ela ligou para Jonan, que para sua surpresa parecia estar com o telefone desligado. Olhou para o corredor e bateu levemente com os nós dos dedos na porta aberta do escritório em frente, onde Zabalza e Montes trabalhavam.

— Inspetor Montes, pode vir à minha sala?

Ele a seguiu.

— O subinspetor Etxaide elaborou um relatório sobre as famílias que haviam perdido filhos por morte no berço em Baztán; a princípio, não parece que haja nada de relevante, mas em dois dos casos a patologista da época recomendou uma inspeção dos serviços sociais. Enquanto eu estava conversando com a médica, ela se lembrou de outro caso em que os pais não reagiram como seria de esperar; me contou que eles ficaram felizes; uma das famílias esteve sob a tutela do Governo de Navarra por algum tempo, recebendo ajuda social. Eu gostaria que amanhã você fizesse uma visita a eles; invente um motivo qualquer e evite mencionar o assunto dos bebês.

— Ufff! — queixou-se Montes. — Vai ser difícil para mim, chefe — comentou o policial, folheando os processos. — Poucas coisas me irritam mais do que essas famílias que não cuidam dos filhos.

— Não minta, Montes, tudo te irrita — retorquiu Amaia, sorrindo, enquanto ele assentia. — Leve o Zabalza com você. Vai lhe fazer bem espairecer e arejar, e além disso ele tem mais tato do que você. A propósito, sabe por onde anda o Etxaide?

— Tinha a tarde livre, e comentou comigo que ia fazer umas compras...

Amaia se concentrou em ordenar de novo suas anotações acrescentando o que a patologista e a assistente social haviam contado; após alguns segundos, percebeu que Montes continuava de pé à porta.

— Fermín, quer mais alguma coisa?

O policial ficou olhando para ela mais alguns segundos e depois balançou a cabeça.

— Não, não, não é nada. — Abriu a porta e saiu para o corredor, deixando em Amaia a sensação de estar lhe escapando algo importante.

Desconcentrada, ela se rendeu à evidência de não estar avançando. Guardou os documentos, consultou as horas e se lembrou de que James tinha uma reunião importante em Pamplona. Digitou o número do marido e esperou, mas ele não atendeu. Desligou o computador, pegou o casaco e voltou para casa.

As meninas do alegre grupo da tia Engrasi pareciam ter substituído nos últimos tempos a habitual partida de cartas por uma espécie de encontro festivo em que se dedicavam a passar Ibai do colo de uma para o de outra, fazendo gracinhas e caretas, e rindo encantadas. Não sem algum esforço, Amaia conseguiu arrebatar dos braços delas o menino, que ria, contagiando as mulheres.

— Vocês vão estragá-lo com tanto mimo — brincou. — Ele fica todo festeiro, e depois não há quem consiga fazê-lo adormecer — disse ao mesmo tempo que subia a escada, levando consigo o bebê por entre os ferozes protestos das mulheres.

Deixou Ibai no berço enquanto preparava o banho, despia a blusa grossa e escondia a pistola em cima do guarda-roupa, pensando que em breve nem aquele lugar seria tão seguro com Ibai em casa. Em Pamplona, tinha um cofre para guardá-la, e no projeto para as obras na Juanitaenea haviam incluído a instalação de um, mas na casa da tia sempre havia deixado a arma em cima do guarda-roupa; a princípio parecia um lugar seguro, embora seja sabido que os bebês, por volta dos três anos, se transformam em macaquinhos capazes de chegar a qualquer lugar. Pensou na Juanitaenea, nos caixotes de material de construção amontoados em frente à entrada e no trabalho no qual não se haviam verificado progressos. Pegou o celular e ligou de novo para James; escutou dois toques antes de a ligação ser interrompida, como se ele tivesse desligado. Demorou-se dando banho em Ibai; o menino adorava a água, e ela adorava vê-lo tão feliz e relaxado, mas foi obrigada a admitir que a preocupação com o fato de James não atender suas ligações começava a afetá-la. Não havia desfrutado daquele momento do banho, que costumava ser tão especial. Depois de vestir o pijama no bebê, voltou a ligar para o marido. De novo a chamada foi de imediato desligada. Enviou uma mensagem: "James, estou preocupada, me ligue", e um minuto depois chegou a resposta: "Estou ocupado".

Ibai adormeceu assim que tomou a mamadeira. Amaia ligou a babá eletrônica. Sentou-se perto de Ros e da tia, que viam televisão, mas não conseguiu se concentrar em outra coisa que não fosse escutar o ruído que os carros faziam ao passar sobre o calçamento na frente da casa. Quando ouviu o carro do marido parar, vestiu o casaco e saiu para recebê-lo. James permanecia no carro com o motor desligado e as luzes apagadas. Amaia se aproximou e entrou pela porta do passageiro.

— James, pelo amor de Deus! Eu estava preocupada.

— Já cheguei — ele respondeu, sem lhe dar importância.

— Podia ter telefonado...

— Você também... — interrompeu James.

Visivelmente surpresa com a reação do marido, Amaia se pôs na defensiva.

— Foi o que eu fiz, mas você não atendeu.

— Às seis da tarde? Depois de um dia?

Amaia notou a censura, mas se sentiu de imediato furiosa.

— Ou seja, você viu a ligação e não quis atender. O que aconteceu, James?

— Me diga você, Amaia.

— Não sei do que você está falando...

James encolheu os ombros.

— Não sabe do que estou falando? Perfeito, nesse caso não aconteceu nada — respondeu, fazendo menção de sair do carro.

— James. — Ela o deteve. — Não faça isso comigo, não estou entendendo nada. Eu sei que você tinha a reunião com os representantes do BNP, mais nada. Você nem me contou como foi.

— Por acaso isso te interessa?

Magoada, Amaia fitou-o por alguns segundos. O seu lindo marido estava perdendo a paciência, e ela sabia que, em boa parte, era ela a responsável. Baixou o tom de voz e, quando falou, deu a suas palavras o máximo cuidado e ternura.

— Como você pode me perguntar uma coisa dessas? É claro que me interessa, James, você é o que mais me interessa no mundo.

James a contemplou, tentando sustentar mais alguns segundos a expressão severa, que já começava a relaxar nos olhos dele. Sorriu de leve.

— Foi bem — admitiu.

— Ah, por favor, me fale mais. Foi bem ou muito bem?

James exibiu um sorriso rasgado.

— Muito, muito bem.

Amaia o abraçou, ajoelhando-se no banco do carro para poder se colar ao marido e beijá-lo. O celular dela tocou. James reprimiu uma expressão de tédio quando ela o tirou do bolso.

— É da delegacia, tenho que atender — disse, soltando-se do abraço.

Ela atendeu e um policial respondeu do outro lado da linha.

— Inspetora, ligou a filha de Elena Ochoa. Ela insiste em falar com a senhora e diz que é urgente. Eu não queria incomodá-la, mas a moça falou que é muito importante vocês se encontrarem o quanto antes. Acabei de lhe enviar o número dela numa mensagem de texto.

— Preciso dar um telefonema, só vai levar alguns minutos — disse Amaia, saindo do carro. Ela digitou o número e se afastou um pouco mais para evitar que James pudesse ouvir a conversa.

— Inspetora, estou em Elizondo. Depois de tudo o que aconteceu, nós decidimos ficar e dormir aqui hoje, e foi quando eu me preparava para me deitar e afastei o travesseiro que encontrei uma carta da minha mãe. — A voz, que até aquele momento havia soado segura e instigada pela urgência, quebrou de maneira lastimosa quando a jovem começou a chorar. — Acho que vocês tinham razão, a minha mãe se suicidou; não consigo acreditar nisso, mas ela se suicidou... Deixou uma carta — disse, despedaçada pela dor. — Sempre tentei ajudá-la, fazia o que os médicos diziam, que não ligasse para ela, que não alimentasse a paranoia dela, que não desse tanta importância aos medos dela... E a minha mãe deixou uma carta. Mas não para mim, é para você. — A jovem desabou; Amaia sabia que a partir desse momento seria incapaz de articular uma palavra que fosse; esperou alguns segundos enquanto ouvia alguém que tentava consolá-la lhe arrebatar o telefone das mãos.

— Inspetora, aqui é o Luis, o namorado da Elena. Venha buscar a carta.

James havia saído do carro, e Amaia recuou alguns passos até ficar na frente do marido.

— James, preciso fazer uma coisa. Só vou buscar um documento aqui em Elizondo, vou a pé — disse, como que para reforçar ainda mais o pouco que demoraria —, mas tenho que ir agora.

James se debruçou para beijá-la e, sem dizer uma palavra, entrou em casa.

Capítulo 17

O INVERNO REGRESSOU COM FORÇA após o descanso das últimas horas. Enquanto caminhava pelas ruas desertas de Elizondo, o vento gelado proveniente do norte a fez lamentar não ter trazido as luvas e o cachecol; levantou a gola do casaco e, fechando-o ao redor da garganta com as mãos, apertou o passo até chegar à casa de Elena Ochoa. Bateu à porta e esperou, tremendo, sacudida pelas investidas cada vez mais fortes do ar. O namorado da jovem veio abrir, mas não a convidou para entrar.

— Ela está exausta — explicou o rapaz. — Tomou um comprimido e começou a querer adormecer.

— Compreendo — justificou Amaia. — Foi um golpe muito duro…

O rapaz entregou a ela um envelope branco com uma escrita no sentido do comprimento. Amaia verificou que não fora aberto e que na parte da frente constava o seu nome. Pegou-o e o guardou no bolso do casaco, observando o alívio do rapaz ao vê-lo desaparecer.

— Vou manter vocês informados.

— Se for o óbvio, não se dê ao trabalho. Ela já sofreu bastante.

Ela caminhou em direção à curva do rio, atraída pelas luzes alaranjadas da praça que no meio da noite gélida transmitiam uma sensação de falso calor; depois passou pela fonte das lâmias, que só voltava a sê-lo debaixo da chuva, e parou na esquina do edifício da Câmara Municipal a fim de tocar levemente na superfície suave da *botil harri* com uma das mãos enquanto com a outra segurava com força o envelope que viajava em seu bolso e do qual emanava uma tepidez desagradável, como se o papel contivesse os últimos resquícios de vida de sua autora.

O vento varria a superfície da praça, tornando impossível pensar em parar ali. Ela caminhou pela rua Jaime Urrutia, parando debaixo de cada ponto de luz à medida que tomava consciência de que estava à procura de um lugar onde ler aquela carta, de que não queria lê-la em casa e de que não podia esperar. Passou a ponte, onde o estrépito do vento competia com o ruído do açude, e quando chegou diante do Trinquete, virou à direita para se dirigir ao único lugar onde naquele momento poderia ficar sozinha. Apalpou no bolso a suavidade do cordão de náilon com que o pai prendera aquela chave tantos anos antes e a fez deslizar na fechadura do armazém. A chave emperrou na metade do caminho. Voltou a experimentar, se bem que estivesse evidente que a fechadura havia sido substituída. Ao mesmo tempo surpresa e satisfeita pela iniciativa de Ros, guardou a chave inutilizada e acariciou de novo o envelope, que como um ser vivo parecia gritar dentro de seu bolso. Acelerando o passo e lutando contra o vento, quase correu até a casa da tia, mas não entrou. Em vez disso, foi para o carro, sentou-se lá dentro e acendeu a luz.

Já sabem de tudo, eu bem que avisei que eles não iam demorar para saber. Sempre tomo cuidado, embora já tenha dito a você: ninguém pode nos proteger deles, de alguma maneira conseguiram fazê-lo chegar até mim, e agora eu o tenho aqui dentro, sinto que começou a me morder as entranhas. Que tola eu fui, imaginei que se tratava de uma queimação no estômago, mas as horas passam, e eu sei o que está acontecendo, está me devorando, vai me matar, vai acabar comigo, por isso já não faz sentido ocultá-lo por mais tempo.

O lugar é um velho casarão em ruínas, com paredes cor de bolacha e telhado escuro. Há muitos anos que não ando por aquelas bandas, mas sempre tinham as persianas semicerradas. Fica na estrada de Orabidea, no meio do único campo plano que deve haver em toda a região, não há árvores, nada cresce ao redor dela, é invisível de cima, você vai reconhecê-la porque surge de repente diante dos olhos quando se dá a volta à estrada.

Trata-se de uma casa sombria, não me refiro à cor das paredes, mas sim ao que existe lá dentro. Sei que é inútil pedir que não vá até lá, que não a procure, porque, se você é quem diz ser, se sobreviveu ao destino que eles tinham traçado para você, é indiferente que os procure ou não, eles vão encontrá-la.

Que Deus a ajude.

Elena Ochoa

O som estrepitoso e incongruente do celular dentro daquele pequeno espaço fechado a sobressaltou, fazendo a carta de Elena Ochoa lhe cair das mãos e ir parar em cima dos pedais do carro. Transtornada e confusa, ela atendeu a chamada ao mesmo tempo que se inclinava para tentar resgatar a folha de papel.

A voz do inspetor Iriarte denunciava o cansaço das horas acumuladas num dia de trabalho que havia começado muito cedo. Amaia consultou as horas no relógio, já passava das onze, enquanto admitia mentalmente que se esquecera de Iriarte.

— Acabamos de fazer a autópsia de Elena Ochoa... Dou-lhe a minha palavra, inspetora, de que foi a coisa mais impressionante que já vi na vida. — Fez uma pausa em que Amaia o ouviu inspirar fundo e soltar o ar muito devagar. — San Martín declarou suicídio por ingestão de objetos cortantes, e, acredite no que lhe digo, se para mim foi perturbador, para ele deve ter sido bastante confuso, mas que outra coisa iria declarar? — argumentou Iriarte, soltando uma risadinha nervosa.

A ameaça de uma horrível enxaqueca atingiu a cabeça dela com duas pulsações fortes. Ela sentiu frio e de alguma forma soube que suas sensações estavam relacionadas de forma direta com o conteúdo daquela carta e com os silêncios entre as hesitações do inspetor Iriarte.

— Me conte tudo, inspetor — pediu, com firmeza.

— Bom, você viu a quantidade de cascas de noz que havia no vômito; ficaram algumas no estômago, mas os intestinos estavam cheios...

— Compreendo.

— Não, inspetora, você não me compreendeu. Eles estavam lotados de cascas de noz, como se tivessem usado uma máquina de fazer chouriço para enfiar todos ali. Cheios até arrebentar em alguns pontos, a estrutura destruída, pareciam ter sido enchidos à força, havia partes em que o tecido do intestino não resistiu, estava perfurado, cravando-se na parede intestinal, chegando aos órgãos que o rodeavam.

Amaia sentiu a enxaqueca torturar sua cabeça, como um capacete de aço em que alguém estivesse martelando do lado de fora.

Iriarte respirou fundo antes de continuar.

— Sete metros de intestino delgado e mais um metro e meio de intestino grosso cheios até arrebentar de cascas de noz, tanto que dobraram de tamanho. O doutor achou estranho que a parede intestinal tenha resistido sem rasgar por inteiro. Nunca na vida vi nada igual, e sabe o que é mais curioso? Nem um pedaço do fruto, não havia nozes, apenas cascas.

— O que disse o San Martín? Há alguma maneira de elas terem sido implantadas ali ou colocadas à força?

Iriarte resfolegou.

— Não com ela viva. A sensibilidade do intestino é muito grande, ela teria enlouquecido de dor, com certeza isso a teria matado. Tenho algumas fotografias. San Martín ficou redigindo o relatório da autópsia, suponho que estará pronto de manhã bem cedo. E agora vou para casa, embora não acredite que consiga dormir — acrescentou.

Amaia tinha certeza de que, assim como Iriarte, também não conseguiria dormir; tomou dois calmantes e se deitou ao lado de James e Ibai, deixando que a respiração cadenciada da família lhe trouxesse a paz de que tanto necessitava. Deixou passar as horas com a atenção dividida entre um livro em que foi incapaz de se concentrar e o espaço oco e escuro da janela, cujas persianas continuavam abertas para poder vislumbrar, da posição em que se encontrava na cama, as primeiras luzes da aurora.

Não soube que por fim o sono a vencera, embora tivesse consciência de estar dormindo quando ela chegou. Não a ouviu entrar, não escutou seus passos nem sua respiração. Sentiu seu cheiro; o odor de sua pele, de seu cabelo, de seu bafo estava gravado em sua memória. Um odor que era um alarme, o rastro de sua inimiga, de sua assassina. Sentiu o desespero do medo enquanto amaldiçoava sua estupidez por se ter distraído, por ter deixado que se aproximasse tanto, isso porque, se era capaz de sentir o cheiro, era porque se encontrava perto demais. Uma menina muito pequena rezava ao deus das vítimas clamando por piedade e alternando sua prece com a ordem que jamais devia ser transgredida e que lhe gritava no cérebro, não abra os olhos, não abra os olhos, não abra os olhos, não abra os olhos, não abra os olhos. Ela gritou, e seu grito não foi de terror, mas sim de raiva, e não procedia da menina, mas sim da mulher, não pode me fazer mal, não pode mais me fazer mal. E então abriu os olhos. Rosario estava ali, debruçada sobre sua cama e a escassos centímetros de seu rosto; a proximidade desfocava seu rosto; seus olhos, nariz e boca enchiam o campo de visão de Amaia. O frio que trazia colado à roupa eriçou a pele de Amaia, enquanto o sorriso perverso em sua boca se alargou até se assemelhar a um corte no rosto; os olhos ávidos a perscrutavam divertidos ante seu horror. Tentou gritar, mas da garganta não brotou agora nada além do ar quente que empurrava dos pulmões com todas as forças que tinha, mas que já nascia fraco na boca. Tentou se mexer e verificou, aterrorizada, que era impossível, seus membros pareciam pesar toneladas e permaneciam imóveis, sepultados por seu peso no colchão macio. O sorriso de Rosario se alargou, ao mesmo tempo que endurecia à medida que se debruçava um pouco mais, até que as pontas dos cabelos dela roçaram no rosto de Amaia. Esta fechou os olhos e gritou o mais que pôde. Dessa vez, o ar voltou a sair impelido com força, e, embora não se tenha traduzido no grito que ela lançava do mundo dos mortos, a mulher que dormia em cima da cama chegou a sussurrar uma palavra: "não". Foi o suficiente para acordá-la.

Molhada de suor, sentou-se na cama, afastando aos tapas o lenço que cobria a cúpula do abajur de modo a suavizar a luz. Uma rápida passada de olhos ao redor para verificar que James e Ibai dormiam e mais outra para o alto do guarda-roupa, onde como todas as noites descansava a sua pistola. Não havia ninguém no quarto, ela soubera disso no segundo exato em que acordara, mas as sensações vividas durante o sonho continuavam presentes, o coração descompassado, os membros entorpecidos, a musculatura dolorida pela luta travada para se libertar. O odor dela. Esperou alguns minutos enquanto a respiração se regularizava e saiu da cama tropeçando. Foi buscar a pistola, pegou roupas limpas e se dirigiu para o chuveiro, a fim de eliminar da pele a odiosa impressão daquele odor.

Capítulo 18

Ela começou a procurar a casa antes do amanhecer. De manhã, tomara um café, de pé, encostada à mesa da cozinha, e sem tirar os olhos da janela, onde o céu escuro de Baztán ainda não dava sinais de um novo dia.

Dirigiu pela estrada de Elizondo até Oronoz-Mugaire e pegou o desvio para Orabidea, um dos lugares menos transitados do vale, onde o tempo parecia ter se detido mantendo intactos campos, casarões e todo o encanto e poder natural de um lugar tão belo quanto feroz. Os casarões ficavam a vários quilômetros uns dos outros e a alguns ainda não havia chegado eletricidade. Durante a primavera passada, James a convencera a visitar Infernuko Errota (o Moinho do Inferno), um dos lugares mais mágicos e especiais de Baztán. A cerca de quinze quilômetros por aquela estrada se chegava a Etxebertzcko Borda, e dali partia o caminho, que só podia ser percorrido a pé ou montado no lombo de um burro, como é provável que o tenham feito muitas vezes todos os que se aventuravam em plena noite para chegar ao moinho que dava nome ao lugar, escondido por entre a espessura do mato. O Moinho do Inferno, edificado na época carlista, foi vital para a sobrevivência dos muitos soldados que andavam por ali durante as guerras. Construído sobre três troncos que cruzavam o rio e com paredes de madeira, nos tempos de racionamento, o povo de Baztán ia até lá durante a noite com seus burros carregados de cereais para moê-los clandestinamente e obter a farinha com que alimentavam a família. A beleza bucólica do caminho devia ser pura incerteza e perigo ao anoitecer, quando caminhar na noite escura de Baztán conduzindo um animal por aquelas veredas estreitas e escorregadias devido à umidade do rio e chegar até o moinho constituiria uma autêntica descida aos infernos. Decerto foi por isso que conquistara o nome de Moinho do Inferno. Em Baztán, sempre se arranjou uma maneira de fazer o que é preciso fazer.

Fora daquela rota, ela só conhecia o campo de tiro e seus arredores em Bagordi. Desligou o GPS do carro, que, inútil por aquelas paragens, calculava e recalculava a posição depois de perder a cada poucos segundos o sinal do satélite. Dirigiu pela encosta ascendente, parando de tempos em tempos para consultar o mapa aberto sobre o banco do passageiro, onde se viam assinalados os principais acessos, mas que não era de grande ajuda quanto às inúmeras cabanas que surgiam e que não constavam nos registros de construções oficiais. As indicações sucintas que Elena havia fornecido eram tão vagas que nem lhe davam uma pista se a casa poderia estar em uma área ascendente ou descendente; apenas o pormenor do imenso campo plano que rodeava a propriedade parecia inequívoco; ainda assim, ela não descartou nem os casarões onde era evidente que o terreno não era plano, penetrando com o carro até onde a estrada se transformava em uma passagem estreita, nem as pequenas cabanas, construídas inicialmente para cavalos ou ovelhas, que nos últimos anos foram restauradas como casas habitáveis. Saudou com a mão alguns caseiros que vinham a seu encontro, fingindo-se perdida do caminho principal ou desorientada e suportando os olhares carregados de chacota dos homens e os latidos roucos dos cães pastores que, enfurecidos, perseguiam as rodas do carro. Por volta das dez da manhã, parou para esticar as pernas, assinalar no mapa novas cruzes sobre os lugares que já visitara e descartara, e para beber um pouco de café, que tivera a precaução de levar numa velha garrafa térmica que se lembrava de ter visto na casa de Engrasi desde que era pequena e cuja tampa fazia as vezes de caneca. Segurou-a entre as mãos, bebendo pequenos goles e admirando a paisagem, encostada ao porta-malas do carro. A bebida doce e quente lhe arrancou um calafrio que trouxe intacta a recordação do sonho daquela noite. Terror noturno ou um sinal inequívoco de alarme que não devia ser menosprezado? O que teria dito acerca disso o agente Dupree? Informações que o cérebro processava de outro modo e que nos chegavam através dos sonhos, ou um pesadelo, reminiscência do terror autêntico que vivera na infância? Tirou o celular do bolso, sabendo que não ligaria para ele, pois com Dupree as chamadas precisavam esperar até que o sol se pusesse; ainda assim, olhou para a tela e voltou a guardá-lo ao verificar que não havia rede e ao se dar conta de que não recebera uma única chamada toda a manhã.

— A natureza nos protege — sussurrou, olhando ao redor e apreciando a beleza das copas altas das árvores que formavam de ambos os lados do caminho uma barreira natural e sombria através da qual, apesar de ainda faltarem alguns dias até a chegada da primavera, mal se permitia a passagem da luz. Amaia tomou consciência da poderosa energia do bosque atravessado pela estrada, que, longe de dividi-la em duas, agia como um certeiro canal linfático por onde o poder do monte fluía como um rio invisível.

Não precisava falar com Dupree para saber o que este lhe diria, para saber que quando um alarme dispara não se deve ignorá-lo. Era policial, uma investigadora treinada e experiente, e nos últimos tempos havia aprendido que o contraste entre o racional e o irracional, a metodologia policial e as velhas tradições, as análises minuciosas e o puramente informativo faziam parte do mesmo mundo, e que uma interação entre ambas as posturas diante da realidade podia ser bastante frutífera para o investigador. Era indiferente que a irmã organizasse uma dúzia de funerais pela alma imortal de Rosario; claro que não podia garantir, mas pressentia que a alma de sua mãe continuava habitando seu corpo, que a ameaça que lhe pendia sobre a cabeça desde a infância continuava intacta e era real, assim como as palavras que Berasategui lhe havia dirigido. Ela sentia isso nas entranhas, na pele, no coração e num cérebro que enquanto dormia lhe enviava aquelas mensagens horripilantes. Recordou que a sensação do sonho se prolongara por vários minutos, e que quando acordou ainda sentia a dor nos membros, a tensão por ter estado imobilizada e o cheiro de Rosario colado à pele, um odor que só fora capaz de arrancar de si mesma depois de se esfregar com vigor com gel de banho e água quente. Bebeu outro gole de café, que ao se lembrar daquele odor lhe causou ânsia. Enojada, despejou o resto do conteúdo da caneca em uma moita enquanto recordava as palavras de Sarasola e se perguntava se pesadelos podiam matar, se a força de que estavam dotados os monstros que os povoam poderia transpor a frágil barreira entre os dois mundos e por fim permitir que eles caçassem suas presas. O que teria acontecido se não viesse a acordar? O que experimentava nos pesadelos era tão vívido que parecia real; a exemplo dos hmong de que falava Sarasola, Amaia tinha consciência de ter adormecido, do momento em que a mãe chegou, abriu os olhos e pôde vê-la, sentir seu cheiro, e dessa vez chegou a sentir a comichão que as pontas do cabelo dela lhe causaram na pele quando se debruçou sobre seu rosto. Quanto mais além disso poderia sentir? Teria notado se Rosario tivesse chegado a tocar nela? Sentiria os lábios secos e a língua úmida e a avidez de seu sangue lambendo-lhe o rosto? Seria capaz de sentir a força de sua boca quando a colasse em seus lábios a fim de lhe roubar a respiração? Poderia esse pesadelo beber sua respiração até matá-la, tal como o lendário *Inguma*?

Pelo canto do olho percebeu um ligeiro movimento à sua esquerda, entre a densa vegetação do bosque. Perscrutou o alto das copas quietas das árvores e descartou a possibilidade de ter sido o vento, mas, embora tenha observado com atenção a folhagem cerrada, não conseguiu ver nada debaixo do sombrio dossel que as árvores formavam. Abriu o porta-malas do carro para guardar a garrafa térmica de Engrasi e então o viu de novo. O que quer que fosse tinha envergadura suficiente para poder agitar os ramos à altura de um homem. Fechou o porta-malas e avançou alguns passos para a orla do bosque. Deteve-se ao vislumbrar a forma alongada e obscura que se escondia atrás do tronco grosso de uma faia e que havia provocado o suave estremecimento das folhas raquíticas que brotavam dos pequenos exemplares de faia que haviam se enraizado nos pés das árvores gigantescas e que estavam, por essa razão, condenados a morrer.

Manteve-se quieta no lugar onde se encontrava, percebendo o tremor que começava nas pernas e se estendia por todo o corpo. De maneira inconsciente, verificou a presença da pistola na cintura ao mesmo tempo que se recordava de que não devia sacá-la. O observador se mantinha escondido atrás do tronco da árvore. Com o objetivo de encorajá-lo a sair, recuou um passo e baixou a cabeça, olhando para o chão.

O efeito foi imediato. Os olhos de seu observador pousaram sobre ela, mas não o fizeram como borboletas brancas ou pássaros ligeiros que sugam as flores. O olhar cruel, feroz e desalmado cravou-se em sua alma como se acabasse de ser crivada de flechas, e o pânico que a hostilidade latente lhe provocou a desconcertou, e ela retrocedeu mais um passo, o que quase a fez perder o equilíbrio. Perturbada por suas emoções, tentou, no entanto, dominar-se enquanto escutava de novo a densa folhagem, detectando o rápido movimento através do qual seu observador se escondia outra vez. Introduziu a mão debaixo do casaco e com a ponta dos dedos chegou a roçar na culatra da Glock, mas quase no mesmo instante se recriminou por seu gesto, que apesar de tudo conseguiu tranquilizá-la. Respirou fundo, recordando-se de que devia manter a calma. Precisava voltar a vê-lo, havia sentido tanta falta de sua presença que quase lhe doeu o peito, e a possibilidade de tê-lo tão perto e a certeza de que se encontrava tão longe causou nela uma intensa frustração por não poder lhe transmitir o quanto precisava dele, nem conseguir de novo aquela sensação de proteção pela qual tanto ansiava. Avançou mais um passo; se estendesse as mãos poderia tocar nas árvores que faziam divisa com a estrada. Notou então o silêncio em que o bosque havia mergulhado. O canto e o bater das asas e até o rumor calado que sempre se podia ouvir por entre as árvores haviam cessado, como se a natureza sustivesse a respiração, à espera. Deu mais um passo e reparou que a sombra começava a sair devagar de seu esconderijo. O inexplicável terror que a invadia aumentou quando de repente, atrás dela e proveniente do outro lado da estrada, soou o intenso silvo do guardião do bosque, o *Basajaun* protetor por que tanto ansiava, alertando-a do perigo. Amaia sacou a arma, e a sombra que pensava ser o guardião invisível retrocedeu, regressando à obscuridade.

Ela correu até o carro, deu a partida e acelerou, fazendo levantar parte das pedras soltas da estrada; dirigiu em grande velocidade até que alcançou o grupo seguinte de casarões e parou. Suas mãos ainda tremiam. "Era um javali. Era um javali, e o que soou no outro extremo do bosque com certeza era apenas o assobio de um pastor que chamava o seu cão." Ajeitou o retrovisor para poder ver seu rosto; os olhos da mulher que viu refletidos ali não estavam de acordo com essa opinião.

Continuou a testar caminhos, veredas e passagens o resto da manhã. Já passava do meio-dia quando, ao retroceder por um caminho e diante de uma casa que havia descartado, viu o campo. Uma extensão de um verde perfeito se estendia pelos lados e pela parte traseira da casa, tamanha era a coincidência. A casa, de telhado vermelho de duas águas, não podia ter mais de dez anos, e exibia na frente umas janelas amplas, um alpendre de madeira e uma mesa moderna que comportaria dez pessoas para um churrasco. Ao vê-la da curva, entendeu por que motivo nem havia reparado nela. A casa estava no meio do campo, mas todo o acesso dianteiro que poderia ter anunciado sua presença estava protegido por um antigo muro coberto de vegetação por entre a qual mal era visível a caixa de correio de ferro forjado que fora pintada de verde para passar ainda mais despercebida. Desceu de novo pelo caminho, estacionou num dos lados e verificou que o muro e uma cerca que se encontrava atrás dele delimitavam perfeitamente a propriedade. Caminhou junto à parede até a caixa de correio, onde se viam dois sobrenomes datilografados numa cartolina: Martínez Bayón. Seguindo o muro, virou à esquerda para descobrir, por trás de uma cerca atapetada de trepadeiras, uma moderna porta de entrada protegida por um telhado de pedra e vigiada por um interfone com câmera, e a placa identificadora de uma empresa de segurança que brilhava incongruente sobre um tronco longitudinal onde as mãos hábeis de um artesão haviam gravado o nome da propriedade: Argi Beltz. Dois metros mais à frente estava o acesso à garagem.

— Argi Beltz — sussurrou. Luz negra. "Trata-se de uma casa sombria", ressoaram-lhe na mente as palavras de Elena Ochoa. Ela se aproximou da porta, parou diante do visor da câmera e tocou a campainha. Esperou uns minutos antes de voltar a tocar, e ainda tornou a fazê-lo uma vez mais antes de desistir; no momento exato em que se preparava para se afastar, teve certeza de ter ouvido um pequeno estalido procedente do interfone, se bem que a luz indicadora de que o fone havia sido levantado continuasse apagada. Teve a sensação de estar sendo observada, e, mais do que inquietação, o fato lhe causou um enorme aborrecimento. Percorreu de novo a extensão do muro até seu carro, deu a volta pelo caminho e subiu a colina para poder ver de novo, da curva, o formato da propriedade. Tinha de ser aquela; assim como Elena havia indicado, era pouco provável que ao redor de outra casa da região houvesse um campo semelhante, ainda que o aspecto não correspondesse à descrição. Tinham se passado trinta anos; talvez alguém tivesse comprado o terreno e construído de novo sobre a velha casa, se bem que, disposto a fazer uma reforma de certa importância, também podia ser que o proprietário tivesse solicitado um grande movimento de terras para criar aquela superfície plana, e que aquela casa não fosse a que procurava. Dirigindo a vinte quilômetros por hora, percorreu o caminho atenta a cada pormenor, e, cerca de um quilômetro mais à frente, uma inclinação no terreno e o sinal inequívoco de dois perfeitos montes de palha indicaram a presença de outro casarão. Uma tabuleta talhada em madeira indicava o nome da propriedade: Lau Haizeta (Quatro Ventos). Ela desviou o carro para lá e alguns metros mais à frente parou diante de uma cruz de pedra de consideráveis dimensões que guardava o caminho. Não ficou surpresa: inúmeras casas e casarões de Baztán exibem esse tipo de proteção na entrada das propriedades, algumas do tamanho de uma pessoa, outras maiores. Em Arizkun, elas podiam ser vistas na porta de quase todas as casas, nas dos estábulos e galinheiros, e junto aos *eguzkilore* que guardavam as entradas dos casarões. Chamou sua atenção o fato de que nessa propriedade não houvesse só uma, mas até um máximo de seis, que pôde contar enquanto dirigia até a entrada principal, defendida por quatro cães que trotaram ao lado do carro sem latir. Em seguida, entendeu por quê. A dona da casa, debruçada em uma porta no piso térreo, observava, com ar sereno, o avançar de Amaia. Esperou que ela saísse do carro antes de se aproximar, talvez para ter tempo de observá-la.

— Bom dia, o que deseja? — perguntou, em espanhol.

— *Egun on, andrea* — saudou Amaia, em basco, notando que de imediato, ao reconhecer o sotaque de Baztán, a expressão da mulher se descontraiu. — Poderia fazer o favor de me ajudar?

— Claro, você se perdeu? Para onde quer ir?

— Bom, na verdade estou procurando uma casa, mas estou meio sem referência. Pelas informações que tenho, poderia ser a propriedade seguinte que existe descendo pelo caminho, se bem que as indicações que me deram não se encaixam; o que estou procurando é uma casa velha, e essa é bastante nova, por isso devo ter me confundido.

A expressão no rosto da mulher endureceu ao ouvi-la.

— Não sei nada de casa nenhuma. Vá embora daqui — retorquiu, com brusquidão.

Amaia se surpreendeu diante da mudança na atitude da mulher, que apenas alguns segundos antes se mostrava disposta a ajudá-la e que agora, com a simples menção da casa, a enxotava dali como a um cão. Quando procurava informações, sempre evitava se identificar de cara como sendo policial; algumas pessoas, embora não tivessem nada a esconder, se punham na defensiva diante da presença do distintivo. No entanto, naquele caso percebeu que não lhe restava outra opção; então procurou o distintivo no bolso interno do casaco e o mostrou.

O efeito foi automático: a mulher relaxou, assentiu com aprovação e perguntou:

— Está investigando aquela gente?

Amaia refletiu. Estava investigando aquela gente? Sim, caramba, se tinham alguma coisa a ver com sua mãe, iria investigá-los nem que para isso fosse obrigada a persegui-los até o inferno.

— Sim — confirmou.

— Quer tomar um café? — convidou a mulher, abrindo passagem para ela até a cozinha. — Eu gosto dele fresco — explicou, enquanto manuseava uma pequena cafeteira italiana para duas xícaras.

Ela pôs diante de Amaia uma bandeja de biscoitos para chá e a deixou sozinha na cozinha ao mesmo tempo que se encaminhava para o andar de cima. Voltou pouco depois, e quando o fez trazia consigo uma antiga caixa de folha de cacau solúvel que colocou em cima da mesa. Serviu os cafés e abriu a caixa, que estava repleta de fotografias, entre as quais remexeu até achar uma.

— Esta foto deve ter perto de cinquenta anos. É da época em que os meus pais reconstruíram a chaminé do casarão, que um raio partiu durante uma tempestade; a foto foi tirada do telhado e no fundo dá para ver a casa pela qual a senhora me perguntou... claro que naquela época ela não tinha o aspecto que tem agora, mas é a mesma casa, posso garantir.

Amaia pegou a foto que a mulher lhe estendia. Em primeiro plano, um homem com roupas de trabalho e um chapéu posava no telhado da casa ao lado de uma enorme chaminé; atrás, surgia o velho casarão com paredes que podiam ser cor de bolacha e telhado escuro no meio de um campo plano como aquele que Elena Ochoa havia descrito.

— Acho que pode ser a casa que estou procurando.

A mulher aquiesceu.

— Tenho certeza de que é esta a casa que procura.

— E por que tem tanta certeza disso?

— Porque nunca houve nada de bom vindo daquela casa, sempre cheia de gente esquisita, sempre cheia de gente má. Não tenho medo deles. Esta é a minha terra e aqui estou protegida. — Amaia pensou nas grandes cruzes que, como sentinelas, guardavam a entrada. — Mas naquela casa aconteceram coisas horríveis.

"Eu não conheci a família proprietária original. Quando nasci, já estava desabitada fazia anos, mas a minha *amatxi* me contou que pertenceu a três irmãos, dois homens e uma mulher. A mãe falecera muito nova e o pai enlouquecera de dor e de desgosto; não era perigoso, embora não fosse bom da cabeça, e antigamente, com todos os que eram assim, a família trancava na parte alta da casa. Os dois irmãos eram muito brutos, tratavam muito mal a irmã, e, como era costume na época, não a deixavam se casar para que ela servisse como criada deles. Mas pelo visto ela conheceu um homem, um tratador de cavalos, e dizem que se apaixonou por ele. A questão é que parece que um dia o tal homem foi buscá-la para levá-la embora dali, e dizem que um dos irmãos o recebeu sorridente à porta. 'Entre, ela está aí', disse, mostrando um barril para o rapaz. Quando o homem abriu o tonel, viu o corpo da namorada esquartejado. Aconteceu uma briga horrível entre os três, mas o tal homem dos cavalos era experiente, sabia se defender, deu uma facada em um deles e fugiu correndo. Disse a minha *amatxi* que, quando chegou a Guarda Civil, um dos irmãos estava morto, esvaído em sangue, e o outro tinha se enforcado na viga da sala de jantar. Imagine o quadro, ela feita em pedacinhos, o outro cheio de sangue e o terceiro todo roxo e inchado pendurado no teto. Mas isso não foi o pior: quando revistaram a casa, encontraram no sótão o cadáver mumificado do pai deitado em cima de uma cama a que se encontrava acorrentado. Fecharam o casarão e assim ele se manteve por mais de setenta anos. As pessoas desta região diziam que os espíritos daquela família continuavam presos lá dentro" disse, fazendo um gesto condescendente e desdenhoso.

Amaia fez uma anotação mental das datas para depois investigar.

— E foi nos anos setenta que chegaram os hippies... não é que fossem bem hippies, mas viviam todos juntos e enrolados uns com os outros, um monte de rapazes e moças, chegou a ter até umas vinte, e isso sem contar as pessoas que iam e vinham, algumas delas bem mais velhas. Eles organizavam reuniões culturais, espirituais, coisas assim. De vez em quando vinham falar comigo e me convidaram para participar, mas eu sempre recusei: a essa altura, eu era uma mulher jovem com quatro filhos, não tinha tempo para bobagens. A casa, naquela época, não se parecia em nada com o que é agora — disse a mulher, apontando para a fotografia. — Embora fosse uma casa robusta, tantos anos de abandono cobraram o seu preço, era uma pocilga. Tinham uma pequena horta, mas quase não trabalhavam nela, algumas galinhas e até um casal de porcos e outro de ovelhas; no entanto, deixavam tudo muito sujo e os animais ficavam soltos pelo terreno chafurdando na própria merda. Deve ter sido mais ou menos nessa época que chegou o casal que ainda mora aí, não vou dizer que sejam um casal, não acho que sejam casados, não eram cristãos, ou pelo menos nunca foram à missa; tiveram uma menina, nunca cheguei a saber como se chamava, morreu de um ataque quando tinha um aninho mais ou menos, e, quando perguntei ao padre pelo funeral, ele me contou que nem tinha sido batizada. Bem sei que um derrame cerebral é uma coisa em que ninguém manda, mas a verdade é que eles não cuidavam dela como deviam. Imagine que uma vez, uns meses antes de morrer, devia fazer pouco tempo que a menina tinha começado a andar, apareceu aqui sozinha, escapou deles e atravessou o campo, acho que atraída pelas vozes dos meus filhos, que estavam brincando lá fora. A minha filha mais velha a viu, pegou-a no colo e lavou o rosto e as mãos dela, porque estava muito suja. Estava com a fralda mijada, e a roupa num estado nojento. Eu tinha feito rosquinhas de anis para o lanche das crianças, e a minha filha teve a ideia de dar um pedacinho na boca dela. Criei quatro filhos, inspetora, e aquela menina estava faminta, engolia os pedaços de biscoito com um ímpeto que até tive medo de ela engasgar, por isso nós molhamos a rosquinha no leite para amolecer e a minha filha foi dando para ela... Nada parecia saciá-la. A menina enfiava as mãos na xícara e levava a rosquinha molhada à boca com tanta vontade que era de arrepiar os cabelos, nunca tinha visto uma criança comer daquela maneira. Fui até lá avisar os pais de que a menina estava aqui, e os encontrei histéricos à procura dela. Isso poderia parecer uma atitude normal em pais normais, mas aquela preocupação não encaixava no evidente desleixo que a menina apresentava. Pensei no assunto muitas vezes, eram outros tempos, não havia serviço social e as pessoas se preocupavam apenas com a própria vida, mas talvez eu devesse ter feito mais alguma coisa por aquela criança. Da varanda lá de cima deste casarão dá para ver uma das fachadas e o terreno atrás da casa, e eu sempre observava a menina lá fora, sozinha, pisando nas fezes dos animais e seminua. Juntei algumas roupas usadas dos meus filhos e, vencendo o nojo que me dava aquela gentalha, fui até lá. O pai veio me receber à porta. Lá dentro havia muita gente e pareciam estar comemorando alguma coisa, como uma festa qualquer, não me convidou para entrar, embora eu também não tivesse intenção de fazer isso. Ele me contou que a menina tinha morrido. — Os olhos da mulher se encheram de lágrimas. — Voltei para casa e passei três dias chorando, e nem sei como ela se chamava. Ainda fico com o coração partido quando penso nela. Uma pobre criatura menosprezada e renegada desde que nasceu: o padre me falou que não era batizada e nem houve um funeral pela sua alma.

— E esse é o casal que continua morando na casa?

— Sim, de um dia para o outro, todo o grupo que vivia ali desapareceu e só ficaram eles. Agora devem ser os proprietários. As coisas deram muito certo para eles: reformaram a casa toda, fizeram um jardim na parte da frente e construíram o muro que a rodeia. Não sei em que trabalham, mas eles têm carros de luxo, BMW e Mercedes; recebem visitas com frequência, e, embora estacionem dentro da propriedade, sempre vejo os carros chegando pelo caminho, e sempre são carros bem caros. Não sei se são pessoas importantes, mas o que na realidade posso lhe dizer é que eles têm dinheiro, o que é incrível levando em conta que quando chegaram aqui não passavam de uns imundos mortos de fome.

— As pessoas que os visitam são destas bandas? Eles se dão com os vizinhos?

— Com os vizinhos? São como água e óleo, não se misturam, e não tenho dúvida nenhuma de que as pessoas que os visitam não são aqui da região.

— Sabe se estão na casa? Bati na porta, mas ninguém atendeu.

— Não sei, mas é fácil descobrir: quando eles estão em casa sempre deixam os guarda-ventos entreabertos; se estiverem abertos é porque não tem ninguém lá.

Amaia ergueu as sobrancelhas, reprimindo um ar de perplexidade.

— Sim, senhora, eles são ao contrário do resto do mundo, já tinha dito que é uma gente muito esquisita. Me acompanhe — disse, ficando de pé e conduzindo Amaia até a escada que levava ao andar de cima. Depois de atravessar um dos quartos, saíram para uma varanda grande que corria de fora a fora a fachada da casa.

— Caramba, isto é novidade! — exclamou a mulher, apontando para a casa, onde os guarda-ventos das janelas do piso térreo estavam abertos ao passo que os do andar de cima estavam fechados. — É a primeira vez que os vejo assim.

As fachadas estavam caiadas, as janelas originais haviam sido ampliadas e as pequenas portadas substituídas por elegantes guarda-ventos de madeira natural; daquele ponto alto, Amaia pôde apreciar a extensão da propriedade, que, circundada por um jardim, exibia um aspecto distinto do da casa original.

Antes de se despedir da mulher, pegou o celular e mostrou a ela um par de fotos: a do carro do doutor Berasategui e a de Rosario.

— Este carro de fato eu já vi algumas vezes no caminho. Reconheci porque tem esse adesivo de médico no vidro que serve para poder estacionar em qualquer lugar. Me chamou a atenção. Quanto à mulher, nunca a vi.

꙳

Ela acabava de parar o carro de novo junto ao muro da casa quando um BMW quatro por quatro passou por ela, embrenhando-se em seguida no caminho disfarçado atrás da cerca. Saiu de seu carro e correu atrás do outro, que alcançou na frente do portão automático que se abria devagar. Puxou o distintivo e o levantou no ar, permitindo que o homem e a mulher que vinham no carro pudessem vê-la ao mesmo tempo que, de forma instintiva, levava a outra mão à Glock que trazia na cintura. O motorista baixou o vidro, surpreso.

— Aconteceu alguma coisa, senhora agente?

— Desligue o motor do carro, por favor. Não aconteceu nada. Só quero fazer algumas perguntas a vocês.

O homem obedeceu e ambos contornaram o veículo até pararem na frente de Amaia. Pareciam ter idade avançada, na casa dos sessenta anos. A mulher estava vestida com elegância e parecia recém-saída do cabeleireiro; o homem usava calça e camisa social, embora não usasse gravata, e exibia no pulso um Rolex de ouro, que Amaia não duvidou de que fosse autêntico.

— Em que podemos ajudá-la? — perguntou a mulher, com amabilidade.

— Os senhores são os proprietários desta casa?

— Sim.

— Receio ser portadora de más notícias: o seu amigo, o doutor Berasategui, morreu. — Observou com atenção o rosto de ambos. A notícia não os surpreendeu, verificou-se uma ligeira hesitação em que trocaram um rápido olhar carregado de intenção para ver se admitiam ou não conhecê-lo. O homem foi o mais rápido, levantou a mão para conter a mulher e, olhando para Amaia, avaliou a contundência de sua afirmação e optou por não o negar.

— Ah, que notícia terrível! Como aconteceu isso? Um acidente, talvez, senhora agente?

— Inspetora. Inspetora Salazar, do Departamento de Homicídios. Ainda não foi determinada a causa — mentiu. — A investigação continua em aberto. De onde se conheciam?

A insegurança inicial do homem havia desaparecido. Ele deu um passo na direção de Amaia e disse:

— Desculpe, inspetora, mas a senhora acaba de nos comunicar que alguém muito querido para nós faleceu. Compreenda que precisamos de algum tempo para assimilar a notícia, estamos muito abalados — retorquiu, sorrindo de leve para deixar patente o quanto o assunto o afetava —, e a relação que nos unia ao doutor Berasategui está protegida pelo sigilo profissional, por isso qualquer outra pergunta que tenha para nos fazer a esse respeito se dirija ao meu advogado. — Estendeu-lhe um cartão que a mulher acabava de tirar da carteira.

— Compreendo e registro aqui os meus mais sinceros pêsames — replicou Amaia, pegando o cartão. — Em todo caso, não é sobre o doutor Berasategui que eu gostaria de fazer algumas perguntas, mas sim sobre uma mulher que talvez tenha podido acompanhá-lo — declarou, levantando o celular à altura do rosto do homem. — Vocês já a viram?

O homem olhou para a tela do celular por alguns segundos e a mulher se aproximou, pondo óculos de leitura.

— Não — negaram —, nunca vimos.

— Obrigada, vocês foram muito gentis — disse Amaia, guardando o celular e fazendo menção de retroceder pelo caminho como se desse por terminada a conversa. Então, avançou alguns metros até se colocar perto do carro, a que eles pareciam dispostos a regressar e de onde podia ver o interior da propriedade. — Com certeza vocês não sabem, mas nos últimos tempos houve diversas mortes no berço, e estamos elaborando uma estatística sobre a incidência dessa síndrome no vale. Embora tenha se passado muito tempo, eu sei que os senhores tiveram uma filha que faleceu antes de completar dois anos. Por acaso o falecimento seria devido à morte súbita do lactente?

A mulher sobressaltou-se e emitiu uma espécie de ganido, estendendo a mão até tocar na do marido. Quando o homem falou, seu rosto estava acinzentado.

— A nossa filha faleceu de AVC quando tinha catorze meses — declarou, com secura.

— Como se chamava?

— Ainara.

— Onde foi enterrada?

— Inspetora, a nossa filha faleceu durante uma viagem ao Reino Unido. Nessa época, não dispúnhamos de muitos recursos e não tínhamos seguro, por isso a enterramos lá. Esse é um assunto muito doloroso para a minha esposa, por isso lhe peço que terminemos a conversa por aqui.

— Está bem — acedeu Amaia. — Só mais uma coisa. Antes de vocês chegarem, eu estive aqui batendo na porta, ninguém abriu, mas parece que há alguém em casa... — disse Amaia, fazendo um gesto para a fachada do casarão.

— Não tem ninguém em casa — quase lhe gritou a mulher.

— Tem certeza?

— Entre no carro! — ordenou o homem à trêmula mulher. — E a senhora, nos deixe em paz, já lhe disse que se quiser alguma coisa deverá falar com o nosso advogado.

Capítulo 19

Apesar de as famílias que eles deviam visitar terem mudado de endereço no decurso dos últimos anos, foi fácil localizá-las, uma vez que continuavam a residir nas mesmas localidades: uma em Elbete, outra em Arraioz e a terceira em Pamplona. O vento que durante a noite havia fustigado Elizondo manteria a chuva afastada do vale naquele dia, mas em Pamplona acontecia um verdadeiro dilúvio, e a água caía com tanta força que a cidade, preparada como poucas para dar vazão às torrenciais descargas do céu, parecia naquela manhã incapaz de absorver mais. As sarjetas e os esgotos engoliam por suas bocas colossais quantidades de água que formavam sobre a superfície dos passeios um charco onde as gotas grossas ressaltavam, produzindo um efeito contrário da chuva que parecia brotar do solo e que ensopava o sapato e a parte inferior da calça dos transeuntes. Montes e Zabalza apertaram o passo até se protegerem debaixo do escasso abrigo que o toldo de uma cafeteria proporcionava. Fecharam os guarda-chuvas, que naquele curto trajeto já pingavam uma quantidade descomunal de água, e, enquanto Montes amaldiçoava a chuva, entraram no local.

Foi ao balcão buscar os cafés e, fingindo folhear um jornal desportivo, observou Zabalza, que havia se deixado cair quase desmaiado numa cadeira. Olhava distraído para a tela da televisão. Não estava bem, e talvez não fosse coisa dos últimos dias; era provável que estivesse assim havia muito tempo, pensou, só que então ele, mergulhado no alvoroço de suas calamidades, não havia percebido o quanto seu colega podia estar sofrendo. Conhecia aquela expressão e se reconhecia nela, a dos que estão irritados com o mundo de maneira perpétua, a dos que achavam que a vida lhes devia alguma coisa e se revoltavam diante da maldita injustiça do que sempre lhes fora negado. Sentiu pena. Sem dúvida que se tratava de uma travessia pelo deserto, e o pior era que, se ninguém nos resgatasse, estávamos condenados a morrer loucos e sós... Só que com dois colhões. Nos caras como Zabalza, a força e a razão andam juntas, e nesses casos o impulso que poderia conceder a coragem necessária para avançar se transforma com frequência em um orgulho insensato que nos afoga com um misto de ódio e de autopiedade. Ele sabia muito bem disso, já havia bebido desse fel, desse veneno, e mais depressa havia tido a certeza de querer morrer antes de admitir que estava enganado.

Colocou uma xícara diante de Zabalza enquanto mexia o açúcar na sua.

— Beba esse café, para ver se essa cara ganha um pouco de cor, e me conte o que essa sua cabeça está ruminando.

O olhar de Zabalza se voltou da tela da televisão para o colega, sorrindo diante da desconfiança dele.

— O que te faz pensar que eu tenho alguma coisa para contar?

— Porra, garoto, passei a manhã inteira ouvindo o ruído das engrenagens do seu cérebro.

Zabalza inclinou a cabeça para um dos lados, hesitante.

— Ontem a Marisa e eu marcamos a data do casamento.

Montes arregalou os olhos como dois discos voadores.

— Mas que filho da puta você me saiu! Quer dizer que vai casar e não ia me contar nada?

— Estou te contando agora — defendeu-se Zabalza.

Montes se levantou, estendeu a mão para o parceiro e o puxou, obrigando-o a se erguer para apertá-lo num abraço forte.

— Parabéns, moleque, é assim que se faz!

Alguns clientes se viraram para olhar para eles. Montes voltou a seu lugar sem parar de sorrir.

— Então era com isso que você andava tão preocupado... Porra, e eu pensando que estava acontecendo alguma coisa com você...

— Bom... não sei...

Montes o encarou e sorriu uma vez mais.

— Já sei o que está acontecendo. Eu sei o que está acontecendo porque comigo aconteceu a mesma coisa: é a iminência do fato. Você marca a data e depois não tem como voltar atrás, você sabe que a partir desse dia vai ser um homem casado, e para muitos esse tempo pode ser mais ou menos como caminhar para a forca. Me deixe te dizer que é normal que as dúvidas te devorem. Neste momento, todas as razões que te levaram a dar esse passo ficam relegadas a segundo plano e só surgem na sua cabeça os motivos para não ter feito isso, sobretudo se o casal passou por tempos difíceis — Montes sussurrava as palavras de um modo meio atabalhoado, e Zabalza reparou que o olhar dele havia se perdido nos restos de café de sua xícara, quase como se estivesse em transe —, por uma separação temporária, por um problema que até pode parecer definitivo, e depois você diz a si mesmo que ninguém é perfeito, e eu menos do que ninguém, mas por que não dar uma oportunidade às relações?

— Caramba — admitiu Zabalza. — Devo dizer que não contava com essa reação da sua parte.

— Pois é, acho que você pensa assim por causa do meu divórcio. Talvez tenha pensado que pela experiência que tive eu demonstraria uma atitude negativa para com o casamento, e não vou negar que durante um tempo foi assim, mas vou te dizer uma coisa que aprendi: de todos os direitos que um homem tem, o mais importante é o direito a errar, a ter consciência disso, a avaliar o erro e a procurar fazer que ele não seja uma condenação para toda a vida.

— Direito a errar... — repetiu Zabalza —, mas acontece que às vezes você arrasta outras pessoas contigo nos seus erros, e o que acontece com os outros?

— Olha, garoto, este mundo cão é assim, você toma as suas decisões, comete os seus erros, erra, e os outros que aguentem.

Zabalza contemplou-o por alguns segundos enquanto ponderava cada uma de suas palavras.

— É um bom conselho — respondeu.

Montes assentiu e se levantou para ir pagar os cafés no balcão, mas quando se virou para olhar para Zabalza reparou que este continuava tão triste como antes, talvez até um pouco mais.

༺࿅༻

Os dias começavam a ficar mais longos e, antes de o sol se pôr, os entardeceres se prolongavam com uma misteriosa luz prateada que fazia refulgir o rio e pintava de estanho e branco os brotos das árvores vizinhas das janelas envidraçadas da delegacia, em que ela não havia reparado até aquele momento. Amaia se virou para a sala, onde convocara uma reunião com sua equipe.

O inspetor Iriarte, invulgarmente silencioso enquanto esperava que os outros chegassem, tinha se sentado muito rígido e nos dois últimos minutos não desviara os olhos do relatório da autópsia de Elena Ochoa que estava em cima da mesa. Fazia pouco mais de um ano que convivia com ele e, durante aquele tempo, Amaia passara a apreciar Iriarte com sinceridade. Era uma boa pessoa, um excelente profissional, responsável e correto como poucos, um policial técnico, talvez corporativista demais para chegar a ser brilhante, mas no decorrer do tempo em que o conhecia jamais o vira perder o controle.

Pensou que no fundo Iriarte não era muito diferente de seu marido. A exemplo de James, ele conhecia e admitia a parte obscura do mundo, o sinistro e o miserável de algumas existências, e do mesmo modo optava por se manter dentro dos parâmetros do que era explicável, controlável. A influência artística de James lhe permitia aceitar as adivinhações de Engrasi ou os poderes bondosos da deusa Mari como um garoto que assiste divertido a um espetáculo de magia, sempre com o ser humano como artífice, como condutor. No caso de Iriarte, é provável que ele tenha ido um passo além e talvez a opção pessoal de ser policial se enraizasse em sua compreensão simples do mundo, da família, do que era certo, e na firme decisão de protegê-los a qualquer preço. O que o confundia agora não era o que constava do relatório da autópsia, onde San Martín havia escrito "suicídio por ingestão voluntária de objetos cortantes", mas sim o que vira em cima da mesa de aço do Instituto Navarro de Medicina Legal.

Enquanto ocupavam os assentos, Montes começou, em tom festivo.

— Bem, chefe, nós trouxemos algumas surpresinhas. Esta manhã visitamos as famílias que constavam do relatório do Jonan e as que a patologista acrescentou. As duas primeiras continuam morando nas mesmas aldeias, embora tenham mudado de endereço. Primeiro fomos ver os de Lekaroz, são os que tinham outro menino e que insinuaram que os patologistas traficavam órgãos. Não sei onde eles moravam antes, mas agora têm uma grande mansão. Inventamos a desculpa de que tinha havido alguns roubos na região e eles nos deixaram entrar até a garagem... com o que vale um só carro dos que eles têm ali eu já poderia me aposentar. Parece que eles se dedicam ao negócio farmacêutico. Para os de Arraioz a vida também não anda mal, não estavam em casa. A pessoa que vigia a propriedade nos contou que estão de férias, mas pudemos ver a casa por fora e os estábulos que acabaram de construir; o vigia comentou conosco que se dedicam à prospecção de gás na América do Sul, por isso não me espanta que tenham renunciado à ajuda social. O último casal também está cheio da grana, é o da mulher doente de câncer que não tinha mais filhos além da menina que morreu; viviam na época em Elbete, agora moram em Pamplona, e o caso deles é o menos surpreendente porque os dois eram advogados. Não sei como é a casa deles, mas o escritório é imponente, duzentos e cinquenta metros quadrados de um apartamentaço do melhorzinho que há na capital. O que na realidade é assombroso é que a mulher, que estava em fase terminal em 1987, não só está viva como também exerce a advocacia e está fresca que nem uma alface.

— Tem certeza de que é a mesma mulher? O marido pode ter se casado de novo.

— É ela. O nome está gravado na placa da entrada do escritório, Lejarreta y Andía, e acontece que até conversamos com ela... não só está viva e bem de saúde como é bem boa — disse, dando uma cotovelada em Zabalza, que baixou os olhos, inibido.

— Lejarreta y Andía. Não me dizem nada — disse Iriarte.

— O que é normal, porque eles não trabalham com direito penal, mas sim com direito comercial, importação e exportação e coisas do gênero...

— A mim, sim, isso diz bastante — declarou Amaia, levantando-se para vasculhar os bolsos do casaco até que encontrou o elegante cartão que os Martínez Bayón lhe haviam dado na porta de casa. Lejarreta y Andía. Advogados.

Colocou o cartão em cima da mesa, assegurando-se de que todos podiam vê-lo, e levou alguns segundos para ordenar os pensamentos antes de falar.

— Acho que todos vocês sabem que Elena Ochoa, a mulher que faleceu ontem, era amiga da minha família, para ser mais específica, da minha mãe. E sabem também que desde a noite em que prendemos

Berasategui e em que Rosario desapareceu, eu manifestei que para mim não se encaixavam os tempos decorridos desde que eles saíram da clínica até que chegaram à casa da minha tia; sempre estive convencida de que foram para outro lugar, o lugar onde Rosario trocou de roupa e onde ficaram até chegar o momento, uma casa, um apartamento seguro. Não foi na casa do pai dele, tenho certeza, e isso nos leva de novo a Elena Ochoa. Ela me contou que no final dos anos setenta e início dos anos oitenta, um grupo do tipo seita se estabeleceu num casarão de Orabidea. Era uma gente meio hippie que vivia em comunidade e que organizava reuniões culturais e espirituais, que logo penderam para o lado do ocultismo; sacrificavam pequenos animais e se chegou a insinuar a possibilidade de um sacrifício humano, momento em que Elena Ochoa decidiu abandonar o grupo, que não obstante se manteve ativo algum tempo. Nessa época, eram bastante comuns, com certeza influenciados pelo atrativo estético de grupos pseudossatanistas como o de Charles Manson, muito populares depois dos homicídios da noite das facas.[6] Então, muitos grupos de jovens desencantados com o cristianismo e a sociedade conservadora da época se entregaram ao amor livre, às drogas e ao ocultismo. Na maioria dos casos, era um coquetel que parecia excitante e tornava bastante atraentes os seus líderes em termos sexuais. A maioria dos grupos se dissolveu quando acabou o LSD.

"Seguindo as indicações de Elena Ochoa, esta manhã localizei a casa. Nos dias de hoje, é uma mansão remodelada e cercada de dispositivos de segurança. Vive nela um respeitável e endinheirado casal que deve estar mais ou menos na idade da aposentadoria e que fazia parte do grupo original. A vizinha identificou, sem qualquer margem de dúvida, o carro de Berasategui. Falei com o casal e não tiveram remédio a não ser admitir que o conheciam, mas quando perguntei que tipo de relação os unia me puseram este cartão na mão. Lejarreta y Andía. Advogados..."

— Pode ser uma coincidência, os dois devem representar muita gente.

---

6 A fim de consolidar seu poder, o então chanceler da Alemanha Adolf Hitler determinou que membros do Partido Nacional Socialista prendessem e executassem sumariamente dissidentes políticos nazistas. Em poucos dias de confrontos e prisões iniciados na última noite de junho de 1934, 82 pessoas foram mortas. (N.E.)

— Sim, pode ser — admitiu Amaia. — Só que a vizinha também me contou que tiveram uma menina que morreu bebê. Se quando eu perguntei por Berasategui eles se mostraram bravos, quando mencionei a menina ficaram histéricos. E é claro que pode ser coincidência, mas tenho a impressão de que são muitos bebês mortos.

— Está pensando que pode ser que tenham feito alguma coisa com os bebês? As autópsias determinaram morte no berço.

Amaia ignorou a pergunta.

— O que eu quero é verificar se algum desses casais tem qualquer tipo de relação com os advogados, com Berasategui ou com os Martínez Bayón. E seria interessante que conseguíssemos a certidão de óbito da menina; chamava-se Ainara, Ainara Martínez Bayón, e faleceu com catorze meses de AVC durante uma viagem da família ao Reino Unido, e parece que está enterrada lá. Jonan, por que você não cuida disso? Você conhecia alguém na embaixada, não é? — perguntou, pondo-se de pé e dando por terminada a reunião. Foi até a porta, onde esperou que todos saíssem. — Montes, um momento. — Reteve-o, fechou a porta e se virou para ele.

O inspetor Montes era um desses homens que olham para uma pessoa com intensidade nos olhos quando têm algo a dizer; fazia parte do seu caráter impulsivo e sincero. Nos últimos dias, pelo menos em duas ocasiões, Amaia tivera certeza de que Montes queria lhe dizer alguma coisa que por fim decidira calar.

Foi direta.

— Fermín, acho que temos uma conversa pendente há alguns dias.

Ele assentiu com um ar entre o alívio do inevitável e a carga do ineludível, contudo guardou silêncio. O contexto policial e a superioridade patente de se dirigir a ele em seu escritório talvez não fossem o ambiente mais propício para a sinceridade, e ela sabia muito bem que Fermín Montes era o tipo de sujeito que falava melhor diante de um copo.

— Você acha que tem um tempo para tomar uma cerveja e conversar um pouco depois do trabalho?

— Claro, chefe, sem dúvida — respondeu Montes, aliviado —, mas agora venha tomar um café conosco. Eu convido, precisamos comemorar: o Zabalza vai casar.

Ela deixou que o inspetor Montes fosse na frente enquanto levava alguns segundos para se desfazer do ar de incredulidade e de preocupação que havia se desenhado em seu rosto e escutava no corredor a algazarra com que os outros recebiam a notícia.

꙰

Foram necessárias três rodadas de cerveja e algumas lulas fritas no bar do Casino para que Montes parecesse relaxado o suficiente a ponto de se mostrar sincero. Amaia sorriu ao ouvir a última piada que ele acabava de contar e o abordou de súbito.

— Bom, Fermín, vai desembuchar de uma vez ou está esperando que eu fique bêbada?

Ele assentiu, baixando os olhos e afastando o copo de cerveja até o meio do balcão.

— Vamos dar uma volta?

Amaia atirou uma nota em cima do balcão e o seguiu.

A temperatura havia descido vários graus nas últimas horas, levando consigo os dias chuvosos e amenos e substituindo-os por rajadas geladas de vento que haviam varrido das ruas qualquer presença de vizinhos. Eles caminharam em silêncio, atravessando a praça e cruzaram a rua até a entrada da igreja. Por fim, ali, Fermín parou e a encarou, olhos nos olhos. Fosse o que fosse que precisava dizer, era evidente que seria difícil.

— Não sei como dizer isso, por isso vou falar como consigo. Já faz uns dias que estou com a Flora de novo.

Amaia abriu a boca, incrédula, surpresa, e mal conseguiu perguntar:

— O que significa isso de que está com a Flora?

Montes desviou por um instante o olhar dos olhos inquisitivos de Amaia como que para tentar encontrar entre as sombras que rodeavam a igreja as forças necessárias para explicar algo que nem para ele tinha explicação.

— Há alguns dias, quando eu estava vindo para a delegacia, cruzei com o carro dela. Nós nos vimos, ela me ligou... Nós conversamos e estamos juntos.

— Porra, Fermín! Ficou louco? Não se lembra do que ela te fez? Não se lembra do que você esteve a ponto de fazer?

Montes desviou de novo o olhar e, ao mesmo tempo que mordia o lábio inferior, ergueu a cabeça para o céu limpo e gelado da noite de Baztán.

— Ela é má, Fermín. Flora é má, vai destruí-lo, vai acabar com você, é um demônio. Você não se dá conta disso?

Montes explodiu, agarrou-a pelos ombros e a sacudiu um pouco à medida que aproximava o rosto do dela.

— Claro, claro que me dou conta, eu sei como é, mas o que você quer que eu faça? Eu a amo, estou apaixonado desde que a conheci, e, embora tenha tentado me convencer do contrário, durante esses meses não deixei de amá-la um único dia, e de alguma maneira eu sei que ela é a minha última oportunidade.

Ele estava muito próximo. Ela podia ver o desespero nos olhos dele, podia sentir a dor em sua alma. Levantou uma das mãos e a pousou com suavidade na face do homem ao mesmo tempo que balançava a cabeça.

— Porra, Fermín... — lamentou-se.

— Pois é... — admitiu ele.

Os dois se separaram, e, como que num acordo tácito, começaram a andar em direção à rua Santiago, juntos e em silêncio. Quando chegaram à ponte, Amaia parou.

— Fermín, sob circunstância alguma, nada, repito, nada do que aconteça ou que se fale na delegacia ou fora dela relacionado com algum dos casos pode jamais chegar aos ouvidos da minha irmã. Nunca. — O inspetor Montes aquiesceu. — Nunca — disse Amaia. — Repita.

— Nunca, dou minha palavra. Aprendi a lição.

— Espero que sim, inspetor Montes, porque, se eu tiver a mínima suspeita do contrário, tudo o que aprecio em você não vai valer nada, pois vou me encarregar de que o afastem. E não só de um caso, mas sim da polícia, e para sempre.

ಎ

Ela atravessou a ponte sem reparar, nem por uma vez, no rumor estrepitoso da água no açude. O passo firme e rápido encorajado pela irritação, que aumentava a olhos vistos, havia conseguido que ela se esquecesse do frio que em outra ocasião a teria feito tremer. Estava se aproximando da casa da tia quando decidiu quase em cima da hora passar direto e dar um passeio para dissipar a fúria e a ira que sentia. Só que então viu o carro de Flora estacionado em frente ao arco da entrada. Estacou de repente, observando o veículo como se se tratasse de um objeto estranho abandonado ali por uma inteligência extraterrestre. Entrou na casa e, sem tirar o casaco, apareceu na sala de Engrasi. A família rodeava Flora enquanto escutavam atentos como ela havia organizado bem o funeral de Rosario. Flora empunhava numa das mãos um pires e, na outra, uma xícara de café, que bebia em pequenos goles à medida que ia falando. De muito longe, ela ouviu os cumprimentos da família, de muito longe, ouviu o comentário sarcástico de Flora e de muito longe, ouviu a própria voz, rouca e dura, falando à irmã:

— Pegue o seu casaco e venha comigo até aqui fora.

A expressão no rosto e seu tom de voz não davam lugar a discussão de espécie nenhuma. O sorriso de Flora se anuviou.

— Aconteceu alguma coisa, Amaia?

Esta não respondeu, tirou o casaco da irmã do cabide da entrada e atirou para ela. Ignorando os protestos e as perguntas dos outros, ficou em silêncio e de pé na entrada até que Flora passou por ela. Saiu atrás dela e fechou a porta ao passar.

— Mas pode-se saber qual é o motivo de tanta pressa?

— Pare de representar, Flora, pare de fingir que é uma pessoa normal e me diga o que está tramando.

— Não sei do que você está falando.

— Estou falando de Fermín Montes, estou falando do homem que você esteve a ponto de destruir, estou falando do policial que ficou suspenso quase um ano por sua causa.

Flora se recompôs e adotou sua habitual expressão de estar a ponto de perder a paciência.

— Acho que não te devo explicação nenhuma. Fermín é um homem, eu sou uma mulher e já somos os dois bem crescidinhos.

— Pois é aí que você se engana, mana. Não se esqueça de que eu estava presente na noite em que o Víctor morreu e sei o que aconteceu de verdade, eu sei quais foram as razões que te levaram naquela época a se relacionar com o Montes. O que eu não entendo é por que motivo você está fazendo a mesma coisa agora. Deixe-o em paz.

Flora riu.

— Caramba, maninha, não sabia que você tinha sentimentos tão bonitos para com Fermín. Você não tem prova nenhuma do que aconteceu na noite em que Víctor faleceu, nem faz a mínima ideia; reconheço que talvez não tenha sido sincera com Fermín quando nos conhecemos, mas na época eu ainda era uma mulher casada e ele sabia disso. Agora as coisas mudaram, e o meu interesse por ele é sincero.

— Sincero uma merda. Isso do interesse eu até acredito, na verdade, acho que essa é a palavra que define as suas relações com as outras pessoas, e tenho certeza de que algum tipo de interesse você tem por querer se relacionar com ele, mas não tem nada a ver com assuntos entre homens e mulheres, porque o que te interessa, Flora, vem embrulhado em outro papel de presente: jovem, loira e muito bonita. Estou enganada?

O habitual olhar de desdém de Flora se consumiu numa fúria tão feroz como a que ardia nos olhos de Amaia, irmanando-as, talvez pela única vez. Quando falou, a angústia havia contraído de tal maneira sua garganta que a voz saiu sufocada e alquebrada pela dor, e pela raiva.

— Você não faz a mínima ideia da relação que eu tinha com ela, não se atreva a mencionar o seu nome.

Amaia a observou, chocada. Flora parecia abatida, as costas encurvadas como se suportasse um peso terrível, e havia perdido toda a luz, escurecendo diante de seus olhos como se estivesse gravemente doente. Não era a primeira vez. A cada vez que Amaia mencionara sua relação com Anne, a reação de Flora era tão exagerada, e ao mesmo tempo tão sincera, que não duvidava de que o que houvera entre aquelas duas mulheres fora, com toda a probabilidade, a paixão mais forte que sua irmã jamais sentira na vida, uma paixão que nenhum homem a fizera sentir, com uma força tão avassaladora que ainda a devorava e que tinha dado forças para ela chegar a matar.

Amaia a observou em silêncio. Não havia muito mais a dizer quando se estava diante de alguém que apanhava do chão sua dignidade desfeita em pedacinhos. Flora se embrulhou no casaco e, lançando-lhe um último olhar de desprezo, entrou no carro, enquanto Amaia tirava várias fotos da parte da frente do carro com o celular.

Capítulo 20

Ibai acordava muito cedo, às vezes antes de as primeiras luzes da aurora fazerem sua aparição. Depois, dormia por volta das nove e meia ou dez da manhã e costumava ir até o meio-dia, mas, nessas primeiras horas, se mostrava sorridente e tagarela e balbuciava discursos intermináveis. Amaia o pegou no colo, fechou atrás de si a porta do quarto para deixar que James dormisse mais um pouco e consagrou as duas horas seguintes a passear com o filho por toda a casa, mostrando-lhe cada objeto amado, olhando através das janelas para a água do rio Baztán, que passava diante da casa manso e sem brilho, com aquela luz gelada do amanhecer. Cantarolava para ele canções que ia inventando pelo caminho e que falavam de como era bonito e do quanto o amava. Ibai olhava para tudo com olhos muito abertos e a presenteava com sorrisos enormes que combinava com uma espécie de beijo que consistia em colar sua boca aberta e babada nas faces da mãe, que sorria feliz devolvendo a ele centenas de beijos que depositava sobre sua cabecinha loira, ao mesmo tempo que aspirava seu doce perfume de bolachas e manteiga.

A noite não havia sido tão agradável. O evidente descontentamento de James e da tia devido ao encontro com Flora se prolongara por todo o jantar, em que apenas Ros, que não estivera presente, tentou em vão animar a conversa. Quando já se preparavam para dormir, e apesar de ter explicado a eles que a discussão com Flora não tivera nada a ver com o funeral de Rosario, James a advertiu:

— Um pouco antes de você nos interromper, Flora tinha acabado de confirmar para nós que o funeral da Rosario será realizado amanhã na paróquia de Santiago. Estou me lixando para o motivo que te levou a discutir com a sua irmã, não quero nem saber qual foi, mas espero que se lembre do que eu te pedi e que me acompanhe até a igreja.

Amaia preparou para si um café com leite com uma única mão, recusando-se a soltar Ibai por um instante que fosse enquanto pensava em James e em como o marido a conhecia bem. Não importava quantas promessas conseguia arrancar dela; James sabia que ela era persistente, que nunca havia abandonado uma batalha. Entendia os argumentos do marido para lhe pedir que fingisse, nem que fosse apenas durante o funeral, que acreditava que Rosario estava morta. Por outro lado, para ela era intolerável que ele, que a amava, fosse capaz de lhe pedir que subjugasse sua natureza.

Ela o viu entrar na cozinha com seu esplêndido sorriso, calça de pijama e uma camiseta dos Denver Broncos que apertava seu torso, marcando sua musculatura e a fazendo recordar por que razão o adorava.

— Você roubou meu roupão — sussurrou enquanto a beijava e acariciava a cabecinha de Ibai.

— Já vou te devolver, estou muito atrasada — ela respondeu, entregando-lhe o menino e despindo diante de James o grosso roupão em que estava embrulhada e debaixo do qual não vestia nada a não ser a roupa de baixo.

— Ponte que partiu! — exclamou James, arrancando gargalhadas de Amaia com a recordação da velha piada dos tempos em que ele chegara à Espanha e aprendera, como todos os estrangeiros, a falar palavrões; havia criado seu repertório de obscenidades absurdas que não compreendia e que, no entanto, lhe pareciam a parte mais atraente da língua.

Ouviu a tia, que se dirigia à escada no momento exato em que Amaia fechava a porta do quarto. Entrou no chuveiro e esperou debaixo do jato de água quente até ouvir James entrar já arrancando a roupa. Sorriu, porque era muito bom que algumas coisas fossem tão previsíveis, tão maravilhosamente previsíveis.

᎒

Jonan a aguardava em sua sala. Ela soube, assim que entrou, que tinha notícias frescas. Sorria como uma criança e, incapaz de conter a animação, estava de pé fazendo oscilar o peso do corpo entre uma perna e outra enquanto batia de forma ritmada com os dedos na superfície de uma pasta de cartolina.

— Bom dia, Jonan. Tem alguma coisa?

— Bom dia, chefe. Não sei se é mais interessante o que eu tenho ou o que não tenho.

Amaia se sentou e Jonan abriu a pasta para colocar diante dela alguns documentos.

— Esta é a certidão de nascimento de Ainara Martínez Bayón, oficialmente nascida em Elizondo no dia 12 de março de 1979... Digo oficialmente porque parece que foi um parto feito em casa; entre aspas aparece o nome do casarão, Argi Beltz, e o povoado, Orabidea. Está assinada pelo doutor Hidalgo. E agora vem o que eu não tenho, que é a certidão de óbito, e não tenho porque o mais provável é que não exista, e é aqui que eles podem ter metido os pés pelas mãos. Se tivesse lhes passado pela cabeça dizer que haviam viajado para a Índia, talvez não houvesse muito que pudéssemos fazer, mas na Inglaterra já faz trinta anos que começaram a informatizar os arquivos. Não consta em nenhum hospital o falecimento de Ainara, e nesse ano em concreto o de nenhuma menina espanhola. E aqui vem a outra questão: se a criança tivesse sofrido um AVC como eles afirmam, teriam feito uma autópsia nela, da qual também não existe nem rastro. Acontece que, além disso, de acordo com o meu contato, se uma cidadã espanhola falece no exterior, a embaixada recebe uma comunicação imediata, e, mesmo que os familiares não tenham recursos, a embaixada se encarrega do translado, e, no caso de terem decidido que a criança fosse enterrada lá, também saberiam. Por outro lado, naquela época não se emitiam passaportes para as crianças; para um menor sair do país, era averbada no passaporte do pai ou da mãe uma autorização selada pelo governador civil, além do registro familiar para garantir que a criança era filha deles. Neste momento, estou tentando confirmar tudo isso com o departamento de emissão de passaportes, e pode levar algum tempo, porque há trinta anos ainda não estavam informatizados, se bem que eu fui até o registro civil para verificar na certidão de nascimento o registro familiar, e ali também não figura o óbito da menina.

— Quando você acha que vamos ter esses dados?

— Não sei, chefe. Pode ser que seja hoje ou dentro de uma semana, mas dei o número do meu celular para a pessoa que ficou encarregada de ver isso e ela prometeu que vai me ligar assim que tiver alguma coisa.

Amaia refletiu sobre o assunto por alguns segundos, depois soltou um suspiro ruidoso e, pondo-se de pé, tirou o agasalho do cabide.

— Bom, se eles têm o número do seu celular, podem localizar você em qualquer lugar. Venha conosco. Eu e o Iriarte vamos visitar a mulher do Esparza.

Ao passar em frente à sala onde trabalhavam Montes e Zabalza, espiou pela porta.

— Bom dia. Vocês já têm alguma coisa do que eu pedi ontem?

— Bom dia, chefe — cumprimentou Montes. — Já temos alguma coisa: o Zabalza chegou à conclusão de que existe uma relação profissional entre as famílias de Arraioz e de Lekaroz e os advogados Lejarreta y Andía. Por outro lado, isso não tem nada de estranho, já que os dois se dedicam ao comércio e operam no exterior. A respeito da possível relação com o doutor Berasategui, não temos nada e duvido que vamos conseguir alguma coisa. Você sabe que esse tipo de relação é confidencial; é mais provável que a senhora obtenha alguma coisa se for falar com o padre seu amigo.

— Talvez eu faça isso — respondeu Amaia —, mas não hoje.

ॐ

Estacionaram em cima do cascalho crepitante da entrada do casarão, a mesma que naquela noite fatídica havia denunciado a presença de Esparza na propriedade.

Inés Ballarena os aguardava com a porta da casa aberta; pusera um gorro de lã e vestira um casaco impermeável para combater o frio, e, embora não tivesse sorrido, pois não conseguia, cumprimentou-os com amabilidade, convidando-os a entrar. Amaia deixou que Iriarte e Etxaide acompanhassem a mulher e pediu licença antes de voltar até a esquina da casa, onde ao passar havia visto a anciã *amatxi*. Cumprimentou-a enquanto se aproximava e viu que a mulher sorria com um olhar inteligente e carregado de intenção.

— Estou vendo que veio buscar mais. Quer dizer, então, que talvez tenha começado a entender as coisas. Começou a pensar que pode ser que esta velha tenha razão.

— Sempre acreditei que a senhora tinha razão — asseverou Amaia.

— Nesse caso, pare de procurar assassinos de carne e osso.

— A senhora quer que eu procure por *Inguma*?

— Não é necessário procurar. Ele vai encontrá-la. Pode ser até que já a tenha encontrado...

A aparição de Rosario sobre sua cama e a recordação de sua boca se aproximando lhe provocou um calafrio.

— Quem é a senhora? — perguntou, sorrindo.

— Só uma velha que não sabe de nada.

&

A jovem mãe proporcionava uma imagem surpreendente. Vestia preto da cabeça aos pés e segurava entre as mãos um lenço de papel que se destacava em seu colo como uma flor morta e amarrotada. Com os olhos avermelhados, a aparência lavada do rosto pálido e sem maquiagem, permitia ver as pequenas petéquias vermelhas e os minúsculos vasos sanguíneos arrebentados pelo choro. A dor parecia ter entrado numa fase lenta, de vozes contidas e movimentos etéreos em que a mulher dava a impressão de flutuar.

— Agradecemos muitíssimo a amabilidade de nos receber hoje. Sabemos que o funeral da sua filha vai ser hoje à tarde — disse Iriarte.

Se a jovem o ouviu, não deu qualquer sinal disso. Continuou com o olhar perdido num ponto do espaço com seu desolador ar de dor silenciosa.

— Sonia, filha — chamou-a com suavidade Inés Ballarena. A jovem levantou os olhos.

Amaia tinha se sentado na frente dela.

— Há algumas coisas que preciso saber para entender o que aconteceu, e só você pode me ajudar, porque você é a pessoa que melhor conhece o Valentín. — A jovem assentiu. — Ele parece ser um homem bastante preocupado com o dinheiro e com a aparência. A sua casa é linda, embora bem acima das suas possibilidades econômicas. A sua mãe nos contou que ajuda vocês a pagá-la, mas apesar dessa circunstância, ele parecia ter planos de continuar a gastar dinheiro. Na busca que fizemos encontramos vários catálogos de carros top de linha, e na concessionária confirmaram que Valentín estava pensando em trocar de carro em breve.

— Ele sempre foi muito ambicioso, quer sempre mais, nunca está satisfeito; de vez em quando chegamos a discutir com a minha mãe e com a *amatxi* por causa disso.

— Há um ano — interveio Inés —, ele tentou nos convencer a hipotecar o casarão para emprestar dinheiro para eles comprarem uma nova casa. É claro que recusei. Não acho ruim que uma pessoa tente melhorar de vida, mas o Valentín estava disposto a fazer isso a qualquer preço; o que não é nada bom, e foi o que eu disse a ele.

Amaia voltou a falar com a jovem.

— Eu quero que você pense bem antes de responder. Você percebeu mudanças no comportamento de Valentín nos últimos tempos?

— Muitas, mas nada de ruim, na verdade até a *ama* e a *amatxi* viram isso com bons olhos. Foi a partir do momento em que eu fiquei grávida. Foi uma gestação de risco, ameaça de aborto, repouso absoluto... E a verdade é que durante esse tempo ele demonstrou uma paciência que eu não esperava da parte dele. Começou a ler sobre gravidez, se interessava por tudo o que era tradicional, por tudo o que tinha a ver com Baztán e com as nossas origens, falava da importância que era tomar consciência do poder desta terra, ficou um pouco obcecado que só ingeríssemos produtos ecológicos e do vale, e até me propôs um parto natural em casa. Isso me dava um medo enorme, eu não queria sentir dor, mas ele insistiu... Uma vez chegou a levar uma parteira da região na nossa casa.

Amaia sentiu um arrepio.

— Você se lembra como se chamava essa mulher?

— Josefina, Rufina ou coisa parecida.

— Fina?

— Sim, é isso, Fina Hidalgo. Era uma mulher de idade, embora ainda fosse muito bonita. Ela me falou que tinha assistido milhares de partos, me explicou como era o procedimento do nascimento em casa e me transmitiu muita segurança. Mas, bem, você sabe, entrei em trabalho de parto no sétimo mês de gestação, a minha menina nasceu prematura e é claro que foi no hospital.

— Nós sabemos que vocês discutiram na capela mortuária. Ele nos contou que foi porque ele preferia um enterro tradicional e você insistia na cremação.

A moça negou.

— Não foi por causa disso. É verdade que a princípio eu preferia a cremação, e repare que nós vamos acabar por enterrá-la, a minha *amatxi* pediu isso, e é verdade que a discussão na capela mortuária começou por causa disso; na verdade, Valentín insistiu tanto, parecia ser tão importante para ele, que estive a ponto de ceder, mas então ele me disse uma coisa... uma coisa horrível, algo que nunca vou conseguir perdoar, porque só poderia provir de alguém que não tivesse amado um filho, de um ser repugnante e sem coração capaz de substituir as pessoas como se fossem objetos...

As lágrimas começaram a escorrer pelo seu rosto como se alguém tivesse aberto uma comporta ali, no lugar escuro e úmido de onde brotam o pranto e o desespero.

Inês a abraçou, e a jovem escondeu o rosto no pescoço da mãe. Esperaram em silêncio pouco mais de um minuto, até que a jovem se afastou e olhou para eles. O rosto parecia empapado e a palidez inicial havia se transformado num mar de pequenas vermelhidões que cobriam seu rosto,

— Ele pediu que eu não me preocupasse, que ele ia me engravidar logo e que dentro de nove meses eu teria outro filho para ocupar o lugar da minha bebê. Então eu gritei desesperada que não queria outro bebê, que nenhum outro filho ia substituir a minha menina, como ele era capaz de pensar em tamanha monstruosidade. Que a última coisa que passava pela minha cabeça naquele momento era ter outro filho, e menos ainda em tê-lo para preencher o vazio que a minha pequenina estava deixando. — Fitou Amaia nos olhos. — A senhora tem um filho, sabe bem a que eu me refiro. Pode ser que algum dia eu volte a ser mãe, mas o que Valentín me propunha me parecia tão monstruoso, o modo como coisificava a nossa filha, que a simples ideia me deu nojo. E enquanto eu lhe respondia isso tinha certeza de que, se me tivesse passado pela cabeça ter outro filho para substituir a que eu havia perdido, naquele exato momento não poderia amá-lo, não poderia amá-lo da mesma forma, pode ser até que o odiasse.

— Só mais uma pergunta. A senhora ou Valentín têm alguma relação com um psiquiatra da clínica universitária chamado Berasategui ou com os advogados de Pamplona Lejarreta y Andía?

— É a primeira vez que ouço falar nesses nomes.

Eles se despediram das mulheres e se encaminharam para a saída. Inés Ballarena os acompanhou até o carro e, à medida que se afastavam pelo caminho de acesso, Amaia pôde vê-la pelo retrovisor parada no mesmo lugar.

Jonan parecia intrigado.

— Há muito tempo que eu não via ninguém tão novo de luto, quero dizer, toda vestida de preto.

— Pois então eu acho que você devia sair aos sábados à noite — comentou Iriarte.

— Não me refiro a usar roupa preta. Acho que existe uma grande diferença, pode ser que seja algo da minha cabeça, ou algo muito sutil para qualquer pessoa reparar na diferença, mas sou capaz de distinguir perfeitamente quando alguém se veste de preto ou quando está de luto — explicou Etxaide.

— Ela sofreu muito — disse Amaia —, e acho que ainda lhe falta muito para sofrer. É brutal e monstruoso o que o marido disse a ela. Jonan, por favor, assim que chegarmos, ligue para a prisão e tente conseguir para mim uma visita para ver o Esparza o mais depressa possível. Quero voltar a falar com ele.

— O caso está encerrado, já sabemos que o homem matou a filha — disse Iriarte.

— Eu penso que neste caso há bem mais do que os fatos evidentes.

— Já temos o culpado, não nos compete entender por que razão ele fez isso...

— Não por quê, mas para quê, inspetor. O Esparza nos disse que a entregou, que entregou a vida da filha... Quero saber para quê, com que finalidade.

Iriarte assentiu sem convicção enquanto conduzia o carro para a estrada principal.

— Para a delegacia, então?

— Ainda não. Espero que vocês tenham uma boa câmera no celular. Vamos tirar fotos em Irurita — respondeu Amaia.

❦

A casa de pedra de Fina Hidalgo surgia soberba com a varanda corrida e o terraço envidraçado, a estufa vitoriana e o caminho de lajotas que ia até o imponente gradeado pintado de preto e aberto de forma acolhedora, não tanto para facilitar a passagem dos visitantes, mas para permitir que os caminhantes pudessem admirar com inveja a beleza do jardim. Amaia tocou a campainha da entrada e esperou, observando divertida o apreço com que os colegas observavam o peculiar pomar. A enfermeira Fina Hidalgo saiu da estufa, onde a havia recebido em sua visita anterior. Vestia um jeans justo e uma camisa solta do mesmo tecido, e penteara o cabelo para trás e o prendera com uma tiara; nas mãos usava luvas de jardinagem e, numa delas, segurava uma pequena tesoura de poda. A expressão da mulher endureceu ao vê-los.

— Quem deu autorização para vocês entrarem na minha propriedade?

— Polícia Foral — disse Amaia, mostrando o distintivo para ela, embora soubesse muito bem que a mulher a havia reconhecido assim que a viu.

— O portão estava aberto e nós tocamos a campainha.

— O que vocês querem? — ela perguntou, parando a certa distância.

— Falar com a senhora. Queremos fazer algumas perguntas.

— Podem perguntar o que quiserem — ela respondeu, em tom de desafio.

— Estamos investigando o falecimento de uma menina no vale há trinta anos. Consta que a senhora e o seu irmão assistiram o parto, pois a certidão de nascimento está assinada por ele, e seria muito útil para nós se pudesse confirmar se por acaso ele também teria assinado a certidão de óbito.

— Bom, isso não se pode dizer que seja uma pergunta, parece mais uma petição. Desejam mais alguma coisa?

— Sim, na verdade eu queria perguntar sobre sua relação com Valentín Esparza... E mais: eu tenho uma lista de famílias que perderam os seus bebês pouco depois do nascimento, e quero saber se a senhora foi a parteira que assistiu essas famílias depois do parto — disse

Amaia, retrocedendo até o gradeado da entrada e obrigando, tal como havia planejado, a mulher a segui-la.

— Pois para conseguir a certidão, você vai precisar de uma ordem judicial — respondeu Fina, cheia de empáfia, seguindo-a pelo caminho até a entrada —, e, para o resto das perguntas que tiver, telefone para os meus advogados. Não estou interessada em falar com você.

Amaia tinha chegado até a calçada da rua.

— Os seus advogados... deixe-me adivinhar: Lejarreta y Andía, não é verdade?

A mulher sorriu, mostrando as gengivas, e deu mais um passo.

— Sim, e garanto que quando eles puserem as mãos em você vão lhe tirar toda essa vontade de ser tão engraçadinha.

— Agora — disse Amaia a Etxaide e a Iriarte, que tiraram várias fotos da mulher.

Esta começou a gritar.

— Não podem tirar fotos minhas. Estão na minha propriedade.

— Não estamos mais. — Amaia sorriu, apontando para os pés da mulher, que haviam ultrapassado o pátio e estavam em cima da calçada.

— Maldita filha da puta, você vai me pagar, vai me pagar caro — gritou, recuando para a casa.

Amaia sorriu.

— Só mais uma pergunta: este carro é seu? — perguntou, apontando para um veículo estacionado no meio-fio em frente a casa. — Etxaide, por favor, tire umas fotos; está na via pública.

Os gritos da mulher foram interrompidos pelo estrondo da porta batendo ao ser fechada por dentro.

Capítulo 21

AMAIA SE SENTIA SATISFEITA. Pela primeira vez nos últimos dias, seu trabalho começava a dar frutos, pensou, enquanto costurava com o carro as curvas fechadas de Orabidea. Havia decidido ir sozinha visitar de novo a amável vizinha que tanta ajuda estava prestando. O tipo de relação que se havia estabelecido entre ambas poderia se modificar se ela chegasse a aparecer por lá com mais dois policiais. Enquanto ia subindo pelos caminhos íngremes, olhava com tédio para o celular, que de vez em quando perdia toda a rede de cobertura. Havia tocado três vezes, e nas três ocasiões a chamada fora interrompida assim que a atendia. Dirigiu a uma boa velocidade até chegar à zona mais alta, procurou uma clareira que estivesse desimpedida de árvores e digitou o número de Etxaide.

— Chefe, você não vai acreditar. Um preso apunhalou o Esparza faz umas horas. Transferiram ele para o hospital e está em estado muito grave; não acreditam que sobreviva.

&

O familiar corredor da área da UTI do hospital os recebeu com aquele característico odor de desinfetante, a linha verde no chão que indicava o percurso e a inexplicável corrente de ar perpétua que se fazia sentir nos corredores. Talvez porque recebiam um funcionário de alta patente, nessa ocasião, para facultar o prognóstico clínico, haviam preparado um pequeno escritório. Lá dentro, o diretor da prisão, dois guardas fardados, dois médicos jovens, possivelmente internos, duas enfermeiras e o doutor Martínez Larrea. Quando Jonan e Amaia entraram no escritório, a sensação de absurda aglomeração se tornou mais do que evidente. O doutor Martínez Larrea e ela eram velhos conhecidos. Um tipo machista e presunçoso que alimentava a convicção de que pertencia a uma espécie superior, combinação de médico e de macho, e que era provável que tivesse pulado um degrau na escala evolutiva. Há um ano mais ou menos, quando ela trabalhava no caso do *Basajaun,* tivera um confronto sério com o médico. Ele lhe lançou um olhar intenso assim que entrou na sala, e Amaia sentiu uma secreta satisfação quando verificou que ele baixava um pouco a cabeça e, a partir desse momento, falava se dirigindo sobretudo a ela, embora sem a olhar nos olhos mais do que por alguns segundos seguidos.

— O paciente Valentín Esparza foi internado neste hospital às doze horas e quarenta e cinco minutos desta manhã. Apresentava no abdome doze lacerações profundas produzidas por um objeto contundente e comprido. Algumas das perfurações chegaram a atingir órgãos vitais, e pelo menos dois importantes vasos sanguíneos. Transferido com urgência para o centro cirúrgico, tentamos estancar a hemorragia, mas os ferimentos sofridos tornaram isso impossível. Valentín Esparza faleceu às treze horas e dez minutos. — Ele dobrou a folha de papel, de onde havia lido alguns dos dados, e, murmurando uma desculpa entredentes, saiu do escritório, seguido pelo resto da equipe médica.

— Quero falar com você — disse Amaia ao diretor da prisão, sem nenhuma consideração pela palidez de seu rosto nem pelo ar preocupado que apresentava.

— Talvez mais tarde — sugeriu ele. — Preciso avisar a família, o juiz...

— Agora — insistiu Amaia, abrindo a porta e se dirigindo a todos os presentes: — Meus senhores, se tiverem a bondade de nos dar licença por um momento...

Assim que se encontraram a sós, o diretor se deixou cair numa cadeira, visivelmente abatido. Amaia se aproximou até se colocar diante dele.

— Pode me explicar que diabo está acontecendo no seu presídio? É capaz de me dizer como é possível que no último mês tenham morrido estando sob a sua custódia três detidos relacionados com os casos que estou investigando, dois na última semana? — O homem não respondeu, levantou as duas mãos e cobriu o rosto. — O doutor Berasategui era muito esperto, e, apesar de o Garrido ser um lixo, sou capaz de compreender que, quando alguém tem o firme propósito de acabar com a vida, seja difícil evitá-lo; mas o que não tem explicação, e qualquer um sem a mínima experiência na direção de centros penitenciários seria capaz de dizer isso, é que você misture um sujeito acusado de matar a filha bebê com os presos comuns... O senhor assinou a sentença de morte dele, e eu não vou parar sem apurar as responsabilidades.

O homem pareceu reagir; afastou com determinação as mãos do rosto e cruzou-as diante de Amaia, em uma atitude de súplica.

— É evidente que ele não estava junto com os presos comuns. Não sou nenhum imbecil. Nós ativamos todos os protocolos de segurança desde que ele foi detido no nosso centro, e ficou sob vigilância dia e noite numa cela separada e com as medidas de prevenção de suicídio ativas; nós o pusemos com um companheiro, um homem tranquilo, de confiança. Ele cumpria pena por fraude e só faltava um mês para ganhar a liberdade.

— Nesse caso, como você explica o que aconteceu? Quem teve acesso a ele? Quem o matou?

— Dou a minha palavra de que não entendo como isso aconteceu... Foi ele, o preso de confiança; o companheiro de cela o apunhalou utilizando o cabo afiado de uma escova de dentes.

Amaia se sentou na cadeira colocada em frente à dele e ficou em silêncio contemplando o homem, que parecia desolado, e pensando como era possível que tudo tivesse ido por água abaixo, com a já mais que evidente "coincidência" de que qualquer um que estivesse implicado no seu "não caso", porque quase não podia falar de uma investigação em curso, acabasse morto de uma forma ou de outra. Depois de alguns minutos, ela se levantou e saiu dali para não ser obrigada a ver o diretor choramingar.

&

Fazia frio em Pamplona, tinha chovido um pouco de manhã e o solo ainda estava molhado em alguns lugares, mas agora o céu estava sem nuvens, não o suficiente para deixar passar o sol, apenas uma espécie de luz brilhante que feria os olhos. Enquanto caminhavam até o carro e Amaia explicava a Jonan como Esparza havia morrido, seu hálito desenhou espirais de vapor ao redor do rosto. Se a temperatura continuasse a cair e o céu a se limpar, a água presa nas poças congelaria durante a noite. O celular de Jonan tocou; ele atendeu, levantando a outra mão num gesto de contenção e assentindo perante seu interlocutor. Amaia esperou na expectativa de que o colega desligasse.

— Era a ligação que estávamos esperando do departamento de passaportes. Existe de fato um registro de uma viagem do casal ao Reino Unido naquela data...

Amaia reprimiu uma expressão de tédio.

— ... mas em nenhum dos passaportes consta que viajassem com uma menor, e o meu contato afirma que é impossível que eles conseguissem tirar a menina do país sem a devida documentação.

— Já se passou tanto tempo que sempre é possível atribuir o fato a um erro administrativo, e não teríamos como prová-lo.

— Há mais uma coisa: foi uma viagem de fim de semana, passaram apenas quarenta e oito horas no Reino Unido. Acho que é pouco provável que nesse intervalo de tempo a filha adoecesse, fosse internada num hospital, falecesse, fosse feita uma autópsia e depois enterrada.

— O que você acha, Jonan?

— Acho que viajaram para o Reino Unido sem a menina, só para ter um álibi e uma explicação convincente para dar quando alguém perguntasse pela garotinha. Não creio que a menina tenha chegado a viajar para Londres.

Amaia permaneceu parada, em silêncio, com o olhar fixo no rosto do subinspetor Etxaide enquanto avaliava sua teoria.

— O que fazemos agora? — perguntou Jonan.

— Você vai para casa, eu vou falar com o juiz.

❧

Era cedo para jantar, por isso dessa vez o juiz combinara com ela de se encontrarem numa tranquila cervejaria decorada com os antigos móveis e apetrechos de uma botica do século XIX, luz difusa, abundância de assentos confortáveis e um volume de música que permitia manter uma conversa sem a necessidade de gritar. Amaia agradeceu a acolhedora tepidez do local enquanto tirava o casaco.

O juiz Markina, sozinho e sentado no fundo do local, estava pensativo, com o olhar perdido num ponto do espaço. Vestia um terno escuro com colete e gravata, muito formal. Amaia demorou-se pelo caminho entre o balcão e a mesa; eram poucas as ocasiões em que podia se permitir observar o juiz sem precisar enfrentar seu olhar. O ar ausente se estendia do rosto até o resto do corpo e lhe conferia um certo ar romântico ao mais puro estilo inglês, elegante até no desleixo e tão sensual que era impossível evitar seu magnetismo. Ela suspirou enquanto, num íntimo ato de contrição, se propunha com determinação a se concentrar no caso, em ser convincente e em conseguir obter o apoio sem o qual não poderia dar nem mais um passo naquele labirinto onde cada progresso que conseguia e cada pista que tinha estavam sendo silenciados com o mais persuasivo dos argumentos. A morte.

O juiz sorriu assim que a viu e se levantou, fazendo menção de afastar a cadeira para que ela se sentasse.

— Não faça isso — deteve-o Amaia.

— Quanto tempo mais você vai continuar a ser formal comigo?

— Estou trabalhando. Esta é uma reunião de trabalho.

O juiz sorriu.

— Como queira, inspetora Salazar.

Um garçom trouxe duas taças de vinho, que depositou em cima da mesa.

— Imagino que o que a trouxe aqui seja muito importante, o suficiente para pedir para me ver.

— Já deve estar ciente da morte do Esparza...

— Sim, claro que sim, fui avisado no tribunal; falei pelo telefone com o diretor do presídio e ele me contou. Infelizmente são coisas que acontecem. Os assassinos de crianças passam por grandes apertos na prisão.

— Sim, mas o homem que o atacou não tinha antecedentes de violência e ia sair em liberdade no mês que vem.

— Pela minha experiência, eu sei que as normas que regem o presídio não são as mesmas do resto do mundo. Os comportamentos e as reações que parecem lógicos aqui fora não funcionam da mesma maneira lá dentro. O fato de o preso não ter antecedentes de homicídio não é assim tão relevante. A pressão que pode chegar a sofrer um homem pelo resto dos detentos é suficiente para levar qualquer um a cometer atos que jamais lhe passariam pela cabeça ou que de forma nenhuma cometeriam aqui fora.

Amaia ponderou as palavras do juiz sem muita convicção.

— Só que eu acho, inspetora Salazar, que você não está aqui por causa de um preso morto na cadeia.

— Pode ser que não seja apenas porque está morto, mas em parte, sim, é por ele e por algumas coisas que você me disse e mais algumas que nós descobrimos durante a investigação. O Esparza sempre se mostrou obcecado por dinheiro, e vez ou outra isso lhe causou problemas com a família. Não tenho dúvidas de que ele matou a filha, mas, quando o interroguei a esse respeito, ele disse uma coisa muito estranha: que a tinha entregado e que, se a levava consigo, era porque precisava terminar alguma coisa. Acho que o Esparza estava convencido de que devia cumprir um ritual com o cadáver da filha, um ritual necessário. Chegou a dizer à mulher que eles podiam substituir a menina falecida tendo outra em seguida porque as coisas estavam indo muito bem para eles, e houve algo que me chamou ainda mais a atenção: ele disse que havia feito aquilo "como tantos outros". Ontem à tarde, pedi para vê-lo hoje no presídio a fim de o interrogar de novo. Mas o Esparza agora está morto.

O juiz assentiu perante o óbvio.

— Depois temos o doutor Berasategui. A razão pela qual o visitei na prisão era para lhe perguntar sobre o tempo que transcorrera entre o momento em que sabemos que ele saiu da clínica acompanhado por Rosario, e temos certeza disso porque ele foi filmado pelas câmeras de segurança, e o momento em que atacaram a minha tia e levaram Ibai. A casa do pai foi descartada, e o senhor deve se lembrar de como a noite estava desagradável. Tenho certeza de que eles se refugiaram em algum lugar, um casarão, uma cabana, um apartamento... Só que fazer essa pergunta a Berasategui está fora de questão, porque ele agora está morto.

Markina assentiu de novo.

— Rosario pertenceu a um grupo do tipo seita que se instalou em Baztán entre meados dos anos setenta e princípios dos anos oitenta, um grupo pseudossatanista que praticava sacrifícios de animais e chegou a propor sacrifícios humanos, sacrifícios de recém-nascidos ou de crianças muito pequenas, criaturas em trânsito. Ao que parece, para esses grupos, as crianças são mais adequadas aos seus propósitos entre o nascimento e os dois anos. Isso nos leva a Elena Ochoa, a mulher que faleceu anteontem em Elizondo, uma velha amiga da minha mãe que a acompanhou naquelas reuniões mais de uma vez, até que a selvageria dos rituais foi mais do que ela era capaz de suportar. Ela me contou onde ficava a casa, que visitei movida pela curiosidade. Os proprietários são os mesmos de então: um casal, que mora na propriedade, agora com um aspecto fenomenal. Esse casal também teve uma filha que faleceu antes de completar dois anos, segundo eles durante uma viagem ao Reino Unido. Investigamos o caso e não consta nenhuma certidão de óbito, boletim hospitalar, nem registro da viagem, e tudo isso numa época em que fazer sair um menor do país implicava incluí-lo no passaporte e em muitos casos obter uma autorização especial do governo civil. Por outro lado, uma testemunha identificou sem margem para dúvida a presença em mais de uma vez do doutor Berasategui e do seu carro naquela casa, circunstância que eles admitem, se bem que se recusaram a me falar sobre a natureza da relação de ambos com o médico.

"É óbvio que nos interessamos pelas mortes de crianças com menos de dois anos que faleceram enquanto dormiam. Infelizmente a incidência da morte no berço é mais elevada do que a maioria das pessoas pode imaginar, mas, descartando os casos em que os falecidos eram do sexo masculino, chamou nossa atenção o da minha irmã e três outros casos. Não pela natureza da morte, que a princípio não levantou grandes suspeitas, pois foi efetuado um exame rotineiro e foi declarada morte no berço. O curioso é que a atitude dos pais foi tão suspeita como a da minha mãe, tanto que os serviços sociais aconselharam um acompanhamento daqueles que tinham mais filhos. E todos eles, a minha mãe e essas famílias, têm como vínculo comum essa casa, esse grupo e um casal de advogados ricos de Pamplona que, por acaso, também perdeu uma filha dessa forma.

— Bom, Berasategui não tinha filhos — objetou o juiz.

— Não — admitiu Amaia.

— Existe alguma coisa alarmante nos relatórios dos serviços sociais?

— Não — respondeu ela, aborrecida.

— Você conseguiu estabelecer uma relação direta entre as famílias?

— Creio que o ponto em comum pode ser uma enfermeira aposentada, uma parteira que assistiu todos os partos.

— Aposentada? Há quanto tempo? A filha do Esparza nasceu no Hospital Virgen del Camino há dois meses. Essa mulher trabalhava ali na época?

— Não, ela é uma parteira particular, chama-se Fina Hidalgo, irmã e durante anos enfermeira do doutor Hidalgo, um médico rural que foi o médico particular da minha família e de muitas outras do vale; como era tradição, eu e as minhas irmãs nascemos em casa, à semelhança de muitas crianças em Baztán. A enfermeira me contou que, quando o irmão faleceu, ela estava trabalhando em vários hospitais e continua a exercer a profissão a título particular; embora esteja aposentada, não foi no hospital que entraram em contato; o Esparza a levou até a casa dele e tentou convencer a mulher a fazer o parto em casa.

Markina fez um gesto ambíguo que denunciava a fragilidade da exposição de Amaia, e esta redobrou os esforços.

— As razões que me levam a pensar que essa parteira pode ter alguma coisa a ver com o caso têm fundamento: foi ela quem assistiu a minha mãe quando eu nasci, e a minha irmã faleceu; o irmão dela foi o médico que assinou a certidão de óbito; ela tentou estar presente no parto da menina dos Esparza e acho que esteve nos restantes.

— Você acha... não tem certeza?

— Não — admitiu. — Eu precisaria de uma ordem judicial para poder ter acesso aos arquivos particulares do doutor Hidalgo e às certidões de óbito para ter certeza de que ele esteve presente, como desconfio.

— Nesse caso, o que está insinuando é que a parteira Fina Hidalgo pode ser um anjo da morte.

Amaia refletiu sobre essas palavras. Os anjos da morte se caracterizam dessa forma porque acreditam estar desempenhando uma importante tarefa social e humanitária ao assassinar seus semelhantes. Eles costumam fazer parte do pessoal clínico, ou então são cuidadores ou assistentes de pessoas idosas, com deficiência intelectual ou fisicamente doentes, e com bastante frequência são mulheres. São difíceis de detectar, porque escolhem as vítimas com saúde frágil e, portanto, cuja morte é pouco suspeita. É raro pararem porque, convencidos da legitimidade de seus atos, que sempre mascaram de infinita piedade, as vítimas parecem fazer fila diante deles, que, em geral, são especialmente amáveis e cuidadosos com aqueles que estão sofrendo.

— Numa conversa que tivemos, ela admitiu que em certas ocasiões, quando as crianças não eram saudáveis ou normais, era necessário ajudar as famílias a se libertar do fardo que se pressupunha criá-las.

— Mais alguém ouviu essa conversa?

— Não.

— Ela vai negar tudo, e com certeza as famílias também negarão.

— Foi isso que ela disse.

Markina ficou pensativo por alguns segundos. Escreveu algo na agenda e olhou de novo para Amaia.

— Do que você precisa mais?

— Se aparecerem as certidões de óbito nos arquivos do doutor Hidalgo, vai ser necessário exumar os cadáveres.

O juiz se endireitou na cadeira, fitando-a com ar preocupado.

— A que exumações você se refere? A pequena Esparza foi enterrada hoje.

— Estou me referindo àquelas meninas cujas mortes foram quase comemoradas pelos pais, as filhas de todas as famílias que eu mencionei.

— Vou autorizar o mandado de busca para o arquivo particular do doutor Hidalgo, mas você deve entender a complexidade do que está me pedindo. Você precisaria ter provas irrefutáveis de que aquelas meninas foram assassinadas para que eu pudesse te autorizar a abrir o túmulo delas. Exumações de cadáveres são complicadas, pela preocupação e pela dor que geram nas famílias. Qualquer juiz pensaria muito bem antes de autorizar a exumação de um cadáver, e mais ainda no caso de um bebê, e você me pede que desenterremos três. A tensão e a pressão que teríamos de suportar dos meios de comunicação seria enorme, e só poderíamos assumir esse ônus se tivéssemos certeza absoluta do que vamos encontrar.

— Se os fatos ocultassem o homicídio de só uma dessas crianças já seria razão suficiente e qualquer atitude seria justificada — respondeu Amaia.

O juiz a fitou, impressionado com a força dos argumentos dela, mas se manteve firme. Amaia começou a protestar, mas ele a conteve.

— Por enquanto, não temos nada em que nos apoiar. Você me disse que o serviço social não detectou maus-tratos, e, além disso, as autópsias apontam para uma morte por causas naturais. A atitude dessa parteira me parece suspeita, mas vocês ainda não foram capazes de estabelecer uma relação direta entre essas pessoas; o fato de algumas se conhecerem ou terem como vínculo comum um escritório de advogados é um pouco como essa teoria de que estamos todos ligados ao presidente dos Estados Unidos por seis pessoas ou menos. Você precisa me trazer algo mais sólido, mas já adianto que as exumações de bebês me causam profunda repugnância e que vou tentar por todos os meios evitar que cheguem a acontecer. — Markina estava abalado; a expressão dele, entre o aborrecimento e a preocupação, conferia a seu rosto, geralmente relaxado, novos matizes e um ar de maturidade e de empenho que, sem apagar seu atrativo, lhe davam um ar mais duro e masculino. Ele ficou de pé e pegou o sobretudo. — Vai ser melhor darmos um passeio.

Amaia o seguiu até a rua, surpresa e interessada na atitude do juiz.

Teve a sensação de que a temperatura havia descido mais alguns graus, fechou o casaco impermeável até em cima, subindo a gola, e calçou as luvas que trazia no bolso enquanto apertava o passo para conseguir alcançá-lo.

— A síndrome da morte súbita do lactente é um dos horrores mais pungentes que a natureza pode produzir. As mães deitam os filhos para dormir e quando vão vê-los verificam que estão mortos. Tenho certeza de que, considerando a sua condição de mãe, você pode imaginar o horror que um fato absurdo e inexplicável pode acarretar a uma família. O temor de ter feito algo errado, de ter uma parte da responsabilidade, mergulha essas famílias num clima de censura, de sofrimento, de culpa e de paranoia que são um autêntico inferno. A maneira inesperada como se verifica gera reações nem sempre tão ortodoxas. Os afetados sofrem uma espécie de período de loucura transitória em que qualquer reação, por mais absurda que possa parecer, está dentro dos parâmetros normais. — Ele parou de repente, como se pensasse na imensidão do horror que encerravam essas palavras.

Não era necessário ser um perito em comportamento para perceber que o juiz Markina estava emocionalmente envolvido com aquele assunto. Sabia do que falava, a riqueza e os matizes de suas explicações e o profundo conhecimento que demonstrava ter sobre o sofrimento que esse tipo de perda podia chegar a causar punham em evidência o que havia vivido.

Caminharam um pouco em silêncio, atravessaram a rua para o Auditório Baluarte e, por fim, ali moderaram a celeridade de seus passos de modo a passear pela esplanada em frente ao Palácio dos Congressos. Milhares de perguntas brigavam para serem respondidas no cérebro de Amaia, mas, devido à formação que tinha em interrogatórios, ela sabia que, se tivesse paciência suficiente para esperar, a explicação chegaria, e lhe fazer perguntas só o faria se fechar mais. Era um juiz, um homem inteligente, culto e educado que pelo cargo que desempenhava devia, além disso, alimentar uma imagem de segurança, retidão e correção. É provável que naquele momento já se debatesse entre a necessidade inerente ao ato de continuar a fazer confidências ou de se refugiar na torre altaneira e segura que seu cargo lhe conferia. Ela notou que Markina caminhava mais devagar, como se o objetivo não fosse se deslocar, mas sim ficar apenas quieto e obter a cada passo o álibi perfeito para não olhar para o rosto dela enquanto falava, um muro de inércia suficiente para se esquivar de seus olhos.

— Quando eu tinha doze anos, a minha mãe engravidou. Imagino que fosse uma surpresa porque eles já tinham certa idade, mas ficaram bem felizes, e acho que nunca vi os meus pais tão felizes como quando nasceu o meu irmão. Tinha três semanas quando aconteceu. A minha mãe lhe deu a mamada da manhã, trocou a fralda e o deitou. Devia ser perto do meio-dia quando a ouvimos gritar. Lembro de ter subido a escada de dois em dois degraus com o meu pai e de vê-la debruçada sobre a cama colando sua boca à do bebê numa tentativa de lhe insuflar oxigênio, embora fosse evidente, até para mim, com apenas doze anos, que o meu irmão estava morto. Lembro da luta do meu pai para afastá-la do corpo, tentando convencê-la de que não se podia fazer nada, enquanto eu assistia, como testemunha, horrorizado por tudo, sem saber o que fazer.

"Parece que ainda estou ouvindo os gritos, os terríveis lamentos que lhe brotavam da garganta como se fosse um animal ferido... Ela ficou assim por horas. Depois veio o silêncio e foi ainda pior. Não voltou a falar a não ser que fosse para perguntar onde estava o seu bebê. Deixamos de existir para ela, nunca mais voltou a dirigir a palavra nem ao meu pai nem a mim, não voltou a falar comigo, não voltou a me tocar. A morte natural é inaceitável num bebê saudável. Ela se convenceu de que era culpada, de que não tinha sido uma boa mãe. Tentou se suicidar, e isso motivou a internação numa clínica psiquiátrica. A dor, a culpa e o inexplicável de um fato semelhante a fizeram perder a razão. Ela enlouqueceu de dor. Esqueceu-se de que era casada, esqueceu-se de que tinha outro filho e ficou sozinha com o seu desgosto.

Amaia parou. Markina deu mais três passos antes de parar também. Então ela o ultrapassou e, virando-se para ele, fitou-o nos olhos. Uns olhos brilhantes pelo choro mal reprimido que pela primeira vez desviou, deixando que naquela ocasião fosse ela a estudá-lo com muita atenção. Gostou de vê-lo assim. Gostou de ver o homem que se escondia sob a masculinidade perfeita do juiz. Sentia uma repugnância natural pela perfeição, e soube que foram sua beleza, sua elegância e seus modos refinados que tinham sido incômodos para ela. Ela sabia apreciar essas atitudes num homem ou numa mulher quando surgiam isoladas, mas a palavra precisa e o sorriso perfeito sempre a faziam desconfiar. Agora ela sabia que Markina era um desses homens que, tal como ela, haviam estabelecido um controle muito firme de sua vida atual para manter afastados a dor e o estigma que pressupõem não ter sido amado por quem nos deve amar, por não ter sido protegido por quem nos deve proteger. Ela gostou de saber que por baixo das proporções perfeitas da beleza se escondia uma forja de pressão e de força com que Markina havia moldado seu ideal de vida, uma vida onde nada parecia escapar a seu controle. Desvendar o código de regras estritas que pessoas como o juiz empregam na vida, mas sobretudo a elas, era para Amaia tremendamente satisfatório. É possível estar mais ou menos de acordo com suas normas, mas se tiver de lutar ao lado de alguém, é tranquilizador saber que essa pessoa tem um código de honra e que não vai traí-lo.

O juiz a olhou nos olhos, fazendo um gesto que continha uma desculpa.

— Eu posso imaginar qualquer tipo de reação em alguém que perde um filho dessa maneira — continuou. — Me descreva o comportamento mais aberrante de pais enlouquecidos de dor e eu acredito em você. Não vou abrir uma sepultura para desenterrar tanto sofrimento a menos que você me traga uma testemunha que tivesse presenciado a maneira como os pais mataram os bebês, ou uma declaração do patologista que realizou as autópsias desdizendo o que escreveu no relatório anterior e apresentando novas provas. Não autorizarei a exumação do cadáver de um bebê.

Amaia assentiu. Mal conseguia conter a curiosidade.

— O que aconteceu com a sua mãe?

O juiz desviou o olhar para as luzes alaranjadas que se estendiam como sentinelas pela avenida.

— Faleceu dois anos mais tarde no mesmo hospital psiquiátrico; um mês depois morreu o meu pai.

Amaia estendeu a mão enluvada até tocar na dele. Mais tarde se perguntaria por que motivo o fizera. Tocar em alguém pressupõe abrir um caminho que não existia, e os caminhos podem ser percorridos em ambas as direções. Ela sentiu através da pelica delicada da luva o calor da mão dele e o impulso quase elétrico que lhe percorreu o corpo. Markina regressou das luzes da avenida até os seus olhos, aprisionou sua mão com força e a conduziu, levantando-a, até a tocar com a boca. Conservou-a assim por um instante, enquanto depositava nas pontas dos dedos dela um beijo breve e lento que atravessou o tecido, a pele, o osso e viajou como uma descarga por todo o seu sistema nervoso. Quando a soltou, foi ela quem começou a andar, desconcertada, confusa, resolvida a não olhar para ele e com a marca de seus lábios ainda ardendo em sua mão, como se um demônio a tivesse beijado. Ou um anjo.

ও

O subinspetor Etxaide trocara o sobretudo por um agasalho cinza com capuz, pelo qual ficou grato enquanto passeava rua acima e rua abaixo fazendo hora, até os ver sair do bar. Manteve-se a uma distância prudente enquanto os seguia pelas ruas do centro. A coisa se complicou um pouco quando atravessaram para o auditório, porque a extensa praça da entrada proporcionava poucos lugares onde se resguardar dos olhares, e embora tivesse escolhido aquele casaco com que Amaia nunca o vira vestido, não podia correr o risco de que o reconhecesse. Encontrou a solução num grupo de adolescentes que atravessaram em direção ao Baluarte e, desafiando o frio, se sentaram para conversar nos degraus. Sem perder de vista Amaia e Markina, que tinham parado alguns metros mais adiante, caminhou perto dos jovens, quase como se fizesse parte do grupo, até chegar à escadaria, subiu até a entrada principal e fingiu ler os cartazes que anunciavam conferências e exposições. O casal tinha voltado para a avenida. Estavam muito perto um do outro. Não podia ouvir o que diziam, embora percebesse que falavam, e chegaram a se tocar por um momento muito breve, a linguagem corporal de ambos denunciando uma intimidade entre eles que excluía o resto do mundo, e talvez por isso não repararam que ele permanecia ali a observar cada movimento.

☙

O carro estava estacionado a três ruas dali. Amaia percorreu-as em silêncio, sentindo a presença do homem a seu lado sem se atrever a olhar para ele. Arrependia-se um pouco pela ousadia que a tinha impelido a tocar nele e se sentia ao mesmo tempo secretamente unida a ele pelo episódio mais aberrante de sua existência: ambos haviam experimentado o repúdio de uma mãe que não os tinha amado, que no seu caso a odiara, transformando-a no centro de sua aversão, mas no caso de Markina nem isso acontecera, condenado a ser ignorado com o silêncio de uma mãe egoísta que, em sua dor, abandonara o filho vivo em detrimento do filho morto. Pensou em Ibai e sentiu uma estranha proximidade daquela mulher, pois se alguma coisa acontecesse com seu filho o mundo pararia. Seria suficiente o amor que sentia por James, por Ros ou pela tia para fazê-la continuar? E se Ibai fosse o filho mais velho e ela perdesse outro filho? Seria capaz de amar o outro menino mais do que a ele? Podia uma mãe amar mais um filho do que o outro? A resposta era sim. No estudo sobre o comportamento, via-se isso o tempo todo, apesar de que a norma perdurara por séculos em manter essa grande mentira, de que a verdade é que se amava cada filho de modo distinto, eram educados de maneira distinta, eram distintas as coisas que se permitiam a cada um. Mas como se podia chegar a odiar um filho, um entre os restantes, um distinguido com essa honra duvidosa? Seria possível odiá-lo a ponto de querer acabar com sua vida quando se cuidava e se protegiam os outros? Até os assassinos de comportamento mais aberrante seguiam um padrão, um padrão que na maioria das vezes só eles entendiam, um padrão mutante em que o investigador devia indagar até compreender que critério demente o ditava. No caso de Rosario, ela tinha certeza de que seu comportamento não era imposto por vozes obscuras que lhe ressoavam na cabeça, pela alteração da morfologia de uma parte de seu cérebro, mas sim por uma razão, um motivo obscuro e poderoso que ditava as normas para Amaia, um motivo e uma razão que excluíam suas irmãs e que faziam dela e de sua irmãzinha os únicos objetivos.

Ela se perguntou como o juiz fora capaz de suportar aquilo, se o conseguira, até que ponto o havia marcado perder de uma só vez toda a sua família, passar de um lar feliz, quase utópico, para a mais absoluta das desgraças pessoais num lapso de tempo tão curto. Depois, as coisas correram bem para ele, pelo menos tinha certeza de que conseguira se concentrar nos estudos, numa carreira... E, embora não soubesse quantos anos tinha, ouvira dizer que era um dos mais jovens juízes a chegar à magistratura.

Avistou seu carro, voltou-se para lhe dizer que haviam chegado e deu de cara com o juiz sorrindo.

— Qual é a graça? — perguntou Amaia.

— Estou me sentindo bem por ter contado a você. Era uma coisa que eu nunca desabafei com ninguém.

— Você não tem mais família?

— Os meus pais eram filhos únicos. — O juiz encolheu os ombros. — Em compensação, hoje sou um homem muito rico — brincou.

Amaia abriu a porta do carro, tirou o casaco e o jogou no banco do passageiro. Apressou-se a sentar e deu a partida enquanto procurava uma maneira rápida e profissional de se despedir.

— Muito bem, então eu posso contar com a ordem judicial para vasculhar os arquivos do doutor Manuel Hidalgo?

O juiz se debruçou para dentro do carro, fitou-a, sorriu e disse:

— Vou beijar você, inspetora Salazar.

Amaia ficou em silêncio e imóvel, com os nervos à flor da pele e as mãos entrelaçadas uma na outra à medida que o via se aproximar. Fechou os olhos quando sentiu os lábios dele e se concentrou no beijo com que já sonhara, que desejara desde que o conhecia, ansiando, quase cobiçando o desenho dos lábios dele, de sua boca doce e viril, e esperando com todas as forças descobrir a decepção da vulgaridade que quase sempre acompanha o que se podia obter. A realidade do idealizado.

Foi um beijo doce e breve que Markina lhe depositou na comissura dos lábios com um cuidado refinado e primoroso e que, não obstante, prolongou por alguns segundos, suficientes para quebrar as reservas dela. Amaia entreabriu os lábios. Então, sim, beijou-a.

Quando se afastou dela, sorria daquele jeito.

— Você não devia...

— Não devia ter feito isso — Markina acabou a frase. — Pode ser que não, mas eu acho que sim. Obrigado por me ouvir.

— Como você conseguiu superar tudo aquilo? — perguntou Amaia, interessada. — Como pôde continuar com a sua vida sem deixar que nada o afetasse?

— Aceitando o fato de que a minha mãe estava doente, de que enlouqueceu e de que não tinha domínio de seus atos, e de todos a quem causou dor, ela foi a mais prejudicada. Se o que você está me perguntando é se sempre pensei assim, não, claro que não, mas um dia decidi perdoá-la, perdoar o meu pai, perdoar meu irmão mais novo e perdoar a mim mesmo. Você devia experimentar.

Amaia sorriu, fazendo cara de preocupada.

— Posso contar com o mandado de busca e apreensão?

— Você não vai parar, certo? Se eu não te der a ordem para as exumações, vai continuar com os arquivos, e se também não encontrar nada ali, vai seguir por outro caminho, mas não vai parar. Você é o tipo de policial que se define como um farejador.

Amaia percebeu a crítica, pôs as mãos de ambos os lados do volante e se endireitou no assento. No seu olhar imperava a determinação.

— Não, não vou parar. Entendo as suas razões para não autorizar as exumações por enquanto, mas vou trazer o que você está me pedindo.

Acho que vou ter dificuldade em conseguir que a patologista admita que talvez tenha se enganado nas autópsias, porque isso significaria o fim da carreira dela e não posso pedir a uma profissional que admita isso sem provas, provas que estão sete palmos debaixo da terra. Mas, se as minhas testemunhas pararem de morrer, pode ser que eu te traga a declaração de um dos pais; é impossível que em todos os casais ambos possuíssem o mesmo nível de compromisso. Hoje falei com a mulher do Esparza e, embora fosse verdade que ela não tenha presenciado o ato do marido matando a filha, suas declarações teriam sido suficientes para acusá-lo. Vou conseguir essas declarações, vou te trazer o que está me pedindo e então você vai ter que me conceder essa ordem. — O juiz a fitava com ar muito sério. Amaia então percebeu que seu tom de voz deve ter sido duro e sorriu para suavizar suas palavras. — Cuidado, meritíssimo, vou fechar a porta — brincou.

Markina empurrou a porta do carro e recuou até o passeio. Quando Amaia se juntou ao resto do trânsito, o juiz ainda continuava ali a vê-la indo embora.

Capítulo 22

Ela dirigiu enquanto ia planejando o dia seguinte, tentando se desfazer da cálida sensação do beijo de Markina, cujo contorno ainda podia desenhar com exatidão sobre os lábios. Visitaria Fina Hidalgo muito cedo; arrancaria aquela bruxa da cama se necessário fosse e a obrigaria a assistir enquanto repassava cada certidão de nascimento, cada certidão de óbito, uma por uma. Obter o mandado era uma vitória parcial, mas era preciso começar por algum lado, e o arquivo era um bom lugar; talvez não conseguisse obter ali o suficiente para Markina, mas se pudesse estabelecer a relação de Fina Hidalgo com aquelas famílias, tal como desconfiava, já teria por onde começar. Iria convocá-las, interrogá-las individualmente, procuraria o elemento mais fraco e o espremeria até obrigá-lo a confessar.

Lembrou-se então de uma coisa, uma ideia que lhe rondava a cabeça e que não conseguia classificar. A origem residia no argumento que havia apresentado ao juiz Markina, era algo que dissera durante sua exposição e que, nesse momento, a fizera pensar por um segundo que aquele pormenor era importante e que não devia esquecê-lo; no entanto, ela o fizera, e a sensação de que podia ser crucial aumentava a cada minuto que passava à medida que se esforçava para relembrar as palavras dele, procurando o instante em que se havia verificado. O raio, era assim como Dupree o chamava, o raio, uma espetacular descarga elétrica que durava um segundo e que era capaz de fritar nosso cérebro com sua clarividência, uma centelha proveniente de algum lugar do sistema nervoso central capaz de iluminar num microssegundo todas as zonas obscuras do cérebro, uma descarga transbordando de informações que podia nos levar a solucionar um caso, se estivéssemos atentos.

~

Já passava das onze horas quando ela chegou a Elizondo. Atravessou a deserta rua Santiago e, depois de cruzar a ponte, virou à direita e em seguida à esquerda depois de passar o Trinquete para ir ver Juanitaenea. A horta, abandonada desde a detenção de Yáñez, começava a evidenciar a falta de cuidados. Reparou que algumas das estacas altas que sustentavam as plantações tinham caído, e na parte mais próxima da estrada, onde a luz dos postes de rua conseguia iluminar, viu que haviam crescido indesejáveis ervas daninhas. Com a escassa luz daquela noite de quarto crescente, a casa apresentava um aspecto quase sinistro, para o qual contribuíam os caixotes de material de construção amontoados na entrada sem nenhuma ordem concreta.

&

Engrasi estava vendo televisão sentada diante da lareira. Amaia se aproximou dela esfregando as mãos rígidas.

— Olá, tia, onde estão todos?

— Olá, querida, como você está fria! — exclamou quando Amaia se debruçou para beijá-la. — Sente aqui ao meu lado até se aquecer. A sua irmã já está deitada, e James subiu com o menino faz um tempinho e não desceu mais; suponho que deve ter adormecido…

— Vou lá vê-los e já desço — respondeu Amaia, libertando-se da mão da tia. — Estou com fome.

— Mas então não jantou? Vou preparar algo para você agora mesmo.

— Não, tia, deixe para lá, por favor, depois eu como qualquer coisa quando descer — disse enquanto subia a escada, embora ainda pudesse ver que a tia já se levantara e se encaminhava para a cozinha.

&

Engrasi tinha razão. James adormecera com Ibai, e ao vê-los assim, juntos, sentiu uma pontada de remorso por causa do beijo do juiz Markina. Levou uma das mãos aos lábios e tocou neles de leve. Não é nada, não significa nada, disse para si mesma enquanto afastava os pensamentos.

James abriu os olhos e sorriu para ela como se tivesse pressentido sua presença.

— Isto são horas de chegar em casa, menina?

— Você parece a minha tia Engrasi — declarou, inclinando-se para beijar primeiro Ibai e depois o marido.

— Entre aqui embaixo conosco — pediu James.

— Primeiro vou jantar qualquer coisa, já volto. Não demoro.

Quando se preparava para sair do quarto, voltou-se de novo para o marido.

— James, passei pela Juanitaenea e não parece que as obras estão avançando...

— Não me vejo com coragem para encarar o projeto neste momento — respondeu, olhando-a nos olhos. — São preocupações demais para estar dependente de uma obra, Amaia, talvez quando regressarmos dos Estados Unidos. Já pediu os dias de férias?

Não o fizera. Nem lhe passara pela cabeça a possibilidade de fazer, pois não queria abandonar a investigação naquele momento, o instinto lhe dizia que estava muito perto de achar a ponta do novelo que a conduziria a algo importante. Contudo, também sabia que estava enganando James e arriscando sua relação com ele. Era um homem dotado de uma paciência extraordinária, e na relação de ambos sempre fora ela quem havia representado o papel da exigência, se bem que isso não significava que as coisas fossem ser assim para sempre, e, nas últimas conversas que tiveram, James fizera questão de deixar isso bem claro.

— Sim — mentiu. — Se bem que ainda não me deram uma resposta. Você sabe como são essas coisas...

James tirou a calça e se enfiou na cama sem parar de olhar para ela.

— Não demore.

Amaia fechou a porta ao passar, sem saber se o marido se referia ao tempo que demoraria a voltar para a cama ou ao tempo para conseguir os dias de férias para viajar.

~

Um fumegante prato de sopa de peixe esperava por ela em cima da mesa. Engrasi o acompanhara com um pedaço de pão e uma taça de vinho tinto. Amaia tomou a sopa em silêncio; só quando já estava chegando ao fim é que percebeu que comera depressa. Ergueu os olhos e sorriu ao ver a tia, que não tirava os olhos dela.

— Estava com fome. Quer mais alguma coisa?

— Só falar com você. Tenho uma coisa para te contar...

Engrasi afastou o prato vazio e estendeu-lhe as mãos por cima da mesa, num gesto comum entre ambas desde a infância de Amaia e que, segundo a tia, facilitava a comunicação e a sinceridade. Amaia tomou as mãos da tia entre as suas, achando-as pequenas e incrivelmente macias.

— Continuo em contato com o Dupree.

— Eu sabia — disparou Engrasi à queima-roupa, afastando as mãos. Amaia riu dela.

— Não seja mentirosa. Você não tinha como saber disso.

— E você não seja descarada, menina, a sua tia sabe de tudo.

— Tia, você precisa entender que é importante para mim; os conselhos e a orientação dele ajudam muito na minha investigação; acontece que, além disso, ele é meu amigo, e não é por acaso, tia: não sou estúpida, sei distinguir uma pessoa boa, e o Dupree é. Preciso falar com ele, preciso poder telefonar para ele e não ser obrigada a mentir a esse respeito, porque o Dupree é meu amigo, e eu adoro você, mas preciso dos dois. Vou continuar ligando para ele e não vou mais esconder isso a menos que você me dê uma boa razão para fazer isso.

Engrasi a encarou, muito séria, por alguns segundos que pareceram uma eternidade. Depois ficou de pé, foi até o aparador e voltou trazendo nas mãos o embrulhinho preto envolto em seda que continha seu baralho de tarô.

— Ah, tia, não! — protestou.

— Cada um tem os seus métodos. Se você aceita os dele, vai ter que aceitar os meus também.

Com dedos hábeis, ela abriu o embrulho, retirou o baralho com seu aroma de almíscar e seus desenhos coloridos, embaralhou as cartas com agilidade e o estendeu para que Amaia o cortasse; em seguida, com cuidado, deu as cartas para ela escolher e começou a virá-las sobre a mesa, formando um círculo de doze cartas. Passou um tempo contemplando-as, estudando as linhas invisíveis que as ligavam e que só ela era capaz de ver. Depois da pausa, disse:

— Quase não consigo mais fazer isso.

Amaia se sobressaltou. Era a primeira vez que ouvia Engrasi admitir que não era capaz de fazer alguma coisa. Sua aparência era tão saudável e cheia de vida como sempre, mas o fato de admitir não ser capaz de fazer aquilo que sempre fizera a vida toda, aquilo para que era naturalmente dotada, a assustou muito.

— Tia, está se sentindo mal? Prefere deixar para outro momento? Não tem problema. Se você não consegue agora, talvez seja porque está cansada...

— Que cansada nada! Quando digo que quase não sou capaz, não estou falando do fato de ter perdido as forças; ainda não sou tão velha assim! Tenho consciência de que me custa mais colocar as cartas para você por causa do meu envolvimento pessoal. Há coisas que eu não quero ver, porque não desejo, e com isso acabo não vendo.

— Então me diga o que está vendo — pediu Amaia.

— O que eu consigo ver também não gostaria de ver — respondeu Engrasi, apontando com um dedo ossudo para uma das figuras. — Existe um problema grave entre você e o James, há um problema entre você e a Flora. Há um problema entre a Flora e a Ros que te diz respeito, então, como se isso não bastasse, continua a pesar sobre a sua cabeça uma ameaça obscura.

Sempre surpreendia Amaia o modo como ela acertava, se bem que pressentisse que o amor e o conhecimento da tia tinham mais a ver com isso do que a adivinhação.

— Você deveria ter cuidado quanto ao Dupree...

— Tia, era só o que faltava. Por quê? É possível que ele seja uma das melhores pessoas que eu conheço.

— Não duvido, e aliás tenho certeza disso, mas ele te faz abrir portas que seria melhor que ficassem fechadas.

Amaia afastou as cartas em cima da mesa, misturando-as com uma expressão sombria.

— Você sabe que o que está me pedindo vai contra a minha natureza. Não acredito mais em portas fechadas, em muros ou poços. Os segredos enterrados são zumbis, não mortos que regressam de vez em quando para te torturar a vida toda. Sou policial, tia, já parou para pensar no motivo? Você acha que esse tipo de trabalho se escolhe assim sem mais nem menos? Preciso abrir portas, tia. Vou derrubar muros e abrir poços até encontrar a verdade, e, se o Dupree me ajudar a encontrá-la, a ajuda dele será muito bem-vinda, assim como a sua.

Engrasi estendeu de novo as mãos por cima da mesa, pegando as da sobrinha, que continuavam a remexer as cartas, obrigando-a a parar.

— Você acha que por trás das portas fechadas estão a luz e a verdade. O que acontece se a porta que você abrir é a do caos e das trevas?

— Vou fazer uma bela pilha com o caos, colocar fogo e iluminar as trevas — ela brincou.

Engrasi apresentou uma expressão muito séria, embora, quando falou, sua voz denotasse uma grande ternura.

— Você não devia levar isso na brincadeira, estou falando muito sério; se não estiver de acordo, pergunte ao Dupree assim que falar com ele. Até porque acho que ele não vai demorar muito para te ligar.

Amaia acompanhou a tia até o andar de cima. Estava se despedindo dela com um beijo quando sentiu vibrar o celular dentro do bolso.

— Pronto, está aí — afirmou a tia. — Vá falar lá embaixo para não acordar todo mundo, e não se esqueça de perguntar a ele sobre o que eu te disse.

❦

Amaia correu escada abaixo e demorou o tempo exato para fechar a porta da sala e a da cozinha atrás de si antes de atender a ligação.

— Boa noite, Aloisius — respondeu, sentindo o coração acelerar enquanto esperava ansiosa até escutar a voz dele, que por fim chegou rouca e distante, como se o agente Dupree sussurrasse enfiado dentro de uma caixa de ressonância.

— Já é de noite em Baztán? Inspetora, como está?

— Dupree — suspirou —, estou preocupada, tem uma coisa importante que não consigo lembrar. Eu soube por um segundo, mas depois esqueci tudo.

— Se esteve aí em algum momento, pode ter certeza de que continua aí. Não fique obcecada; vai voltar.

— Consegui um mandado de busca e apreensão para os arquivos do médico e da enfermeira que atenderam minha mãe quando eu nasci e que parecem ser os mesmos que atenderam as meninas que morreram enquanto dormiam. Pode ser que amanhã eu tenha mais alguma coisa.

— Pode ser...

— Aloisius?

Ele não respondeu.

— Costumo falar com o agente Johnson; acho que a consideração que ele tem por você é sincera, e ele está preocupado com você. Perguntou se continuamos em contato... E ele me disse que há muito tempo que você não se comunica com os seus superiores.

Silêncio.

— Eu não disse nada para ele. Estava esperando para falar com você. Ele acha que você corre perigo... É verdade? Está correndo perigo?

Dupree não respondeu.

— Imagino que deve ter alguma razão para não entrar em contato com os seus chefes.

— Ora, vamos, inspetora, você sabe tão bem quanto eu que o sistema foi devorado pela burocracia, que, se um investigador se prende às regras, fica cego, surdo e mudo. O caso que estou investigando é muito complicado. É um desses casos... Por acaso você conta para os seus superiores tudo que faz? Você fala para eles onde consegue os seus resultados brilhantes? Você acha que eles aprovariam os seus métodos se você se atrevesse a expor?

— Eu quero ajudar você — respondeu Amaia. De novo silêncio. — Minha tia disse que, se você for meu amigo, jamais vai me pedir ajuda, e eu sei que é meu amigo, por isso não é necessário pedir.

— Ainda não. Ainda sou eu quem tem que ajudar você.

— Era disso que a minha tia estava falando?

— Sua tia é uma mulher muito esperta.

— Ela me disse para me afastar de você.

— Sua tia sempre dá bons conselhos.

— Você acha?

— Pelo menos são ditados pelo coração, e ela tem motivos para te pedir prudência. Você está rodeada de gente que não é o que parece.

A comunicação foi interrompida. Meio minuto depois, Amaia continuava olhando para o celular e se perguntando o que significava tudo aquilo.

Capítulo 23

ELA PUSERA O DESPERTADOR PARA AS SEIS HORAS, e quando soaram as sete, já se encontrava na garagem da delegacia, pronta para partir para Irurita. Releu no celular a mensagem com o mandado de busca e apreensão e se assegurou de que levava no bolso a versão impressa, a que mostraria a Fina Hidalgo. Esperou que todos os membros da equipe entrassem nos carros e depois entrou no seu, dando-lhes tempo para se colocar em último lugar na comitiva. O céu estava esbranquiçado naquela manhã gelada, embora um vento ligeiro mantivesse as nuvens bem altas, impedindo que o sol brilhasse, mantendo afastada também a chuva. A belíssima mansão do doutor Hidalgo não apresentava sinais de atividade: não se viam luzes acesas nem movimento por trás das janelas, embora o portão da entrada continuasse aberto. Quase sorriu ante seu malévolo plano de arrancar Fina Hidalgo da cama e lhe pregar um susto dos demônios. No entanto, quando bateram à porta, esta se abriu de imediato, como se a mulher tivesse estado à espera de que eles chegassem, plantada ali. Ela vestia calça clara e blusa marrom de gola alta, com o cabelo num coque frouxo preso ao estilo japonês, com agulhas. Ela sorriu quando os viu. O subinspetor Zabalza entregou a ela o mandado impresso ao mesmo tempo que informava como seria a busca. A mulher se afastou, dando-lhes passagem e indicando com a mão o caminho, no fundo da casa, para o escritório que procuravam. Amaia percebeu que algo estava errado assim que a viu; aquilo não estava correndo como tinha imaginado, não havia surpresa no rosto daquela mulher. Estava à espera deles. A certeza de saber disso e não poder provar a deixou furiosa; ela ultrapassou no corredor os homens que caminhavam à sua frente e entrou naquele aposento tão masculino que Fina Hidalgo continuava a conservar tal e qual como na época em que o irmão o usava. As caixas de papelão com as datas escritas em etiquetas estavam em cima da mesa, e nem foi preciso tocar nelas para ver que estavam vazias; as tampas haviam sido atiradas no chão com a pressa. Fina Hidalgo entrou no gabinete atrás de Amaia, fingindo ler o conteúdo do mandado.

— Que coincidência nefasta! Esses arquivos estavam guardados aqui há uma eternidade. Suponho que o meu irmão era um sentimental e que foi por isso que os guardou... E, bem, acho que eu também os conservava quase como recordação, e, se não fosse pelo fato de alguém me ter feito lembrar deles há pouco tempo — disse, olhando para a inspetora Salazar —, nem teria lembrado de que existiam. Mas a verdade é que eram uma fonte de ácaros e de pó, e eu, que não sou uma grande dona de casa, devo confessar, ontem, imagine a senhora, decidi fazer por fim uma limpeza neste escritório e comecei por aquele monte de papéis cheios de pó.

Amaia se lançou sobre a mulher.

— Onde eles estão? O que fez com eles?

— Pois então, a única coisa que se pode fazer com uma montanha de papel: uma boa fogueira — disse, fazendo um gesto para a janela do escritório, sobre a qual todos se precipitaram apenas para verificar que no jardim dos fundos fumegavam os restos de uma fogueira.

Amaia ficou imóvel à janela. Sentia tanta raiva que não conseguia se mexer, e a certeza da presença da mulher atrás dela não ajudava. Etxaide e Zabalza correram para a fogueira, onde não se viam labaredas; ainda assim, ela os viu remexer as cinzas, talvez apagando algum rescaldo. Ergueu os olhos para os grossos reposteiros que cobriam a janela e, sem nenhum a cerimônia, arrastou parte dos pesados cortinados para longe do chão e abriu.

— Venha aqui, chefe. Parece que algumas partes estão quase intactas — disse o subinspetor Etxaide. — Talvez os colegas da polícia científica possam fazer alguma coisa.

Manusear papel queimado requer um cuidado extremo do técnico que faz a coleta. É preciso fazer isso camada por camada, separando cada folha e isolando-a entre duas capas de película plástica que vão protegê-la. O processo demorou pouco mais de três horas.

Ela entrou uma última vez na casa antes de ir embora. Fina Hidalgo estava sentada à mesa de sua magnífica cozinha, onde havia servido café quente, torradas, manteiga, três ou quatro tipos diferentes de geleia e uma tigela com nozes.

— Quer um café?

Amaia não respondeu, embora tenha reparado no ar de dúvida de alguns dos colegas, que com certeza teriam ficado encantados em tomar uma xícara de café quente, mas ela os conteve com um gesto da mão.

A velha enfermeira sorria afável.

— Sabiam que o café da manhã é a refeição mais importante do dia? Um café completo é necessário para começar bem o dia: pão, café e algumas nozes — disse, estendendo um punhado delas a Amaia. — São da minha nogueira. Não fique tímida, aceite. Ou não quer?

Os colegas assistiam àquela representação conscientes de estar presenciando uma espécie de jogo de salão no qual ambas as mulheres competiam.

Amaia se virou para a porta sem responder.

— Vamos embora daqui — disse à sua equipe —, e que ninguém aceite comer nada do que esta mulher oferece.

Quando chegaram à rua, Iriarte e Montes se aproximaram dela.

— Alguém quer fazer o favor de me explicar o que aconteceu ali dentro?

Amaia não respondeu. Apertou o passo, entrou no carro e arrancou na direção da estrada. Parou apenas um quilômetro à frente num terreno que costumava ser utilizado para os leilões de gado. Saiu do carro e, com um gesto, fez sinal para que os outros fizessem o mesmo. Assim que todos os homens saíram dos carros, Amaia se juntou a eles.

— Ela estava à nossa espera, sabia que viríamos. Consegui o mandado ontem à noite e até hoje de manhã a confirmação ainda não tinha chegado à delegacia. Quero uma lista de todas as pessoas que sabiam que viríamos aqui; quero que seja passado um pente-fino nas ligações que foram feitas para a delegacia, e todos os que não tiverem nada a ver com isso eu quero que ponham à minha disposição os celulares para poder descartá-los como suspeitos.

— Afinal, o que está insinuando? Que um de nós ligou para essa mulher para avisar que faríamos a busca? Você tem ideia da gravidade do que está dizendo? — respondeu Iriarte.

— Estou ciente, mas eu mandei uma mensagem a cada um de vocês avisando que hoje seria feita essa busca, e aquela bruxa teve tempo até de preparar o café da manhã para nós. Se quer saber, acho que não foi uma atitude premeditada, mas é evidente que alguém foi descuidado com a informação.

— Chefe, não era uma informação confidencial; eu comentei sobre ela hoje de manhã na delegacia. Como chegamos antes da hora, os que estavam encerrando o expediente perguntaram o que nós estávamos fazendo lá tão cedo, e eu comentei que faríamos uma busca... — admitiu o subinspetor Etxaide.

— Com quem? — perguntou Amaia, fitando-o com uma expressão dura.

— Não sei, comentei no refeitório...

— Chefe, eu também comentei o caso — admitiu Fermín. — Não perca a cabeça, não seria a primeira vez que andamos com segredinhos por causa de assuntos de trabalho... Porra, não íamos a nenhuma plantação de coca, raios, só viemos buscar o arquivo de um médico de família.

Amaia desviou o olhar.

— Tem razão — reconheceu. — Mas isso não muda o fato de que a informação saiu da delegacia, a menos que algum de vocês tenha comentado alguma coisa aqui fora.

Todos negaram.

— Voltem para a delegacia. Vou fazer uma visita que tenho pendente. Mas quando voltar, eu quero o nome do responsável — declarou, virando-se para o carro.

Capítulo 24

A PROPRIETÁRIA DE LAU HAIZETA recebeu-a com sua habitual cordialidade. Amaia se entreteve acariciando a cabeça felpuda dos cães, onde naquela altura do inverno, já quase primavera, haviam se formado uns grumos tão compridos, maciços e escuros como os da lã das ovelhas de que costumavam cuidar.

— Se você brincar com eles, nunca mais vão te largar — advertiu-a a dona da casa, e indicou que o café já estava pronto.

Contudo, Amaia ainda se demorou um pouco mais, rindo para as solicitações dos cães, que competiam saltando à sua volta, conseguindo com isso que o mau humor e a irritação que resistiram intactos até aquele momento se dissipassem como que arrastados pelo vento. O sorriso sarcástico de Fina Hidalgo sentada na cozinha, tão confiante como uma rainha em audiência com seus vassalos e oferecendo as nozes, perseguia-a como a mais clara declaração de culpa. O modo como havia estendido a mão, oferecendo as frutas secas sem desviar os olhos dela, sabendo que ela sabia de tudo, era uma confissão apenas para seus olhos. Ela entendia a indignação de Iriarte, entendia as explicações de Jonan, as justificativas de Montes, mas era evidente que a informação só podia ter saído dali. Em sua equação particular, o X continuava a ser Zabalza; havia algo nele que ela não conseguia encaixar, talvez fosse a tentativa que fazia de ser "normal", de se enquadrar e ao mesmo tempo de ser fiel a si mesmo, o que a desagradava nele. Amaia sabia estabelecer a diferença: ele não precisava cair nas boas graças dela, não tinha que agradá-la para ser um bom policial, e havia momentos em que duvidava de que pudesse chegar a ser; mas não confiava nele. Ainda assim, não tinha nenhuma prova que o ligasse a Fina Hidalgo, e era difícil imaginar que, por mais ressentido que estivesse com ela, fosse capaz de pôr em perigo um caso apenas para fazê-la ficar mal.

Ela saboreou o café enquanto a mulher lhe contava histórias pitorescas sobre os cães, como eram bons e como cuidavam bem do casarão. Tinha se passado mais de uma hora quando voltou a olhar para o relógio e se deu conta de que estava perdendo tempo, porque não sabia o que fazer, porque tinha ficado sem saída. Puxou o celular e mostrou à mulher as fotografias de Fina Hidalgo e do carro dela, as mesmas que havia tirado no dia anterior na porta da casa da mulher. Reconheceu-a de imediato.

— É a enfermeira Hidalgo, a irmã do médico. Eu a conheço há muitos anos.

— Já a viu entrar na casa do lado?

— Muitas vezes. Ela é uma das que continuam a vir aqui com frequência.

Amaia se preparava para guardar o celular, mas procurou a fotografia de sua irmã Flora e a mostrou à mulher.

— Esta eu também conheço, de ver na televisão. Não é a que faz aquele programa de culinária? Disseram que é daqui, do vale.

— Já a viu indo para aquela casa? Repare bem no carro.

— Muito bonito… mas não, nunca vi.

⁂

Ela se despediu da dona de Lau Haizeta com um misto de progresso e decepção. De que lhe serviria a declaração da mulher confirmando que aquelas pessoas visitavam a casa se não podia provar que entre elas havia outra relação que não fosse a puramente social ou amigável? Dirigiu até o alto da colina e parou o carro no lugar de onde dava para ver Argi Beltz; depois, e sem saber muito bem para quê, desceu a encosta até a entrada da casa, estacionou ali o carro e permaneceu lá dentro, observando a vedação que escondia a porta e a entrada para a garagem. Então percebeu pelo retrovisor um movimento por trás do carro. Sobressaltada, virou-se para olhar e viu uma mulher que subira a ladeira, em frente a casa, até ultrapassar a altura da cerca e que dali tirava fotos com uma câmera que de longe lhe pareceu profissional. Saiu do carro e se dirigiu a ela, subindo com dificuldade, pisando num capim tão alto e inclinado que se tornava escorregadio. A mulher devia estar perto dos quarenta anos e vestia roupas esportivas de boa qualidade, embora o excesso de peso e o esforço da subida puxassem o moletom para cima, mostrando uma porção de carne roliça na área do quadril. Estava tão absorta no trabalho que fazia que só se deu conta da presença de Amaia quando esta chegou muito perto. Ao vê-la, se assustou e começou a gritar.

— Estou num lugar público. Posso tirar fotos se quiser.

— Calma — Amaia começou a se explicar.

— Não se aproxime mais — gritou a mulher, recuando com brusquidão, o que a fez perder o equilíbrio e ficar sentada no capim por alguns segundos. Pôs-se de pé sem parar de gritar. — Me deixe em paz. A senhora não pode me impedir de ficar aqui.

Amaia pegou o distintivo.

— Calma, está tudo bem, sou policial.

A mulher olhou para ela desconfiada.

— Não está usando farda...

Amaia sorriu, mostrando seu distintivo.

— Inspetora Amaia Salazar.

A mulher a encarou, avaliando-a.

— Você é muito nova... não sei, quando uma pessoa pensa numa inspetora imagina uma mulher mais velha.

Amaia encolheu os ombros, quase pedindo desculpas.

— Eu gostaria de conversar com você.

A mulher passou uma das mãos pela testa suada, afastando a franja direita, que ficou colada a um dos lados da cabeça. Assentiu.

— Acho que é melhor descermos daqui — propôs Amaia.

A mulher empreendeu uma descida lenta e desajeitada em que escorregou duas vezes ao pisar no mato. Tropeçou sem chegar a cair até que chegou à altura de Amaia. Esta lhe ofereceu a mão, que ela aceitou, e juntas foram até o carro.

— Foram eles que te chamaram? — perguntou a mulher assim que chegou à estrada.

— Está falando dos proprietários? — questionou Amaia, apontando para a propriedade. — Não, só estava dando um passeio e me chamou a atenção ver você tirar fotos da casa.

A mulher tirou a blusa grossa e a amarrou na cintura, tapando com as mangas seus volumosos quadris. As cavas da camiseta que usava estavam ensopadas de suor devido ao esforço de subir a colina.

— Não é a primeira vez que me "convidam" a me retirar daqui, mas não estou fazendo nada de errado.

— Não digo que está, mas gostaria de saber por que razão esta casa te interessa tanto. Por acaso quer comprá-la? — encorajou-a Amaia.

— Comprar? Eu preferiria viver numa lixeira. Não é a casa que me interessa, mas sim o que esses assassinos fazem aí dentro.

Amaia ficou tensa e, obrigando-se a manter a calma, perguntou:

— Por que você acha que eles são assassinos?

— Não acho, tenho certeza: eles mataram os meus filhos e agora não querem os entregar a mim. Nem tenho onde ir para chorar por eles.

A frase era solene. Ela os acusava de ter matado seus filhos e, ao mesmo tempo, de ter roubado os corpos. Amaia olhou ao redor, consciente de que não podiam continuar aquela conversa naquele lugar e procurando algo que estava faltando ali.

— Onde está o seu carro? Como chegou até aqui?

— Vim a pé... bem, o meu pai me leva de carro até a cabana que fica ali mais em cima e vem me buscar no fim da manhã; desde que fiquei doente, o médico me recomendou andar a pé todos os dias — respondeu. — Além disso, com os remédios que ando tomando, também não posso dirigir.

— Aceitaria tomar um café comigo? Eu gostaria de conversar com você, mas não aqui — declarou Amaia, fazendo um gesto para a casa.

A mulher lançou um olhar receoso para o carro de Amaia e a casa, e por fim assentiu.

— Não posso tomar café, por causa dos nervos, mas vou com você. Faz muito bem em não querer falar aqui. Sabe Deus do que esses assassinos são capazes.

☙

Enquanto dirigia até Etxebertzeko Borda, ela observou a mulher de soslaio. Continuava a transpirar muito e desprendia um odor que fedia a suor. O cabelo, preso num rabo de cavalo descuidado de onde haviam escapado várias mechas, estava um pouco oleoso; no entanto, a franja direita denunciava a mão hábil de um bom cabeleireiro, que também havia feito reflexos loiros por todo o cabelo. A câmera que trazia pendurada no peito era, sem dúvida, um modelo muito caro, e ela usava vários anéis que à primeira vista pareciam verdadeiros. As mãos, cuidadas e com as unhas bem compridas, estavam inchadas, e os anéis se enterravam em seus dedos rechonchudos de maneira desagradável. Amaia pressupôs que devia ter ganhado peso em muito pouco tempo e talvez ainda estivesse engordando mais. Algumas pessoas têm dificuldade em tomar consciência de que precisam vestir um número maior; no caso dela, alguns números.

Estacionou perto da cabana e as duas caminharam em silêncio até a entrada, ignorando e passando pelo alpendre onde costumava se sentar com James quando iam ali no verão e de onde era possível escutar o rumor do rio. Entraram logo na sala de refeições e um homem de meia-idade saiu da cozinha e veio recebê-las. Amaia pediu as bebidas enquanto a mulher escolhia de propósito a mesa mais afastada do balcão, apesar de, assim que as serviu, o homem ter voltado para a cozinha, onde se ouviam várias mulheres falando.

— Por que você acha que aquelas pessoas assassinaram os seus filhos? Tem noção da gravidade do que está afirmando? Tem provas? Está ciente de que, se não tiver, aquelas pessoas poderiam até processar você?

A mulher a encarou em silêncio por alguns segundos. Inexpressiva, o ar estampado no rosto dela parecia meio estupidificado, como se não compreendesse as palavras que ouvia. Amaia se perguntou que espécie de medicação poderia estar tomando. Então, a mulher a surpreendeu respondendo com um ímpeto extraordinário:

— Se estou dizendo que aquelas pessoas assassinaram os meus filhos, é porque elas são as responsáveis por eles estarem mortos. E, sim, tenho perfeita consciência da gravidade do que estou afirmando, e claro que tenho provas. Não os vi matá-los, se é isso que você está me perguntando, mas o meu marido se envolveu com eles nas suas oferendas obscuras e entregou os meus filhos para eles. Como se isso não fosse suficiente, levaram os corpos deles e me deixaram com um túmulo vazio. — A mulher puxou o celular e mostrou a fotografia de dois bebês de meros três meses enfiados cada um em um pijama azul.

— Seus filhos faleceram de quê?

A mulher começou a chorar.

— De morte no berço.

— As duas crianças tiveram síndrome da morte súbita?

A mulher assentiu sem parar de chorar.

— Na mesma noite.

Amaia repassou mentalmente a lista que Jonan havia elaborado. Não se recordava de nenhum caso de irmãos ou de gêmeos falecidos ao mesmo tempo, algo que era evidente que seria chocante demais para ter passado despercebido por ela.

— Tem certeza de que foi essa a causa que o médico determinou como motivo dos falecimentos? Talvez os bebês tenham morrido de outra coisa, como insuficiência respiratória ou afogamento por vômito, que possa ser confundida com morte no berço?

— Os meus filhos não sufocaram, não se afogaram. Eles morreram enquanto dormiam.

Os argumentos eram contraditórios. Ela continuava a transpirar com abundância, apesar de a temperatura do local ser fresca, e na curta distância que as separava Amaia podia sentir o cheiro azedo de suor das axilas da mulher e o hálito fétido que expelia com força em seus arquejos nervosos. Era evidente que estava doente, considerando que mencionara a medicação que tomava, um tratamento que a impossibilitava de dirigir, e pela proibição de tomar café; estava tratando um problema importante nos nervos. Amaia baixou os olhos enquanto admitia que havia se deixado enredar por uma pobre mulher com as faculdades mentais alteradas. No entanto, ainda lhe chamava a atenção que tivesse como centro de sua neurose aquela casa específica, aquela gente em especial. Falava de dois filhos homens, e isso por si só já representava uma diferença. Acontece que não constava o falecimento simultâneo de dois irmãos.

— Eu não queria ter filhos, sabe? O meu marido é que queria muito, imagino que eu era um pouco egoísta; sou filha única, sempre vivi muito bem, gostava de viajar, de esquiar e de me divertir. Quando conheci o meu marido, já tinha mais de trinta e cinco anos, e já tinha afastado a hipótese de ser mãe. Ele é um pouco mais novo do que eu, um francês muito atraente. Muita gente disse que ele se casou comigo por causa do meu dinheiro, mas como ele insistiu tanto, eu pensei que queria formar uma família, por isso engravidei, e então a minha vida mudou: nunca acreditei que se pudesse amar tanto alguém; depois de tudo que eu havia passado, não acreditei que fosse capaz de cuidar deles, nem que pudesse amá-los. Mas a natureza é sábia e nos faz amar os nossos filhos, todos os nossos filhos. Eu os amei assim que os vi e cuidei bem deles; a partir do momento em que nasceram, fui uma boa mãe. — Amaia olhava para a mulher muito séria, escutando-a. — Você pode achar que não foi assim, porque está me vendo como estou agora, mas antes eu não era desse jeito. Quando os meus filhos morreram, fiquei louca, não me importo de admitir isso, não tenho problema: a dor de perdê-los e de ver como o meu marido reagiu me deixou transtornada.

— O que ele fez? — perguntou Amaia, sem conseguir se conter, apesar de saber que naquele momento não devia interrompê-la.

— Ele me disse que ia correr tudo bem, que a partir daquele dia tudo ficaria bem. E foi então que eles os levaram. Nós temos um lindo jazigo que o meu ex-marido mantém cheio de flores, mas está tão vazio como o coração dele, porque os levaram embora dali no dia em que os meus filhos foram enterrados.

— Você disse "ex-marido". Isso quer dizer que não estão mais casados?

A mulher riu com amargura antes de responder.

— Eu não estava à altura da situação. Assim como o meu marido previu, as coisas começaram a correr muito bem para ele, embora não nos fizesse falta mais dinheiro: a minha família é muito rica, nós somos os proprietários das minas de Almantuna, mas ele queria ter o dinheiro dele, a fortuna dele, e nos seus planos não cabia uma esposa em tratamento psiquiátrico que engordara quarenta quilos e andava por aí contando para as pessoas que os seus bebês não estavam nos respectivos túmulos. Ele me abandonou, e agora está casado com a puta francesa dele, e vão ter um filho... Os meus teriam agora três anos.

— O seu ex-marido vive na França?

— Sim, em Ainhoa, na nossa antiga casa. Eu não podia ficar lá depois do que aconteceu, mas para ele isso é indiferente. Ele mora lá com a nova mulher e em breve com o seu novo filho.

— Quer dizer, então, que os seus filhos faleceram na França? — perguntou Amaia.

— Sim, e deviam estar enterrados ali, no lindíssimo cemitério de Ainhoa, mas não estão.

Amaia a examinou com muita atenção e sem se preocupar que ela percebesse. Seu descaramento não pareceu incomodar a mulher, que entretanto se distraiu ajeitando com os dedos a franja úmida de suor.

— Você estaria disposta a prestar um depoimento na delegacia contando tudo o que me disse?

— Claro que sim — respondeu. — Estou cansada de contar essa história para todo mundo sem que ninguém me escute. Não sei a quem recorrer.

— Você precisa saber que isso não significa nada, vamos precisar confirmar tudo o que nos disser. Eu quero que coloque por escrito tudo o que me contou e que acrescente datas ou dados que possam servir para corroborar a sua declaração. Quero que anote tudo o que seja capaz de se lembrar, mesmo que pareça que não tem importância. E agora eu vou precisar de um número de telefone para poder localizar você.

A mulher a encarava com a expressão vazia, mas assentiu e respondeu:

— Ah, anote aí...

༄

A sala de reuniões do primeiro andar era grande demais para um grupo de cinco pessoas. Geralmente, ela se reunia com a equipe em seu escritório para agilizar as tarefas rotineiras diárias e escapar do formalismo que pressupunha ficar plantada diante deles como um sargento da polícia nova-iorquina a fim de definir as ordens do dia. Depois do descalabro com a busca à casa da enfermeira Hidalgo, precisava deixar bem claros certos aspectos relativos à liderança, à lealdade, ao compromisso e ao empenho. Convocou os vinte e dois policiais daquele turno e começou fazendo um breve resumo dos passos que haviam sido dados rumo à obtenção do mandado de busca e apreensão e do que aconteceu entre as horas decorridas a partir desse momento e a hora da busca, enquanto expressava suas mais do que fundadas suspeitas de que a enfermeira Hidalgo estava à espera deles. Convidou todos para que, num exercício de responsabilidade, se juntassem ao compromisso de descartar atitudes que podiam pôr em perigo as investigações. Era a primeira vez que os convocava para aquela sala; aquele tipo de reunião era da responsabilidade de Iriarte, que, sentado na primeira fila, estava cabisbaixo e provavelmente aborrecido com a intrusão. Ela evitou em todos os momentos se dirigir de forma específica a qualquer um dos membros de sua equipe, olhar para eles, embora fosse evidente que, apesar de suas tentativas de diluí-los entre os outros, a mensagem era para eles. Quando a reunião terminou, reteve sua equipe um pouco mais.

— Surgiu uma nova testemunha.

Todos a fitaram, interessados.

— Uma mulher que afirma ter tido dois bebês que faleceram de morte no berço simultaneamente. Ela falou também que o marido, agora ex-marido, frequentava a casa dos Martínez Bayón, em Orabidea, e que quando os bebês faleceram, ele disse a ela que a partir daquele momento tudo ficaria melhor. Para vocês parece familiar? Eu a convoquei para vir aqui hoje à tarde e quero que estejam todos presentes enquanto ela prestar depoimento, e que sugiram qualquer aspecto que possa me passar despercebido.

Eles assentiram.

— Só mais uma coisa... A mulher é um pouco peculiar... — Pensou num modo de descrevê-la sem lhe tirar a credibilidade. — Sofreu muito com a perda dos filhos. Está em tratamento psiquiátrico e isso a faz parecer um pouco dispersa, mas eu falei com ela e não demonstra confusão nem entorpecimento; se baseia em dados concretos e argumenta com clareza, ainda que devamos ficar especialmente cautelosos confirmando cada coisa que ela disser, porque um advogado poderia com toda a facilidade desmontar as nossas teses por causa do estado de saúde da mulher. — Amaia consultou o relógio. — Ela deve estar para chegar.

❧

Yolanda Berrueta tinha escolhido um vestido bordô muito apertado e um blazer da mesma cor, que levava na mão. O cabelo preso com uma grande presilha no alto da cabeça estava lavado e recém-penteado. Parecia um pouco preocupada e manuseava com nervosismo uma pasta de cartolina onde eram visíveis as marcas indeléveis de suas mãos suadas.

Amaia a acompanhou até uma sala no primeiro andar e se ofereceu para ficar com a pasta, que a mulher apertou junto ao quadril num gesto protetor. Apresentou a ela, de forma sucinta, os colegas, advertiu-a de que gravaria toda a conversa e em seguida começaram.

— Quero que conte aos meus colegas o que me disse hoje de manhã, e caso tenha conseguido se lembrar de mais algum dado, vai ser de grande ajuda.

A mulher passou várias vezes a língua pelos lábios antes de começar a falar.

— Conheci Marcel Tremond, meu ex-marido, esquiando em Huesca; ficamos noivos e casamos. Eu não queria ter filhos, porque sempre gostei de aproveitar a vida, e além disso achava que já estava velha para isso, mas ele, que é mais novo, insistiu. Por fim, engravidei e quando dei à luz fiquei derretida pelos meus bebês; os pobrezinhos nasceram com pouco peso, mas conseguimos que eles se recuperassem e os levamos para casa. Uma noite, quando eles tinham dois meses, fui vê-los enquanto dormiam e não estavam respirando.

A voz dela soava monótona, como que carente de emoção, mas o rosto ficou salpicado de suor como se alguém a tivesse borrifado com água da chuva.

— Nós levamos os dois para o hospital, mas não puderam fazer mais nada, e os meus meninos morreram. — Ela começou a chorar sem alterar o tom de voz e sem emitir som algum. Iriarte aproximou uma caixa de lenços de papel. Yolanda tirou quatro ou cinco e os aplicou sobre o rosto empapado de suor como se fosse uma máscara egípcia. — Perdão — sussurrou através das mãos.

— Fique tranquila. Continue quando se sentir preparada.

A mulher descolou os lenços do rosto e os amassou com as mãos, formando uma bola úmida de papel.

— Fizeram o velório, o funeral, mas não me deixaram ver os meus filhos. Marcel disse que era melhor que eu ficasse com uma boa recordação deles e mandou fechar os caixõezinhos. Por que todo mundo me trata assim? Acham que sou tão frágil que não suportaria ver os meus filhos? Não se dão conta de que para uma mãe é pior não os ver? Por que nunca me deixaram vê-los?

O inspetor Montes, que se sentara atrás da mulher, olhou para Amaia com ar intrigado enquanto ela continuava.

— Eu sei a razão. Os caixões estavam vazios. Lá dentro não havia bebês porque os tinham levado.

Iriarte interveio.

— Você acha que os seus filhos foram roubados? Acha que podem estar vivos?

A mulher o encarou com tristeza.

— Quem dera! Mas não, eles permaneceram em parada cardiorrespiratória de casa até o hospital; os rostinhos ficaram azuis e os dedinhos também. Morreram naquela noite.

— Nesse caso, o que você está afirmando é que roubaram os corpos dos bebês?

— Não estou afirmando. Eu sei, eu vi com meus próprios olhos. Eu estava muito fraca, eles acharam que não seria capaz de me levantar, mas uma mãe vai buscar forças onde quer que seja. Entrei na sala do hospital onde estava a caixinha metálica e abri: lá dentro havia uma toalha em volta de pacotes de açúcar. Mas o meu bebê não estava ali.

— Você comentou isso com alguém? — perguntou Amaia.

— Contei ao Marcel, mas ele respondeu que eu devia ter entrado na sala errada. Naquele dia, eu pensei que ele estava certo, que haviam me dado muitos calmantes e eu poderia ter me confundido, mas me diga: por que colocariam pacotes de açúcar num caixãozinho?

— Você contou isso para mais alguém? — perguntou Iriarte.

— Não, não, comecei a chorar e me deram uma injeção. Quando acordei, tudo tinha terminado e eles haviam levado os caixões.

— O que te faz desconfiar de que o seu marido teve alguma coisa a ver com o assunto?

— Ele mudou, ficou diferente. Durante a gravidez, ele cuidou muito bem de mim, mas depois, quando os meninos morreram, perdeu o interesse por mim; me abandonou quando eu mais precisava dele.

— Às vezes, as pessoas reagem mal à dor — disse Amaia, fitando-a. — Você reparou em mais alguma coisa?

— Ele nunca estava em casa, dizia que era por causa do trabalho, que as coisas estavam indo muito bem, mas eu não acreditava nele, era impossível ele estar sempre trabalhando. Por isso comecei a segui-lo.

Amaia captou o olhar que Zabalza lançou a Montes e o ar com que este lhe respondeu.

— Você seguiu o seu marido? — perguntou.

— Sim, e hoje de manhã, quando você me pediu que anotasse tudo o que fosse importante, lembrei de uma coisa — disse, abrindo a pasta que mantivera o tempo todo a seu lado.

Ela colocou em cima da mesa várias fotos de boa qualidade, embora estivessem impressas em folhas de papel de uma impressora normal. Nelas se via um carro estacionado na frente de uma sebe, que Amaia reconheceu como sendo a da casa dos Martínez Bayón; numa delas se distinguia a caixa de correio metálica.

— É o carro do Marcel, e essa casa é o lugar aonde ele ia; estas são só as que eu encontrei, mas tenho certeza de que se eu procurar nos cartões de memória, vou encontrar mais. Tirei bastante, até que eles perceberam e começaram a estacionar dentro da propriedade.

Em algumas das fotos era possível ver mais carros parados no caminho estreito.

— Você disse à inspetora que o seu marido é empresário — comentou Iriarte.

— Você sabe que os donos dessa propriedade também são? Eles poderiam se reunir para tratar de negócios.

— Não acredito — gaguejou a mulher.

— Você sabe se o seu marido tinha alguma ligação profissional com um escritório de advocacia chamado Lejarreta y Andía? — perguntou o inspetor Montes.

— Desconheço.

— Onde você teve os bebês? — perguntou Amaia.

— Num hospital francês, Notre-Dame de la Montagne.

— Pensaram em algum momento em fazer o parto em casa?

— Meu marido sugeriu isso no início da gravidez, mas quando soubemos que eram gêmeos a hipótese foi descartada. Além disso, quer saber? Essas coisas me assustam, a menos que não haja um hospital por perto... Pensar nesses partos com toda a família em volta me parece coisa de país subdesenvolvido.

— Você conhece uma enfermeira chamada Fina Hidalgo?

— Não.

Zabalza, que fazia anotações, perguntou:

— O hospital onde você teve os bebês é o mesmo onde eles faleceram?

— Sim, foi ali que trataram deles desde que nasceram.

— Poderia me dar o nome do seu médico? Vamos pedir o relatório da autópsia.

— Não foi feita autópsia.

— Tem certeza? — perguntou Amaia, intrigada. — É um procedimento rotineiro quando alguém falece num hospital.

— Não foi feita — assegurou a mulher, afastando a franja, que se apresentava de novo pegajosa de suor e ficou colada à testa de maneira ridícula.

A mulher levantou os braços para desgrudar o cabelo da nuca. Montes reparou que várias gotas de suor escorriam pelo seu pescoço, reunindo-se aos círculos úmidos que haviam sido desenhados nas axilas.

— Quer um copo d'água? — ofereceu.

— Não, estou bem...

O corpo desprendia um calor exagerado, como se tivesse febre, e o odor corporal começava a ser inegável. Montes indicou a Jonan Etxaide com os olhos que abrisse a janela, mas Amaia o deteve com o olhar.

A mulher tirou da pasta mais cinco folhas de papel cobertas por uma letra pequena e apertada e a estendeu a Amaia por cima da mesa, e o movimento fez seu odor se propagar pela pequena sala.

— Escrevi aqui tudo o que consegui me lembrar. É tudo verdade, apesar de às vezes eu ter certa dificuldade para me lembrar do que aconteceu antes e do que aconteceu depois... É por causa da medicação, mas é tudo do jeito que eu escrevi, vocês podem confirmar.

— Obrigada, Yolanda — disse Amaia, estendendo a mão para ela e se dando conta de que a mulher ainda segurava a bola de papel úmido. Apressou-se a mudá-la para a outra mão e apertou a mão que Amaia lhe estendia com força, deixando-a sentir seu calor febril. — Foi de grande ajuda para nós. Nos próximos dias, eu entro em contato com você. Se lembrar de mais alguma coisa, não hesite em ligar para nós. O subinspetor Zabalza vai acompanhá-la até a saída. Como você veio? Precisa que deixemos você em casa?

— Não, obrigada. Não é necessário. Meus pais estão esperando lá fora.

෴

Aguardaram até terem certeza de que a mulher saíra do edifício antes de abrir a janela.

— Porra! Achei que ia morrer — disse Montes, inclinando-se à janela a fim de tomar ar.

— Bem, que conclusões vocês tiraram disso tudo? — perguntou Amaia.

— Que ela tem cheiro de porco e transpira feito um touro.

— Ah, Montes, chega — recriminou-o Amaia. — Yolanda está muito doente: faz um tratamento fortíssimo para os nervos e a medicação causa esses efeitos colaterais; chama-se bromidrose... Nunca ouviu falar do suor causado pelo estresse? Tenha respeito.

— Sim, respeito eu tenho, mas o que não devia ter é nariz para poder suportar isso. Tem cheiro de urina...

— Isso é porque o suor, quando chega aos poros, produz amoníaco e ácidos graxos: é isso que o torna tão forte, e depois se agrava pelo fato de ela estar nervosa. Mas eu tenho certeza de que quando fazia a ronda nas ruas fui obrigada a suportar coisas que fediam bem mais. Mas então vejamos: alguém tem alguma observação a fazer que não tenha a ver com o odor corporal daquela coitada?

— Eu a conheci faz alguns anos — disse Iriarte. — Ela nem se lembrou de mim. Yolanda Berrueta é filha de Benigno Berrueta, o dono das minas de Almandoz; a mãe dela é de Oeiregi, que é onde eu morava. Quando a conheci, ela tinha dezoito anos e quarenta quilos a menos, e era uma patricinha insuportável e convencida, muito bonita, isso sim, tenho de admitir. Com aquela idade, já tinha um carro esportivo conversível. É uma pena a maneira como a vida a tratou.

— Pois dinheiro eles ainda têm: o pai estava esperando ela lá fora em um BMW que deve valer pelo menos oitenta mil euros — comentou Zabalza.

— Não estou falando disso: um casamento fracassado, os filhos mortos e louca; não trocaria de lugar com ela nem por todo o dinheiro da família.

— Quer dizer então que nós temos uma patricinha quarentona e em tratamento psiquiátrico, não nos esqueçamos disso, que diz que o ex-marido, que se casou de novo e vai ser pai, também não esqueçamos, roubou os corpos dos seus bebês quando eles faleceram num hospital. O que vocês querem que eu diga? Também tenho muita pena, mas um juiz só vai ver nesta mulher uma louca ressentida e amargurada que está tentando se vingar do ex-marido.

— Eu tinha avisado vocês de que era uma situação meio peculiar e que ela precisava ter um tratamento cauteloso. Não deixo de ver a situação dela, como o juiz veria, mas acredito nela, acho que está dizendo a verdade, ou pelo menos eu aceito que a mulher está convencida do que afirma. Nós só temos de confirmar, e, neste exato momento, essa mulher, com os seus altos e baixos, é a única coisa que nós temos. E é óbvio que a menção aos pacotes de açúcar na caixinha para mortos é o mais significativo de tudo.

Todos assentiram.

— Montes e Zabalza, é importante verificar se, assim como nas outras famílias, Marcel Tremond ou alguma das suas empresas têm relação com os advogados Lejarreta y Andía. Vamos pedir os relatórios da autópsia ao hospital onde os bebês faleceram; se não os tiverem ali, vamos pedir ao instituto de medicina legal correspondente. Vamos ver se é verdade que não foi feita nenhuma autópsia. Sejam amáveis, tenham em conta que estamos falando de outro país e não temos nenhum mandado. Iriarte, eu gostaria que amanhã você nos acompanhasse, a mim e ao Etxaide, até Ainhoa, na qualidade de meros turistas, para dar uma olhada e ver o que as pessoas nos contam. Por enquanto vamos nos limitar a confirmar palavra por palavra a declaração dela, sem envolver terceiros.

Capítulo 25

AMAIA CONSIDERAVA QUE ERA A aldeia mais bonita do Sul da França. Ainhoa, a primeira povoação francesa depois da fronteira em Dantxarinea, pertencente à região da Aquitânia, no território basco-francês de Laburt, foi construída no século XIII no eixo fronteiriço do Caminho de Santiago com Baztán, e, a exemplo da localidade de Elizondo, foi concebida como local de acolhimento e de passagem para os inúmeros peregrinos que transitavam por ali. Estacionaram junto ao frontão e caminharam pela ampla avenida, admirando a arquitetura das casas, muito semelhantes às de Txokoto em Elizondo, mas em que as habituais vigas castanhas de Baztán haviam sido pintadas de cores vivas em tons de verde, vermelho, azul e amarelo; observaram, também, os brasões e as placas que, esculpidos em pedra, faziam alarde de seus nomes de origem basca e grotescamente afrancesados. A casa da família Tremond ficava no fim da rua, onde a avenida fazia uma curva suave que se abria para uma zona mais inclinada, repleta também de casas bonitas. Passaram na frente dela, lançando um olhar de apreciação para o pátio, visível da porta aberta e coberto de pedregulhos redondos incrustados na pedra, que desenhava um círculo perfeito naquilo que no passado havia sido um pátio para carruagens.

No entanto, se havia algo que distinguia Ainhoa, se havia algo que para Amaia a definia de maneira total e absoluta, era o cemitério ao redor da igreja. Juan Pérez de Baztán, senhor de Jaureguizar e Ainhoa, consagrou sua igreja a Nossa Senhora da Assunção, embora ao longo dos séculos tivesse sofrido tantas mudanças e modificações que era difícil determinar um estilo para ela. Ainhoa se distinguia, além da igreja, por um tradicional frontão e por uma avenida ladeada por belíssimos casarões pintados de cores vivas que conservavam todo o sabor de outras épocas. Os sepultamentos em torno da igreja tiveram início por volta do século XVI com o aumento de uma população por fim estabelecida e com os numerosos falecimentos dos peregrinos que passavam por ali. Idealizou-se um campo-santo formando galerias onde cada casa possuía a respectiva lápide sepulcral ao lado da do vizinho, e ficavam tão coladas que era quase impossível chegar a alguns dos túmulos sem passar por cima de outros. As inúmeras estelas discoidais estavam adornadas com figuras geométricas, cruzes bascas e sobretudo com figuras solares e outras que representavam a profissão dos falecidos; as mais elaboradas contavam a história de suas vidas, do nascimento até a morte. O cemitério de Ainhoa circundava a igreja de Nossa Senhora da Assunção no alto de uma pequena colina no meio da aldeia, de modo que os jazigos e as cruzes eram visíveis de qualquer lugar da rua, das lojas e dos cafés, e haviam prescindido do muro que geralmente cerca os campos-santos para assinalar o limite entre os vivos e os mortos, então ali ambos se misturavam de modo aprazível e cotidiano, o que era chocante para um forasteiro.

A igreja estava escura, fria e silenciosa. Um homem e uma mulher sentados na primeira fila foram as únicas pessoas que eles viram por ali. Deram uma volta no cemitério antes de localizar o jazigo da família Tremond. Tal como Yolanda Berrueta havia adiantado, via-se tudo coberto de flores, em sua maioria brancas, como correspondia, segundo a tradição, às crianças muito pequenas. Aproximaram-se da antiga lápide de pedra escura, e Amaia reparou no desconforto de Iriarte ao pisar nos túmulos contíguos pela falta de respeito que proverbialmente pressupunha fazer algo semelhante.

— Não se preocupe. Isso, aqui, deve ser habitual, não há outra maneira de chegar perto de alguns dos jazigos.

O subinspetor Etxaide afastou alguns dos ramos para poder ler as inscrições que havia sobre a lápide e verificou que os nomes dos meninos não constavam.

Colocou de novo as flores no lugar e se afastou alguns passos, parando, para aborrecimento de Iriarte, em cima das inscrições de outra lápide.

— Chefe, daqui dá para ver que a laje está inclinada, um pouco de lado — disse, aproximando-se de novo e passando os dedos pelo rebordo que unia a pedra do túmulo à lápide.

— É só um efeito óptico. Aconteceu porque alguém tentou forçar a sepultura alavancando a pedra, e esse arenito tão antigo esmigalhou no ponto onde sofreu a pressão, como se fosse uma bolacha molhada.

Amaia passou os dedos pelo lugar que Jonan lhe indicava e examinou o espaço oco e a fenda mais clara na pedra que a alavanca havia deixado.

Uma mulher que devia ter perto de noventa anos parara no corredor de pedra e os observava com curiosidade. Jonan se aproximou, sorrindo, e, depois de conversar uns minutos com ela, despediu-se, beijando-a em ambas as faces, regressando depois para junto de Amaia e do taciturno Iriarte, que parecia contagiado por toda a tristeza daquele lugar.

— Madame Marie me disse que o padre não chega antes do meio-dia.

Amaia consultou o relógio e viu que ainda faltava quase meia hora.

— Podemos tomar um café. Aqui faz um frio de morte — propôs, sorrindo, sobretudo pelo ar de desagrado de Iriarte, enquanto saía do meio dos túmulos e se encaminhava para a escadaria que dava para a rua principal.

Havia um café na esquina, mas Amaia se entreteve examinando as bugigangas que enfeitavam a vitrine de uma loja de suvenires em frente ao cemitério.

— Jonan, venha cá um momento. O que está escrito aqui? — pediu.

Etxaide leu em francês e depois traduziu.

— "Os nossos vizinhos da frente são muito calmos, mas nós vivemos melhor. Por enquanto não pensamos em nos mudar".

Amaia sorriu.

— Humor ácido, inspetor Iriarte, conviver com a morte gera vizinhos interessantes — retorquiu, tentando entabular uma conversa com ele. Desde o dia anterior, e depois do episódio da busca na casa de Fina Hidalgo, ele se mostrava mais sério do que de costume.

— Para mim, parece terrível a condição de todos que vivem aqui — murmurou Iriarte, levantando a cabeça e fazendo um gesto para as varandas dos primeiros e segundos andares. — Todos os dias, a primeira coisa que eles veem quando acordam é o cemitério. Não acho que seja adequado como modo de vida para ninguém.

— Em Elizondo, no passado, o cemitério também ficava em volta da antiga igreja antes de a grande inundação o destruir e antes de ser transferido para o caminho dos Alduides.

— Só lhe digo que, se tivesse continuado ali, eu jamais compraria uma casa de onde fosse obrigado a ver enterros e exumações.

Entraram na loja e Amaia passou um tempo entretida escolhendo marcadores de livros com imagens do povoado.

O proprietário cumprimentou-os, sorridente.

— Estão fazendo turismo?

— Sim, mas viemos aqui especialmente porque conhecemos uma família que vivia aqui, os Tremond. São os da casa de fachada vermelha que fica ali mais embaixo...

O homem assentiu com vivacidade.

— Sei quem são.

— Fomos visitar o túmulo dos menininhos, que terrível desgraça a dessa família!

O homem assentiu de novo, dessa vez com expressão pesarosa. Amaia sabia por experiência própria que todo mundo gosta de falar das desgraças alheias.

— Ah, sim, uma desgraça. A mulher enlouqueceu de dor, ficou tão obcecada que mais de uma vez tentou abrir o túmulo dos meninos. — Baixou o tom de voz até o transformar numa declaração confidencial: — Gosto muito dela. É uma mulher muito simpática, se bem que uma vez fui obrigado a chamar os gendarmes. Dá para ver direitinho o túmulo dos meninos daqui, e eu vi que ela estava tentando abri-lo com uma alavanca. Eu não queria causar problemas para ela, mas era tão horrível aquilo que queria fazer que não tive outra opção.

— O senhor fez muito bem — tranquilizou-o Amaia. — É um bom vizinho e com certeza a família ficou agradecida.

O comerciante sorriu satisfeito, com a complacência do dever cumprido e reconhecido. Saíram da loja no momento exato em que um homem vestido com batina e cabeção, o colarinho largo que os padres usam, atravessava o cemitério em passadas largas. Renunciando ao café, seguiram-no até a igreja, onde por fim o alcançaram e puderam conversar com ele.

— Conheço essa família e a terrível provação que tiveram que enfrentar — comentou com eles o sacerdote. — A esposa perdeu a razão e vem aqui toda semana para tentar me convencer de que os meninos não estão naquele túmulo; ela afirma que alguém roubou os corpos e que ela, como mãe, consegue sentir que eles não estão ali. Tenho um profundo respeito pelo instinto maternal: considero-o uma das forças mais poderosas da natureza; o amor da nossa mãe Maria é uma das pedras angulares da nossa Igreja, e a dor que uma mãe pode chegar a sentir com a perda de um filho não é comparável a nenhuma outra neste mundo, por isso sou capaz de entender a dor de Yolanda. Contudo, por mais que a entenda, não posso lhe dar corda. Os filhos dela faleceram e estão enterrados neste cemitério. Eu oficiei o funeral e presenciei quando os caixões desceram até a cova.

— Um vizinho nos contou que uma vez Yolanda tentou abrir o túmulo. Isso é verdade?

O sacerdote assentiu, pesaroso.

— Receio que ela tenha feito isso em mais de uma ocasião. Esta é uma aldeia pequena, e todos já sabem; então, quando alguém a vê rondando o cemitério vem me avisar ou então chama a polícia. Vocês precisam entender que ela não é perigosa nem agressiva, mas está tão obcecada...

— Só mais uma pergunta: por que razão os nomes dos meninos não constam na lápide?

— Ah, receio que os jazigos sejam muito antigos; o arenito sofreu a erosão causada pela intempérie, por isso na maioria dos casos se opta por colocar em cima do túmulo uma placa solta com o nome e a data. Era assim que estavam os desses meninos, até que Yolanda as quebrou depois de jogá-las na rua e de dizer que os filhos não estavam ali e que o que estava escrito naquelas placas era mentira.

❧

Quando retornaram à delegacia, os inquietantes silêncios de Iriarte se traduziram num pedido.

— Inspetora, pode vir à minha sala?

Amaia entrou e fechou a porta atrás de si, e ele foi devagar até sua cadeira.

— Sente-se, inspetora — convidou-a. — Desde ontem que estou com uma coisa na cabeça...

Não era necessário que ele jurasse. Um ano antes, quando tivera início o caso *Tarttalo*, ela já havia reparado na maneira como o aparecimento dos ossos de crianças o afetava. Encontrar o cadáver da filha de Esparza enfiado numa mochila não tinha contribuído para melhorar a imagem que ele fazia do mundo, e a índole kafkiana que havia adquirido a morte de Elena Ochoa, ou as de Esparza e Berasategui, dava a ele um ar especialmente sombrio e preocupado. Contudo, desde o incidente da busca na casa de Fina Hidalgo, ele mal havia proferido quatro palavras.

— Salazar, quando conheci você, há um ano, com o caso *Basajaun*, eu soube de imediato que tinha diante de mim uma grande investigadora. Durante esse tempo, tive oportunidade de atingir patamares nas investigações com que jamais havia sonhado, e contar com você neste departamento é um luxo que todos nós apreciamos profissionalmente. — Umedeceu os lábios, num gesto que denotava o quanto era difícil para ele dizer aquilo. — Você não é uma pessoa fácil, ninguém diz que deveria ser. Cada um é como é, e tenho certeza de que a sua complexidade é fundamental para os seus processos dedutivos; e não quero afirmar que o brilhantismo possa ocorrer de outro modo. O nosso trabalho é complicado, e é frequente surgirem divergências de opinião. Elas surgem entre todos os outros colegas, e eu não sou exceção. Durante este último ano, em mais de uma vez tive sérias dúvidas sobre o rumo que os seus progressos tomavam, mas você sabe que sempre lhe dei o meu apoio e às vezes o meu silêncio.

Amaia assentiu, recordando-se como Iriarte a acompanhara debaixo de chuva enquanto cobria com a terra escura de Baztán os ossos de seus antepassados na *itxusuria* familiar.

— Mas... — adiantou-se Amaia.

Iriarte fez um gesto admitindo que havia um mas.

— Você não pode pôr em dúvida a integridade de toda a equipe, não pode expor assim esses policiais. Admito que é mais do que suspeito que Fina Hidalgo tivesse destruído o arquivo que queríamos examinar, e nisso cabem poucos argumentos quanto a ser uma coincidência. Eu compreendo a frustração e as desconfianças, mas você não pode acusar sem provas todos os elementos da sua equipe. Na qualidade de chefe da delegacia, abri uma investigação interna para tentar esclarecer se a informação pode ou não ter saído daqui. Mas existe uma coisa que você precisa entender: estou em Baztán a vida toda, e nesta delegacia há muitos anos já, e, se as informações não forem confidenciais, as pessoas falam e comentam. O comentário pode ser feito sem má intenção, talvez alguém tenha contado a um parente, e pode ser que essa pessoa tenha soltado alguma coisa num lugar público... Eu respondo pela integridade desses policiais; ninguém telefonou para Fina Hidalgo, e creio que foi um erro pedir que eles entregassem o celular pessoal.

Amaia o encarava com uma expressão muito séria, sabendo o quanto custava a Iriarte lhe dizer tudo isso; enquanto o escutava, seu estado de espírito mudou do aborrecimento inicial para o mais absoluto remorso. Ver Iriarte naquele aperto, procurando as palavras adequadas para lhe dizer que estava errada, evitando olhar para ela mais de três segundos seguidos, falando em voz baixa e pausada a fim de retirar qualquer tipo de hostilidade da mensagem...

— Você tem razão — admitiu. — Falou mais alto a frustração pelo fiasco da busca, e a verdade é que para mim também é difícil acreditar que algum desses homens seja capaz de arruinar uma investigação por causa de ressentimentos pessoais. Mas a verdade é que pouco importa que tenha sido acidental; a enfermeira Hidalgo destruiu provas porque alguém contou a ela que nós íamos até lá, e isso comprometeu a investigação. Só espero que, como você disse, eu consiga apurar responsabilidades. Isto é uma delegacia, não o recreio de uma escola, e todos esses profissionais deviam saber quais são as suas atribuições ao usar a farda.
— Suavizou um pouco o tom de voz para dizer: — Agradeço a sua lealdade e sinceridade, e reitero que é recíproco. Eu reconheço você como sendo o chefe deste departamento e lhe peço desculpas; me excedi nas minhas funções, não queria menosprezar nem diminuir você; só espero que todos entendam a gravidade do que aconteceu.

— Todos nós temos consciência disso, eu lhe garanto.

Amaia ficou de pé e se dirigiu para a porta.

— Inspetora, só mais uma coisa. Chegou o convite para participar dos seminários do FBI e a autorização de Pamplona; a documentação está em cima da sua mesa. Só falta a sua assinatura para darmos seguimento ao processo.

Amaia assentiu enquanto saía da sala.

୶

O inspetor Montes se deixou cair na cadeira enquanto sorria.

— Foi fácil. No registro comercial aparecem várias empresas em nome de Marcel Tremond, a maioria relacionada com tecnologia eólica, motores para moinhos e essas coisas, e com presença significativa em Navarra, Aragão e La Rioja. Em todos os averbamentos do registro constam como representantes os advogados Lejarreta y Andía. Portanto, a relação entre eles fica estabelecida, sem margem para dúvidas.

— Já eu não tive tanta sorte — interveio Jonan. — Chegaram os resultados das amostras de papel recolhidas na fogueira na casa da enfermeira Hidalgo; não foi possível salvar nada; o papel estava bastante deteriorado — disse, deixando uma folha dobrada e impressa em cima da mesa. — Por outro lado, passei o dia todo mandando e-mails e falando por telefone com os patologistas franceses e com o hospital onde os meninos faleceram. Não houve autópsia. A pediatra que tratou dos meninos desde que nasceram assinou a certidão de óbito e não considerou necessário realizá-la. O enterro foi organizado por uma agência funerária da região. Foram eles que se encarregaram do translado do hospital para a capela mortuária e dali para o cemitério. Marcel Tremond pediu que o deixassem sozinho com os filhos para poder se despedir, algo que é bastante habitual; mais ninguém ficou sozinho com os caixões, e vocês se lembram muito bem de que a pedido do pai os caixões permaneceram fechados.

Amaia observou pensativa os rostos dos policiais enquanto processava as novas informações; já o havia feito antes. Se tomara essas providências fora porque tinha quase certeza de obter essas respostas, e, agora que as suspeitas que tinha se viam confirmadas, o chão parecia tremer debaixo de seus pés. Ela deu um suspiro contido, ciente de que o conjunto das informações que lhe trouxeram somado com o que sabia devia forçosamente provocar uma atitude, uma atitude que não tinha certeza de estar disposta a colocar em prática.

— A testemunha que eu tenho na região reconhece o carro como sendo um dos que costumavam estacionar com frequência em frente à casa dos Martínez Bayón, embora eu ache que ela começa a se dar conta da transcendência que isso pode alcançar. Hoje ela me falou que, embora tenha bastante certeza, não juraria isso no tribunal; não anotou a placa. No caso da enfermeira Hidalgo e do Esparza, ela não tinha dúvidas, porque conhecia os carros ou porque esses carros tinham adesivos, como no caso de Berasategui, e além disso ela os viu mais de uma vez quando entravam ou saíam da casa. Quanto ao Tremond, ela não poderia jurar, apesar de, por outro lado, ter certeza absoluta de ter visto Yolanda Berrueta tirando fotos da casa no alto da colina em mais de uma ocasião.

Iriarte assentiu.

— A casa se transforma num elo com Berasategui. Embora ninguém possa garantir que eles tenham se encontrado lá, é óbvio que frequentavam o lugar, e, considerando o gosto por ossos de criança que o nosso amigo psiquiatra alimentava, acho que qualquer juiz veria uma dúvida razoável e suficiente para ser favorável a uma exumação.

— Qualquer juiz poderia, mas o juiz Markina, não — assegurou Amaia.

— Inspetora, o juiz Markina não tem jurisdição na França — declarou, olhando para ela ao mesmo tempo que assentia e lhe dava tempo para assimilar a profundidade e a importância de suas palavras. — Conheço a juíza De Gouvenain. Há uns anos, colaboramos com os gendarmes num caso de tráfico de drogas em que, durante um ajuste de contas, um dos envolvidos apareceu morto em território navarro; ela é uma mulher ponderada e acostumada a lidar com assuntos sórdidos, mas com um coração enorme. Não vai hesitar em autorizar a abertura de um túmulo, sobretudo se com isso ajudar a amenizar o desgosto de uma mãe, e acho que, se você mostrar as suas razões para esse pedido, no caso do sofrimento de Yolanda Berrueta, que a levou a perder a razão quase por completo, algo que poderia ter sido evitado com a certeza que se obteria ao confirmar que os cadáveres dos seus filhos se encontram nos respectivos túmulos, a autorização é quase garantida.

— É muito arriscado; não posso fazer isso assim. O que vai acontecer se ficar confirmado que os meninos não estão nos túmulos? O que vai acontecer se, assim como eu desconfio, Marcel Tremond tiver levado os filhos para o mesmo lugar onde o Esparza pretendia levar o cadáver da filha, talvez para o mesmo lugar para onde a minha mãe levou o corpo da minha irmã? Se aqueles meninos não estiverem no túmulo, como vou poder justificar para a juíza o fato de não ter aberto para ela, mais cedo, os antecedentes da investigação?

Ele assentiu.

— Então tome providências por intermédio da polícia francesa. Conte para eles o que você tem e deixe que eles solicitem a autorização, mas omita tudo o que tem a ver com a sua mãe e a sua irmã; o envolvimento pessoal não vai agradar nada à juíza e pode constituir uma razão para que ela negue o pedido; na verdade, não vejo problema nenhum. O caso chegou até a morte do Esparza, embora você tenha estabelecido uma relação com Berasategui, e o caso *Tarttalo* ultrapassou até as nossas fronteiras, despertando o interesse dos nossos vizinhos; tirando isso, recebi vários e-mails e telefonemas dos nossos colegas do outro lado dos Pireneus, por isso é bem provável que a juíza esteja sabendo. A publicidade de um assassino como Berasategui chama atenção demais para que um juiz se abstenha diante da possibilidade de meter o nariz num assunto como esse. Exponha tudo como sendo uma ligeira suspeita. Tenho certeza de que a eventualidade de que um crime em que o *Tarttalo* possa estar remotamente envolvido tenha ultrapassado a fronteira francesa é um prato cheio demais para uma juíza ambiciosa como a De Gouvenain resistir. — Ele consultou o relógio. — O inspetor de gendarmes está trabalhando esta tarde, e eu tenho o telefone dele.

Amaia assentiu, rabiscando sua assinatura e aprovando a autorização para assistir aos seminários de Quantico.

Capítulo 26

A BREVE TRÉGUA QUE A CHUVA dera nas últimas horas chegara ao fim. Em compensação, o céu coberto como uma capa protetora tinha conseguido fazer subir um pouco a temperatura e deter a brisa, que, embora não fosse forte demais, era glacial. O chefe dos gendarmes e duas patrulhas iam com eles para verificar o cumprimento específico da ordem emitida pela juíza Loraine de Gouvenain, que fora limitada à remoção da laje que cobria o jazigo, descer ao interior e abrir apenas os caixões infantis de modo a confirmar que os cadáveres dos meninos se encontravam nos respectivos caixões, sem os trazer para a superfície e sem autorização para manipular os cadáveres de nenhuma maneira. A ordem era extensiva a Yolanda Berrueta, que podia olhar pela parte superior e se assegurar de que os corpos dos filhos se encontravam onde deviam estar.

Eles esperaram com os gendarmes e os funcionários do município, protegidos da chuva debaixo do pequeno pórtico na entrada do templo. O padre amparava Yolanda, que ficou recostada em seu ombro, transtornada, porém serena, enquanto ele ia sussurrando em seu ouvido palavras de consolo.

A chuva das últimas horas ensopara a pedra porosa dos túmulos, dotando-a da cor escura que traía sua porosidade, o que fazia, não obstante, ressaltar o brilho do musgo e dos liquens que subiam pelos jazigos e que haviam passado despercebidos por eles na visita anterior. Por sorte, a chuva havia enviado os possíveis curiosos para dentro de casa, e um grupo em que apenas os gendarmes se apresentavam fardados não chamava muito a atenção na porta da igreja de Nossa Senhora da Assunção. Um carro azul-marinho, sem dúvida oficial, parou no estacionamento, junto do acesso ao cemitério, no exato momento em que o celular do chefe dos gendarmes começou a tocar.

— Acompanhe-me. A juíza acabou de chegar.

Amaia subiu o capuz do casaco e foi, debaixo de chuva, atrás do chefe da polícia.

O vidro da janela traseira do carro desceu com um silvo e a juíza De Gouvenain lançou um olhar que denotava sua irritação por causa da chuva. Amaia esperava se deparar com uma mulher diferente, talvez devido à opinião de Iriarte de que se tratava de uma mulher "dura", acostumada a lidar com a sordidez. Loraine de Gouvenain tinha prendido o cabelo num coque de bailarina e envergava um vestido primaveril de cor vermelho-coral e um casaco leve que desafiava os últimos resquícios do inverno. O chefe dos gendarmes debruçou-se para falar com ela, e Amaia o imitou. De dentro do carro brotou um intenso aroma de hortelã--pimenta e menta, proveniente de um frasquinho de pastilhas que a juíza segurava e de que, ao que parecia, era uma grande apreciadora.

A juíza os cumprimentou com uma ligeira inclinação da cabeça.

— Chefe, inspetora... Suponho que retirar a laje vá demorar um pouco. O oficial de justiça vai acompanhar vocês durante o processo. Quando estiver tudo pronto, me avisem; não pretendo estragar meus sapatos esperando debaixo de chuva.

Quando regressavam para o grupo, Amaia comentou:

— Coitada da juíza. Vai sofrer bastante se tiver que descer ao interior do jazigo.

— Se for preciso, ela vai fazer isso; detesta chuva, mas é uma das melhores que eu conheço: curiosa e brilhante. O pai dela foi chefe da Sûreté de Paris, e, vá por mim, dá para perceber que é uma dessas juízas que facilitam o nosso trabalho.

Loraine de Gouvenain tinha razão: o processo de remoção da laje se prolongou por mais de uma hora. Os funcionários procederam à retirada da grande quantidade de flores que atapetavam a superfície e rodearam a sepultura, entreolhando-se com preocupação.

— Que foi? — perguntou Amaia.

— Pelo jeito a laje estava num estado muito ruim, e eles têm medo de ela quebrar se a deslocarem. Decidiram trazer uma pequena grua hidráulica, passar umas correias por baixo e levantá-la em vez de deslizá-la para um dos lados como tinham pensado em fazer no início.

— Será que vão demorar muito?

— Não, a grua está guardada no depósito municipal, que fica muito perto daqui, mas precisam de outro carro para trazê-la.

— Quanto tempo vão levar para fazer isso?

— Dizem que mais ou menos meia hora.

∞

O chefe dos gendarmes caminhou até o carro da juíza para avisar do atraso. O padre os convidou a esperar dentro do templo, mas todos recusaram o convite.

— Como distinguir um advogado num cemitério? — perguntou Jonan.

— É o único cadáver que anda — disse, fazendo um gesto para o grupo, que debaixo dos guarda-chuvas atravessava o cemitério com passo apressado.

Ela reconheceu Marcel Tremond e o homem que sem dúvida era seu advogado, e, de braço dado com o primeiro, uma jovem envolta num casaco vermelho que não escondia a última fase da gravidez. Atrás de si, Amaia ouviu Yolanda Berrueta emitir um gemido rouco como o de um animal assustado. Virou-se para ela enquanto o gendarme enfrentava o advogado.

— Yolanda, você está bem? — A mulher se inclinou para a frente e sussurrou algo em seu ouvido. Amaia voltou para o gendarme e interrompeu os protestos do advogado.

— Yolanda Berrueta afirma que existe uma medida cautelar contra o seu cliente que o impede de se aproximar dela a menos de duzentos metros, não é verdade?

O chefe dos gendarmes endureceu a expressão e o encarou, inquisitivo.

— E quem é a senhora, pode-se saber? — perguntou, evasivo, o advogado.

— Inspetora Salazar, chefe do Departamento de Homicídios da Polícia Foral.

O homem a observou, duplamente interessado.

— Quer dizer, então, que você é a tal Salazar? Você não tem jurisdição nenhuma aqui.

— Está enganado de novo — respondeu, sarcástico, o chefe dos gendarmes. — Leia o mandado. Se não souber, posso ler para você.

O advogado lançou para ele um olhar envenenado antes de concentrar sua atenção no documento. Voltou-se para o casal que aguardava debaixo do guarda-chuva e sussurrou para eles algo que lhes arrancou os mais irados protestos.

— Eles têm vinte segundos para sair do cemitério — disse o chefe, dirigindo-se aos policiais fardados. — Se resistirem, prendam todos e levem para a delegacia.

O advogado acompanhou os clientes para fora do cemitério, embora da parte superior Amaia tenha visto que ficaram parados no fim da rua, respeitando escrupulosamente a distância de duzentos metros.

A chuva aumentou de intensidade, formando poças profundas entre as sepulturas. Quando os operários retornaram com a grua, ainda demoraram mais um quarto de hora assentando e fixando os apoios na superfície irregular do cemitério. Com uma espécie de passa-fio, fizeram deslizar as correias por debaixo da laje e com lentidão começaram a içá-la.

— Parem tudo! — gritou o chefe dos gendarmes, correndo para eles ao mesmo tempo que segurava o celular colado à orelha.

— O que está acontecendo? — perguntou Amaia, alarmada.

— Coloquem a laje de volta no lugar. A juíza revogou a ordem.

Amaia abriu a boca, incrédula.

— Venha comigo — disse-lhe o chefe. — A juíza quer falar com você.

De novo o silvo da janela do carro com que a juíza guardava distância do mundo.

— Inspetora Salazar, me explique por que razão acabo de receber um telefonema de um juiz espanhol que me disse estar encarregado deste caso e que lhe negou de forma explícita autorização para abrir os túmulos dos bebês. Quem a senhora pensa que é? Me expôs ao ridículo na frente do meu colega, a quem fui obrigada a pedir desculpas só porque a senhora não conhece limites.

A água jorrava pelos lados do capuz de Amaia, e, debruçada como estava, escorria das bordas, deixando que um par de pingos de chuva grossos caíssem dentro do carro e molhasse o forro interno da porta enquanto a juíza olhava para eles com visível desagrado.

— Meritíssima, esse juiz negou a ordem para outro caso que a princípio não tem relação com este assunto. Já lhe expliquei...

— Não foi isso que ele me disse. Você passou por cima do juiz e me colocou numa situação muito difícil. Inspetora, estou muito irritada; saiba que vou comunicar o ocorrido aos seus superiores e espero que nunca mais precise de mim, porque lhe digo desde já que você não terá a minha colaboração — sentenciou, acionando o botão do vidro da janela, que se ergueu, fazendo-a desaparecer em sua atmosfera de hortelã-pimenta enquanto o carro arrancava.

Seu rosto ardia de humilhação e de raiva enquanto sentia os olhos dos policiais cravados em suas costas. Ela cerrou os lábios, puxou o celular, que imediatamente se cobriu de água da chuva, e digitou o número de Markina. Escutou um, dois, três toques de chamada antes de a ligação cair. Markina desligara, e ela teve certeza de que fora em mais de um sentido.

Capítulo 27

Jonan dirigia, e dessa vez Amaia cedeu o banco da frente a Iriarte para ter oportunidade de se distanciar de seus colegas silenciosos. Sentada no banco traseiro, revia uma e outra vez os fatos ocorridos, tentando abstrair a sensação de profunda vergonha que apertava seu peito e formava dentro dela um grito que lutava para sair, dilacerado e irado contra o mundo. A irritação dos coveiros; os soluços de Yolanda, exigindo explicações; a censura silenciosa do padre; o ar sério do chefe dos gendarmes, que murmurara entredentes um sucinto e ambíguo "lamento" antes de se retirar; o sorriso lupino do advogado Lejarreta quando cruzaram com ele enquanto se encaminhavam para o carro…

※

Não chegou a entrar na delegacia. Substituiu Jonan ao volante assim que chegaram e saiu do estacionamento sem dizer uma palavra. Dirigiu devagar, respeitando os limites e se concentrando na cadência quase hipnótica dos limpadores de para-brisa, que, em sua velocidade mais lenta, varriam as gotas de chuva da superfície do vidro dianteiro do carro. A fúria feroz que ardia dentro dela como um vulcão em erupção consumia toda a energia de seu corpo, dotando-o de uma aparência externa próxima à languidez que havia aprendido a cultivar desde pequena.

Ela saiu de Elizondo através dos persistentes bancos de nevoeiro que, como portas de acesso a outra dimensão, guardavam as estradas, causando a sensação de que se penetrava noutros mundos. Procurou a estrada secundária perto do rio e observou os rebanhos de ovelhas imóveis debaixo da chuva, em que a água resvalava pelos grumos longos que apontavam para o fim do inverno e que se estendiam até tocar o pasto, o que dava a impressão de estar contemplando animais raros que brotavam do chão.

Quando avistou a ponte, parou o carro no acostamento, tirou da parte de trás as botas de borracha, verificou o celular, que cem metros mais adiante perderia a cobertura de rede, e a Glock.

O frio intenso, que reteria um pouco mais a neve nos penhascos, e a falta de chuvas dos últimos dias haviam contribuído para que o rio não descesse muito cheio. Sobre a superfície lisa da água, altas colunas de neblina surgiam dos ocasionais desníveis que se amontoavam à superfície como silenciosos espectros. Ao atravessar a ponte, ela verificou a força com que havia descido apenas um mês antes, na noite em que o filho estivera a ponto de morrer nas mãos de Rosario. A balaustrada da parte norte havia desaparecido, como se nunca tivesse estado ali; na da outra extremidade se viam ramos e folhas entrelaçados, formando uma rede espessa entre as vigas da ponte. Poderia uma anciã sobreviver à investida de um rio que arrastara consigo uma balaustrada de oito metros como se fosse um raminho seco?

Assim que pisou na campina, sentiu como se os pés se enterrassem na traiçoeira extensão coberta de grama cor de esmeralda que havia brotado quando as águas do rio Baztán afastaram. Por debaixo da superfície perfeita, o terreno amolecido cedia sob seus pés, dificultando o avanço, em que a cada passo que dava precisava se esforçar para desenterrar as botas que ficavam encravadas no limo.

Alcançou o velho casarão abandonado e parou um instante, apoiando-se nos muros robustos a fim de retirar das botas o excesso de lama que, como um lastro, as havia tornado muito pesadas. Então afastou o capuz do agasalho para poder ter um ângulo de visão maior, sacou a Glock e se embrenhou no bosque. Tanto fazia se era lógico ou não, o instinto lhe dizia que, além do senhor do bosque, mais alguém estava à espreita, alguém que estivera prestes a enganá-la, ou talvez fosse apenas um javali... Alguém de quem ele a havia advertido, ou talvez fosse o assobio de um pastor chamando por seu cão... Alguém ou algo que havia recuado em direção às sombras, com certeza um javali, repetiu para si.

— Sim, garota, mas vá preparada — sussurrou. — E, se você pagou o preço da paranoia pelo estresse pós-traumático, pelo menos que isso te sirva para alguma coisa.

Avançou por entre as árvores seguindo a vereda natural onde por instinto transitariam os animais. Por um instante, chegou a vislumbrar um cervo entre as árvores; os olhares de ambos se cruzaram por um segundo antes de o animal fugir. Sob as densas copas das árvores, a água das últimas horas havia desenhado veredas escuras e compactas debaixo dos pés que a conduziram até a pequena clareira onde o riacho fluía ruidoso pela encosta, entre as pedras atapetadas de verde. Atravessou a pequena ponte e passou pelo lugar onde, em outra ocasião, uma jovem bonita que mergulhava os pés na água gelada havia dito a ela que a senhora estava chegando. Ergueu os olhos para o céu, que continuava a se esvair devagar naquela chuva que não cessaria pelo dia todo, mas onde não havia rastro da tempestade vaticinadora.

Chegou à colina com a respiração alterada pela subida por entre o matagal. Ergueu os olhos para a escadaria natural que as rochas criavam e que, ensopada pela chuva, havia sido coberta por uma pátina de lama que a tornava previsivelmente escorregadia. Calculando o esforço, colocou a arma na cintura e começou a escalar. Chegou à esplanada que formava um mirante natural sobre as árvores e, sem se deter, voltou a colocar o capuz do agasalho e se embrenhou no caminho, quase tapado pelos espinheiros. Avançou sentindo os espinhos arranharem o agasalho, provocando pequenos silvos semelhantes a assobios abafados; assim que o transpôs, afastou o capuz e inspecionou a área. Alguns metros acima, a entrada escura e baixa da gruta, que não se podia ver dali. À sua esquerda, o precipício coberto pela vegetação traiçoeira; atrás de si, a vereda por onde viera, e à sua direita a mesa de pedra deserta de oferendas. Assim como havia calculado ao ver o estado do acesso, com certeza ninguém estivera ali desde a última vez que ela o fizera. Olhou ao redor, invadida pela solidão, abaixou-se e desprendeu do solo amolecido um pedregulho irregular, que limpou da lama, esfregando-o na roupa; avançou dois passos e o colocou sobre a superfície polida da mesa de pedra. Depois, nada.

O fogo alimentado pela humilhação e pela vergonha se consumira com o esforço de chegar até ali, e agora não restava nada além de cinzas apagadas e frias. Imóvel naquele lugar, com o rosto empapado de chuva, sentiu nos olhos os cílios repletos de partículas de chuva que pesavam tanto... Amaia Salazar baixou a cabeça e as gotas que lhe pendiam das pestanas caíram, arrastando consigo um oceano de pranto que se derramou ao mesmo tempo que seu corpo desmoronava para a frente, vencido. Caiu sobre a mesa, escorregando até ficar de joelhos, com o rosto colado à pedra e as mãos cobrindo os olhos. Não sentiu as gotas de chuva que lhe escorriam pelo cabelo empapado, infiltrando-se pelo corredor que traçava a nuca. Não sentiu a dureza do solo nem as pernas da calça que ficavam ensopadas de água e lama. Não reparou no aroma mineral da rocha, onde, como no colo de uma mãe que nunca tivera, tentava sepultar o rosto.

Contudo, sentiu a mão suave e cálida que pousou sobre sua cabeça com o mais antigo gesto de consolo e de bênção. Não se mexeu, nem reprimiu o choro, que, embora de repente tenha perdido a finalidade, ainda brotaria de seus olhos por mais um tempo enquanto se transformava em agradecimento. Prolongou a sensação, certa de que não haveria ninguém no lugar se voltasse a olhar, de que a mão cálida que sentia sobre sua cabeça infundindo-lhe consolo não estava ali. Não soube quanto tempo durou, talvez alguns segundos, talvez mais. Esperou paciente antes de voltar a levantar a cabeça, pôs o capuz enquanto se embrenhava de novo no corredor de espinheiros e só virou para trás uma vez: não havia nenhuma pedra sobre a superfície da mesa de rocha. Um majestoso trovão fez tremer a montanha.

☙

Não voltou para a delegacia. Sabia que ninguém a censuraria, sentia-se mentalmente esgotada e fisicamente doente. Só queria ir para casa.

Estacionou em frente ao arco que caracterizava o pórtico de pedra da casa de Engrasi e reparou que ainda estava usando as botas de borracha cobertas de lama. Sentou-se num dos bancos de pedra da entrada para poder descalçá-las e, quando se preparava para ficar de pé, sentiu que todas as suas forças a haviam abandonado. Reparou no aspecto desalinhado das roupas que usava e levou uma das mãos ao cabelo encolhido e colado ao crânio por causa da chuva. Não era a primeira vez que enfrentava a humilhação e a desonra. Aos nove anos, já era quase uma especialista nesse tipo de aprendizagem em que somos doutorados pela vida, que não serve para nada, que não nos prepara, que não nos torna mais fortes; não passa de uma broca cruel e enterrada no mais profundo da rocha que somos. Um canal de fraqueza que dissimulamos com sorte durante anos, uma dor que reconhecemos assim que aparece, devolvendo-nos intacto o desejo de fugir, de voltar para a caverna onde habita o coração humano, de renunciar ao privilégio da luz, que é apenas um holofote incidindo sobre nossas misérias. Ela pensou em Yáñez, naquela esposa cujo sangue estava entranhado no forro do sofá, nas venezianas fechadas para não ver, para não ser visto, para esconder a vergonha. Despiu o agasalho molhado e sujo de lama e o jogou em cima das botas antes de entrar em casa arrastando pernas que se tornaram tão pesadas como colunas de alabastro, e de imediato se viu envolta pela influência benfeitora da casa da tia. Com a pele branqueada pela água e pelo frio do monte, entrou na sala onde a família se preparava para almoçar. Não seria capaz de engolir nem uma ervilha. Abraçou a tia, que a fitou com ar preocupado.

— Só estou cansada e molhada, caso você esteja se preparando para dizer alguma coisa — avisou, interrompendo os protestos de Engrasi. — Vou tomar um banho, dormir um pouco e depois ficarei como nova.

Deu um beijo breve em James, que percebeu que havia mais alguma coisa e se dedicou a observá-la em silêncio enquanto Amaia concentrava toda a sua atenção no pequeno Ibai, que pulava descontraído de alegria dentro de uma espécie de piscina de brinquedos acolchoada que ocupava boa parte da superfície disponível da sala, fazendo a mesinha de centro, em geral posicionada na frente do sofá, ser relegada para junto da parede.

— Pelo amor de Deus, James, desta vez você exagerou! — disse, sorrindo para a profusão de cores, formas e texturas que compunham aquela monstruosidade de brinquedo onde cabiam quatro crianças e que parecia encantar Ibai.

— Não fui eu. Por que você sempre me acha capaz de fazer loucuras como essa?

— Quem mais poderia se lembrar de uma coisa dessas?

— A sua irmã Flora — respondeu James, sorrindo.

— Flora? — Ela refletiu sobre a resposta, e no fundo não estranhou tanto assim.

Tinha visto como a irmã olhava para o menino, como o embalava nos braços sempre que tinha oportunidade; recordava-se de que, reinando sobre a mesa do imponente vestíbulo da casa de Flora em Zarautz, havia uma linda foto de Ibai.

≈

Amaia deixou que a água quente levasse pelo ralo o frio e parte da dor muscular, e lamentou que não fosse capaz de arrastar também em direção ao rio Baztán a pena e a vergonha que, admitia, a haviam enfraquecido até limites que nunca poderia imaginar. Fizera mal, enganara-se, cometera um erro grave, e no mundo de Amaia Salazar os erros custavam caro. Embrulhou-se no roupão e optou por não limpar o espelho embaçado para não ver seu rosto. Deitou-se na cama quentinha e limpa que cheirava ao homem que julgava amar e ao filho que amava, e adormeceu.

≈

Já tivera aquele sonho. Às vezes reconhecia as paisagens oníricas como se fossem lugares reais que já tivesse visitado, e naquela já estivera antes. A certeza de estar sonhando, a tranquilidade de que era apenas uma projeção de sua mente, permitia-lhe se movimentar nos espaços dos sonhos obtendo informações e pormenores impossíveis de perceber na primeira vez. O rio Baztán fluía silencioso entre duas línguas de terra seca cobertas de pedras redondas que formavam ambas as margens até se embrenhar nos domínios obscuros do bosque. Não ouvia nada, nem pássaros, nem o rumor da água. Então viu a menina, uma menina que sempre julgara ser ela com seis ou sete anos, e que agora sabia que era sua irmã, sem dúvida uma projeção da mente, porque aquela menina nunca havia chegado a completar sete anos. A menina vestia uma camisola branca com um picote de renda na barra e o laço cor-de-rosa que a *amatxi* Juanita havia escolhido para ela; estava descalça e mantinha os pés dentro da água do rio, que lambia com suavidade seus tornozelos, molhando a extremidade das rendas sem que o frio parecesse incomodá-la. Ficou satisfeita em vê-la com um sentimento infantil sincero que lhe brotou do coração e lhe floresceu nos lábios. A menina não respondeu ao seu gesto, porque estava triste, porque estava morta. Contudo, a menina não se rendera; olhou-a nos olhos e levantou o braço, apontando para as margens no curso do rio. Os mortos fazem o que podem, pensou Amaia ao mesmo tempo que seguia com os olhos para o que ela lhe indicava. Nas margens descendentes do rio haviam brotado dúzias de flores brancas, tão altas como a menina. Amaia viu que elas abriam suas corolas, que, em contato com a brisa, desprendiam um intenso perfume de bolachas e manteiga que chegou até ela, extasiando-a com sua ternura enquanto reconhecia o odor de Ibai, o perfume de seu menino do rio. Regressou aos olhos da irmã carregada de pontos de interrogação, mas a menina havia desaparecido, sendo substituída por uma dúzia de jovens bonitas que, enroladas em peles de cordeiro que lhes cobriam apenas os seios e as coxas, penteavam os cabelos compridos, que quase chegavam a roçar a superfície da água onde estavam com os pés enfiados.

— Malditas bruxas — sussurrou Amaia.

Elas sorriram mostrando-lhe os dentes afiados como agulhas e batendo com as barbatanas na superfície quieta da água, que borbulhou como se vivesse alimentada por um fogo subterrâneo.

— Limpe o rio — disseram.

— Lave a ofensa — exigiram.

Amaia voltou a olhar para o curso do rio e viu que as enormes flores brancas haviam se transformado em caixões brancos para crianças que começaram a estremecer como se os cadáveres contidos em seu interior lutassem para sair de sua morada eterna. As caixas de madeira vibravam sobre as pedras do rio, produzindo um ruído como o de um osso roçando em outro. As tampas explodiram e o respectivo conteúdo ficou estendido sobre o leito seco do rio. Nada. Lá dentro não havia nada.

Ela ouviu alguém entrar no quarto e acordou. Com os olhos semicerrados, começou a se levantar enquanto ele se sentava na cama.

— É melhor enxugar o cabelo, senão você vai se resfriar — ele disse, estendendo para ela a toalha que caíra perto da cama.

— Dormi quanto tempo? — perguntou Amaia, que sentia como os restos do sonho se desfaziam feito farrapos ao mesmo tempo que tentava, em vão, retê-los.

— Você dormiu? Mas não deve ter sido muito tempo... O almoço está pronto, a sua tia pediu para descer.

Amaia sentiu que James a observava enquanto enxugava o cabelo com a toalha.

— O que aconteceu com você, Amaia? E não me diga que não foi nada. Eu te conheço e sei que não está bem.

Amaia parou, pousando a toalha, mas não respondeu.

— Pensei bastante, e, se esse sofrimento é por causa do funeral da Rosario — continuou James —, se vai te afetar tanto assim, vou compreender se você não for.

Amaia o encarou, surpresa.

— Não é por causa da Rosario, James. O caso em que estou trabalhando se complicou muito, muitíssimo, tanto que é provável que eu tenha estragado tudo, e a culpa foi minha. Eu cometi um erro, me enganei e agora não sei o que vai acontecer.

— Quer me contar?

— Não, ainda estou digerindo e não sei bem o que aconteceu. Ainda preciso pensar muito antes de poder falar sobre o assunto.

James estendeu a mão até tocar seu cabelo emaranhado, que afastou do rosto com uma ternura infinita.

— Nunca te vi se entregar, Amaia, nunca, mas existem momentos em que é melhor uma pessoa se render hoje para poder lutar amanhã. Não sei se esta é uma dessas ocasiões, mas aconteça o que acontecer vou estar do seu lado. Ninguém te ama mais do que eu.

Amaia apoiou a cabeça no ombro do marido com ar de infinito cansaço.

— Eu sei, James, sempre soube.

— Acho que te faria bem se afastar de tudo isso por uns dias, desligar. Vamos passar uns dias com a família, e antes que você perceba já teremos voltado.

Amaia assentiu.

— Queria falar com você sobre isso. Talvez tenhamos que prolongar um pouco mais a nossa estadia lá. Chegou o convite para os cursos do FBI; para mim vão ser duas semanas intensas, mas pensei que você poderia ficar durante esse tempo na casa dos seus pais com o Ibai e depois voltaríamos juntos.

— Isso seria perfeito — concordou James.

※

Ela não recebeu nenhum telefonema. Durante a tarde se deixou amar e proteger pelos seus e pela influência benfeitora daquela casa. Almoçou com a família, dormiu a sesta com Ibai, fez um bolo e preparou o jantar com James enquanto tomavam uma taça de vinho e escutavam as meninas do alegre grupo de amigas jogando cartas na sala. No fim da tarde, Amaia levou Ibai para cima para lhe dar banho e desfrutar com ele de um dos mais gratificantes momentos do dia.

Sentada no vaso, Engrasi observava o menino bater na água. Apoiado nas costas por Amaia, ele se divertia ali dentro como o príncipe do rio que era.

— Tia, o que você me diz sobre a última da Flora? Não veio visitar o menino no hospital quando nasceu, também não foi ao batizado porque estava gravando os programas de televisão dela, e de repente se comporta feito uma *iseba txotxola* com o sobrinho. Ela me fez pensar uma coisa...

— Como assim?

— Não sei, tia, você a conhece. A Flora nunca dá ponto sem nó, não sei quais são as motivações dela, mas para mim é difícil acreditar que de repente tenha começado a adorar o Ibai... alguma coisa ela quer. Então, se ela acha que vai me amolecer se mostrando boa com o meu filho, está perdendo tempo.

A tia refletiu sobre o assunto por alguns segundos.

— Não creio que seja isso, Amaia, acho que ela gosta mesmo do menino. O fato de não ter mostrado interesse no começo não significa nada; assim que o conheceu, ela ficou toda derretida, como nós. Parece muito dura, mas é uma mulher como qualquer outra; a Flora queria ter filhos, você sabe como ela sofreu tentando, mas os bebês nunca vieram. Além disso, o interesse não é recente, faz meses que ela me pergunta por ele sempre que telefona. E mais: eu acho que é esse o motivo dos telefonemas que ela faz; te garanto que antigamente não me ligava com tanta frequência.

— Para mim ela nunca telefonou.

— É disso que estou falando. A Flora é uma dessas pessoas que no fundo sentem medo de parecer humanas. Eu conto para ela as curiosidades e os progressos do Ibai, e ela parece ser sincera quando se mostra satisfeita.

Amaia refletiu sobre o que ouvia e recordou de novo a surpresa que sentiu ao ver a linda fotografia de Ibai exposta na entrada do luxuoso apartamento da irmã em Zarautz. Tirou o bebê de dentro da água e o estendeu à tia, que o envolveu com carinho numa toalha enorme e o depositou em cima da cama para acabar de enxugá-lo.

— A Flora é como é, mas gosta do menino, vai por mim, e isso não me causa espanto: este nosso menino é muito especial.

Amaia derramou nas mãos uma pequena quantidade de óleo de amêndoas doces e começou a massagear os pés e as pernas do bebê, que recebeu a carícia relaxado e sem parar de a examinar com seus lindos olhos azuis.

— Você já percebeu que o Ibai não tem um único sinal? — disse a tia, sorrindo.

Amaia afastou a toalha para ver o corpo do filho e inspecionou cada centímetro de sua pele. Nem uma marca, nem uma mancha vermelha. Virou-o para examinar suas costas e as pregas naturais da pele: nem uma única imperfeição manchava a delicada pele do bebê. Cremosa e dourada, diferia muito da de Anne Arbizu, estendida em cima da mesa do patologista com sua pele imaculada, que, não obstante, lhe veio à mente com toda a força, acompanhando a crença popular de que as *belagile* não tinham um único sinal em todo o corpo. Cobriu-o de novo para que não se resfriasse enquanto lhe vestia o pijama.

— Tia — disse Amaia, pensativa. — Eu gostaria de falar com você sobre uma coisa.

— Sou toda ouvidos — respondeu Engrasi.

— Agora não — respondeu Amaia, sorrindo ante a disponibilidade de Engrasi sempre que precisava dela. — Eu gostaria que tivéssemos um tempo para falar sobre a antiga religião, sobre o que eu vi no bosque, sobre o que você também viu.

Engrasi refletiu.

— Suponho que poderemos convencer o seu marido a nos deixar ter uma conversa de mulheres — declarou, animada. — Fico contente em ver que você quer abordar esse assunto. Às vezes, essa sua mente racional demais me preocupa...

Amaia fitou-a e revirou os olhos diante do comentário, então riu enquanto acabava de vestir Ibai e o pegava no colo.

— Você sabe muito bem o que eu quero dizer: manter a mente aberta como quando você era pequena vai te ajudar a compreender melhor a vida e a enfrentar as questões mais difíceis associadas ao seu trabalho.

— Sim, eu sei bem do que você está falando. Às vezes, eu penso que essas coisas não têm nada a ver comigo, mas parece que elas não dão a mínima para isso. De vez em quando voltam para mim como se eu nunca fosse conseguir me livrar delas.

Engrasi a encarou, pesarosa e resistindo a acabar a conversa por ali.

— Quando estivermos sozinhas, tia... — disse, fazendo um gesto para Ibai. Engrasi assentiu.

Capítulo 28

Estava ali sem saber de nada — admitiu Amaia, com os olhos fixos na tela da televisão —, em sua cabeça revia de novo e de novo os acontecimentos do dia, as conversas, os dados... Pensamentos que havia conseguido evitar durante o dia com o firme propósito de se concentrar apenas na família. Mas agora, encostada ao marido no sofá e enquanto fingia ver um filme que ele insistira para que assistissem, o mecanismo desatava a funcionar sozinho. As engrenagens giravam enlouquecidas, misturando dados e fatos, numa tortura feroz de palavras confusas que começava a lhe dar dor de cabeça. Pensou em ir buscar uma aspirina, mas não quis renunciar à agradável sensação de estar ali perto de James daquela maneira harmoniosa e despreocupada, reservada apenas aos que confiam e que se revelara tão esquiva durante os últimos dias.

O celular tocou estridente no bolso do amplo casaco de lã que costumava vestir em casa; viu a hora enquanto se soltava do abraço de James, não sem pena. Era quase uma da manhã. Era Iriarte.

— Inspetora, acabaram de me ligar de Ainhoa. Yolanda Berrueta se feriu gravemente. Parece que ela tentou abrir o túmulo dos filhos utilizando algum tipo de explosivo. Perdeu vários dedos das mãos e um olho. Ela foi levada para o hospital em estado muito grave. Neste momento, os técnicos de neutralização de explosivos da Gendarmerie estão no local.

— Ligue para o subinspetor Etxaide e venha me pegar em casa dentro de quarenta minutos.

Iriarte suspirou.

— Inspetora, o chefe dos gendarmes me ligou para me informar, por consideração, mas preciso adverti-la de que talvez não seja muito bem recebida depois do que aconteceu esta manhã.

— Estou contando com isso — ela respondeu, com firmeza. — Você sabe para que hospital levaram Yolanda?

— Para o Saint-Colette — ele respondeu, desgostoso, antes de desligar.

Amaia telefonou e se identificou para pedir informações. A doente encontrava-se em estado grave e no centro cirúrgico; ainda não podiam lhe dizer mais nada. Ela se debruçou para olhar pela janela e viu que havia parado de chover.

ை

Eram duas e meia quando chegaram. Tiveram de esperar Etxaide voltar de Pamplona, e Amaia preferia que assim fosse. Eles sabiam que a explosão se verificara por volta da meia-noite e meia, por isso a essa hora os técnicos de explosivos já deviam ter tido tempo de vasculhar o local e os vizinhos já deviam ter voltado para casa. Talvez só restasse um cordão policial e um carro vigiando a área.

Não se enganou em relação aos técnicos de neutralização de explosivos e aos vizinhos, mas ainda se registrava bastante atividade pela polícia científica. Aproximaram-se do chefe de gendarmes, que os cumprimentou misturando cortesia e preocupação.

— Boa noite. Saibam que a juíza De Gouvenain vai ficar muito aborrecida se souber que vocês estão aqui.

— Ora, vamos, chefe, e quem vai contar a ela? O senhor? Somos cidadãos europeus, estávamos aqui de passagem, vimos a confusão e chegamos perto para perguntar o que aconteceu.

O homem a encarou em silêncio por alguns segundos e por fim assentiu.

— Ela chegou ao cemitério por volta da meia-noite. Aqui, a essa hora e nos dias de semana não se vê ninguém na rua. Estacionou o carro ali embaixo — disse, apontando para um quatro por quatro de luxo — e colocou cerca de duzentos gramas de explosivos. Ainda não confirmaram, mas parece que pode ter sido explosivo industrial; achamos que ela pode ter conseguido um pouco daquele que se usa para as demolições nas minas, já que pelo que eu sei a família dela tem uma jazida mineral na localidade navarra de Almandoz.

Amaia fez um gesto afirmativo.

— Sim, é isso mesmo, mas me parece complicado que ela pudesse ter roubado de lá. Desde os atentados de 11 de março em Madri que não se guardam explosivos nos paióis das minas; o material que vai ser utilizado em cada demolição é transportado e guardado de cada vez por guardas civis e vigilantes de explosivos que a empresa se encarrega de contratar; sempre é feito um registro por escrito do material que sobra, que é destruído ali mesmo, no local.

— Os restos das embalagens indicam que se trata de explosivos velhos, fora de circulação e provavelmente anteriores aos atentados. Isso poderia ser uma explicação; ainda assim, é evidente que ela sabia o que estava fazendo. Colocou a carga numa fenda da laje, usou rastilho retardante e um detonador manual bastante antigo, o que também aponta para a teoria de que eram materiais em desuso e esquecidos em algum lugar a que ela tinha acesso. Um especialista teria reparado nos sinais de deterioração, na perda de maleabilidade ou no fato de parecer "suado", mas ela não se deu conta disso.

— Como ela se feriu?

— Ela acionou o detonador e esperou. Como a explosão não acontecia, ficou impaciente; o solo estava encharcado, e ela deve ter pensado que ou o rastilho ou os explosivos tinham ficado molhados e não funcionavam. Chegou perto no momento exato da explosão.

Amaia baixou os olhos enquanto deixava sair todo o ar dos pulmões.

— Dois dedos de uma das mãos desapareceram; os outros dois foram encontrados colados ao jazigo da frente, e acho que um dos olhos não vai poder ser salvo; sem falar nas queimaduras na pele, nos tímpanos afetados. Não perdeu os sentidos, sabia? Não sei como conseguiu aguentar tanto... ferida como estava, ela se arrastou até a borda da sepultura para confirmar se os filhos estavam lá dentro.

— E estavam?

O homem a encarou com irritação renovada.

— Verifique a senhora, afinal de contas foi para isso que veio, ou não foi?

Sem dar importância à censura do chefe de gendarmes, ultrapassou o cordão de segurança, que chegava até a porta da igreja, onde havia luz. O sacerdote, que havia se mostrado tão silencioso de manhã, parecia ter mudado de ideia.

— Está satisfeita? — perguntou enquanto Amaia se abaixava para transpor o limite que a polícia estabelecera.

Ela avançou alguns passos, mas estacou de repente e voltou para o lugar onde se encontrava o padre, que recuou intimidado por essa reação.

— Não, não estou. Era isso que eu estava tentando evitar, e se todo mundo que afirma se preocupar tanto com ela tivesse demonstrado um pouco de humanidade, há muito tempo que teriam aberto esse túmulo para evitar tanta dor e tanto sofrimento.

Amaia alcançou Iriarte e Etxaide perto da sepultura. A maioria dos danos tinha atingido os túmulos confinantes: cruzes e colunas partidas, floreiras e vasos que haviam sido projetados. No jazigo dos Tremond Berrueta, o pior estrago fora causado à laje que o havia coberto, que, tal como os coveiros haviam previsto, devia ser de fato muito quebradiça e estava agora reduzida a escombros sobre os outros túmulos; o pedaço maior não chegava a cinquenta centímetros de largura e repousava aos pés do túmulo ao lado de uma poça de sangue, que havia se misturado com a água da chuva, infiltrando-se por entre as frestas das sepulturas.

O túmulo aberto fora coberto por um toldo azul que Iriarte levantou por um dos cantos para que pudessem iluminar o interior com suas lanternas. Dois caixões escuros de adultos, bastante antigos, acusavam o impacto de uma parte da laje ao cair sobre eles. Um pequeno ataúde de aspecto metálico e aparência simples, talvez destinado a conter cinzas, encontrava-se caído e entreaberto no chão. Um pouco mais para a direita estavam os dois caixõezinhos brancos, muito danificados; sobre um repousava um monte considerável de entulho, quase com certeza o que havia batido primeiro no caixão de adulto, e cujo peso o esmagara, arrebentando o pequeno caixão num dos lados, por onde se projetava o que reconheceram, sem margem para dúvida, como sendo uma mão de bebê. O outro caixão se limitara a ficar virado ao contrário e seu conteúdo aparecia num dos lados. Haviam vestido o menino de branco para seu enterro, se bem que a cor mal se conseguia distinguir debaixo da capa de bolor que o revestia, escurecendo o rosto do bebê, que se via enegrecido.

O subinspetor Etxaide tirou a câmera fotográfica que protegia debaixo do sobretudo e olhou para Amaia em busca da autorização dela; esta assentiu, ao mesmo tempo que tentava silenciar o celular, que tocou incongruente naquele lugar. Cedeu a lanterna a Iriarte para que iluminasse a cova e consultou a tela. Era Markina.

— Meritíssimo... — começou a dizer —, passei o dia tentando...

— Amanhã às nove horas em ponto no meu gabinete — ele disse, cortando suas explicações. Ela precisou olhar para a tela a fim de confirmar que o juiz havia desligado.

Capítulo 29

Não tinha dormido, nem tentara. Quando chegou em casa estava tão abatida e preocupada que a ideia de dormir nem havia passado pela sua cabeça. Dedicou as horas que a separavam do amanhecer a redigir aquilo que seria sua justificativa perante o juiz e tentou controlar o impulso de ligar para o número de Dupree enquanto pensava que, se existia entre ambos, tal como acreditara tantas vezes, algum tipo de comunicação mística, uma espécie de telepatia que indicava ao amigo quando precisava dele, aquele teria sido sem dúvida o melhor momento para isso... Contudo, o telefonema não se verificou e o amanhecer chegou, carregado de inquietações.

&

Olheiras escuras circundavam seus olhos, e a pele baça denotava o cansaço. A segurança que sempre havia hasteado como estandarte desmoronara quando se preparava para entrar no gabinete de Markina.

Inma Herranz sorriu quando a viu.

— Bom dia, inspetora. É um prazer voltar a vê-la por aqui — disse, com sua voz melíflua. — O juiz está à sua espera.

Acompanhavam Markina no gabinete dois homens e uma mulher que conversavam com o juiz em espanhol, embora com um acentuado sotaque francês. Markina os apresentou.

— Inspetora, este é Marcel Tremond, ex-marido de Yolanda Berrueta. Creio que já se conhecem; e os pais dele, Lisa e Jean Tremond.

Amaia agradeceu que o juiz a apresentasse como a inspetora encarregada do caso.

— Monsieur Tremond e os pais estão aqui de livre e espontânea vontade para lhe contar alguns aspectos sobre o comportamento de Yolanda Berrueta que julgam que deve ter conhecimento — explicou o juiz depois de se sentarem. — Quando quiser, monsieur Tremond.

— Ela sempre foi frágil. Quando era mais nova, era menos perceptível, porque era uma menina mimada e caprichosa que sempre fazia o que queria; as festas, o álcool e as drogas não contribuíram para melhorar um comportamento que os pais sempre justificaram devido à personalidade insubordinada. Quando nos casamos, Yolanda não queria nem ouvir falar em ter filhos, mas para mim era muito importante constituir uma família, e por fim eu acabei por convencê-la. A gravidez dos gêmeos foi difícil, ela não deixou de beber nem de fumar, e chegou a consumir calmantes; além disso, ficou obcecada por não engordar e tomou comprimidos para emagrecer durante a gestação... Por fim, os meninos nasceram prematuros, com baixo peso e um problema de maturação pulmonar, e nesse momento foi como se um milagre tivesse acontecido. Yolanda mudou, se mostrou arrependida, não fazia outra coisa a não ser chorar e falar sobre o que tinha feito; ela se dedicou aos bebês, e quando completaram dois meses de vida conseguimos, enfim, levá-los para casa. A partir desse dia até o falecimento deles, nós fomos obrigados a interná-los em duas ocasiões devido a problemas respiratórios, até que naquela noite... — Engoliu com dificuldade antes de prosseguir, sob o olhar atento e protetor dos pais, que pareciam bastante angustiados. — Yolanda os vigiava o tempo todo, quase não dormia, e ela reparou que alguma coisa estranha estava acontecendo. Nós os levamos imediatamente para o hospital, nem esperamos a ambulância, fomos no nosso carro, mas nunca recuperaram a consciência... faleceram com um intervalo de dezesseis minutos, Yolanda desabou, enlouqueceu, não se conformava, não dormia, não comia, mais de uma vez saiu de casa durante a noite e fui encontrá-la prostrada sobre o túmulo dos nossos filhos no cemitério.

A mãe interveio, então.

— Você não pode imaginar o calvário que o meu filho enfrentou. Ele perdeu os filhos e a esposa num espaço de tempo muito curto. Nós o convencemos a interná-la quando Yolanda tentou o suicídio pela segunda vez.

Amaia ouvira o relato abatida, com o olhar fixo no ex-marido e sem se atrever a olhar para Markina, muito embora sentisse os olhos dele cravados em seu rosto enquanto pensava, sem poder evitá-lo, nas semelhanças com sua própria história.

— Inspetora — ele disse, dirigindo-se a ela —, Lisa Tremond é além de tudo a chefe do serviço de pediatria do hospital onde os meninos faleceram. Se tiver alguma pergunta a fazer, agora é o momento.

Ela não contava com isso. O juiz lhe concedia a oportunidade de interrogar a médica dos meninos, e, por conseguinte, a pessoa responsável por assinar suas certidões de óbito e pela possível autorização para que tivessem feito a devida autópsia neles; e era agora informada de que essa pessoa era a avó paterna dos bebês. Se esperava que ela enfiasse o rabo entre as pernas e se sentisse intimidada, ele estava muito enganado.

— Por que a senhora não realizou a autópsia nos cadáveres? Penso saber que se trata do procedimento habitual em casos de morte súbita do lactente.

Não lhe escapou o gesto da mulher de trocar um olhar rápido com o filho.

— Sou a chefe do serviço de pediatria. Cuidei dos meninos desde que nasceram; faleceram num centro hospitalar, eu estava com eles, e não foi morte súbita. O falecimento se deveu à insuficiência pulmonar que eles apresentavam desde o nascimento, mas não foi essa a razão pela qual não se realizou a autópsia, mas sim para salvaguardar o pouco que restava da sanidade mental de Yolanda, que, desde o momento da morte dos bebês, pediu, por favor, que não aumentássemos o sofrimento deles submetendo-os a uma autópsia. Ela falou com estas palavras: "Não abram os meus filhos de alto a baixo". Eu sei qual é o protocolo, mas, entenda, eu também era a avó daqueles meninos. Respondo pelos meus atos, e mantenho a afirmação de que se tratou de uma decisão acertada.

— Yolanda declarou que os meninos faleceram por morte súbita.

O pai de Marcel Tremond interrompeu-a, irritado.

— Yolanda está confusa, mistura tudo devido à medicação que anda tomando. Nem ela tem certeza do que aconteceu hoje ou ontem; é isso que estamos tentando explicar a você. — A esposa pousou sobre seu ombro uma mão tranquilizadora.

Amaia resfolegou, ganhando um olhar de reprovação do juiz, e tratou de se apressar a formular outra pergunta antes que ele se arrependesse.

— Que tipo de relação vocês mantêm com os advogados Lejarreta y Andía? — perguntou, dirigindo-se de novo a Marcel Tremond.

— São advogados de Pamplona especialistas em direito comercial; eles fazem assessoria em alguns dos meus negócios e também são bons amigos.

A última parte da resposta a surpreendeu; ele admitia não só conhecê-los e ter negócios com eles como, além disso, mantinham uma relação pessoal e de amizade. Pensou com cuidado na maneira como iria formular a pergunta seguinte.

— Devo pressupor que foram eles que apresentaram vocês aos Martínez Bayón?

— Sim — ele respondeu, cauteloso.

Ela esperava que Tremond negasse, para poder confrontá-lo com a evidência de seu carro estacionado na frente da casa.

— Não era raro, então, que você frequentasse a casa deles em Baztán — declarou, ao mesmo tempo que ele assentia, derrubando metade de suas hipóteses. — Tive conhecimento de que na casa desse casal aconteciam reuniões que contavam com a presença do doutor Berasategui, um eminente psiquiatra, já falecido, acusado de vários crimes. Sabemos por intermédio de uma testemunha que mais de uma vez você se encontrou com ele na casa dos Martínez Bayón, e você deve imaginar que é de grande interesse para a investigação conhecer a natureza daquelas reuniões.

— Devo dizer que ficamos absolutamente em choque quando tivemos conhecimento da gravidade das acusações que pesavam contra o doutor Berasategui, mas, como a senhora disse, também era um insigne psiquiatra que dirigia a título pessoal grupos de apoio de natureza diversa. E era isso que ele fazia nas nossas reuniões: dirigir o nosso grupo de apoio na dor e no luto.

Amaia se mexeu, inquieta, na cadeira. Não esperava por isso.

— Não sei se você sabe, mas os meus advogados também perderam uma filha quando era muito pequena, a exemplo dos proprietários da casa e de todos os que assistiam àquelas reuniões. A verdade é que nunca considerei a hipótese de aderir a um desses grupos, mas depois que Yolanda foi internada, eu percebi que havia me dedicado de corpo e alma a cuidar dela, e que as exigências dos seus cuidados e da sua dor quase haviam abafado a minha. Esse grupo me ajudou a superar as diferentes fases da dor e do luto e a ser capaz de erguer a cabeça e retomar a minha vida com esperança renovada; não sei o que teria sido de mim sem a ajuda deles, e, embora o doutor Berasategui pudesse ter essa vida dupla, eu lhe garanto que, pelo menos com o nosso grupo, o seu comportamento foi exemplar, e a sua ajuda, valiosíssima.

Markina ficou de pé, estendendo a mão para eles e dando por terminada a reunião; acompanhou-os até a porta e a fechou, encostando-se nela, depois se virou a fim de olhar para Amaia.

— Meritíssimo... — começou ela a dizer, mas não sabia muito bem o quê; só podia se defender em sua motivação e tentar fazê-lo compreender que tinha fundamento. Ela havia errado, seria melhor reconhecer.

— Fique calada, inspetora, fique calada pelo menos uma vez, e ouça. — Fez uma pausa que pareceu se eternizar, e Amaia reparou que havia voltado a chamá-la de inspetora. Barreiras não tão invisíveis assim. — Desde que cheguei a este cargo respeitei o seu trabalho, os seus métodos nada ortodoxos, a sua maneira de agir e de proceder pela mesma razão que o comissário, o diretor da prisão, o patologista ou os seus colegas o toleram. Os resultados. Você resolve casos, casos raros, casos pouco comuns. E faz isso à sua maneira, uma maneira pouco respeitosa das normas e dos procedimentos, uma maneira que irrita todos nós, mas que nós respeitamos porque entendemos que você é brilhante. Só que desta vez você ultrapassou todos os limites, inspetora Salazar. — Ela baixou os olhos, abatida. — Eu lhe dei o meu apoio, mas você passou por cima de mim, me obrigando a fazer papel de imbecil na frente da minha colega francesa. Acabo de autorizar uma busca aos arquivos do Hidalgo, e a próxima coisa que descubro é que você está na França abrindo um túmulo.

— Meritíssimo, é outra jurisdição, é outro país...

— Estou cansado de saber disso, mas por que não me informou?

— O senhor tinha deixado bem clara a sua posição a respeito das exumações, eu sabia que não me daria autorização.

— E, tendo em vista o resultado, você há de reconhecer que teria sido o mais acertado a fazer, ou não? — Amaia mordeu o lábio, resistindo à tentação de responder. — Não é verdade? — insistiu o juiz. Amaia assentiu. — Você tem noção da dor que a sua irresponsabilidade causou a esta família, que foi forçada a reviver o horror de perder os seus bebês? E o que dizer daquela pobre mulher, pelo amor de Deus, que perdeu quatro dedos e a visão de um dos olhos? Eu falei com você sobre a maneira como a dor e o sofrimento afetam as mães que perdem filhos, expliquei tudo com riqueza de detalhes — disse Markina, baixando a voz —, contei da minha experiência — acrescentou, sentando-se na cadeira para as visitas ao lado dela e obrigando-a a fitá-lo. — Te contei da minha família, Amaia — disse ele, voltando a chamá-la pelo nome, para dar mais força à sua censura. — Te falei da minha vida e, em vez de me escutar, de entender que a minha experiência me concedia algum conhecimento daquilo que estava dizendo, você julgou que isso me impedia de tomar decisões, julgou que isso me enfraquecia...

— Errei na decisão que tomei em recorrer à juíza francesa sem consultar você, mas não foi por acreditar que a sua experiência o enfraquecesse de algum modo; pensei que iria obter uma nova linha de investigação, algo mais substancial que pudesse mostrar a você, como me pediu. Eu me precipitei e cometi um erro, admito, mas dois bebês haviam falecido simultaneamente e não foi feita nenhuma autópsia; o marido estava ligado a Berasategui, aos advogados, àquela casa, e a mulher repetia uma história decalcada das outras que conheço.

— Amaia, aquela mulher está louca — gritou Markina de repente. — Tentei mostrar a você o que está acontecendo, tentei te explicar que elas veem o que querem ver e são capazes de qualquer coisa para fazer valer a sua história.

Amaia fitou-o em silêncio uns segundos antes de falar.

— Voltei a ser Amaia? — perguntou, conciliadora.

— Não sei, não sei, não paro de me perguntar por que motivo você não veio falar comigo, porra, quando estou te dando o que você precisa, tudo que você me pede... Como foi a busca nos arquivos do Hidalgo?

— Péssima. Quando chegamos lá a mulher tinha feito uma fogueira com os arquivos, acho que alguém a avisou. No momento de fazer a busca, não restava nada além de cinzas. Ela disse que estava fazendo uma limpeza na casa e que tinha começado pelos arquivos, simplesmente pelos arquivos.

— E você desconfia de alguém da delegacia?

Amaia refletiu antes de responder.

— Sim.

— Pois então reveja de novo as suas ideias, inspetora, porque, se você acertar tanto quanto no resto, vai acabar destruindo a vida de alguém que não merece — disse Markina, pondo-se de pé e abrindo a porta.

Jonan estava à sua espera sentado numa cadeira em frente à mesa de Inma Herranz. Pela expressão na cara de ambos, era evidente que haviam ouvido pelo menos parte da conversa através da porta e, sem dúvida, o último comentário de Markina quando Amaia saiu.

Etxaide ficou de pé e se encaminhou para a saída para lhe abrir a porta, ao mesmo tempo que entredentes resmungava uma despedida à secretária, que não havia parado de sorrir e de olhar para a inspetora desde que esta saíra do gabinete de seu chefe. Viu quando Amaia lhe lançou um olhar hostil, a que a secretária respondeu com um ar depreciativo que lhe teria valido um confronto com sua chefe em outro momento, mas que esta ignorou, saindo da sala.

&

Jonan dirigiu em silêncio olhando de vez em quando para a inspetora, contendo-se com dificuldade e esperando ansioso que Amaia lhe desse um pretexto para dizer tudo o que ardia dentro de si, consumindo suas entranhas. Contudo, ela parecia inconformada, tinha se escondido por trás dos óculos de sol e, meio recostada no banco, permanecia em silêncio, pensativa e com uma expressão estampada no rosto que não o agradava nada. Ele já a vira em muitas ocasiões com mais ou com menos medo, mais ou menos confusa; sempre parecia haver um objetivo oculto, uma luz invisível para os outros que a guiava pelos meandros da investigação; no entanto, agora parecia perdida. Ou vazia, o que era ainda pior.

— O inspetor Iriarte me disse que já chegou a convocação para assistir aos cursos em Quantico.

— Sim — respondeu Amaia, cansada.

— Você vai?

— É daqui a quinze dias. Acho que vou aproveitar a viagem para visitar a família do James e fico por lá um pouco mais.

Jonan balançou a cabeça; se Amaia viu, não teceu qualquer comentário.

— Levo você para a delegacia ou para sua casa? — perguntou de novo quando já estavam chegando a Elizondo.

Amaia suspirou.

— Me deixe na igreja; se eu me apressar ainda chego a tempo — disse, consultando o relógio. — Hoje é o funeral de Rosario.

Etxaide parou o carro na praça, em frente à confeitaria e na passagem de pedestres de onde se podia ver a entrada principal da igreja dedicada a Santiago. Amaia se preparava para sair do carro quando Jonan lhe perguntou:

— É isso mesmo?

— O quê?

— Também vai se render a isso?

— Do que está falando, Jonan?

— Eu me refiro ao fato de que não sei o que você quer indo ao funeral de uma pessoa que sabe que não está morta.

Amaia se virou para ele e soltou um suspiro sonoro.

— Eu sei? Não sei de nada, Jonan. O mais provável é que esteja enganada, assim como em todo o resto.

— Ah, por favor! Não estou reconhecendo você. Uma coisa é se enganar e meter os pés pelas mãos, e outra muito diferente é capitular. Vai abandonar a investigação?

— O que você quer que eu faça? As evidências são esmagadoras, não se trata de ter metido os pés pelas mãos, Jonan, mas de um erro que quase custou a vida de uma pessoa e que vai deixar sequelas nela para sempre.

— Essa mulher está louca, e é provável que tivesse feito a mesma coisa mais cedo ou mais tarde. O juiz não pode responsabilizar você, que deu todos os passos lógicos numa investigação: não havia autópsias dos bebês, o pai tem ligação com os advogados, portanto com Berasategui e, portanto, com Esparza; qualquer um teria agido como você. Havia fundamentos, e a juíza francesa viu indícios suficientes, e foi por isso que ela concedeu o mandado, se bem que agora quer lavar as mãos. Não seria obrigada a recorrer a uma juíza francesa se Markina tivesse apoiado você.

— Não, Jonan, Markina tem razão: eu não devia ter passado por cima da autoridade dele.

O policial balançou a cabeça.

— Você está se enganando.

Amaia ficou colada ao chão; durante alguns segundos, limitou-se a olhar para Jonan, desconcertada.

— O que você disse?

Etxaide engoliu em seco e passou a mão, nervosa, pelo queixo num claro gesto de irritação. Era difícil dizer isso; no entanto, olhou-a bem dentro dos olhos e acrescentou:

— Eu digo que você não está sendo objetiva; seu envolvimento pessoal não lhe permite ser razoável.

Escutar essa censura de Jonan provocou nela um misto de surpresa e de irritação que foi quase de imediato substituído pela curiosidade. Ela ficou olhando para ele, avaliando o quanto saberia, o quanto pressentia, consciente de que havia acertado em parte.

— Lamento, chefe, você me ensinou que o instinto é fundamental num investigador, a outra linguagem, as informações que processamos de outro modo; uma investigação é isto: se enganar, errar, seguir por uma galeria escorando achados, errar de novo, abrir uma nova linha... Mas hoje você está negando tudo o que me ensinou, tudo em que acredita.

Amaia fitou-o, cansada.

— Hoje não sou capaz de pensar — ela disse, desviando o olhar para a rua Santiago. — Não quero me enganar, não quero errar.

— E então é melhor se deixar levar pela corrente — acrescentou Jonan, sarcástico.

Amaia pousou a mão na maçaneta do carro.

— Não acredito que a sua mãe esteja morta. O casaco encontrado no rio foi uma isca, e tanto a Guarda Civil como o juiz Markina se precipitaram nas conclusões que tiraram.

Amaia fitou-o em silêncio.

— Em relação à busca na casa da enfermeira Hidalgo, eu também acho que alguém a avisou — continuou Etxaide.

— Não tenho como saber, Jonan. As meras suspeitas não são suficientes.

— Não foi necessariamente alguém da delegacia.

— Nesse caso, o que você está insinuando?

— Que a tal secretária do juiz tem verdadeira aversão a você.

Amaia negou.

— Por que essa mulher faria uma coisa dessas?

— E a respeito do juiz...

— Cuidado, Jonan — avisou Amaia.

— O seu envolvimento pessoal com o juiz atrapalha o seu raciocínio.

Ela o encarou de novo, desconcertada pela sua ousadia, mas dessa vez nem a prudência foi suficiente para conter sua irritação.

— Como se atreve?

— Me atrevo porque me preocupo com você.

Ela teve vontade de responder algo categórico, algo forte e contundente, mas se deu conta de que não havia nada que pudesse dizer que fosse tão irrefutável como o que Jonan acabara de dizer. Conteve as emoções, esforçando-se para ordenar os pensamentos antes de responder.

— Eu nunca deixaria uma questão pessoal afetar as minhas decisões numa investigação, não importa o que isso envolvesse.

— Pois então não comece hoje.

Amaia olhou para a igreja e saiu do carro.

— Preciso fazer isso, Jonan — respondeu, consciente do absurdo de sua resposta.

Fechou a porta, pôs o capuz do casaco e atravessou a rua Santiago; caminhando determinada pelo calçamento em frente à igreja, subiu a escadaria até a entrada sentindo cravados em suas costas os olhos de Etxaide, que continuava a observá-la de dentro do carro, com o vidro aberto para poder ver através da chuva de granizo.

Empurrou a pesada porta da igreja de Santiago, que, não obstante, cedeu silenciosa e suave sobre as dobradiças, entreabrindo uma fresta, por onde pôde ouvir o som estrondoso do órgão e sentir o cheiro de livros velhos daquela igreja que para ela era a dos funerais.

Retrocedeu um passo e deixou que a porta se fechasse de novo enquanto encostava a testa à madeira polida pelo afago de milhares de mãos.

— Maldição — resmungou.

Girou nos calcanhares e atravessou a rua, passando na frente do carro de Jonan, que olhava para ela ostentando um sorriso rasgado e com o vidro ainda aberto.

— Desapareça daqui! — gritou para ele, irritada, ao passar perto do carro.

Jonan sorriu mais ainda, deu a partida e arrancou, levantando a mão num gesto pacificador.

☙

Ela caminhou em um passo apressado, atravessando a praça e a rua Jaime Urrutia enquanto sentia o granizo fustigar seu rosto dolorido pelo frio, e só na ponte afrouxou o passo quase até se deter para ver o açude através das gotas pesadas que dificultavam a visão, enchendo a atmosfera com sua presença sólida. Debaixo do arco que dava acesso à casa, sacudiu a água que trazia agarrada à roupa e entrou. Engrasi estava de pé junto às escadas; envergava um vestido cinza que usava apenas para os funerais e trazia um colar de pérolas que lhe dava um ar de dama inglesa.

— Tia! O que está fazendo aqui? Pensei que... Você vai...?

— Não — respondeu Engrasi. — Hoje de manhã levantei e pus este vestido e estas pérolas de rainha-mãe, juro para você que estava bastante convencida, mas, à medida que a hora ia se aproximando, fui perdendo a convicção. Falei com os meus botões: o que você está fazendo, Engrasi? Não pode ir ao funeral de uma pessoa se não acreditar que ela está morta, não acha?

— Ah, tia! — exclamou Amaia, aliviada, precipitando-se para seus braços. — Graças a Deus!

Engrasi a manteve apertada de encontro ao peito por alguns segundos; depois a afastou e, fitando-a nos olhos, disse:

— E, mesmo que tivesse morrido, eu também não rezaria pela alma dela. Ela tentou matar o Ibai e quase me matou. Não sou assim tão piedosa.

Amaia assentiu, convencida. Era por coisas como essa que adorava a tia.

— Convidei a Flora para almoçar. Todos virão para cá depois do funeral, então vou trocar de roupa e começar a preparar o almoço.

— Quer ajuda?

— Sim, mas não para cozinhar. Assim que as suas irmãs chegarem, vamos ter que aguentar a enxurrada de críticas por não termos ido ao funeral; quero que você mantenha a calma e que a coisa não termine em discussão. Você acha que consegue?

— Agora que eu sei que você pensa como eu, vou conseguir. Juntas, nós vamos conseguir. Posso aguentar tudo se você estiver do meu lado.

— Eu estou sempre do seu lado, minha menina — disse Engrasi, piscando para ela.

Capítulo 30

A INTENSIDADE DO FRIO E A UMIDADE que reinavam lá fora se infiltraram pelos recantos da sala, competindo com o calor vivo da lareira.

Flora segurava Ibai no colo e sorria encantada enquanto cantava para ele uma canção acompanhando a letra com pulinhos.

Sorgina pirulina erratza gainean,
ipurdia zikina, kapela buruan.
Sorgina sorgina ipurdia zikina,
tentela zara zu?
Ezetz harrapatu.[7]

Ibai gargalhava, e Amaia olhou para ela surpresa: os olhos das irmãs sempre eram atraídos pelos bebês, talvez devido ao fato de nunca terem tido oportunidade de ter filhos, mas ela nunca vira Flora fazendo palhaçadas e engrossar a voz para falar com o menino. Achou curioso e surpreendente, uma dessas atitudes que não achamos possível em algumas pessoas; pensou no que a tia havia dito a respeito do que Flora sentia por Ibai.

James a cumprimentou com um beijo breve e um ar sério, embora tenha servido vinho e estendesse uma taça para ela enquanto perguntava:

— Muito trabalho?

— Sim, cheguei tarde e decidi ficar aqui fazendo companhia à tia.

— Depois falamos — interrompeu James, distribuindo as taças pelos restantes.

Flora insistiu em dar a mamadeira para Ibai. Teceram alguns comentários em relação ao funeral, ao lindíssimo ofício que o padre havia

---

[7] A bruxa malvada montada numa vassoura,/ a bunda suja, a carapuça na cabeça./ Bruxa, bruxa, da bunda suja,/ você é tonta?/ Não me pega! (N.A.)

celebrado e à quantidade de pessoas que tinha assistido, mas nada a respeito do fato de elas não terem comparecido. Amaia tinha certeza de que a firmeza na decisão de Engrasi em não assistir fora fundamental. A tia era a chefe da família, uma mulher que em toda a sua vida sempre manifestara sua opinião e sua postura, tinha vivido a vida de acordo com suas normas e continuava a fazê-lo. Esse tipo de mulher que respeita que façamos o que nos der na telha desde que sempre assumamos as consequências e não tenhamos a pretensão de lhe dizer que aja ou que pense como nós.

Ela deitou Ibai e foi ajudar a tia a levar para a mesa o carneiro assado com batatas e molho de cerveja, e todos se sentaram para almoçar.

— Há um assunto que eu gostaria de tratar e precisava esperar que estivéssemos todos juntos — disse Flora, olhando para as irmãs —, pelo menos para evitar mal-entendidos. — Observou todos os presentes e continuou: — Hoje eu levantei muito cedo, saí para dar um passeio e me deu vontade de tomar um café, por isso fui até a fábrica e, quando tentei abrir a porta com a minha chave, descobri que não funcionava. Sabem alguma coisa a esse respeito?

— É verdade — disse Amaia. — Outro dia, quando tentei entrar, também me dei conta...

— Troquei a fechadura — Ros interrompeu-a.

— Caramba! — exclamou Flora. — E não estava pensando em contar para nós?

— Claro que sim, mas, como você, eu estava esperando que estivéssemos as três juntas para evitar mal-entendidos — declarou, olhando para a irmã.

Flora pegou a taça e, sustentando o olhar da outra, disse:

— Vai ter que me dar uma cópia.

Ros pousou os talheres sobre o prato sem deixar de contemplá-la.

— Pois, para ser sincera contigo, não — replicou, captando a atenção de todos, que a observaram na expectativa; até Flora ficou imóvel, com a taça na mão parada a meio caminho. — Agora sou eu quem cuida da fábrica, do trabalho, dos horários, das receitas; tudo está organizado do meu jeito. Vocês serão muito bem-vindas sempre que quiserem me visitar, mas acho que, se sou eu a responsável pelas encomendas, pelas contas, pela papelada, não existe razão para que alguém entre na fábrica quando eu não estiver lá, já que qualquer pequena mudança ou alteração no meu sistema pode causar transtornos importantes no trabalho. Espero que compreendam.

Amaia olhou para a tia e para James antes de responder.

— Acho que você tem razão. Nós continuamos a nos comportar como quando o *aita* era vivo, entrando na fábrica como se fosse a casa da sogra. Eu respeito isso, Ros. Me parece certo. É o seu trabalho e não é normal entrarmos lá quando você não estiver.

— Pois eu não acho nada normal — respondeu Flora. — Pode ser que você, sim, Amaia, porque nunca trabalhou na fábrica, mas devo te lembrar de que era eu que estava à frente de tudo até um ano atrás.

— Bom, mas agora sou eu — respondeu Ros, com toda a calma.

— Metade da fábrica continua a ser minha — refutou Flora.

— E é por isso que todos os meses eu entrego a sua parte nos lucros. No entanto, agora você não mora na aldeia, não trabalha na fábrica, não está a par das encomendas dos clientes nem de nada relativo ao trabalho; não vejo o que você pode ter de tão importante para fazer num lugar com o qual já quase não tem ligação de nenhuma espécie quando não estou lá.

Flora levantou a cabeça e abriu a boca para responder, mas se conteve por alguns segundos enquanto levava outra garfada à boca e sorria, preparando a artilharia. Mastigou devagar, pousou os talheres sobre o prato, bebeu um gole de vinho e então falou:

— Você sempre foi uma garota muito burra, maninha. — Ros começou a abanar a cabeça enquanto nos seus lábios se desenhava o desconcertante vislumbre de um sorriso. — Sim — confirmou Flora. — Sempre dependeu de alguém que fizesse a parte difícil do trabalho no seu lugar. Conheço muitas pessoas como você, sempre na sombra, caladinhas e imóveis até verem uma oportunidade e depois, zás! Sobem no trono que não pertence a elas. Quem você pensa que é? Clientes, encomendas, trabalho e receitas... Os clientes quem trouxe fui eu; as encomendas que você tem foram administradas por mim, e as receitas, pelo amor de Deus! Eu escrevo livros de receitas de confeitaria e você está insinuando que vou entrar na fábrica para roubá-las. Que ridículo.

Amaia interveio.

— Flora, a Ros não disse isso.

— Fique quieta, Amaia — cortou Ros. — Não se meta, este assunto é entre a Flora e eu — disse, virando-se de novo para a irmã mais velha. — Eu tenho o dobro de encomendas que você tinha há um ano, clientes novos, e, o que é melhor, os antigos estão mais satisfeitos, com um monte de receitas novas e outras tradicionais adaptadas que são um grande sucesso. Mas você já deve ter reparado nisso, considerando a quantia que eu deposito na sua conta todo mês.

— Isso é o de menos — sentenciou Flora. — A questão é que a fábrica é tão minha quanto sua, e estou considerando a possibilidade de me instalar de novo em Elizondo. Conheci um homem — disse, lançando para Amaia um olhar carregado de intenção —, e nós temos uma relação estável; além disso, o programa de televisão é nacional e se eu viajar até os estúdios uma semana por mês consigo gravar todos os episódios.

O olhar de Ros denunciava o desconcerto que tudo aquilo lhe causava. Flora continuou:

— Não tenho problema nenhum em voltar a ficar à frente da fábrica, como era antes, mas se você não estiver de acordo só me ocorre uma solução: compro a sua parte e adeusinho.

— Flora, você não pode estar falando sério! — interveio a tia.

— Não sou eu quem está dizendo, tia; se a Ros acha que não há lugar na fábrica para as duas, uma de nós terá que sair. Compro a parte dela e ela ainda sai ganhando.

— ... ou então eu compro a sua — respondeu Ros, com uma calma assombrosa.

Flora se virou para a irmã fingindo surpresa.

— Você? Não me faça rir. Ou você está mentindo em relação às contas e o negócio vai melhor do que diz ou então ganhou na loteria, porque até onde eu sei a casa em que você morava com o Freddy está hipotecada e aquele seu maridinho gastava tudo o que você ganhava e mais se tivesse, portanto nem imagino de onde você pensa que vai desenterrar o dinheiro.

Ros a contemplava em silêncio, sustentando seu olhar de uma maneira que era surpreendente nela. Flora também percebeu, e Amaia soube que para a irmã mais velha isso era ainda mais desconcertante do que para os outros; viu-a desviar o olhar e sorrir antes de continuar a falar como que para demonstrar que ainda dominava a situação, embora fosse evidente que começava a germinar nela a dúvida de que talvez houvesse algo que lhe estava escapando.

— Bom, pois já está tudo esclarecido. Vamos pedir uma auditoria e uma avaliação, e se você for capaz de cobrir o valor...

Ros assentiu e ergueu a taça num brinde mudo. Concluíram um almoço em que a conversa recaiu quase por obrigação em James, na tia e em Amaia, apesar de esta a princípio ter jurado que, se acabassem discutindo, seria com ela e com a tia. Esta, olhando maliciosa para Flora, perguntou:

— E me diga uma coisa, Flora. Quem é esse homem que conseguiu roubar o seu coração e te fazer renunciar a viver perto do mar?

— Pergunte à Amaia. Ela também acalenta belos sentimentos por ele — respondeu, pondo-se de pé ao mesmo tempo que consultava o relógio. — A propósito, vou ser obrigada a deixar vocês. Combinei de me encontrar com ele e estou atrasada.

Amaia esperou até ver a irmã sair e negou com um movimento de cabeça.

— A Flora não dá em vocês a sensação de um constante *déjà-vu* sempre que vai embora? Acho que ela é especialista nesse tipo de saída dramática. Deviam estudá-la em Hollywood para recuperar o glamour da Greta Garbo... Ela está saindo com o Fermín Montes.

— Com Fermín, o inspetor Montes? — perguntou James, intrigado.

— Sim, com Fermín, com o mesmo inspetor Montes que quase estourou os miolos. Foi por isso que nós discutimos no outro dia.

Capítulo 31

O advogado da família Berrueta havia solicitado que o proprietário das minas de Almandoz prestasse depoimento em Elizondo em lugar de o fazer numa delegacia francesa. Iriarte se encarregaria disso naquela manhã. Telefonara cedo para Amaia para avisar que não era necessário que ela também estivesse presente; era sábado e, além disso, a título oficial já se encontrava de férias.

— O Jonan já chegou?

— Não, mas hoje não precisava vir.

— Tínhamos combinado que ele viria me trazer as ampliações das fotografias do interior da sepultura que tirou ontem em Ainhoa...

— Já viu seus e-mails?

Sim, não tem nada lá. Imagino que vai me enviar ou passar por aqui para trazer na parte da manhã. — Dito isso, desligou o telefone.

Engrasi e Amaia tinham mandado James comprar madalenas com Ibai e prepararam dois cafés para acompanhar a conversa.

Amaia se sentou com sua xícara diante de Engrasi.

— Tia — disse, chamando sua atenção e se certificando de que Engrasi a fitava nos olhos.

Engrasi desligou a televisão.

— Eu o vi no bosque há um ano, eu o vi tal como estou vendo você agora, a menos de cinco metros, e pelo menos em mais três ocasiões o tive tão perto de mim a ponto de escutar os silvos que ele emitia, como se estivesse ao meu lado; a última vez foi há muito pouco tempo. No ano passado, conheci aquele guarda-florestal que afirmava ter se encontrado com ele, se bem que a verdade é que dispararam contra ele e o choque pode ter alterado a percepção do que na verdade aconteceu. Você me contou que o viu por acaso quando tinha dezesseis anos e tinha ido buscar lenha no bosque, e depois houve o caso do professor Vallejo. Se tivesse de escolher no mundo todo um candidato menos apto como testemunha de uma aparição como essa seria ele, nunca conheci uma mente mais racional e científica — afirmou Amaia, olhando por breves momentos para a tia, que estava quieta ouvindo. — No entanto, não são as pessoas que o viram que me interessam, mas sim a frequência com que tem aparecido nos últimos tempos. Não o vi por acidente, tia, eu o vi porque ele quis ser visto. E eu preciso saber por quê.

Engrasi esvaziou com dois goles o conteúdo de sua xícara e falou:

— Pensei muito sobre isso, li sobre o mito, as lendas, acho que li tudo o que foi escrito sobre o *Basajaun*. Ele, bem, supõe-se que seja o guardião do equilíbrio, o senhor do bosque, aquele que cuida e que preserva a proporção entre a vida e a morte. Acho que tudo faz parte de uma espécie de jogo de contrapesos, e por alguma razão que desconhecemos a ofensa é tão grande que se quebrou um equilíbrio que era importante para que as coisas fossem o que deviam ser, uma ofensa grande a ponto de o obrigar a aparecer. A morte contranatural que pressupuseram os assassinatos daquelas moças no ano passado ou o caso desse monstro que induziu durante anos a cometer assassinatos e a abandonar os restos mortais das vítimas no nosso vale, sem mencionar o que esteve prestes a acontecer com o Ibai. Não sei o que você vai pensar, mas, para mim, sem dúvida, qualquer um desses atos parece terrivelmente desconcertante, surpreendentemente obsceno, e, como é óbvio, se partirmos de uma base de equilíbrio de poderes, não posso imaginar algo mais desequilibrador do que um assassino semeando cadáveres pelos montes e pelo rio, os domínios dessas forças.

— O rio — murmurou Amaia entredentes.

— O rio — repetiu a tia.

Limpe o rio, lave a ofensa, ressoaram-lhe as vozes das lâmias dentro de sua cabeça.

— Então, o que significa? Isso porque nós partimos do princípio de que se trata de um fato excepcional que uma criatura mitológica decida aparecer no bosque; das duas, uma: ou estamos todos nós sob a influência alucinógena de alguma erva que cresce nos montes ou então deve haver uma razão, uma razão que ainda perdura, algo que vai além daqueles crimes — manifestou Amaia.

— Sem dúvida que existe uma razão, Amaia, mas... Estou sempre tentando te dizer... Tenho medo por você, tenho medo das portas que você pode abrir, dos lugares para onde a sua busca pode te levar.

— Mas o que eu posso fazer? As anomalias continuam a acontecer no vale como um clamor, não posso abstrair isso. Não se trata apenas das meninas do rio, nem dos restos mortais na gruta de Arri Zahar, nem dos ossos dos *mairus* queimando no altar da igreja... Os bebês e a morte súbita surgem enredados de forma obscura com um ser tenebroso da nossa mitologia.

— *Inguma* — sussurrou Engrasi.

— O demônio que rouba o ar dos que dormem... Um perito — disse Amaia, sorrindo ao pensar no padre Sarasola — me contou que, em outras culturas e religiões, existe a presença de um demônio de características idênticas; o mais antigo apareceu já na demonologia suméria, mas se repete na África, nos Estados Unidos, no Japão, na Nigéria, nas Filipinas, só para mencionar alguns lugares, e em todos os casos as características dos ataques dele são idênticas: ele se concentra numa determinada zona geográfica, num certo grupo etário ou de gênero, e as mortes começam a se repetir durante o sono sem que ninguém possa fazer nada. Existem casos documentados cientificamente, e o Centro de Controle de Doenças de Atlanta, nos Estados Unidos, chegou a criar um alerta porque eles pensaram que as mortes que aconteciam sem controle nem explicação eram causadas por uma epidemia de algum tipo. O que você pode me dizer sobre isso?

Engrasi assentiu por diversas vezes enquanto pensava.

— O terror noturno é um tipo de parassonia, causada pelo estresse, do tipo que você tem sofrido a vida toda, uma maneira de manifestar um grande pesar mediante pesadelos terríveis. Quando trabalhei em Paris, tive um caso e estudei muitos outros, e depois, por causa dos seus pesadelos, li muito sobre o assunto. Os pesadelos podem ocorrer como parte de uma perturbação grave de ansiedade, como no caso da doença de Efialtes, que em grego seria "aquele que salta". As pessoas que sofrem disso relatam vários tipos de alucinações, presenças no quarto, presenças ameaçadoras que pairam sobre a cama; algumas relatam visões nas quais puderam contemplar figuras obscuras, sombras fantasmagóricas aos pés da cama ou ao lado delas. As mais terríveis são as táteis, quando a pessoa chega a sentir a presença física do visitante. Até aqui vai a explicação científica, porque desde a Antiguidade esses ataques são atribuídos a súcubos, íncubos ou Daemon, espíritos demoníacos que torturam os seres humanos durante o sono com visões terríveis ou com a sua simples presença, e os mais perigosos são os que vêm acompanhados por alucinações respiratórias, uma sensação de estrangulamento ou asfixia. No caso que tratei em Paris, uma moça jurava que todas as noites era violentada por um ser repulsivo que a imobilizava, impossibilitando-a de se mexer sob o seu peso e causando nela uma sensação terrível de sufocamento e de fadiga que a impedia de gritar. Conheço os casos de que o seu amigo fala; enquanto estudava o assunto, tive oportunidade de ver uma gravação feita pelo exército japonês devido ao fato de que um elevado número de soldados, à primeira vista saudáveis, começou a morrer enquanto dormia, encurralados nesses pesadelos asfixiantes. Eu posso te garantir que o vídeo era de arrepiar os cabelos. Por mais que repetissem que não passavam de pesadelos, aqueles jovens morriam de verdade, e presenciar a maneira como se debatiam com um atacante invisível que os comprimia e os esmagava de encontro à cama era horripilante.

Amaia olhou para a tia muito preocupada.

— O meu informante também me disse que no meio da histeria e do clima de paranoia que causou o fenômeno da bruxaria na região, com denúncias e confissões daquelas práticas que em boa medida eram geradas por medo das represálias vindas da Inquisição, uma parte da verdade ficou escondida. Quando Salazar y Frías se estabeleceu na região depois do auto de fé de 1610 ocorrido em Logronho, por intermédio do qual tantas pessoas foram assassinadas, aquele inquisidor conviveu com os vizinhos de Baztán por mais de um ano, e, embora tenha ficado na história por ser o "inquisidor bom", como o homem justo que depois de conhecer os nossos vizinhos regressou ao tribunal do Santo Ofício e afirmou que não havia presença satânica em Baztán e que, portanto, não se podia condenar ninguém à morte por essa razão, negou apenas a presença satânica, mas a verdade é que ele recebeu mais de três mil denúncias e mil e quinhentas confissões voluntárias de vizinhos que admitiram ter participado de uma maneira ou de outra dessas práticas. Ficou na história a afirmação de Salazar y Frías de que não era satanismo, era "outra coisa".

— É verdade, é conhecido o dado de que há cem anos em Baztán havia mais gente que acreditava em bruxas do que na Santíssima Trindade.

— Ele disse que se verificava todo tipo de prática para obter essa proteção não só contra eles como também através deles, conseguindo a sua colaboração ou o seu domínio de algum modo. Um processo que passava invariavelmente por se fazer uma oferenda.

— Eu as conheço e você também. Costumavam levar sidra, maçãs e até algumas moedas para a gruta de Mari, ou então pão e queijo para o *Basajaun*, que depois eram abandonados em cima de uma pedra. No entanto, as oferendas mudavam de feição quando se tratava de obter o favorecimento de outro tipo de força.

— Esse perito afirma que, no meio de toda a avalanche de boatos que se levantaram ao redor das práticas de bruxaria e das lendas que circulavam em torno delas, existem alguns fundamentados na realidade que levavam às práticas desses rituais, ao sequestro de mulheres muito jovens, virgens que eram sacrificadas e — Amaia fez uma pausa para olhar de frente para a tia — crianças muito pequenas que morriam em crimes rituais, como aquele que estavam preparando naquela noite na gruta.

— É verdade, é sabido, conhecido e documentado pelos especialistas em antropologia que percorreram esses vales que em alguns dos lugares onde por tradição se celebraram aqueles *sabats* apareceram restos mortais humanos. O crânio que é conservado em Zugarramurdi é famoso. — Fez uma pausa. — Você acha que pode estar acontecendo algo desse gênero agora?

— E se estivesse acontecendo? E se as profanações ou os restos mortais daquelas mulheres assassinadas fizessem parte do ritual de oferendas em que o meu filho esteve prestes a morrer? Um ritual que alguém retomou para convocar aqueles poderes. Tia, é possível trazer *Inguma* de volta para ele cobrar a sua colheita de cadáveres? Por que alguém iria querer levar consigo o corpo de um bebê morto?

Engrasi tapou a boca com ambas as mãos, num gesto claro de não querer deixar sair o que ali se encontrava.

Amaia suspirou.

— O uso de cadáveres é habitual em muitas religiões ocultistas em que os mortos representam o canal de comunicação entre os dois mundos, como no caso do vodu, e servem sempre para fazer uma oferenda ao mal.

— Essa "outra coisa" de que falou o inquisidor Salazar era uma realidade.

— Era ou é? — Enquanto falava, ela puxou o celular e consultou as mensagens que tinha; viu que não havia resposta de Jonan e pensou no quanto iria lamentar ter perdido aquela conversa quando contasse para ele.

— Você já se deu conta, minha menina analítica, lógica e prática, de que está falando de bruxaria no século XXI?

— "Quando as novas fórmulas não servem, recorre-se às velhas" — respondeu Amaia, citando a tia.

O interesse de Engrasi aumentava a olhos vistos.

— Eu adoraria conhecer a sua fonte, pois sei muito bem a que ele se refere. No Antigo Testamento se admite a existência de outros poderes, deuses menores, poderes geniais que precisavam de constantes sacrifícios e oferendas para se manterem ativos. Me veio à mente o modo como em três ocasiões a estátua do deus Dagon apareceu prostrada diante da Arca da Aliança, que havia sido colocada no templo dedicado a ele, até que na terceira vez se rachou e a cabeça e as mãos quebraram, o que foi interpretado como a submissão dos deuses menores perante o único Deus. Robert Graves, no seu livro sobre os deuses e os heróis da Antiga Grécia, afirma que quando Jesus nasceu, os deuses menores se retiraram para dormir até o fim dos tempos.

— Dormir até que alguém ou algo os despertasse...

— Se alguém o trouxe de volta, você já sabe por que motivo o guardião está se manifestando, e, se você tiver razão, terá sido necessária uma terrível aberração, uma oferenda ao mal tão extraordinária, uma ofensa de tamanha importância que não me espanta que esse tal padre do Vaticano tivesse ficado em pânico — sua tia disse, olhando para ela, como se assim pudesse extrair-lhe a informação e confirmar suas suspeitas.

Amaia teria sorrido diante de sua perspicácia não fosse pelo fato de que à sua mente haviam acorrido as imagens das profanações, o *itxusuria* familiar violado, a quantidade de pedras que havia sobre a mesa de rocha, o túmulo vazio da irmã, a penugem escura da cabecinha da filha de Esparza se projetando para fora daquela mochila debaixo de chuva e as palavras da velha *amatxi* Ballarena enquanto lhe contava que *Inguma* havia despertado em 1440 porque alguém quis acordá-lo e não se deteve na sua ceifa de vidas sem ter saciado sua sede.

Capítulo 32

Ela seguiu a pé até a delegacia, coisa de que se arrependeu de imediato, pois, apesar do bom ritmo da passada com que avançava, o frio já se apoderara dela. O agasalho que levara para o monte ainda não enxugara, e o casaco impermeável que havia escolhido para esse dia não era suficiente naquela manhã, com os últimos resquícios do inverno e um céu esbranquiçado que pressagiava neve. Assim que entrou, tropeçou no inspetor Iriarte acompanhado por Benigno Berrueta, que parou assim que a viu.

— Inspetora...

Amaia se aproximou, cautelosa. Não se podia prever a reação de um familiar. A dor e o desespero os levavam com bastante frequência a procurar bodes expiatórios de seu sentimento de culpa, e os policiais eram quase sempre o alvo de suas iras. Passara por isso milhares de vezes, vira outras tantas. Contudo, ao ver as mãos estendidas do homem e o olhar que procurava o seu, relaxou.

— Obrigado — disse o proprietário das minas —, obrigado pelo que tentou fazer. Eu sei o que aconteceu, e se a tivessem deixado fazer o seu trabalho, sei que nada disso aconteceria. Esta manhã, antes de vir para cá, fui visitá-la, à minha filha, que me disse que depois da explosão olhou dentro do túmulo e conseguiu vê-los... tinha uma massa disforme no lugar das mãos e um olho pendurado, e mesmo assim teve forças para apontar a lanterna para a sepultura e procurar os filhos. Eu sei que você vai pensar que estou louco por dizer isso: fico contente com o que aconteceu. É terrível, mas pelo visto era a única maneira; a minha filha teve consciência disso e foi por essa razão que fez o que fez, porque às vezes é preciso fazer o que precisa ser feito, e agora pela primeira vez em anos eu tenho a esperança de que ela fique boa. Hoje começou a chorar pelos filhos e pode ser que tenha começado a se curar.

Ela olhou para Iriarte, que permanecia ao lado do homem. Amaia assentiu, estendendo-lhe a mão, que ele tomou entre as suas, fazendo deslizar para a palma de sua mão um cartão pessoal...

— Obrigado — repetiu.

༄

A delegacia estava silenciosa no andar superior; aos sábados, a maioria dos policiais encontrava-se nos controles de trânsito, e o grupo da polícia criminal não tinha muito que fazer ali naquela manhã. Sem chegar a se sentar à mesa, ela examinou os e-mails no computador enquanto escutava Iriarte.

— Parece que vão conseguir salvar o olho dela, mas os ferimentos são graves e vão deixar sequelas para sempre. Não corre risco de morte e dizem que está se recuperando com uma força e uma rapidez surpreendentes. Como disse o pai dela, o que aconteceu parece ter desencadeado por fim o processo de luto; a aceitação é a parte mais dura, mas a partir daí ela vai começar a seguir em frente.

Amaia ficou em silêncio por alguns segundos enquanto refletia sobre o que ouvia.

— O juiz Markina me garantiu que a juíza De Gouvenain não vai apresentar queixa.

Iriarte bufou aliviado.

— É uma boa notícia, e nos últimos tempos nós andamos com falta delas. Acho que vou para casa almoçar com a minha família e comemorar esse fato...

— O Etxaide não passou por aqui?

— Hoje é sábado... — respondeu o policial como explicação.

— Sim — disse Amaia, sacando o celular e consultando de novo os e-mails. — Mas eu te falei que combinamos que ele me mandaria as fotos que tiramos ontem no cemitério de Ainhoa, e estou achando estranho.

Iriarte encolheu os ombros e se encaminhou para a saída. Amaia foi atrás dele enquanto digitava o número de Jonan; o sinal de chamada foi ouvido quatro vezes antes de aparecer a voz da caixa postal.

— Me ligue, Jonan — ela disse após o sinal.

❧

Amaia sentiu as picadas do frio no rosto assim que transpôs a porta da delegacia e aceitou a oferta de Iriarte de a levar até a casa de Engrasi. Ao passar pela frente da Juanitaenea, o inspetor comentou:

— Parece que a obra na sua casa não está progredindo.

— Pois é — respondeu, evasiva, e sem saber muito bem por que se sentiu muito triste. "Uma casa não é um lar", recordou as palavras do velho senhor Yáñez.

— Bom, faça uma boa viagem — disse Iriarte quando parou o carro na frente da casa. — Quando vocês vão?

— Amanhã ao meio-dia — respondeu Amaia enquanto saía do carro. — Amanhã.

❧

À tarde, o céu todo branco evidenciava a chegada iminente de uma nevasca. Eram cinco horas quando seu celular tocou e a mensagem no identificador de chamadas a surpreendeu: "Jonan casa". Nem se lembrava de Jonan ter telefone fixo, sempre ligava do celular. Uma voz de mulher falou do outro lado da linha.

— Inspetora Salazar? Sou a mãe do subinspetor Etxaide. — Ali estava a explicação. Ela se lembrava de que Jonan lhe dera o número uma vez quando ficou com os pais por uns dias enquanto a sua casa estava sendo pintada.

— Olá, minha senhora, como está?

— Estou bem, quero dizer... — Era evidente que estava nervosa. — Desculpe ter ligado, mas estou tendo dificuldade em localizar o Jonan e... Não queria incomodá-la, quem sabe vocês estejam trabalhando.

— Não, hoje não trabalhamos... Já ligou para o celular dele? — replicou, sentindo-se uma imbecil em seguida; é evidente que já devia ter feito isso; era sua mãe.

— Sim — respondeu a mulher. — Pensei que ele estivesse trabalhando. O meu filho tinha combinado de almoçar aqui em casa à uma hora e, bom... não quero parecer uma louca, mas ele telefona quando sabe que vai se atrasar, e acontece que não atende o celular.

— Talvez tenha pegado no sono — disse, sem acreditar em suas palavras. — Os últimos dias foram cansativos, chegamos a trabalhar de madrugada, pode ser que não tenha ouvido o telefone tocar.

Amaia se despediu da mulher e ligou de imediato para o número de Jonan, que de novo a remeteu para a caixa postal.

— Jonan, me ligue assim que ouvir esta mensagem. — Digitou o número de Montes.

— Fermín, está em Pamplona?

— Não, estou em Elizondo. Queria alguma coisa?

— Nada, deixe para lá...

— Chefe, o que foi?

— Nada... O Etxaide não foi trabalhar hoje; tínhamos combinado que ele me traria as ampliações de umas fotos e também não enviou. Não atende o telefone, e a mãe dele acabou de me ligar, está preocupada, diz que tinham combinado de almoçar e ele não apareceu nem avisou, estava preocupada. É a primeira vez que ela me telefona nesses dois anos.

Quando terminou de expor o assunto, sentiu-se ainda mais inquieta.

— Está certo — respondeu Montes. — Vou ligar para o Zabalza, que mora perto do Etxaide. Vai demorar uns minutos da casa dele até chegar lá e confirmar que está tudo bem, com certeza ele dormiu e está com o celular no silencioso.

— Sim — respondeu Amaia. — Faça isso.

James, sentado no meio das malas abertas em cima da cama, ia ticando coisas na lista que haviam elaborado para não esquecer nada essencial. Amaia dobrava com cuidado as peças de roupa com a finalidade de que ocupassem o mínimo de espaço possível. Não precisaria de muita roupa, só para a primeira semana, porque durante os cursos do FBI se usava o uniforme oficial da academia, que lhe entregariam assim que chegasse: um conjunto de moletom, bermuda e tênis, quatro camisetas, uniforme de campo, um colete à prova de balas, correias usadas na farda, botas, meias e uma placa de identificação como participante nos cursos, que devia usar bem visível o tempo todo. Canetas, um bloco de anotações e uma pasta com divisórias, além de um boné com a sigla do FBI, que era a única coisa que os participantes podiam levar para casa.

— O que está acontecendo com você? — perguntou James, que tinha estado a observá-la.

— Por que está me perguntando isso? — indagou Amaia, preocupada.

— Você dobrou a mesma camiseta três vezes.

Ela contemplou a peça de roupa que tinha entre as mãos como se fosse um objeto desconhecido que via pela primeira vez.

— Sim... — disse, atirando-a para dentro da mala. — Acontece que estou com a cabeça em outro lugar. — Tomou consciência de que já vivera aquela sensação antes e sabia perfeitamente o que vinha depois. —Preciso sair, James — disse de súbito.

— Para onde?

— Para onde? — repetiu Amaia, despindo o casaco de lã que costumava usar em casa e tirando o impermeável do cabide que havia atrás da porta. — Ainda não sei — respondeu, pensativa, olhando para o marido.

— Amaia, está me assustando. O que está havendo?

— Não sei — ela retorquiu, tendo consciência de que mentia. *É claro que você sabe*, ressoou a sua voz dentro da cabeça. Correu escada abaixo e James foi atrás dela, alarmado.

Engrasi, que vigiava Ibai no cercadinho, ficou de pé quando a viu.

— O que está acontecendo, Amaia?

O som do celular interrompeu sua resposta. Era Fermín Montes.

— Chefe, o Jonan estava em casa. O Zabalza foi lá, viu a porta meio aberta. Porra, Amaia! Deram um tiro nele.

☙

Tudo desmoronou à sua volta, explodiu num milhão de pedaços que saíram projetados para o vazio gelado do universo. Havia horas que sabia que alguma coisa não estava bem, sentira o peso na nuca como um desses viajantes indesejáveis das maldições árabes que trepam em nossas costas e que é necessário carregar por toda a eternidade. Deu por si então procurando o momento em que começara a sentir sua presença agourenta. Pensaria nisso mais tarde, prometeu a si mesma, agora não havia tempo. Fez as perguntas; com as respostas, ligou para Iriarte, ligou para a delegacia de Pamplona, entrou no carro e tirou do porta-luvas a sirene portátil, que quase atirou por cima do carro. Enquanto afivelava o cinto, o inspetor Montes pulou no banco do passageiro quase sem fôlego.

— Falei para me esperar.

Amaia acelerou o carro como única resposta.

— Não vamos esperar pelo Iriarte?

— Ele vai no carro dele — replicou, fazendo um gesto para o retrovisor, onde era visível o carro do inspetor, que acabava de alcançá-los. — O que o Zabalza falou exatamente?

— Que tocou a campainha e ele não abriu. Então, bateu na porta, que não estava fechada, embora de longe parecesse estar, e que ela cedeu com duas pancadas, que assim que entrou o viu estendido no chão e que tinham dado um tiro nele.

— Onde?

— No peito.

— Mas ele está vivo?

— Ele não sabia, disse que tinha muito sangue, chamou uma ambulância e me ligou.

— Como não sabia? Pelo amor de Deus, ele é um policial!

— Depois que a pessoa perde sangue o pulso fica muito fraco — explicou Montes.

Amaia bufou.

— Quantas vezes?

— O quê?

— Quantas vezes? — deu um grito para se fazer ouvir acima do alarido da sirene.

— ... duas, pelo que ele viu...

— Pelo que ele viu... — repetiu Amaia, acelerando um pouco mais em linha reta ao mesmo tempo que amaldiçoava cada quilômetro que separava Elizondo de Pamplona. — Ligue outra vez — ordenou.

Fermín obedeceu silencioso e desligou o celular depois de um segundo.

— Não atende.
— Pois então insista! — gritou. — Maldição! Insista!
Montes assentiu e voltou a ligar.

☙

Eles alcançavam os primeiros edifícios dos arredores da cidade quando começou a nevar. Os flocos se precipitaram sobre o carro com uma lentidão que, ao recordá-la mais tarde, lhe pareceria irreal. Tudo o que aconteceu desde que recebeu o telefonema de Montes pareceria dessa forma, mas a nevasca com seus flocos tão grandes como pétalas de rosas antigas caindo devagar sobre Pamplona ficaria gravada na memória até o dia de sua morte.

O céu desabava. O céu se rachava de dor, cobrindo a cidade, e para Amaia tudo era indiferente.

— Para que hospital? — perguntou.

Montes demorou uns segundos para responder.

— Está em casa.

Amaia olhou para ele, desconcertada, perdendo de vista talvez por tempo demais a estrada, que a cada segundo que passava se tornava mais perigosa.

— Por quê? — perguntou, desesperada, como uma criança pequena exigindo uma resposta urgente.

— Não sei — respondeu Montes. — Não sei... Talvez estejam estabilizando ele.

☙

A rua estava interditada. Algumas viaturas em ambas as extremidades impediam a passagem. Mostraram os distintivos e passaram pela barricada subindo com o carro na calçada e sem esperar que os carros da polícia desviassem. Em frente à entrada da casa havia duas ambulâncias e dezenas de policiais fardados que refreavam os vizinhos e os curiosos. Ela saiu do carro; correu até a entrada principal, cega pelos flocos de neve que ainda caíam inexoráveis cobrindo as superfícies e que, no entanto, não a impediram de reconhecer, estacionado em fila dupla diante da porta, o carro do doutor San Martín, uma visão fugaz à medida que ia avançando para dentro do prédio, que foi suficiente para gerar em sua mente uma espécie de catástrofe interrogativa.

— O que ele está fazendo aqui? — perguntou a Montes, que seguia atrás dela enquanto se precipitavam para dentro do edifício transpondo a porta de entrada que um policial fardado mantinha aberta. Ignoraram o elevador ocupado sem parar e correram escada acima enquanto Amaia repetia a pergunta:

— O que ele está fazendo aqui?

Montes não respondeu, e Amaia agradeceu por isso. A pergunta não era dirigida a ele, mas sim ao maldito universo, e ela também não queria resposta nenhuma, ainda que não pudesse evitar fazer a pergunta. Chegou ao andar de cima, empreendeu a subida de mais outro... Era o quarto ou o quinto? Não tinha certeza, avançava gerindo dentro de si uma bola ardente que mantivera afastada durante o trajeto até a casa de Jonan. Controlara-a impondo-se com fúria à medida que se concentrava nos quilômetros que se diluíam debaixo das rodas do carro. Contudo, no momento em que avistara o carro de San Martín, aquele arremedo de horror, de dor, de espanto, havia começado a brigar para nascer, subindo pelo seu peito como uma criatura repulsiva que queria sair pela boca. Ela correu e respirou fundo, arquejando e engolindo em seco, reprimindo o parto iminente de algo que nascia de suas entranhas. Desejou matá-lo, afogá-lo, impedi-lo de respirar, não permitir que nascesse. Estava prestes a alcançar o apartamento. Viu Zabalza pálido, transtornado, apoiado entre a porta de entrada e a do elevador; havia escorregado até se sentar no chão, desolado. Zabalza a avistou e ficou de pé com uma rapidez que não lhe teria atribuído ao ver o estado dele. Foi falar com ela.

No interior de Amaia retumbava a pergunta: O que ele está fazendo aqui?

Zabalza interceptou-a à porta.

— Não entre — sussurrou. Era uma súplica.

— Saia da minha frente!

Mas o policial não o fez.

— Não entre — repetiu Zabalza, segurando-a pelos braços com força.

— Me largue. — Amaia se esquivou, libertando-se do abraço dele.

Zabalza se mostrou implacável. Não combinava com seu ar abatido, com seu rosto transfigurado nem com sua voz, apenas um sussurro, a firmeza e a determinação com que a reteve abraçando-a de novo de encontro ao seu peito.

— Não entre, por favor, não entre — implorou, ao mesmo tempo que procurava com o olhar o apoio de Montes, que acabava de alcançar o quarto andar e balançava a cabeça.

Amaia sentia o rosto de Zabalza colado ao seu, podia sentir o cheiro de amaciante em sua camiseta e o aroma mais acre do suor na pele dele. Parou de se debater e, poucos segundos depois, sentiu que ele afrouxava o abraço; então empunhou a arma que trazia na cintura e a encostou ao flanco de Zabalza. Este recuou ao sentir a dureza do cano, afastando as mãos para os lados do corpo e fitando-a com infinita tristeza. Amaia entrou no apartamento, viu San Martín ajoelhado no chão ao lado de Jonan e obteve a resposta à pergunta que não quisera fazer, a resposta que não queria conhecer. Jonan Etxaide, Jonan, seu melhor amigo, sem dúvida a melhor pessoa que conhecera na vida, jazia no chão de barriga para cima, no meio de uma enorme poça de sangue. Tinham dado dois tiros nele. Um, tal como Montes lhe dissera, no peito, quase por baixo da base do pescoço. O orifício era escuro, embora tivesse sangrado pouco, pois a maior parte da hemorragia tinha sido causada pelo orifício de saída nas costas. O outro, na testa, mal havia chegado a descrever um círculo que, na parte superior da cabeça, havia levantado o cabelo castanho, achatando-o numa massa ensanguentada. Ela avançou com a pistola ainda na mão, alheia à agitação que causava nos policiais, que, surpresos, olhavam para ela da sala. E nesse momento, depois de prender com tanto cuidado a respiração, sentiu que não aguentava mais. Inspirou fundo, e isso foi suficiente para insuflar ânimo à criatura, que lhe subiu pelo esôfago e pela garganta, sufocando-a enquanto, resignada, abria a boca para deixar que o horror nascesse de seu interior. Sentiu que a sufocava, que não era capaz de respirar. A dor que trazia consigo era tão grande que fez seus olhos arderem à medida que a extraía dos pulmões até o último fôlego e lhe arrasava a garganta, causando uma náusea que a fez cambalear e cair de joelhos diante do corpo sem vida de Jonan Etxaide.

Então, de sua boca aberta nasceu aquele ser que ela havia gerado lá dentro e, enquanto seus olhos se enchiam de lágrimas, enquanto o peito se rasgava de tristeza, como acontecia com todos os frutos de seu ventre, amou-o, abraçou-o e se fundiu com a dor, sabendo que passaria a ser a coisa mais importante da sua vida e que, não obstante, teria preferido morrer para não o sentir. Debruçou-se, abriu os olhos e por entre as lágrimas viu suas mãos brancas repousando na poça escura de sangue, seu bonito rosto embaçado pelo ricto da morte, a boca entreaberta e os lábios pálidos, de onde havia fugido qualquer vislumbre de cor. Sentiu no peito uma laceração tão dolorosa que foi obrigada a levar ali as duas mãos para a reprimir, e só então se deu conta de que ainda segurava a pistola na mão, e olhou para ela, intrigada, perguntando-se o que fazer com ela. Montes se ajoelhou ao lado dela, com cuidado tirou a arma de suas mãos e olhou para San Martín. O professor por vocação, o homem que adorava falar sobre seu trabalho, não tinha palavras; o rosto acinzentado, coberto pela máscara inexpressiva da desolação, e em seus olhos brilhava algo parecido com uma reação, e era de incredulidade. Havia calçado as luvas e examinava os ferimentos com parcimônia e cuidado infinitos, passando com suavidade os dedos pelos cabelos amassados de sangue com um gesto pequeno e desconhecido que provocava no observador a sensação de que quase queria estancar as feridas com os dedos, empurrar para o crânio as lascas de osso, a massa cinzenta e viscosa, e o sangue que havia tingido tudo ao redor. Um cerimonial que Montes imaginou ser novo para ele, e que só parou para olhar para Amaia, que, já despojada da arma, havia cruzado os braços sobre o peito no que poderia parecer uma patética tentativa de se autoinfundir consolo e que San Martín reconheceu como sendo o esforço supremo para conter o impulso de tocar o corpo, contaminando a cena. Fitou-a nos olhos e contemplou-a devastado, com o rosto transfigurado e os lábios cerrados. Não disse nada, não podia. Fermín Montes e o doutor San Martín nunca tinham se dado especialmente bem, Montes não suportava os tecnicismos clínicos do médico, e San Martín era de opinião de que os policiais como Montes pertenciam a outros tempos e a outros métodos. Mas naquele momento, enquanto observava as mãos enluvadas do patologista, que repousavam sobre a cabeça de Jonan, ela soube que San Martín não poderia fazer aquela autópsia: ao mesmo tempo que olhava para Amaia, de modo inconsciente passava repetidas vezes a mão pelos cabelos de Jonan, acariciando-o.

≈

Não precisa ter vivido isso antes para o reconhecer, não é necessário. Há um instante, um fato, um gesto, um chamamento, uma palavra que muda tudo. E quando acontece, quando chega, quando é pronunciada, destrói o leme com que se julgava governar a vida e arrasa os planos ingênuos que se havia idealizado para o dia de amanhã, mostrando-nos a realidade. Que tudo o que parecia firme não era, que as preocupações com a existência são absurdas, porque a única coisa absoluta e total é o caos que nos obriga a nos curvarmos submissos e humilhados sob o poder da morte. Ela não conseguia parar de olhar para o cadáver; se o fazia, seu cérebro o negava de imediato e clamava de modo quase audível não, não, não. Por isso continuou a olhar para ele, torturando-se com a visão de seu corpo morto, de seus olhos sem luz, de sua pele pálida e de seus lábios agora secos, e sobretudo dos abismos escuros por onde a morte penetrara, o sangue amado, coagulado numa poça escura e ainda brilhante. Ficou assim, imóvel, ao lado dele, observando o rosto morto de seu melhor amigo, sentindo que a dor a fazia sua sem resistência à medida que tomava consciência de que jamais se recuperaria da morte de Jonan, que levaria a dor de perdê-lo cravada na alma até o último dia de sua existência. A certeza pesou-lhe como uma pedra, uma carga que, no entanto, aceitou agradecida por ter tido a honra de conhecê-lo por um tempo e de chorá-lo para sempre.

Sentiu uma mão sobre o ombro, e quando se virou viu o inspetor Iriarte, que exigia que o acompanhasse. Deu-se conta então das lágrimas densas e quentes que lhe haviam resvalado pelo rosto; enxugou-as com as costas da mão e, acompanhada por Montes, seguiu o inspetor até o corredor que unia a sala à cozinha, onde Zabalza aguardava. Iriarte parecia doente, acentuadas olheiras que não tinha de manhã haviam aparecido à volta dos olhos, e, quando falou, o lábio inferior tremeu um pouco, assim como sua voz. Pousou uma das mãos sobre o ombro de Amaia antes de falar.

— Inspetora, acho que é melhor você nos deixar aqui e alguém a levar para casa.

— O quê? — perguntou, surpresa, sacudindo a mão dele de seu ombro. Iriarte olhou para os colegas em busca de apoio, antes de voltar a falar.

— É evidente que você está muito abalada...

— Vocês também — respondeu Amaia, olhando para cada um deles. — Seria monstruoso se não estivessem, mas ninguém vai para casa. Estou há pelo menos quinze minutos neste apartamento e ainda estou esperando que alguém me informe sobre o que aconteceu aqui — declarou, com firmeza. — Jonan Etxaide é o melhor policial com quem tive a sorte de trabalhar. Nos anos em que trabalhamos juntos, ele mostrou um profissionalismo, um senso crítico e uma lealdade inigualáveis; essa perda é uma catástrofe, mas se vocês pensaram por um momento que eu vou para casa chorar é porque não me conhecem. Não sou a chefe do Departamento de Homicídios por acaso, por isso todo mundo vai começar a trabalhar. Vamos pegar o desgraçado que fez isso. Zabalza.

— Quando cheguei, a porta parecia fechada, estava encostada, como se, na saída, quem quer que tenha sido não a tivesse puxado com força suficiente. Quando bati com os nós dos dedos, ela abriu. Assim que abri a porta, eu o vi — Zabalza relatou, apontando para o canto que da entrada deixava ver a sala.

— Você revistou o apartamento?

— Sim, não havia ninguém, embora seja evidente que foi remexido e que faltam alguns aparelhos eletrônicos.

— A televisão está ali — disse Montes, apontando para uma tela plana por cima da lareira.

— Imagino que só tenham levado aquilo que podiam carregar.

Amaia balançou a cabeça.

— Isso não foi um roubo, meus senhores. E o celular dele?

— Também desapareceu.

— Liguei para ele uma dúzia de vezes e todas caíram na caixa postal. Se ainda estiver ligado, podemos localizar — disse, sacando seu celular e digitando o número de novo.

Desta vez não se ouviu sinal de chamada. Desligado ou fora da área de cobertura. Ela desligou e apagou o celular. Quando entrou no apartamento reconheceu o inspetor Clemos, da divisão de Homicídios de Pamplona. Ou muito se enganava, ou deviam estar prestes a afastá-los do caso; e não estranhou: era o que ela faria.

— Alguém falou com os vizinhos? Devem ter ouvido os disparos.

— Nada, não ouviram nada, pelo menos os deste andar. Neste momento estão perguntando aos outros.

Amaia se virou para olhar para a porta, onde se observava pelas marcas de pó preto a passagem da polícia científica, que já parecia ter terminado o trabalho de processamento do local do crime.

— Encontraram impressões digitais?

— Muitas, quase todas dele, e maioria imprestável; a entrada não foi forçada, tudo indica que ele abriu a porta para o assassino e o deixou entrar.

— Alguém conhecido... — acrescentou Iriarte.

— O suficiente para poder entrar e avançar até o meio da sala; alguém que à primeira vista não parecia perigoso, caso contrário Jonan teria sacado a arma. Também encontramos um cartucho vazio...

— Me deixem ver — pediu a um agente da polícia científica, que lhe mostrou uma cápsula dourada no interior de um pequeno saco plástico.

— Calibre nove milímetros I.M.I. É de fabricação israelense, e isso explica por que os vizinhos não ouviram nada: é de calibre subsônico, usado com silenciador. Sabem o que significa isso?

— Que o assassino veio aqui com o propósito de matá-lo — respondeu Montes.

— Sem dúvida. Onde está a arma do subinspetor Etxaide?

— Ainda não encontramos — retorquiu Zabalza.

Amaia deu um passo a frente, aproximando-se um pouco mais do grupo, e baixou a voz.

— Me escutem com atenção. Eu quero que vocês tirem fotos de tudo, por mim até podem tirar com o celular. O Clemos e a equipe dele estão aqui por algum motivo; acho que não vão demorar muito para nos afastar do caso, e vocês vão concordar comigo que isso não pode ficar assim.

Ela os viu assentir com pesar enquanto os deixava para trás e seguia para os dois quartos do fundo que compunham o pequeno apartamento, enquanto se dava conta de que, tal como Iriarte dissera, alguém tinha vasculhado a casa de forma minuciosa, demorando para inspecionar tudo com o máximo cuidado. Quase podia sentir a energia alheia do revistador, explorando a vida de Jonan com a avidez de um caçador. Já tinha visto muitas residências depois de um assalto, a busca por qualquer objeto de valor e o caos maiúsculo que deixavam para trás. Aqui o intruso não havia quebrado nem revirado nada; limitara-se a levar consigo dois notebooks, as câmeras fotográficas, os HDs externos e a coleção de canetas USB onde Jonan guardava com prudência todas as informações relacionadas aos casos, além das fotos. No entanto, sabia que ele ali tinha estado, com toda a probabilidade parado no mesmo lugar que Amaia ocupava agora, impregnando-se da presença do homem que acabava de assassinar. Amaia reparou numa fotografia onde ela aparecia ao lado de Jonan com a farda de gala e que, tirada no Dia da Polícia, repousava sobre uma prateleira, completando um trio. Nas outras duas, Jonan se exibia sorridente junto dos pais numa delas e ao lado de um homem no convés de um barco na outra. Deu-se conta então de que, apesar de Jonan ser seu amigo, não sabia quase nada sobre sua vida particular. Quem seria aquele homem? Pareciam felizes na foto, e Amaia nem sabia se o amigo tinha um companheiro. Regressou à sala e viu que haviam coberto o corpo com uma manta metálica prateada. O brilho incongruente que a luz arrancava do plástico captou-lhe um olhar fascinado por alguns segundos, até que o alvoroço atrás de si a arrancou do recolhimento. Acabara de chegar o juiz de instrução, acompanhado por um oficial de justiça, e observava circunspecto tudo ao redor. Trocaram um breve cumprimento ao mesmo tempo que Iriarte se aproximava de Amaia, estendendo-lhe um celular.

— Chefe, é o comissário. Disse que o seu celular está desligado.

Pois bem, ali estava por fim. Demorara um pouco mais do que havia calculado, contudo tinha trocado um par de olhares incômodos com Clemos, que fora falar com o juiz assim que o viu entrar.

— É verdade, a bateria acabou — mentiu.

Escutou o comissário lhe explicar que ia substituir toda a sua equipe no comando da investigação. A divisão de Homicídios de Pamplona se encarregaria do caso.

— Senhor, sou a chefe do Departamento de Homicídios — esgrimiu em justificativa.

— Lamento, Salazar, não vou permitir que você conduza este caso. Não posso fazer isso, e você sabe muito bem. Se estivesse no meu lugar, tomaria a mesma decisão.

— Está bem, mas na qualidade de chefe do Departamento de Homicídios eu espero que me mantenha informada.

— Pode ficar descansada, e espero que vocês colaborem com a equipe dando a eles todo o apoio, colaboração e informação de que eles necessitem para resolver o caso.

Antes de desligar, o comissário acrescentou:

— Inspetora... Lamento muito pela sua perda.

Amaia murmurou um agradecimento entredentes e entregou o telefone a Iriarte.

Capítulo 33

Quem dera o mundo parasse. Mas, quando morre alguém de quem gostamos, o mundo não para. Ela havia escutado e lido essa fala muitas vezes, e nesse dia desejou que fosse verdadeira, desejou-o com a mesma força com que se deseja que Deus exista, ou o amor verdadeiro, porque, se não for assim... A morte lhe ensinara a primeira lição quando era muito pequena e perdeu sua *amatxi* Juanita, com a morte do pai, quando era adolescente, e até com a que podia ser a sua morte. Quando alguém que amamos morre, o mundo não se detém, mas se reconfigura à nossa volta como se o eixo do planeta ficasse um pouco torcido, de um modo imperceptível para os restantes e que, no entanto, nos dota de uma clarividência que nos permite vislumbrar aspectos da realidade que nunca imaginamos, transformando-nos de repente de espectadores em maquinistas, concedendo-nos a duvidosa honra de ver a obra da parte oculta do palco, a parte reservada aos que não participam. Ali estão os fios, os nós e os maquinismos que movimentam o cenário, e descobrimos de repente que visto de cima parece irreal, empoeirado e pardacento. A maquiagem dos atores é exagerada, e suas vozes forçadas são dirigidas por um ponto tedioso que declama uma obra na qual já não temos papel algum. Quando morre alguém que amamos, essa pessoa passa a ser a protagonista de um espetáculo no qual somos convidados e cujo texto não sabemos, porque, embora Jonan Etxaide tivesse sido assassinado e jazeria em breve em cima da mesa de San Martín, a influência de sua ausência dominaria os dias seguintes com tanta força como se estivesse vivo e edificasse aquela obra.

Doíam-lhe as pernas, as costas, a cabeça. Sentada na sala de espera do Instituto Navarro de Medicina Legal, pensava nas tantas ocasiões em que vira passar os familiares das vítimas enquanto esperavam, como ela fazia agora. Percorreu a sala com o olhar, estudando as expressões dos colegas, que tinham se sentado e sussurravam naquele tom de voz reservado aos velórios e que a fez pensar nas mulheres reunidas no casarão dos Ballarena. Ficou de pé e foi até a janela. Os flocos de neve grandes e secos haviam branqueado a rua, amortecendo os sons da cidade, que parecia inesperadamente travada pela força da nevasca. Pensou então que Elizondo devia estar linda, e mais do que nada no mundo desejou voltar para casa. Montes veio se colocar silencioso a seu lado e como pretexto estendeu para ela um copo de papel cheio de café. Amaia tomou-o das mãos dele.

— Você já sabia que ele estava morto quando me telefonou.

Montes refletiu por um momento e assentiu. Poderia ter negado, mas só conseguiria com isso deixar Zabalza numa posição de perfeito imbecil.

— Sim, o Zabalza me contou. Eu assumo a responsabilidade por isso.

Amaia não respondeu. Virou-se para a janela segurando o copo de café entre as mãos geladas.

꩜

Josune há dois anos era assistente do doutor San Martín, e durante esse tempo já havia se acostumado à cara de perplexidade quando contava aos amigos o quanto se sentia bem no trabalho, que seu chefe era um sujeito divertido e que gostava do que fazia. Hoje não era um desses dias. Já fazia tempo que arrumara todos os instrumentos, as câmeras, os holofotes, tudo de que San Martín podia precisar. Não havia estudantes e em cima da mesa estava o corpo daquele policial que não suportava autópsias. Ela afastou o lençol que o cobria e observou, entristecida, o rosto dele, tão novo, os lábios entreabertos, os cabelos castanhos achatados e empapados de sangue e o crânio com um inchaço grotesco no lugar por onde a bala saíra.

Ele sempre ficava no fundo da sala, nunca se aproximava da mesa e jamais tocava nos corpos. O doutor San Martín costumava zombar disso depois que ele ia embora, mas ela sabia que o chefe gostava do subinspetor Etxaide; apreciava sua inteligência e sua sensibilidade. Não era necessário tocar num corpo para ser analista; a candura de suas reservas para com os cadáveres não o limitava como investigador, e havia observado em mais de uma vez a expressão satisfeita de San Martín quando fazia as vezes de professor e Etxaide respondia.

Cedendo a um impulso, estendeu a mão e acariciou com doçura a face do jovem. Imaginou que também devia gostar um pouco dele... Voltou a cobrir o corpo e esperou pela chegada do doutor San Martín.

❧

O doutor San Martín consultou de novo o relógio, sentado no enorme escritório que não utilizava para mais nada a não ser como sala de exposições para sua coleção de peças de bronze. Aquele gabinete era um espaço absurdo de madeiras nobres e móveis pesados que ocupava uma parte desproporcional do segundo andar do edifício e que havia herdado de seu antecessor, sem dúvida um sujeito refinado e ostentoso que mandara instalar, escondido entre os painéis da parede, um bar completo, que em outros tempos, imaginou, devia estar repleto de garrafas caras de licor. Ele só tinha uma de uísque Macallan, ainda com o selo intacto. Arrancou-o e bebeu um pouco do líquido aromático num dos esplêndidos copos trabalhados e também herdados. Sorveu um pequeno gole que lhe queimou a garganta e que recebeu agradecido; esvaziou o copo e se serviu de outro, generoso, antes de fechar a garrafa e regressar à cômoda poltrona que havia atrás da mesa, enquanto observava que o leve tremor de suas mãos começava a abrandar. Tomara a decisão correta, não era a primeira vez em sua carreira que se recusava a efetuar uma autópsia. Evitava as dos bebês, dos recém-nascidos, das crianças muito pequenas; suas mãos lhe pareciam enormes manipulando os diminutos órgãos das crianças; com elas se sentia desajeitado e brutal, e, por mais que o evitasse, não podia deixar de ver em seus rostos expressões minúsculas que ficavam gravadas em sua mente dias a fio, por isso já fazia algum tempo que delegava aquelas operações para algum dos colegas, que sem nenhum tipo de melindre as aceitavam encantados. Nunca lhe acontecera isso com um adulto, nunca até então, e não se dera conta disso até a dor de Salazar se fazer notar. Tinha razão; há coisas que um homem deve fazer e há outras que um homem jamais deve fazer.

O antigo telefone de baquelite que repousava em cima da mesa emitiu um som desagradável. San Martín levantou o fone e escutou.

— A doutora Maite Hernández está aqui, doutor.

— Está bem, já desço.

∽

Todo o calor que havia conseguido arrancar do pobre copo de café esfumou-se enquanto ela falava pelo telefone na entrada. Preferiu fazê-lo para fugir dos olhares atentos dos colegas e dos elementos da divisão de Homicídios, que esperavam na mesma sala que San Martín estivesse preparado para começar.

Os limpa-neves fizeram seu trabalho afastando os montes brancos para os lados e soterrando no processo alguns dos carros estacionados. Ela desceu a escada e escutou a angústia de James do outro lado da linha, à medida que ouvia o solo ranger debaixo dos pés no meio do silêncio artificial em que a nevasca mergulhara a cidade, que parecia arrastada de forma prematura para a noite.

— Como você está, Amaia?

Não precisou pensar duas vezes.

— Mal, muito mal.

— Não sei quanto tempo vou demorar para chegar, não tenho certeza se as estradas já vão estar desimpedidas e abertas, mas vou já para aí.

— Não, James, não venha. Acabaram de abrir esta rua, mas metade da cidade ainda está impraticável.

— Não quero saber, quero ir. Quero ficar com você.

— James, estou bem — ela se contradisse. — Isto aqui está cheio de policiais, ainda vamos esperar pela autópsia, e depois teremos de prestar depoimento, vai demorar horas e nem vou poder ficar com você...

Um grave silêncio estabeleceu-se na linha.

— Amaia... Já sei que não é o momento adequado, mas é que não vai haver outro...

Mais silêncio.

— É por causa da nossa viagem. O meu pai vai ser operado na segunda-feira.

— James — começou Amaia a dizer —, acontece que neste momento...

— Eu sei — interrompeu-a —, e entendo muito bem, mas você entende que eu preciso ir?

Amaia suspirou.

— Sim.

— Preciso estar lá, Amaia, é o meu pai, e a operação não é brincadeira, por mais que a minha mãe tente diminuir a importância disso.

— Já te disse que entendo — ela respondeu, cansada.

— ... e, bom, suponho que, já que você não vai cuidar desse caso, você vai poder nos encontrar depois do funeral, dentro de alguns dias.

— Depois do funeral? — protestou. — James, sou a chefe do Departamento de Homicídios e o Jonan era meu colega e o meu melhor amigo... — Enquanto ia falando, outro pensamento lhe passou pela mente. — Você disse nós?

— Amaia, vou levar o Ibai comigo como nós havíamos planejado; você não vai poder cuidar dele, e é uma responsabilidade muito grande para a tia, dentro de uns dias você se encontra conosco.

A confusão e o vazio se apossaram dela, nem por um momento lhe passara pela cabeça a possibilidade de se separar de Ibai, mas James tinha razão: nos próximos dias não poderia cuidar dele; o mais lógico seria respeitar o plano inicial. Sentiu-se terrivelmente cansada ao mesmo tempo que pensava de novo naquele instante em que uma palavra havia mudado o curso das coisas, relegando-a ao papel de mera espectadora da derrocada de sua vida. Sim, é verdade, James tinha razão. No entanto, queria discutir com ele, gritar o quê? Reclamar o quê? Exigir. Contudo, nem sabia o quê, e também não tinha forças para fazer isso. Um táxi parou diante da entrada e dele saiu uma mulher de meia-idade.

— Está bem, James. Depois continuamos a falar sobre isso. Agora eu preciso desligar.

— Amaia.

— O que é? — respondeu, irritada.

— Te amo.

— Eu sei — respondeu e desligou.

∞

Cinco minutos mais tarde, San Martín apareceu à porta da sala de espera.

— Inspetores — disse, dirigindo-se a todos. — Por razões pessoais, não vou realizar a autópsia do subinspetor Etxaide. A minha colega, a doutora Maite Hernández, uma renomada patologista forense, vai fazê--la no meu lugar. Eu vou supervisionar os resultados — disse, enquanto trocavam apertos de mãos.

— Salazar, vocês já se conhecem...

Amaia estendeu a mão à mulher, que a apertou com força ao mesmo tempo que murmurava entredentes:

— Lamento muito a sua perda.

E como única resposta, pegou-se proferindo algumas palavras que ouvira da boca da mãe de Johana, uma das filhas de Lucía Aguirre, e que naquele momento não entendeu.

— Cuide bem dele lá dentro. — Foi um erro, uma atitude inconsciente, uma súplica que lhe saiu da alma e que fez Montes deixar escapar com ruído todo o ar contido nos pulmões, cambaleando um pouco enquanto Zabalza apertava os olhos com força num gesto de grande contenção.

O inspetor Clemos e sua equipe acompanharam a médica até a sala, ao passo que eles ficaram ali plantados a observá-los com o desamparo dos cães abandonados.

— Pensei que talvez quisessem me fazer companhia no meu escritório — propôs San Martín, fazendo um gesto para a escada.

∞

Ela ficaria eternamente grata a San Martín por lhe ter cedido o gabinete naquele dia. Regressar ao espaço escuro e masculino onde estivera pela primeira vez um ano antes lhe causou uma enorme melancolia. Naquela ocasião, a mãe de Johana Márquez contou a eles entre lágrimas o premeditado assédio a que o marido havia submetido a menina, que acabou por violar e assassinar. Jonan a acompanhava, como sempre, e tinha se mostrado comovido com o empenho da mulher em rezar diante de uma daquelas esculturas de bronze. Amaia a procurou com o olhar e a encontrou no mesmo lugar de um ano antes, em cima da mesa de reuniões que com certeza nunca havia sido utilizada com esse fim. Uma magnífica pietà com pouco menos de um metro de altura em que, ao contrário das poses habituais, a Virgem segurava em ambos os braços o filho morto, colado de encontro ao peito e com o rosto de Cristo escondido entre as pregas de sua roupa, como numa reminiscência de infância que observou com atenção enquanto pensava que esse era o gesto natural, o gesto que o corpo pedia, aquele que foi obrigada a reprimir ao ver Jonan no chão, abraçá-lo e enterrá-lo em seu coração. Sentiu as lágrimas aflorarem em seus olhos e engoliu em seco, afastando com brusquidão o olhar da estatueta e recuperando o controle. San Martín cedeu-lhe sua cadeira atrás da pesada mesa e o inspetor Clemos ocupou a da frente, sendo visível o incômodo e o constrangimento diante de Amaia. Não simpatizava com ela. Um tira machista que sofria bastante tendo-a como chefe e que aproveitava a oportunidade para deixar bem clara uma espécie de ridículo "eu sim e você não". Ela lançou para ele um olhar duro, e o homem desviou o seu de modo a ler suas anotações.

— Vocês terão acesso ao relatório da autópsia assim que estiver pronto, mas de momento... O subinspetor Etxaide foi atingido com dois tiros, o primeiro no peito e o segundo na cabeça, quando já se encontrava caído no chão. Encontramos um cartucho vazio; parece que o autor deve ter levado o outro consigo, considerando que encontramos esse atrás de um móvel pesado. Achamos também uma bala incrustada na madeira do assoalho, e a doutora extraiu a outra dele. O modo de perpetrar o crime aliado ao tipo de munição empregada aponta para que tenha sido obra de um assassino contratado. Tenho vários policiais à procura da arma nas proximidades do apartamento de Etxaide; o habitual é que se desfaçam dela logo em seguida, atirando-a dentro de uma lixeira ou na sarjeta. Pode ser que nunca apareça.

Ele ergueu por um instante o olhar para ver o efeito que causavam suas palavras e voltou às anotações.

— Tudo aponta para que o agressor não fosse um desconhecido para ele, ou então pelo seu aspecto não devia constituir uma ameaça.

Ele abriu a porta e o deixou entrar, e depois o seguiu, como indica o fato de o corpo se encontrar no fundo da sala. Não havia sinais de luta e também não parece ter sido um assalto, muito embora a pessoa tenha levado alguns equipamentos; ele deixou a carteira de Etxaide, que estava em cima da mesa, assim como outros objetos de valor.

— Além da pistola dele — referiu Montes.

— Como você sabe, isso também é típico dos assassinos contratados; não seria de se estranhar que dentro de alguns anos a arma aparecesse relacionada com um crime. Para eles, uma arma limpa é mais valiosa que dinheiro.

Amaia ficou impassível escutando.

— Por isso, vamos precisar que nos contem quem poderia querer matar o Etxaide, quem tinha rancor dele ou quem quer que alguma vez o tenha ameaçado.

Montes e Zabalza balançaram a cabeça.

— Não posso imaginar que o Jonan tivesse tido um conflito com ninguém, ele não era esse tipo de pessoa — afirmou Montes.

— E quanto aos casos em que vocês trabalharam? Talvez os acusados ou os implicados estivessem de olho nele.

— Já lhe passei todos os relatórios — explicou Iriarte. — O caso *Basajaun*, em que o culpado faleceu num tiroteio; o caso *Tarttalo*, em que o presumível autor se suicidou na prisão; depois temos o caso de um cidadão colombiano que assassinou a namorada e tentou se suicidar em seguida; o de uma mulher de sessenta e cinco anos que assassinou o marido, que a havia maltratado durante anos, apunhalando-o enquanto dormia, e o caso Dieietzki, um narcotraficante russo que orquestrou o assassinato de outro traficante concorrente na prisão.

— E nos últimos tempos?

— O caso Esparza — continuou Iriarte. — Um pai implicado na morte da filha de poucos meses; também se suicidou na prisão.

— Sim, ouvi dizer que vocês têm uma boa média — retorquiu Clemos, sorrindo, enquanto trocava um olhar com um membro de sua equipe.

— O que está insinuando? — irritou-se Montes. — Isto não vai dar certo.

— Montes — conteve-o Amaia —, deixe o inspetor Clemos continuar. Vamos ver até onde chega a corda.

Clemos fitou-a alarmado e engoliu em seco.

— Era só uma piada...

— Clima ótimo para piadinhas! — disse Montes, lançando-lhe um olhar assassino.

— Bem — o homem continuou. — Vamos precisar do computador dele na delegacia de Elizondo e ter acesso ao conteúdo da mesa e objetos pessoais.

Iriarte assentiu.

— Quando quiserem.

Clemos pigarreou, incomodado.

— ... e depois também temos os outros aspectos.

— A que aspectos você se refere? — perguntou Amaia.

— Estou falando das coisas que não têm nada a ver com o trabalho policial.

— Não estou entendendo.

— O Etxaide poderia estar metido em algum negócio sujo? Não sei se me faço entender, drogas, armas...

— Não, esqueça isso.

— ... e não podemos esquecer que ele era homossexual.

Amaia deixou cair a cabeça para um dos lados, semicerrando os olhos para olhar para Clemos.

— Não entendo que relevância pode ter a orientação sexual do subinspetor Etxaide para a resolução do caso.

— Bem — ele disse, evitando o olhar de Amaia e se refugiando no dos colegas. — É sabido que esse grupo de gente leva uma vida sexual um tanto quanto desgarrada e... bom... esses caras podem se irritar muito por causa dos seus assuntos — retorquiu, encolhendo os ombros.

— Inspetor Clemos — disse Amaia. — Acho melhor esclarecer as suas ideias e os seus dados antes de os expor. Por um lado, você acaba de argumentar perfeitamente por qual motivo acredita se tratar de um assassinato por encomenda. E agora me vem com essa de crime passional? Estão faltando dados; por exemplo, na comunidade gay não se verificam índices de violência superiores aos que ocorrem entre os heterossexuais.

Não gosto de você, e não creio que seja qualificado para conduzir esse caso, mas o comissário-geral te colocou à frente da investigação e eu respeito isso. Agora, se eu voltar a ouvi-lo fazer uma insinuação sem fundamento, vou revogar a ordem e conseguir que o afastem do caso.

Clemos ficou de pé.

— Está bem, como queira. Vim falar com você por consideração. Eu poderia muito bem ter mandado um relatório por escrito, e é assim que vai ser a partir de agora.

— Eu o quero em cima da minha mesa amanhã bem cedo — foi a resposta de Amaia.

Ficaram em silêncio por alguns segundos, entreolhando-se. Amaia fechou os olhos e balançou a cabeça.

— Eu sei que me excedi... Mas o fato é que vocês não fazem ideia de como é... de como era o Etxaide. Não vou permitir as insinuações de merda desse imbecil.

— Não se desculpe, chefe, eu também tive certa dificuldade em me conter para não dar umas bofetadas nele — disse Montes.

— Ponha-se no lugar dele — interveio Iriarte. Todos se viraram para olhar para ele de má vontade. — O homem está nas preliminares da investigação; é normal que mantenha todas as hipóteses em aberto.

— Sim, tem razão, inspetor — disse Montes —, mas às vezes todo esse corporativismo dá nojo, não acha?

Os homens se entreolharam, tensos, por alguns segundos. A resposta que se intuía foi interrompida pela entrada da doutora Hernández acompanhada pelo patologista.

— O doutor San Martín me pediu que respondesse às perguntas que vocês quiserem fazer. Estou à sua disposição — declarou, sentando-se no lugar que Clemos havia ocupado.

— Conte para nós o que você tem — pediu Amaia.

A doutora tirou de uma pasta uma caneta e uma folha de papel onde aparecia impressa uma silhueta humana e começou a desenhar sobre ela à medida que ia falando.

— Dois tiros, com uma arma de nove milímetros: o primeiro, no peito, derrubou-o, seccionando a aorta e causando uma hemorragia maciça; o segundo, na testa, foi o que causou a morte dele, embora não fosse necessário; a perda de sangue foi tão rápida que ele teria morrido poucos segundos depois. A primeira bala se alojou na nuca e foi extraída durante a autópsia; a segunda, com orifício de saída, foi recuperada no local do crime. Ainda vamos ter que esperar pela análise para ser mais concretos, mas pelo cálculo da rigidez pensamos que a morte deve ter ocorrido entre as dez horas e a meia-noite de ontem.

— O que você acha que aconteceu?

— Etxaide abriu a porta para o assassino e sem dúvida o convidou para entrar e se sentar.

— Por que você acha isso?

— A trajetória do primeiro disparo é de baixo para cima, como se o agressor estivesse de joelhos ou sentado; se observarem o desenho, verão que isso é evidente: a bala penetrou acima da clavícula, atravessando o pescoço e se alojando na nuca. Se o agressor estivesse de pé, mesmo que fosse um homem de baixa estatura, a bala teria saído pela parte posterior ou então ficaria alojada na omoplata; no entanto, estava incrustada na parte inferior do crânio.

Amaia observou o desenho.

— Me digam, senhores doutores, estão de acordo que o assassino devia estar mais ou menos aqui? — ela perguntou, apontando no esquema para um ponto a partir do qual traçou uma trajetória. — Mostrem as fotos que tiraram com os seus celulares na sala de estar do Etxaide.

Todos pousaram em cima da mesa os respectivos telefones, onde eram visíveis diversos ângulos da sala em questão.

— Não encaixa: se o assassino estava na frente dele, não podia estar simultaneamente sentado no sofá. A menos que tivesse deslocado o cadáver.

— O corpo estava onde caiu, não foi deslocado mais tarde.

— Ele pode ter afastado os móveis, então?

— Não, os móveis estão no lugar — afirmou Montes. — Estive há uns meses na casa dele, e essa é a disposição que apresentavam naquele dia.

— Um assassino de baixa estatura? — sugeriu Amaia.

— Receio que não; teria de ter a altura de uma criança de oito anos.

— Talvez tenham lutado e o Jonan o derrubou. Isso explicaria que o tiro viesse de um local mais baixo — aventou Zabalza.

— Não havia sinais de luta, ferimentos defensivos nem marcas nas mãos de nenhum tipo, embora ele possa tê-lo empurrado para derrubá-lo, por exemplo.

A doutora olhou pensativa para o esquema.

— Você acha, como o inspetor Clemos, que se trata da obra de um assassino profissional?

Ela levantou a cabeça do desenho e olhou para um ponto indefinido no vazio.

— Podia ser... Os elementos evidentes apontam nessa direção, mas há outros não tão claros que me levantam algumas dúvidas. Por um lado, esse tiro de baixo para cima, a trajetória estranha... não é assim que eles costumam fazer. O segundo disparo poderia ter sido o tiro de misericórdia, a maneira de garantir que a pessoa cumpriria a missão; no entanto, como eu disse a vocês, depois do primeiro tiro a morte teria acontecido com bastante rapidez, mas de um modo muito doloroso e angustiante. A hemorragia maciça colapsou os pulmões, inundando o esôfago e a traqueia e causando uma terrível sensação de asfixia; assim, o segundo tiro o poupou de um enorme sofrimento, foi quase piedoso.

— Você deve estar brincando — exclamou Montes. — Desde quando é piedoso dar um tiro na cabeça de alguém?

— Quando não há intenção de causar mais sofrimento além do estritamente necessário.

— E você sabe disso só porque a pessoa deu outro tiro nele? — replicou Montes em tom depreciativo.

A médica tirou uma foto da pasta que trazia consigo. Uma ampliação do rosto de Jonan morto no local do crime. Colocou-a em cima da mesa e quase foi capaz de escutar o silêncio que se estendeu como uma onda fria sobre os presentes.

— Não, eu sei disso porque a pessoa fechou os olhos dele.

Capítulo 34

No trajeto até Elizondo, Amaia levou quase duas horas para percorrer o que geralmente fazia em cinquenta minutos. Os limpa-neves e os caminhões de água haviam lançado sobre o asfalto sua mistura salobra, que crepitava na parte inferior do carro como uma chuva que brotasse do solo. Havia parado de nevar, mas o frio da noite mantinha incólumes os montículos acumulados dos lados, e a habitual e tenebrosa escuridão do monte havia sido substituída por um fulgor alaranjado que a luz da lua arrancava ao elemento e que conferia à paisagem um halo de irrealidade comparável à superfície de um planeta desconhecido. O telefone tocou através dos alto-falantes do carro e na tela apareceu um número que identificou como aquele de onde Dupree lhe ligara da última vez. Atendeu antes que a chamada caísse e procurou um lugar onde parar o carro. Acendeu o pisca-alerta e atendeu.

— Aloisius.

— Já é de noite em Baztán, inspetora?

— Hoje mais do que nunca — respondeu.

— Lamento, Amaia.

— Obrigada, Aloisius. Como você soube?

— Um policial morto na Espanha é uma notícia que voa nas agências...

— Mas eu pensei que você...

— Não acredite em tudo o que dizem, inspetora. Como você está?

Amaia deixou sair todo o ar dos pulmões.

— Perdida.

— Não é verdade, só está assustada. É normal, ainda não teve tempo para pensar, mas vai fazer isso, não pode evitar, e então encontrará o caminho de novo.

— Nem sei por onde começar. Está tudo desmoronando ao meu redor. Não estou entendendo nada.

— Para que pensar nisso, Salazar? Depois da sua experiência na vida e na investigação, não vai agora acreditar que as coisas acontecem porque têm que acontecer, vai?

— Não sei, não consigo encontrar um padrão no meio deste caos. Não vejo nada — soluçou, sentindo que as lágrimas lhe escorriam pelo rosto —, e o que aconteceu com o Jonan é tão... Ainda não consigo acreditar nisso, e você ainda quer que eu encontre um significado no que aconteceu.

— Pense.

— Não faço outra coisa, e não encontro respostas.

— Você vai tê-las se fizer as perguntas adequadas.

— Ah, Aloisius, pelo amor de Deus, a última coisa de que eu preciso agora são conselhos de mestre ninja... Me diga qualquer coisa que me seja útil.

— Eu tinha avisado você. Alguém que estava próximo não era o que parecia.

— E quem é essa pessoa?

— Isso quem vai me dizer é você.

— Mas como, se estou cega?

— Você acabou de responder à sua pergunta. Você não enxerga, Salazar, mas só está cega porque não quer ver. Concentre-se. Volte ao início. Dê o *reset*, inspetora, desde o princípio. Está esquecendo onde tudo isso começa

Amaia bufou, esgotada.

— Vai me ajudar?

— Não ajudo sempre?

Amaia ficou em silêncio, à escuta.

— O demônio que cavalga você, *un mort sur vous* — disse Dupree.

— Aloisius, o caso ficou encerrado quando o pai da menina se suicidou na prisão. A esposa prestou um depoimento que o implicava sem lugar para dúvidas, mas o caso foi concluído — explicou, omitindo os fatos relativos à história que Yolanda Berrueta lhe contara e o que acontecera em Ainhoa.

— Como quiser, inspetora.

— Aloisius, obrigada.

— Procure dormir bem. Amanhã é outro dia.

☙

A bagagem, preparada na porta, a desconcertou de uma maneira que não esperava. Ver as malas de James e de Ibai prontas para o dia seguinte lhe causou uma enorme sensação de perda.

James, a tia e Ros a aguardavam de pé. Abraços, mãos que tomaram as suas e tristeza autêntica da parte dos que a amavam e sofriam por ela. Não explicou nada, não contou nada; estivera a tarde toda revivendo o horror e agora, de repente, ficara vazia. Estava ciente de que a armadilha da negação, que já havia sentido mesmo tendo o corpo de Jonan em sua frente, voltava a funcionar impossibilitando-a de visualizar o rosto morto do amigo, seu cadáver estendido no chão. Em suas lembranças, apenas névoa e luz ofuscante que a impediam de admitir a verdade: que estava morto, que Jonan tinha morrido. Era capaz de conjecturar essa ideia, mas seu cérebro se recusava a acreditar nela, e também estava cansada demais para se impor à verdade cruel, por isso se deixou vencer, quase caiu na armadilha, que era piedosa, que doía menos, e enquanto escutava a família falar, conseguiu fugir da dor pela primeira vez em todo o dia e pensar em outra coisa. Antes de se deitar, telefonou para o Hospital Saint-Colette. Yolanda Berrueta estava fora de perigo e fora transferida para outro andar.

☙

James estava havia horas acordado escutando a respiração suave de Ibai e contemplando a mulher, que dormia a seu lado, esgotada. Nem o sono, de que tanto necessitava e que a havia enredado de maneira tão profunda, era capaz de apagar a dor do rosto dela. Em várias ocasiões a ouviu gemer e chorar; em cada uma pousou a mão em seu rosto a fim de consolá-la a distância, ao mesmo tempo que pensava que com Amaia tudo era assim. Estar ao lado dela pressupunha aceitar que as coisas sempre seriam assim, que os dois viviam em dois mundos paralelos em que quando ela dormia, ele estava acordado, e quando ele sonhava, ela vigiava. Um mundo onde jamais podiam chegar a se tocar, e suas carícias, suas palavras, o seu amor devia ser dado assim, de longe, amando-a com todas as forças e sabendo que ela apenas o sentia como um leve afago que se verificava em seu sonho. Uma lágrima deslizou pela face dela e, comovido, James se debruçou sobre ela e depositou em seus lábios um beijo breve. Amaia abriu os olhos de repente e sorriu ao vê-lo.

— Ah, amor! — E estendeu os braços, rodeando o pescoço dele e conquistando-o, outra vez.

Capítulo 35

AMBAS HAVIAM SE LEVANTADO CEDO: Amaia para aproveitar cada momento com Ibai; Engrasi para observá-la. Tinha-a visto andar para cima e para baixo pela casa com o filho no colo e cantando muito baixinho trechos de canções que quase não era capaz de distinguir, mas que se adivinhavam de uma tristeza infinita talvez pelo ar frouxo com que segurava o menino; a voz suave, quase infantil, com que lhe sussurrava; o rosto, pálido, como que lavado pelo pranto e onde os gestos eram muito breves, como se a máscara da dor lhe tivesse imobilizado as feições, privando-a para sempre do sorriso. Quando no fim da manhã colocaram a bagagem no carro para levá-los ao aeroporto, Engrasi se posicionou na entrada da casa olhando para eles, triste. Amaia pegou sua mão e a conduziu à cozinha.

— O que você tem, tia?

Engrasi encolheu os ombros, e o rosto dela pareceu frágil e adorável aos olhos de Amaia.

— Me diga.

— Não ligue para mim, querida. Acho que me acostumei a ter vocês aqui, e se juntarmos o fato de que os acontecimentos dos últimos dias não contribuem em nada para a tranquilidade, ver vocês saindo me deixa triste.

Amaia abraçou-a, encostando o rosto à cabeça da tia, e beijou seu cabelo branco.

— Tenho medo, Amaia, sei muito bem que não devia te dizer isso, mas estou com um mau pressentimento quando vejo vocês saindo da minha casa, como se nunca mais fossem voltar.

— Tia, que o James não te ouça. Ele vai pegar um avião e você sabe que ele leva a sério os seus pressentimentos.

— Não tem nada a ver com isso — disse, afastando-se da sobrinha.

— Então?

— Tem a ver com você, tudo tem a ver com você, tudo é por sua causa.

Amaia olhou para Engrasi, sorrindo com ternura; não era a primeira vez, e com certeza não seria a última, que a tia lhe pregava esse sermão, o mesmo que deviam escutar todos os policiais da parte dos respectivos maridos, esposas, mães, filhos... A morte de Jonan mudava tudo.

— Vou tomar cuidado, tia, sempre tomo. Garanto que não me vai acontecer nada de mau. Confie em mim.

Engrasi assentiu, fingindo convicção.

— Claro, então vá. Estão à sua espera.

❧

Colocar a bagagem no carro, dirigir até o aeroporto, estacionar no terminal e acompanhá-los no check-in, ações comuns, a própria inércia da vida que se deteve bruscamente quando, na entrada para o controle de segurança, beijou Ibai pela enésima vez e o entregou a James. Iam partir. Ela abraçou James e o beijou quase desesperada enquanto compreendia que não ia conseguir suportar a ausência deles. Numa atitude irrefletida, implorou:

— Não vá.

James fitou-a, surpreso.

— Querida...

— Não vá, James, fique comigo.

Este sacudiu os bilhetes na frente do rosto dela como exigências inevitáveis.

— Não posso, Amaia; venha você, venha conosco.

Ela enterrou o rosto no peito dele.

— Não posso, não posso — gemeu, e, afastando-se do marido com um gesto brusco, acrescentou: — Desculpe, não sei por que eu pedi isso. É que isso é muito difícil para mim.

James a abraçou e os dois ficaram assim, em silêncio, por vários minutos, até que pelo alto-falante se ouviu o aviso do voo. Depois, James se misturou entre os outros passageiros que avançavam para o portão de embarque e Amaia continuou ali de pé, até que os perdeu de vista.

❧

O velório fora instalado e organizado na delegacia de Beloso. As autoridades da cidade e do Ministério do Interior passariam por ali antes do funeral na catedral. Vestida com a farda de gala, Amaia montou guarda junto ao caixão fechado e coberto pela bandeira de Navarra, que mal deixava ver a madeira do ataúde escuro, que achou de um brilho absurdo. Do lugar onde se encontrava, viu entrar os pais de Jonan, que só conhecia de vê-los algumas vezes no Dia da Polícia. Cumprimentos das autoridades, pêsames dos colegas e o opressivo ambiente de sussurros e fricções, que achou insuportáveis. Quando foi rendida, aproximou-se deles, que nesse momento falavam com um secretário do ministério. A mãe se dirigiu a ela tomando entre as mãos as suas, cobertas pelas luvas pretas da farda, e durante alguns segundos não disse nada, ficou em silêncio olhando para ela ao mesmo tempo que sentia que seus olhos se enchiam com as densas e ofuscantes lágrimas da dor reconhecida em outra pessoa que sofre tanto como nós. Depois se aproximou um pouco mais e a beijou em ambas as faces.

— Assim que terminar o funeral, vamos nos reunir em casa com um pequeno grupo de amigos. Gostaria que você viesse, mas sem a farda — acrescentou.

— Claro que sim — respondeu Amaia. Libertou-se das mãos da mulher e abandonou o ambiente forçado do velório. O celular havia vibrado dentro do bolso com persistência nos últimos minutos; ela leu a mensagem e subiu até a área de investigação criminal à procura do pequeno escritório de Clemos.

— Boa tarde — disse em voz alta, o suficiente para obrigar todo o grupo a responder.

— Boa tarde, chefe — disse Clemos, pondo-se de pé. — Quer me acompanhar? — acrescentou, indicando para ela uma sala fechada. — Garrues, venha conosco, por favor — pediu a outro policial.

O gabinete era pequeno e não havia sido ventilado nas últimas horas; lá dentro os aguardavam dois policiais dos Assuntos Internos que ela já conhecia. Ela os cumprimentou e se recusou a se sentar na frente de Clemos, que se instalara na poltrona atrás da mesa, percebendo a tentativa atabalhoada do inspetor de lhe devolver a jogada do encontro que tiveram no dia anterior no escritório de San Martín; desta vez quis ser ele a dominar a situação atrás da mesa, mas cometeu o erro de dar a Amaia a opção de escolha e esqueceu que é quem escolhe sua posição num espaço fechado que controla o contexto.

Ela esperou em silêncio com os olhos cravados nele.

— Nós fizemos uma descoberta que esperamos agora que a senhora nos confirme se tem ou não importância — declarou, fazendo um gesto para o policial a quem pedira que os acompanhasse. — O Garrues é o especialista em informática que examinou o computador do subinspetor Etxaide trazido da delegacia de Elizondo. Nós sabemos que o subinspetor era um especialista em informática muito competente, então imaginamos que não seria estranho que em mais de uma vez tenha recorrido a ele no que diz respeito a assuntos desse gênero.

— Constantemente — admitiu Amaia.

Clemos sorriu, o que não a agradou nem um pouco.

— Você sabe em que consiste o acesso remoto ou VPN?

— Imagino que é uma ferramenta ou aplicativo que permite que o técnico de uma rede de informática possa acessar outro computador para resolver problemas sem assistência pessoal e física.

— Em alguma ocasião, pediu ao subinspetor Etxaide que a auxiliasse desse modo para solucionar talvez algum problema do seu equipamento?

— Não, nunca... Bem, uma vez pedi que ele criasse uma conta de e-mail, mas fiz isso pessoalmente. Depois mudei a senha, como ele me recomendou.

O técnico em informática assentiu, satisfeito.

— Chefe, nós descobrimos que o subinspetor Etxaide acessou o seu equipamento remotamente em cerca de vinte ocasiões no último mês.

— Não pode ser — exclamou Amaia, incrédula.

— Nós confirmamos: ele obteve esse acesso mediante uma conexão remota TeamViewer aos seus e-mails, a algumas das pastas onde os armazena, chegou a copiar alguns arquivos. O que mais chamou a atenção nesse procedimento é que ele precisou fazer isso na delegacia, porque, para que a ferramenta funcione, os dois computadores, o do utilizador e o do utilizado, precisam estar ligados, e a tutela deve ser aceita do equipamento utilizado por meio de uma senha. Posto isso, a pergunta é óbvia: o subinspetor Etxaide tinha acesso diário ao seu equipamento?

— Claro que sim, o subinspetor era meu assistente, trabalhava com frequência na minha sala... mas nunca o vi tocar no computador.

Os policiais dos Assuntos Internos, que até aquele momento haviam ficado em silêncio, entreolharam-se e fizeram um gesto para Clemos e para o técnico para que abandonassem a sala. Assim que a porta se fechou, convidaram-na a se sentar. Amaia recusou de novo.

— Inspetora, viemos a saber que há alguns dias houve um incidente relativo a uma busca em que tudo indicava que a pessoa objeto teve conhecimento prévio de que o procedimento seria realizado.

Amaia abriu a boca, mas não disse nada.

— Também ficamos sabendo que a senhora desconfiou desde o princípio de que um membro da delegacia de Elizondo, e, para ser mais específico, da sua equipe, era o responsável por ter avisado a pessoa em questão.

— Sim — admitiu. — É uma teoria que aventei num primeiro momento e que descartei quando a analisei melhor. Confio em todos os membros da minha equipe.

— Não duvidamos disso, mas a questão é que o mandado de busca e apreensão — declarou o primeiro policial, puxando uma cópia do documento — estava concretamente dentro de um arquivo que foi destruído durante o que a responsável denominou como um ato de limpeza, antes do amanhecer, e onde queimou única e exclusivamente esse arquivo. Não a censuro, inspetora. Eu também suspeitaria.

— E admito que fiz isso, mas não sei o que tem a ver com o subinspetor Etxaide.

— Ele acessou os seus e-mails na noite anterior e naquela manhã.

Amaia mordeu o lábio inferior, contendo-se.

— Portanto, ele tinha conhecimento daquela informação — referiu o policial.

— Olhe, não sei por que razão o subinspetor acessou o meu equipamento, mas com certeza há uma explicação. Existe alguma maneira de poder ter sido acidental? Pode ser que ele tenha feito isso para deixar algum tipo de arquivo no meu computador.

— O técnico em informática já lhe explicou que, para finalizar essa operação, é necessário instalar um aplicativo no computador que vai ser manipulado e autorizar mediante um procedimento evidente a visita temporária do utilizador remoto; não há maneira de ter sido acidental.

— Pode ser que ele tenha querido fazer chegar às minhas mãos algum tipo de arquivo. De repente as fotos estavam muito pesadas e ele não conseguia encaminhar, pode ser que fosse isso — explicou Amaia, numa atitude de desespero. — Estava pendente o envio de umas ampliações que talvez...

O policial dos Assuntos Internos balançava a cabeça.

— É comovente a sua lealdade para com os seus homens, mas sinto muito, chefe Salazar, o fato é que o subinspetor Etxaide acessou de forma remota o seu computador num máximo de vinte vezes só no último mês e que jamais a informou disso. Ou será que o fez?

Amaia negou.

— Não, não informou.

Capítulo 36

Jonan Etxaide foi cremado acompanhado apenas pela família, assim era o seu desejo e assim o fizeram os pais. Amaia ficou satisfeita por não ter de ser obrigada a olhar para o caixão dele durante o funeral extenso oficiado pelo arcebispo de Pamplona diante do séquito de autoridades políticas e eclesiásticas da cidade, atormentando e sufocando com suas atenções os pais dele, extraordinariamente firmes e serenos. Quando a cerimônia chegou ao fim e ela pôde escapar do ambiente viciado do templo, respirou aliviada.

— Inspetora. — Ouviu uma voz atrás de si. Antes de se virar já sabia de quem se tratava, aquele sotaque era inconfundível.

— Doutora Takchenko, doutor González. — A alegria que sentiu em vê-los era sincera. A mulher estendeu-lhe a mão, que lhe transmitiu em seu aperto toda a força de seu caráter. Ele a abraçou enquanto murmurava entredentes suas condolências. Amaia se libertou do abraço assentindo, nunca sabia o que dizer.

— Quando vocês chegaram? — perguntou, esforçando-se por sorrir.

— Esta tarde. Demoramos um pouquinho porque há bastante neve pelo caminho...

— É verdade — comentou, pensando no pátio de armas da fortaleza que acomodava em Aínsa o laboratório dos médicos. Sem querer, se pegou pensando em Jonan e no quanto aquele lugar o fascinava.

— Vão passar a noite aqui, suponho...?

— Sim, estamos hospedados no centro da cidade. O doutor vai voltar primeiro, mas eu tenho que dar uma conferência aqui dentro de dois dias e decidimos tirar uns dias de folga. Estas coisas nos fazem pensar — disse, fazendo um gesto que englobava tudo ao redor.

A médica os encarou em silêncio, pensando em quão absurdas pareciam as conversas naquele momento, como se fossem atores que, desempenhando um papel forçado, recitassem frases sem sentido e desconexas.

Não queria estar ali, não queria agir com normalidade, não queria fingir que nada havia acontecido.

— Me ligue e vamos almoçar juntas antes de voltar, está de acordo?

— Não podia estar mais de acordo — respondeu a mulher, forçando um sorriso.

A médica se inclinou para ela.

— Parece que mais alguém quer falar com você.

Ela se virou para a rua e viu um carro, sem dúvida oficial, parado do outro lado do portão da igreja; alguém lhe fazia sinais do banco do motorista. Quando começou a se aproximar, o motorista saiu do carro e abriu a porta traseira. Lá dentro, o padre Sarasola esperava. Vencida a surpresa inicial, ela levantou uma das mãos para se despedir dos médicos e entrou no carro.

— Lamento ser forçado a vê-la em circunstâncias como esta, inspetora. É uma perda lamentável. Eu o conheci por alto, mas o subinspetor Etxaide me parecia um jovem brilhante e muito promissor.

— Ele era, sim — respondeu Amaia.

— Importa-se de me acompanhar num curto passeio?

Amaia assentiu e o carro se pôs em movimento. Permaneceram em silêncio enquanto o motorista dirigia pelas ruas estreitas da cidade velha, onde quem assistiu ao funeral se misturava com os *txikiteros* de todas as tardes. A pergunta de Sarasola a surpreendeu.

— Poderia me dizer que tipo de circunstância cercou a morte do subinspetor Etxaide?

Amaia refletiu. Os fatos tinham saído na imprensa, mas, vinda de um homem que se distinguia por conhecer em todos os momentos o que acontecia naquela cidade, a pergunta tinha um segundo sentido.

— Até poderia, se o senhor me disser primeiro por que motivo tem tanto interesse nos pormenores. A notícia é pública, e eu sei que o senhor tem informações completíssimas sobre tudo o que acontece em Pamplona.

Sarasola fez um gesto afirmativo.

— É evidente que eu li os jornais e disponho da opinião de alguns "amigos", mas quero saber o que você pensa. Quem matou o subinspetor Etxaide e por quê?

O interesse de Sarasola suscitava o interesse de Amaia, embora ela não estivesse disposta a partilhar informações com ele sem antes conhecer as cartas com que jogava. Desviou o olhar e respondeu, evasiva:

— Tudo aconteceu com bastante rapidez. A investigação ainda está aberta a todo tipo de hipótese, e sem dúvida o senhor também deve saber que é outra equipe que está encarregada do caso.

O padre sorriu com condescendência.

— Oficialmente.

— O que quer dizer com isso? — perguntou Amaia.

— Quero dizer, inspetora, que não acredito que você tenha se afastado das investigações mais do que determina a mera aparência.

— Pois pode acreditar em mim, padre, quando digo que nem sei por onde começar.

O carro avançava por uma das avenidas arborizadas que rodeavam o campus universitário. Ao contrário do centro da cidade, a neve ali estava intacta, como se tivesse acabado de cair. Sarasola bateu com os dedos no banco do motorista e este fez um gesto de assentimento com a cabeça, parou o veículo alguns metros mais à frente, saiu, vestiu um sobretudo e acendeu um cigarro, que fumou com enorme prazer à medida que se afastava. Sarasola se inclinou um pouco de lado no assento de modo a poder olhar para Amaia de frente.

— Você acha que a morte do subinspetor Etxaide está relacionada com a investigação que estavam fazendo?

— Está se referindo ao caso Esparza? O senhor deve saber que o suspeito se suicidou na prisão; depois nós tentamos enveredar por outra linha de investigação, mas não deu resultados.

Sarasola assentiu ao mesmo tempo que Amaia supunha que também deviam ter chegado aos ouvidos dele as notícias do infortúnio de seus passos em Ainhoa.

— Inspetora, eu sei que não me pode revelar pormenores da investigação, mas não me subestime; nós dois sabemos que o que mais chamava a atenção nesse caso não era Valentín Esparza, mas sim a relação dele com o doutor Berasategui.

— Até onde sabemos, a relação foi circunstancial. Uma testemunha declarou que participou de reuniões de terapia do luto que Berasategui ministrava como parte de um trabalho voluntário. Nem há registro nos documentos que confiscamos do doutor.

Sarasola suspirou, juntando as mãos como se fosse rezar.

— Você não tem todos.

Amaia abriu a boca, incrédula.

— Está me dizendo que esconderam dados e desviaram relatórios que podiam ser relevantes para a investigação?

— Receio que não seja eu o responsável por isso, inspetora. Há autoridades a quem devo obediência.

Amaia fitava-o estarrecida.

— Vou negar esta conversa se lhe passar pela cabeça torná-la pública, mas o falecimento do subinspetor Etxaide me fez pensar que talvez você deva conhecer esses pormenores.

— Assassinato — disse Amaia, com raiva. — O subinspetor Etxaide não faleceu, foi assassinado. E quem o senhor acha que é para decidir que informações são pertinentes na investigação de um crime?

— Calma, inspetora; sou seu amigo, muito embora lhe custe acreditar nisso, e se estou aqui, é para ajudar.

Amaia franziu os lábios, contendo-se, e esperou.

— O doutor Berasategui guardava na clínica um minucioso arquivo codificado sobre cada um dos casos em que havia trabalhado ou que estava tratando tanto na clínica como na sua atividade privada, incluindo o caso Esparza.

— Onde estão esses arquivos? É o senhor que está com ele?

— Não, não tenho. Quando o doutor Berasategui foi detido por estar implicado na fuga de Rosario e nos crimes conhecidos como *Tarttalo*, as mais altas autoridades vaticanas se interessaram pelo assunto. Como lhe expliquei em outra ocasião, o exercício da psiquiatria é frequentemente o veículo para encontrar casos onde se verifica essa variante especial que nos preocupa e que a Igreja se dedicou a perseguir desde a sua fundação.

— A variante do mal — disse Amaia.

Sarasola arqueou as sobrancelhas e olhou para ela.

— O doutor Berasategui fez progressos importantes nesse campo, que, não obstante, manteve escondidos de nós. Quando o caso explodiu, foi feita uma inspeção nos ficheiros dele, que as autoridades vaticanas separaram do resto por entender que não tinham interesse para a investigação policial, e, no entanto, eram de natureza perturbadora e difícil de assimilar para o grande público. Por uma questão de segurança, foram levados para Roma.

— O senhor tem consciência de que roubaram provas de um caso?

Sarasola negou.

— A autoridade eclesiástica está acima da policial nesses assuntos. Acredite em mim, não pode fazer nada a esse respeito. Saíram do país em mala diplomática.

— Então, por que está me contando tudo isso agora?

Sarasola lançou um longo olhar para fora antes de voltar a fixar-se nos olhos dela.

— Ponderei muito sobre este assunto antes de me decidir a falar com você, e se vim até aqui foi por causa da natureza da consulta que me fez na sua última visita à clínica.

— Sobre *Inguma*?

— Sobre *Inguma*, inspetora. — O padre fez uma pausa e levou a ponta dos dedos aos lábios, como se hesitasse entre deixar escapar o que ia dizer e manter as palavras dentro de si. — Você está ciente do fato de que nos últimos meses o Vaticano nomeou oito novos exorcistas autorizados para exercer o seu ofício na Espanha? Não foi por acaso, aliás com o Vaticano nada é. Faz algum tempo que nos preocupa a proliferação de grupos e de seitas que atuam em todo o território. Neste momento, existem sessenta e oito ativos no país. O chamado grupo A engloba comunidades que não prejudicam os seus praticantes nem fisicamente nem no aspecto econômico, mas uma boa parte pertenceria aos grupos B e C, que causam danos econômicos, psíquicos e físicos, violência, prostituição forçada, fabricação e venda de armas, drogas, tráfico de crianças e de mulheres transformadas em escravas. E, por último, o grupo D, com as piores características dos grupos B e C, constituído por seitas satânicas que se inclinam no sentido do extremo máximo da violência, chegando ao homicídio, mas não como negócio, e sim como oferenda ou sacrifício ao mal. Alguns desses falsos profetas chegaram com a imigração, trazendo consigo as suas práticas de *vodu, santería* e outros rituais desde os países de origem; outros grupos surgiram na sequência do calor, ou quem sabe por causa do frio, da crise econômica e de valores, em que alguns viram uma mina lucrativa de que se alimentar com base no desespero e no desejo de prosperar de muita gente. Não deixamos de saber da responsabilidade da Igreja, que nos últimos tempos não soube se adaptar às exigências dos seus fiéis, que debandaram; basta entrar num templo de uma cidade qualquer em um dia de semana para verificar. A maioria da população se declara laica, agnóstica e ateia. Nada mais longe da verdade. O ser humano procura Deus desde o princípio dos tempos, porque fazer isso é procurar a si mesmo, e o homem não pode renunciar à sua natureza espiritual; por mais que grite aos quatro ventos o contrário, mais cedo ou mais tarde seguirá um dogma, uma doutrina, uma regra existencial perfeita que lhe definirá o modelo de vida, a fórmula da plenitude e a proteção em face do abismo do universo e ao vazio da morte. Tanto faz que sejam ateus, beatos, consumistas inveterados, seguidores de qualquer crença ou moda, todos os seres humanos desejam o mesmo: viver uma vida perfeita e equilibrada. De um jeito ou de outro, procuram uma espécie de santidade, procuram a proteção, a fórmula para se defender dos perigos do mundo. A maioria passa pela vida sem fazer mal a ninguém, mas às vezes essa busca nos atira nas mãos do mal. As seitas oferecem cura para as doenças incuráveis, fórmulas para atrair o trabalho, lucros nos negócios e prosperidade nos lares, proteção contra os inimigos reais ou imaginários, e sem os impedimentos e as regras que a Igreja impõe. Não faz mal cobiçar, invejar, possuir a qualquer preço, dar rédea solta à gula, à ira, à vingança, um parque temático para os instintos mais baixos.

Amaia assentiu, perdendo a paciência.

— Estou ouvindo, padre, mas o que tem a ver tudo isso com o homicídio do subinspetor Etxaide?

Sarasola pensou bem antes de responder.

— Pode ser que nada, mas um renomado psiquiatra da minha equipe clínica veio a revelar-se como o instigador de uma série de crimes horríveis; além disso, esteve implicado na transferência da sua mãe para a nossa clínica e na sua posterior fuga, aliado ao que, como é evidente, tinha intenção de fazer naquela gruta com o seu filho. Berasategui planejou e executou os seus planos ao longo de um vastíssimo período de tempo. Até onde eu sei, os primeiros crimes do *Tarttalo* datam de dez anos atrás. Na época, ele devia ter acabado de sair da universidade.

Amaia acompanhou as explicações do padre Sarasola com atenção crescente.

— Se levarmos em conta que você se apresentou no meu consultório perguntando por um demônio que mata aqueles que dormem e que Berasategui estava ligado a Esparza, que depois assassinou a filha deste, e à sua mãe, que queria fazer o mesmo com o seu filho, e se além disso um dos policiais que investiga o caso é assassinado, tenho, por força, que ficar preocupado.

Amaia pensou no túmulo vazio de sua irmã e, por um instante, chegou a hesitar entre contar isso a Sarasola ou não.

— Padre Sarasola, por que eu tenho a sensação de que, apesar de tudo o que me contou, ainda não me disse nada?

Sarasola fitou-a com admiração.

— Navarra é importante, sabia? Sempre foi. Terra de santos e pilar da Igreja, mas também, e talvez por isso, a presença do mal através dos séculos tenha sido uma constante, e não me refiro aos processos inquisitoriais, a parteiras e curandeiras, mas sim aos crimes horríveis que inspiraram durante séculos as lendas que chegaram até os nossos dias. A bruxaria e as práticas satânicas que incluíam sacrifícios humanos não são coisa do passado. Há três anos, um homem se apresentou numa delegacia de Madri, acompanhado pelo advogado, para confessar que o remorso não o deixava viver. Em 1979, ele tinha se instalado com um grupo bastante numeroso num casarão da localidade navarra de Lesaka.

A menção a Lesaka conseguiu captar toda a atenção de Amaia, ao mesmo tempo que à sua mente acorria a recordação da primeira conversa que tivera com Elena Ochoa.

— O grupo era regido por um dirigente, um homem que se apresentava como psicólogo ou psiquiatra e que não vivia na mesma casa, mas que os visitava sempre. De acordo com as declarações que ele prestou, o grupo praticava a bruxaria tradicional invocando entidades ancestrais, e no decurso das suas cerimônias e *sabats*, como ele os chamou, procediam ao sacrifício de diversos animais, em especial cordeiros e galos, assim como à prática de orgias e rituais em que se cobriam de sangue ou o ingeriam.

Com o passar dos meses, um dos casais que faziam parte do grupo teve um bebê. Segundo o denunciante, ambos o ofereceram ao grupo como supremo sacrifício. A menina tinha apenas alguns dias quando foi assassinada num ritual satânico como oferenda ao mal. A testemunha relatou com riqueza de detalhes o modo como tiraram a vida da bebê, numa cerimônia horrível em que se cometeram aberrações de todo tipo. Poucos meses depois, o grupo se desintegrou, dispersando-se por todo o país. Entre os responsáveis há advogados, médicos, um educador e muitos são pais. O caso está nas mãos de um tribunal de Pamplona.

— Não — negou Amaia. — Isso é impossível. Conheço todos os casos de homicídio em aberto nesta cidade.

— O juiz responsável decretou segredo de justiça e, como eu lhe disse, a denúncia foi feita em Madri, perante outro corpo policial. Se o caso foi transferido para Pamplona é porque o presumível delito foi cometido em Navarra, e o responsável pelo tribunal teve o bom senso de decretar segredo de justiça de imediato, devido à natureza delicada do assunto e ao pânico social que provocaria, assim como os danos que uma acusação desse tipo, que ainda não foi provada, poderia causar nos envolvidos, mas sobretudo por razões de segurança. O homem que denunciou o caso vive escondido e sob proteção policial e eclesiástica.

Amaia escutava assombrada, sentindo-se uma completa idiota na frente daquele homem, que, sem pertencer a um corpo de segurança, sabia mais sobre um caso de homicídio do que ela. Foram-se sucedendo as imagens de uma menina maltrapilha que mal dava os primeiros passos atravessando o campo que separava Argi Beltz de Lau Haizeta; sua mãe saindo de madrugada a fim de assistir àqueles encontros; sua *amatxi* Juanita chorando enquanto cantava para ela; as certidões de óbito forjadas pela enfermeira Hidalgo e seu sorriso malévolo; o túmulo vazio de sua irmã, e a penugem macia e escura que se projetava naquela mochila no chão; o cadáver de Elena Ochoa numa poça de sangue, as cascas de noz e o aroma da morte que o corpo quente desprendia.

— Encontraram o corpo? — perguntou, num sussurro.

— Não, a testemunha não sabe o que foi feito dela. Ficou em dúvida: pode ter sido enterrada no bosque ou em outro lugar. Só sabe que a levaram.

Ela fez um esforço para se esquivar às imagens que, como que projetadas por um daqueles aparelhos de cinema antigos, se repetiam de novo e de novo em sua cabeça, e olhou para Sarasola, tentando pôr alguma ordem em seus pensamentos.

— Conheço uma história quase idêntica, com a diferença de que esta aconteceu num casarão de Baztán. Os pais prepararam melhor o seu álibi e nunca foram investigados por isso.

Sarasola a encarou, paciente, enquanto assentia.

— Sim, no casarão onde o doutor Berasategui ministrava as suas terapias de ajuda no luto; também era uma menina e aconteceu no ano...

— No ano em que eu nasci — terminou Amaia.

Capítulo 37

Os pais de Jonan viviam em um local com telhados inclinados que, como compensação pelos escassos metros da casa, reinavam sobre um terraço que se estendia por toda a superfície do edifício, assomando sobre a cidade crepuscular e iluminada que refulgia devido ao efeito da neve acumulada, cada vez mais escassa e que, no entanto, estava intacta na extensão da varanda, por detrás das vidraças. Ouvia-se tocar uma música de fundo, não muito alta, e uma jovem pusera em sua mão um copo de uísque, que Amaia esvaziou sem fazer perguntas. Os pais de Jonan permaneciam juntos e rodeados por um grupo de familiares que em nenhum momento os deixou sozinhos. Ele a abraçava pelo ombro e de vez em quando ela apoiava a cabeça no peito dele, num gesto insignificante e íntimo de infinita confiança. A maioria dos convidados era muito nova, o que se podia esperar? A mãe tinha dito que se tratava de uma reunião de amigos, e os de Jonan não podiam ser muito mais velhos. Encorajaram-na a se aproximar assim que a viram, e Amaia assim fez, abandonando o copo vazio em cima de um móvel. Ambos a abraçaram.

— Obrigada por ter vindo, inspetora.

— Amaia — pediu ela.

— Está bem, Amaia — respondeu a mãe, sorrindo. — Obrigada.

— O Jonan tinha uma admiração e um respeito profundos por você — disse o pai, solene.

Não pôde evitar pensar nas palavras dos caras dos Assuntos Internos.

— Eu também admirava e respeitava o seu filho — respondeu, sentindo-se um pouco mesquinha, um pouco traidora.

Mais alguém se aproximou para cumprimentá-los, e Amaia aproveitou para fugir para a cozinha, onde a jovem de antes preparava mais bebidas; tomou uma e bebeu um bom trago de uma só vez, visualizando o uísque amargo e sedoso descendo pela garganta até cair no estômago, encolhido e vazio. A conversa com Sarasola a tinha deixado extenuada, acabando com as poucas forças que lhe restavam. Havia entrado na casa de Mercaderes esperando encontrar um refúgio contra a insegurança e o medo, e apenas havia encontrado ali o vazio de sua família ausente, a escuridão, os quartos grandes demais, os tetos altos de encontro aos quais o eco de seus passos havia feito ricochete, os objetos amados de seu filho, a presença calada de James. Acendera as luzes à medida que percorria a casa vazia, sentindo o peso das ausências e se arrependendo de estar ali. Na frente do espelho do quarto, despojara-se da farda de gala e a estendera em cima da cama, enquanto olhava com tristeza para a guerreira vermelha que incorporava para receber medalhas e que a partir desse dia e para sempre seria o traje dos funerais. Escolheu um jeans e uma camisa branca, enfiou uma blusa preta por cima e calçou botas confortáveis que lhe permitiriam se deslocar sem perigo pelo pavimento escorregadio da cidade; depois soltou o elástico que prendia seu cabelo e começou a escová-lo enquanto em sua mente repetia para si, palavra por palavra, a conversa mantida com Sarasola. Bruxaria, sacrifício de bebês e túmulos vazios, o Vaticano e os arquivos de Berasategui, o túmulo dos Tremond Berrueta voando pelos ares e o cadáver de Jonan no meio de uma poça de sangue. Conseguiu que até a teoria de Sarasola de que a morte de Jonan tivera algo a ver com tudo aquilo quase lhe parecesse idílica em comparação com os dados de que tinha conhecimento, com aquilo de que os caras dos Assuntos Internos desconfiavam, e com aquilo em que não queria pensar, na mera possibilidade de que... Largou a escova, correu até a casa de banho, debruçou-se sobre o vaso segurando o cabelo e vomitou. Quando a náusea por fim cedeu, voltou-se para o espelho e olhou para sua imagem enevoada pelas lágrimas provocadas pelo esforço. Abriu a torneira e em seguida lavou o rosto e os dentes.

— Não pode ser — disse para seu reflexo, e saiu daquela casa que lhe caía em cima... E nesse momento, com o segundo copo, começava a sentir o efeito balsâmico do álcool forrando seu estômago e causando nela, pela primeira vez nos últimos dias, uma sensação semelhante à normalidade. Voltou para a sala a tempo de ver Montes e Zabalza cumprimentarem os pais de Etxaide. Iriarte lhe fez um sinal e a puxou de lado.

— O que você achou? — Sem dúvida se referia à teoria dos caras dos Assuntos Internos; era evidente que também tinham falado com os outros.

— Não sei, Iriarte. Só pode ser um engano, quero que seja um engano — disse, em voz mais baixa.

Este assentiu.

— Mas se encaixa no caso do mandado de busca e apreensão. Nesse dia, ele acessou o seu computador e conseguiu ver.

— Isso não significa nada. Pode ter acessado por outro motivo.

— Sem autorização?

— Pelo amor de Deus! Ele conhecia os meus passos, não precisava da minha autorização.

— Nem para o e-mail pessoal?

— Cale a boca! — disse, em tom demasiado alto. Olhou em redor e baixou a voz. — Ainda não sei de nada, estou tão confusa quanto você, mas estamos aqui na qualidade de amigos dele para honrar a sua memória. Vamos falar sobre isso amanhã.

Iriarte tirou um copo de entre os que a moça distribuía e se afastou até o centro da sala. Montes o substituiu.

— Eu não acredito nisso — declarou, contundente. — Acredito que o Jonan tenha acessado o computador, vamos confiar nas provas, mas não... Você sabe bem como ele era com os computadores, com certeza entrou lá para instalar um antivírus ou alguma bobagem dessas — comentou, em tom depreciativo, para tentar minimizar a importância do assunto.

Amaia assentiu sem convicção.

— Não quero falar sobre isso agora.

— E eu entendo, mas não se irrite com o Iriarte. Você sabe muito bem como os caras dos Assuntos Internos podem ser quando acham ter farejado uma presa. Ele está muito preocupado — disse, fazendo um gesto com o queixo na direção do colega. — Todos nós estamos — acrescentou, fitando Zabalza, que havia se sentado e escutava silencioso e com o copo intacto na mão um grupo de amigos de Jonan que relatava com grande tristeza algo que sem dúvida parecia muito divertido.

— Amaia — chamou a mãe de Jonan. Ao lado dela estava um homem jovem, que ela reconheceu no mesmo instante como sendo o rapaz da foto no convés do barco que Jonan guardava em seu quarto. — Eu gostaria de lhe apresentar Marc, o companheiro de Jonan.

Ela estendeu a mão para ele e, ao olhar para seu rosto, viu todos os indícios do intenso sofrimento de que padecia. Os olhos denunciavam o choro recente, mas não havia fraqueza no jeito como apertou sua mão depois de se afastar da sogra e puxá-la de lado.

— Marc — disse Amaia. — Eu não sabia. Me sinto terrivelmente envergonhada por isso, mas não sabia que vocês estavam juntos.

O rapaz pegou dois copos cheios e estendeu um para ela.

— Não se torture. Ele era assim, muito reservado com as suas coisas. Mas comigo ele falava muito de si mesmo.

Amaia sorriu.

— Me acompanha até lá fora? — ela perguntou, encaminhando-se para o terraço. Pegou o casaco e saiu pisando na neve, que já havia perdido a textura seca e se desfez debaixo dos pés. Avançaram até o parapeito e durante um minuto se limitaram a contemplar as luzes da cidade e a beber em silêncio.

— Nós nos conhecemos em Barcelona há um ano. Sabia que eu estava me preparando para vir morar aqui no mês que vem? Já teríamos começado a viver juntos há muito tempo, mas para ele estava absolutamente fora de questão abandonar o trabalho, por isso conseguiu me convencer a vir eu para cá. Pedi transferência na empresa onde eu trabalho, que por sorte tem uma filial aqui... E agora — disse, afastando os braços num gesto de desamparo — eu estou aqui e ele foi embora.

Ela sentiu a raiva aumentar dentro de si, aquele tipo de raiva que nos impele a correr, a gritar e a fazer promessas que talvez não possamos cumprir.

— Me escute, eu vou pegar esse cara. Vou apanhar o responsável por isso, juro.

O rapaz cerrou os olhos e a boca, mal conseguindo reprimir o choro.

— E de que adianta? Isso não vai trazer ele de volta para mim.

— Pois é — disse Amaia. — Não vai trazer ele de volta para nós.

E a absoluta certeza de suas palavras a sufocou com o peso daquela realidade que se recusava a aceitar. Começou a chorar lágrimas grandes e redondas num caudal impossível de conter, sabia, mas ainda assim tentou fazê-lo e só conseguiu gemer com um pranto que lhe brotava do estômago, fazendo tremer todo o corpo. Marc a abraçou chorando com ela desse modo arrasador e absoluto que nos esvazia como se nos virasse do avesso, deixando todos os nossos nervos expostos ao ar, reservado para chorar com os que sentem a mesma dor que nós. Ficaram assim, colados um ao outro, quebradas as barreiras do decoro, chorando e amparando um ao outro, unidos pelo sentimento que possui a propriedade de irmanar e de isolar os seres humanos como mais nenhum outro.

— Devemos parecer uma dupla de marinheiros bêbados — disse Marc depois de um tempo.

Amaia riu enquanto passava a mão pelo rosto e, afastando-se de Marc, reparou que os dois ainda tinham os copos na mão. Assim, ergueram-nos num brinde mudo e em seguida beberam.

Marc contemplou de novo as luzes da cidade.

— Você reconhece essa sensação de perceber, depois de ter acontecido qualquer coisa, que enquanto vivia você não tinha consciência do significado das coisas que aconteciam e, de repente, quando tudo passou, se revela na sua frente, te fazendo se sentir um idiota? Como se você tivesse andado pelo mundo sem se dar conta de nada, como se descobrisse que passou dançando por um campo minado, inconsciente e idiota.

Amaia fez um gesto cúmplice.

— Ele sabia disso.

— Sabia do quê? — ela perguntou.

— Que corria perigo. Não sei se essa é a palavra certa, se ele desconfiava ou se tinha plena consciência da ameaça.

— Ele te contou alguma coisa? — Amaia interessou-se mais.

— Não exatamente, mas, como eu falei, coisas que ele fez e disse, que são as que me passaram despercebidas, agora ganham significado. Não tenho certeza se ele se sentia ameaçado a esse ponto, embora não acredite, pois eu teria percebido. Além disso, os colegas disseram que ele nem chegou a sacar a pistola quando abriu a porta, por isso não deve ter achado que havia um perigo iminente; de alguma maneira, ele pressentiu que talvez estivesse acontecendo alguma coisa, e deixou uma mensagem para você.

— Para mim? — Amaia se surpreendeu.

— Bem, não é uma mensagem recente, mas há mais ou menos quinze dias ele me contou que estava preparando uma coisa para você e que, se ele não conseguisse entregar, era eu que devia fazer isso.

Amaia ficou sem fôlego.

— Ah, por Deus! O que ele te deu?

O rapaz negou.

— Não me deu nada; era a isso que eu me referia, coisas que naquele momento não pareciam fazer sentido e que agora, de repente, ganham importância. Ele me pediu para te dizer uma palavra.

— Uma palavra? — repetiu Amaia, decepcionada.

— Sim, disse que você saberia como usá-la.

— Que palavra?

— "Oferenda."

— Oferenda e nada mais?

— Oferenda e o número dele. Nada mais.

— Tem certeza? Tente se lembrar do contexto em que Jonan te disse isso, sobre o que vocês estavam falando. Pode ser que ele tenha te falado alguma coisa antes, quem sabe?

— Não, foi isso que ele me disse, que tinha uma coisa para você e que, se não tivesse oportunidade de entregar, eu devia lembrar dessa palavra, "oferenda", e também do número dele.

❧

Ela fugiu, ou pelo menos foi essa a sensação que teve. Só se despediu de Marc e dos pais de Jonan. Tensa e esgotada depois do choro no terraço, sentiu no entanto algo parecido com um alívio que, sabia, seria temporário. Antes de sair do apartamento, reparou no subinspetor Zabalza, que continuava sentado no mesmo lugar com o grupo de amigos de Jonan, imóvel, com o copo intacto entre as mãos e um leve resquício de sorriso no rosto, relaxado de uma maneira invulgar nele. Nem haviam voltado a trocar umas palavras depois da tentativa que ele fizera de bloquear sua entrada no apartamento de Jonan. Desceu no elevador observando sua imagem refletida no espelho, iluminado em excesso. Os olhos meio avermelhados e nada mais; quase desejou ter olheiras como as de Iriarte ou o rosto acinzentado de Montes. Queria tornar visíveis os sinais de dor, queria desmoronar e se deixar desabar de uma vez por todas. Parou na soleira da porta abotoando o casaco impermeável enquanto olhava para os dois lados da rua, tentando se situar e decidir em que direção caminhar. Saiu e começou a andar, olhando com desagrado para os montes de neve suja que começavam a se fundir, num lento processo de agonia aquosa que encharcava as calçadas e que ela odiava na cidade.

Em Elizondo, depois do degelo e da chuva, a água sabia para onde ir. Quando era pequena, gostava de sair no momento exato em que a chuva cessava e escutar o suave rumor da água pingando dos beirais dos telhados, deslizando por entre as junções das pedras, escorregando pela superfície empapada das folhas e do tronco escuro das árvores, voltando, regressando ao rio, que como uma remota criatura milenar chamava seus filhos para se unir de novo ao caudal antigo de onde procediam. As ruas ensopadas brilhavam com a luz que abria caminho por entre as clareiras, arrancando centelhas de prata que denunciavam o movimento suave da água em direção ao rio. No entanto, ali a água não tinha mãe, não sabia para onde ir, e se espalhava pelas ruas como sangue derramado. Ela observou os fregueses de um bar, que fumavam acotovelados à porta, e julgou reconhecer entre um grupo que entrava uma figura conhecida. Ouviu então o seu nome e se virou, surpresa ao reconhecer a voz de Markina. O juiz saía do carro estacionado em frente à porta do prédio de onde acabava de sair. Ela o tinha visto por um instante misturado entre as pessoas no funeral, mas agora o aspecto dele era diferente. Vestia uma calça jeans e um jaquetão grosso de marinheiro. Pensou que parecia mais novo. Parada no meio da calçada, ela esperou que o juiz se aproximasse.

— O que está fazendo aqui? — ela perguntou, arrependendo-se de imediato.

— Estava esperando você.

— Me esperando?

Markina assentiu.

— Queria falar com você e sabia que vocês viriam se reunir aqui.

— Podia ter me telefonado...

— Não queria dizer isso pelo telefone — respondeu, aproximando-se quase até roçar nela. — Amaia, lamento por você, lamento por ele, sei que vocês tinham uma relação especial...

Amaia cerrou os lábios, comovida, e desviou o olhar, dirigindo-o para as luzes longínquas da avenida.

— Para onde você ia? — perguntou o juiz.

— Estava procurando um táxi, eu acho...

— Eu levo você — disse ele, fazendo um gesto para o carro. — Para onde você quer ir?

Amaia pensou por um segundo.

— Beber alguma coisa.

Markina fez um gesto interrogativo para o bar mais próximo.

— ... mas aqui não — objetou Amaia, lembrando-se do grupo que acabava de entrar. A última coisa que queria era manter conversas casuais e responder com fórmulas batidas de gratidão a outras ainda mais batidas de condolências.

— Conheço o lugar perfeito — respondeu o juiz, destravando a porta do carro.

A surpresa deve ter se refletido no rosto dela quando Markina parou na frente do Hotel Tres Reyes, em pleno centro da cidade.

— Não se surpreenda. Este hotel tem um pub magnífico e a melhor gim-tônica da cidade, com a vantagem de que os fregueses são, na sua maioria, viajantes de passagem e de fora de Pamplona. Venho aqui quando estou com vontade de tomar um drinque tranquilo e sem encontrar gente conhecida.

Era provável que ele tivesse razão. Em todos os anos que morara em Pamplona, não se lembrava de já ter entrado no lobby do hotel.

— A senhora devia saber disso, inspetora. Os bares dos hotéis propiciam por tradição reuniões de negócios legais e não tão legais, e são o cenário cinematográfico perfeito para os encontros discretos.

Amaia seguiu para os bancos altos do balcão, voltando as costas ao resto do local, recusando de forma instintiva as mesas baixas que se distribuíam por todo o bar. Estava bastante animado para poderem passar despercebidos entre os clientes e suficientemente calmo para que pudessem manter uma conversa acima do som da música procedente do fundo do local, onde um quarteto de jazz interpretava sem grandes floreados peças bastante conhecidas. O barman, que devia rondar a casa dos cinquenta, colocou diante deles os apoios de copos e o cardápio de gim-tônicas, no qual constava uma dúzia de receitas que Amaia recusou sem olhar.

— Acho que vou continuar com o uísque, que era o que estávamos bebendo na reunião na casa dos pais de Jonan — explicou. — Não sei se havia outra coisa, uma moça muito bonita distribuía os copos sem opção de escolha, como num funeral irlandês.

— Dois uísques, então — pediu Markina ao barman.

— Macallan — concretizou Amaia.

— Excelente escolha, senhora — respondeu, educado, o homem. — Sabia que em 2010 uma garrafa de Macallan com sessenta e quatro anos foi leiloada pela Sotheby's por quatrocentos e sessenta mil dólares?

— Tomara que não tenha sido essa — brincou Amaia enquanto observava a maneira cerimoniosa com que o barman derramava o uísque nos copos. Markina os pegou entre as mãos e estendeu um para ela.

— Vamos prosseguir, então, com o costume irlandês e brindar a ele.

Amaia ergueu o copo e bebeu, sentindo-se aliviada e confusa ao mesmo tempo. Sabia que em parte isso se devia à presença do juiz ao seu lado e ao fato de ser forçada a reconhecer que nas últimas horas, aliada ao pesadelo que havia se desencadeado ao seu redor, parte da tristeza que sentia provinha do fato de ele poder estar aborrecido com ela, do receio de ter perdido o pequeno vínculo que de alguma maneira a unia a ele, de tê-lo decepcionado, de não voltar a vê-lo sorrir daquele jeito. Markina estava contando que assistira a um funeral irlandês uma vez, falava do quanto fora triste e emotivo ver toda aquela gente celebrar a vida do defunto, da antiga tradição de que os funerais durassem três dias porque, de acordo com as leis locais, se ao falecido podia restar um resquício de vida, se ele sofria de catalepsia ou se estava fingindo a morte, essa seria a prova definitiva, porque nenhum irlandês seria capaz de resistir a três dias de bebida, festa e amigos à sua volta sem se levantar do caixão. Era uma história bonita que ela ouviu fingindo prestar atenção, enquanto seu olhar ficava enredado uma vez mais no desenho dos lábios dele, na ponta de sua língua assomando por breves instantes para lamber o uísque que ficava depositado sobre eles, na cadência da voz dele, em suas mãos rodeando o copo.

— Não imaginava que você tomasse uísque — observou o juiz.

— Durante a autópsia, enquanto estávamos esperando no gabinete de San Martín, o doutor foi buscar uma garrafa e nós tomamos uma dose... Não sei, nunca pensei na tradição de brindar aos mortos, não estava planejado... a questão é que nós fizemos isso, e hoje, na casa dos pais de Jonan, de novo uísque. Tem alguma coisa, não sei o que é, como se fosse uma capacidade sedativa extraordinária que permite manter a mente clara e o pensamento coerente, mas sem doer tanto — ela disse, bebendo outro gole e cerrando os lábios.

— A verdade é que você não parece gostar muito.

Amaia sorriu.

— E não gosto, mas gosto da maneira como me faz sentir, acho que compreendo os irlandeses e que sempre vou relacionar o sabor do uísque com a morte. Cada um destes tragos amargos é como comungar, deixar que nos limpe e que nos cure por dentro. — Ela baixou os olhos e ficou em silêncio por alguns segundos. Odiava a sensação do choro indo e voltando; quando já parecia controlada, a angústia crescia como um tsunâmi, e a vontade de chorar quase a sufocava em sua tentativa de reprimir as lágrimas.

Sentiu a mão de Markina sobre a sua, e o contato com a mão forte, com a pele tépida, foi uma descarga de energia magnética suficiente para eriçar os pelos de sua nuca, para lhe fazer recuperar o controle. Amaia afastou a mão e disfarçou pegando o copo e bebendo seu conteúdo até o fim. Markina fez um gesto ao barman, que se aproximou levando a garrafa de Macallan quase como se transportasse um bebê no colo.

— É tudo muito esquisito; por exemplo, estar aqui bebendo com o senhor, a última pessoa com quem eu poderia imaginar acabar tomando um drinque esta noite — declarou Amaia depois de o barman ter se afastado.

— Quando é que você vai deixar de ser tão formal?

— Suponho que quando o senhor se decidir se sou Salazar, a inspetora, ou Amaia, a incauta que o expõe ao ridículo. — A censura saiu-lhe rápida e sem rodeios; estava cansada e supunha que um pouco embriagada, não lhe sobrava paciência para bobagens. No entanto, ao ver o ar magoado na expressão dele, arrependeu-se de imediato de ter falado isso.

— Amaia... Desculpe, imagino que...

— Não — ela disse, interrompendo-o. — Eu é que peço desculpas, lamento.

Ela o olhou nos olhos.

— E não é por causa da juíza francesa nem pelo seu relatório de queixas. Sinto muito por Yolanda Berrueta e lamento por você. — Markina escutava imóvel, em silêncio. — Você confiou em mim, me falou sobre a sua mãe, e eu mais do que ninguém sei o quanto isso pode ser difícil. Tomei a decisão de recorrer à juíza francesa porque acreditei que poderia descobrir alguma coisa. Se não comuniquei a você não foi porque te considerasse fraco ou sensibilizado demais com o assunto, muito embora seja óbvio que você está.

O juiz ergueu uma sobrancelha e sorriu um pouco. Ela o teria beijado nesse momento.

— Você me pediu mais alguma coisa, me mandou trazer algo mais sólido, e eu pensei que encontraria isso naquele túmulo de Ainhoa. Me enganei, mas a verdade é que, e isso foi o Jonan Etxaide quem me fez ver, a juíza considerou haver indícios suficientes para expedir o mandado, caso contrário não teria feito.

— Isso faz parte do passado, Amaia — sussurrou Markina.

— Não, não faz, se você continua achando que passei por cima de você de forma intencional.

— Não acho nada disso — afirmou o juiz.

— Tem certeza?

— Absoluta — ele respondeu, sorrindo daquela maneira.

Ela pensou que o que a enfeitiçava era a calma que encerrava aquela expressão, a maneira direta como ele a encarava enquanto o fazia, a beleza perfeita do ato que parecia novo nele a cada vez e que, não obstante, Amaia podia recriar com riqueza de pormenores, e soube então que havia sido aquilo que receara perder, o que não teria suportado perder. Contemplou a boca dele por alguns segundos e desviou o olhar para o copo, de onde bebeu, perguntando-se quantas vezes um trago de uísque pode substituir um beijo.

❧

Estava embriagada quando, às três da manhã, cessou a música no bar, e mesmo assim teve consciência de que estava. A bebida atuara como um bálsamo untuoso, cobrindo suas feridas com um cálido manto que lhe permitia sentir que aquelas bestas furiosas que mordiam sua alma agora dormiam sedadas pelo mágico poder de dezoito anos em barril de madeira de carvalho. Estava ciente de que seria um alívio passageiro e de que, quando as bestas despertassem, seria de novo insuportável, mas pelo menos durante algumas horas conseguira tirar de cima de si o peso que a sufocava, esmagando seus pulmões e impedindo-a de respirar. A música havia cessado fazia muito tempo, e com ela tinha partido a maioria dos clientes. Falou, sobretudo, de Jonan, permitindo-se pensar nele de forma doce, sem a carga da imagem dele no chão, de suas mãos vazias repousando sobre a poça de sangue, de seu rosto sem vida. Recordando como tinham se conhecido, como ele havia chegado a conquistar seu respeito. Quase sorriu recordando a aversão que ele tinha a tocar em cadáveres, seus extraordinários conhecimentos de história criminal. O choro regressou e ela o reprimiu à medida que falava desinibida pelo álcool, se bem que, ainda assim, inclinou um pouco o rosto a fim de escapar ao olhar do barman, que, discreto conhecedor de seu ofício, fora se colocar no lugar mais afastado do balcão e ali dava brilho aos copos como se fossem algo primordial.

Markina a escutou em silêncio, assentindo quando devia fazê-lo, fazendo um novo sinal ao empregado para que enchesse os copos, que ele colecionava intactos. Ela recordaria mais tarde o espelho que ocupava toda a parte do fundo do balcão, a iluminação estratégica que permitia apreciar a variedade ambarina das garrafas de licor, o brilho dos copos alinhados, a brancura da jaqueta do barman, as notas desordenadas da música, algumas palavras e os olhos de Markina. Pouco a pouco, a névoa cobriu tudo e as lembranças se tornaram confusas. Estavam saindo do bar e voltara a nevar, mas os flocos eram pequenos e úmidos, pouco mais do que gotas de chuva geladas. Não, não eram aqueles flocos grandes como pétalas de rosas antigas, aqueles quase irreais que haviam caído para deter o mundo. Ela ergueu o rosto para a luz de um poste de rua e os viu se precipitar como enxames furiosos caindo sobre seus olhos enquanto desejava uma nevasca capaz de sepultá-la, capaz de acabar com sua dor. E, de repente, as bestas adormecidas que viviam de sua dor, para quem a negação já não era suficiente, tampouco o Macallan, com sua enganosa cor de caramelo que parecera tê-la acalmado, agora, com quatro flocos de neve, despertavam mais ferozes e implacáveis do que antes.

Markina parou perto do carro e a observou. Via cair a neve e fazia isso como que presenciando um acontecimento extraordinário. Tinha avançado até ficar debaixo da luz de um poste de rua e ergueu o rosto, que ficou de imediato ensopado pelos flocos que se desfaziam ao tocar sua pele enquanto Amaia, alheia, contemplava o céu com infinita tristeza. Aproximou-se muito devagar, dando-lhe tempo, esperando. Só passados alguns minutos a convidou a entrar no carro pondo uma das mãos sobre seu ombro. Amaia se virou e ele viu que, misturada com a água da chuva, havia uma torrente de lágrimas que sulcavam seu rosto. Abriu os braços, oferecendo a ela o amparo de que necessitava, e Amaia se enterrou neles como se fossem o lugar de que sempre andara à procura, desatando a chorar desesperada, abandonada, e com as reservas esgotadas enquanto Markina continha entre seus braços a dor que a dilacerava por dentro com suspiros fortes que a faziam tremer como se fosse se quebrar. Ele a estreitou com força e a deixou chorar, vencida.

Capítulo 38

Ela não ouvia nada. O mundo havia mergulhado num silêncio irreal e ensurdecedor. Abriu os olhos e viu que caíam flocos gigantescos, secos e pesados que a sepultavam, amortecendo qualquer outro som exceto o de seu coração, que latejava muito devagar à medida que a neve a ia cobrindo, entrando em seus olhos, no nariz e na boca. Sentiu então o sabor poeirento e mineral de pão cru feito de farinha e percebeu que não era neve, mas sim pó branco que um assassino sem piedade lançava sobre ela com o intuito de enterrá-la viva na artesa. *Não quero morrer*, pensou.

— Não quero morrer — gritou, e seu grito no sonho a trouxe de volta.

Tentou abrir os olhos e os sentiu pegajosos pelo choro que a acompanhara até o exato momento em que adormeceu. Demorou uns segundos para reconhecer o quarto onde acabava de acordar. Por instinto, virou-se, procurando a luz que se infiltrava pelas frestas de uma veneziana que alguém deixara entreaberta e que deixava vislumbrar o perfil de uma janela de sacada coberta por uma grande cortina branca. Tentou se erguer, e a cabeça lhe deu um safanão que a trouxe de volta à realidade. Esperou alguns segundos enquanto as pontadas que se repetiam na cabeça se acalmavam. Afastou o cobertor e apoiou no chão atapetado os pés descalços, reparando então que estava toda vestida, excetuando as botas e as meias, colocadas perto da cama. Procurou sua arma e se tranquilizou ao encontrá-la em cima da mesa de cabeceira. Cambaleando, foi até a janela e levantou a persiana até conseguir que a luz acinzentada daquela manhã entrasse no quarto. A enorme cama de onde acabava de se levantar dominava todo o espaço; havia, além disso, uma mesinha de cada lado desta e um pesado móvel escuro de antiquário que brilhava polido sob a escassa luz e que, aos pés da cama, servia como aparador para um quadro de grandes dimensões. Voltou para a cama enquanto passava uma das mãos pelo cabelo emaranhado e recordava os acontecimentos da noite anterior.

Tinha chorado, chorara como nunca fizera na vida; ainda lhe doíam o peito e as costas como se entre o esterno e a coluna vertebral houvesse um vazio, uma ferida aberta, um corte na pleura por onde haviam escapado o ar e a vida. E não se importou, quase se sentiu orgulhosa daquela dor física que dilacerava seu peito. Lembrou-se de que ele a havia consolado, a abraçara enquanto se desfazia em lágrimas, ao mesmo tempo que amaldiçoava o universo, que voltava a apontar o dedo para ela, colocando-a em ponto de mira, fazendo-a se sentir pequena e assustada de novo. Mas ele estava ali. Não se lembrava de que tivesse dito uma só palavra, limitou-se a abraçá-la e a deixou chorar, sem mentir, sem tentar que seu pranto cessasse à custa de promessas de que tudo iria correr bem, de que em breve passaria, de que não doeria tanto. A recordação de seu abraço continuava viva, trazendo-lhe a presença certeira de sua pele tensa sobre o corpo magro e forte que a segurou enquanto ela se desfazia. Recordou o aroma dele, o perfume que emanava da aspereza da lã de seu casaco, de sua pele, de seu cabelo, e de forma inconsciente estendeu a mão para a brancura das almofadas e as atraiu para si de modo a enterrar o rosto nelas e aspirar procurando, ansiando por seu odor, por sua calidez, revivendo a sensação dos braços dele ao sentir seu corpo, de suas mãos acariciando seu cabelo enquanto ela enterrava o rosto no pescoço dele numa absurda tentativa de que não a visse chorar.

Consultou as horas no relógio e viu que eram apenas sete da manhã. Deixou as almofadas no lugar, amaldiçoando a maquiagem que pusera no dia anterior, escassa, porém suficiente para deixar marcas escuras na superfície nívea. Tomou um banho rápido, irritada com a ideia de ter que vestir a mesma roupa com que dormira, e com o cabelo ainda molhado saiu do quarto.

A cozinha estava aberta para a sala; não havia cortinas nas janelas e de qualquer lugar do aposento se podia ver a extensão do jardim, onde a grama surgia num tom de verde-escuro, esmagada pela neve do dia anterior e que a chuva suave que caía acabara por desfazer. Markina tomava um café enquanto folheava o jornal sentado numa banqueta alta na bancada da cozinha. Vestia uma calça jeans e uma camisa branca que não terminara de abotoar; o cabelo estava úmido e ainda estava descalço. Assim que a viu, sorriu, dobrou o jornal e o abandonou em cima da mesa.

— Bom dia. Como está se sentindo?

— Bem — respondeu Amaia, sem grande convicção.

— A cabeça?

— Bom, nada que um bom analgésico não cure.

— E o resto? — perguntou, ao mesmo tempo que o sorriso se esfumava.

— O resto não creio que vá se curar... E está bem assim. Queria te agradecer pela companhia ontem. — Markina negou com a cabeça enquanto Amaia falava. — E... por me ceder a sua cama — acrescentou, fazendo um gesto para o sofá, onde se viam duas almofadas e uma manta.

Markina sorriu, fitando-a daquela maneira que sempre a levava a pensar que se encontrava na posse de algum segredo, algo que a ela escapava.

— O que é tão divertido? — perguntou.

— Fico contente por você estar aqui — respondeu o juiz.

Amaia olhou ao redor como que a constatar o fato. Estava ali, havia dormido na cama dele, estava tomando o café da manhã com ele. Ele ainda não acabara de se vestir, ela tinha o cabelo molhado. No entanto, faltava alguma coisa naquela equação. Sorriu para o seu café, segurando a xícara com as duas mãos.

— O que você vai fazer hoje? Vai ao tribunal?

— Talvez passe por lá no fim da manhã. Tenho trabalho para fazer em casa, "leitura pendente" — respondeu, fazendo um gesto para uma bela pilha de documentos que descansava em cima da mesa. — E você?

Amaia refletiu por um instante.

— Não sei, a verdade é que não tenho nenhum caso para acompanhar. Acho que vou me dedicar a adiantar a papelada e dar uma circulada para ver se houve algum progresso na investigação do caso de Jonan.

— Depois você poderia voltar... — disse Markina, fitando-a nos olhos. Não sorria, embora em suas palavras houvesse uma variante próxima da súplica.

Amaia o observou. A camisa meio aberta deixava vislumbrar a clavícula marcada em sua pele bronzeada, o aparecimento da barba que se estendia pelo rosto, que sempre lhe parecia tão jovem, e nos olhos dele aquela determinação divertida que era tão atraente para ela. Amaia o desejava. Não era coisa de um dia. Markina, com seu jogo de sedução, havia conseguido se infiltrar em sua cabeça de modo tão brutal que ocupava o espaço.

— ... ou poderia ficar aqui — respondeu Amaia. Markina suspirou antes de responder.

— Não.

A resposta dele a apanhou de surpresa. Havia dito que não, acabava de lhe pedir que voltasse e agora dizia que não. A confusão ficou óbvia em seu rosto.

Markina sorriu com uma firme doçura.

— É por causa da maneira como você chegou aqui... — retorquiu. — Ontem você estava muito triste, precisava falar, de companhia, de alguém que te escutasse, beber e brindar pelo seu amigo, encher a cara... Hoje você está aqui, na minha casa, e não pode imaginar quantas vezes eu desejei isso. Mas não assim... Nas mesmas circunstâncias eu teria trazido qualquer amigo para cá; no entanto, não é assim que eu quero que você entre aqui. Você sabe o que eu sinto, sabe que isso não vai mudar, mas não vou permitir que entre você e eu aconteça nada de modo acidental. É por isso que você precisa ir embora agora e tomara que volte, porque se você fizer isso, se bater naquela porta, quando a abrir, eu vou saber que veio por minha causa, que não tem nada de casual nem de acidental na sua presença aqui.

Ela não soube o que dizer, estava absolutamente desconcertada. Pousou a xícara em cima da mesa, ficou de pé e pegou o casaco e a bolsa, que se encontrava pendurada nas costas de uma cadeira. Virou-se para trás uma vez para olhar para ele. Markina continuava a observá-la com ar muito sério, embora em seus olhos continuasse presente aquela determinação dos que sabem coisas que desconhecemos. Fechou a porta atrás de si e percorreu o corredor de pedra que separava a entrada do limite com a rua à medida que sentia o frio se fixando como um capacete ao seu cabelo ainda úmido. Parou um táxi enquanto abotoava o casaco impermeável e tirava dos bolsos as luvas e o gorro, que ajustou durante o trajeto até seu carro. Depois dirigiu pela cidade, que já entrava em colapso no horário do início das aulas e das cargas e descargas, praguejando e decidindo pela estrada que ia dar nos arredores da cidade, em direção a San Sebastián.

    Enquanto se afastava da cidade, começava a se sentir cada vez mais perdida. Recordou outros tempos em que dirigir a acalmava; costumava sair de madrugada para passear sem rumo certo, e com frequência durante essas deambulações encontrava a evasão suficiente para pensar e a tranquilidade pela qual tanto ansiava. Isso fora muito tempo antes. A cidade paralisada, as ruas intransitáveis com os carros dos pais que faziam questão de levar os filhos à escola e de estacionar em fila dupla na porta. Os pedestres encolhidos de frio, acotovelados debaixo dos alpendres dos pontos de ônibus, lançavam olhares raivosos de censura aos motoristas que passavam perto demais das poças que o degelo e a chuva haviam formado por toda parte. A rodovia não lhe proporcionou maior consolo. A estrada que contornava Pamplona estava lotada de carros com a parte inferior esbranquiçada pelo sal, que pulava sujo do asfalto, crepitando debaixo do carro. Ela não podia pensar. Quando precisava fazer isso, deixava Jonan dirigir e fixava o olhar num ponto longínquo da paisagem enquanto ele a levava em confiança. Desviou o carro para a área de serviço de Zuasti e estacionou perto da entrada do edifício singular; apertou o passo embaixo da chuva e cruzou com os clientes que saíam. O calor do local a recebeu ao transpor as portas. Pediu um café com leite num copo e escolheu uma mesa junto às janelas envidraçadas de onde podia olhar para o nevoeiro se derramando pelas encostas dos montes enquanto deixava passar o tempo até poder pegar entre as mãos o copo sem se queimar. A chuva fustigava as vidraças, que alcançavam uma altura considerável no ponto central do local e que lhe faziam lembrar um refúgio de montanha nos Alpes. Ergueu os olhos até a estrutura metálica que sustentava o vértice do telhado e viu um pardal que esvoaçava saltando de viga em viga pelo lado de dentro da estrutura.

    — Ele mora aqui — explicou uma garçonete ao ver que havia chamado a atenção de Amaia. — Já tentamos expulsá-lo de todas as formas possíveis, mas dá para ver que ele está feliz, e a altura da estrutura deixa um pouco complicado alcançá-lo. Ele tem um ninho ali, e dizem que já está aqui há uns anos, mais do que eu. Quando tem pouca gente, ele desce e bica as migalhas que caem no chão.

Amaia sorriu para a garota com amabilidade e evitou responder para não ser obrigada a entabular uma conversa para a qual a garçonete parecia bastante inclinada. Concentrou de novo seu interesse no pardal. Um pássaro esperto ou uma criatura encurralada. A chuva fustigando as vidraças chamou de novo sua atenção, captando-a com a maneira hipnótica com que as gotas deslizavam em sulcos brilhantes produzindo um efeito lento, como se fosse azeite. Queria pensar, pensar no caso, em Jonan, em James, e só conseguia pensar nele, em seus pés descalços, na pele que se insinuava debaixo da camisa, em sua boca, em seu sorriso e em sua exigência pedindo sempre um pouco mais. Deixou escapar um suspiro e decidiu telefonar para James. Sacou o celular e calculou a hora; nos Estados Unidos devia passar um pouco das três da manhã; pousou-o em cima da mesa, frustrada, e fechou os olhos. Sabia o que queria fazer, sabia o que devia fazer, sabia muito bem, sabia perfeitamente. Ele definira as regras e não era um jogo, era muito mais do que isso. Ele não se contentaria com menos, e ela se debatia num mar de dúvidas. Deixou sobre a mesa o café intacto e algumas moedas, e saiu de novo debaixo de chuva.

Todo o seu corpo tremia. Sentia a tensão crescente retesando a musculatura de suas costas, percorrendo seus nervos como eletricidade que se concentrava nas pontas dos dedos e produzia a estranha sensação de que a qualquer momento estes se quebrariam sob suas unhas a fim de deixar sair aquela energia premente. O estômago contraído, a boca seca e o ar da cabine do carro que pareceu insuficiente para seus pulmões. Estacionou na frente da casa, bloqueando a saída, e percorreu de volta o corredor de pedra, sentindo-se enfraquecer a cada passo que dava enquanto o coração produzia pancadas cadenciadas que ressoavam em seu ouvido interno. Bateu à porta, determinada e arrependida em proporções iguais, e esperou com a respiração suspensa, numa tentativa de acalmar a ansiedade que ameaçava dominá-la.

Quando abriu a porta, ele ainda estava descalço e o cabelo tinha secado de forma desalinhada, caindo-lhe sobre a testa. Não disse nada, ficou ali de pé sorrindo daquela maneira misteriosa e olhando-a nos olhos. Amaia também não disse nada, mas levantou uma mão gelada até tocar com os dedos rígidos sua boca, que achou macia e quente como se a comissura dos lábios dele tivesse se transformado em seu objetivo, em seu destino, no único lugar para onde era possível ir. Markina tomou sua mão entre as dele, como se receasse perder aquele vínculo, e a puxou para dentro de casa, empurrando depois a porta, que se fechou atrás de si. Parada na frente dele, com os dedos sobre seus lábios, esperou alguns segundos enquanto tentava juntar em sua mente duas palavras seguidas que fizessem sentido, e soube que já não poderia dizer nada, que precisava abrir caminho a outra voz, a um idioma que não era o seu e que como uma apátrida jamais pudera partilhar com ninguém. Tirou a mão da boca dele e contemplou seus olhos, que lhe devolveram o mesmo olhar, o mesmo receio, a mesma vertigem. Avançou, corajosa, e deu um passo para se unir a ele, fundindo-se em seu peito, enquanto ele, com os olhos fechados, a abraçava tremendo.

Ergueu os olhos, fitou-o e soube que poderia amá-lo...

Libertou-se do casaco úmido do ar exterior e, pegando na mão dele, conduziu-o até o quarto. A luz que entrava pela escassa abertura da persiana mal dava para distinguir os limites dos móveis pesados; ela a abriu, deixando que a claridade do céu nublado banhasse com sua luz leitosa todo o quarto. Markina, de pé junto à cama, observava-a com aquela expressão que a enlouquecia, mas não sorria. Nem ela. Seu rosto refletia o desassossego que lhe causava a certeza de se encontrar perante um igual. Ela avançou até ficar ao lado dele e o encarou, tomada pela imensa angústia que lhe crescia dentro do peito, torturando-a com uma angústia nova. Tocou nele com as mãos entorpecidas pelos nervos e pelo pudor de se reconhecer nele, de saber que, se estava ali, era porque pela primeira vez na vida podia se despir de verdade, despojar-se da roupa e da vergonha do fardo de sua existência, e que ao fazê-lo se via refletida nele como num espelho. Soube que nunca antes havia desejado ninguém, que nunca experimentara a agonia do anseio de sua carne, de sua saliva, de seu suor, de seu sêmen, que nunca havia sentido a ambição de um corpo, da pele, da língua, do sexo. Soube que nunca antes cobiçara os ossos, o cabelo, os dentes de um homem. A redondeza dos ombros dele, a firmeza de suas nádegas cavalgando sobre ela, a curvatura perfeita de suas costas, a suavidade de seu cabelo um pouco comprido, por onde o agarrou, conduzindo-o aos seus seios, à sua pelve. Não houvera nenhum homem antes dele. Nesse dia ela nasceu para o desejo e aprendeu uma nova linguagem, um idioma vivo, exuberante e inovador que descobriu de repente e que podia falar, sentindo que sua língua tentava dominá-lo num momento para depois emudecer, deixando que fosse ele a falar, sentindo a força de suas mãos comprimindo-lhe a carne, o modo como a agarrou pelos quadris e a veemência com que dirigiu as investidas para dentro dela, a firmeza de seus gestos empurrando-a até o limite entre a orientação e a ordem, o vigor de seus braços quando ela montou sobre suas pernas para voltar a tê-lo dentro de si. O fogo derramando-se dentro dela num êxtase adiado e desejado até raiar a loucura, um milhão de terminações nervosas gritando em carne viva. E o silêncio depois, que deixa os corpos exaustos, a mente esgotada, a fome adormecida, saciada por algum tempo que se prevê curto.

∽

A luz esbranquiçada procedente das poucas clareiras que se abriam banhando a cidade pela manhã se esfumara quando ela voltou a entrar no carro, e, apesar de não poder ser muito mais do que cinco da tarde, o céu de estanho devorava a luz, motivando os sensores da iluminação pública a acenderem os postes da rua.

Ela deu a partida e reservou alguns segundos para tomar consciência das modificações que haviam se produzido ao seu redor. Como se fosse uma viajante interestelar e tivesse alcançado de súbito um planeta novo, embora idêntico ao seu, notava uma atmosfera diferente, mais fresca e densa, que a obrigava a caminhar tomando cuidado para não perder o equilíbrio e que lhe dava uma nova percepção das coisas, pintando tudo o que a rodeava de uma cor que lhe conferia qualidades de quimera.

Pegou o celular e conferiu as chamadas perdidas. Ligou primeiro para James, que, sussurrando na sala de espera de um hospital bastante longínquo, contou a ela que haviam realizado a operação no pai e que parecia ter corrido tudo bem. Ibai e ele estavam com saudade. Depois ligou para Iriarte. Ainda não havia novidades da balística.

As ruas da cidade velha estavam bastante concorridas. Ela decidiu deixar o carro no estacionamento da Plaza del Castillo e percorrer a pé a distância que a separava da casa da rua de Mercaderes. À medida que se aproximava da porta de casa, pôde ver o volumoso monte de folhetos de publicidade que sobressaía pela abertura da caixa do correio. Contudo, além disso, ao retirar os panfletos de supermercados e de estações de serviço, verificou que dentro da caixa se encontrava um embrulho grosso envolto em papel pardo e atado com várias voltas de um barbante fino bordô. Soube de quem era muito antes de tocá-lo; ainda assim, não pôde evitar ficar surpresa perante o fato de ele ter enviado para lá. A caligrafia fina do agente Dupree cobria a superfície do embrulho, onde estava escrito o seu nome. Pegou o pesado pacote, apertando-o de encontro ao peito, e entrou em casa.

Desfez-se por fim da roupa, que lhe dava a sensação de tê-la usado por uma semana, tomou um demorado banho quente e, ao sair do banheiro, parou diante de sua farda de gala, ainda em cima da cama, que representava a mais firme recordação da morte de Jonan. Contemplou-a durante alguns segundos em silêncio, pensando que devia pendurá-la num cabide e guardá-la no armário enquanto se debatia com a voz interior que lhe dizia que, de alguma maneira, a farda em cima da cama constituía uma homenagem, a presença intangível porém poderosa da honra que representava, do compromisso incontestável que significava, e a dúvida que lhe atormentava o peito e que ainda não estava disposta a guardar no guarda-roupa. Pegou o pacote que Dupree lhe enviara e foi para a cozinha para cortar o cordel com que o havia amarrado ao mesmo tempo que pensava que até o papel de embrulho era muito típico de Nova Orleans. Retirou o papel e um pano de algodão, e assim que o tocou sentiu algo úmido e que envolvia um livro encadernado em couro macio e escuro. Não tinha título na capa nem na lombada, e quando o levantou achou-o extraordinariamente pesado. Protegida por duas guardas de seda, a primeira página exibia um intrincado desenho onde o floreado das letras mal permitia discernir o título: *Fondation et Religion Vaudou*.

Admirada, ela apalpou a sedosa leveza das páginas, que, debruadas com uma filigrana dourada, pareciam leves demais para conferir tanto peso ao tomo.

Os primeiros capítulos eram dedicados à explicação das origens da religião que milhões de pessoas praticavam no mundo e que era a oficial em vários países. Observou então que a apertada sucessão de folhas apresentava alguma anomalia, e com cuidado separou as páginas até dar com a que Dupree havia marcado, depositando entre os cadernos uma pequena pena negra. Amaia tomou-a entre os dedos com apreensão e observou a caligrafia apertada a lápis de carvão com que o amigo havia completado as margens do livro e sublinhado diversas passagens: "Provocar a morte por vontade. O *bokor* ou bruxo-mor *lukumi*, o sacerdote ou *houngan* que escolheu usar o poder para o mal". Umas páginas mais à frente, Dupree traçara vários círculos à volta de algumas palavras:

Un mort sur vous.
Un démon sur vous.

Por baixo escrevera:

O morto que sobe em você, ou o demônio que sobe em você, na América Latina literalmente "um morto sobe em você".

Em seguida, descrevia-se em detalhes o ataque de um demônio paralisador que, enviado por um *bokor*, imobilizava sua vítima enquanto ela dormia, permitindo que tivesse consciência de tudo que acontecia à sua volta e assistisse aterrorizada à tortura do espírito maléfico que, instalado sobre seu peito, a impedia de respirar e de se mexer e punha fim ao suplício no último instante ou então o prolongava até a morte. Algumas vítimas afirmavam ter visto um ser repugnante sobre elas, às vezes uma mulher gorda semelhante a uma bruxa, outras, um dragão imundo.

A saliva de um dragão-de-komodo contém bactérias suficientes para causar uma septicemia, pensou nas palavras de San Martín.

Folheou as páginas à procura das anotações do amigo e descobriu outra pena que, com o ímpeto, saiu voando e planou lenta e funesta até ficar pousada no chão. Abaixou-se para pegá-la e leu o texto assinalado como "O Sacrifício".

As palavras a que as aspas conferiam tal grau de importância, de extraordinária estranheza, de máxima expressão, ressoaram em sua memória proferidas por Elena Ochoa: "o sacrifício", e por Marc naquele terraço coberto de neve sobre a cidade numa noite que correspondia apenas ao dia anterior, embora parecessem ter-se passado vários anos: "oferenda", uma palavra que se pressupunha que ela saberia como usar.

O *bokor* proporcionava ao mal o mais aberrante dos crimes, a mais cobiçada das presas, que por sua natureza branca e pura não podia ser tocada; o sacrifício devia ser oferecido pelos únicos que tinham direitos sobre ela, seus pais. Os responsáveis por o terem trazido ao mundo ofertavam o respectivo fruto, seu recém-nascido, ao mal, numa cerimônia em que o demônio beberia sua vida e os recompensaria com qualquer favor que desejassem.

Uma ilustração mostrava um bebê sobre um altar. A seu lado, duas figuras extasiadas, presumivelmente os pais, e um sacerdote que com os braços erguidos empunhava um esquálido e sinistro réptil que, situado sobre a criança, sugava seu nariz e boca entre as mandíbulas. Por baixo, Dupree havia escrito várias frases curtas.

"Grupos do mesmo sexo."

"Durante um período específico de tempo."

"Trata-se de um cenário limitado."

E, rabiscada por baixo dessas premissas, uma breve mensagem com que Dupree havia assinado seu nome.

"Reset, inspetora."

Ela folheou as páginas até chegar à última, demorando-se nas abomináveis ilustrações e certificando-se de que não havia mais anotações de Dupree. Depois fechou o livro, ficou de pé e empreendeu um errático passeio que a levou de sala em sala por toda a casa. Ainda embrulhada no roupão e com os pés descalços, sentia ranger as ripas de madeira que atravessavam o apartamento de um lado ao outro e que produziam réplicas de estalidos nos aposentos vazios. Ao passar diante da sala de estar, reparou no computador, um equipamento um pouco antiquado que quase nunca utilizava. Regressou à cozinha e procurou na despensa os livretos onde anotavam as listas de compras, fita adesiva, um bloco de post-its amarelos e dois marcadores. Voltou para a sala e ligou o computador. Procurou um mapa de Navarra, imprimiu-o e com a fita o colou na superfície lisa de uma prateleira; com um marcador assinalou todos os lugares onde viviam as famílias das crianças. Deu-se conta então de que precisaria de um mapa maior, pois a localidade de Ainhoa ficava na fronteira francesa. Procurou em outra página um mapa da região e o imprimiu, de modo a colocá-lo ao lado do anterior e a acrescentar neste os bebês de Ainhoa. O desenho resultante era irregular; os pontos não pareciam conter nenhuma relação entre si, exceto que a maioria das aldeias se situava no vale de Baztán. Estudou o desenho consciente de que não fazia sentido nenhum e pensou nas palavras de Dupree: "Reset, inspetora, esqueça aquilo que pensa saber e comece do zero, desde o princípio".

O telefone tocou no silêncio da casa, trazendo-a de volta à realidade. Enquanto atendia a chamada, tomava consciência de que a escassa luz que havia sido protagonista daquele dia tinha capitulado, dando lugar à noite sem ter chegado a amanhecer, e de que ainda vestia o roupão com que havia saído do chuveiro.

— O que você fez a tarde toda?

Ela olhou para os mapas que já cobriam boa parte da estante e para o livro de Dupree aberto em cima da mesa, e se sentiu de súbito culpada. Ficou de pé e desligou o monitor do computador.

— Nada, matando o tempo — respondeu enquanto apagava a luz e saía da sala.

— Está com fome? — perguntou Markina, do outro lado da linha.

Amaia refletiu.

— Muita.

— Janta comigo?

Amaia sorriu.

— Claro, vamos nos encontrar onde?

— Na minha casa — respondeu o juiz.

— Vai cozinhar para mim?

Ela soube que ele estava sorrindo quando respondeu:

— Cozinhar? Por você eu faço tudo.

Capítulo 39

Ah, Jonan, Jonan. Ela sentia os braços de Zabalza segurando-a com firmeza, impedindo-a de se mexer enquanto se debulhava em lágrimas por seu amigo morto, pelo sangue derramado, por suas mãos espalmadas no chão... Gemeu, e acordou no meio da escuridão, quebrada apenas pela escassa luz que, proveniente das janelas da sala, se infiltrava pela porta entreaberta. Esticou a mão para alcançar o celular, passava pouco das sete da manhã. O clarão da tela iluminou o aposento ao mesmo tempo que recebia uma chamada, e Amaia parabenizou a si mesma por ter colocado o telefone no modo silencioso. Era Iriarte. Ela deslizou para fora da cama e saiu do quarto.

— Inspetora, espero não a ter acordado.
— Não se preocupe.
— Temos novidades. Os resultados da análise da balística. De acordo com as estrias deixadas nos dois projéteis recuperados na autópsia, a pistola de onde saíram os tiros é a mesma com que assassinaram o porteiro de uma discoteca de Madri há seis anos. Uma pistola vinculada às máfias do Leste que foi achada no local do crime e que mais tarde desapareceu do depósito de provas de um tribunal de Madri.
— Como é possível? De um tribunal?
— Pelo visto houve um pequeno incêndio e algumas provas ficaram destruídas ou danificadas pela ação dos bombeiros, e depois da retirada dos escombros e da limpeza do local deram falta de várias coisas. Acabo de enviar pra você o relatório da balística por e-mail. E já adianto que é provável que os caras dos Assuntos Internos queiram nos interrogar de novo...

Amaia resfolegou como única resposta.

— Você vem à delegacia hoje?

Amaia lançou um olhar para a porta do quarto.

— Não, a menos que você precise de mim. Oficialmente estou de férias.

Iriarte não respondeu.

— Iriarte... isso da pistola não significa nada, a investigação ainda não foi concluída.

— Claro.

Ela voltou para o quarto e, tateando, pegou a roupa enquanto os olhos se acostumavam de novo à penumbra e Amaia começava a vislumbrar a silhueta dos ombros, das costas do homem que dormia sobre a cama. Deteve-se, assombrada pela força das fantasias que a mera visão do corpo dele desencadeava em sua mente.

Jogou as roupas no chão e deslizou de novo para junto dele.

❧

Ela queria falar com Clemos. Não lhe agradava o rumo que o caso estava tomando, e, embora compreendesse que o resultado das provas era o que era, não queria que a inércia os levasse a abandonar outras linhas de investigação. Decidiu passar em casa para trocar de roupa. Verificou, satisfeita, que a caixa do correio continuava livre da praga publicitária e subiu as escadas planejando a conversa com o inspetor Clemos. Ao passar em frente à sala, viu os mapas que havia colado na estante e notou o suave zumbido da ventoinha do computador, que, lembrou-se de repente, não havia desligado. Ligou o monitor e foi fechando as páginas de onde retirara os mapas, até que ficou visível a área de trabalho, onde piscava um pequeno envelope azul indicando que havia chegado um e-mail. Era uma antiga conta que abrira para navegar e que nunca usava, pois recebia todos os e-mails oficiais na conta interna da delegacia e os pessoais numa conta do Gmail que costumava consultar no celular.

Ela clicou sobre o ícone e o que viu no monitor a deixou gelada. Era uma mensagem de Jonan Etxaide.

Estava estarrecida, nunca havia recebido um e-mail de Jonan nem de ninguém do trabalho naquele endereço; exceto James, as irmãs e uma ou duas amigas da universidade, duvidava que mais alguém soubesse da existência daquela conta. Contudo, o que veio a confundi-la ainda mais foi que, segundo a data, a mensagem tinha sido enviada há dois dias, à tarde, à hora do funeral, altura em que Jonan Etxaide se encontrava morto fazia mais de vinte e quatro horas e já havia sido cremado. Tremendo, ela abriu a mensagem, que, longe de lhe dissipar as dúvidas, revelou-se, se isso ainda fosse possível, mais misteriosa.

Jonan Etxaide deseja compartilhar este dado com você. Tipo: Documentos e Imagens
Título-***********
Esta mensagem lhe permite acessar os arquivos mediante prévia inserção da senha

Havia dois campos a preencher: o da conta e o da senha. Durante alguns segundos, ela olhou para o cursor piscando no monitor com o coração acelerado, a boca seca e um ligeiro tremor que desde a ponta do indicador pousado em cima do mouse começava a se propagar por todo o corpo. Ela se levantou e, meio enjoada, foi até a cozinha, tirou da geladeira uma garrafa de água gelada e bebeu um gole encostada à porta antes de voltar para a sala. O cursor continuava a piscar insistente. Releu mais algumas vezes a curta mensagem como se de uma nova leitura fosse ser capaz de retirar algum tipo de informação que lhe tivesse escapado. E depois olhou de novo para o cursor sobre o quadradinho "conta", que, imperturbável, parecia exigir dela uma resposta.

Digitou "amaiasalazariturzaeta@gmail.com". Arrastou o cursor até o retângulo "senha".

As palavras de Marc soaram-lhe claras na cabeça. "Oferenda" e o número.

Escreveu "Oferenda" e parou... que número? Pegou o celular e consultou na agenda o número de telefone de Jonan à medida que quase ao mesmo tempo o descartava; não podia ser nada assim tão evidente. Digitou uma sucessão de zeros até que o cursor lhe indicou que havia chegado ao limite. Eram quatro algarismos, dez mil combinações possíveis, mas Jonan havia dito "o número dele". Pegou de novo o celular.

Iriarte atendeu do outro lado da linha.

— Inspetor, você pode me dizer qual era o número de identificação do distintivo do subinspetor Etxaide?

— Vou ver, espere só um momento.

Ela ouviu o fone batendo na mesa e o teclado em ruído de fundo.
— Tenho aqui. Era 1269.
Ela agradeceu e desligou.
Escreveu o número depois da senha, clicou em Enter e o drive se abriu.
Suas mãos suavam; a ansiedade se acumulava em seu peito à medida que a mensagem se abria diante de seus olhos.

Não havia nenhum texto, apenas uma dúzia de pastas dispostas em ordem alfabética. Ela deslocou o cursor sobre elas para ver os títulos: Ainhoa, Localidades, Berasategui, Hidalgo, Salazar... Abriu uma ao acaso. Pela forma como as informações foram agrupadas, tudo apontava para que a nuvem servisse apenas como uma cópia de segurança. Os documentos nas pastas não apresentavam uma disposição reconhecível; encontrou o mandado de busca e apreensão para a casa da enfermeira Hidalgo, um registro de áudio com a declaração na delegacia de Yolanda Berrueta e a vida profissional da enfermeira. Abriu a pasta intitulada Markina e viu uma série de fotos onde se reconheceu ao lado do juiz na delegacia na frente do auditório Baluarte.

— Jonan, o que significa tudo isto? — sussurrou, aterrada.

Abriu a pasta intitulada Ainhoa e diante de seus olhos surgiram várias fotos do interior do túmulo dos filhos de Yolanda Berrueta, diversas ampliações dos detalhes. Interessada e impressionada, contemplou as mãozinhas de um bebê que se revelavam para fora do caixão e a hipnótica carinha do outro, enegrecida. Havia muitas ampliações. Jonan registrara o pormenor das iniciais que identificavam os ataúdes: D. T. B., correspondente a Didier Tremond Berrueta, e M. T. B., referente a Martín Tremond Berrueta. Havia mais uma série de vinte e cinco fotografias, mas ela notou que Jonan se fixara sobretudo na urna metálica destinada a conter cinzas, que se via caída e aberta. Num dos lados estavam as iniciais, que Jonan ampliara e girara para que ficassem legíveis: H. T. B. Ampliara também um canto visível de um saco plástico que continha as cinzas, onde se podia apreciar o que parecia ser o rebordo de um logotipo azul e vermelho. Amaia estudou as fotografias, compreendendo por que razão tudo aquilo havia chamado a atenção de Jonan. Um saco colorido para restos mortais humanos era algo pouco usual. Na sucessiva sequência de fotografias, Jonan reunira pelo menos doze embalagens de alimentos onde havia lentilhas, sal de mesa, farinha e açúcar, todos produtos franceses, todos em sacos de plástico transparente e com logotipos azuis e vermelhos. Na foto seguinte, Etxaide havia recortado a ampliação do canto do saco visível e a colocara ao lado de um pacote de açúcar de um quilo; o logotipo correspondia perfeitamente.

— Porra — exclamou Amaia.

De imediato veio à sua mente o saco de cascalho que havia dentro do caixão de sua irmã e os pacotes de açúcar que Valentín Esparza havia coberto com uma toalha a fim de esconder o fundo do caixão da filha. Com o coração latejando a mil por hora, voltou a rever uma por uma as fotografias enquanto lhe vinha à mente a pergunta de Yolanda Berrueta: "Por que colocariam açúcar num caixãozinho?". Imprimiu-as e, com as fotos na mão, começou a passear como uma fera enjaulada pela sala de estar. Pegou o telefone, ligou para o Hospital Saint-Colette e perguntou se seria possível falar com Yolanda Berrueta; disseram que, embora se encontrasse um pouquinho melhor, era prudente esperar mais um pouco. Desligou, desolada. Era óbvio que não poderia perguntar ao ex marido dela. Foi até o quarto, esvaziou o conteúdo da bolsa em cima da cama e sobre a farda de gala e encontrou o cartão do pai de Yolanda. Digitou o número dele. O homem atendeu de imediato.

— Eu poderia falar com o senhor agora? É muito importante.

༄

As nuvens se deslocavam pelo céu plúmbeo a grande velocidade, arrastando a chuva para longe do vale e fazendo a sensação térmica descer pelo menos quatro graus. Apesar da baixa temperatura, o pai de Yolanda insistiu que conversassem fora de casa.

— É por causa da minha mulher, sabe? Essas coisas a afetam demais, e já basta o que ela está sofrendo com o que aconteceu com Yolanda.

Amaia aquiesceu, compreensiva, prendeu o cabelo, enfiando-o no gorro, e, como que num acordo tácito, começaram a andar, afastando-se da porta da casa.

— Não o incomodarei muito; na verdade, eu só tenho uma pergunta para lhe fazer. Dentro do túmulo de Ainhoa existe outro pequeno caixão com as iniciais H. T. B.

O homem assentiu contristado.

— Sim, é o de Haizea, a minha neta.

— O senhor teve outra neta?

— Um ano antes de os meninos nascerem, Yolanda teve essa menina. Eu pensei que a senhora soubesse disso. Uma menina saudável, linda, que no entanto faleceu duas semanas depois de nascer, aqui, nesta casa. Essa foi a razão da depressão de Yolanda. Depois tudo foi de mal a pior... Acredito que tenha sido um erro tremendo engravidar tão depressa, embora o marido insistisse que, quanto mais cedo tivesse outros filhos, mais depressa desapareceria da cabeça a dor pela perda da menina. Mas eu acho que a minha filha não estava preparada para enfrentar uma gravidez depois de uma coisa daquelas, e ela deixou isso bem claro durante a gestação: não se cuidou, ficou desleixada, parecia que tudo era indiferente para ela; só quando os meninos nasceram, ao vê-los, ao segurá-los nos braços, é que a minha filha pareceu ressuscitar. Embora você possa não acreditar, ela é uma boa mãe, mas sofreu muito. A vida dela é uma desgraça. Teve três filhos, e os três estão mortos.

Amaia o encarava, abatida. A ideia da substituição era o que tinha fugido de sua mente, a mesma coisa que Valentín Esparza dissera à mulher, que ter outro filho tiraria de sua mente a dor pela perda da menina. Também ela afirmara que não poderia amá-lo, que não podia ter outro filho. Yolanda era mais frágil, mais delicada, e no seu caso o marido conseguira alcançar o objetivo.

— Yolanda não me contou nada.

— A minha filha confunde tudo por causa da medicação que toma: às vezes não sabe muito bem se as coisas aconteceram antes ou depois, e a morte dessa menina foi tão traumática para ela que desde então tudo parece muito embrulhado na sua cabeça.

Amaia assentiu. Lembrava-se de que Yolanda havia dito isso, que às vezes não conseguia ter muita certeza do que acontecera depois, se bem que ao pensar nisso se lembrou também de que no depoimento que prestou na delegacia comentara qualquer coisa como o bebê não se encontrar no caixão.

— Senhor Berrueta, só tenho mais uma pergunta: o corpo da menina foi cremado?

— Não, nem o da menina nem o dos irmãos. Nós somos pessoas tradicionais, e a família do marido de Yolanda também é. A senhora viu o jazigo da família em Ainhoa.

Amaia insistiu:

— Isso é muito importante. Preciso saber com toda a certeza e não posso perguntar ao ex-marido.

Berrueta torceu o nariz ao falar do genro.

— Não precisa ir falar com ele. A agência funerária de Oieregi cuidou de tudo. Vou lhe dar o endereço do dono; ele vai lhe confirmar que foi realizado um enterro tradicional e que o cortejo saiu do hospital, onde os meninos faleceram, e seguiu até a capela mortuária, e dali para o jazigo de Ainhoa.

Ela levou dez minutos para localizar o responsável pela agência funerária e obter sua confirmação.

Regressou a Pamplona sem parar em Elizondo. Estava com vontade de ver a tia, mas o conteúdo daqueles arquivos a reclamava com urgência. Na frente do computador tudo era muito confuso, porque os documentos não vinham acompanhados por uma explicação e ela precisava examiná-los um a um até entender por que motivo Jonan os havia destacado.

Voltou a abrir as fotos onde ela aparecia ao lado de Markina. Observou-as na dúvida. O que levaria Jonan a mostrar interesse por sua vida privada? Por que andaria a espiá-la? Por que leria seus e-mails? Ela sentiu uma raiva e uma impotência imensas por não entender nada, mas chegou à conclusão de que deixaria aquele assunto para mais tarde; agora, Jonan acabava de lhe mandar uma mensagem, acabava de lhe deixar algo tangível e palpável, e ela lhe daria um voto de confiança. Pensou na senha que Jonan escolhera para o arquivo, "oferenda"; a palavra em si tinha importância, mas o que lhe dizia mais era o número que escolhera para complementá-la, o número de identificação de seu distintivo, o número que fazia dele um policial, e quase conseguiu ouvir Marc dizendo que Jonan não queria nem pensar na possibilidade de abandonar seu trabalho.

— Maldição, Jonan, mas que raios você fez?

A pasta de Markina continha, além das fotografias da noite em que estiveram conversando na frente do Baluarte, uma breve história da vida do juiz, local de nascimento, estabelecimentos de ensino onde estudara, lugares que havia ocupado antes de chegar a Pamplona. Chamaram-lhe a atenção a residência e o número de telefone da clínica geriátrica onde estivera internada uma mulher chamada Sara Durán. Etxaide pusera entre aspas a palavra "mãe". Amaia balançou a cabeça, confusa, sem entender que sentido fazia aquele dado ali.

Na pasta intitulada Salazar, viu as fotos do caixão de sua irmã vazio naquele jazigo de San Sebastián e as fotos dos ossos dos *mairus* que foram abandonados na profanação da igreja de Arizkun, os que tinham centenas de anos e aqueles outros brancos, limpos e que pertenciam a sua irmã. Havia várias ampliações por partes da única fotografia que conseguiu tirar do casaco que Rosario usava na noite em que fugiu e que apareceu no rio antes de o juiz ter mandado suspender as buscas. Também havia mapas do monte com possíveis vias de fuga a pé da gruta de Arri Zahar. Na pasta intitulada Herranz havia uma breve ficha da secretária do juiz e algo que a surpreendeu muito: mais fotos, tiradas ao que parecia numa pastelaria onde se via a secretária de Markina falando com Yolanda Berrueta.

O arquivo de localidades era uma lista dos endereços de todos os bebês falecidos por morte no berço que já haviam investigado, aos que Jonan havia acrescentado a irmã de Amaia, embora tivesse excluído, não obstante, os filhos de Yolanda Berrueta. Pegou um dos mapas que utilizara na tarde anterior e foi assinalando de novo as localidades, incluindo sua irmã em Elizondo e evitando marcar Ainhoa no mapa; depois uniu os pontos que percorriam ambos os lados da estrada N-121. Poderia ser aquilo? Com bastante frequência os crimes em série haviam sido perpetrados ao redor de importantes vias de comunicação que facilitavam a fuga do assassino, mas não era esse o caso.

Reset, inspetora, pensou, obrigando-se a se concentrar no que sabia. Imprimiu um novo mapa e assinalou as localidades de origem das vítimas, incluindo ela e sua irmã, e reparou então que, se eliminasse os bebês de Ainhoa, o desenho apresentava uma forma linear, que foi mais evidente quando, ao se aproximar, percebeu-se a fina linha azul que indicava o curso do rio Baztán. Colocando as marcas nos respectivos lugares, a evidência do traçado do rio se destacou, assinalando uma zona que se estendia de Erratzu até Arraioz, passando por Elbete e Elizondo e chegando com Haizea até Oieregi. Observou com atenção. A presença do traço azul clamava do mapa.

O rio. *Limpe o rio*, pensou, e, como se aquelas palavras tivessem o poder de um salmo para invocar fantasmas, as visões de seus sonhos saltaram como um eco em sua mente, trazendo-lhe a recordação das enormes flores brancas, dos caixões vazios.

Ela recuou alguns passos até se sentar na poltrona e ficou ali observando os mapas, tentando assimilar o que tinha diante de si. Em sua mente se misturavam as imagens do livro, os lemas da oferenda, as palavras de Sarasola sobre a natureza perniciosa dos arquivos de Berasategui e a natureza do "sacrifício" que os grupos de Lesaka e de Elizondo fizeram em princípios da década de 1980. Ficou de pé e acrescentou ao desenho duas novas marcas; não podia evitar pensar na ignomínia que pressupunha nem conhecer seus rostos, ter nascido para morrer, ser uma vida tão breve que ninguém se tinha dado ao trabalho de atribuir a eles uma identidade, o seu pequeno lugar no mundo.

Capítulo 40

Não reconheceu a voz quando atendeu o telefone.

— Amaia, é o Marc. Não sabia a quem devia telefonar.

Ela demorou alguns segundos para se situar.

— Olá, Marc, desculpe, não te reconheci. O que posso fazer por você?

— A polícia terminou as investigações na casa do Jonan e hoje de manhã nos entregaram a chave. Eu não queria que os pais dele passassem por isso, então fui lá sozinho, mas assim que entrei vi a mancha de sangue no chão. — Ficou com a voz entrecortada, tomada pela angústia. — Não sei por que razão pensei que alguém teria limpado, que aquilo não estaria assim... Não consegui entrar. Estou na entrada do prédio... E não sei o que fazer.

Ela não demorou nem dez minutos para chegar. Marc, de pé na calçada e com uma palidez mortal, tentou sorrir quando a viu, embora o gesto não passasse de um trejeito da boca.

— Você devia ter me ligado desde o início.

— Não queria incomodar ninguém — respondeu, estendendo a chave para ela.

Amaia a pegou e a observou por um instante na palma da mão como se fosse um objeto estranho que tivesse dificuldade para reconhecer. Marc cobriu então a mão dela com a sua, inclinou-se e lhe deu um beijo. Depois se virou para a rua e foi embora sem dizer mais nada.

≈

É extraordinário ao que pode chegar a cheirar o sangue. O zumbido das moscas indicava que elas também o haviam cheirado. O sangue, outrora vermelho e brilhante, tornara-se pardacento, quase preto nas bordas da poça, onde havia começado a secar, e no centro causava uma nauseante sensação de movimento devido às centenas de larvas que, embora em seu primeiro estágio, apresentavam uma atividade frenética. Ali continuavam as luvas que o patologista e os policiais haviam utilizado, restos de cápsulas plásticas e lenços de papel, o ar viciado pela presença da morte e as superfícies cobertas pelo pó branco e preto com que os colegas haviam retirado as impressões digitais. Não era, nem de perto nem de longe, o pior local de crime que ela havia visto. Às vezes, quando o cadáver era descoberto dias, semanas depois, quando o odor denunciava sua presença alertando os vizinhos, os locais de crime chegavam a ser horripilantes.

Ela pegou o telefone e procurou na agenda o número de uma empresa de limpezas traumáticas, autênticos especialistas, solucionadores, senhores lobo.[8] Explicou em breves palavras o estado do local do crime e prometeu esperar ali até que chegassem. Costumavam ser eficientes, deslocavam-se em pouco tempo, faziam seu trabalho e depois desapareciam, tal como ela.

Sentia-se bastante esquisita por estar ali sem Jonan, e o mais desolador era que, embora estivesse na casa dele, vendo o que ele via todos os dias, onde tocava todos os dias, não era capaz de senti-lo, não restava um único rastro de sua presença ali. Nem aquele sangue derramado no chão era mais o seu. Agora era das moscas, e pensou que aquele sangue amado havia se tornado desprezível.

Esgotada, ela se virou para inspecionar o local e, ao reparar no sofá, lembrou-se da teoria da patologista sobre um tiro de baixo para cima, de uma posição sentada. "Ou então o assassino era baixinho", murmurou. Sentou-se e levantou a mão como se empunhasse uma arma. O cadáver não havia sido movido do local onde caiu, mas, se o agressor tivesse estado ali, onde ela estava agora, não poderia ter disparado o tiro de frente. Abaixou-se para olhar por baixo do sofá e verificou que não parecia ter sido movido do lugar, não havia marcas que indicassem que o tivessem arrastado, e, ali embaixo, o pó tinha se depositado de maneira uniforme. Da posição agachada em que se encontrava, voltou a contemplar a mancha escura que cobria boa parte da superfície da sala. A imagem de

---

8 Referência à personagem interpretada por Harvey Keitel no filme *Pulp Fiction*, de Quentin Tarantino. (N.T.)

Jonan estendido no chão se reproduziu em sua mente com precisão fotográfica. Ela sentiu uma ânsia de vômito que conteve com grande dificuldade. Ficou de pé e foi à janela. Se a abrisse, entrariam mais moscas, isso era certo e sabido, mas pelo menos se dissiparia um pouco aquele cheiro nojento. Não foi capaz de afastar as cortinas, mas abriu a janela, por onde entrou uma brisa enregelante que as sacudiu, fazendo-as ondular para dentro da sala de estar. Da superfície cinzenta de uma delas se desprendeu um pedaço de fibra da mesma cor, que saiu voando por cima da poça de sangue e caiu no chão, do outro lado da sala. Ela se aproximou, curiosa, e observou que, embora fosse da mesma cor das cortinas, era evidente que não se tratava do mesmo tecido. Era um fio brilhante, um pedaço com poucos centímetros. Olhou ao redor tentando identificar a origem daquele tecido e não encontrou naquele aposento nem em nenhum outro da casa um tecido de onde pudesse proceder. Selecionou a câmera no celular e tirou várias fotos de diversos ângulos. Absorta em seus pensamentos, a ligação que entrou a pegou desprevenida e o sobressalto fez o telefone escapar de suas mãos, caindo a seus pés; apanhou-o, nervosa, e atendeu. Era Markina. A voz dele lhe chegou cálida e carregada de sensualidade. Fechou os olhos e os apertou com força, descartando os pensamentos que lhe vinham à mente com o simples fato de lhe ouvir a voz.

— Estou no apartamento de Jonan — disse quando atendeu.

— Uma nova busca?

— Não, já terminaram. Esta manhã autorizaram a família a entrar e me pediram para me encarregar de receber a equipe de limpezas traumáticas. Estou esperando por eles.

— Está aí sozinha?

— Sim.

— Você está bem?

— Sim, não se preocupe, já devem estar chegando e depois eu vou embora — retorquiu, sem tirar os olhos do pedaço de tecido. — Agora não posso continuar a falar.

Desligou o telefone e vasculhou o aparador até encontrar alguns envelopes de mala-direta. Esvaziou o conteúdo de um e, com cuidado, depositou o tecido lá dentro. Então, reparou que o pano parecia apresentar um desenho que quase julgou reconhecer como uma letra que se repetia a intervalos regulares sobre o retalho, e, mesmo não sendo uma especialista, era óbvio que o pano era requintado, delicado e de boa qualidade. Fechou o envelope, guardou-o na bolsa e se concentrou em inspecionar com atenção as cortinas e o resto das superfícies. Não encontrou mais nada a não ser o pó utilizado para extrair impressões digitais. A polícia científica fizera um bom trabalho; é provável que o pedaço de tecido não tivesse importância, até era possível que estivesse preso ali havia bastante tempo, disfarçado pela cor das cortinas.

Deixou os funcionários responsáveis pela limpeza enfiados em seus macacões brancos e em suas máscaras trabalhando no apartamento e se dirigiu à delegacia de Beloso.

Cinco minutos de conversa com Clemos bastaram para evidenciar as suas piores suspeitas. Ele se sentia tão satisfeito como um porco num chiqueiro. Expôs a ela, de maneira sucinta, as informações que Iriarte já havia adiantado sobre a proveniência da pistola, e, apesar de sua insistência em que deviam continuar a seguir outras linhas de investigação e de lhe ter arrancado a promessa de que assim seria, tinha certeza de que a investigação seguiria naquela direção.

Em tom mordaz, ela lhe deu a entender que já devia estar na posse de alguma prova que relacionasse Etxaide com essa espécie de grupo, mas o policial não se deu por vencido. É questão de tempo, foi a resposta que lhe deu.

Ela se desculpou um minuto diante de Clemos, tirou de uma mesa vazia uma folha de papel de impressora e uma tesoura, entrou no banheiro do segundo andar, tirou da bolsa um par de luvas, que calçou, e o envelope com o pedaço de tecido, de onde cortou um fio muito fino, que guardou de novo dentro do envelope; o resto embrulhou com cuidado na folha de papel. Saiu do banheiro e foi de novo à procura de Clemos.

— Hoje de manhã a família do subinspetor Etxaide me pediu que acompanhasse a equipe de limpezas traumáticas no apartamento. Um momento antes de iniciarem os trabalhos, eu abri a janela e este pedaço de pano saiu voando; verifiquei e não corresponde a nenhum outro tecido da casa, pelo menos que se veja — disse, estendendo-lhe o envelope.

— Você devia ter avisado a polícia científica.

— Não me amole. Se eu não estivesse ali, o pessoal da limpeza teria destruído isso, que pode constituir uma prova. Recolhi a amostra observando os procedimentos.

— Tirou fotos? — ele quis saber, irritado.

— Sim, acabei de mandar para você.

Clemos pegou o envelope.

— Obrigado — grunhiu. — Com certeza não é nada importante.

Amaia se virou para sair sem se dar ao trabalho de responder.

֎

Ela saiu do edifício e, sem abandonar ainda a área da delegacia, ligou do carro para a doutora Takchenko.

— Doutora, ainda está em Pamplona?

— Sim, mas por pouco tempo. Acabei agora a minha conferência. No fim da manhã vou para Huesca.

— Você acha que poderíamos nos encontrar? Tenho uma coisa para você.

— Estou numa confeitaria na rua... — Ouviu a médica prolongar a frase enquanto procurava o endereço. — Monasterio de Iratxe. Quer vir aqui?

— Dentro de dez minutos estarei aí.

O encontro foi breve. A doutora Takchenko tinha planejado chegar em casa a tempo de almoçar com o marido e não queria se demorar mais do que o tempo que levaram para tomar um café. Lamentou não ter reparado antes que aquela rua ficava muito perto do tribunal e que a elegante confeitaria era bastante frequentada por advogados e juízes.

Quando saíam do bar, a doutora perguntou a ela:

— Inspetora, você conhece aquela mulher? Reparei que não parou de olhar para você desde que chegou.

Amaia se virou e percebeu o olhar furtivo de Inma Herranz, que tomava café com mais duas mulheres encostada ao balcão. Aquela confeitaria ficava perto dos tribunais. Amaldiçoou a coincidência.

A doutora Takchenko gostava de seu carro alemão. O marido costumava rir da obsessão que tinha pela segurança, mas era verdade que quando se decidira por aquele carro não o fizera pensando na luxuosa aparência exterior, mas sim nos sistemas de segurança, que o tornavam um dos carros mais seguros que podiam circular pelas ruas. Gostava de dirigir na estrada, mas fazê-lo pelo centro de uma cidade, além disso desconhecida para ela, era particularmente desagradável. Ao sair da confeitaria com o envelope que a inspetora Salazar lhe havia confiado, tinha dito a ela que partiria de imediato para Huesca; no entanto, andava havia mais ou menos quinze minutos dando voltas pelo centro de Pamplona procurando à moda antiga o endereço que aquele inútil GPS parecia ser incapaz de encontrar. Esquivando-se de um ônibus urbano que quase veio de encontro a ela e aguentando as buzinadas de um taxista energúmeno, parou por fim na frente de uma agência de entregas rápidas, deixou ligadas as luzes de emergência e, apressada, foi para dentro da loja, enfiou o envelope que Amaia lhe havia dado dentro de outro e o entregou ao homem de meia-idade que se encontrava atrás do balcão.

— Envie com a máxima urgência para este endereço.

Depois entrou em seu carro alemão e seguiu caminho.

Capítulo 41

AMAIA PASSOU O RESTO DA tarde examinando com o máximo cuidado as pastas que a mensagem de Jonan continha. Dedicou especial atenção à de Inma Herranz. Estudou em detalhes as fotos onde esta aparecia com Yolanda Berrueta. Em uma quase se podia ver como o suor lhe fazia brilhar o rosto. Perguntou-se que relação teria com Inma Herranz. Não pareciam amigas; em todas as fotografias dava para ver que quem falava era Yolanda e que Herranz a escutava com paciência. Yolanda tinha lhe contado que movera céus e terra, que procurara todo tipo de ajuda; não seria estranho que, sabendo que Herranz era assistente pessoal de um juiz, a abordasse para lhe falar de sua história. Teria de confirmar isso. Tocou o telefone. Era ele.

— Quero te ver.

Assim que deixou de olhar para o monitor, Amaia sentiu a vista cansada e o princípio de uma dor de cabeça. Ainda assim, sorriu antes de responder:

— Eu também.

— Pois então venha.

— Vai cozinhar de novo para mim?

— Vou cozinhar para você, se é isso que você quer.

— É isso que eu quero também — respondeu, enquanto desligava o computador.

֍

O telefonema de Iriarte chegou no momento exato em que estacionava o carro em frente à casa de Markina.

— Inspetora, acho melhor você vir até Elizondo. Inés Ballerena e a filha foram esta tarde até o cemitério para visitar o túmulo da menina e notaram de imediato que alguma coisa estranha aconteceu. As flores que foram colocadas ali no enterro estavam amontoadas, postas de qualquer jeito, como se alguém as tivesse revirado; correram para avisar o coveiro, que nos telefonou. Com certeza o túmulo foi forçado. Estou indo para lá...

⁂

Markina tirava a rolha de uma garrafa de vinho quando o telefone tocou. Ouviu a explicação de Amaia dizendo por que motivo não poderia ir vê-lo e que não sabia quanto tempo iria demorar. Desligou e na mesma hora fez outra chamada. A expressão no rosto dele ficou sombria.

— Acabaram de me informar de que, pelo que consta, o túmulo da família do Esparza foi violado. Os familiares foram visitá-lo e acharam algo de estranho. A Polícia Foral está a caminho. O que você pode me dizer sobre isso?

Escutou seu interlocutor. Desligou o telefone e o arremessou com fúria, atingindo a garrafa de vinho, que explodiu e derramou o conteúdo por toda a bancada da cozinha.

⁂

Amaia estacionou na porta do cemitério, que apesar de ser de noite estava bastante iluminado. Viu Iriarte, Montes e Zabalza, assim como um par de funcionários da câmara municipal, perto das três mulheres. Inés, a filha e a velha *amatxi*, apesar do frio e da hora, mostravam-se calmas e permaneceram em silêncio enquanto o inspetor Iriarte lhe contava de novo o que já sabia. Amaia lançou um olhar para o jazigo, quase coberto de coroas e arranjos florais, e, virando-se para as mulheres, perguntou:

— O que vocês notaram de diferente? E o que estavam fazendo aqui tão tarde? Está muito frio.

— Viemos pôr velas — respondeu a velha *amatxi*. — Para que a menina tenha luz — disse, apontando para um par de velas acesas aos pés da sepultura.

Inés Ballarena deu um passo à frente.

— Peço desculpas pela minha mãe. Esse é um costume antigo de Baztán. Trazemos velas para que...

— ... para que os defuntos encontrem o caminho na escuridão — disse Amaia. — A minha tia também conhece esse costume, já me falou dele há tempos.

— Bem — continuou Inés —, durante o enterro trouxeram muitas flores, como você vê. Depois de pôr a laje nós fomos arrumando as flores com cuidado. Atrás, as coroas maiores encostadas na parede do jazigo; na frente, os ramos menores... Se reparar bem, verá que agora está tudo misturado, como se alguém tivesse tirado tudo e voltado a pôr sem nenhuma ordem, mas o mais evidente é que algumas das coroas estão ao contrário e as faixas estão invertidas e não dá para ler. Pode acreditar que eu tive o máximo cuidado em colocá-las como deve ser.

— Como deve ser — sussurrou Amaia. Então se dirigiu ao coveiro.

— Vocês fizeram algum conserto nesta parte do cemitério ou ocorreu algum enterro nos túmulos adjacentes que tenha obrigado a afastar o que estava na superfície da laje?

O funcionário olhou para ela como se aquilo lhe parecesse absurdo. Negou, balançando a cabeça com parcimônia. Já tivera de falar outras vezes com ele e sabia que era homem de poucas palavras.

— Pode ter sido um ato de vandalismo, talvez um grupo de crianças tenha entrado no cemitério durante a noite e revirado as flores como parte de alguma brincadeira idiota — sugeriu Amaia.

O coveiro pigarreou.

— Desculpe, minha senhora, ainda não tinha acabado de falar...

Amaia olhou para Montes, que revirou os olhos, e, sorrindo, assentiu, encorajando-o a continuar.

— A laje está afastada do lugar pelo menos cinco centímetros — declarou, colocando um par de dedos grossos entre a pedra e o rebordo do túmulo.

— É possível que tenha ficado assim depois do enterro? — perguntou Amaia, introduzindo seus dedos através da abertura.

— Pois eu lhe digo que não. Tenho muito cuidado para que as pedras fiquem bem ajustadas, por causa da água, sabe? Se não fizesse isso as sepulturas seriam inundadas... Além disso, se ficar inclinada corre um risco maior de quebrar. Quando terminou o enterro, esta laje estava no seu devido lugar. Posso garantir — afirmou o homem, categórico.

Montes alcançou a pedra e tentou empurrá-la sem nenhum resultado.

— Assim você não vai conseguir nada — disse outro dos funcionários. — Nós utilizamos uma alavanca e umas barras de aço sobre as quais fazemos deslizar a pedra.

Amaia contemplou Inés Ballarena e a filha com ar de interrogação.

Elas olharam primeiro para a velha *amatxi* e depois responderam:

— Abram.

Amaia olhou para o coveiro.

— Você ouviu as senhoras. Abram.

Demoraram alguns minutos para trazer as barras de aço e a alavanca enquanto eles ajudaram a afastar as flores. Conforme o coveiro havia explicado, o sistema que empregavam era muito simples. Depois de levantar um pouco a laje, introduziam as barras por debaixo da pedra e depois a faziam rodar sobre estas, deslizando-a. Assim que o túmulo foi descoberto, todos apontaram as lanternas lá para dentro. No fundo se viam dois velhos caixões, além do da menina. Introduziram uma escada metálica no túmulo e o coveiro desceu levando na mão uma alavanca menor, que não foi necessária. O caixão estava aberto.

E, embora todos pudessem vê-lo, virou-se para cima para dizer:

— Não tem nada aqui dentro.

— Ah, meu Deus, no fim ele acabou por levá-la. Voltou e levou com ele a nossa filha.

Sonia Ballarena desabou no chão.

Capítulo 42

ERA CURIOSO. Ela não havia sentido a presença de Jonan na casa dele; no entanto, agora, enquanto olhava por aquela janela da delegacia como tantas vezes fazia, sua ausência adquiria uma presença extraordinária, um espaço de que quase se podiam definir os limites do lugar que teria ocupado. Jonan, que partira deixando para ela uma carga de intrigas e suspeitas. Jonan e tudo o que havia ao seu redor, o que o motivara a levar a cabo uma investigação paralela e oculta. Jonan e suas razões e motivações. Jonan a espiá-la, por acaso desconfiaria dela? E, se assim fosse, então por que lhe teria enviado aquele arquivo, um dia depois de morrer?! E por intermédio de quem? Jonan e as palavras que disse a Marc denunciando seu receio. Jonan e a estranha senha que havia deixado para ela.

Merda, Jonan, o que você fez?

Ela entendia Clemos e os caras dos Assuntos Internos; por mais que odiasse admitir, se Amaia estivesse no comando da investigação e se se tratasse de um desconhecido, teria desconfiado dele. Mas era Jonan, ela o conhecia, e até na senha que havia escolhido para lhe fazer chegar às mãos sua mensagem evidenciava a veneração e o respeito que sentia por ela. No entanto, o fardo era pesado; já havia aprendido a lição ao tentar resolvê-la sozinha. Sabia que não podia contar tudo porque, ao fazer isso, estaria traindo a última vontade de Etxaide, que fizera chegar aquilo só a ela, mas a sensação de não saber em quem podia confiar lhe causava uma grande inquietação. Contava com Montes, sabia que ele a seguiria; tinha dúvidas a respeito de Zabalza, mas era óbvio que quem lhe levantava mais problemas era Iriarte. Era evidente o desassossego que lhe causavam certos aspectos que escapavam a seu controle, como no momento da morte de Elena Ochoa. Todas aquelas histórias de túmulos vazios andavam muito longe do que um policial prático como ele podia catalogar como normal dentro do desempenho de suas funções. Para ele, o cumprimento das normas era uma religião, e o que ia contar para ele, e sobretudo o que ia pedir a ele, entrava em conflito com a investigação paralela que a equipe de Pamplona estava conduzindo... Olhou entristecida para o nevoeiro que se derramava pelas encostas dos montes, sentindo saudade de Jonan uma vez mais, e de repente a presença dele foi tão forte que se virou, certa de que o encontraria atrás de si.

O subinspetor Zabalza estava de pé à porta. Segurava uma caneca de porcelana, que levantou diante dos olhos como que a desejar justificar sua presença ali naquele lugar.

— Pensei que talvez quisesses um café.

Amaia olhou para ele, olhou para a caneca. Jonan sempre lhe trazia o café... Mas que raios aquele imbecil achava que estava fazendo? Os olhos se encheram de lágrimas e ela se virou de novo para a janela a fim de evitar que ele pudesse vê-las.

— Deixe em cima da mesa — respondeu —, e por favor avise o Montes e o Iriarte. Estejam aqui dentro de dez minutos, tenho uma coisa para contar.

Zabalza saiu sem dizer nada.

~

Iriarte trazia nas mãos um par de folhas de papel, de onde foi lendo umas anotações.

— Determinamos que a última visita que a família Ballarena fez ao cemitério antes de ter percebido os movimentos feitos no túmulo havia sido na tarde anterior. O coveiro não prestara atenção especial à sepultura, por isso não podemos saber com certeza desde quando as flores estavam afastadas, mas tudo leva a crer que, se se arriscaram a abrir o túmulo, deve ter sido durante a noite anterior. Como vocês sabem, avisamos as patrulhas das estradas e foram estabelecidos controles rotineiros sem nenhum resultado.

Montes continuou:

— Falei de novo com a família Ballarena. A jovem mãe está em estado de choque, e Inés, um pouco mais serena, diz que é óbvio que alguém que tinha conhecimento das intenções de Valentín Esparza cumpriu a vontade dele levando o corpo, embora possa entender perfeitamente que a filha pense que o marido retornou da tumba. A velha *amatxi* foi a mais original. Afirma não ter ficado surpresa, pois foi *Inguma* quem a levou. Disse literalmente: "Desde que morreu estava destinada a ele, a nossa pequenina transformou-se numa oferenda".

Amaia levantou a cabeça.

— Ela disse "oferenda"?

— É uma mulher de idade — respondeu Iriarte, entendendo que Amaia queria uma justificativa para aquelas palavras.

— Também falamos com os familiares de Valentín Esparza — continuou Montes — e confirmamos o lugar onde estiveram durante as últimas horas, e, bem, a verdade é que todos têm um álibi e pareciam absolutamente espantados com o fato e bastante indignados com as suspeitas levantadas. Contrataram um advogado.

Amaia se levantou de novo e foi à janela, como se no nevoeiro que já cobria o vale fosse capaz de encontrar alguma espécie de inspiração.

— Vocês têm que concordar comigo que o desaparecimento do cadáver da bebê Esparza dá uma nova importância ao caso. Há uma coisa que eu quero mostrar a vocês — disse, virando-se para a mesa e retirando de um envelope algumas cópias impressas, que foi colocando por ordem em cima da mesa. — Vocês devem estar lembrados de que no momento do falecimento de Jonan estávamos esperando que ele nos mandasse as ampliações das fotos que tinham sido tiradas em Ainhoa na noite em que Yolanda Berrueta fez voar em pedaços o túmulo dos filhos. Pois bem, são estas aqui. O Jonan deve ter deixado na caixa de correio, fui buscá-las ontem em minha casa de Pamplona.

A reação de Iriarte não se fez esperar.

— Ele deixou na caixa de correio? Isso é bem irregular. Por que ele faria uma coisa dessas em vez de enviar por e-mail para a delegacia?

— Não sei — respondeu Amaia. — Vai ver ele queria que eu visse os detalhes das ampliações...

— Precisamos enviar esta informação de imediato para os Assuntos Internos e para o inspetor Clemos.

— Foi isso que eu fiz hoje de manhã, mas na qualidade de chefe do Departamento de Homicídios considero que estas fotografias também constituem provas importantes relacionadas com o caso em que estamos trabalhando; não creio que o cumprimento das normas deva nos impedir de continuar com a investigação.

Iriarte pareceu satisfeito, embora tenha olhado para as fotos com receio.

— O que vocês têm na sua frente são ampliações do interior do túmulo de Ainhoa, e é possível distinguir, além dos caixões de adultos, três ataúdes diferentes. Como vocês sabem, confirmou-se que os filhos de Yolanda Berrueta estavam lá dentro, mas uma terceira urna menor chamou a atenção de Jonan — ela disse, apontando com o dedo para o pequeno féretro, ao mesmo tempo que estendia diante deles uma nova remessa de fotografias —, e sobretudo o seu conteúdo. Ele fez estas ampliações e comparações e conseguiu determinar que o saco que havia dentro do caixão, e que partimos do princípio de que continha cinzas humanas, não era um saco dos que geralmente são utilizados para conter cinzas, mas sim um saco para alimentos, melhor dizendo, um pacote de açúcar.

— Porra! — exclamou Montes. — A quem é que se supõe que pertenciam?

À primeira filha de Yolanda Berrueta e Marcel Tremond, uma menina que nasceu um ano antes dos gêmeos, uma menina que faleceu pouco depois de nascer, na casa dos pais de Yolanda em Oieregi. Vamos ver se vocês adivinham a causa da morte.

— Morte no berço — sussurrou Iriarte.

— Morte no berço — repetiu Amaia. — E tem mais. Tanto o pai de Yolanda como o encarregado da agência funerária de Oieregi que cuidou do velório e do translado até o cemitério de Ainhoa estão dispostos a jurar que a menina não foi cremada. Que o cadáver estava naquela urna.

— Não acredito que a juíza nos permita voltar a inspecionar o túmulo, mas posso falar com o chefe de gendarmes e pedir que confirme.

— Também não adiantaria nada. Marcel Tremond se encarregou de que na manhã seguinte a laje do túmulo fosse substituída. De acordo com o que afirma o padre da igreja de Nossa Senhora da Assunção, os membros da família Tremond ficaram tão abalados que nem permitiram que o coveiro descesse ao jazigo para retirar o entulho e endireitar os caixões revirados. Mandaram vedá-lo de imediato, e assim foi feito.

— Mas que filho da puta! — exclamou Montes.

Amaia assentiu.

— Nem sabe até que ponto. O pai de Yolanda Berrueta me contou que, depois da morte do primeiro bebê, a filha mergulhou numa depressão terrível e que foi o marido quem quase a obrigou a engravidar de novo, apesar das recomendações dos médicos em contrário.

— Porque assim ela esqueceria mais depressa o desgosto de ter perdido a menina... — disse Iriarte.

— Foi muito descuidada durante a gravidez, mas depois se dedicou aos bebês assim que nasceram, carregada de culpa e de amargura. — Fez uma pausa enquanto dava tempo aos colegas para assimilar o que acabava de contar a eles. — Não temos hipótese nenhuma de confirmar as nossas suspeitas nem de justificar o fato de a menina não estar no túmulo de Ainhoa, e obter uma autorização judicial para revistá-lo de novo está fora de questão. Ainda assim, este novo caso desenha um mapa bastante definido em Baztán e ao redor do rio — disse, colocando um mapa em cima da mesa e assinalando pontos vermelhos sobre as povoações em torno do rio Baztán até chegar à fronteira com Guipúscoa.

— Próximos passos. É necessário definir um perfil de comportamento e atuação dos suspeitos. O que têm em comum essas famílias, além do fato de terem perdido as filhas por morte no berço na maioria dos casos ou então quando elas eram muito pequenas? O que nós sabemos?

"Primeiro, eram todas do sexo feminino. Segundo, as famílias não desfrutavam de uma situação econômica muito boa no momento do falecimento das bebês. Terceiro, as famílias experimentaram a prosperidade econômica nos anos seguintes. Quarto, pelo menos em quatro dos casos, os dois que o pessoal dos serviços sociais investigou, o de Yolanda Berrueta e o de Esparza, sabemos que no momento da morte das meninas foi dito que tudo correria melhor a partir daquele momento."

Ela parou e os encarou, à espera.

— Mais alguma coisa que possamos acrescentar?

— Poderíamos pensar que alguém pagou ou compensou em termos econômicos pela morte das filhas — sugeriu Montes.

— Sim, mas por que motivo alguém iria querer cadáveres de meninas? — perguntou Iriarte.

— Podemos determinar que estavam mesmo mortas? Pelo menos no caso da menina de Argi Beltz não foi possível localizar a certidão de óbito devido a essa história que os pais contam sobre a viagem que fizeram à Inglaterra. Poderia se tratar de uma adoção ilegal, talvez tivessem sido vendidas... Houve casos parecidos de túmulos vazios com crianças roubadas — explanou Zabalza.

— Sim, eu também tive essa suspeita no caso do desaparecimento do corpo da minha irmã, mas nos casos em que houve autópsias essa hipótese está descartada e no caso da filha de Esparza eu vi o cadáver. Mas não se perde nada se procurarmos utilizações que possam ser dadas ao cadáver de um bebê.

— Me ocorrem práticas médicas e forenses, mas é claro que não se paga tanto dinheiro assim por cadáveres que dê para enriquecer uma família; venda ilegal de órgãos, que seria evidente nas autópsias; e, bem, é uma prática asquerosa, mas alguns cartéis de drogas aproveitaram cadáveres de bebês previamente esvaziados e enchidos de novo com droga para fazer passar importantes carregamentos através dos aeroportos, uma vez que os bebês não passam pelo scanner nem são revistados.

— Isso explicaria o enriquecimento.

— Não acredito que um cartel de drogas pague tanto assim. Pode ser que eles recebam dinheiro de forma pontual, mas o fato é que esses homens enriqueceram e todos têm negócios à primeira vista legais.

Montes interveio.

— Estamos esquecendo uma coisa. Além da riqueza econômica, o que me deixou impressionado foi que, pelo menos num dos casos, uma das mães experimentou a cura milagrosa de um câncer em fase terminal, e não é que seja inédito, já houve casos, mas não deixa de ser assombroso que uma pessoa desenganada pelos médicos passe por uma recuperação tão extraordinária a ponto de se curar. Investiguei o caso dela, e há anos que recebeu alta definitiva como doente oncológica. Não digo que tenha alguma coisa a ver, mas é preciso reconhecer que essa gente nasceu com o rabo virado para a lua: uma coisa é ter sorte, e outra muito diferente é ter a boa estrela de que parecem desfrutar todos eles.

Amaia resfolegou.

— Esse é outro aspecto da investigação de que quero falar — disse, lançando um olhar intenso para Iriarte. — Nós partimos do princípio de que devemos ter a mente aberta e não descartar nenhuma possibilidade. Estabelecemos a relação do doutor Berasategui com os pais dessas meninas, todos sabemos o tratamento que ele dava aos cadáveres das vítimas que induzia a matar sendo o *Tarttalo*, e sabemos, pelos restos mortais que encontramos na residência dele, que as práticas canibais não lhe eram estranhas. Creio que, tendo em conta o comportamento errático de Esparza após o falecimento da filha e o fato de alguém ter terminado o trabalho levando o cadáver alguns dias depois, não deveríamos descartar outro tipo de prática. Eu tenho uma testemunha que pode corroborar parte da declaração de Elena Ochoa de que nos anos setenta, no casarão de Argi Beltz, aqui, em Baztán, se estabeleceu uma seita que praticava rituais próximos do satanismo, incluindo os sacrifícios de animais; e um informante bastante confiável, cujo nome não posso revelar, me confirmou que se verificaram práticas semelhantes em outro casarão de Lesaka, com toda a probabilidade dirigidas pelo mesmo homem, o seu sacerdote, um mestre de cerimônias, uma espécie de líder ou de guru, um homem que devia rondar na época os quarenta e cinco anos, e que se movimentava entre ambos os grupos, embora não morasse com nenhum deles. O meu informante afirma que em Argi Beltz nasceu uma menina, um fato referendado pela outra testemunha, que declara que a menina morreu em circunstâncias estranhas, lembram dela? Ainara Martínez Bayón. Os pais dela afirmam que a menina faleceu de AVC numa viagem para o exterior. O subinspetor Etxaide estava trabalhando nisso no momento da sua morte e chegou a determinar que era muito provável que essa menina jamais tivesse estado no Reino Unido porque nunca saiu da Espanha, o que explicaria o fato de não haver uma certidão de óbito, relatório de autópsia nem ata de sepultamento. Essa menina era filha dos atuais proprietários do casarão, um casal rico que foi o anfitrião nas reuniões de Berasategui, a que às vezes assistia a enfermeira Hidalgo, o ex-marido de Yolanda Berrueta e Valentín Esparza. Isso não pode ser coincidência, e embora a princípio o tenham justificado como sessões de ajuda no luto, o meu informante me garantiu que a natureza das reuniões era muito distinta.

Iriarte ficou de pé.

— Inspetora, o que você está nos dizendo? Que eles praticavam bruxaria? Não podemos sustentar uma investigação com base em teorias inadmissíveis, a menos, claro, que você nos diga quem é esse informante.

Amaia refletiu sobre o assunto por alguns segundos.

— Está bem, se me derem a sua palavra de que o assunto não sairá daqui. O interesse dessa pessoa é que este caso se resolva, ela agiu de boa-fé, mas se isso vier a público vai nos causar graves complicações; já me avisou que vai negar tudo categoricamente.

Os três assentiram.

— É o padre Sarasola.

Era evidente que Iriarte não estava à espera disso. Ele voltou a se sentar.

— Ele me confessou que acharam na clínica um arquivo sobre as práticas do doutor Berasategui que tinham a ver com as suas investigações relativas a algo que eles denominam a variante do mal, o que se poderia traduzir como a busca de aspectos satânicos, demoníacos ou malignos, misturados com alterações psicológicas e práticas de todo tipo. O padre Sarasola me contou que esses arquivos, devido à sua natureza maligna, saíram do país em mala diplomática e foram levados para o Vaticano. Não se pode fazer nada a esse respeito. Ele vai negar tudo, a Santa Sé vai negar e o Governo vai cair em cima de nós e nos ridicularizar se nos passar pela cabeça fazer alarde desse fato; contudo, ele também me disse que a natureza do conteúdo era tão obscura que, ao ter conhecimento do assassinato do subinspetor Etxaide, achou que devíamos saber dessa circunstância para o caso de as nossas investigações nos aproximarem, sem o sabermos, de algo perigoso.

Todos ficaram em silêncio, pensando no que Amaia acabava de dizer.

Foi Iriarte quem falou de novo.

— Estou vendo que o doutor Sarasola tem tudo sob controle... Espero que você tenha alguma ideia, porque a verdade é que eu nem sei por onde continuar. Não podemos fazer nada além de confirmar os álibis dos familiares e amigos de Valentín Esparza para descobrir se alguém teve alguma coisa a ver com a violação do túmulo, e por enquanto parece que isso não está dando resultado. Esparza e Berasategui estão mortos. Voltar a pedir a colaboração da juíza francesa está fora de questão, e, se não puder justificar diante de um juiz uma relação plausível entre Esparza, os outros pais das meninas e Berasategui que justifique a abertura dos túmulos dos outros bebês, ele manterá a sua posição. Assim sendo, nos diga o que vamos fazer agora.

— Está se esquecendo da enfermeira Hidalgo. Ela é, sem dúvida, o elo; como auxiliar do irmão e na qualidade de parteira, teve acesso a informações privilegiadas sobre as gestações ocorridas no vale. Não consta que fosse presença habitual nas supostas reuniões de ajuda no luto em Argi Beltz. E uma coisa que não devemos esquecer: ela insinuou sem pudor que havia colaborado com alguns pais para "resolver o problema" que pressupunha trazer algumas crianças ao mundo. Acho que devemos continuar a investigá-la.

— Eu me encarrego disso — disse Montes.

— Quero que vocês examinem de novo todos os dados relativos à morte no berço, não só no vale como também em toda a comunidade de Navarra, prestando especial atenção àqueles casos em que as vítimas foram meninas e cujas povoações de origem confinam com o rio Baztán. Se aparecer alguma, investiguem as finanças da família antes e depois do falecimento da menina. Se pudermos determinar que eles lucraram de alguma maneira com a morte das filhas, vamos estar definindo um padrão.

"Por ora não me ocorre mais nada a fazer; prossigam com os interrogatórios aos familiares e amigos de Esparza, e, se houver alguma coisa que pareça suspeita, vamos conseguir um mandado para revistar as suas propriedades, se bem que, para ser franca eu tenha poucas esperanças de achar o corpo dessa menina."

— Talvez Sarasola possa lhe dar alguma pista — declarou Iriarte, em tom depreciativo.

Amaia o encarou.

— Se ele for um especialista tão grande em práticas desse tipo, saberá para onde costumam levar os corpos.

Ela já estava de pé quando os deteve.

— Antes de terminarmos, há uma coisa que eu quero dizer sobre o subinspetor Etxaide. Durante os anos em que trabalhamos juntos, ele demonstrou constantemente a sua lealdade e a sua honestidade, e tenham em conta que a investigação que os Assuntos Internos estão conduzindo ainda não foi concluída. O Jonan era nosso colega e não temos razão nenhuma para pensar nada de mal a respeito dele.

Assentiram à medida que se encaminhavam para a porta.

— Zabalza, fique. Estou com uma dúvida sobre um aspecto de informática, e receio que agora seja você quem tem mais conhecimentos desse tipo. — O policial anuiu com um gesto afirmativo. — O que eu queria perguntar é muito simples: há alguma maneira de programar o e-mail de modo que as mensagens possam ser enviadas num dia e hora específicos?

— Sim, é possível fazer isso; na verdade o spam é enviado assim.

— Sim, já imaginava que fosse possível fazer, mas vou um pouco mais longe. Seria possível programar o correio para ser enviado de forma automática caso se verificasse uma circunstância concreta?

— Pode ser mais específica? — perguntou Zabalza, interessado.

— Imagine que eu quero enviar uma mensagem que contém informações confidenciais, e que eu desejo que seja revelada se, por exemplo, por alguma circunstância eu não puder enviá-la.

— Pode se programar uma espécie de temporizador, que seria ativado todos os dias e que poderia ser cancelado ou reiniciado com uma senha. No dia em que a senha não fosse introduzida, uma vez que se cumprisse o tempo estabelecido como limite, a mensagem seria enviada automaticamente.

Amaia refletiu sobre as palavras de Zabalza.

— Foi assim que ele lhe enviou as fotografias?

Amaia não respondeu.

— Teria sido algo característico dele... Ele lhe enviou mais alguma coisa, não é verdade? — Fez uma pausa e olhou para Amaia, sabendo que não haveria resposta. — Não sou eu o fofoqueiro, não disse uma palavra sobre o mandado de busca e apreensão, não falei sobre isso com ninguém nem por acaso.

Amaia observou-o, surpresa diante do rompante dele.

— Ninguém o acusou.

— Eu sei o que você pensou. Talvez nunca tenhamos nos entendido muito bem, mas, mesmo com divergências pessoais, eu nunca trairia nem os meus colegas nem o meu trabalho.

Amaia assentiu.

— Você não... tem por que se justificar...

— Confie em mim.

Ela se lembrou de Zabalza com ar abatido à porta da casa de Jonan. O modo como havia tentado impedir que ela o visse daquela forma, e depois na reunião na casa dos pais de Jonan, aflito, escutando os amigos de Etxaide, aniquilado, como se naquele dia tivesse sido destruído e voltasse a ser reconstruído com pedaços de seu corpo morto.

O celular de Amaia tocou nesse momento; ela consultou a tela e viu que era o doutor González, de Huesca. Zabalza ficou de pé, despediu-se com um gesto e saiu enquanto Amaia atendia a chamada.

— Doutor, não esperava ter notícias suas tão depressa.

— Inspetora Salazar, receio que não seja o tipo de notícia que está esperando. Ontem, quando a minha mulher vinha para cá, um carro a atingiu e a atirou para fora da estrada.

— Ah, meu Deus, ela está...

— Está viva, graças a Deus. Vários motoristas presenciaram tudo, pararam para socorrê-la e chamaram os serviços de urgência... inspetora, os bombeiros demoraram mais de quarenta minutos para tirá-la das ferragens. Quebrou a bacia, o quadril, uma perna, o nariz, a clavícula e sofreu com um golpe feio na cabeça, mas está consciente, você sabe como ela é dura. Nem me passou pela cabeça ligar para você nas primeiras horas. Espero que me compreenda, eu só pensava nela.

— Claro, não tem por que se desculpar.

— Ela ainda está na UTI e não me deixam ficar com ela, mas agora pouco me deixaram falar com a minha mulher por um minuto e ela pediu para lhe telefonar. Não se lembra muito bem como aconteceu, embora as testemunhas que estiveram no local afirmem que o outro carro envolvido no acidente estava parado no acostamento, que viram dois homens subirem a encosta, entrar no carro e arrancar. A polícia me confirmou que o carro fora revirado, espalharam todo o conteúdo da bolsa dela, abriram a bagagem, procuraram até debaixo dos bancos, no porta-luvas, em todos os cantos. Quando hoje contei isso a ela, ela chamou minha atenção para algo que quase esquecera: ao que parece, a senhora entregou a ela uma coisa, uma coisa que lhe pediu que analisássemos. Ontem, no momento exato em que a polícia me avisou, eu tinha acabado de receber um envelope enviado por um serviço de entrega expresso; fiquei surpreso por ver que a minha mulher havia enviado de Pamplona. Acho que os homens que vasculharam o carro estavam procurando esse envelope.

Amaia ficou desconcertada enquanto tentava pensar e só conseguia obter uma imagem mental das graves lesões de Takchenko.

— A doutora me falou que se trata de uma amostra de tecido.

— Sim.

— Pois então está com sorte: nós não teríamos podido fazer grande coisa com ele além de obter a composição exata, mas eu conheço a pessoa ideal para fazer esse trabalho. Andreas Santos é um perito forense em tecidos; eu o conheço há vários anos e é o melhor. Uma vez nós desmontamos um ninho de cegonhas em Alfaro, em La Rioja, e, da composição do ninho foi extraída uma boa quantidade de tecidos, que ele foi analisando e datando. Para surpresa de todos, havia entre eles alguns que remontavam à Idade Média. As cegonhas recolhem todo tipo de material para compor os seus ninhos, e pelo visto algumas também são fãs do roubo em bancas de mercado. Com os tecidos e a lama elas fazem os ninhos tão robustos e resistentes que ficam conservados durante séculos no alto das torres. O Santos já trabalhou em colaboração com vários museus e tem o maior registro de tecidos, telas e tramas fabricados na Europa nos últimos dez séculos. Se me autorizar, eu gostaria de enviar a sua amostra para ele, pois não vou poder tratar disso. A doutora me falou para eu ir para casa, mas não penso em sair daqui.

— Se o senhor confia, então eu também confio — rendeu-se Amaia.

Capítulo 43

O NEVOEIRO QUE HAVIA SURGIDO vindo dos montes ocupava as ruas como legítimo dono do vale, produzindo a falsa sensação de que era mais cedo, esse momento preciso anterior ao amanhecer em que o dia ficaria parado se o sol não conseguisse abrir caminho por entre as nuvens. Ela dirigiu com cuidado pelas ruas estreitas de Txokoto para sair em direção à estrada que levava à França quando viu Engrasi envolta num casaco impermeável. Caminhava colada às antigas casas do principal bairro de Elizondo, à altura da ponte. Quando se aproximou dela, parou o carro e baixou o vidro.

— Tia, aonde você vai tão cedo?

— Querida! — exclamou, sorrindo. — Que surpresa! Achei que estivesse em Pamplona.

— Ia para lá agora. E você?

— Vou até a fábrica, Amaia. Estou preocupada com as suas irmãs. Elas persistem naquela ideia absurda da partilha, armam discussão todos os dias, e acho que é melhor dar um pulo até lá porque ontem à noite a Flora telefonou para Ros e avisou que esta manhã iria à fábrica acompanhada pelo auditor e por um avaliador.

Amaia abriu a porta do lado do passageiro.

— Entra, tia, eu vou com você.

Viam-se estacionados em frente à porta do armazém vários carros desconhecidos, além do Mercedes de Flora. O encarregado as cumprimentou com ar muito sério, numa expressão que se estendia pelos rostos de todos os operários que trabalhavam nas bancadas de aço. Ros, sentada atrás da mesa do escritório, circunspecta e silenciosa, parecia decidida a não abandonar aquele posto, como se fosse um forte ou uma torre de vigia, talvez apenas o símbolo do poder naquela empresa, de onde vigiava as idas e vindas dos dois homens vestidos com elegância. Um media o local e fotografava a maquinaria e os fornos; o segundo estava sentado ao lado de Flora e do guarda-livros, que havia anos tratava da contabilidade da fábrica Mantecadas Salazar, nos bancos altos que rodeavam o balcão e onde, sem dúvida, deviam se sentir bastante desconfortáveis. Flora sorriu assim que as viu e Amaia percebeu que a irmã estava nervosa, embora tentasse disfarçá-lo debaixo de seu habitual verniz de despótica complacência, como se fosse a dona, a rainha vermelha que com seus gestos seguros e sua voz um pouco mais alta do que seria necessário evidenciasse o tempo todo quem mandava ali. Contudo, Amaia a conhecia, e percebeu que não era mais do que uma pose que proporcionava a seu público e que era desmascarada pelos olhares furtivos que lançava a Rosaura, que, impassível, assistia àquela demonstração de força como uma espectadora paciente que aguardava o fim da obra de modo a decidir se havia gostado ou não. E isso assustava Flora. Estava acostumada a obter o efeito desejado com seus atos, a fazer o mundo se mover a seu bel-prazer, e a reação, ou melhor, a falta de reação de Ros, a exasperava. Amaia era capaz de ver isso no modo como inspirava o ar lenta e profundamente cada vez que olhava para ela. Flora não era a única a se mostrar assustada com a passividade de Ros. A tia e ela haviam conversado sobre isso, e concordavam que aquilo não era mais do que uma queda de braço para Flora, mais uma vez para demonstrar sua força e seu domínio; iria arrasar Ros, para quem a fábrica havia se transformado durante o último ano no centro de sua existência, o lugar para o qual idealizava projetos, e talvez o primeiro grande êxito de sua vida.

— Eu ofereci ajuda a ela — confessara-lhe a tia. — Bem sei que em igualdade de circunstâncias não devia fazê-lo, mas acho que para a Ros significa algo muito mais importante e profundo do que para a Flora.

— O James também ofereceu, mas a Ros recusou; disse que tinha que fazer isso sozinha.

— Ela me deu a mesma resposta — respondeu a tia, triste. — Às vezes não sei se é bom que vocês sejam tão independentes; não sei quem falou que vocês têm que fazer tudo sozinhas.

Tranquilizada pela aparência de calma, deixou a tia ali e, passados alguns minutos, retomou o caminho para Pamplona.

O nevoeiro a acompanhou até passar o túnel de Almandoz, obrigando-a a reduzir a velocidade e a prestar atenção àquela estrada que todos os anos cobrava o respectivo imposto de vidas humanas entre os caminhoneiros que viajavam de Pamplona até Irún e os vizinhos do vale, que, resignados, aceitavam aquela cruel tributação da mesma forma que admitiam a chuva, o nevoeiro ou os períodos em que o túnel se encontrava interditado e eram forçados a dar a volta pela ainda mais perigosa estrada velha.

Não conseguia tirar da cabeça a doutora Takchenko, o acontecido e o instinto que a havia levado a enviar a amostra de tecido por intermédio de um serviço de correio expresso. O doutor tinha razão: Takchenko era dura, mas também era esperta. Durante o tempo em que a conhecia já havia demonstrado em mais de uma vez ter uma mente brilhante e um instinto de sobrevivência que a havia mantido viva quando ainda residia em seu país, o que, por circunstâncias que não contava, gerara nela uma forte alergia às delegacias de polícia. Agora tinha conseguido avaliar a importância e a ameaça que se encontravam subjacentes na prova que havia entregado a ela, algo que a ela havia escapado. Não tinha considerado o valor da descoberta que fizera e com sua atitude a pusera em perigo. Mas, se aquilo constituía uma prova, uma prova que ao pessoal da coleta de provas havia passado despercebida, e ninguém a vira recolhê-la, só o assassino podia saber que aquela pista estava ali e que tinha tanta importância a ponto de denunciá-la, ou pelo menos dirigir as suspeitas em sua direção. Ressoaram em sua cabeça as palavras de Sarasola: "Talvez vocês tenham se aproximado demais, sem saber, de algo perigoso".

Tinha telefonado para ele antes de sair da esquadra, e talvez a proposta de Iriarte de lhe perguntar não fosse tão descabida. Mas antes precisava fazer uma coisa. Parou numa loja de informática na entrada de Pamplona e comprou um par de pendrives; depois foi até a casa de Mercaderes e examinou de novo os arquivos de Jonan relativos à enfermeira Hidalgo. Além do mandado de busca e apreensão e de uma ficha com seus dados elementares, constava sua vida profissional. Perguntou-se por que motivo isso teria interessado Etxaide. Ela lhes contara que, após o falecimento do irmão, tinha tido a oportunidade de trabalhar em outros hospitais. Reviu-os de novo, embora fosse um dado de que já dispunham. Antes de se aposentar tinha estado no Hospital da Comarca de Irún e, antes disso, em duas clínicas particulares, uma em Hondarribia,

Virgen de la Manzana, e a outra também em Irún, a Clínica Río Bidasoa, e em todas na qualidade de parteira. Releu o nome dos hospitais e percebeu então o que havia chamado a atenção de Jonan: rio Bidasoa. O rio Baztán tinha esse nome apenas até Oronoz-Mugaire; a partir de Doneztebe recebia o nome de Bidasoa, uma mudança de nome ao mudar de província, mas o mesmo rio. Surpresa e entusiasmada com a descoberta, pegou o telefone e digitou o número de Montes.

— Inspetora.

— Acho que estamos errando ao limitar as buscas ao rio Baztán. O rio continua, sai de Navarra, entra em Guipúzcoa e deságua no mar Cantábrico, e ali se chama rio Bidasoa; se a enfermeira Hidalgo estava relacionada com essas práticas e atuava como angariadora dos pais dessas meninas, é provável que estendesse o seu raio de ação até o local onde trabalhava. Diga ao Zabalza que vocês devem ampliar a busca não só às meninas falecidas por morte no berço em Navarra, mas também em Guipúzcoa, prestando especial atenção às que morassem em localidades próximas ao rio Bidasoa.

Desligou o telefone e introduziu o pendrive no computador; gravou o conteúdo do arquivo que Jonan lhe havia enviado e o anexo que o acompanhava; hesitou um instante enquanto relia aquelas palavras criadas por uma mensagem automática e que, não obstante, constituíam a última vontade de seu amigo. Apagou-a sentindo, à medida que o fazia, que quebrava um elo, quase espiritual, que constituía para alguém uma ameaça tão importante que Jonan havia morrido por causa disso, tão perigosa e iminente que também a doutora Takchenko estivera prestes a falecer. Antes de ir embora, guardou o pendrive na bolsa e, num arroubo, atirou também lá dentro o livro de Dupree. Deixou a casa e dirigiu até o estacionamento de um centro comercial, saiu do carro e cumprimentou o motorista de Sarasola antes de entrar no veículo onde o sacerdote a aguardava.

Foi direto ao assunto.

— O senhor disse que havia uma testemunha.

— Sim, um membro arrependido.

— Preciso falar com ele.

— Isso é impossível — ele objetou.

— Pode ser que para mim seja; mas não para o senhor — replicou Amaia.

— É uma testemunha protegida pela polícia.

— Proteção policial e eclesiástica, foi o que o senhor me disse — recordou-lhe.

O padre Sarasola ficou em silêncio. Pensativo. Passados alguns segundos, inclinou-se para a frente e deu algumas indicações ao motorista, que pôs o motor do carro a trabalhar.

— Agora?

— Por quê? Não lhe convém? — retorquiu, sarcástico.

Amaia ficou em silêncio até que o carro parou na esquina de uma rua central.

— Mas está aqui, em Pamplona?

— Ocorre-lhe um lugar melhor? Saia do carro e espere quinze minutos; depois vá a pé até o número 27 da rua paralela e toque o interfone do primeiro andar.

— É seguro?

— Todo o quarteirão pertence à Obra, e, vá por mim, é mais fácil um camelo entrar pelo buraco de uma agulha do que alguém estranho entrar nesta casa.

O apartamento para onde a conduziram era impressionante, com lambris e molduras que se estendiam por pés-direitos altos e que chegavam às folhas das janelas, que, como longos cortes no edifício, permitiam a entrada de luz, escassa no inverno pamplonês, mas que haviam filtrado com finas cortinas brancas que reduziam a iluminação do aposento a uma expressão mortiça. O apartamento estava aquecido; no entanto, a lâmpada amarelada e lânguida sepultada entre as molduras, a três metros da cabeça deles, era tão fraca que, aliada à austeridade dos escassos móveis, contribuía para criar um ambiente frio e desconfortável. O homem na sua frente vestia um terno cinza que estava grande para ele e uma imaculada camisa branca; Amaia reparou que, apesar do terno, calçava chinelos de usar em casa. O corte de cabelo feito com máquina e o barbeado um tanto quanto descuidado, que denunciava a grande quantidade de cabelos brancos, o faziam parecer mais velho do que os cinquenta e cinco anos que Sarasola lhe dissera que tinha.

O homem a encarou com desconfiança, mas prestou atenção com um respeito exagerado às palavras do sacerdote e atendeu com submissão ao pedido.

Era muito magro e brincava com nervosismo com a aliança que pendia lassa do dedo.

— Me fale da sua estada em Lesaka.

— Eu tinha vinte e cinco anos e acabara a universidade fazia pouco tempo, e naquele verão vim com uns amigos assistir às festas de San Fermín. Aqui eu conheci uma garota; ela nos convidou para ir até a casa que dividia com uns amigos. A princípio tudo nos pareceu divertido, era uma espécie de comunidade que explorava a busca do tradicional, o ser humano e as forças da natureza. Tinha uma pequena plantação de maconha e nós curtíamos ouvindo o vento, a terra-mãe, dançando em volta da fogueira. O grupo organizava palestras para as quais às vezes novos grupos eram convidados a aderir, gente da aldeia ou turistas como eu que iam parar ali em busca da espiritualidade, da bruxaria de Baztán, da magia, do espiritismo. Falavam com frequência de um tal de Tabese, do que ele dizia, do que sabia, mas durante o tempo que fiquei lá nunca o vi. Quando o verão chegou, a maioria foi embora, mas eu fui convidado a ficar na casa. E foi então que começaram a mostrar a verdadeira natureza do grupo. Durante aquele mês de setembro eu o conheci. Fiquei fascinado logo que o vi. Tinha um carrão e se vestia muito bem, e sem fazer ostentação mostrava esse ar próprio das pessoas que têm muito dinheiro e que sempre tiveram; não sei se você sabe ao que me refiro. Havia alguma coisa na pele dele, no seu corte de cabelo ou nos seus modos que era na verdade sedutora, era muito especial; acho que estávamos todos apaixonados por ele, incluindo eu — disse, e Amaia viu que o homem enquanto falava sorria um pouco e ficava embevecido ao recordar aquele homem. — Todos o amávamos, faríamos qualquer coisa que nos pedisse... Na verdade nós fizemos. Era muito atraente e sensual, sexualmente irresistível; nunca voltei a sentir algo assim por um homem, nem por uma mulher — sussurrou entredentes, com tristeza.

— Onde ele morava?

— Não sei, nunca sabíamos quando viria; de repente aparecia e tudo era uma festa quando chegava. Depois, quando ia embora, vivíamos apenas para esperar que voltasse.

— Lembra do nome completo dele?

— Nunca vou esquecer. Chamava-se Xabier Tabese, e calculo que devia ter perto de quarenta e cinco anos. Não sei mais nada, na época não precisávamos saber mais nada. Só que o amávamos e que ele nos dava poder. Tabese nos mostrava com exatidão o que tínhamos de fazer e de que modo, ensinou para nós a antiga bruxaria, defendia o regresso ao tradicional, o respeito pelas origens, pelas forças primordiais e o modo de nos relacionarmos com elas, que não é outro senão a oferenda. Revelou para nós a religião esquecida, as presenças mágicas de criaturas extraordinárias que desde tempos remotos têm povoado aquele lugar. Contou como os primeiros povoadores de Baztán estabeleceram marcadores em forma de monumentos megalíticos e linhas telúricas que atravessavam todo o território. Os alinhamentos de Watkins datavam-nas do período neolítico, e já indicavam a presença dos gênios; só tínhamos que despertá-los e dedicar oferendas a eles, e desse modo obteríamos o que quiséssemos. Ele nos explicou que durante milhares de anos o ser humano se relacionara com aquelas forças numa união proveitosa e bastante satisfatória para ambas as partes, e a única coisa que era necessária entregar em troca eram vidas, pequenos sacrifícios de animais que deviam ser oferecidos de maneira concreta. — O homem passou as mãos pelo rosto com força, como se quisesse apagar as feições de sua cara. — Em pouco tempo, obtivemos os primeiros favores, as primeiras mostras do seu poder, e nos sentimos plenos e poderosos como bruxos medievais... Você não pode imaginar a sensação de saber que causamos um efeito, seja ele qual for; é tão grandioso que nos sentimos deuses. Contudo, à medida que íamos obtendo graças, iam nos pedindo cada vez mais em troca. Durante quase um ano vivi com o grupo e tive acesso a conhecimentos, poderes e experiências extraordinários... — Ele parou e ficou em silêncio, olhando para o chão durante tanto tempo que Amaia começou a ficar impaciente. Então ergueu o rosto e continuou. — Não vou falar "do sacrifício", não posso. A questão é que o fizemos, e, embora todos tivéssemos participado, foram os pais que a ofereceram e lhe concederam a morte, era assim que devia ser feito. Quando terminou, levaram o corpo, e poucos dias depois o grupo começou a se desintegrar; todos desapareceram em menos de um mês e Tabese nunca mais voltou. Eu fui um dos últimos a partir; nessa altura, só ficou o casal que fizera a oferenda.

"Durante anos não voltei a ver nenhum dos integrantes, embora saiba que a vida correu bem para eles, pelo menos tanto como para mim. Arranjei emprego, fiz negócios e dentro de poucos anos era um homem rico. Me casei — disse, tocando de novo na aliança —, tive um filho, o meu filho. Quando tinha oito anos ele teve um câncer, e, numa das visitas ao hospital, reconheci entre os médicos um dos membros do grupo. Ele se aproximou de mim e, quando soube do estado do meu filho, me disse que podia resolver isso; eu só precisava entregar um sacrifício. A dor e o desespero de ver o meu menino tão doente me fizeram meditar sobre a hipótese. Para o bem ou para o mal, uma pessoa faz a si mesma muitas perguntas quando vê um filho morrer, mas, sobretudo, por que foi acontecer uma coisa dessas comigo, o que eu fiz para merecer isso? E no meu caso, a resposta era tão clara como a voz de Deus ribombando dentro da minha cabeça. O meu filho faleceu poucos meses depois. Na semana seguinte me apresentei numa delegacia e foi assim até hoje. Fizemos o que fizemos e obtivemos os benefícios que obtivemos, é tão real como estar aqui hoje. A partir do momento em que denunciei e confessei, tudo desmoronou à minha volta. Perdi o emprego e o dinheiro, perdi a minha mulher e a minha casa, perdi os meus amigos. Não me resta nenhum lugar para onde ir, ninguém a quem recorrer."

— Pelo que percebi, havia mais grupos em outras localidades.

O homem assentiu.

— Você sabe se mais alguém realizou um desses sacrifícios?

— Eu sei que em Baztán se falava que em breve fariam um. Lembro que numa ocasião em que visitei a casa vi que um dos casais tinha uma filha... E parecia destinada...

— O que você quer dizer com isso?

— Eu já os tinha visto antes com o meu grupo; a menina estava lá, os pais a alimentavam e pouco mais, e o resto do grupo evitava se relacionar com ela com normalidade. Estava destinada a ser um sacrifício, e uma relação de outro tipo complicaria as coisas. Era tratada como o resto dos animais destinados a serem ofertados, sem nome, sem identidade nem vínculo.

Amaia procurou no celular uma foto da mãe quando era nova e a mostrou ao homem.

— Sim — respondeu, pesaroso. — Era uma das integrantes do grupo de Baztán; não sei se o fez, mas lembro que estava grávida quando a conheci.

— Como isso devia ser feito? Qual era o procedimento para se obter o resultado esperado?

O homem cobriu o rosto com ambas as mãos e falou através delas.

— Por favor, por favor — implorou.

— Irmão — repreendeu-o Sarasola, com firmeza.

O homem afastou as mãos do rosto e fitou-o, intimidado por sua voz.

— Era necessário sacrificá-la para o mal, para *Inguma*, e devia ser como *Inguma*, privando-a de ar, e depois o seu corpo devia ser entregue como oferenda.

Un démon sur vous, pensou Amaia.

— Com que finalidade?

— Não sei.

— Foi isso que fizeram com o corpo da menina de Lesaka?

— Não sei, era algo que também deviam ser os pais a fazer. Fazia parte do ritual, das condições que deviam ser cumpridas. Tinha que ser uma menina, devia ter menos de dois anos e estar ainda sem batizar.

— Sem batizar — repetiu Amaia, e anotou a informação. — Por quê?

— Porque o batismo também pressupõe uma oferenda, um oferecimento e um compromisso com outro deus. Devia ser sem batizar.

Amaia não pôde evitar pensar no filho estendido no chão daquela gruta ao mesmo tempo que se admirava da maneira prodigiosa como os planetas haviam se alinhado para impedir sua morte muito antes de nascer.

— E a idade?

— Entre o nascimento e os dois anos a alma ainda se encontra em transição; é nessa altura que são mais aptos para a oferenda, eles são aptos em toda a infância, até o momento exato em que começam a se transformar em adultos; então se verifica outro momento de conversão que os torna desejáveis para os seus propósitos, mas é mais fácil justificar o falecimento de um bebê antes dos dois anos do que o de uma adolescente.

— Por que meninas e não meninos?

— Os sacrifícios devem ser feitos por grupos de sexo, não sei a razão, mas Tabese nos contou que sempre foi assim. Quando *Inguma* desperta, leva com ele um certo número de vítimas, mas sempre de um mesmo sexo, de um mesmo grupo etário, em circunstâncias idênticas, até que se completa o ciclo. Ele contava para nós como devia ser feito, a importância que tinha, os benefícios que obteríamos... De maneira geral, os mais dedicados eram os homens. Para algumas mulheres era mais difícil, embora se mostrassem decididas, e quando o faziam mergulhavam na depressão, e a palavra de ordem era ter filhos de novo, depois. Eu sei que uma ou outra não encararam muito bem a situação. Outras ignoravam o que os maridos iam fazer. Me contaram que em um ou outro caso a coisa acabou bem mal. Na época eu não era capaz de entender, mas, agora que passei pela experiência de perder um filho, sei que não poderia amar outro que viesse substituí-lo... Se me obrigassem a isso, pode ser até que o odiasse.

— O que se obtinha em troca de uma oferenda?

— O que se desejasse, mas dependia da natureza da oferenda: saúde, dinheiro, riqueza, afastar concorrentes do caminho, prejudicar terceiros, vingança; em troca "do sacrifício" podia-se obter qualquer coisa.

— E por que deviam levar o corpo depois?

— Porque é isso que se faz com as oferendas, cedê-las, entregá-las. Levá-las para um lugar onde cumpram a sua função.

— Que espécie de lugar é esse?

— Não sei — respondeu o homem, cansado. — Já tinha dito isso.

— Faça um esforço, pense um pouco mais. De que lugares ele falava para vocês?

— De lugares mágicos, de lugares que conservavam poderes muito mais antigos do que o cristianismo e onde as mulheres e os homens costumavam ir por tradição depositar as suas oferendas para obter desde boas colheitas até desencadear tempestades. Os poderes podem ser utilizados tanto de forma positiva como negativa. Ele dizia que aqueles lugares eram como grandes lupas do universo onde se concentravam energias e forças que o homem moderno havia esquecido.

Ela pensou no modo como o fizera, a mesa de pedra e a gruta de Mari, e na sensação de sua presença na última vez que ali estivera.

— E no bosque? — perguntou.

O homem a encarou, alarmado.

— Está se referindo ao guardião do equilíbrio. Nem todas as energias são da mesma natureza, e essa, em concreto, era hostil para nós. Você deve entender que tudo funciona como numa teoria de cordas que rege todos os mundos que existem neste: quando se força uma ação que não estava destinada a acontecer, algo deve ser entregue em troca, uma oferenda, um sacrifício, mas pretender que uma ação fique sem consequência é ridículo. O universo deve se ajustar de novo e as ondas expansivas de um certo ato podem ter consequências muito tempo depois. As nossas atitudes despertaram *Inguma*, mas também outras forças antagônicas a essa. — Ele fez uma pausa, sorriu com amargura. — Você acha que o meu filho morreu porque tinha que ser assim? Não acredita que a situação em que me encontro é uma consequência direta do que se passou naquela casa há mais de trinta anos? Eu acredito. Eu sei que é.

— O que era feito dos membros que decidiam abandonar o grupo?

— Você não me entendeu — respondeu o homem, sorrindo com amargura. — Ninguém pode abandonar o grupo e ninguém fica isento de fazer a sua oferenda, passe o tempo que passar, mais cedo ou mais tarde *Inguma* vai acabar cobrando a dívida. Nós nos dispersamos porque fazia parte do acordo, mas nunca deixamos de pertencer ao grupo.

— Conheço uma pessoa que fez isso — disse Amaia, pensando em Elena Ochoa —, e parece que o senhor também conseguiu.

— ... e sofri as consequências, ainda não acabei de pagar. Vou fazer o que preciso fazer, mas eles vão acabar comigo.

— Parece que você está recebendo uma boa proteção — afirmou Amaia, olhando para Sarasola.

— Você não está entendendo; isto é temporário. Acha que vou poder ficar aqui para sempre? Vão esperar o tempo que for preciso, mas quando vierem me buscar, ninguém poderá me proteger.

Amaia pensou com tristeza em Elena no meio daquela poça de sangue e cascas de nozes.

— Conheci uma pessoa que me disse algo semelhante.

Ela estendeu a mão para o homem, que a fitou apreensivo enquanto cruzava os braços sobre o peito.

— Obrigada pela sua colaboração — disse então. Como resposta, o homem assentiu com ar fatigado. — Uma última pergunta: as nozes significam alguma coisa para você?

A expressão do homem congelou em seu rosto e ele começou a tremer de maneira visível enquanto enrugava o rosto e desatava a chorar.

— Elas foram deixadas na entrada da porta da minha casa, encontrei-as dentro do meu carro, na minha sacola de ginástica, na caixa do correio — gemeu o homem.

— Mas o que elas significam?

— Simbolizam o poder. A noz carrega a maldição da bruxa ou do bruxo dentro do seu pequeno cérebro, significa que somos o seu alvo, que ele vem nos buscar.

Capítulo 44

FIZERAM AMOR ASSIM QUE ELA CHEGOU À CASA DELE. Ele acabava de regressar do tribunal e ainda usava um daqueles ternos elegantes tão sóbrios com que costumava comparecer às audiências. Amaia o beijou, demorando algum tempo para desfrutar de sua boca à medida que começava a despi-lo. Havia descoberto com ele um prazer extraordinário em despi-lo, em tirar sua roupa muito devagar fazendo deslizar as diversas peças, que iam ficando amontoadas no chão enquanto desabotoava sua camisa devagar de modo a deixar que a boca traçasse sobre a pele um mapa dos desejos por onde seguiriam depois as mãos. Em seguida, tinha-o conduzido até o sofá e, sentada sobre ele, havia se abandonado ao prazer. Exausta e saciada, deitou-se e se virou a fim de o ver caminhar nu pela casa enquanto apanhava as peças de roupa do chão, então se vestiu e colocou um avental com que se dispôs a preparar o jantar.

— Adoro te ver cozinhar — disse quando Markina se aproximou para lhe trazer um copo de vinho.

— E eu adoro te ver assim deitada no meu sofá — respondeu o juiz, deslizando a mão da nuca e descendo-a pelas costas dela.

Ela sorriu enquanto admitia que Jonan tinha razão. Markina alterava sua razão, transtornava seu raciocínio. E a verdade é que não se importava com isso. A partir do momento em que havia entrado na casa dele, a partir do momento em que havia voltado ali naquela manhã, tinha evitado pensar no assunto, já havia pensado bastante, já havia resistido o suficiente. Nem dali a um milhão de anos teria imaginado que lhe poderia acontecer algo do gênero, mas acontecera, e ele a havia obrigado a decidir, a se pronunciar, ela havia feito e não se arrependia. Ajudou-o a pôr a mesa e recusou um segundo copo de vinho quando começaram a jantar.

— É melhor beber água, preciso trabalhar.

Markina fechou a cara.

— Fiquei o dia todo sem te ver, achei que passaria a noite comigo.
— Não posso...
— O que aconteceu? Está preocupada?
— Tinha esquecido de que você a conheceu em Aínsa... A doutora Takchenko sofreu um acidente de carro. Está bem mal.
— Ah, a doutora! Lamento, Amaia. Espero que se recupere, me pareceu uma mulher incrível.
— Ela vai se recuperar, são fraturas bem complicadas, mas nada vital... Mas acima de tudo é por causa do caso Esparza, embora o desaparecimento do corpo da menina pareça muito relevante, não muda muito o que já temos. Falamos com os familiares, com os amigos, e ninguém sabe de nada, não há testemunhas, ninguém viu nada.
— Você não devia deixar que uma coisa que não leva a lugar nenhum te preocupe tanto.
— Não é só por causa dessa menina. Você é capaz de entender: a minha irmã desapareceu do túmulo... é como estar vivendo num círculo vicioso sem parar — disse, evitando mencionar as descobertas que havia feito das informações que Jonan lhe enviara.

Markina a encarou, sorrindo.

— Sabe o que acho? Acho que algum familiar ou amigo do pai dessa menina a levou para enterrar em algum lugar que ele determinou; com certeza se trata de alguma razão sentimental, não seria de estranhar que a tivesse levado para o túmulo da família ou para algum jazigo antigo pertencente aos antepassados dele. É um fato que a mãe queria cremar o corpo, e isso para algumas pessoas continua a ser um sacrilégio. Mais vezes do que parece ocorrem disputas nas famílias por causa do lugar onde enterrar os falecidos, os funerais, quem deverá comparecer e quem não. Lembro-me de um caso em que chegaram a ir ao tribunal para obter uma decisão sobre onde devia ser enterrado um homem, no jazigo dos pais ou naquele que a mulher havia determinado; como se não bastasse, haviam celebrado funerais separados para ele, e a competição para ver quem punha o maior obituário no jornal os obrigara a gastar uma fortuna comprando espaço publicitário.

— Mas a ponto de subtrair um cadáver do caixão em plena noite?

Markina estalou a língua, contrariado.

— Você já sabe a minha opinião sobre o assunto, isso não vai nos levar a lugar nenhum, Amaia, só vai causar mais dor e mais sofrimento. Entendo que uma investigação deve ser aberta, mas o mais provável é que o corpo não apareça, e espero que você não esteja pensando em pedir um mandado para abrir todos os túmulos da família Esparza. Eu esperava que você tivesse aprendido com o exemplo de Yolanda Berrueta.

Amaia se surpreendeu um pouco com a dureza do comentário dele.

— Já te disse que sim. Não vou dar nenhum passo que possa prejudicar quem quer que seja. Sobre Yolanda Berrueta, uma testemunha afirma que a viu numa confeitaria perto do tribunal com a sua secretária.

— Com uma secretária do tribunal?

— Não foi com uma secretária judicial, mas sim com a sua assistente pessoal, com Inma Herranz.

— Eu não tinha conhecimento disso, mas se te parece importante, amanhã vou interrogá-la a esse respeito.

— Faça isso — respondeu Amaia, aborrecida, pousando os talheres sobre o prato.

Markina olhou preocupado para a porção de peixe quase intacta e bufou.

— Você não vai parar nunca, não é verdade, Amaia? — Ela o encarou com ar de interrogação. — Qual é a verdadeira razão para você estar tão obcecada com este caso? O caso de um maluco que levou consigo o cadáver da filha para enterrar em outro lugar, ou o que você pretende ver nele? Você não percebe o mal que está fazendo a si mesma? Precisa deixar isso de lado, tem que parar de uma vez por todas. Eu te amo, Amaia, quero que fique nesta casa, quero que fique ao meu lado, mas as coisas não vão dar certo se você continuar obcecada pelo passado, se continuar a perseguir fantasmas.

Amaia se sentiu tão atacada que quase não foi capaz de pensar com clareza.

— Não posso, não posso fazer o que você está me pedindo... Não é uma obsessão, é instinto de sobrevivência. Não vou ter paz enquanto ela continuar por aí à solta. Obsessão, você falou? Rosario matou a minha irmã, tentou matar o meu filho, quis acabar comigo a minha vida toda. Não vou descansar enquanto ela não estiver presa de novo; não posso descansar enquanto o meu inimigo continua por aí. Se nunca viveu algo semelhante, não pode ter ideia de como é.

Markina balançou a cabeça e estendeu a mão em sua direção, implorando pela sua. Ela cruzou os braços sobre o peito numa firme atitude de defesa.

— Ela está morta, Amaia, foi arrastada pelo rio; encontramos a roupa dela presa num galho alguns quilômetros à frente. Como você pode imaginar que uma mulher nas condições dela fosse capaz de sobreviver a uma coisa dessas? E, se assim fosse, onde está?

Amaia ficou de pé e pegou o casaco e a bolsa.

— Não quero continuar com esta conversa; é o eco de outras que já tive antes com outras pessoas e não quero tê-la com você. Se é verdade que você me ama, vai ter que me amar do jeito que eu sou: sou um soldado, um caçador. É isso que eu sou, e não vou parar. E agora é melhor eu ir embora.

Markina se colocou entre Amaia e a porta.

— Por favor, não vá embora, fique. Não vou suportar se você for embora agora.

Amaia levantou uma das mãos, pousou-a sobre os lábios dele e depois o beijou.

— Tenho que ir. Preciso trabalhar. Nos vemos amanhã. Prometo.

❦

Já não se via nada através das vidraças embaçadas pelo seu bafo. Markina encostou a testa e sentiu o frio da noite que atravessava a janela. Tinha-a visto partir entrando no carro e agora se sentia morrer. Não podia evitá-lo, quando não a tinha perto de si sentia em seu interior um vazio inexplicável, como se lhe faltasse um órgão vital. Se ao menos fosse capaz de lhe proporcionar um pouco de paz. Verteu um pouco mais de vinho no copo, sentou-se no sofá onde antes haviam feito amor e estendeu a mão para tocar o espaço que Amaia havia ocupado. Durante horas pensou naquela questão.

Capítulo 45

ELA ENFIOU A CHAVE NA fechadura e de imediato notou que algo não estava certo. Sempre fechava a porta com duas voltas de chave; no entanto, a porta se abriu assim que rodou a mão pela primeira vez. Deu um passo para trás para olhar para a rua deserta, puxou a arma e voltou a se aproximar a fim de escutar, tentando perceber se havia movimento dentro da casa. Nada. Com cuidado, empurrou a porta e inspecionou a entrada, que parecia estar em ordem, ao mesmo tempo que lançava um olhar à escuridão que reinava na escada; entrou e acendeu a luz enquanto escutava. Abriu a porta do ateliê de James, no piso térreo, e começou a subir a escada. A cozinha, um quarto vazio, a sala de estar, um banheiro, o quarto que a sogra, Clarice, montara para Ibai, o seu quarto de dormir e respectivo banheiro, armários vazios; não havia ninguém. Fez o caminho de volta apagando as luzes, sem conseguir se libertar da sensação de que alguém havia estado na casa em sua ausência. Observou com muita atenção cada superfície, cada objeto, com a arma ainda na mão e o ouvido atento. Entrou na sala de estar e, enquanto observava os mapas presos na estante, teve tanta certeza de que alguém havia estado ali que quase podia desenhar no ar o espaço viciado que havia ocupado. Nada parecia mudado. Tudo continuava em seu lugar, mas o palpite era tão forte que mal era capaz de conter a raiva que lhe causava a certeza daquela presença estranha em sua casa. Parabenizou-se por ter apagado os dados do computador e reparou então que o segundo pendrive, que deixara sem usar, havia desaparecido. Pegou de novo a bolsa, desceu a escada, saiu de casa e fechou a porta com duas voltas da chave, como sempre. Depois telefonou para Montes.

— Quero que me faça um favor.

— Peça.

— Vá até a casa da minha tia e fique na porta até eu chegar. Depois lhe explico.

Ao entrar na rua Braulio, Iriarte viu o carro de onde o inspetor Montes lhe fazia sinais de farol. Estacionou e entrou no carro no lugar do passageiro ao lado dele.

— Obrigada.

— De nada, mas em troca vai ter que me contar — respondeu o policial.

— Ontem a família de Jonan me pediu que fosse ao apartamento dele. Enquanto estava esperando que o pessoal das limpezas traumáticas chegasse, encontrei algumas fibras e entreguei uma amostra à doutora russa que costuma fazer para nós as análises paralelas em Aínsa. Enquanto ela ia para casa, alguém a atirou para fora da estrada e revistou o carro; vai se recuperar, mas se machucou bastante. Quando voltei para minha casa de Pamplona, notei que alguém tinha estado lá. Levaram um pendrive vazio. Foi por isso que te pedi que vigiasse a casa da minha tia, caso o tipo se lembrasse de procurar aqui.

— Está certo — disse Montes, pensativo. Me diga que achou essas fibras no apartamento de Jonan.

Amaia assentiu.

— E é claro que levou uma amostra para o nosso amigo, o inspetor Clemos.

— Fui até a delegacia de Beloso, mas o Clemos já deu o caso por encerrado, máfias de Leste e tráfico de drogas. Eu disse a ele que não tinha uma única prova, mas ele respondeu que em pouco tempo iriam aparecer.

— Não deixou a amostra com ele?

Amaia negou.

— Só uma parte.

— Você é foda! — exclamou Montes.

— Fermín, não seja infantil.

— Conseguiram roubar a amostra da doutora russa?

— Não, ela é uma mulher muito esperta, já tinha enviado pela DHL.

— É óbvio que parece que essa fibra é importante para alguém, mas o que eu não entendo é o fato de alguém entrar na sua casa à procura de umas amostras de fibra e acabar levando um pendrive.

Amaia suspirou.

— O Jonan me mandou uma mensagem.

— Quando?

— Bom, não sei, eu recebi no dia seguinte ao funeral dele, mas você sabe como são esses nerds; o Zabalza me disse que é um envio programado.

— Sim, ele me contou, e também que achava que o Jonan havia enviado mais alguma coisa para você.

Amaia se surpreendeu.

— Ele disse isso?

— Não sei por que o espanto. Ele me conta tudo. Somos amigos. Já te falei muitas vezes que ele é um cara do bem. Mas estou pensando que deve ter sido um baita susto dar de cara com a mensagem do Etxaide quando ele estava morto há horas. Filho da mãe! — exclamou, rindo. — Se tivesse mandado para mim, eu teria tido um infarto!

Os dois riram bastante.

— O mal é que o Iriarte não vai gostar disso nem um pouquinho — declarou Montes.

— Claro que não, e é por isso que não vamos contar nada a ele.

— Porra, chefe, claro que não, por mim tudo bem. Afinal de contas, se um morto manda uma mensagem lá do outro mundo, estamos no nosso direito de não dividi-la com ninguém. Seria uma espécie de última vontade ou coisa parecida. E quanto ao Zabalza não se preocupe, não vai contar nada. Em relação a esse sujeito cujo nome você nos deu, não encontramos ninguém que se chame Xabier Tabese, Javier Tabese, nem nenhuma variante.

— Vocês consideraram a idade?

— Sim, por volta de setenta e cinco anos, embora, é claro, já possa ter morrido, mas assim de cara não há nada; amanhã vamos continuar procurando. Do que na realidade há novidades é sobre as mortes no berço em Guipúzcoa; encontramos quatro casos de meninas falecidas nas margens do rio Bidasoa, em Hondarribia. Ainda não terminamos a pesquisa em todos os dados das famílias, mas posso te adiantar que todos estão bem de vida, empresários, banqueiros, médicos. Em todas foi feita a autópsia no Instituto Anatômico Forense de San Sebastián e a causa oficial da morte em todos os casos é morte súbita do lactente. Me diga agora por onde continuamos; não temos jurisdição em Guipúzcoa, por isso ou você convence o juiz a expedir a petição a um juiz de Irún ou então acho que será muito difícil.

— É cedo para isso. Reúna os dados e depois veremos. Ah! E não se esqueça de descartar as meninas que tenham sido batizadas.

— Isso vai ser uma chatice e uma mão de obra enorme. Esse tipo de informação não consta nas certidões de óbito e vai ser necessário procurar município por município — reclamou.

Amaia saiu do carro e lhe deu boa noite.

— Ah, a propósito, já ia me esquecendo, o Hospital Saint-Colette autorizou por fim a visita a Yolanda Berrueta, amanhã às dez horas.

Capítulo 46

Yolanda Berrueta não se encontrava no quarto. Amaia saiu pela porta e verificou que o número que a enfermeira lhe dera era o correto. Foi então ao balcão da enfermaria do andar e nesse momento exato a viu chegar pelo corredor acompanhada por uma enfermeira. Ficou surpresa com o aspecto dela. Caminhava sozinha, embora, prudente, a enfermeira que a vigiava a segurasse pelo braço e pela cintura. Apresentava alguns golpes no rosto não muito profundos e trazia um tampão que cobria seu olho esquerdo e se prolongava até a orelha. Era, sem dúvida, a mão que exibia pior aspecto: a atadura cobria o braço quase por completo, apoiado na tipoia, e o volume o deixava com aspecto grotesco, e sobre o cotovelo, que a manga curta da camisola hospitalar não chegava a cobrir, o tecido estava estufado e a pele repuxada pelo inchaço.

— Desculpe a confusão. Tínhamos levado a doente a outro andar para fazer os tratamentos — disse a enfermeira.

Yolanda não quis se deitar na cama, e a enfermeira a ajudou a se acomodar numa poltrona.

Quando ficaram sozinhas, Amaia falou.

— Yolanda, quero que saiba que lamento profundamente o que aconteceu, de verdade.

— Você não teve culpa.

— Cometi um erro e foi por isso que a juíza mandou suspender a abertura do túmulo; se nada disso tivesse acontecido, você poderia verificar que os seus filhos estavam ali e teria ficado em paz e sem sofrer nenhum dano.

— Ninguém teve culpa, inspetora, a responsável fui eu. Se as coisas tivessem se passado desse jeito, eu teria confirmado que os meus filhos estavam ali, mas nunca ninguém teria percebido que faltava a menina; teriam continuado a pensar para sempre que eu estava louca e talvez não tivessem escutado aquela pobre garota de Elizondo de quem também roubaram a filha.

Devia ter dito a Berrueta que não mencionasse nada à filha, embora ela também tivesse feito o mesmo no seu lugar. Apesar do aparato das ataduras, Yolanda apresentava um excelente aspecto, aparentava estar sóbria, lúcida, desperta. E toda a confusão e a apatia que pareciam fazer parte de sua personalidade haviam desaparecido.

— Eu estava ofuscada, confusa e assustada, e a medicação me fez confundir os caixões, mas veja que eu tinha razão: roubaram o corpo do meu bebê. Agora só preciso me concentrar em sair daqui para ir procurá-lo.

Amaia fitou-a, alarmada. Enganara-se de novo, a sensação inicial de controle de Yolanda era apenas a firme decisão de continuar com sua busca.

— Neste momento você devia se concentrar em se recuperar e ficar boa; deixe que a polícia faça o seu trabalho. Prometo que vamos continuar a procurar a sua filha. — A mulher ofereceu-lhe um sorriso condescendente e carregado de determinação. — Yolanda, a principal razão para eu ter vindo aqui hoje é lhe fazer uma pergunta sobre uma questão bastante concreta. — Amaia tirou da bolsa a foto onde aparecia ao lado de Inma Herranz e mostrou a ela.

— É a secretária de um juiz. O que você quer saber?

— Eu sei muito bem quem ela é. O que eu quero que me diga é de onde vocês se conhecem e sobre o que conversaram.

— Eu já tinha contado há tempos que escrevi para todos os tribunais, para o promotor público, para a presidente da província de Navarra, para todos os lugares pedindo que me deixassem abrir o túmulo dos meus filhos. Essa mulher me telefonou e marcou encontro comigo numa confeitaria. Passei todos os detalhes do caso e ela se mostrou muito interessada e me conseguiu uma entrevista com o juiz.

Amaia abriu os olhos, assombrada.

— Com que juiz?

— Com o juiz Markina. Ele foi muito amável, embora não pudesse me ajudar; recomendou que eu entrasse em contato com você. Me falou que era uma excelente policial e que, se houvesse possibilidade, você seria capaz de levar a investigação adiante.

Amaia a escutava boquiaberta.

— Ele me disse também que fosse discreta, que procurasse fazer parecer um encontro casual, porque se não fosse assim você não se interessaria pelo caso.

Amaia ficou em silêncio com os olhos pregados em Yolanda e se lembrou de que, quando a conheceu na frente de Argi Beltz, Yolanda se mostrara surpresa por ser tão nova e havia comentado que não a imaginava assim. Só depois de um tempo conseguiu falar.

— O juiz Markina recomendou que você fosse falar comigo com discrição, como se fosse uma coincidência, porque do contrário eu não me interessaria pelo caso.

— Sim, e disse também que você era muito boa no que faz. Também me pediu que nunca comentasse com você que foi ele que a recomendou, mas suponho que agora já não faz diferença e você tem o direito de saber.

◈

Ela passeou pelos jardins do hospital antes de entrar no carro enquanto se esforçava para entender o que acabava de escutar e vencer a confusão que isso lhe causara. Markina enviara Yolanda Berrueta para ela, mas, se era sua intenção ajudá-la, por que havia mandado suspender a exumação dos corpos no cemitério de Ainhoa? Vai ver estaria à espera de que ela pedisse sua colaboração, que por outro lado teria sido o correto, seria isso? E, depois de mandar a mulher falar com ela, quase a crucificou pelo que aconteceu no cemitério, talvez porque pensasse, tal como ela, que toda aquela dor podia ter sido evitada se tivessem seguido os trâmites normais.

Não entendia nada. Entrou no carro e saiu do hospital. Acabava de pegar a estrada quando o celular tocou. Era ele; acionou o viva-voz e atendeu.

— Caramba, estava pensando em você — disse.

— E eu em você — respondeu o juiz, com doçura —, mas não tenho muito tempo. Vou entrar numa audiência e até já estou com a toga. Liguei para dizer que já perguntei à minha secretária, que me disse que Yolanda a abordou um dia na confeitaria, disse que queria falar com ela, explicou o caso dos filhos e pediu que ela intercedesse com um juiz. Inma a escutou e não deu nenhuma importância; segundo ela, pensou que a mulher fosse louca.

Assim que se despediu e desligou, precisou parar o carro no acostamento para assimilar o que acabara de ouvir. Markina havia mentido para ela. O celular tocou ensurdecedor dentro do carro parado.

— Iriarte.

— Inspetora, boas notícias. A Polícia Judicial prendeu Mariano Sánchez, o funcionário da prisão que havia fugido; estava em Saragoça, na casa de um amigo. Ao que parece, ontem à noite saíram para a farra e sofreram um acidente, bateram em outro carro. Montes e Zabalza foram buscá-lo e devem chegar aqui dentro de algumas horas. E já temos alguns progressos sobre a localização de possíveis vítimas. Acho que isso vai lhe interessar.

∼

Mariano Sánchez ainda estava de ressaca em consequência da farra da noite anterior. Os olhos avermelhados e a boca pastosa. Durante o tempo em que estava sentado na sala, já havia pedido água em três ocasiões.

— Não vou falar nada — disparou, mal os viu entrar.

— Por mim tudo bem. Que tal se eu falar? Você não é obrigado a responder, não tem que dizer nada — disse Iriarte, colocando-lhe na frente uma fotografia ampliada onde se via ele à porta da cela de Berasategui, introduzindo algo pelo postigo. — Apesar de o preso se encontrar incomunicável, você se aproximou da cela dele e, como se pode ver na imagem, entregou o medicamento com que ele pôs fim à vida.

— A foto não prova nada. Não se consegue distinguir nada. É verdade que me aproximei da cela, mas só trocamos um aperto de mão. Eu simpatizava com ele.

— Até seria uma boa justificativa — respondeu Iriarte enquanto punha na frente do detido um saco de provas que continha a embalagem da farmácia onde havia adquirido o calmante —, não fosse o farmacêutico se recordar de você perfeitamente. — O homem olhou para o saco plástico, aborrecido, como se aquele detalhe insignificante tivesse dado cabo de seu plano elaborado. — Parece que você não tem noção da dimensão do problema em que se meteu. Não se trata apenas da desobediência às normas, mas sim de que você vai perder o emprego e com certeza vai ser processado por tráfico de drogas. Esta é a inspetora Salazar, do Departamento de Homicídios. Está aqui porque vai acusá-lo pela morte do doutor Berasategui.

O homem olhou para Amaia e começou a tremer.

— Ah, merda, merda — repetiu, levando as mãos à cabeça.

— Não se desespere, nem tudo está perdido — disse Amaia —, ainda lhe resta uma opção.

O homem fitou-a, esperançoso.

— Se me ajudar, eu poderia convencer o juiz dizendo que você colaborou e deixar o assunto por isso, por uma mera violação das normas por levar uma coisa a um preso, embora, claro, não tivesse como saber que coisa era essa; podia ser só um medicamento. Talvez o doutor tivesse se sentido mal e pedido para você comprar aquele remédio para acalmar uma dor de estômago, por exemplo.

O homem assentiu com demasiado ímpeto.

— E foi isso que aconteceu. — O alívio na voz do homem era evidente. — O doutor me pediu para comprar um medicamento. Eu não fazia a mínima ideia do que o homem faria com ele. Com certeza o juiz vai entender, ele me pediu que cuidasse do doutor.

— Que juiz?

— O juiz que foi à prisão naquele dia.

— Está se referindo ao juiz Markina?

— Não sei como se chama; é aquele juiz jovem.

— A que horas foi isso?

— Quando acabamos de transferir o doutor.

— E está me dizendo que o juiz pediu que você cuidasse de Berasategui? — perguntou Iriarte.

— Não com essas palavras; ele me disse alguma coisa sobre ficar de olho nele. Já sabe como esses tipos falam de um jeito esquisito.

— Tente se lembrar — encorajou-o Amaia. — Há uma grande diferença entre ter mandado ficar atento ao doutor e cuidar dele.

O homem a encarou com ar confuso e demorou um bom tempo

para responder, ao passo em que fazia uma cara de estar se esforçando quase dolorosamente para se recordar.

— Não sei, foi qualquer coisa assim. Minha cabeça está doendo muito. Podem me dar um ibuprofeno?

◈

Ela saiu da sala e subiu ao seu escritório certa de que algo havia passado despercebido, algo que a conversa com o guarda prisional lhe havia feito recordar. Espalhou as fotografias que Jonan incluíra na pasta Berasategui... Examinou-as de novo uma por uma. Era evidente que se tratava das mesmas que Iriarte acabava de mostrar a Mariano Sánchez e tinham sido retiradas do filme da câmera de segurança com que haviam determinado que fora o guarda prisional quem havia fornecido a ampola de droga a Berasategui. Contudo, Jonan havia concentrado sua atenção nas horas seguintes. Via-se com os colegas entrando e saindo da cela. O diretor da prisão conversando com Markina. Ela ao lado dos dois; outra em que San Martín se juntava a eles, e Markina sozinho... desta última havia várias ampliações, e prestando bastante atenção, ela compreendeu por que motivo chamara a atenção de Etxaide. Nas fotografias em que Markina aparecia ao lado de San Martín e dela, conversando nos corredores, o juiz estava vestido com calça jeans e camisa azul; lembrou-se de como estava atraente, do quanto ficara desconcertada ao vê-lo depois de sonhar com ele na noite anterior. Na outra fotografia envergava um terno completo, com certeza a indumentária que usava no tribunal, o que havia vestido quando naquela manhã Amaia lhe telefonou para avisá-lo sobre o que acontecera com Berasategui. Afastou a foto para confirmar a hora que aparecia perto dela. Era meio-dia.

O diretor da prisão tinha dito que Markina lhe telefonara para pedir que transferisse o preso com urgência; como ele não se encontrava na cidade, encarregara disso o seu adjunto, que em nenhum momento havia mencionado que o juiz tinha ido à prisão. Fechou a pasta, retirou o pendrive e guardou-o no bolso.

◈

Não marcara hora, embora tivesse confirmado por telefone que Manuel Lourido estava trabalhando no turno da manhã. Quando chegou à recepção, deu como referência o seu nome e viu a cara de surpresa do homem enquanto entrava nas instalações internas da prisão.

— Não sabia que a senhora viria agora, inspetora — disse, revendo sua lista de visitantes. — Veio ver quem?

— Você não vai encontrar o meu nome na lista — respondeu Amaia, sorrindo. — Não vim visitar nenhum preso, mas sim falar com você.

— Comigo? — estranhou o homem.

— É um assunto relacionado com a investigação sobre o suicídio de Berasategui. Prendemos Mariano Sánchez, e ele confessou ter entregado a droga ao homem, como provam as imagens, mas parece que não quer cair sozinho e pretende envolver mais algum colega — mentiu. — Não é que acreditemos, mas, sabe como são essas coisas, é necessário investigar e confirmar todas as hipóteses.

— Mas que desgraçado! Já te digo que nada disso é verdade, foi só ele e esses dois idiotas, sempre juntos e com menos cérebro do que um mosquito.

— Preciso confirmar que não houve mais nenhuma visita ao preso naquela manhã.

— É claro — respondeu, digitando sua senha no computador. — Naquele dia Berasategui não teve mais visitas além da sua.

— Talvez o advogado, ou o juiz Markina, que aconselhou a transferência para o isolamento?

— Não, mais ninguém além da senhora.

Decepcionada, Amaia agradeceu o homem e virou costas para a saída.

— ... mas é verdade que ele esteve aqui, sim.

— O quê?

— Eu ainda estava trabalhando e lembro que o vi, e, se não consta entre o rol das visitas é porque não veio ver Berasategui nem nenhum outro preso; veio ver o adjunto do diretor, e essas visitas não são anotadas no mesmo lugar; aqui só constam as dos detentos — declarou, apontando para o monitor.

Amaia refletiu sobre o assunto alguns segundos.

— Podia avisar o diretor de que estou aqui? Pergunte se ele poderia me receber.

Manuel levantou o receptor do telefone interno, digitou uma série de números e transmitiu o pedido.

O silêncio se prolongou por alguns segundos enquanto o diretor ponderava sobre o assunto. Amaia não se espantou, considerando a dureza do último encontro que tivera com ele nas urgências do hospital.

— Muito bem — respondeu o guarda prisional ao telefone. Desligou e saiu de trás do balcão. — Ele vai recebê-la agora. Me acompanhe.

— Só uma coisa, Manuel: não fale da nossa conversa com ninguém; faz parte da investigação policial.

Ela se preparou antes de entrar no escritório. Estava ciente de que seria um encontro hostil, pois havia sido bastante dura com aquele homem; mas agora se encontravam no território dele, um passo em falso e ele a expulsaria dali.

Ele ficou de pé a fim de recebê-la e lhe estendeu uma mão cautelosa.

— Em que posso ajudá-la, inspetora?

— Estou cuidando de algumas questões sobre o caso do suicídio de Berasategui antes de o encerrar agora que prendemos Mariano Sánchez, que é o responsável por ter entregado o medicamento a ele por sua conta e risco. — Quase ouviu o suspiro de alívio do homem. — Entendo que tenham sido momentos duros para o senhor, com a dificuldade que implica dirigir uma prisão e todas essas desgraças...

A coisa estava indo bem. Falar de desgraças fazia parecer que eram algo inevitável pelo qual não poderia ser responsabilizado. O homem pareceu ceder um pouco e até esboçou um leve sorriso cerimonioso. No fundo, não era má pessoa.

— Então, para encerrar o assunto... No dia em que os fatos ocorreram eu visitei o preso pela manhã. Ele recebeu mais alguma visita?

— Bom, eu teria de consultar, mas tudo parece indicar que não.

— O juiz lhe telefonou assim que o avisei e lhe disse que seria conveniente que Berasategui fosse transferido.

— Sim, e eu pedi ao meu adjunto que tratasse disso; voltei a telefonar quinze minutos mais tarde para confirmar se a transferência tinha sido levada a cabo, e ele me confirmou que de fato tinha sido assim.

— Se importaria se eu falasse com o seu adjunto? É só para verificar, pura rotina.

— Claro, claro. — Ele pressionou uma tecla do intercomunicador e pediu a um funcionário que avisassem seu adjunto, que entrou de imediato, o que deu a Amaia a sensação de que estava esperando atrás da porta.

Ele ficou um pouco nervoso quando a viu. Ela, toda sorrisos, levantou-se e estendeu a mão para ele.

— Lamento incomodá-lo. Estava aqui contando ao diretor que estamos prestes a encerrar o caso Berasategui. O senhor deve saber que nós prendemos Mariano Sánchez, que se responsabilizou por ter entregado a ampola ao doutor, mas estou tentando colocar a papelada toda em ordem; você sabe como são essas coisas.

O homem assentiu, compreensivo.

— O diretor me contou que lhe telefonou a pedido do juiz para que o senhor providenciasse a transferência do preso e cerca de quinze minutos mais tarde voltou a ligar para verificar se tudo tinha corrido sem incidentes.

— Sim, de fato foi assim — admitiu o adjunto.

Amaia virou-se para o diretor.

— ... e então o juiz voltou a ligar para o senhor para confirmar.

— Não, eu é que fiz isso, eu liguei para ele.

— Muito bem — disse Amaia, fingindo anotar tudo. — E o juiz veio para verificar em pessoa?

O diretor encolheu os ombros e olhou para o adjunto, hesitante. Amaia sorriu.

— O juiz Markina veio à prisão naquela manhã para verificar a transferência do preso? — repetiu.

O homem a olhou nos olhos.

— Não.

Amaia sorriu.

— Pois então é isso, terminamos. Muitíssimo obrigada aos dois, foram muito amáveis, agradeço muito pelo seu tempo. Porque a verdade é que não vejo a hora de concluir este caso

O alívio do diretor era evidente, e a preocupação mal disfarçada no rosto do adjunto também.

Ela entrou no carro, convocou por telefone a reunião da tarde e saiu da cidade rumo a Baztán, enquanto pensava em toda aquela sucessão de mentiras. O adjunto negava a presença do juiz na prisão, mas não só ele havia estado ali como também, além disso, havia uma gravação que o situava em frente à cela do doutor Berasategui.

Capítulo 47

A TIA COZINHARA LENTILHAS. O odor do ensopado e o fogo aceso na lareira a fizeram se sentir em casa, embora a ausência de James e, sobretudo, a de Ibai haviam mergulhado a casa num silêncio a que já não estavam acostumadas. Aproveitou para telefonar para James, que atendeu surpreso a chamada a qual, no entanto, após uma breve e trivial conversa, Amaia passou de imediato à tia e à irmã para que pudessem brincar com Ibai, que segundo o pai escutava atento e sorrindo o som das vozes conhecidas.

À medida que o céu escurecia sobre sua cabeça e começavam a ser ouvidos os primeiros trovões vindos dos montes, foi a pé até a delegacia, pensando na conversa que acabara de ter com a tia. Quando Ros saiu para a fábrica, esta havia perguntado a Amaia:

— O que está acontecendo entre você e o seu marido?

Ela tentara devolver a pergunta.

— Por que você acha que tem alguma coisa acontecendo?

— Porque você respondeu com uma pergunta e porque ouvi a conversa de vocês e só faltou trocarem notícias sobre a previsão do tempo.

Amaia sorriu ante a observação da tia.

— Quando os casais não têm mais nada para dizer um ao outro, falam do tempo, como se faz com os taxistas. Pode rir à vontade, mas esse é um dos sinais de ruptura iminente.

O rosto de Amaia ficou sombrio ao pensar nisso.

— Não o ama mais?

Ela saíra precipitadamente de casa justificando-se com a hora, com tanta pressa que se esqueceu da chave do carro, mas, intimidada pelo olhar inquisidor de Engrasi, não quisera voltar para buscá-la. A capacidade daquela mulher de discernir o que estava pensando, o que a atormentava, sempre a havia surpreendido.

A pergunta continuava a ressoar em sua cabeça: ainda amava James?

A resposta imediata era sim, amava, tinha certeza disso, e no entanto... afinal, o que sentia por Markina? Fascínio, dissera Dupree; entusiasmo passional, apontara Montes. Jonan se expressara sem papas na língua nem rodeios, achava que prejudicava seu juízo e anulava seu raciocínio... lembrava-se do quanto ficara irritada ao ouvi-lo dizer isso e tendo em vista as últimas revelações começava a pensar que ele não estava enganado.

❧

Entrou na sala de reuniões e viu que Montes começara a expor sobre o quadro de informações, fotografias e documentos que já começavam a se acumular.

— Fizeram algum progresso? — perguntou, de modo geral, enquanto por detrás das vidraças o céu escurecia com as nuvens grossas da tempestade. Aproximou-se dos interruptores e acendeu as luzes.

— Alguma coisa, embora não seja muito. O tema dos batizados nos permitiu encurtar um pouco a lista, mas, como eu já supunha, o processo é longo e demorado. Primeiro, conforme o endereço do bebê, é necessário procurar a paróquia a que pertence; depois, falar com os padres, que são os únicos que têm acesso a essas informações e que só atendem nas horas de expediente paroquial, e muitas igrejas nem abrem todos os dias. Mesmo assim, por exemplo, com os quatro casos que tínhamos em Hondarribia, tivemos a sorte de poder reduzi-los a dois; os outros eram uma menina alemã que faleceu durante as férias dos pais e a segunda era batizada.

— Zabalza?

— Como supúnhamos, procurando dados de Navarra o número aumentou consideravelmente. Se nos limitarmos às povoações que confinam com o rio, temos um caso em Elizondo, outro em Oronoz-Mugaire — respondeu, assinalando marcas sobre o mapa —, outro em Narbarte, dois em Doneztebe e dois em Hondarribia, como o inspetor já mencionou.

Amaia estudou o desenho que as marcas vermelhas traçavam sobre o mapa ao mesmo tempo que um forte trovão fazia retumbar os alicerces da delegacia; olhou lá para fora no exato momento em que a cortina de chuva fustigava com estrépito as vidraças.

— Esses dados são de quanto tempo?

— Dez anos — respondeu Zabalza. — Quer que procure mais para trás?

— Seria ótimo se você pudesse obter dados pelo menos até a data em que temos notícia de algum caso, um pouco mais.

— Acrescente com outra cor as antigas, em Elizondo, a menina de Argi Beltz, a minha irmã, a menina de Lesaka, a filha dos advogados Lejarreta y Andía em Elbete, e a do pai que discutiu com a patologista em Erratzu.

O desenho percorria o rio da nascente até a desembocadura com uma sinistra sucessão de pontos, todos eles em povoações por onde passava o rio Baztán ou então onde assumia o nome de Bidasoa.

Ela se virou para trás e viu que o inspetor Iriarte ficara parado atrás dela e observava o mapa com ar preocupado.

— Parece que se estabeleceu um padrão.

— Sente-se — ordenou Amaia como resposta. — Eu também tenho novidades para contar. Seguindo o seu conselho, inspetor — disse dirigindo-se a Iriarte —, pedi ajuda ao padre Sarasola, que, para minha surpresa, me arranjou uma entrevista com a testemunha protegida que denunciou o crime de Lesaka. Ele me contou mais ou menos a mesma coisa que Sarasola: eram uma seita mística com reminiscências satânicas, com a diferença de que em vez de praticar uma religião de adoração ao demônio e anticristã, eles cultivavam uma espécie de volta às tradições mágicas de Baztán... nas palavras da testemunha, uma regressão às práticas espirituais tradicionais que durante milênios foram levadas a cabo naquele lugar e que permitiam uma comunicação entre o homem e as forças preternaturais, geniais, telúricas e poderosíssimas que haviam configurado a religião que seguiam os habitantes da região. E a bruxaria e respectivas práticas ancestrais relacionadas com poções, feitiços, uso de ervas e curandeirismo, aprendendo a explorar os limites do poder do homem diante das entidades que queriam dominar.

— Mas eles acreditavam mesmo nisso?

A chuva fustigou as vidraças com força, e um raio cruzou o vazio, iluminando com um clarão o céu quase negro e mutável como um oceano.

— Vou te dizer o que me respondeu o padre Sarasola quando lhe fiz essa pergunta. Pare de definir a fé dos outros nesses termos... claro que eles acreditavam nisso, a fé move milhões de pessoas, milhões de peregrinos vão a Santiago, a Roma, a Meca, à Índia; a venda de livros sagrados continua a encabeçar as listas anuais, e as seitas se proliferam, angariando adeptos a tal ponto que em todas as polícias do mundo estão sendo criadas unidades especializadas no assunto. Deixemos de lado o que nos parece lógico, admissível, provável, porque estamos falando de outro assunto, um assunto muito poderoso e, nas mãos do líder adequado, muito perigoso.

"Esse grupo em particular defendia o regresso ao tradicional, o respeito pelas origens, pelas forças primordiais, e o modo de se relacionar com elas não era outro senão através da oferenda. Eles corroboravam as suas teorias com a antiga religião, as presenças mágicas de seres extraordinários que desde tempos remotos se verificaram nesta região do mundo. Eles remontam ainda mais no passado e afirmam que os primeiros povoadores de Baztán já estabeleceram marcadores em forma de monumentos megalíticos e linhas telúricas que atravessariam todo o território, os alinhamentos de lugares de interesse geográfico e histórico, como os antigos monumentos e megálitos, montanhas e falésias, penhascos, grutas e fendas naturais que teriam facilitado a localização de lugares com significado espiritual, onde a comunicação com essas forças podia ser estabelecida com facilidade. Uma teoria defendida por um tal Watkins datava-as do período neolítico e permitiria a navegação segura e a referência nas grandes migrações. São muitos os autores que defendem a existência dessas linhas telúricas. O líder do grupo os instruiu em práticas que sustentavam a invocação dessas forças, que poria ao seu serviço sem rezas, sem observar uma vida de privações, sem normas nem obstáculos aos seus desejos, em troca apenas de oferendas de vida, a princípio de animais domésticos, segundo a testemunha, com resultados assombrosos, até chegar ao que eles denominavam "o sacrifício". Consistia numa oferenda humana. Contudo, para se obter um grande favor não serve qualquer ser humano, o sacrifício deve ser de uma menina com menos de dois anos, porque eles acreditam que a alma dela ainda se encontra entre os dois mundos e é particularmente atraente para o demônio a quem é oferecida, *Inguma*. Além disso, deve estar sem batizar e deve ser concedida a ela a morte do mesmo modo que *Inguma* se apodera das suas vítimas..."

Um novo trovão ribombou acima da cabeça de todos, obrigando-os, por um instante, a prestar atenção ao magnífico evento que se verificava do outro lado das vidraças.

— Asfixiando-as — disse Zabalza.

— Isso, bebendo o seu ar, e é o que a testemunha afirma que fizeram, e depois devem levar o cadáver para um determinado lugar, que ele afirma desconhecer, para se completar o ritual. O que eles conseguem é sobretudo riqueza econômica para todos os participantes, mas, no caso dos pais, o que desejarem.

"Ele me disse outras coisas bastante interessantes: os dados que passei a vocês ontem, e em que Montes e Zabalza já estão trabalhando; o nome do líder, Xabier Tabese, e a sua idade, deve ter hoje uns setenta e cinco anos, e mais alguma coisa que pode ser bastante útil para nós. Ele me contou que às vezes só um membro dos casais que faziam as oferendas pertencia ao grupo. E entre os que pertenciam, algumas das mulheres, embora determinadas em levar a cabo o sacrifício, mergulhavam numa terrível depressão depois do crime. Isso me fez lembrar do caso de Yolanda Berrueta e do de Sonia Ballarena, mas me fez pensar que talvez muitos desses casais tenham acabado por se separar, como aconteceu com Yolanda, e, se alguma dessas meninas tiver sido enterrada no jazigo pertencente à família da mãe, não nos seria difícil convencê-la a autorizar a abertura. Poderíamos fazer isso sem mandado judicial se a mãe pedisse; poderíamos justificá-lo, com o intuito de não ter problemas, por intermédio de uma desculpa qualquer, por exemplo a necessidade de trasladar os restos de algum cadáver que ali estivesse há mais tempo, garantir que não entrasse água no interior dos túmulos. Investiguem entre os pais das meninas que possam ser vítimas quais são os que estão divorciados.

"Mais uma coisa que pode ser útil: experimentem procurar esse tal Tabese como psicólogo, psiquiatra ou médico. Elena Ochoa me falou que achava que ele tinha formação relacionada com a psicologia."

Um novo raio iluminou o céu e o apagão os deixou às escuras dois segundos antes que a luz regressasse.

∽

A sensação de caminhar debaixo de chuva não a desagradava, mas o ensurdecedor crepitar das gotas de água de encontro ao tecido esticado do guarda-chuva a enervava demais. Sentiu o celular vibrando dentro do bolso. Tinha duas chamadas perdidas: uma de James, outra de Markina. Apagou o registro e sepultou o telefone no recanto mais profundo do bolso enquanto parava em frente à casa do idoso Yáñez. Bateu uma única vez e o imaginou resmungando enquanto se levantava de seu improvisado catre defronte à televisão. Ao fim de um tempo, ouviu correr o ferrolho da porta, e o rosto enrugado de Yáñez surgiu diante dela.

— Ah, é a senhora — foi o cumprimento.

— Posso entrar?

Não respondeu; abriu a porta de par em par e começou a andar pelo corredor para a sala de estar. Vestia a mesma calça de bombazina, mas havia substituído a blusa grossa e o roupão felpudo por uma camisa quadriculada. A temperatura na casa era agradável. Foi atrás de Yáñez, que se sentou no sofá, e fez um sinal para que Amaia fizesse o mesmo.

— Obrigado por ter avisado — disse, com brusquidão. Amaia fitou-o confusa. — O pessoal do aquecimento, obrigado por ter avisado.

— Imagine — respondeu.

O idoso concentrou sua atenção na tela da televisão.

— Senhor Yáñez, quero lhe fazer uma pergunta.

O homem olhou para ela.

— Na minha visita anterior, o senhor me contou que um policial veio vê-lo antes de mim. Me falou que ele preparou um café com leite para o senhor...

Yáñez assentiu.

— Quero que olhe para esta fotografia e me diga se foi este — disse, mostrando-lhe na tela do celular uma foto de Jonan Etxaide.

— Sim, foi esse, um rapaz muito simpático.

Amaia apagou a tela e guardou o celular.

— Falaram sobre o quê?

— Ah... — respondeu Yáñez fazendo um gesto vago.

Amaia ficou de pé e retirou de cima de uma mesinha de apoio a fotografia da mulher de Yáñez que este lhe mostrara em sua visita anterior.

— A sua mulher não ficou deprimida depois de o seu filho nascer, ficou? Acho que já estava mal muito antes disso, mas o nascimento do bebê foi devastador para ela; não conseguia amá-lo, repudiava-o porque aquele filho veio substituir a filha que perdera.

Yáñez abriu a boca, mas não disse nada. Pegou o controle que tinha a seu lado e desligou a televisão.

— Não tive filha nenhuma.

— Teve, sim, senhor; esse policial desconfiava disso e foi por isso que veio falar com o senhor.

Yáñez ficou em silêncio por alguns segundos.

— A Margarita devia ter esquecido o assunto, mas em vez disso passava o dia pensando, falando sobre o que tinha acontecido.

— Como ela se chamava?

O homem demorou um pouco a responder.

— Não tinha nome, não chegou a ser batizada. Morreu de morte no berço poucas horas depois de nascer.

— Porra, o senhor matou a sua filha! — exclamou Amaia, enojada.

Yáñez fitou-a e, pouco a pouco, em sua boca foi-se desenhando um sorriso que se transformou em riso e depois em gargalhada. Riu como um louco durante um tempo e parou de repente.

— E o que você está pensando em fazer, me denunciar? — perguntou, amargurado. — O meu filho está morto; a minha mulher está morta, e eu, apodrecendo em vida nesta casa para o resto dos meus dias. Quantos invernos mais você acha que vou aguentar? Já nada importa, devemos aceitar. Uma vez alguém me disse que tudo o que o demônio nos concede se transforma em merda... Na verdade, a minha vida se transformou num magnífico monte de merda, estou pouco ligando se vierem ou não atrás de mim. E se me mandarem as nozes, eu engulo e deixo que o mal abra caminho por entre as minhas tripas. Já faz muito tempo que renunciei; quando a minha mulher morreu, tudo o que me parecera tão importante, o dinheiro, esta casa, os negócios, tudo deixou de me importar. Renunciei.

Amaia pensou nas palavras da testemunha escondida na casa da Opus Dei.

"Ninguém abandona o grupo."

— Pode ser que o senhor tenha feito isso, mas o seu filho tomou o seu lugar. Um sacrifício assim não pode ser desperdiçado, não é verdade?

Yáñez pegou o controle da televisão e voltou a ligá-la.

Amaia se encaminhou para a saída e, quando estava na metade do corredor, o homem a chamou:

— Inspetora, hoje à tarde a luz faltou de novo e acho que o aquecimento voltou a pifar.

Amaia abriu a porta da rua.

— Dane-se! — ela exclamou enquanto fechava a porta.

Ela regressou à delegacia, subiu até a sala de reuniões e colocou uma nova marca vermelha no mapa.

Capítulo 48

Ros Salazar prolongara sua jornada de trabalho um pouco mais do que o habitual. Sentada à mesa, aproveitava para responder os e-mails enquanto esperava.

A porta do armazém estava aberta, e, do lugar onde se encontrava, viu entrar Flora, embora tenha fingido não perceber até que a irmã depositou algumas pastas em cima da mesa.

— Bom, maninha, aqui estão os relatórios e a avaliação. Vou deixar para você estudar com calma, mas já adianto que só o valor do negócio da fábrica supera de longe o capital que somam as suas propriedades, partindo do princípio de que elas já não estejam hipotecadas, isso sem falar do terreno, da maquinaria... Na última página, incluí a minha oferta... Não seja idiota, Ros, pegue o dinheiro e suma da minha fábrica.

Ernesto, o encarregado, interrompeu-as. Trazia na mão um saquinho da loja de ferragens.

— Desculpe interromper, Rosaura. Onde você quer que eu deixe as cópias das chaves que me pediu?

— Não se preocupe, já tínhamos terminado a conversa. Fique com uma e deixe as restantes no painel do armazém — respondeu Ros. — Obrigada, Flora, te darei resposta em breve.

— Pense bem, maninha — insistiu Flora antes de sair, fechando a porta do escritório atrás de si. Ros abriu a gaveta da mesa e, sem olhar para eles, guardou os relatórios lá dentro. Depois, limitou-se a contemplar a maneira como o cursor piscava no monitor do computador, contando as intermitências, uma, duas, três, quatro, até sessenta e mais sessenta.

Levantou-se e foi até o armazém; abriu o pequeno armário das chaves e contou as cópias que havia encomendado. Verificou que faltavam duas, a que pertencia a Ernesto e a que Flora havia levado. Sorrindo, voltou para o escritório, desligou o computador e fechou a porta ao sair.

Amaia consultou o relógio, calculando que horas seriam nos Estados Unidos, e digitou o número de James. A pergunta que Engrasi havia lançado agira como um martelo em sua cabeça a tarde toda.

— Estamos com saudade — foi a resposta dele do outro lado do mar. — Quando você vem?

Ela explicou a ele que as coisas não avançavam em boa direção na investigação sobre o assassinato de Jonan. Sua amiga, a doutora Takchenko, sofrera um terrível acidente rodoviário... Talvez mais uns dias. Escutou Ibai tagarelando ao brincar com o telefone e se sentiu terrivelmente triste, terrivelmente mal.

Depois ligou para Markina.

— Tentei falar com você a tarde toda. O que quer para o jantar?

— Estive muito ocupada. Você vai gostar de saber que Yolanda Berrueta está muito melhor, hoje de manhã fui visitá-la no hospital. — Fez uma pausa à espera da resposta.

— É uma boa notícia.

— Ela me contou sobre o encontro que vocês dois tiveram.

— ...

— Aquele em que você recomendou que ela entrasse em contato comigo, de forma discreta, porque eu era a pessoa certa para ajudá-la.

— Desculpe, Amaia. Ela era a pura imagem da desolação, fiquei com muita pena. Ele me lembrou da minha mãe, obcecada com os seus bebês, mas eu não podia fazer nada. Só lhe disse que, se conseguisse que você se interessasse pelo caso de maneira genuína, talvez pudesse ajudá-la. E não me enganei; foi o que você fez.

— Você me manipulou.

— Isso foi o que eu não fiz, Amaia. Eu não queria que ela procurasse você dizendo que eu a tinha mandado; isso, sim, teria sido uma manipulação, e um pouco irregular. Yolanda chegou até você, admito, por recomendação minha, mas foi apenas um conselho dado a uma pessoa desesperada que estava sofrendo. Você se interessou pelo caso, você tomou a decisão de ajudá-la. Não pode me censurar por acreditar em você.

— Isso não te impediu de me dar uma rasteira.

— Você não fez as coisas direito, e sabe muito bem disso.

— Estou me referindo à nossa conversa de ontem à noite. Você detesta abrir túmulos, mas me manda aquela mulher; eu te peço autorização e você nega, e depois me censura por ficar obcecada por um caso para o qual você me empurra, mas em que não me apoia.

— Tem razão, ontem fui um imbecil, mas você não pode me recriminar por não te proteger, por não te defender... Eu fiz isso diante da juíza De Gouvenain, que queria dar seguimento a uma queixa interposta pela família Tremond, que chegou ao meu gabinete ameaçando te processar por perdas e danos. Eu te protejo, Amaia, de todos e de tudo, mas na qualidade de juiz enfrento certos limites, os mesmos ou parecidos com os que você deve ter como chefe do Departamento de Homicídios. A diferença é que eu não ignoro as normas, Amaia, ou você se atreve a afirmar que não transgrediu nem um único procedimento enquanto investigava o último caso? Eu sei como você age, acho você brilhante, e me apaixonei por você, mas não pode me pedir que concorde com tudo o que você faz, porque acima de tudo vou te proteger de si mesma e do seu medo... Ninguém melhor do que eu sabe o que é ter uma família horrível e o fardo que isso pode acarretar para o resto da vida.

Amaia ficou em silêncio. Não, não podia dizer, nesse momento escondia informações do juiz, de Clemos, de Iriarte, e nem havia fornecido todos os dados a Montes; havia encomendado uma análise paralela da fibra de tecido, e por enquanto não pensava em contar nada sobre a filha de Yáñez, se bem que, como ele afirmou, não conseguiria provar nada. Além disso, ia guardar as informações para si até saber por que razão o adjunto do diretor da prisão de Pamplona negava a presença do juiz ali quando Berasategui fora transferido; e também não queria correr o risco de perguntar a Markina. Não conseguiu evitar.

— Você esteve na prisão no dia em que Berasategui morreu?

Markina respondeu de imediato. Isso era bom sinal.

— Claro que sim. Nos encontramos lá.

— Sim, estou lembrada. Mas estou perguntando se você esteve na prisão depois de falar comigo pelo telefone, antes de Berasategui ter aparecido morto.

Dessa vez, Markina demorou uns segundos para responder.

— Por que quer saber?

Mau sinal. Quando alguém era sincero respondia de imediato. Responder com uma pergunta devia-se apenas a duas razões: levar mais tempo para pensar na resposta ou então evitar responder. O que ia dar no mesmo: mentir, esconder a verdade.

— Esteve ou não?

— Estive. Quando soube que o diretor não se encontrava, não tive sossego; não conhecia o adjunto e não sabia se podia confiar que ele levaria o assunto a sério; decidi passar por lá a fim de obter uma confirmação.

— Sim, me parece natural, mas acontece que fiz essa pergunta ao adjunto do diretor, e ele negou.

— Esse sujeito é um idiota.

Sim, ela também achava; sentiu o alívio no peito.

— Chegou a falar com Berasategui?

— Nem me aproximei da cela dele.

— Mas falou com o guarda prisional...

— Sim, pedi que não tirasse os olhos de cima dele. E agora venha para cá e continuaremos esta conversa nus e com uma garrafa de vinho. Se você quiser.

Amaia suspirou.

— Não posso, sério, estou na casa da minha tia e já prometi que jantaria com ela — respondeu, sem convicção.

— Amanhã, então?

— Claro.

Capítulo 49

Flora achou que as duas da manhã eram uma hora prudente; encontrar alguém na rua a uma hora dessas em pleno inverno e em Elizondo era pouco menos do que um milagre. Além disso, precisava ser naquela noite, para devolver a chave antes que Ros desse pela falta dela. Por sorte, a entrada do armazém continuava tão escura como sempre fora; havia anos que solicitava ao município que instalassem um poste de luz, mas o terreno vizinho era particular, e a câmara resistia. Entrou no armazém e teve a precaução de não acender as luzes até se encontrar no escritório, pois sabia que àquela hora quase não se conseguia ver do lado de fora, a não ser através das portinholas altas que se situavam no teto e para onde era pouco provável que alguém olhasse. Sem perder tempo, ficou descalça, subiu no sofá, retirou o quadro de Ciga e acionou a abertura do cofre com a senha que criara. O mecanismo disparou e a porta se abriu. Estava vazio. Fitou-o, incrédula, e chegou a inserir a mão até tocar no fundo metálico do cofre. Seu coração quase parou de bater quando ouviu uma voz às suas costas.

— Boa noite, maninha. — Flora virou-se para trás, assustada e com tal ímpeto que esteve a ponto de cair do sofá. — Se está procurando o conteúdo desse cofre, está comigo. Para falar a verdade, quase tinha esquecido de que havia um cofre aí atrás, e até aquela vez em que você entrou aqui quando eu não estava e deixou o quadro um pouquinho inclinado, não dei por isso. Durante dias fiquei pensando o que poderia haver de tão importante para você ser capaz de vir aqui como um ladrão na calada da noite.

— Mas você...?

— Não, não sabia a senha, mas isso não é problema nenhum quando se é a proprietária. Você chama o técnico, informa que esqueceu a senha, ele descobre e abre o cofre.

— Você não tem direito nenhum. O conteúdo desse cofre é particular.

— Quanto à primeira parte, não estou de acordo, esta fábrica é minha. Sobre a privacidade do conteúdo do cofre, compreendo você, Flora, eu também não ia querer que ninguém visse. Te deixa numa péssima posição, maninha. — Flora continuava de pé em cima do sofá, com uma das mãos apoiada na porta do cofre. — Desça daí e me deixe te contar o que vai acontecer agora — disse Ros, divertida. — Inspecionei todo o conteúdo desse cofre, não uma, mas dúzias de vezes, tantas que até quase já sei de cor.

Flora estava pálida. Segurava a barriga com as duas mãos como se estivesse sendo forçada a reprimir uma náusea terrível; ainda assim, conseguiu arrancar forças do pânico que sentia e ameaçou Ros.

— Você vai me devolver tudo isso, e já!

— Não, Flora, não vou te devolver nada, mas fique calma. Não tem nada a temer de mim se se comportar bem. Não é minha intenção prejudicar você; não quero ser obrigada a ir te visitar na cadeia, embora duvide que fizesse isso, mas imagino o sofrimento que isso causaria à tia, o que me faz pensar duas vezes. Conforme te disse, examinei tudo, li tudo e entendi tudo, Flora. Não te censuro por nada, quem sou eu! Ao contrário de você, nunca andei por aí pregando aos quatro ventos que a minha moral era superior à dos outros, e só por isso já seria justo te dar uma lição. Mas, por outro lado, também compreendo o que você fez; durante anos eu fui o álibi de um marido estúpido e indolente... claro que ele não matou ninguém, porque se assim fosse, e se eu soubesse, isso teria me transformado em sua cúmplice, não acha?

Flora não respondeu.

— Eu compreendo você, Flora, você fez o que precisava ser feito e não te censuro. Morrer naquele casarão talvez tenha sido o melhor que podia ter acontecido com o pobre do Víctor. Só que o fato de compreender você não significa que eu vá deixar você ferrar com a minha vida. Não vou entregar você, Flora, a menos que não me deixe alternativa. Pensei muito sobre o que tinha nas mãos e sobre como devia agir, e por fim fez-se luz na minha mente. Acho que a nossa família já sofreu o suficiente, por isso guardei o seu diário e os lindíssimos sapatos vermelhos numa caixa e a levei a um tabelião. Nunca havia pensado em fazer um testamento, mas é necessário estar preparado para tudo. Sou nova e tenho saúde, e não espero morrer tão cedo, mas ainda assim estipulei, entre outras coisas, que se alguma coisa acontecesse comigo, se, de um jeito ou de outro, eu acabar morta, esse envelope deverá ser entregue à nossa irmã Amaia. E há uma coisa que está muito clara para mim, Flora: a sua moral e a minha podem deixar muito a desejar, mas se Amaia vier a ter conhecimento do conteúdo desse diário, não vai ter a menor dúvida. Talvez devido ao calvário que pressupôs a infância dela, devido a toda a merda que deixamos que acontecesse com ela, mas você sabe, assim como eu, que ela não aprovaria o que estou fazendo, nem teria piedade de você. Posto isso, maninha, vamos procurar um tabelião, outro — disse Ros, sorrindo —, para providenciar uma doação onde você vai me ceder a sua parte na fábrica. Não quero mais nada. Pegue o dinheiro e vá viver a sua vida. Não vou te incomodar, nunca mais voltaremos a mencionar esta conversa, mas, se tentar me derrubar, eu derrubo você.

Flora a escutava com atenção, com os braços cruzados sobre o peito e a mesma expressão no rosto que adotava quando discutia sobre negócios.

— Você parece estar muito segura de que isso vai dar certo.

— E estou. Nesta família nós somos peritos em guardar segredos terríveis e agir como se nada tivesse acontecido.

Flora suavizou a expressão e sorriu de súbito.

— Caramba, parece que a pequena Ros mudou — declarou, olhando para a irmã com ar de aprovação. — Amanhã vou procurar esse tabelião, e agora não deixe que merda nenhuma volte a manipular a sua vida.

Pegou a bolsa e passou por Ros a caminho da porta.

— Flora, espere.

— Sim?

— Por favor, antes de ir embora, deixe tudo no lugar.

Flora rodou nos calcanhares, voltou atrás, fechou a porta do cofre, pendurou o quadro e ajeitou com cuidado as almofadas do sofá.

Capítulo 50

Os gestos, os detalhes, as pequenas coisas que constituíam seu mundo e que haviam se tornado imprescindíveis ficavam em evidência com a ausência de James. Estava acordada fazia pelo menos quinze minutos acariciando com as costas da mão a superfície vazia do travesseiro. Os beijos breves e em abundância que ele depositava por toda a cabeça para acordá-la; o café com leite num copo que colocava em cima da mesa de cabeceira todas as manhãs; suas mãos grandes e ásperas de escultor; o odor de seu peito aspirado através da camiseta; o espaço entre os braços dele reservado para ser seu refúgio.

Levantou-se da cama e desceu descalça até a cozinha para preparar para si um café com leite, com o qual regressou ao quarto pronta para se enfiar de novo debaixo do edredom. Olhou com desagrado para o celular, que começou a tocar no momento exato em que o fazia, muito embora o aborrecimento tenha sido mitigado pela surpresa ao ver que se tratava do padre Sarasola.

— Inspetora... A verdade é que nem sei como lhe dizer isto. — Amaia ficou surpresa; se havia um homem no mundo capaz de explicar qualquer coisa, esse homem era Sarasola. Não imaginava que houvesse alguma coisa que pudesse suscitar semelhantes dúvidas. — A Rosario voltou.

— O quê? O senhor disse...?

— Há escassos quinze minutos que a sua mãe chegou à recepção da clínica, foi se posicionar em frente das câmeras de segurança, puxou uma faca que trazia escondida no meio das roupas e cortou o pescoço.

Amaia começou a tremer da cabeça aos pés.

— Os recepcionistas e os dois guardas da segurança da entrada chamaram de imediato vários médicos, que tentaram por todos os meios salvar a vida dela. Sinto muito, inspetora, a sua mãe faleceu enquanto a transferiam para o centro cirúrgico. Não puderam fazer nada, a perda de sangue foi descomunal.

☙

O escritório do doutor Sarasola lhe pareceu tão frio e impessoal como da primeira vez; não parecia o seu habitat. Para um homem tão culto e refinado, assemelhava-se mais a uma sala como a que o doutor San Martín ocupava no Instituto de Medicina Legal, mas esta havia sido decorada com uma sobriedade monástica. Sobre as paredes brancas, apenas um crucifixo. O mobiliário, embora de boa qualidade, era tão anódino como o de uma filial de banco qualquer; apenas a mesa de cerejeira destoava e acrescentava, ao mesmo tempo, uma nota de personalidade e de bom gosto. Não obstante, era um bom lugar para pensar: a ausência de distrações, de elementos de qualquer espécie que pudessem atrair os olhares, convidava à introspecção, ao recolhimento e à análise. E era isso o que ela estava fazendo ali durante a última hora. Vestira-se correndo, obrigando-se todo o trajeto a dirigir com prudência à medida que um milhão de recordações de sua infância se reproduziam em sua mente como um projetor de cinema constante onde se via encurralada no meio de lembranças dolorosas que, no entanto, lhe causaram uma estranha sensação de melancolia, muito próxima à saudade de algo que nunca tivera.

Não pensava muito naquilo, mas sem dúvida havia desejado um milhão de vezes ver-se livre do fardo que pressupunha ter medo, ver-se livre dele. Havia passado o último mês defendendo sua teoria de que Rosario estava viva, de que se encontrava escondida em algum lugar, à espera. Sentira isso na pele, assim como as ovelhas sentem a presença do lobo, e louca de medo e de angústia havia lutado contra a lógica dos que defendiam que o rio a havia arrastado. E agora, sentada no escritório de Sarasola, a incredulidade inicial dava lugar ao desencanto e à decepção. E não sabia por quê.

Sarasola a acompanhara através de um longo corredor, conduzindo-a de novo até a sala de segurança que já conhecia da noite em que Rosario fugira, enquanto lhe explicava outra vez como se havia verificado o regresso.

— Preciso avisá-la de que as imagens são bastante fortes. Bem sei que é inspetora do Departamento de Homicídios, mas a Rosario era sua mãe; apesar do caráter terrível da relação entre ambas, isso não implica que não vá ser chocante vê-la em circunstâncias como essas. Compreende?

— Sim, mas eu preciso ver com meus próprios olhos.

— Também compreendo isso.

Ele fez um sinal ao chefe de segurança, que acionou a reprodução da gravação. A imagem na tela mostrou a recepção da clínica num plano aberto que sugeria que as câmeras estavam situadas acima das portas dos elevadores. A zona de admissões da clínica estava bastante concorrida àquela hora; imaginou que seriam doentes de consultas externas, ou médicos e outras pessoas que chegavam para trabalhar ou que saíam no fim do turno. Viu Rosario entrar, trazendo uma mão escondida por debaixo do jaquetão e com a outra rodeando a cintura. Caminhava devagar, mas não com dificuldade, apenas como alguém que se sente muito cansado ou abatido. Dirigiu-se à parte central do átrio e, sem olhar para ninguém, levantou a cabeça até se assegurar de que seria captada pelas câmeras. Chorava. O rosto dela estava sulcado de lágrimas e sua expressão era de grande abatimento. Tirou de debaixo das roupas a mão que permanecera escondida, e viu-se então uma faca de grandes dimensões. Ergueu-a à altura da garganta, encostou a parte lateral da lâmina da faca ao pescoço enquanto em seu rosto a boca se lhe contraía num ricto de crueldade que Amaia já conhecia, e, com um gesto rápido e firme, fez deslizar a faca da esquerda para a direita, cortando o pescoço. Ainda ficou de pé três segundos. Fechou os olhos antes de cair no chão. Depois, a correria, o pânico, o enorme grupo de pessoas que a rodeava e impedia que a vissem. O chefe de segurança apagou a tela. Amaia falou a Sarasola.

— Importa-se de ligar para as minhas irmãs, por favor?

— Com certeza. Não precisa se preocupar, vou já tratar de fazer isso.

Não quisera falar com ninguém, nem com as irmãs, nem com San Martín, nem com Markina, nem com o comissário que lhe telefonara havia mais de vinte minutos.

Sarasola a havia conduzido ao seu gabinete e se encarregara de a livrar deles com um "respeitem a sua dor" ensaiado à perfeição. Mas não era verdade, ela não sofria; não havia dor, nem paz, não havia alívio, nem uma espécie de alegria reservada àqueles que se desembaraçam de seus inimigos. Não havia descanso e não havia satisfação, e só depois de pensar no assunto durante muito tempo ela percebeu por quê. Não engolia isso, não acreditava, não se encaixava, não era lógico, não fazia sentido, não era o que se podia esperar. Não se vencia assim o lobo. Era necessário perseguir o lobo, encurralá-lo e enfrentá-lo cara a cara de modo a arrebatar-lhe o poder. O lobo não se suicidava, o lobo não se lançava de um precipício; era preciso matar o lobo para que ele deixasse de ser lobo. Não conseguia tirar da cabeça o abatimento dos gestos de Rosario, o sofrimento que o rosto dela refletia, o desespero de suas lágrimas escorrendo pela pele, a última expressão de crueldade desenhada em sua boca para poder levar a cabo aquilo que tinha ido fazer ali. Já o havia visto antes em outro lobo que se suicidara, em outra pantomima de imolação, em que outro monstro morrera chorando de autocomiseração pela grande perda que a vida pressupunha. Havia chorado tanto que ensopara o travesseiro de sua cela. Naquele momento, depois de ver Rosario morrer, teve mais certeza do que nunca de que nenhum dos dois o fizera de livre vontade.

Invadiu-a, então, uma sensação de nojo, de pura repulsa, que reconheceu de imediato. Era o que sentia diante da mentira, diante da imunda impressão de se encontrar rodeada de mentiras.

Saiu do escritório de Sarasola e, sem se despedir, regressou a Elizondo, indo direto para a delegacia de polícia.

🙢

Subiu de dois em dois os degraus da escada até o segundo andar e assomou à porta dos escritórios à procura dos colegas. Zabalza estava trabalhando no computador.

— Onde estão Iriarte e Montes?

— Foram a Igantzi para interrogar uma mulher que perdeu uma filha por morte no berço e que se divorciou três semanas depois; em seguida iam encontrar outra em Hondarribia. Chefe... Já soube o que aconteceu com a sua mãe...

— Não diga nada — foi a resposta de Amaia, e sem acrescentar mais nada foi para sua sala. Colocou o pendrive com os arquivos de Jonan no computador e começou a abrir pastas. Pela primeira vez, entendeu o que era aquilo que via; uma coleção de mentiras, de simulações e de enganos.

O túmulo de Ainhoa onde não devia ter havido bebês. Mentira. O mesmo túmulo onde devia descansar o corpinho de uma menina ocultava outra mentira. O encontro entre Yolanda Berrueta e Inma Herranz urdindo uma mentira. A vida profissional da enfermeira Hidalgo escondia uma mentira. Berasategui e o vínculo que mantinha com o grupo de Argi Beltz escondia uma mentira. As fotos do juiz na prisão no dia em que Berasategui morreu, outra mentira. Jonan tinha enviado para ela uma coleção de embustes e de falsidades que havia por trás de outras aparências e que encenavam ao seu redor. Abriu a pasta com as fotografias daquela noite com Markina em frente ao auditório Baluarte enquanto se perguntava o que significaria aquilo, o que haveria por trás daquelas imagens. Fechou a pasta e abriu a seguinte. Era a que continha o endereço da clínica de repouso em Madri onde se encontrava internada uma mulher chamada Sara. Perguntou-se que espécie de mentira haveria por trás daquele nome.

O telefone vibrou sobre a mesa, deslocando-se alguns centímetros e produzindo aquele desagradável zumbido de inseto moribundo. Era Padua, da Guarda Civil. Esteve a ponto de recusar a chamada, mas por fim atendeu. Padua, apesar de ser um dos que apostavam que Rosario estava morta desde a noite das cheias, empenhara-se na busca pessoal do corpo, segundo ele; nas evidências de que Rosario continuava viva, segundo Amaia. Escutou as condolências do tenente e agradeceu. Pousou o celular em cima da mesa no momento exato em que voltava a tocar; desta vez não atendeu. Silenciou a chamada; era de novo Markina.

O subinspetor Zabalza apareceu à porta da sala de Amaia; a expressão em seu rosto traía a ansiedade reprimida a custo.

— Chefe, acho que temos algo importante.

Amaia fez um gesto indicando que entrasse.

— O dado de que esse tal Tabese pudesse estar relacionado com a medicina foi crucial. O Colegio de Médicos de Madri acaba de confirmar que existiu uma clínica Tabese em Las Rozas nos anos setenta, oitenta e até meados dos anos noventa; o titular, conhecido como doutor

Tabese, foi muito popular no seio da sociedade madrilenha durante essas décadas, pois ele gozava de um grande prestígio devido aos seus tratamentos inovadores importados dos Estados Unidos. O doutor faleceu; não sabem ao certo quando, se bem que me confirmaram com segurança que já fazia um tempo que se encontrava retirado da vida pública. Está enterrado em Hondarribia, onde morava desde que abandonou a prática de psicologia. Era normal que não achássemos nada, já que o doutor adotou para o exercício médico o nome da sua clínica, muito embora o nome dele fosse Xabier Markina — disse, pondo na frente de Amaia uma fotografia em preto e branco bastante ampliada.

— Markina?

— O doutor Xabier Markina era o pai do juiz Markina.

Amaia estudou a imagem do homem, que tinha uma grande semelhança com o juiz numa versão bastante mais velha.

Por essa ela não esperava. Lembrava-se de que Markina lhe contara que o pai se dedicava à medicina e que faleceu pouco tempo depois da mãe, consumido pela dor após as repetidas tentativas de suicídio dela e de ter sido internada em uma clínica psiquiátrica até sua morte. Discou o número de Iriarte; enquanto falava, Zabalza regressou discretamente à sua mesa.

— Já chegaram a Hondarribia?

— Estamos muito perto — respondeu Iriarte.

— Preciso que localizem no registro da câmara municipal a sepultura de Xabier Tabese. O Colegio de Médicos de Madri acaba de nos confirmar que era psicólogo clínico, que exerceu durante anos a profissão numa clínica para ricos intitulada Tabese e que se aposentou para viver em Hondarribia até a sua morte. Ao que se sabe, está enterrado aí; também pode ser que conste com o nome verdadeiro, Xabier Markina; era o pai do juiz.

Iriarte ficou em silêncio, mas como ruído de fundo ela ouviu o longo assobio de Montes, que sem dúvida nenhuma estava dirigindo e havia escutado a conversa pelo viva-voz.

— Sejam discretos, perguntem pela certidão de óbito e pela ata de sepultamento no cemitério e localizem o túmulo.

Antes de desligar, Iriarte disse:

— San Martín ligou para nos contar o que aconteceu hoje de manhã... Não sei o que dizer, inspetora, estávamos enganados... A senhora tinha razão, não é algo para falar aqui e agora, mas quero que saiba que lamento.

— Está bem, não se preocupe... — disse ela, interrompendo o pedido de desculpas. Desligou o telefone, guardou o pendrive de Jonan, desligou o computador e pegou o casaco. Já estava à porta do elevador quando voltou atrás e colocou a cabeça na baia de Zabalza.

— Quer vir comigo?

O rapaz não respondeu, ficou de pé e tirou da gaveta a sua arma de serviço.

Entraram no carro de Amaia e durante quase uma hora ela dirigiu em silêncio até Pamplona. Ao chegar, parou o carro num posto de gasolina e perguntou:

— Gosta de dirigir? Preciso pensar.

Zabalza sorriu.

Quatrocentos e cinquenta quilômetros é muito tempo para ficar em silêncio, ou pelo menos foi isso que o subinspetor Zabalza deve ter pensado, porque parecia incomodado e constrangido ante o mutismo de Amaia. Ao fim de um tempo, e com o comedimento de quem refletiu muito, perguntou se podia pôr música para tocar, e Amaia concordou, mas, quando já levavam duas horas de caminho, Zabalza desligou o rádio, arrancando-a de sua abstração.

— Cancelei o casamento — disse.

Amaia fitou-o, surpresa.

Zabalza não olhava para ela, mantinha os olhos fixos na estrada, e percebeu que aquilo constituía um imenso esforço para ele. Resolvida a não o constranger mais ainda, permaneceu em silêncio olhando lá para fora.

— A verdade é que nunca devia ter deixado que as coisas chegassem tão longe. Foi um erro desde o princípio... E sabe o que é mais terrível? Foi a morte de Etxaide que me fez decidir. — Amaia contemplou-o então por breves instantes, assentiu e desviou de novo o olhar para a estrada. — Quando estive na outra noite na casa dele, na casa dos pais dele, e conheci os amigos e o namorado... Bom, nunca tinha visto nada igual. Os pais se mostravam tão orgulhosos... E não era uma pose de funeral com elogios vazios a alguém que morreu. Viu como tratavam o companheiro dele? — Amaia assentiu em silêncio. — Fiquei horas ouvindo os amigos, contando o que o Jonan costumava fazer, o que costumava dizer, o que costumava pensar... E enquanto fazia isso me dei conta de que não o conhecia e que é provável que o não tenha feito porque ele representava tudo o que eu queria ser, aquilo que eu não sou. Estou pouco ligando para o que digam os caras dos Assuntos Internos, assim como me é indiferente o resultado previsível da investigação: Jonan Etxaide era um sujeito íntegro, leal e honesto, e além disso corajoso, dotado dessa espécie de coragem que é necessária para viver.

Guardou silêncio e, ao final de alguns segundos, foi Amaia quem lhe perguntou:

— Você está bem?

— Não, mas vou ficar. Neste momento ainda estou sofrendo as consequências do maremoto que essa notícia implicou na minha vida, mas me sinto melhor, por isso, se nos próximos dias você precisar que eu faça horas extras, que fique na delegacia ou que dirija até o Saara Ocidental, será um prazer me manter ocupado. — Amaia fez um gesto afirmativo. — Além disso, você tinha razão. Lembra-se do que me disse na noite da profanação da igreja de Arizkun? Eu me identifiquei com aquele rapaz, com a incapacidade dele para enfrentar o que estava acontecendo, com essa sensação de viver encurralado. Você tinha razão, e eu, não.

— Não é necessário...

— É, sim, é necessária essa explicação porque você precisa ser capaz de confiar em mim... eu estava ressentido e isso me fazia vê-la como um inimigo.

— Sim — sorriu Amaia. — Como foi aquilo que me disse? Estrela da polícia de merda...

— Foi sim, desculpe.

— Não se desculpe, eu gosto. De repente até mando bordar essa frase no boné do FBI, imagina o sucesso que iria fazer entre os agentes norte-americanos.

Zabalza voltou a ligar o rádio.

꘎

A Clínica La Luz situava-se num velho edifício que poderia constituir um exemplo da arquitetura socialista da Europa Central e que, curiosamente, tanto se havia utilizado, sobretudo em edifícios oficiais durante o regime franquista. A proximidade do complexo com a localidade de Torrejón de Ardoz e com a base militar deu a ela algumas pistas sobre o possível uso que pode ter tido aquele prédio em outros tempos; suas instalações estavam a milhas de distância em questões de segurança comparadas com a Clínica Nuestra Señora de las Nieves ou com a clínica universitária de Pamplona, onde sua mãe estivera internada. Deixaram o carro num estacionamento desproporcionado para os escassos carros que se apinhavam emparelhados na linha mais próxima do edifício. Um portão de ferro e uma portaria eletrônica constituíam toda a segurança na entrada. Tocaram a campainha e, quando perguntaram quem era, limitaram-se a responder: polícia.

A recepção da clínica estava vazia, se bem que encostados à parede do fundo se visse alinhada uma dúzia de carrinhos cheios de toalhas, esponjas e fraldas para incontinência urinária. No entanto, o que sem dúvida se transformou no elemento distintivo a partir do momento em que transpuseram a porta foi o odor. Cheirava a velho, a fezes, a horta liças cozidas e a colônia barata de alfazema. E, à medida que avançavam para o balcão, viram como a jovem que se encontrava lá sentada desligou um telefone e se virou para uma porta lateral, de onde saiu uma mulher de cerca de cinquenta anos vestindo um tailleur. Avançou na direção deles, estendendo a mão.

— Bom dia, o meu nome é Eugenia Narváez. A recepcionista me disse que vocês são da polícia — disse a mulher, perscrutando o rosto dos dois. — Espero que não haja nenhum problema.

— Não há nenhum problema. Sou a inspetora Salazar e este é o subinspetor Zabalza. Gostaríamos de conversar com a senhora sobre uma das suas pacientes.

O alívio se espelhou de imediato no rosto da mulher.

— Uma paciente, claro, com certeza — disse, avançando até o balcão da recepção ao mesmo tempo que fazia um gesto para que a acompanhassem. — E de quem se trata?

— De uma mulher que esteve internada neste centro há alguns anos, até a sua morte. Chamava-se Sara Durán.

A mulher os encarou, surpresa

— Deve haver algum engano, Sara Durán é paciente deste centro há muito tempo, mas está viva, ou pelo menos estava até algum tempo, quando lhe dei os comprimidos — esclareceu a mulher, sorrindo.

— Caramba, é mesmo uma surpresa — respondeu Amaia, tentando pensar. — Gostaríamos de vê-la, se não houver problema.

— Problema nenhum — respondeu a mulher —, mas é minha obrigação adverti-los de que Sara está conosco há muitos anos e não se encontra aqui de férias. A sua percepção da realidade é distinta da que os senhores ou eu podemos ter, e qualquer coisa que lhe disserem pode revelar-se bastante complicada; a mente dela está muito confusa. Além disso, é uma mulher muitíssimo emotiva, as alterações no comportamento dela são constantes e ela passa do riso ao choro num instante... então, caso isso aconteça não se assustem, retomem a conversa e se mantenham firmes. Ela tem uma enorme tendência para se distrair. Vou já avisar um segurança — disse, ao pegar o receptor do telefone.

⁂

Havia duas dezenas de poltronas alinhadas em frente à televisão, que transmitia um filme de faroeste. Uma dúzia de residentes se agrupava nos primeiros lugares para ver melhor o programa. O segurança foi direto à única mulher do grupo.

— Sara, chegou visita para você. Estes senhores vieram vê-la.

A mulher olhou incrédula para o segurança e depois para eles. No rosto dela desenhou-se um rasgado sorriso. Levantou-se da poltrona sem grande dificuldade e, animada, agarrou-se ao braço do segurança, que a conduziu até uma mesa rodeada por quatro cadeiras, no fundo da sala.

Era muito magra e apresentava o rosto enrugado e consumido a ponto de lhe marcar os ossos da caveira. No entanto, o cabelo não havia embranquecido; oscilando numa gama cromática entre o aço e o estanho, era bastante abundante e lustroso, e ela o trazia preso num rabo de cavalo baixo. Sara ainda estava de camisola, apesar de já serem mais de quatro horas da tarde. Por cima desta, um roupão abotoado onde se viam várias manchas de comida.

— Olá, Sara, vim visitar você porque quero que me fale do seu marido e do seu filho.

O sorriso que a mulher mantivera no rosto até esse momento se apagou de imediato e ela começou a chorar.

— Então você não sabe? O meu bebê morreu! — exclamou, cobrindo o rosto com as mãos. Amaia virou-se para o segurança, que os fitava do outro lado da sala. O homem fez um gesto para que continuassem.

— Mas, Sara, não é sobre o seu bebê que gostaríamos de falar com você, mas sim sobre o seu outro filho, e sobretudo sobre o seu marido.

A mulher parou de chorar.

— A senhora está enganada, não tenho mais nenhum filho, só tive o meu bebê, o meu bebê que morreu — afirmou, com uma careta de tristeza.

Amaia puxou o celular e mostrou na tela uma foto do juiz.

A mulher sorriu.

— Ah, sim, está tão bonito, não é verdade? Mas pensei que você estivesse falando do meu filho; este é o meu marido.

— Não, não é o seu marido, é o seu filho.

— Você acha que sou uma imbecil e não sei distinguir o meu marido? — repreendeu-a, arrebatando o telefone de suas mãos enquanto olhava para a fotografia. Sorriu de novo. — Claro que é o meu marido, está tão bonito! É tão lindo, os olhos, a boca, as mãos, a pele — disse, tocando na tela com as pontas dos dedos. — É irresistível. A senhora entende, não é verdade? Também não consegue resistir, mas não a recrimino por isso, ninguém consegue. Nunca fui capaz de esquecê-lo, nunca amei ninguém como o amei, ainda continuo a amá-lo e continuo a desejá-lo apesar de nunca vir me visitar. Não me ama mais, não, não me ama mais. — E, posto isto, começou a chorar de novo. — Mas não me importo, eu continuo a amá-lo.

Amaia a encarou com tristeza. Havia conhecido bastantes casos de Alzheimer em que os afetados não reconheciam os filhos ou então se confundiam com versões mais jovens de pessoas que conheceram no passado. Perguntou-se se valeria a pena tentar explicar à mulher que, se o marido não ia visitá-la, era porque tinha falecido, ou talvez fosse melhor poupar-lhe um desgosto que, por outro lado, só duraria o pouco tempo que demorasse a esquecê-lo.

— Sara, este é o seu filho. Imagino que se pareça muito com o seu marido.

A mulher abanou a cabeça.

— É isso que ele diz? Que sou mãe dele? Claro, devo estar horrível — murmurou, passando as mãos pela cara enrugada. — Não me deixam me olhar no espelho... A senhora poderia falar com eles e pedir que ponham um espelho no meu quarto? Não voltarei a me cortar. Prometo — disse, mostrando a eles o pulso da mão que tinha livre, onde se viam várias cicatrizes de golpes.

A mulher concentrou de novo toda a sua atenção naquela fotografia.

— É tão bonito! Ainda me deixa louca, é irresistível para mim. — Levantou a camisola, introduziu a mão entre as pernas e começou a movê-la de maneira ritmada. — Sempre foi.

Amaia arrebatou o celular da mão dela e fez um gesto ao segurança para que se aproximasse.

— Não se lembra do seu outro filho, Sara?

O segurança se aproximara e a repreendera com um olhar duro. A mulher parou o vaivém da mão debaixo da camisola e se virou furiosa para Amaia.

— Não, não tenho outro filho. O meu bebê morreu e estou condenada por isso. Porque, apesar de estar há anos tentando não pensar nele, faço isso todos os dias; apesar de ele não ter voltado para me ver, de saber que já não me ama, de que ele foi a minha perdição, ainda queria que me fodesse — disse, retomando o movimento cadenciado debaixo da camisola.

— Sara! — repreendeu-a de novo o segurança, conseguindo que ela parasse. — É melhor a deixarem sozinha agora, está muito nervosa — pediu, dirigindo-se aos dois.

Eles se levantaram para ir embora, e então a mulher se virou para Amaia; a expressão no rosto dela havia se modificado, raiando a mais horrível demência.

— E você também — gritou enquanto o segurança a agarrava pelos braços. — Você também está louca para que ele te foda. — Estacou de súbito, como que fulminada por um raio de certeza, e começou a gritar de novo: — Não, ele já fez isso, já se enfiou na sua xota e na sua cabeça, e você nunca mais vai conseguir tirá-lo daí.

Os gritos, que já haviam cessado quando chegaram à escada, foram retomados. A mulher desatou a correr para eles; quando se aproximou dos dois, agarrou Amaia pelo pulso e levantou a mão dela, onde depositou uma noz. Depois, virou-se para o segurança, que chegou a correr atrás dela, e ergueu ambas as mãos num gesto de rendição. Amaia observou o fruto pequeno, compacto, brilhante de suor e com certeza de algo mais procedente das mãos de Sara.

— Ei, Sara! — chamou.

Quando a mulher se voltou para olhar para ela, deixou cair a noz no chão e pisou-a, esmagando-a com o pé, deixando à volta do fruto um rastro de esporos escuros do bolor que havia lá dentro.

A mulher desatou a chorar.

☙

Eugenia Narváez aguardava-os no mesmo lugar onde os havia recebido.

Caramba, lamento muito. Imagino que não deve ter sido nada agradável — disse, reparando que Amaia mantinha as mãos afastadas de si.

— Não se preocupe. Só mais uma coisa: precisaríamos ver a ficha relativa à internação de Sara nesta clínica; também gostaríamos de saber quem é o responsável pelas despesas e se o filho dela já veio visitá-la.

— Não posso abrir esses dados para você, são confidenciais. Em relação ao filho, até onde sei, o único bebê que ela teve foi a menina que morreu.

— Uma menina? Achei que tivesse dito que era um menino...

— Sempre se referiu à criança como "o meu bebê", mas era uma menina; todos aqui sabemos disso, consta do seu histórico clínico e ela conta isso a quem quiser ouvi-la.

— E quanto a esse homem? — Zabalza mostrou a ela a fotografia do juiz. A mulher sorriu.

— Não, pode acreditar em mim: se alguma vez eu tivesse visto esse homem, nunca teria me esquecido dele.

— Senhora Narváez, não estamos interessados em dados clínicos. Só quero ver a ficha de internação e saber quem paga as despesas. Me parece muito boa esta sua clínica; dá ideia de ser um negócio bem montado, é evidente que vocês têm muitos residentes, e, apesar de só ter visto duas salas, foi o suficiente para perceber que ainda estão de pijama às cinco da tarde. Sara tinha manchas de comida na roupa e cheirava como se não tomasse banho há vários dias. Não tenho jurisdição aqui, mas posso avisar uns colegas de Madri, que vão chegar em cinco minutos e virar de pernas para o ar esta sua clínica, que não sei se cumpre ou não à risca as normas estabelecidas, embora com certeza seria bastante desagradável. Não vai querer uma coisa dessas, vai?

O sorriso na cara da mulher tinha se apagado. Não disse nada, soltou um sonoro suspiro e se virou para seu escritório. Demorou três minutos exatos, que Amaia aproveitou para lavar as mãos, regressando com uma folha de papel fotocopiada.

— Esta é uma cópia da ficha de internação. Em relação à pessoa que paga, não sei quem é; debitamos as despesas neste número de conta — disse, apontando para uma série de números escritos a caneta por baixo.

❧

Inspiraram fundo o ar frio do exterior assim que transpuseram a porta.
— Acho que vou demorar semanas para arrancar de dentro de mim a impressão daquele cheiro — afirmou Zabalza, examinando o conteúdo do papel. — O número da conta é de Navarra, reconheço o código que indica a zona, Pamplona, para ser mais concreto. A internação foi assinada pelo doutor Xabier Tabese em 1995.

❧

Quinze minutos mais tarde, tocou o telefone. Era Markina. Amaia atendeu, embora não acionasse o viva-voz.

O tom de voz dele denunciava grande tristeza e decepção.

— Amaia, o que está acontecendo? Acabam de me ligar da clínica de Madri onde a minha mãe está internada, e me disseram que você foi visitá-la.

Caramba, para quem não sabe quem paga as contas tiveram muita pressa em avisá-lo!, pensou, embora não tivesse respondido.

— Amaia, qualquer coisa que você quisesse saber podia ter perguntado para mim.

Amaia continuou em silêncio.

— Liguei para você o dia todo. Disseram que estava na clínica esta manhã, onde cheguei para a remoção do corpo, mas você foi embora sem que tivéssemos oportunidade de falar, não atende o telefone... Amaia, estou preocupado com você, e acontece que você anda resolvendo mistérios imaginários que eu poderia esclarecer se você simplesmente se dignasse a falar comigo. — Amaia continuou em silêncio. — Amaia... responda. Está me deixando louco. Por que não fala comigo? O que foi que eu fiz?

— Mentiu.

— Porque eu te disse que ela tinha morrido? Bom, pois você teve oportunidade de vê-la, já sabe por que motivo estou te dizendo há anos que a minha mãe morreu quando eu era pequeno. No fim das contas, estou morto para ela, por que não pagar na mesma moeda? — Amaia ficou em silêncio. Markina quase gritava. Reparou na cara de Zabalza, que, como é óbvio, estava ouvindo a conversa. — Por que te custa tanto entender isso? Você passou anos evitando mencionar que a sua mãe estava numa clínica psiquiátrica e permitiu que todo mundo achasse que ela tinha morrido; foi você que me contou isso... E veja a maneira como reagiu hoje; nem quer falar sobre o assunto, é incapaz de enfrentar o fato de que ela morreu, de que você está livre dela, e em vez disso você foge e se abala até Madri para desenterrar os cadáveres do meu passado. O que vale para você não vale para os outros? Outro dia você me disse uma coisa em que tem toda a razão: você é assim, e é assim que eu devo te aceitar. Amaia, eu sei quem você é, sei como você é, e, no entanto, não sou capaz de parar de me perguntar de que você mais precisa, o que está procurando agora... Já tem a sua mãe, já tem a minha. Quantos demônios mais você vai ter que exorcizar para ficar em paz? Ou você entrou num jogo de que gosta mais do que é capaz de admitir, não? — disse Markina, e desligou o telefone sem lhe dar chance de responder.

De novo tinha razão. Ela evitara falar da mãe durante anos, a tal ponto que muitas pessoas de seu entorno pensavam que estivesse morta. Havia escondido seu passado, mascarando-o com um ar de normalidade enquanto sonhava toda noite com o monstro que se aproximava de sua cama a fim de devorá-la. Podia entendê-lo perfeitamente.

— Parece que ficou meio irritado — comentou Zabalza depois de alguns segundos.

— E ainda nem sabe que nós investigamos o pai dele também — retorquiu Amaia, mal-humorada.

Capítulo 51

O telefonema de Iriarte chegou uma hora mais tarde. Estava de bom humor. A mulher de Igantzi mostrara-se bastante cooperativa; estava divorciada do marido, um arquiteto que melhorara bastante de vida depois do falecimento da única filha que tiveram juntos. Ao que parece, o homem voltara a casar e tinha dois filhos; ela o odiava por isso. Estava convencida de que a havia abandonado por sua recusa de ter outro filho depois de morrer sua bebê, uma menina que contava um mês de vida no momento do falecimento e que ainda não havia sido batizada. Repousava desde o dia de sua morte no jazigo que lhe pertencia, que havia herdado da família. Tinham lhe contado sobre o caso Esparza; não se lembrava da enfermeira Hidalgo, embora tivesse dado à luz a menina na Clínica Río Bidasoa no período em que a enfermeira ali trabalhava. Haviam visitado o cemitério com ela naquela tarde e já tinham falado com o coveiro para lhe comunicar o pedido para abrir o jazigo no dia seguinte.

— Acertamos em cheio num alvo duplo, se bem que poderia ter sido um triplo. Uma das mulheres de Hondarribia está convencida de que a filha não se encontra enterrada no respectivo ataúde, afirma ter visto algo de estranho no dia do enterro; infelizmente não pôde fazer nada, pois o jazigo pertence à família do marido, de quem está divorciada há mais de dez anos. A outra mulher divorciada de Hondarribia também nos autoriza a abrir o túmulo; o marido é cliente dos advogados Lejarreta y Andía, e tiveram uma violenta briga quando a menina faleceu a respeito da decisão quanto ao lugar onde iriam enterrá-la; por fim, sepultaram-na no jazigo de propriedade dela. Com esta, no pior dos cenários e se as coisas se complicarem, não creio que tenhamos problemas para conseguir obter uma ordem judicial, já que o pai dela é juiz de paz em Irún.

— Na realidade são boas notícias — admitiu Amaia. — Bom trabalho.

— Obrigado. Em relação ao Tabese, solicitamos a certidão de óbito, que o mais provável é que chegue amanhã, mas no cemitério nos forneceram o registro de sepultamento. A data que consta corresponde à da lápide, que é de quinze anos atrás. Quanto à causa do falecimento que é anotada para efeitos de registro do cemitério, refere-se a afogamento em acidente náutico. Vou te enviar por e-mail a fotografia do registro e mais algumas que tiramos do jazigo, que é, sem dúvida, impressionante.

Amaia abriu os arquivos e pôde ver um antigo e senhorial jazigo rodeado por quatro colunas largas e uma corrente com elos grossos como punhos que o circundavam; o único nome que estava na laje quase não se via devido à enorme quantidade de flores que o cobriam.

— Parece que ainda há alguém que se recorda do doutor... Descubra quem lhe leva tantas flores, parecem ser da mesma espécie; na fotografia não se distingue muito bem.

— Sim, são orquídeas. Chamou-me a atenção e perguntei ao coveiro; este me disse que todas as semanas chegam no furgão de uma florista de Irún e são substituídas. Temos o nome, e já deixamos um aviso ao proprietário para que nos telefone.

— Muito bem, quando chegarmos a Elizondo, já deverá ser muito tarde, por isso nos vemos amanhã na delegacia às dez horas, prontos para partir para Igantzi.

&

Ela havia deixado Zabalza em frente à delegacia para que pudesse ir buscar seu carro, e agora, parada na frente da casa da tia, sentia-se incapaz de entrar, incapaz de enfrentar Engrasi e as irmãs, que, nas dezenas de mensagens que lhe haviam deixado no celular, diziam que esperariam até que ela chegasse. Demorou-se alguns minutos enquanto ordenava as ideias e anotava algumas perguntas que queria fazer a Montes e a Iriarte de manhã, até que lhe pareceu ridículo, até mesmo para ela, continuar a protelar sua entrada na casa, que, acolhedora, a aguardava com as luzes acesas.

Levantou as mãos e tapou o rosto tentando fazer desaparecer a sensação de rigidez que lhe retesava os músculos. Ao afastar as mãos, recordou a sensação da noz que Sara havia depositado nelas, revivendo de súbito aquilo de que se havia esquivado a tarde toda. Deu a partida e conduziu pela estrada dos Alduides até se deter em frente ao portão do cemitério. Não havia um único poste de rua naquela estrada, e, na noite fria e desanuviada, as estrelas eram insuficientes para proporcionar um pouco de claridade. Sem desligar as luzes do carro, colocou-o diante do portão, deixando que os faróis iluminassem o campo-santo. O efeito não foi o desejado, pois a maior parte do feixe de luz incidia nos primeiros degraus e perdia o efeito de profundidade que havia esperado conseguir. Abriu o porta-malas, pegou a potente lanterna que sempre transportava ali e entrou no cemitério. O túmulo que procurava se situava em linha reta em relação à entrada, um pouco desviado para a esquerda. Quando chegou, o anjo que se sentava sobre ele ficou coberto pela sombra de sua silhueta, que as luzes do carro projetavam de encontro às paredes altas dos jazigos. Percorreu com o feixe de luz da lanterna a superfície da laje e, escondida entre as floreiras, encontrou a noz. Pegou-a e notou que estava fria e molhada pelo orvalho da noite. Meteu-a no bolso do casaco e saiu do cemitério. Em seguida, dirigiu até a casa de Engrasi, estacionou e, desta vez sim, saiu do carro. Odiava os sussurros de velório, o tom de voz que as pessoas adotavam para falar dos mortos recentes. Encontrara-se nessa situação no casarão de Ballarena quando a pequenina faleceu; na sala de espera do Instituto Navarro de Medicina Legal enquanto os colegas, cabisbaixos, falavam de Jonan, e foi isso que encontrou em sua casa assim que lá entrou naquela noite. A tia e as irmãs falavam em voz baixa, num tom carregado de culpas e de silêncios, e emudeceram mal a ouviram entrar. Despiu o casaco, pendurou-o na entrada e apareceu à porta da sala de estar. Ros foi a primeira a ficar de pé e a se lançar em seus braços.

— Ah, Amaia, desculpe, desculpe, você tinha razão, sempre tem razão; não sei como fomos tão estúpidas não te dando ouvidos.

Flora pôs-se de pé e deu dois passos na direção dela, mas parou antes de chegar a lhe tocar. Ros se afastou de Amaia e as deixou frente a frente.

— Bom, como a Ros já disse, afinal ficou provado que você tinha razão.

Amaia assentiu. Aquilo era bastante mais do que esperara de Flora; tinha certeza de que a irmã preferiria morrer a pronunciar aquelas palavras.

Então, Ros olhou para Flora e lhe fez um sinal para que continuasse. Flora umedeceu os lábios, incomodada.

— E desculpe, Amaia, não só por não te ter dado ouvidos, mas também por tudo o que foi obrigada a suportar durante esses anos. A única coisa positiva que podemos extrair dessa história é que finalmente acabou.

— Obrigada, Flora — retorquiu com franqueza, não porque pensasse que a irmã estava sendo sincera, mas sim para premiar o esforço que lhe custava ser amável. A tia se aproximou a fim de abraçá-la.

— Você está bem, minha menina?

— Estou bem, tia, vocês não têm razão para ficar preocupadas. Estou bem.

— Não atendia o telefone...

— A verdade é que hoje foi um dia muito estranho. Apesar de tudo, nunca esperei um desfecho assim.

Flora tornou a sentar, visivelmente aliviada com a falta de emoção que Amaia demonstrava, como se tivesse esperado uma explosão de gritos e de recriminações que afinal não chegou a acontecer.

— Imagino que amanhã vão nos entregar o corpo e o mais correto seria que fizéssemos algum tipo de cerimônia.

— Não conte comigo, Flora — interrompeu-a Amaia. — Pela parte que me toca, os funerais, os enterros e as cerimônias em honra da nossa mãe já foram mais do que suficientes. Tenho certeza de que você vai ter todo o gosto em se encarregar dos restos mortais dela e de lhe proporcionar um enterro digno, mas eu não quero saber mais nada desse assunto. E agradeço muito que não volte a mencioná-lo na minha presença.

Flora abriu a boca para responder, mas Engrasi a fulminou com um olhar duro e disse:

— Bom, meninas, podem aproveitar para dar a boa notícia à sua irmã.

Amaia olhou para elas, em expectativa.

— A Flora que conte. Afinal de contas, a ideia foi dela — disse Ros.

Não lhe passou despercebido o olhar duro que Flora lançou a Ros antes de começar a falar.

— Bom, a verdade é que nos últimos dias andei matutando bastante a respeito daquele assunto da fábrica. Pensei nos prós e contras, e percebi que voltar agora para a gerência me roubaria muito tempo de outros projetos importantes que tenho em mente, além da televisão. Então, decidi que, uma vez que a Ros já demonstrou ser capaz de gerir bem o negócio da família, o mais acertado é que ela continue à frente dele. Dentro de alguns dias, vamos tratar da papelada necessária, e a Ros será a partir daí a única proprietária da Mantecadas Salazar.

Amaia olhou para Ros erguendo as sobrancelhas, com ar incrédulo.

— Sim, Amaia, a Flora veio falar comigo ontem e me comunicou a decisão dela. Estou tão surpresa quanto vocês.

— Pois então parabéns às duas — disse Amaia, estudando os olhares de ambas, as expressões e os gestos hostis, o evidente domínio de Ros.

— Bom, vocês vão me desculpar. Assim como a Amaia disse, foi um dia muito longo e muito estranho. Preciso descansar e imagino que vocês também precisarão — declarou Flora, despedindo-se já de pé, debruçando-se depois para beijar a tia e pegando o casaco e a bolsa.

Amaia foi atrás dela até a porta.

— Espera, Flora, eu te acompanho. Preciso falar com você — disse, pegando o casaco e voltando a cabeça por cima do ombro para dizer: — E, quanto a vocês, já aviso que não esperem por mim acordadas, e digo isso sobretudo por você. — Apontou um dedo para a tia.

— Não tenho mais idade para receber ordens de uma fedelha. E trate de voltar depressa para casa, mocinha, ou eu chamo a polícia — respondeu, gracejando.

༄

A diferença de temperatura entre a sala de estar de Engrasi e a rua a fez estremecer. Ela se agasalhou, abotoando o casaco e levantando as lapelas para que lhe protegessem o pescoço, e, durante um tempo, limitou-se a caminhar em silêncio ao lado da irmã.

— Afinal, o que você queria me dizer? — impacientou-se Flora.

— Me dê um tempo, mana, foi um dia complicado. Preciso pensar, e já te disse que ia te acompanhar até a sua casa.

Continuaram em silêncio e cruzaram com uma patrulha da polícia municipal e com um par de vizinhos que levavam os cães para um passeio tardio. Flora possuía em Elizondo uma linda vivenda de construção recente, rodeada por um pequeno jardim e adornada com uma grande quantidade de flores que alguém se encarregava de regar quando ela não se encontrava na aldeia. Pararam em frente à porta enquanto Flora dava a volta na chave. Nem lhe passou pela cabeça aventar a possibilidade de se despedirem ali. A determinação na atitude de Amaia deixava claro que não a havia acompanhado apenas para evitar que andasse sozinha pela rua.

Entraram na sala de estar, e Amaia se deteve diante de uma ampliação da fotografia de Ibai que já tinha visto na casa de Zarautz e que se via cercada por uma fina moldura metálica que ressaltava a beleza do retrato em preto e branco. Devia ser verdade o que a tia pensava a respeito do que Flora sentia pelo menino, sobretudo vendo como fingia indiferença perante o interesse de Amaia atirando o casaco em cima da poltrona e entrando na cozinha, de onde disse:

— Quer tomar alguma coisa? Acho que vou beber um copo.

— Sim — aceitou. — Tomo um uísque.

Flora regressou com dois copos de um líquido ambarino nas mãos; depositou um em cima da mesinha de apoio e se sentou no sofá enquanto tomava um gole. Amaia fez o mesmo, colocando-se a seu lado, pegou uma das mãos de Flora e, tal como Sara havia feito naquela tarde, depositou nela a noz que havia recolhido do túmulo de Anne Arbizu.

Flora não foi capaz de disfarçar o susto, e o movimento que fez para se desembaraçar da noz foi de tal maneira brusco que entornou a maior parte do uísque por cima da saia. Amaia a recuperou no meio das almofadas do sofá e, prendendo-a entre os dedos polegar e indicador, segurou-a diante dos olhos da irmã. Flora olhou para Amaia espantada.

— Tire isso desta casa.

Amaia a fitou, assombrada; não era a reação que havia esperado.

— De que você tem medo, Flora?

— Você não sabe o que é isso...

— Sei, sim, senhora. Sei o que significa. O que não entendo é por que motivo você a deixou sobre o túmulo de Anne Arbizu.

— Você não devia ter tocado, é... É para ela — disse, entristecida.

Amaia observou a irmã e o modo como esta contemplava a noz. Impressionada, guardou-a de novo no bolso.

— O que significava Anne Arbizu para você, Flora? Por que você deixou nozes sobre o túmulo dela? Por que você nega que a amava? Acredite em mim, Flora, ninguém vai te julgar. Já vi tanta gente arruinar a vida por não admitir quem ama.

Flora pousou em cima da mesa o copo que ainda segurava nas mãos e com um lenço de papel começou a esfregar com fúria a mancha na saia, uma e outra vez, uma e outra vez, com grande ímpeto. E de repente desatou a chorar. Já a vira chorar assim em outra ocasião, e também havia sido quando lhe mencionara o nome de Anne e a relação que tinha com ela. O choro brotava de suas entranhas, agitando-lhe o corpo e fazendo-a soluçar, incapaz de se controlar; espremia o lenço que havia utilizado para esfregar a mancha de modo a enxugar agora as lágrimas que lhe escorriam pelo rosto, e ficou assim por um tempo até que conseguiu se acalmar o suficiente para poder falar.

— Não é nada disso que você pensa — conseguiu dizer. — Está enganada. Eu amava a Anne da mesma forma que você ama o Ibai.

Amaia a encarou, desconcertada.

— Igualzinho a como você ama o Ibai. Porque Anne Arbizu era minha filha.

Amaia ficou muda de espanto.

— Tive a Anne com dezoito anos. Talvez você se lembre daquele verão que passei com as nossas tias de San Sebastián... bom, o fato é que nunca estive na casa das tias. Tive o bebê e o doei.

— Então, na época você já saía com o Víctor...

— O bebê não era dele.

— Flora, está me dizendo que...

— Conheci um homem, era um comerciante de gado que veio para uma das feiras, bom... Aconteceu o que aconteceu e não voltei a vê-lo. Algumas semanas mais tarde, descobri que estava grávida.

— Foi planejado, pelo menos?

— Amaia, não sou idiota nem nunca fui, nem aos dezoito anos. Foi uma aventura, algo que não devia ter acontecido e que teve consequências que eu não desejava, mas não me passava pela cabeça nenhum disparate de história romântica; foi apenas e só alguém que passou por aqui.

— Os nossos pais souberam disso?

— A *ama*, sim.

— E ela concordou com...?

— Não, a princípio consegui esconder. Juntei algum dinheiro; o aborto era proibido em todo o país, por isso fui me consultar com um médico do outro lado da fronteira que era conhecido por fazer esse tipo de trabalho. Ele fez um aborto em mim, ou pelo menos foi o que acreditei, tendo em vista a maneira como sangrava e como me doía. Aquele carniceiro arrancou meus ovários, Amaia, me destruiu por dentro e me incapacitou para ter filhos. No entanto, não fez o que tinha que fazer. Apesar da hemorragia, apesar da perda de líquido e de sangue, a gravidez vingou e seguiu adiante. Quando cheguei em casa, estava tão mal que não fui capaz de esconder o ocorrido da *ama*, que me levou na casa da enfermeira Hidalgo. Esta estancou a hemorragia. A *ama* ficou aborrecida e não gostou daquilo nem um pouquinho, como seria normal. É óbvio que estava fora de cogitação que eu pudesse criar o bebê; iríamos escondê-lo até o parto e depois o entregaríamos; ela me fez prometer que não contaria nada a ninguém, nem ao *aita*. Disse que talvez aquele erro pudesse ser a oportunidade que eu tinha de que tudo corresse bem a partir daquele momento. Certa vez, quando abordei o assunto da adoção com ela, olhou para mim como se eu estivesse falando uma língua estrangeira e respondeu que o bebê não seria adotado, mas sim entregue.

Amaia a interrompeu, alarmada com o que acabava de ouvir.

— Ela te explicou o que significava essa coisa de entregar? A *ama* te levou para conhecer o grupo?

— Não conheci grupo nenhum, só conheci a tal Hidalgo, a enfermeira que me salvou a vida e que me ajudaria no momento do parto. As duas se encarregariam de tudo, e eu não quis saber de mais nada... mas havia alguma coisa naquela enfermeira que me fazia lembrar do charlatão que me fizera a tentativa de aborto, todo ele sorrisos e promessas de que cuidariam de tudo, de que acabariam com o meu problema e que depois as coisas correriam melhor. Já tinha ouvido falar das parteiras que não amarravam os cordões umbilicais e que deixavam morrer os filhos indesejados que haviam chegado a vingar. Amaia, não sei nem me importa o que você possa estar pensando a meu respeito, mas acredite em mim quando te digo que só queria o melhor para a criança, que fosse parar em uma boa família, como se dizia na época, com posses. Quando estava de seis meses, e antes de começar a ter problemas para esconder a barriga, raspei as economias que tinha e fui para uma casa de caridade dirigida por religiosas que havia em Pamplona e que na época recolhia transviadas como eu que haviam engravidado de alguma maneira. Não foi tão ruim assim. Vivi ali até que tive a menina. No dia em que ela nasceu, eu me despedi dela e a entreguei para adoção com a promessa de que seria entregue a uma boa família. Poucos dias depois, voltei para casa... Continuei a sair com o Víctor; segui com a minha vida e não voltamos a falar no assunto, mas a *ama* nunca me perdoou e se encarregou de me fazer pagar por isso. Imagine a minha surpresa quando começaram a circular boatos de que os Arbizu haviam adotado uma menina, então me aproximei do carrinho do bebê para poder vê-la: era Anne; seria capaz de reconhecê-la entre um milhão de meninas — disse, enquanto as lágrimas voltaram a escorrer pelo seu rosto. — Fui obrigada a viver todos esses anos vendo a minha filha na casa de outras pessoas sem me atrever a olhar para ela duas vezes para que ninguém notasse o que eu sentia por ela. Vivi amargurada toda a minha vida vendo-a crescer, atormentada pela presença dela, que me mantinha acorrentada a esta aldeia só para poder estar perto dela. E, de repente, no ano passado ela veio me ver; se apresentou na fábrica um dia no fim da tarde e disse que sabia quem eu era e quem era ela. Amaia, você não pode imaginar como ela era bonita, segura, inteligente; havia investigado até me localizar. Não me recriminou por nada, me disse que entendia e que a única coisa que queria era continuar a ter contato comigo sem ferir os sentimentos dos pais já muito velhinhos... Até chegou a propor que contássemos a história a todo mundo quando eles falecessem. Ela me ofereceu essa foto para que eu tivesse uma recordação de quando era bebê — afirmou, apontando para a foto que ocupava boa parte da parede.

— Achei que fosse o Ibai — disse Amaia. — Estava me perguntando quando você teria tirado...

— Sim, as semelhanças são espantosas; me parte o coração quando vejo o seu filho, e ao mesmo tempo eu o adoro por se parecer tanto com ela. Durante o curto período de tempo em que convivi com ela,

ela me fez sentir coisas que nunca havia imaginado sentir. A Anne era muito especial, você nem imagina quanto. Nunca fui tão feliz, Amaia, e nunca mais voltarei a ser, mas então, quando eu achava que havia por fim encontrado a minha felicidade, ele a matou, matou a minha menina... — Flora chorava sem tapar o rosto, quebradas que estavam todas as reservas. Confessados todos os pecados, já não pareceu se importar que a irmã a visse assim.

Amaia tinha escutado a irmã, abismada e desconcertada. Entre todos os tipos de relações que havia imaginado que houvesse entre Flora e Anne Arbizu, aquela era a única que não havia passado pela sua cabeça. Contemplou-a chorando, comovida e compreendendo muitas coisas.

— E você o matou por causa disso? Matou o Víctor porque ele matou a sua filha? — Flora negou, passando as mãos pelo rosto para limpar as lágrimas, que não pareciam ter fim. — Você sabia o que ele andava fazendo? — Ela negou. — Flora, olhe para mim — disse, obrigando-a a se acalmar. — Você tinha alguma suspeita de que era o Víctor quem andava matando as meninas?

Flora olhou para a irmã, forçando-se a ser cautelosa. Se Ros tinha razão em alguma coisa, era quando afirmava que Amaia não seria tolerante com o crime fossem quais fossem as causas com que tentasse justificá-lo.

— Não tive certeza até que fui visitá-lo naquela noite na casa dele e ele confirmou.

— Mas você levou uma arma, Flora. — Ela não respondeu. — Por isso você já estava desconfiada. Por que pensou que foi ele que matou a Anne?

— Não se esqueça de que eu o conhecia melhor do que ninguém.

— Sim, isso eu já sei, mas quando você soube?

— Eu soube e ponto-final.

— Não, Flora, e ponto-final não: ele matou mais duas meninas, além da Anne, e muitíssimas outras antes de vocês terem casado... Desde quando você sabia disso? Você desconfiava dele e permitiu que continuasse a matar meninas até que chegou a vez da Anne?

— Eu não sabia de nada, juro — mentiu. — Lembre-se de que nenhum daqueles crimes ocorreu enquanto foi casado comigo, e voltou quando nos separamos. Não me passou pela cabeça em momento algum que o Víctor fosse o responsável pelos crimes do *Basajaun* até a morte da Anne.

— Mas por quê? Por que razão você só desconfiou quando ele matou a Anne?

— Pelo modo como ele as escolhia — declarou, com raiva, parando de chorar de repente. — Quando o Víctor matou a Anne, percebi qual era o critério que ele usava para escolhê-las.

Amaia ficou alguns segundos imóvel, olhando para a irmã.

— Flora, nós pensamos que ele escolhesse as meninas na fase de passagem entre a infância e a adolescência, e que as vítimas fossem casuais. Carla saiu do carro do namorado no monte, Ainhoa perdeu o ônibus, Anne levava uma vida dupla de segredos e relações que escondia dos pais; simplesmente estavam sozinhas no lugar errado e no momento errado. — Flora negou, sorrindo com amargura. — O que você quer dizer, Flora?

— Pelo amor de Deus, vamos partir do princípio de que você é uma especialista — respondeu, deixando vir à tona sua habitual falta de paciência. — O que ele fazia com os corpos?

Amaia a encarou, sem entender muito bem aonde Flora queria chegar.

— Ele abria a roupa delas, raspava os pelos pubianos, tirava os sapatos de salto, tirava a maquiagem e as colocava... — Amaia parou, pensativa, e olhou para a irmã com novos olhos enquanto fazia uma retrospectiva mental. Ele as levava de volta à infância, apagando dos corpos os indícios que faziam delas adultas; dispunha-as com as palmas das mãos em atitude de oferecimento e as abandonava à margem do rio Baztán. Como oferendas ao passado, à pureza. O caráter ritualista dos crimes estivera em evidência desde o princípio. Até as matava privando-as de ar. Ela estremeceu ao pensar nisso. — O que você quer dizer, Flora? Fale com clareza.

— Que ele as entregou, que as sacrificou — disse, com total domínio de si.

— Mas... mas como ia o Víctor saber disso? Foi você quem contou para ele?

Flora mostrou uma expressão que fazia lembrar vagamente um sorriso.

— Eu? Eu preferiria morrer a falar sobre isso, e muito menos com ele.
— Então como ele soube? Como ele soube que a Anne era sua filha?
— Eu já tinha falado que a *ama* nunca me perdoou.
— Foi ela quem contou a ele — concluiu Amaia. — Contou ao Víctor que aquela menina era sua filha. Por que motivo você acha que ela fez isso? Talvez para prejudicar o seu casamento?
— Não, já estávamos separados.
— Nesse caso, para quê?
— Talvez para terminar o que ela achava que devia fazer, do mesmo modo que quis acabar com o Ibai na noite em que fugiu, como tentou acabar contigo a sua vida inteira: para completar o que fez com a nossa irmã.
— Você acha que o Víctor escolheu as suas vítimas porque elas meio que eram oferendas frustradas, algo que não chegou a concluir?
— Não sei por que motivo ele escolheu as outras, mas matou a minha filha porque não a entreguei... Eu não o fiz, e ele fez isso por mim porque ela mandou que o fizesse. — Amaia olhou para a irmã, aturdida. — Por que está me olhando assim?
— Flora, acabei de me dar conta de que você aborreceu a nossa mãe durante a maior parte da sua vida, até mais do que eu.

Flora se levantou, pegou os copos vazios, levou-os para a cozinha e começou a lavá-los. Amaia foi atrás dela.
— Por que você deixa nozes sobre o túmulo de Anne?
— Você não entenderia.
— Tente.
— A Anne não era uma moça como as outras, era excepcional em muitos aspectos, e ela sabia disso; exercia um enorme domínio sobre os outros de tal maneira que eu não saberia te explicar.

Amaia pensou na maneira como Anne havia seduzido Freddy, como havia enganado os pais com a vida dupla que levava, na estratégia que usara para se desfazer do celular para onde Freddy lhe ligava e que os havia confundido muito durante a investigação, e se lembrou da irmã de sua mãe adotiva dizer "Era uma *belagile*".

— Anne me contou isso das nozes, disse que simbolizavam o poder feminino que durante séculos as mulheres haviam exercido em Baztán, que podia se concentrar em forma de desejo numa pequena noz e que ela sabia como usá-lo... Não passavam de fantasias de adolescente, você sabe bem como é, todas gostam de sentir que são especiais, Amaia, mas ela acreditava nisso, e quando me encontrava com ela eu também acreditava. Ela afirmava que essa energia não terminava com a morte, e me agrada pensar que assim é, que de alguma maneira a energia de Anne se concentra nesses frutos que agora são a única coisa que me une a ela, a única coisa que posso levar a ela para que a sua vontade continue viva dentro dela.

— E é assim tão terrível para você o que pudesse haver na alma dela que você nem é capaz de tocar na noz?

Flora não respondeu.

Amaia suspirou ao mesmo tempo que olhava para a irmã. Era hábil. Havia sido sincera, talvez como nunca o fora em toda a sua vida, mas não duvidava de que também havia tentado pregar algumas mentiras, para ver se colavam. A habilidade consistia em distingui-las.

— E que teatro sobre a fábrica foi aquele que vocês representaram na casa da tia?

— Não teve teatro nenhum. As coisas são como nós te contamos. Isso não significa que as divergências entre mim e a Ros estejam resolvidas, mas estamos tentando.

Amaia a fitou com apreensão. Ros e Flora nunca haviam estado de acordo em nada durante a vida toda e o fato de terem feito isso da noite para o dia no momento em que o conflito se encontrava no auge era uma coisa que ela não conseguia engolir. Ainda assim, não tinha como provar, mas não podia deixar de lhe perguntar.

Saiu da casa de Flora e, sem ver as horas, pegou a ladeira em direção à delegacia. Quando se aproximou, pôde ver que o portão estava fechado. Abriu-o usando seu cartão e cumprimentou os policiais que faziam o turno da noite. Subiu ao segundo andar e foi direto para os ficheiros onde guardavam as informações relativas ao caso *Basajaun*. Durante as horas seguintes se dedicou a colocar sobre o quadro-negro as fotografias das cenas dos crimes, das três vítimas, das autópsias que haviam guardado há um ano e que esperara não ser obrigada a voltar a ver nunca mais. Ainhoa Elizasu, Carla Huarte e Anne Arbizu voltaram a olhar para ela do painel daquela sala. Sentou-se diante delas, estudando o ar tímido com que Ainhoa olhava para a câmera, o descaramento de Carla e sua pose sexy, e o intenso e poderoso olhar de Anne. Recordou os corpos de todas sobre a mesa de aço de San Martín, as declarações prestadas pelos pais e pelos amigos, e o perfil sobre a personalidade do assassino que haviam elaborado naquela sala. "Rasga as suas roupas e expõe os corpos, que ainda não são os das mulheres que elas pretendem ser, e no lugar que simboliza o sexo e a profanação do seu conceito de infância elimina os pelos, que constituem o sinal de maturidade, e os substitui por um doce, um bolinho macio que simboliza o tempo passado, a tradição do vale, o regresso à infância, talvez a outros valores. Esse assassino se sente provocado, confiante e com muito trabalho a fazer, vai continuar a recrutar jovenzinhas e as conduzirá à pureza... A maneira como coloca as mãos delas voltadas para cima simboliza entrega e inocência." À sua mente lhe vieram as palavras da testemunha escondida na casa da Opus Dei: "Entre o nascimento e os dois anos, a alma ainda se encontra em transição; é nessa altura que são mais aptos para a oferenda, são aptos em toda a infância, até o momento exato em que começam a se transformar em adultos; então se verifica outro momento de transição que os torna desejáveis para as forças, mas é mais fácil justificar o falecimento de um bebê antes dos dois anos do que o de uma adolescente".

Naqueles crimes, que até a imprensa havia catalogado como rituais, o assassino asfixiava as vítimas, privando-as do ar com um fino cordel, num movimento tão rápido que quase não deixava marcas nos corpos, que depois carregava nos ombros até a margem do rio Baztán, onde rasgava suas roupas, deixando seus corpos de meninas expostos ao orvalho do rio; em seguida, raspava a região púbica, eliminando os pelos, penteava os cabelos dos lados da cabeça, formando duas metades, abria suas mãos de ambos os lados e as colocava em atitude de oferecimento com as palmas voltadas para cima como virgens, como oferendas, numa cerimônia de purificação, de regresso à infância, de novo meninas, de novo puras, de novo oferendas. Confirmou, embora se recordasse perfeitamente, as aldeias de onde eram oriundas. Ainhoa de Arizkun e Carla e Anne de Elizondo. Pôs-se de pé, aprisionada pelo olhar de Anne Arbizu, que um ano depois de sua morte continuava a fasciná-la por sua força. Incomodada, evitou aqueles olhos à medida que se abeirava do quadro, onde, com cautela, colocou três novas marcas no mapa que traçava um sinistro percurso do rio.

Capítulo 52

A PRIMEIRA MISSA DO DIA na catedral de Pamplona era às sete e meia da manhã e não se encontrava muito concorrida. Amaia esperou na porta lateral, que era a única aberta àquela hora, até que viu parar em frente à entrada o carro oficial do padre Sarasola. Quando teve certeza de que a vira, ela entrou no templo e, dirigindo-se a um dos altares laterais, sentou-se no último banco. Um minuto depois, o padre Sarasola fez o mesmo, acomodando-se a seu lado.

— Vejo que não sou o único que tem informações detalhadas sobre tudo o que acontece em Pamplona. Venho aqui todas as manhãs, mas, se o que queria era falar comigo, podia ter telefonado, e eu teria ido buscá-la com o meu carro...

— Vai ter que perdoar o meu impulso, mas há uma coisa que quero falar e não podia esperar. Assim como para o senhor e para os seus colegas do Vaticano, para mim o comportamento do doutor Berasategui é fascinante; talvez seja o tipo de perfil mais sofisticado com que me deparei. Em Quantico seriam capazes de pagar para avaliar o comportamento de um instigador capaz de usar a ira dos outros para assinar os seus crimes, capaz de convencer outros homens a ponto de levar a sua crueldade ao extremo, mas suficientemente seletivo a ponto de escolher um tipo de vítima concreta. Sabia? Até há pouco tempo, os analistas estavam tão fascinados pela mente criminosa que quase nem reparavam nas vítimas, que viam apenas como a consequência dos atos dele. Contudo, os lobos não comem as ovelhas só porque tem que ser assim; poderiam comer coelhos, raposas ou ratazanas. Comem ovelhas porque gostam da sua carne, do seu medo e dos seus balidos aterrados. As vítimas do *Tarttalo* eram mulheres de Baztán, a maioria não vivia no vale, mas a sua origem definia um padrão inegável. E a pergunta poderia ser: como Berasategui escolheu esses homens? Conhecemos a resposta através das terapias que ele ministrava na qualidade de psiquiatra, do acesso direto a todo tipo de perturbação do comportamento disposto diante dele como no cardápio de um restaurante, e com o domínio que os conhecimentos dele lhe outorgavam para manipulá-los não foi muito difícil, ainda que, devamos admitir, bastante sofisticado. Mas para mim essa não é a pergunta importante. A que vale é: por que razão ele escolheu essas vítimas? Quando fui visitá-lo na prisão, censurei-o por se esconder atrás de homens tão patéticos, e a resposta que me deu foi que nunca quis que assumissem a sua responsabilidade, que não passavam de meros atores representando uma peça. Ele se via mais ou menos como um diretor de palco. O fato de serem eles a matar as suas mulheres era só a primeira parte; foi depois que ele, o verdadeiro autor, veio cobrar o respectivo troféu amputando um braço delas. É outra coisa estranha, sabe? Achei surpreendente que um assassino meticuloso como ele escolhesse um troféu assim tão tosco, com os problemas de conservação que isso implica... Até que entendi o significado da gruta onde os colecionava e soube que se tratava de oferendas para aquela criatura bestial de quem havia tomado o nome.

Sarasola inclinara-se, aproximando a cabeça até quase roçar a dela, e a escutava. Amaia falava muito baixinho; sua voz pouco mais era do que um sussurro.

— Ele não escolheu as pessoas, escolheu as vítimas. Ontem houve alguém que me fez prestar atenção a algo que me tinha escapado, e começo a pensar que a escolha das vítimas nos leva um pouco mais longe, a refletir sobre quem eram essas mulheres e por que motivo Berasategui as escolheu. Mulheres de Baztán, mulheres que já não viviam em Baztán, mulheres que nasceram ali e que morreram a centenas de quilômetros de distância, mas que acabaram por serem oferendas numa gruta do vale. Tal como as adolescentes acabaram por serem oferendas também no rio.

Sarasola ergueu-se, sobressaltado.

— Despojadas de qualquer sinal de maturidade, nuas e raspadas como meninas pequenas, sem sapatos, sem maquiagem, como oferendas à pureza, ao regresso à tradição, privadas de ar até morrer.

Sarasola levou uma das mãos aos olhos e esfregou-os como se tentasse apagar das retinas a imagem de suas descrições.

— Víctor Oyarzabal era filho de uma mulher dominadora e repetiu o padrão ao escolher a mulher. Começou a beber muito novo para tentar controlar os impulsos assassinos. E durante um certo tempo parece que conseguiu. Uma vez perguntei a ele como fora capaz, e ele me disse que frequentava sessões de terapia. Teci um comentário qualquer sobre o grupo dos alcoólicos anônimos que se reunia na paróquia, mas ele me falou que preferia a discrição de um grupo de terapia em Irún. Enviei um e-mail questionando-os sobre isso; imagino que não terão problema em me informar quem seria o terapeuta, mas não faz sentido estar aqui perdendo tempo se o senhor puder dizer e confirmar o que eu acho. Me diga, padre, esse arquivo sinistro do doutor Berasategui mencionava se Víctor Oyarzabal, conhecido como o *Basajaun*, se submeteu a algum tipo de terapia?

Sarasola assentiu, apertando os lábios enquanto Amaia começava a balançar a cabeça à medida que se inclinava para a frente, apoiando os cotovelos nos joelhos e tapando o rosto com as mãos.

— Não pensava em me contar — comentou, atônita.

Sarasola inspirou fundo antes de falar.

— Acredite em mim quando lhe digo que é melhor assim.

— Melhor para quem? Não se dá conta da monstruosidade que isso implica?

— Os fatos estão aí, você não precisou de mim para nada. Esses homens estão mortos; Berasategui está morto, e você chegou sozinha à conclusão.

— Não, quanto a isso o senhor está enganado, o caso ainda não foi concluído. Ontem, enquanto assistia ao vídeo das câmeras de segurança da sua clínica, senti uma enorme decepção... a princípio não fui capaz de explicá-la, mas é o que sempre me acontece quando a resposta não é satisfatória. Me diga, se Berasategui era o instigador, quem o induziu a se matar? Isso porque há uma coisa que está bem clara para mim, e é que a decisão não partiu dele. Encontrei com ele naquela manhã, e estava mais perto de fugir do que de se matar. Quem lhe ordenou que morresse, como fizeram com Rosario? Pode ser que os fatos que narra a sua testemunha protegida acontecessem há trinta anos, mas esta seita está tão viva como naquela época e pode ser até que mais fortalecida ainda, mais bem estruturada e experiente. Os seus membros pululam na nossa sociedade, vestidos com uma capa de êxito e de respeitabilidade, e no entanto não são diferentes do conciliábulo de bruxos que Goya pintou. Gente obscura e sinistra que pratica os seus rituais de morte, e é por isso que o senhor deve esconder a verdade. O senhor pôde ler os relatórios de Berasategui: por que escolheu aquelas mulheres?

Sarasola se persignou e inclinou a cabeça levemente para a frente ao mesmo tempo que sussurrou uma prece. Pedia ajuda. Amaia aguardou paciente, com os olhos cravados em seu rosto.

Sarasola olhou por fim para Amaia.

— Lembre-se do que lhe disse a testemunha: "Ninguém abandona o grupo, sempre acabam cobrando a dívida".

— Quer dizer então que em algum momento essas mulheres pertenceram ao grupo?

— Elas, as famílias ou cônjuges, mas é evidente que ficaram em dívida. Nenhuma podia ter filhos, exceto Lucía Aguirre, mas as suas filhas já eram grandes demais. Essas mulheres já não podiam constituir uma oferenda para *Inguma*, tampouco proporcionar uma para ele, mesmo que o pudessem sê-lo para um deus menor faminto de carne.

— E as moças do rio?

— Trabalho que ficou sem terminar.

— E usaram o Víctor...

— É provável que o Víctor já viesse assim de origem, você sabe muito bem o que quero dizer com isso: não se fabrica um psicopata, mas, se adotarmos as obsessões de um e as canalizarmos, vamos obter um servo fiel. E é isso que eles fazem, esse é o *modus operandi* de uma seita destrutiva. Detectam as fraquezas dos adeptos, que sempre apresentam algumas características específicas: pessoas fracas, banais, gente manipulável. Exploram as suas carências, destruindo-os e voltando a criá-los a seu bel-prazer, fazendo-os renascer no seio de um grupo que os ama, que os protege, que os respeita e que os escuta, um lugar no mundo em que ganham importância, quem sabe pela primeira vez na vida.

— Mercadoria estragada — sussurrou Amaia.

— Mercadoria estragada muito valiosa e maleável para um líder que saiba valorizá-la.

Amaia ficou de pé e se debruçou para se despedir de Sarasola.

— Reze por mim, padre.

— Eu sempre rezo.

Capítulo 53

Estava havia vinte minutos parada dentro do carro em frente ao Instituto Navarro de Medicina Legal. Era cedo e os funcionários do centro ainda não tinham começado a chegar. Apoiada no volante, inclinara a cabeça para descansar um pouco. Três suaves pancadinhas no vidro a arrancaram de sua abstração. Viu o doutor San Martín e baixou o vidro.

— Salazar, o que está fazendo aqui?

— Não sei — foi a resposta que lhe deu.

Aceitou um café da máquina que San Martín fez questão de pagar e o acompanhou até seu escritório segurando o copo de papel pelo rebordo superior de modo a evitar se queimar.

— Tem certeza de que não quer vê-la?

— Não, só quero conhecer alguns dados.

San Martín encolheu os ombros e levantou uma das mãos, indicando que continuasse.

— O que eu quero saber é em que estado ela estava antes de morrer. Acho que isso poderia nos dar uma boa pista sobre o lugar onde ela pode ter estado no decorrer do último mês.

— Bem, acontece que estava hidratada, os órgãos bem perfundidos, as extremidades irrigadas, a pele em bom estado e não apresentava ferimentos, arranhões ou cortes, nem abrasões que pudessem indicar que tivesse estado exposta às inclemências do clima. Por mim, eu descartaria a hipótese de que tivesse estado em algum momento no rio. Temos conosco as roupas que usava, e, apesar de estarem muito manchadas de sangue, é possível perceber que eram confortáveis e de boa qualidade. Calçava sapatos baixos de couro, não trazia relógio, pulseiras, anéis nem nenhum tipo de identificação. No conjunto geral, parecia saudável e bem tratada.

— Mais nada?

O médico encolheu os ombros.

— Você devia vê-la. Andou atrás dela tanto tempo e acabou por transformá-la em algo irreal, num pesadelo. Você precisa vê-la.

— Já vi o vídeo das câmeras de segurança da clínica.

— Não é a mesma coisa, Amaia. A sua mãe está morta numa câmara frigorífica, não deixe que se transforme num fantasma.

O depósito encontrava-se num anexo contíguo à sala de autópsias. San Martín acendeu as luzes do teto e foi direto à primeira porta da fila inferior. Abriu-a soltando o trinco e extraiu a maca móvel sobre a qual se encontrava o corpo. Olhou para Amaia, que permanecia silenciosa a seu lado, e, pegando no lençol pelas extremidades, descobriu o cadáver. A enorme costura escura percorria seu corpo da bacia até os ombros, desenhando sobre a pele seu característico formato em Y. O traço escuro que partia da orelha esquerda esboçava uma linha descendente para a direita, e, embora se notasse que não era muito profundo, no centro do golpe era visível a presença rosada da traqueia. A mão direita, com que havia segurado a faca, encontrava-se suja de sangue, mas na esquerda as unhas estavam limpas, curtas e lixadas. Os cabelos estavam muitíssimo mais curtos do que no dia em que fugira da clínica na companhia de Berasategui, e o rosto, tão crispado no momento da morte, encontrava-se agora relaxado, descontraído, como uma máscara de borracha abandonada após o Carnaval.

San Martín tinha razão. Não era um demônio o que havia sobre aquela mesa, apenas o cadáver de uma mulher velha e maltratada. Desejara sentir então esse alívio de que tanto necessitava, essa sensação de libertação, de que tudo terminara, e em vez disso uma sucessão de recordações irreais bailou em sua mente, recordações que não tinha porque jamais as vivera, recordações em que a mãe a abraçava ou a chamava de "querida", recordações de aniversários com bolos e sorrisos, recordações de carícias de mãos brancas, amáveis, que nunca recebeu e que à força de tanto sonhar com elas, de pensar nelas, se haviam tornado reais como histórias vividas e preservadas na memória. A mão de San Martín em seu ombro foi o suficiente. Virou-se para trás e desatou a chorar como uma criança.

∽

Ibai não dormia bem desde que chegaram. Ele pressupunha que a agitação da viagem e a mudança em seus horários e hábitos o haviam transtornado mais do que o esperado, e toda noite acordava chorando. James o pegava no colo e se dedicava a embalá-lo e a entoar musiquinhas absurdas até que o via recostar-se em seu ombro e fechar os olhinhos, não sem resistir até o fim. Deitou-o no berço que Clarice preparara para ele e que, não sem discutir com ela, havia conseguido transferir para seu quarto, e durante um tempo o observou dormir. O rosto do bebê, geralmente relaxado, refletia até no sono a inquietação que transmitia a seus membros, provocando nele repentinos sobressaltos que lhe sacudiam o corpinho, que resistia a descontrair-se.

— Está com saudade da sua mamãe, não é verdade? — sussurrou para o bebê adormecido, que, como se o tivesse ouvido, deixou escapar um suspiro. A melancolia do menino agitou seu coração uma vez mais. Lançou um olhar preocupado ao telefone, que repousava em cima da mesa de cabeceira, e, depois de pegar nele, viu pela enésima vez que não tinha mensagens, e-mails nem ligações de Amaia. Consultou o relógio, eram duas da manhã, deviam ser quase oito em Baztán e Amaia já devia estar de pé. Colocou o dedo sobre a tecla de chamada e notou a ansiedade se acumular em seu peito quando clicou nela, o que o fez lembrar das emoções que sentiu nas primeiras vezes que falou com ela quando se conheceram. O sinal de chamada chegou-lhe claro, e até recriou a milhares de quilômetros de distância o som do telefone tocando como um inseto moribundo em cima da mesa de cabeceira dela ou amortecido no fundo da sua bolsa. Escutou o sinal até que surgiu o aviso da caixa postal. Desligou e olhou de novo para o filho adormecido enquanto as lágrimas toldavam seus olhos e pensava em como os silêncios, as palavras que não se dizem, as chamadas que não se atendem podem conter uma mensagem tão clara.

༒

Ela subiu a escada consultando as horas no celular. Viu a chamada perdida de James, que chegara, com certeza, quando se encontrava na igreja com Sarasola, e apagou-a ao mesmo tempo que prometia que lhe telefonaria assim que tivesse um minuto. Lançou um olhar furtivo à máquina de café, admitindo que a falta de sono começava a afetá-la e sentindo-se tentada pelos ridículos copinhos de papel. Entrou na sala de reuniões, onde os colegas olhavam descontentes para sua exposição no quadro.

— O que significa tudo isso? — perguntou Iriarte assim que a viu.

Amaia captou a hostilidade, uma hostilidade que não passou despercebida a Montes e a Zabalza, que se viraram para ela na expectativa.

— Bom dia, meus senhores — respondeu Amaia, estacando de repente no meio da sala.

Esperou que lhe respondessem e, com certa calma e parcimônia, deixou em cima de uma cadeira a bolsa e o casaco antes de se aproximar do quadro de modo a se colocar na frente do inspetor Iriarte.

— Imagino que deva estar se referindo à inclusão das vítimas dos casos *Basajaun* e *Tarttalo* nesta mais recente contagem das vítimas.

— Não, estou me referindo ao fato de ir desenterrar dois casos encerrados e misturá-los com o atual.

— Afirmar que estavam encerrados não passa de um mero aspecto técnico. Tanto Víctor Oyarzabal como o doutor Berasategui estão mortos; os dois casos foram encerrados de forma abrupta por essa razão, mas daí a dizer que estão concluídos vai um grande abismo.

— Não estou de acordo. Esses homens eram os únicos autores dos seus crimes, e as outras pessoas implicadas estão mortas.

— Pode ser que nem todas...

— Inspetora, não sei aonde você quer chegar com essa teoria, mas, se está tentando estabelecer uma relação entre esses casos e o atual, devia ter algo sólido.

— E tenho. O padre Sarasola acabou de me confirmar que Berasategui foi o terapeuta de Víctor Oyarzabal, tratou-o a exemplo dos outros homicidas implicados nos seus crimes com terapias para o controle da ira.

Montes emitiu um longo assobio carregado de ironia, o que o fez merecer um olhar de censura de ambos. Iriarte virou-se para as imagens das moças, que os contemplavam do quadro-negro.

— Sarasola, uma testemunha perfeita não fosse o fato de que vai negar tudo o que disse se o levar à presença do juiz, com o qual nada tem a ver.

— Inspetor, não quero levá-lo à presença do juiz, mas não há dúvida de que essa informação é crucial para a investigação em curso.

— Não estou de acordo — repetiu, obstinado. — São casos encerrados, os presumíveis assassinos estão mortos. Não consigo compreender o seu empenho em transformar um caso de pilhagem em um cemitério num mistério de proporções épicas. O roubo de cadáveres não é mais do que um delito contra a saúde pública.

— É isso que é para você? Uma pilhagem num cemitério? Você se esquece de quanto sofrimento se gerou à volta de tudo isto, dessas mães, dessas famílias…?

O policial baixou um pouco os olhos, mas não respondeu.

— … e está esquecendo, pelo visto, que o subinspetor Etxaide trabalhava nesse caso quando foi assassinado. Ou vai me dizer que o seu inviolável sentido de companheirismo o levou também a aceitar a teoria do inspetor Clemos?

Iriarte levantou a cabeça e a encarou, furioso. Seus olhos faiscavam inflamados, assim como seu rosto, que ficara de tal maneira vermelho que parecia estar a ponto de sofrer um ataque de apoplexia.

Não disse nada. Saiu da sala e se refugiou em seu escritório depois de bater a porta com estrondo ao fechá-la.

— Vamos, estão à nossa espera em Igantzi — disse Amaia. — Acho que o inspetor Iriarte não nos acompanhará hoje.

Capítulo 54

Um quatro por quatro top de linha parou atrás do carro da polícia na entrada do cemitério. A escadaria íngreme guiava o visitante através de uma passagem estreita ainda mais apertada pela espessura dos arbustos que guardavam os degraus até a porta de uma pequena ermida. Sob o insuficiente beiral da construção, dois homens e uma mulher se abrigavam com os guarda-chuvas abertos. Amaia fez um sinal a Montes para que fosse para lá enquanto ela retrocedia até junto do carro estacionado.

Yolanda Berrueta baixou o vidro do carro.

— Yolanda? Não sabia que já tinha tido alta.

— Eu pedi. Estou muito melhor, e ficar no hospital não estava me fazendo bem. Vou voltar lá para fazer os tratamentos — retorquiu a mulher, levantando as ataduras, que, embora tivessem sido reduzidas de forma notável, ainda apresentavam um ar aparatoso.

— O que está fazendo aqui?

Yolanda olhou para o cemitério.

— Você sabe muito bem o que eu vim fazer.

— Yolanda, não pode estar aqui; devia estar no hospital ou descansando em casa. Teve sorte de o juiz ter aceitado uma fiança em troca de não ir para a cadeia por causa do que fez, mas não abuse da sua boa estrela — Amaia disse, apontando para as ataduras. — De resto, no estado em que se encontra, você não pode dirigir.

— Abandonei o tratamento.

— Não estou me referindo apenas ao tratamento... Está dirigindo só com uma das mãos, com a visão de um único olho...

— ... e então o que você vai fazer, me prender?

— Talvez fosse isso que devesse fazer para evitar que você se coloque em perigo... Vá para casa.

— Não — a mulher respondeu, com firmeza. — Você não pode me impedir de estar aqui.

Amaia resfolegou enquanto balançava a cabeça.

— Tem razão, mas eu quero que ligue para o seu pai e peça que ele venha buscá-la. Se a vir ao volante, vou ser obrigada a prendê-la.

Yolanda assentiu.

∞

Os coveiros rodearam a laje, que já fora desimpedida, e começaram a abri-la.

Tal como havia sido instruída antes, a mulher se dirigiu ao coveiro.

— Se importa de descer como lhe pedi para verificar se não há infiltrações no interior?

Com a ajuda do colega, o homem colocou a escadinha e desceu ao túmulo.

Quando chegou lá embaixo, a mulher falou com ele de novo:

— Visto daqui parece que o caixão da minha filhinha foi deslocado do lugar onde o puseram no enterro. Não se importa de confirmar se está tudo em ordem?

O homem apontou a lanterna para a fechadura da pequena urna.

Passou a mão pelo mecanismo frágil.

— Eu diria que foi forçada. Está aberta — declarou, levantando a tampa e mostrando o vazio do interior.

Amaia se virou para a mulher, que olhava para a cova coberta pelo guarda-chuva preto que, como um eclipse parcial, escurecia seu rosto. Ergueu os olhos e, entristecida, disse:

— Não sei se vão acreditar em mim, mas eu sempre soube, desde o primeiro dia. São coisas que uma mãe sabe.

Yolanda Berrueta, que estava silenciosa a uma distância prudente, assentiu ante as palavras daquela mulher.

Amaia não voltou para a delegacia. A última coisa que desejava naquele momento era um novo confronto com Iriarte, e estava tão cansada que quase não era capaz de pensar. Montes se encarregaria de localizar o ex-marido da mulher de Igantzi para interrogá-lo. Antes de chegar em casa, recebeu uma chamada na qual explicava que se encontrava, por acaso, em viagem desde o dia anterior, momento em que uma funcionária do município, que era sua prima, o havia informado das reparações que seriam feitas no jazigo da família.

Passava pouco do meio-dia quando entrou em casa; quando chegava especialmente cansada, como nesse dia, esta a recebia com o seu abraço maternal e seu suave aroma de cera para móveis, o que seu cérebro traduzia como a melhor das boas-vindas ao lar. Recusou-se a comer o que quer que fosse, apesar da insistência de Engrasi para que tomasse algo quente antes de se deitar. Abandonou as botas na base da escada e subiu descalça, sentindo a tepidez da madeira através das meias e despindo a blusa de lã grossa. Mal entrou no quarto, deitou-se na cama e se cobriu com o edredom. Apesar do cansaço, da falta de sono, ou talvez por causa disso, as escassas duas horas que passou ali estendida lhe deixaram o sabor agridoce do sono sem descanso e em que a mente se manteve tão ativa que se lembrava de ter repassado dados, rostos, nomes e quase palavra por palavra a conversa que mantivera com Sarasola, a declaração da testemunha protegida, a discussão com Iriarte. Abriu os olhos, cansada e aborrecida com as tentativas que fazia para pensar em outra coisa. Ainda assim, verificou surpresa as horas no relógio. Seria capaz de jurar que se encontrava ali fazia dez minutos. Tomou um banho e, depois de se vestir, demorou alguns minutos enquanto conseguia que uma enfermeira lhe dissesse por telefone que o estado da doutora Takchenko continuava estável. Olhou de passagem para seu reflexo no espelho e desceu a fim de satisfazer Engrasi em sua pretensão para que comesse qualquer coisa quente antes de voltar para a estrada outra vez.

&

Estacionar em Irún era impossível àquela hora do dia em que as saídas das escolas, dos empregos e das compras da tarde abarrotavam o centro da cidade de uma multidão buliçosa. Depois de dar várias voltas, optaram por deixar os carros num estacionamento subterrâneo.

Marina Lujambio e o pai haviam marcado com eles numa cafetaria. Montes procedeu às apresentações e, depois de pedir os cafés, Amaia começou a expor a eles a situação. Falou-lhes de Berasategui e de sua relação com o grupo de ajuda no luto e, embora tenha omitido aludir aos casos de Elizondo e de Lesaka e não tenha mencionado a possibilidade de se tratar de uma seita, não poupou pormenores ao referir-se à crueldade de Berasategui e a sua influência e capacidade para persuadir e manipular os supostos doentes. Descreveu também os resultados obtidos quando se abriu o túmulo da família Esparza e todo o processo que haviam vivido desde a tentativa de roubar o cadáver da capela mortuária até a violação do jazigo da família em Elizondo e o sucedido em Igantzi naquela manhã. Referiu-se, além disso, ao fato de que em todos os casos se tratava de meninas supostamente falecidas de morte súbita do lactente e da relação de todos os progenitores com os advogados pamploneses e com o grupo de luto de Argi Beltz, tal como no caso de seu ex-marido. A mulher, de cerca de quarenta anos, fitava-a com um olhar fixo ao mesmo tempo que assentia. O pai, que devia rondar os sessenta e cinco anos e tinha uma barba cheia que lhe teria concedido um aspecto de lenhador canadense não fosse pelo belíssimo corte do terno, escutava com atenção sem dar mostras de empatia. No entanto, quando Amaia se calou, surpreendeu-se com a contundência com que falou.

— Com certeza o seu colega já lhe contou que sou juiz de paz aqui em Irún. Como é evidente, não poderia dar uma autorização para abrir o túmulo da minha família, não seria um procedimento correto, mas, tal como o seu colega nos indicou, nós nos informamos na câmara municipal e não existe problema algum em abrir o jazigo de modo a fazer consertos ou substituições da laje ou da estrutura interior, ainda que deva ser feito fora do horário em que o cemitério se encontra aberto, isto é, a partir das oito da noite. As coisas deverão ser bem feitas: é irregular que o coveiro abra um caixão a menos que seja óbvia a evidência de que se encontra vazio. Se o ataúde apresentar indícios de ter sido manipulado, também não haverá problema para obter o mandado pertinente, e se de fato a minha neta não estiver no túmulo, eu lhe garanto que você não terá dificuldade em conseguir que um juiz de Irún lhe conceda autorização para abrir o túmulo dessa outra família.

— Obrigada, meritíssimo, mas nada disso é necessário. O caso está nas mãos de um juiz de Pamplona, e, assim que terminar a nossa conversa, vou informá-lo de sua boa vontade e das suas intenções. Se no fim for necessário proceder como diz, ele dará andamento a partir daí, onde há bastante tempo que estamos trabalhando nesta investigação.

O juiz Lujambio assentiu, satisfeito, estendendo-lhes a mão.
— Amanhã às oito da noite.

ɞ

A luz da costa de que tanto gostava havia desaparecido quando chegou a Hondarribia. A tarde estava calma e amena como um arauto da primavera que tanto ansiava e que parecia se concentrar sobre a bela povoação costeira. Saiu do carro em frente ao cemitério onde iriam abrir o túmulo no dia seguinte e deixou que Montes e Zabalza a guiassem até o interior, onde, talvez animados pelo bom tempo, ainda havia alguns visitantes. Aspirou o salitre do mar aliado à brisa morna que contribuía para disseminar pelo ar o perfume das flores dispostas sobre os túmulos. A família Lujambio tinha um jazigo simples rente ao solo coberto por uma pedra de mármore cinza que brilhou sob a luz dos postes de iluminação de ferro forjado. Amaia se aproximou para ver as fotografias engastadas na laje, que mostravam os rostos em vida de seus moradores. Um costume em desuso, a maioria das imagens parecia ter sido tirada nos anos 1960. Na rua paralela, o túmulo da família López, que se recusava a abri-lo. Não havia flores frescas, mas sim um par de floreiras verdes bem cuidadas. Retrocederam quase até a entrada e pararam diante do jazigo que tinham ido visitar. Ela reconheceu, pelas fotografias que Iriarte lhe havia enviado para o celular, a corrente grossa que rodeava o túmulo sustentado por quatro colunas de granito mate. O túmulo era isolado, não era contíguo a nenhuma outra sepultura e sua colocação, algo inclinado de lado, quebrando a disposição do resto das sepulturas, a fez lembrar dos túmulos mórmones. Por cima do frontão, uma estela discoidal com sua característica linha antropomórfica, e debaixo deste uma placa que cobria o nome original do jazigo com uma única palavra "Tabese". Não conseguiu ver se sobre a laje que revestia a sepultura, mais elevada do que o resto, havia outras inscrições, pois a superfície estava quase em sua totalidade coberta por um tapete de flores brancas de grande tamanho. O frontão do jazigo ficava apoiado numa mureta de altura média, que contornou de modo a entrar na parte traseira. Era uma zona reservada aos funcionários do cemitério. Encostadas ao muro se viam dobradas duas lonas azuis como as que haviam utilizado para cobrir o túmulo dos Tremond Berrueta em Ainhoa, uma corda grossa recolhida num monte semelhante a um nó de oito de claras reminiscências marinheiras e um carrinho de mão bastante enferrujado. Na parede traseira, uma torneira de jardim, uma fossa aberta e uma espécie de mesa com tampo de rede onde ainda eram visíveis restos úmidos e que, como muito bem sabia, se usava para desprender dos ossos os restos de tecido mole que ficavam depois de serem retirados dos gavetões ao completar-se o tempo de aluguel e antes de serem jogados no ossário comum.

— Porra, que nojo! — murmurou Montes, franzindo o nariz.

Amaia continuou a caminhar à procura da parte mais elevada do jazigo até dar com os três degraus descendentes que desembocavam numa porta robusta que dava acesso à cripta, tão baixa que para passar através dela seria necessário se curvar. Amaldiçoou seu descuido por ter deixado a lanterna no carro. Sacou o celular e procurou o aplicativo que fazia acender a pequena câmera com uma intensidade de luz aceitável. A porta estava danificada, adquirindo um mortiço tom acinzentado que impedia identificar a madeira com que havia sido feita, mas se datasse da mesma época que a fechadura, devia ser muito antiga. Inclinou-se para a frente e quase foi forçada a se sentar nos degraus, ao mesmo tempo que pensava que o ângulo que sobrava para introduzir por ali um caixão era muito estreito. Reparou numa fileira de folhas que se amontoavam de encontro à parede e à porta, como se tivessem sido varridas para ali ou como se o vento as tivesse empurrado naquela direção, e que formavam um ângulo reto com o acesso à cripta. Baixou o celular até quase roçar o chão e percebeu com clareza a curva que a porta havia traçado ao se abrir no arenito do solo e que se desenhava mais nítida sobre o pavimento escuro pelo local onde roçou ao ser aberta. Examinou então os gonzos, que estavam sujos de pó, exceto nos rebordos, onde se encontravam as duas peças que os compunham; ali a luz proveniente do celular arrancou uma intermitência ao metal polido.

— Supõe-se que este sujeito tenha falecido há quinze anos... — disse Montes, apreciando a sua descoberta. — E, pelo que nós sabemos, de acordo com o registro do cemitério que consultamos ontem, não se verificou mais nenhum enterro neste jazigo desde então. O Tabese é o único inquilino.

— Pois tudo indica que foi aberto há muito pouco tempo.

Amaia se ergueu para poder ver o jazigo por cima do muro e o flash de uma fotografia a cegou por um instante. Deu a volta de novo ao muro e de longe voltou a detectar o clarão do flash à medida que ouvia a voz de Zabalza repreendendo alguém. Teve a certeza antes de vê-la; ainda assim, espantou-se ao confirmar que era Yolanda quem estava falando com o subinspetor.

— Pelo amor de Deus! O que está fazendo aqui? O que eu lhe disse hoje de manhã?

— Vim de táxi — foi a resposta dela.

— Mas afinal pode-se saber o que você veio fazer aqui?

Yolanda não respondeu.

— Já chega, Yolanda, tenho tido muita paciência com você... Agora vá para casa, e eu te aviso desde já que se amanhã te vir de novo por aqui, prendo você por obstruir uma investigação.

Yolanda se manteve impávida e serena. Deu alguns passos à frente e disparou de novo a câmera fotográfica, iluminando todo o cemitério.

Amaia se virou para os colegas com um ar de incredulidade diante da obstinada insolência da mulher.

— Inspetora — chamou Yolanda —, venha aqui. Amaia avançou até ficar ao lado dela.

— Reparou bem nestas flores? — perguntou, apoiando a câmera nas ataduras que lhe cobriam a mão esquerda e mostrando-lhe a fotografia na tela digital à medida que acionava o zoom. — São muito curiosas, não acha? Eu diria que parecem bebezinhos dormindo nos bercinhos. Amaia sentiu um imediato repúdio ante a incoerência do comentário de Yolanda, mas, ao olhar para a fotografia ampliada, ficou fascinada por sua beleza. A corola, de um branco-marfim, envolvia como um berço um centro rosáceo que se assemelhava de um modo extraordinário à figura de um bebê com os braços estendidos. Yolanda entregou-lhe então a câmera e, passando por cima da corrente no seu ponto mais baixo, debruçou-se sobre a rosa e arrancou do galho que a sustentava uma daquelas flores incríveis.

Amaia se aproximou para ajudá-la a descer os degraus e estendeu uma mão, que ela recusou. Pegou a câmera e, sem dizer mais nada, virou-se para a porta.

— Lembre-se do que lhe disse, Yolanda. — Esta ergueu a mão sem se virar e saiu do cemitério.

— Doida varrida! — decretou Fermín, abanando a cabeça.

— Você tem aí à mão o telefone da florista que fornece as flores? — perguntou Amaia.

ಲ

Uma vendedora atendeu e, depois de escutar a pergunta que lhe fez, passou a ligação para o dono.

— Sim, o senhor Tabese deve ter sido um homem de gostos requintados. Como já disse ao outro policial que telefonou, nós somos especialistas, eu cultivo as orquídeas com grande êxito, mas as mais raras nós importamos de um produtor da Colômbia que tem as melhores e as mais refinadas variedades do mundo. Esta é especificamente a *Anguloa uniflora*, e se parece demais com um bebê no berço, mas não é a única que apresenta uma enorme semelhança com outras coisas. Há uma que faz lembrar uma bailarina perfeita, outra que desenha no centro uma carinha de macaquinho e uma com uma linda garça branca em pleno voo, com tamanha precisão que parece feita por humanos. Contudo, a *Anguloa uniflora* é uma das mais assombrosas. Li que em algumas regiões da Colômbia era considerada de mau agouro: se uma mulher as recebia quando estivesse grávida, era um sinal inequívoco de que o seu bebê morreria.

Amaia interrompeu o discurso abalizado do florista, certa de que, tal como ele afirmara, poderia falar sobre o fascinante mundo das orquídeas horas a fio; agradeceu e desligou.

Dirigiu atrás do carro de Montes até Elizondo, divertida com a absurda competição entre os dois homens sobre quem devia dirigir, o que os levou a uma discussão meio de brincadeira meio a sério na porta do cemitério. Tocou a buzina como sinal de despedida quando eles tomaram o desvio até Elizondo. Então, a tela do navegador iluminou-se com a entrada de uma chamada procedente de um número desconhecido.

— Boa noite, sou o professor Santos. O doutor González me pediu que realizasse uma pesquisa para você.

— Ah, sim, muito obrigada pela sua amabilidade.

— Eu e os doutores somos velhos amigos e os dois já sabem que essas coisas são para mim um prazer. Tenho novidades sobre a amostra que me fizeram chegar às mãos. Trata-se de cetim de seda, de elevadíssima qualidade, é um tecido de grande resistência que o artesão consegue obter misturando os fios de seda numa urdidura de outras fibras de maneira concreta, o que lhe confere esse aspecto liso e perfeito do cetim de seda. Pensei de imediato que o mais provável é que se tratasse de seda da Índia importada e trabalhada na Europa, e não me enganei. A minha tarefa foi amplamente facilitada porque é um tecido assinado, e devido à sua grande resistência costuma ser utilizado sobretudo em gravatas, coletes e peças de roupa de elevada qualidade.

— Disse que é assinada?

— Alguns fabricantes introduzem marcas, pequenas variações na urdidura que funcionam como assinatura da sua casa; acontece que esta, além disso, foi fabricada por encomenda para um cliente que pediu que se incluísse no tecido uma espécie de cunho com o seu brasão, que é imperceptível a olho nu e, embora bastante danificado pelo efeito da intensa temperatura a que foi submetida a amostra, ainda me transmitiu informações suficientes. Trata-se de uma exclusiva alfaiataria londrina que trabalha sob medida e por encomenda; como é óbvio, não posso ter acesso aos dados da clientela deles, mas imagino que para os senhores isso seja mais fácil.

— O senhor disse que a amostra esteve exposta a temperaturas elevadas?

— Não apresenta indícios de incidência direta de fogo, mas é evidente que esteve muito perto de uma fortíssima fonte de calor.

— E as iniciais que surgem no tecido?

— Ah, não são iniciais. Foi essa a impressão que lhe dei? Trata-se de um brasão de armas, essa alfaiataria é famosa por ter vestido cavalheiros e nobres desde os tempos do rei Henrique VIII.

Capítulo 55

Ela ensaiara o que diria, a maneira como iria expor os progressos que fizera e sua urgente necessidade de ajuda, mas nesse momento, parada em frente à porta de Markina, as dúvidas sobre o efeito que exerceriam suas palavras a atormentavam. A situação se complicara entre ambos nos últimos dias, e os telefonemas sem atender se acumulavam em seu celular. A conversa prometia não ser fácil.

Markina abriu a porta e parou por um instante, surpreso. Sorriu ao vê-la e, sem dizer nada, estendeu a mão, que colocou em sua nuca, e a atraiu até sua boca.

Todas as palavras, todas as explicações que levava estudadas para convencê-lo diluíram-se em seu beijo úmido e cálido enquanto a estreitava, quase com desespero, entre seus braços.

Ele tomou seu rosto entre as mãos e se afastou um pouco para poder olhar para ela.

— Nunca mais volte a fazer isto, fiquei louco esperando você voltar, telefonar, qualquer coisa da sua parte — disse, beijando-a de novo. — Não se afaste de mim desse jeito nunca mais.

Ela se afastou dele, sorrindo ante sua fraqueza e o esforço que lhe custava fazê-lo.

— Precisamos conversar.

— Depois — respondeu Markina, voltando a estreitá-la nos braços.

Ela fechou os olhos e se abandonou aos beijos dele, à urgência de suas mãos, tomando consciência do quanto isso lhe agradava, do modo como dominava tudo conseguindo que nada mais importasse quando se encontrava em seus braços. Ele ainda vestia o terno cinza que usara para ir para o tribunal; a pasta e o sobretudo em cima de uma cadeira indicavam que acabava de chegar. Fez deslizar o casaco pelos ombros dele e, enquanto se beijavam, procurou os botões, que foi abrindo um por um ao mesmo tempo que com uma sucessão de pequenos beijos desceu pela linha que a barba lhe traçava pelo maxilar.

Amaia ouviu o celular que tocava muito longe, a um milhão de anos-luz do local onde se encontrava naquele momento. Teve a tentação de deixar que a chamada se extinguisse sem a atender, mas no último instante, e vencendo a voz que em seu cérebro suplicava que continuasse, afastou-se dele sorrindo e atendeu depressa.

A voz de James chegou-lhe tão clara e tão próxima como se estivesse ali.

— Olá, Amaia.

Parecia que uma bomba enorme esvaziava todo o ar do aposento.

A sensação de vergonha, de exposição, foi tão forte que, como reflexo, ela reagiu virando-se de costas enquanto ajeitava a roupa quase como se o marido pudesse vê-la.

— James, o que aconteceu? — respondeu, atabalhoada.

— Não aconteceu nada, Amaia. Estou há dias sem falar com você, a sua tia me contou o que aconteceu com a sua mãe, você não me atende, e ainda me pergunta o que aconteceu? Me diga você.

Amaia fechou os olhos.

— Não posso falar agora, estou trabalhando — retorquiu, sentindo-se péssima em mentir para ele.

— Você vem mesmo?

— Ainda não posso...

A comunicação cessou de repente, James desligara. E apesar da situação, ela não sentiu alívio, muito pelo contrário.

≈

Markina retirara-se para a cozinha e preparava duas taças de vinho. Estendeu uma para ela.

— Sobre o que você queria falar comigo? — perguntou, fingindo não ter ouvido a conversa nem ter consciência do mal-estar dela. — Se é sobre a visita que fez à minha mãe, esse assunto está esquecido; eu devia ter percebido que, sendo da polícia, você sentiria curiosidade... Eu também procurei informações sobre você e sobre a sua família quando te conheci...

— É sobre o seu pai. — O rosto de Markina ficou sombrio. — Você me pediu que trouxesse mais alguma coisa, que te desse mais, queria dados e provas sólidas. Me obrigou a procurar subterfúgios ilegais para poder avançar na investigação, para poder satisfazer as suas condições. Hoje de manhã abrimos um túmulo em Igantzi.

— Sem autorização?

— A mãe da menina era a proprietária do jazigo, e, alegando necessidade de consertos, não houve impedimentos para abri-lo. A menina não estava no túmulo; alguém roubou o cadáver, e tudo indica que foi pouco tempo depois do falecimento. O pai está fora do país, em viagem de negócios, e ainda não conseguimos falar com ele. — Markina escutava com atenção com um ar que oscilava entre o interessado e o crítico. — Amanhã à tarde vamos abrir outro em Hondarribia. A mãe da menina, divorciada há alguns anos, é filha de um juiz de paz que nos prometeu toda a ajuda necessária. Tanto o homem de Igantzi como o de Hondarribia estão relacionados em termos de negócios com os advogados Lejarreta y Andía e com o grupo de ajuda no luto de Berasategui. Temos outro caso suspeito na mesma aldeia e mais dois em território navarro, e se, como desconfiamos, amanhã essa menina não estiver no respectivo túmulo, vamos ter três casos de profanação e roubo de cadáveres relacionados com o mesmo grupo. Tendo em conta as atividades que levaram Berasategui à prisão, entendo que abrir oficialmente uma investigação é o que procede. — Markina não disse nada. Estava muito sério, como sempre acontecia quando pensava. — Se essa investigação for aberta, o nome do seu pai virá à baila.

— Se você o investigou, já deve saber que ele me abandonou quando a minha mãe perdeu o juízo. Deixou um pecúlio para prover a minha subsistência e meus estudos e desapareceu. Nunca mais voltei a saber nada dele.

— Nunca procurou por ele? Não teve curiosidade em saber o que ele fazia?

— Podia fazer uma ideia, trocar de mulher como quem troca de camisa, viver como o milionário que era, viajar, navegar no iate onde acabou morrendo... Nunca mais tive notícias dele até que me comunicaram da sua morte. O casamento dos meus pais não era um mar de rosas, ele já antes tinha as suas aventuras; às vezes eu os ouvia discutir e sempre era por causa disso.

Amaia soprou o ar até esvaziar os pulmões e voltou a inspirar fundo antes de falar.

— De acordo com o que nós descobrimos, o doutor Xabier Markina conciliava os dispendiosos tratamentos na sua clínica de Las Rozas com a direção do grupo sectário que fundou em Lesaka e em Baztán em fins dos anos setenta e princípios da década de oitenta. Era o líder espiritual deles, uma espécie de guia que os introduziu em práticas ocultistas. Temos sob custódia uma testemunha que o identifica sem margem para dúvida; essa testemunha denunciou que entre essas práticas se realizou um sacrifício humano de uma menina recém-nascida que ele presenciou e do qual participou num casarão de Lesaka. Ele afirma que de vez em quando visitaram o outro grupo, que vivia em Argi Beltz, em Baztán, e que eles também se preparavam para fazer um sacrifício idêntico. A testemunha identificou a minha mãe como sendo uma das pessoas que integravam esse grupo. A filha dos Martínez Bayón, que faziam parte do grupo original e são os atuais donos da casa, faleceu aos catorze meses durante uma suposta viagem ao Reino Unido, uma viagem que essa criança nunca chegou a concretizar. Não existe atestado de óbito, relatório de autópsia, ata de sepultamento, nem consta no passaporte dos pais, como era norma nessa época. O pai de Berasategui me confessou que ele e a esposa entregaram a primeira filha que tiveram a essa seita e que a depressão da mulher se manifestou por essa razão. Ela não conseguiu suportá-lo e não foi capaz de amar o novo filho; não sei até que ponto se nasce psicopata ou se a falta de amor e o desprezo podem fazer o resto — disse, calando-se e omitindo o fato de que desconfiava de que Sara Durán não havia enlouquecido de dor, mas sim de culpa. — Tenho outra testemunha que confirma a relação de Berasategui com os outros membros do grupo e as suas frequentes visitas à casa, além de uma coleção de fotos de Yolanda Berrueta onde se veem os carros estacionados na porta da propriedade.

Markina baixou os olhos sem dizer nada.

— Há mais uma testemunha — continuou Amaia. — Ela não pode prestar declarações, e não há como obrigá-lo por causa da sua condição particular, com imunidade diplomática e como membro de uma embaixada, mas teve acesso a certas informações sigilosas que já não se encontram em seu poder e onde se determinava, sem qualquer margem para dúvida, a relação entre Víctor Oyarzabal, o assassino conhecido como *Basajaun*, e o doutor Berasategui e as suas proveitosas terapias de controle da ira que tiveram como consequência os crimes que os seus doentes perpetraram contra as esposas, todas mulheres de Baztán. Prometi não revelar o nome e teria que falar com ele para convencê-lo ao menos a contar tudo a você.

Markina nem olhava para ela.

— Você fez muito bem a lição de casa — sussurrou.

— Lamento, é o meu trabalho.

— Mas afinal o que você quer agora? — perguntou, em tom de desafio.

— Não fale comigo nesse tom. Sou policial, investiguei, são fatos, não inventei nada — defendeu-se Amaia. — Pressupõe-se que foi isso que você me pediu. Acho que não me cabe dizer o que você deve fazer. Eu lhe dei a minha palavra de que não voltaria a passar por cima de você. Faça o que tem que fazer.

Markina suspirou e se pôs de pé.

— Tem razão — disse, aproximando-se de Amaia. — Acontece que nunca esperei terminar a minha carreira dessa maneira: fui o juiz mais novo a entrar para a magistratura, e agora tudo isso de que sempre fugi vai acabar comigo.

— Não vejo por quê. Você não é responsável por aquilo que os seus pais fizeram.

— Que futuro você acha que aguarda um juiz cuja mãe é doente mental e cujo pai foi o líder de uma seita satânica? É indiferente que nunca se chegue a provar nada, a mera suspeita vai acabar comigo.

Amaia fitou-o, penalizada ao mesmo tempo que o telefone, que ainda tinha na mão, voltava a tocar.

— Inspetora, aqui é o pai de Yolanda. Estou muito preocupado com a minha filha, hoje à tarde ela chegou em casa e começou a imprimir foto de flores e a dizer coisas estranhas. Como você sabe, ela se recusa a tomar a medicação. Não quis jantar e acabou de sair no meu carro... não consegui detê-la e não sei para onde vai.

— Acho que eu sei. Não se preocupe, eu me encarrego de levá-la de volta para casa.

— Inspetora...?

— Diga.

— Quando a polícia veio aqui perguntar se faltavam mais explosivos além dos duzentos gramas que Yolanda utilizou para abrir o túmulo... Bom, era capaz de faltar um pouco mais, eu não queria arranjar mais problemas.

— Preciso ir embora, surgiu uma complicação — disse Amaia, pegando a bolsa que havia deixado em cima de uma cadeira, perto das coisas dele. O sobretudo azul-marinho que Markina havia pendurado nas costas da cadeira escorregou, indo parar no chão. Amaia se abaixou e, ao pegar nele, conseguiu sentir a suave textura do cetim do forro; colocou-o com cuidado, voltando-o do avesso para ver a suave chancela que, como que gravada no tecido, repetia a cada escassos centímetros a marca que constituía a assinatura daquele alfaiate e que surgia em cores brilhantes numa etiqueta costurada na parte superior interna. Com cuidado, ajeitou-o de novo em cima da cadeira deixando que sua mão deslizasse pela superfície perfeita do tecido.

— Quer que eu vá com você? — perguntou Markina atrás dela.

Amaia se virou para trás, desconcertada, enquanto o via vestir de novo o casaco cinza que ela lhe despira.

— Não, é melhor não. Digamos que se trata de um assunto quase doméstico.

Aturdida pela presença da dúvida, que começava a crescer como um tsunâmi, dirigiu-se à porta.

— Você volta? — perguntou Markina.

— Não sei quanto tempo vou demorar — respondeu Amaia.

— Vou te esperar — retorquiu Markina, sorrindo daquela maneira.

᎓

Ela entrou no carro enquanto um milhão de pensamentos iam e vinham dentro de sua cabeça. As mãos tremiam um pouco e, quando se preparava para enfiar a chave na ignição, esta escorregou por entre os dedos e foi parar nos seus pés. Abaixou-se para pegá-la e, ao levantar a cabeça, viu que Markina a observava colado ao vidro da janela do seu lado do carro.

Sobressaltada, reprimiu um grito, colocou a chave na ignição e baixou o vidro.

— Me assustou — exclamou, tentando sorrir.

— Você saiu sem me dar um beijo — replicou o juiz.

Amaia sorriu, inclinou-se para o lado e o beijou através da janela aberta.

— Vai dirigir de casaco? — observou Markina, olhando para ela. — Pensei que sempre o tirasse no carro.

Amaia saiu do carro, deixou que ele a ajudasse a despir o casaco e o atirou sobre o banco do passageiro. Markina a abraçou com força.

— Amaia, eu te amo e não suportaria te perder.

Ela sorriu mais uma vez e voltou a entrar no carro, deu a partida e esperou que Markina empurrasse a porta para fechá-la.

Pelo retrovisor, viu-o parado no mesmo lugar, observando à medida que se afastava.

Capítulo 56

Ah, Jonan, como precisava dele. O colega se transformara em seu instrumento de precisão para pensar. Sem ele, os dados bailavam confusos dentro de sua cabeça. Tinha se acostumado à troca de ideias, às sugestões e às observações que ele fazia a toda hora e a todo instante, e aos silêncios carregados da energia que reprimia ao mesmo tempo que morria de vontade de falar, esperando que ela saísse de sua meditação e lhe desse oportunidade para isso. Suspirou ansiando a presença dele com a certeza de que sempre o faria, enquanto dividia sua atenção entre a estrada escurecida por um céu cada vez mais ameaçador, seu impulso natural de correr atrás daquela louca que ia conseguir se matar e a necessidade de se deter, de abrandar o mundo ao redor para poder pensar, reconsiderar, pôr ordem no caos que reinava dentro de sua cabeça. Um relâmpago iluminou o perfil dos montes, recortando a silhueta dos penhascos onde vivia a deusa da tempestade, "lá vem". Um escudo como assinatura de um alfaiate não era uma prova incontestável; por outro lado, quantos homens em todo o país tinham roupa feita sob medida por um alfaiate inglês? ... Tal como havia dito o professor Santos, talvez com uma ordem judicial pudessem ter acesso ao arquivo de clientes do alfaiate exclusivo. O forro, assim como o sobretudo, era azul-marinho, mas ela se lembrava muito bem de o ter visto com um sobretudo cinza que costumava usar com aquele terno e que já lhe havia chamado a atenção na última vez que o havia combinado com o azul. Um pormenor que passaria despercebido a qualquer homem. Mas não a Markina. Procurou no registro de chamadas do carro e digitou.

— Professor Santos? Fala a inspetora Salazar, desculpe incomodá-lo de novo.

— Não se preocupe com isso, em que posso ajudá-la?

— Trata-se de uma coisa que me ocorreu. Poderia a abrasão que aparece no tecido ser consequência de um tiro que tivesse sido efetuado através dele?

— Também pensei nisso — respondeu o professor, na dúvida —, contudo a amostra é pequena demais para fazer a análise sem a danificar...

— Não se preocupe com isso, temos outra amostra. Quanto tempo demoraria a análise?

Uma sucessão de relâmpagos e respectivos rastros rasgou o céu e iluminou a noite por alguns segundos, deixando nas retinas de Amaia uma impressão de escuridão que demoraria um pouco a desaparecer.

— Para procurar esses resíduos no tecido vou ter de efetuar uma análise de Walker; disponho do material necessário, mas devido ao reduzido tamanho da amostra, fixá-la e alisá-la vai ser complicado... Calculo que vou precisar de cerca de vinte minutos até obtermos o resultado.

— Não sabe o quanto lhe agradeço. Me ligue assim que tiver o resultado. Estarei à sua espera. — Amaia desligou e digitou outro número.

— Boa noite, chefe. Ainda trabalhando?

— Eu, sim, e você também. Preciso que me diga o quanto antes de que tribunal especificamente desapareceu a arma com que dispararam contra o subinspetor Etxaide... Ligue para o Zabalza se precisar de ajuda, pode ser que ele consiga ter acesso a essas informações.

A chuva começou a cair ensurdecedora sobre a lataria do carro e, ao mesmo tempo que um trovão fazia vibrar o ar, a comunicação foi cortada.

&

No apartamento de Jonan haviam encontrado um único cartucho vazio, muito embora tivessem sido disparados dois tiros. Reproduziu com clareza na mente o esquema em que, com uma silhueta humana, a doutora Hernández havia assinalado os ferimentos mortais, traçando a possível trajetória dos tiros disparados e considerando a teoria de que o atirador estaria sentado, que ela descartara. Agora, uma nova possibilidade surgia plausível diante dos olhos: o fato de o assassino se encontrar de pé na frente de Jonan e ter disparado contra ele do interior do bolso ou através do forro de um casaco, que teria mantido a arma oculta, o que faria com que a trajetória da bala tivesse traçado aquele ângulo ascendente e arrastado consigo uma porção de tecido de tal maneira leve que teria voado, disseminado primeiro pela força do disparo, suspenso depois devido a sua característica fina e leve, até ficar preso no movimento descendente descrito entre as fibras mais grosseiras das cortinas, que por serem da mesma cor haviam dissimulado sua presença. Os olhos se encheram de lágrimas ao pensar em Jonan e à medida que sua mente regressava ao momento de sua morte. Viu-o abrir a porta, vencendo a surpresa inicial, sorrindo como sempre fazia, convidando o assassino a entrar... Sentiu o coração se dilacerar de pura angústia enquanto a criança que vivia lá bem no fundo de sua mente rezava morta de medo ao deus das vítimas, recusando-se a abrir os olhos. Amaia mordeu o lábio inferior com tanta força que sentiu o sabor metálico de seu sangue. Um novo raio iluminou a noite e o ribombar dos trovões a alcançou como uma criatura viva que a tivesse perseguido enquanto atravessava os vales e fosse por fim caçá-la. A Dama vem aí. Lá vem.

Reconheceu o quatro por quatro do pai de Yolanda estacionado em frente ao cemitério; parou o carro atrás dele no momento em que recebia uma ligação.

— Estou aqui, professor. Diga.

— No resultado da análise pode-se ver uma mancha avermelhada em consequência de uma deflagração. Não há dúvida, trata-se da marca de um tiro.

Amaia pegou a lanterna e desceu do carro de modo a ir até o portão de ferro que se encontrava fechado. Ajeitou o capuz do casaco antes de sair para a tempestade, que veio atrás dela o caminho todo e que a alcançou com uma espécie de chuva gelada que começou a cair com mais intensidade. Julgou ouvir uma explosão, que não foi intensa demais, soou como algo um pouco mais forte do que um petardo; ainda assim, foi o suficiente para que os cães que guardavam os terrenos vizinhos começassem a latir, embora o ruído tenha sido disfarçado de imediato pelos trovões que rebentavam sobre o monte Jaizkibel. Achou uma pedra rente ao muro que lhe permitiu se erguer o suficiente para tomar impulso e saltar lá para dentro. As luzes dos postes de iluminação pública, que o iluminavam naquela tarde, estavam apagadas, mergulhando o campo-santo numa escuridão total. Por trás da parede que sustentava a traseira do jazigo de Tabese brilhava a única luz que se via.

Capítulo 57

O inspetor Iriarte estava bastante aborrecido. Apagou as luzes quando pediram e ficou encostado à parede, ao lado do interruptor, ouvindo toda a família entoar o Parabéns a Você ao redor das velas acesas sobre o bolo de aniversário da sogra. Odiava discutir, não importava com quem fosse, mas as desavenças com as pessoas com quem devia trabalhar o perturbavam demais. Evitava confrontos pessoais a todo custo, mas havia momentos, como por exemplo naquela manhã, em que eram inevitáveis. A discussão com Salazar o deixara incomodado, e, apesar de ter acabado por dizer o que queria, persistia a sensação de que não só não se haviam entendido como também, além disso, o que acontecera entre ambos afetaria o clima de entendimento futuro. Salazar o irritava, a sua maneira de fazer as coisas causava constantes atritos entre os colegas, algo que já discutira com ela e que não parecia que fosse dar resultado. O que o incomodava é que ela tivesse insinuado que seu corporativismo não o deixava ver além. Mas o que mais o incomodava, e incomodar era a palavra adequada, era que o acusasse de estar disposto a crucificar o subinspetor Etxaide em nome desse corporativismo. E o pior era que andara às voltas com o assunto de Berasategui e admitia que dar por encerrado o caso de um tipo tão complexo era bastante arriscado. A teoria dela fazia sentido, mas era muito difícil entender os progressos que fazia, se guardasse as informações para si. E ele sabia que era isso que fazia.

Sua mulher acendeu o interruptor fitando-o com reprovação e, pondo-se à sua frente, empurrou-o até o corredor.

— Está muito preocupado?

Ele a encarou e sorriu; ela era capaz de saber o que estava pensando em cada momento.

— Não — mentiu.

— Eu te pedi três vezes para acender a luz, você não me ouviu, e além disso você está com a testa franzida; a mim você não engana.

— Desculpe — pediu, com sinceridade.

Ela olhou para o ruidoso grupo de familiares na cozinha, e de novo para ele.

— Anda, vai embora.

— Mas e o que a sua mãe vai dizer?

— Deixa que com a minha mãe eu me entendo — respondeu, ficando na ponta dos pés para beijá-lo.

༒

Estava há um bom tempo tomando notas sentado diante da lousa e ouvindo cair a chuva, que fustigava cada vez com mais fúria as vidraças, quando Montes e Zabalza chegaram.

— O que vocês estão fazendo aqui a uma hora destas? — perguntou Iriarte, consultando o relógio.

Montes olhou para o quadro e para a bela pilha de documentos que Iriarte tinha espalhados em cima da mesa.

— A chefe nos pediu para fazer uma confirmação urgente.

— Do que se trata?

— Ela pediu para descobrir de que tribunal de Madri desapareceu a arma que foi utilizada no assassinato do Jonan Etxaide.

— Eu estou na posse desse elemento, fui eu quem contou isso para ela. Por que razão não me telefonou?

— Pare com isso, Iriarte!

— Parar com o quê? — perguntou, pondo-se de pé e fazendo oscilar a cadeira onde se sentara. — Também pensam que estou disposto a aceitar qualquer coisa por não levantar a voz?

Montes baixou um pouco o tom para responder.

— Hoje de manhã você não parecia disposto a apoiá-la na sua intenção de seguir outras linhas de investigação.

— De que investigação você está falando? Talvez dessa que vocês têm nas mãos e de que não sei mais do que me querem contar?

Montes não respondeu.

— Para que ela quer esse dado? Em que ela anda metida?

Montes refletiu sobre o assunto e, fazendo um ar de enfado, respondeu:

— Não sei... Jonan Etxaide fez chegar às mãos dela uma espécie de mensagem depois de morto, um e-mail programado ou coisa parecida. Pelo visto tinha algumas desconfianças sobre o rumo que as coisas podiam tomar...

— E é claro que a inspetora reservou essa informação para si, estão vendo agora do que eu estava falando?

— Bem, eu não iria tão longe a ponto de chamar de informação; era uma mensagem pessoal e algumas pistas, nada verificado, apenas conjecturas. E pode ser até que nem isso...

Iriarte os encarou, pensativo; notava-se que estava muito irritado. Resfolegou e disse:

— Foi do Tribunal de Execução de Penas número um de Móstoles, em Madri. Não sei que importância isso pode ter.

— O juiz Markina trabalhou nesse tribunal; li isso outro dia quando investiguei a vida profissional do pai. Como eles têm o mesmo nome, surgiu-me primeiro o dele — retorquiu Zabalza.

Um policial fardado surgiu à porta.

— Chefe, estou no telefone com um homem que insiste em falar com você. Já é a segunda vez que liga. Há um tempo eu disse que você não estava, mas agora que já chegou... Diz que é o pai de Yolanda Berrueta.

Benigno Berrueta estava muito nervoso. Contou-lhe de forma atabalhoada o que se passava com a filha, que telefonara à inspetora Salazar, mas que estava preocupado.

Iriarte desligou e digitou o número de Salazar. Estava ocupado. Voltou a tentar. Um raio caiu muito perto dali, com seu peculiar estrondo metálico e de luz simultâneo, fazendo que poucos segundos depois se acendessem as luzes de emergência e de evacuação da delegacia.

— Porra, é sempre a mesma coisa, malditas tempestades dos... — protestou Montes.

Iriarte desligou o telefone.

— Vamos — disse, verificando a arma e se encaminhando para a saída.

Montes e Zabalza o seguiram.

೭

Amaia permaneceu imóvel alguns segundos enquanto escutava com atenção, ouviu as pancadas de encontro à madeira e os arquejos que, devido ao esforço, Yolanda emitia e que eram audíveis acima do rumor da chuva sobre as lajes dos jazigos. Correu contornando os túmulos e, ao chegar à entrada da cripta, viu a luz da lanterna, que tremeluzia para a frente e para trás a cada pontapé que a mulher dava na porta.

— Yolanda — chamou.

Esta se virou para trás, e ao fazê-lo Amaia viu a determinação em seus olhos e o cabelo colado à testa banhada de suor debaixo de um gorro de plástico. A explosão causara uma pequena brecha na porta, que deixou a fechadura pendurada, que, no entanto, ficara encravada entre a madeira e a parede, imobilizando a porta.

— Saia de perto da porta, Yolanda.

— Tenho que abrir. Acho que a minha filha está aí. Não queria exagerar desta vez e acho que coloquei poucos explosivos, mas tenho mais no carro.

Amaia se colocou atrás dela e pôs uma mão em seu ombro.

Yolanda voltou-se para trás numa fúria e desferiu um soco em Amaia, e a surpresa do ato a derrubou nos degraus. Ela recuou e sacou a arma.

— Yolanda! — gritou.

A mulher se virou para trás de modo a olhar para ela, e sua expressão mudou para a mais absoluta surpresa apenas um instante antes de o tiro zunir no ouvido de Amaia, deixando-a momentaneamente surda. Yolanda caiu fulminada no chão enquanto uma mancha de sangue se alastrava por seu peito. Amaia virou-se para trás, aterrorizada, apontando a pistola para o lugar de onde viera o tiro, e viu, de pé, debaixo de chuva e com uma expressão sombria, o juiz Markina.

— O que você fez? — perguntou, quase sem se ouvir, com o ouvido direito tapado como se estivesse debaixo d'água. Abaixou-se ao lado da mulher e tomou seu pulso sem parar de apontar a arma para o juiz.

— Pensei que ela fosse atacar você — respondeu Markina.

— Não é verdade. Você a matou, matou porque ela tinha razão.

Markina negou, transtornado.

— É aqui que eles estão? — perguntou, levantando-se e olhando para a porta da cripta.

O juiz não respondeu. Amaia deu um passo para trás e um pontapé de encontro à fechadura, como Yolanda fizera um minuto antes.

— Não faça isso, Amaia — implorou Markina, sem baixar a arma.

Amaia se virou e o encarou, furiosa. A chuva se intensificou, empurrada pelo vento que molhava seus cabelos e rosto com água gelada enquanto o barulho da tempestade, que se aproximava cada vez mais, quase como uma entidade consciente, aumentava a cada segundo que passava.

— Vai disparar contra mim? — perguntou. — Se pretende fazer isso, não devia perder tempo, porque te dou minha palavra de que vou ver o que tem aí dentro, nem que seja a última coisa que eu faça na vida.

Markina baixou a arma e passou a mão pelo rosto para afastar a água que lhe entrava nos olhos. Amaia se virou para a porta e assestou outro pontapé na madeira, que cedeu com grande estrondo ao mesmo tempo que a fechadura caía despedaçada no chão.

— Eu te imploro, Amaia, pode atirar se quiser, mas antes me ouça.

Amaia se abaixou para apanhar os restos do mecanismo e os atirou para fora do raio de abertura da porta, introduziu os dedos no buraco estilhaçado e, sentindo como a madeira se enterrava na carne, puxou-a para fora.

Do interior escuro do jazigo chegou-lhe o odor inconfundível da morte, a putrefação nos primeiros estágios. Amaia franziu o nariz e se virou para Markina apontando-lhe a Glock.

— Por que motivo tem esse cheiro se não houve sepultamentos neste jazigo nos últimos quinze anos?

Markina deu um passo para Amaia, que lhe apontou a arma com mais firmeza.

— O que você está fazendo, Amaia? Não vai disparar contra mim — disse, fitando-a com ternura e tristeza, como quem olha para uma criança pequena que não se comportou bem.

Amaia quis responder, mas as forças a abandonaram à medida que olhava para ele. Era tão jovem, tão bonito...

— Eu vou te contar tudo o que você quiser saber, juro — afirmou Markina, levantando uma das mãos. — Acabaram as mentiras, prometo.

— Desde quando você sabia disso? Por que não os denunciou? Por que não os impediu? São loucos.

— Amaia, não posso impedi-lo, você não faz a mínima ideia do tamanho de tudo isso.

— Pode ser que não — refutou Amaia —, mas alguns, por exemplo a filha de Esparza, são muito recentes; talvez pudessem ter sido evitados.

— Tentei evitá-lo na medida do possível, da melhor maneira que podia.

— Você foi à prisão e visitou o Berasategui; o adjunto do diretor negou; me falou que não tinha se aproximado da cela... foram essas as suas palavras, mas o Jonan tinha uma fotografia onde era possível ver você muito próximo — retorquiu Amaia, pensativa.

— Ele te ameaçou, você estava assustada — respondeu o juiz, furioso.

— Você teve alguma coisa a ver com aquilo?

Markina desviou o olhar, constrangido e digno; debaixo de chuva conservava o porte elegante e a altivez que constituíam sua marca registrada.

— Você matou o Berasategui?

— Não, ele fez isso sozinho, você viu.

— E quanto à Rosario?

— Você nunca ficaria tranquila enquanto ela andasse por aí. Foi você que me disse isso.

Ela o examinou, surpresa, sem saber o que a confundia mais, se o fato de reconhecer que era o grande instigador ou o de admitir sua responsabilidade quase como se a ostentasse com honra.

— Não posso acreditar numa coisa dessas. Vou entrar — avisou Amaia.

— Amaia, eu imploro que você não faça isso.

— Por quê?

— Continue falando comigo, mas não olhe aí dentro. Por favor — pediu, levantando a arma e apontando para ela de novo.

Amaia contemplou-o, atônita.

— Você também não vai disparar contra mim — declarou. Deu meia-volta e, agachando-se, entrou no túmulo.

A construção era simples. Um altar central sobre o qual assentava um pesado ataúde de madeira baça coberto em boa parte por intrincados adornos.

Ao redor, dispostos de modo a formar uma elipse, havia restos mortais de pelo menos vinte seres humanos. De alguns dos cadáveres não restavam mais do que ossos que denunciavam a antiguidade dos despojos, mas aos seus pés Amaia viu o corpinho inchado e em avançado estado de decomposição da filha de Esparza. A seu lado, colocado sobre um velho xale, um esqueleto de ossos muito brancos a que faltava um braço. "Como tantos outros." Vencida pela ânsia de vômito, deixou cair a lanterna e caiu de joelhos no chão enquanto sentia a presença de Markina, que entrara atrás dela. Este apanhou a lanterna e a entalou numa fenda da parede de modo a fazer incidir a luz no teto e a iluminar aquele cenário sinistro.

Amaia sentiu que as lágrimas ardiam como se fossem compostas por um fogo que era um misto de raiva e de vergonha, coragem e desonra. Não, aquilo não podia existir, era de tal maneira aberrante que lhe revolvia o estômago e lhe causava uma sensação de náusea constante que a enchia de nojo e de ira de um modo que jamais sentira na vida. As perguntas se acumulavam como ondas numa praia tentando competir em força e fúria.

— Você sabia que o seu pai era o responsável por tudo isso e escondeu. Por quê? Por causa da sua carreira, pela sua reputação?

Markina suspirou e sorriu para ela daquela maneira. Um raio iluminou a noite fora do túmulo, desenhando a silhueta do juiz de encontro à única saída da cripta, e Amaia pensou que preferiria estar lá fora, debaixo da tempestade, certa de que o vento gelado, a chuva no rosto e os trovões sobre sua cabeça lhe proporcionariam mais amparo e consolo do que aquele lugar.

— Amaia, a minha reputação é o que menos me preocupa. Isto é muito mais importante e poderoso, mais forte e selvagem, é uma força da natureza... já estava aí antes de chegarmos.

Amaia fitou-o, incrédula.

— Você faz parte disso?

— Eu não sou mais do que o canal, o fio condutor de uma religião tão antiga e poderosa como o mundo que tem origem no seu vale, sob as pedras que compõem a sua aldeia, a sua casa... e de um poder como você nunca imaginou, um poder que é necessário alimentar.

Observou-o enquanto sentia os olhos ficarem marejados de lágrimas. Não podia ser, aquele homem que tivera nos braços, por quem transpusera abismos que julgava intransponíveis, aquele que considerara seu igual, um como ela, que não havia sido amado por quem devia fazê-lo, desmoronava como um ídolo caído em desgraça enquanto ela se perguntava quantas das palavras que ele dissera só foram destinadas a confundi-la, a conseguir que acreditasse, confiante, que se encontrava diante de um semelhante, um ser com uma dor idêntica no coração. Quis perguntar se houvera alguma coisa verdadeira na sua história. Contudo não o fez, porque já sabia a resposta e porque sabia que não podia suportar ouvi-la de sua boca, uma boca que ainda amava.

Do lado de fora da cripta, a tempestade desencadeada uivava por entre as árvores que rodeavam o cemitério e a chuva redobrada em intensidade e fúria deslizava pelos degraus que desciam até o túmulo, derramando-se sobre eles em ondas de água que, sem a proteção da robusta porta, começavam a penetrar no interior.

— É isso que acreditam que fazem? Alimentar um poder com meninas para que um demônio beba a vida delas? — perguntou, apontando com a pistola para os despojos obscuros que rodeavam o ataúde. — Fazer que os pais as entreguem como oferenda ao mal? Isso é assassinato.

Markina negou.

— É um preço elevado, é um sacrifício, não pode ser fácil nem simples, mas a recompensa é extraordinária, e tem-se vindo a fazer desde o início dos tempos. Depois veio o cristianismo e vestiu tudo de pecado e de culpa, fazendo os homens e as mulheres esquecerem a maneira de falar com as forças vivas.

Amaia fitou-o, incrédula, incapaz de assimilar que aquele homem fosse o mesmo que conhecia. As palavras em sua boca pertenciam a uma linguagem reservada aos pregadores e aos agoureiros do fim do mundo.

— Você enlouqueceu — murmurou entredentes, contemplando-o com tristeza.

Um raio atingiu algum local do cemitério com seu ensurdecedor estrondo metálico.

Markina fechou os olhos, magoado.

— Não fale comigo assim, Amaia, por favor. Eu te dou as explicações que quiser, mas não me trate assim, você não.

— Como posso classificar vocês a não ser como loucos perigosos? A minha mãe matou a minha irmã — exclamou, olhando para o monte de ossos brancos que clamavam do solo escuro da cripta —, da mesma forma que tentou me matar a vida inteira... Vocês iam matar o meu filho! — gritou.

Markina balançou a cabeça e deu um passo à frente, baixando de novo a arma e adotando um tom paciente e conciliador.

— Berasategui era um psicopata e a sua mãe estava obcecada para levar a cabo sua missão... Este é o problema: que alguns não o façam porque é o que é preciso fazer, mas sim porque gostam. Está tudo resolvido, e prometo que ninguém te fará mal, nem a você nem ao Ibai. Eu te amo, Amaia, me dê a oportunidade de deixar isso para trás e de começar uma nova vida a seu lado; nós dois merecemos.

— E a Yolanda? — perguntou, lançando um olhar para a porta do túmulo, onde o corpo da mulher jazia empapado debaixo da chuva que continuava a derramar-se na direção do interior como uma pequena catarata que já formava uma poça escura à entrada.

Markina não respondeu.

— Você a enviou para mim. Por quê?

— Quando ela chegou até mim estava tão confusa, com toda essa história absurda dos filhos desaparecidos... Vi aí uma oportunidade perfeita para que você investigasse o caso e concluísse que isso não levava a lugar nenhum, que te convencesse de que não passavam de meros desvarios de uma louca, que ficariam provados quando você visse que os bebês se encontravam nos respectivos túmulos. Não acreditei que você passasse por cima de mim, eu tinha que fazer parte de tudo aquilo, não podia deixar que a juíza francesa estragasse tudo, a ordem judicial era extensiva aos féretros infantis, sem especificar quais. Se Yolanda, ao ver a outra urna, tivesse pedido, seriam obrigados a mostrar a ela. E foi aí que me vi obrigado a travar o processo. Claro que não contei com o fato de a mulher estar tão louca a ponto de mandar o jazigo pelos ares.

Um novo raio se abateu desta vez sobre eles, fazendo o jazigo se iluminar de um modo tão terrível que fez ambos baixarem a cabeça de forma instintiva, certos de que o relâmpago caíra sobre o túmulo. *A Dama vem aí.*

Esforçando-se para ignorar o frenesi das forças da natureza que se agregavam sobre sua cabeça, Amaia continuou:

— Você deixou essa pobre mulher se arrebentar, enviou-a como um cordeiro para o matadouro sem se importar com o seu sofrimento, e agora a matou.

— Ela tinha acabado de te derrubar com um golpe, eu sabia que tinha explosivos com ela, por que não havia de ter uma arma também?

— Por que você fez isso comigo? Por que se aproximou de mim?

— Se está se referindo à razão pela qual me apaixonei por você, não estava planejado. Ainda não percebeu? Eu te amo, Amaia: você foi feita para mim, me pertence assim como eu te pertenço. Nada pode nos separar porque eu sei que, ainda que neste exato momento te custe assimilar o que está vendo, isso não muda o fato de que você me ama.

De novo, o magnífico estrépito da tempestade e o fulgor de um relâmpago que se precipitou sobre a cabeça de ambos, ao mesmo tempo que à mente de Amaia acudiam estatísticas absurdas sobre a probabilidade de que um raio caísse duas vezes no mesmo lugar. *Já está aí, a Dama está prestes a chegar*, quase julgou ouvir essas palavras sob o fragor da tempestade. A Dama estava chegando; *Mari* chegava com sua fúria de raios e trovões como um gênio do éter, o odor do ozônio como um arauto anunciando sua vinda. Markina se virou para trás, para a entrada, como se também ouvisse os cantos das lâmias que recebiam sua senhora.

— Entraram na minha casa para roubar o pendrive, e o acidente da doutora Takchenko... A sua secretária nos viu quando entreguei o envelope a ela...

— Lamento muito pelo que aconteceu com a doutora, simpatizo bastante com ela. Eu te asseguro que fico satisfeito por ela não ter morrido no acidente; não deviam ter chegado tão longe, nunca foi minha intenção que ela sofresse, afinal não sou um homem cruel.

— Não é um homem cruel? Mas... todas essas mulheres, as meninas do rio, todos esses bebês. Quantas mortes pesam sobre a sua cabeça?

— Nenhuma, Amaia, cada um é dono da sua vida, mas eu sou responsável pela sua. Te amo e não posso permitir que ninguém te magoe.

Se você me condenar por ter protegido você, lamento, se bem que você tem razão num ponto: a sua mãe era descontrolada, tresloucada, não dava ouvidos à razão, nunca pararia até conseguir o que queria, até acabar com a sua vida, e eu não podia deixar que isso acontecesse.

— Você acatou uma última ordem, assim como Berasategui, como Esparza e os que vieram antes deles. Que poder você exerce sobre essas pessoas? O suficiente para se considerar dono da vida delas?

Markina encolheu os ombros e sorriu de maneira encantadora, com aquele ar travesso que antes a fascinara. Uma sucessão de trovões sacudiu os alicerces do campo-santo, fazendo vibrar a terra dos mortos, a tal ponto que Amaia sentiu que se abria um inferno enquanto Markina a fitava daquela maneira. Ela sentiu o coração se despedaçar ao se dar conta de que o amava, amava aquele homem, amava um demônio, um sedutor natural, a masculinidade perfeita, o grande sedutor.

— Onde está o seu sobretudo cinza?

O juiz fez uma expressão de contrariedade e estalou a língua antes de responder.

— Estragou.

— Ah, meu Deus! — gemeu Amaia.

O estrépito da tempestade redobrou com novos raios e trovões, que, como carpideiras da dor que sentia, rasgavam o céu, uivavam com o vento por entre as cruzes do cemitério e se derramavam naquela precipitação que era o pranto do Baztán, das lâmias clamando: *lave a ofensa, limpe o rio.*

Markina se aproximou, estendendo a mão em sua direção.

— Amaia.

Ela ergueu o rosto arrasado de lágrimas para olhar para ele.

A voz dela fraquejou quando perguntou:

— Você matou o Jonan?

— ... Amaia.

— Você matou o Jonan Etxaide? — perguntou de novo, quase sem voz. As lâmias gritavam lá fora.

Markina olhou para ela balançando a cabeça.

— Não me pergunte isso, Amaia — rogou.

— Foi você ou não? — gritou.

— Sim.

Amaia soluçou de dor enquanto seu pranto dobrava de intensidade e se debruçou para a frente até tocar com o rosto na terra compacta da cripta. Viu Jonan naquela poça de sangue, viu os cabelos arrancados do crânio pelo tiro e os olhos que um assassino piedoso fechara depois de o matar. Ergueu-se levantando a Glock e apontando-a para o peito dele, procurando a referência no cano da arma e apertando-a com todas as forças. Tinha os olhos marejados de lágrimas, mas sabia que seria um tiro perfeito, apenas dois metros os separavam...

— Desgraçado! — gritou.

— Não faça isso, Amaia. — Markina a encarou, desolado, e, acometido por uma imensa amargura, ergueu a arma, que Amaia percebeu então que era a de Jonan, e, apontando-a para a própria cabeça, sussurrou: — Que pena.

Os tiros provenientes da entrada da cripta soaram ensurdecedores, amplificados pelo espaço exíguo. Mais tarde Amaia não seria capaz de afirmar se tinham sido dois ou três misturados com os trovões. Markina olhou para o peito, surpreendido pela dor intensa, que não chegou a refletir em seu rosto. A força dos impactos a tão curta distância derrubou-o, fazendo-o cair para a frente. Ficou estendido de bruços ao lado de Amaia. Nas costas brotava o sangue, cobrindo de vermelho o terno cinza. Ela viu Iriarte acocorado na entrada do túmulo, ensopado até os ossos. Ele, ainda com a arma fumegante na mão, avançou até Amaia enquanto perguntava se estava bem. Amaia se debruçou sobre Markina, arrebatou de sua mão a pistola de Jonan e olhou para Iriarte como se lhe devesse uma explicação.

— Ele matou o Jonan.

Iriarte assentiu, cerrando os lábios.

꙰

Primeiro sobreveio o silêncio da tempestade afastando-se veloz, quase fugindo. Entretanto, chegaram a ambulância, o patologista, agentes da Ertzaintza, o juiz, o comissário. Os rostos sérios e preocupados, e as palavras sussurradas naquela voz baixa dos velórios, a consternação e o espanto obrigavam no início ao comedimento e à prudência. Depois, foi a vez das palavras. Já passava do meio-dia quando terminaram de prestar depoimentos. Os advogados Lejarreta y Andía foram presos no escritório entre veementes protestos e ameaças de processos. A Polícia Foral da delegacia de Elizondo encarregou-se de Argi Beltz, em Orabidea; os primeiros indícios indicavam que Rosario teria se escondido ali durante o período em que estivera desaparecida. Quando chegaram à casa da enfermeira Hidalgo, em Irurita, encontraram-na pendurada pela extremidade de uma corda em sua lindíssima nogueira, e em Pamplona, Inma Herranz, fiel a seu caráter meloso, enjoativo e mesquinho de gueixa feia, debulhou-se em lágrimas tentando convencer quem quisesse ouvi-la de que agira sob coação. Os médicos do Instituto Anatômico Forense de San Sebastián, que ficaram tristemente célebres por suas brilhantes identificações de restos humanos, sobretudo de crianças, em casos que fizeram estremecer e arrepiar todo o país, teriam trabalho durante semanas para identificar e datar os restos mortais das meninas que rodeavam o ataúde naquela oferenda macabra. Um ataúde que se revelou vazio.

Emitiu-se um mandado de busca contra Xabier Markina (Tabese).

Os caras dos Assuntos Internos foram mais breves do que se esperava, tendo em conta que haviam disparado contra um juiz. Era mais do que certo que iriam azucrinar um pouco mais Iriarte, mas deixaram Amaia em paz assim que ela entregou a eles o relatório escrito. Um relatório no qual não omitiu nada relativo à investigação, mas tudo o que se referia a ela e a sua intimidade com Markina.

꒜

Ela voltou para casa dirigindo numa tarde que se extinguia e que, depois da tempestade da noite anterior, ainda permitia observar por toda a estrada entre Hondarribia e Elizondo os ramos caídos, as folhas arrancadas das árvores. Dirigindo no meio do trânsito tranquilo, baixou o vidro a fim de saborear a calma que parecia impregnar tudo, como se o vale tivesse ficado sepultado debaixo de uma camada de bolas de algodão que devoravam os sons e difundiam o aroma molhado e fresco da terra úmida e limpa que transportava enredado na alma. Ainda restava no céu um fio de luz prateada quando parou na ponte Muniartea. Saiu do carro e aspirou o aroma mineral do rio Baztán correndo debaixo de seus pés, e debruçada no parapeito observou a queda-d'água, que havia aumentado após a descarga de água em Erratzu, na nascente do rio, e que havia arrasado suas margens até a desembocadura em Hondarribia. Vendo-o agora tão calmo, fluindo lento e recatado, custava imaginar a potência daquele gênio que o Baztán era capaz de desencadear. Passou a mão pela pedra fria, no local onde se encontrava gravado o nome da ponte, e, ouvindo o rumor da água no açude, perguntou-se se já seria suficiente, se o rio já estaria limpo, se a ofensa fora lavada. Esperava que sim, porque duvidava que lhe restassem forças para outra batalha. As lágrimas que ardiam em seus olhos caíram sobre a pedra fria e deslizaram até o rio, naquele caminho que a água percorria de forma inexorável em Baztán.

Engrasi a abraçou assim que entrou em casa, e Amaia chorou no colo da tia como fizera tantas vezes quando era pequena. Chorou o medo, a raiva, a amargura e o arrependimento; chorou pelo perdido, pelo maculado, pela dor da morte, pelos ossos e pelo sangue; chorou muito, muitíssimo, entre os braços de Engrasi, até adormecer esgotada e acordar de novo para continuar a chorar enquanto a tia lamentava que as portas não pudessem ficar para sempre fechadas e sua menina chorasse os males do mundo, e deixaram passar um dia, e outro, e mais outro. Chorou até não restarem mais lágrimas por dentro. Tinha de ser assim, tinha de estar preparada para o que precisava fazer.

Depois deu quatro telefonemas e recebeu um.

O primeiro para a filha de Elena Ochoa, para lhe dizer que a mãe não se suicidara, que a carta que esta deixou permitira prender os membros daquela perigosa seita de assassinos de crianças, cuja notícia dominava as atenções de todos os noticiários.

O segundo para Benigno Berrueta, para lhe dizer que poderia enterrar os restos mortais da neta ao lado de Yolanda.

O terceiro para Marc, para lhe dizer que haviam acabado com o desgraçado que assassinara Jonan. Deixou de lhe dizer que, tal como ele vaticinara, não sentia que servisse de nada, nem lhe devolvia Jonan, tampouco a fazia se sentir melhor. Na verdade, nunca se sentira pior.

O quarto para James.

Durante os dois primeiros dias, ele havia escutado as explicações com que a tia tentava acalmá-lo sempre que telefonava. Depois, deixara de o fazer. E agora, com o telefone na mão, as forças a abandonavam enquanto se preparava para enfrentar o momento mais difícil de sua vida.

James atendeu de imediato.

— Olá, Amaia. — A voz dele soou tão cálida e amável como sempre, muito embora pudesse perceber a tensão que se esforçava por controlar.

— Olá, James.

— Você vem mesmo? — perguntou, contundente, apanhando-a de surpresa. Era a mesma coisa que sempre havia reclamado em todos os telefonemas desde que partira.

Amaia inspirou fundo antes de responder.

— James, dentro de dois dias começam os cursos em Quantico e já estava decidido que os frequentaria; aqui não me colocam nenhum entrave, por isso, sim, vou.

— Não foi isso que eu perguntei — ele respondeu. — Você vem mesmo?

— James, aconteceram muitas coisas. Acho que precisamos conversar.

— Amaia, só há uma coisa que eu preciso te ouvir dizer, e é que você vem, que vem de maneira total e absoluta, que vem se juntar a mim para que possamos regressar juntos para casa. Essa é a única coisa que eu quero ouvir; responde: você vem?

Amaia fechou os olhos e, surpresa, verificou que ainda lhe restavam lágrimas.

— Sim — respondeu.

&

Havia anoitecido quando recebeu a ligação que esperava.

— Já é de noite em Baztán, inspetora…?

— Sim.

— Agora vou precisar da sua ajuda…

Nota da autora

Desde a publicação de *O guardião invisível*, em janeiro de 2013, perguntaram-me em diversas ocasiões de onde surgira o romance, se havia uma ideia seminal de onde tivesse brotado a história da Trilogia do Baztán. Sempre respondi que pus nela muito do que me estruturou no nível pessoal: uma família matriarcal e o mundo mitológico que por sorte fez parte da minha infância e que, com outros nomes, foi preservado no vale de Baztán como em poucos lugares; e também alguns aspectos que me fascinam em termos literários e que têm a ver com a progressão de uma investigação policial. Esse era o formato do romance que eu queria ler. O desejo daquilo que gostaria de conseguir, mas o germe...

Foi uma história que li na imprensa, breve, sinistra, carregada de dor, injustiça e medo, suficiente para causar em mim um tremendo impacto e enraizar-se como um fantasma onipresente na minha memória. O ocorrido desapareceu das páginas dos jornais com a mesma discrição com que havia surgido, e, apesar de ter investigado de maneira a encontrar mais alguma referência àquele episódio horrível, o silêncio parecia haver sepultado, tal como acontece com tanta frequência, a confissão de uma testemunha arrependida que afirmava ter participado em conjunto com um grupo de pessoas do crime ritual de um bebê com apenas catorze meses. Os fatos aconteceram há trinta anos (a data que determinei como sendo a do nascimento de Amaia Salazar) num casarão situado numa localidade de Navarra, e teriam sido os pais da menina que a entregaram como sacrifício, fazendo desaparecer depois o cadáver e se aliando ao rigoroso pacto de silêncio que todos os membros da seita teriam respeitado até os dias de hoje.

"Chamava-se Ainara e tinha catorze meses quando foi assassinada, pouco mais se sabe acerca dela." Essa frase que surgia no artigo original ficou gravada a ferro e fogo, e, pouco a pouco, na minha mente, Ainara foi tendo tudo aquilo que lhe haviam negado: um rosto, pequenas mãos brancas, os olhos mais tristes do mundo e inseguros primeiros passos. À recordação de uma criança que nunca conheci se juntou a constatação terrível de que aqueles que deviam amá-la e protegê-la fossem os que lhe fizeram mal. E, além disso, há a injustiça de um nome esquecido, o agravo de não ter um túmulo, a ferocidade de ceifar uma vida que mal começou e justificá-lo como parte de um ritual de fé, de uma religião obscura, de um culto mágico prestado ao mal.

A história é baseada naquela notícia, num punhado de dados e em muitas suposições. Longe de mim o desejo de querer que o que o romance narra constitua uma hipótese do que terá, de fato, acontecido. Interessava-me ressaltar o poder de certas crenças para provocar atitudes monstruosas, algo que lamentavelmente nada tem de ficção e é, aliás, bem real. Doutrinas pervertidas que são sustentadas com o sangue dos inocentes. O mal; não os malvados, mas sim o mal.

A memória de Ainara está presente em cada página dos meus livros. Visitei o povoado onde viveu a sua curta vida, uma existência desprezada desde o seu nascimento até a sua morte. Pesquisei quaisquer referências ao crime, indaguei milhares de vezes por essa misteriosa testemunha. Por fim, enquanto estava escrevendo *Legado nos ossos*, consegui conversar com o responsável por aquela investigação, um caso que permanece sob segredo de justiça devido ao extenso número de implicados, distribuídos por toda a geografia espanhola, que, com exceção da testemunha delatora, mantiveram em silêncio o seu pacto diabólico durante todos esses anos.

No momento em que escrevo esta nota, a investigação em torno da morte de Ainara continua em aberto.

Glossário

Aita — pai, em basco.

Amatxi — avó.

Belagile — mulher obscura, poderosa, bruxa.

Botil harri — recipiente de pedra, ou garrafa de pedra; era utilizado para o jogo da laxoa, uma modalidade de pelota basca.

Eguzkilore — flor seca do cardo-selvagem que se coloca na porta das casas para afugentar os maus espíritos.

Etxeko andrea — dona de casa, senhora da casa.

Iseba txotxola — tia destravada, embevecida, derretida.

Itxusuria — cemitério informal.

Mairus — bebês mortos e que tiveram a sepultura profanada.

Tarttalo — criatura mitológica cruel, também citada nos livros anteriores.

Txikiteros — tradicionalmente, são chamados de *txikiteros* os homens que frequentam os bares em grupo para beber *shots*, denominados *txikitos*, ou seja, pequenos.

Agradecimentos

Agradeço à Polícia Foral de Navarra e em especial à Unidade de Elizondo, por serem leais ao seu lema, que agora é também o meu, *aurrera*! ("Vamos em frente!", em tradução livre, do basco.)

A Iñaki Cía, por sua colaboração e amabilidade, mas antes de mais nada, vai minha admiração pelo seu trabalho e dedicação; e a Patxi Salvador, pela assessoria em balística e em explosivos. Graças a ele agora sou uma arma letal.

Também ao capitão da Polícia Judicial da Guarda Civil de Pamplona e respectiva equipe, por sua amável e valiosa ajuda.

Agradeço de todo coração à minha amiga Silvia Sesé por ser, também, a minha editora.

À minha amiga Alba Fité (a conseguidora), por ser tão absurdamente eficiente.

À minha querida Anna Soler-Pont, minha agente, por ser quem mais e melhor cuida de mim, a chata, a minha conselheira.

A José Ortega de Unoynueve, pela assessoria nos assuntos de informática. Quase começo a ser uma autêntica entendida!

A Fernando de El Casino, de Elizondo, por partilhar comigo a beleza de rituais e costumes que não devem ser esquecidos.

Às empresas de limpezas traumáticas Amalur e 24-7, pela disponibilidade em me explicar os segredos do delicado trabalho que fazem. Agradeço à associação de comerciantes de Baztán, Bertan Baztan, pela simpatia e competência.

Ao agente especial John Foster.

E, não podendo ser de outra maneira, obrigada à Dama, à senhora, a Mari, por inspirar uma boa sementeira, por propiciar uma magnífica colheita.

Leia também os outros volumes da Trilogia Baztán

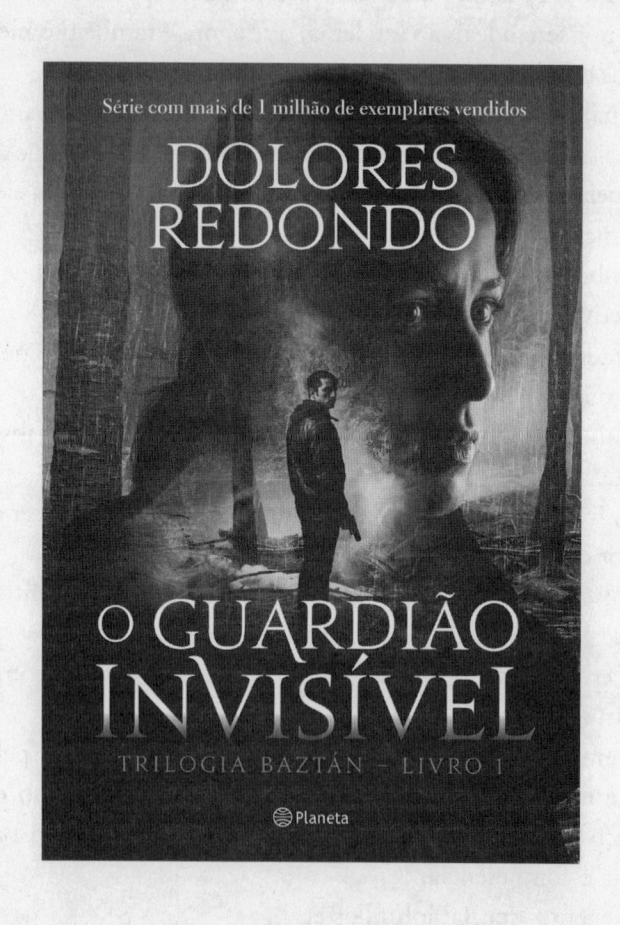

Série com mais de 1 milhão de exemplares vendidos

DOLORES REDONDO

O GUARDIÃO INVISÍVEL

TRILOGIA BAZTÁN – LIVRO I

Planeta

Legado nos ossos

Dolores Redondo

Trilogia Baztán, livro #2

Planeta

**Acreditamos
nos livros**

Este livro foi composto em
Adobe Garamond Pro e impresso pela
Geográfica para a Editora Planeta do Brasil
em setembro de 2024.